# Âhni

## Tome 1 : Genèses – Livre I

**Myrtille Bastard**




www.editions-alter-real.com
Illustration : Hannah Sternjakob
ISBN papier : 978-2-37812-204-1
ISBN numérique : 978-2-37812-205-8
Dépôt : mars 2020

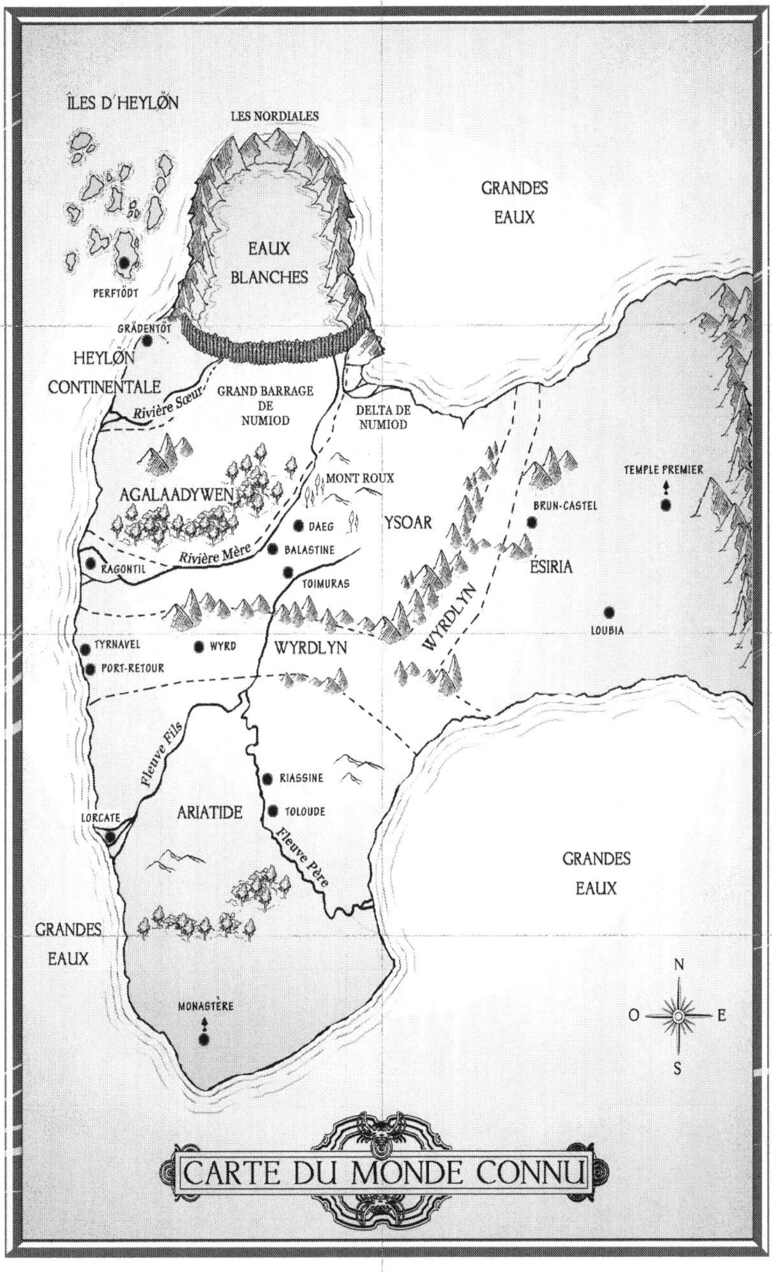

ÎLES D'HEYLØN
LES NORDIALES
PERFTÖDT
EAUX BLANCHES
GRANDES EAUX
GRÄDENTÖT
HEYLØN CONTINENTALE
Rivière Sœur
GRAND BARRAGE DE NUMIOD
DELTA DE NUMIOD
MONT ROUX
AGALAADYWEN
DAEG
YSOAR
BRUN-CASTEL
TEMPLE PREMIER
RAGONTIL
Rivière Mère
BALASTINE
TOIMURAS
ÉSIRIA
WYRDLYN
LOUBIA
TYRNAVEL
WYRD
WYRDLYN
PORT-RETOUR
Fleuve Fils
RIASSINE
LORCATE
ARIATIDE
TOLOUDE
Fleuve Père
GRANDES EAUX
GRANDES EAUX
N
O
E
S
MONASTÈRE
CARTE DU MONDE CONNU

# Prologue

*À la lisière du bois, le Père et la Mère,*
*À la lisière du bois, la Mère s'en va.*
*À la lisière du bois, le Père et la Mère,*
*À la lisière du bois, l'Arbre se noie.*

Connaissez-vous cette comptine ?

Elle a bercé nombre d'enfants. Lorsque j'étais petit, elle accompagnait les rondes, résonnait dans les champs à côté des troupeaux de chèvres.

Approchez-vous. Installez-vous confortablement. Personne ne nous dérangera.

*À la lisière du bois, le roi et la reine,*
*À la lisière du bois, la reine s'en va.*
*À la lisière du bois, le roi et la reine,*
*À la lisière du bois, un fils est là.*

J'aime beaucoup cette chanson. Ses paroles semblent n'avoir ni queue ni tête. Détrompez-vous.

Notre bon roi Guilhem Ier entend gouverner sur les piliers de ses victoires.

Il prétend agir selon le dessein de notre Père Très Saint !

« Vérité ». Il n'a que ce mot à la bouche. Vérité. Vérité !

Quelle vérité ? La sienne ! Je ne remets pas son honnêteté en cause. Pas après ces si nombreuses années de règne. Mais une vérité est-elle unique ? Ne dépend-elle pas de l'esprit étriqué qui la perçoit ?

Et qu'en est-il donc de la réalité ?

Chacun connaît l'Histoire, celle écrite par les puissants.

Mais quelles histoires se cachent derrière elle ?

Quels destins a-t-elle tordus à sa volonté ?

Quels brins de vie a-t-elle tressés ?

Il y a trente ans, quatre personnes ont suffi à faire basculer le cours de cette Histoire.

Quatre personnes. Quatre vérités.

Quatre vérités pour une unique réalité : la vôtre.

# PARTIE I : GUILHEM

*Cher lecteur,*

*J'ai été de nombreuses choses : fils, homme, troubadour, époux, amant, guerrier, roi, tyran, prisonnier, veuf. Et en ce jour, je suis père. Ce simple titre est bien plus à mes yeux que tous les autres réunis.*

*Mon ancien maître, Claudius, m'a toujours appris qu'il fallait écrire la première page d'un ouvrage après en avoir posé le point final. Je suis donc son conseil. Ces heures sombres qui précèdent l'assaut m'ont peut-être vu tracer les dernières lettres de cette histoire. Mon histoire. Mais qu'importe. Me voilà père. Et en cela, me voilà devenu immortel.*

*Lorsque j'entrepris la rédaction de ces chroniques, à l'image des récits anciens, je ne savais pas encore à qui je les destinais. Que mon fils en soit le dépositaire, mais pas l'unique lecteur. Que ces mots passent de main en main. Qu'ils soient copiés, traduits, dits, murmurés, chantés. Qu'ils voyagent de bouche à oreille, de cœur à cœur, au-delà des mers et des années.*

*Il n'est de plus beau dessein que de transmettre la mémoire de notre existence éphémère aux âges futurs, dans l'espoir de leur donner à penser, avec le recul qui sera leur, sur ce que nous eûmes à vivre, et leur éviter ainsi de commettre les mêmes erreurs que nous eûmes à déplorer.*

*Je me suis employé, cher lecteur, avec honnêteté et humilité, à poser mon quotidien sur ces feuillets cornés. Pardonne mes maladresses, mes lâchetés et parfois aussi, mes cruautés. Ces écrits me dépeignent tel que je fus et non tel que j'aurais aimé que tu me voies.*

*J'ose à penser que tu sauras, cher lecteur, te montrer magnanime et user de clémence dans les passages les plus sombres de mon récit.*

*Que ces écrits t'apportent ce que tu es venu y chercher et puisses-tu en faire bon usage.*

*Que le Père Très Saint t'accorde protection, prospérité et félicité. Âhni.*

*Guilhem d'Ariatide*
*Dernière pleine lune de printemps, An XXII des Âges Nouveaux*
*Île de Perftödt, Heylön.*

# Chapitre I

« Ne résiste pas à Mon emprise.
Tu ne peux rien contre Moi.
Tu M'appartiens.
Abandonne-toi à Mon pouvoir.
À travers Moi, te voilà tout puissant et omniscient.
Tu porteras Ma parole.
Ton destin et le Mien ne font plus qu'un.
Prépare-toi à commencer à vivre.
Âhni. »

*Livre Saint, chapitre I, versets 1 à 9.*

Δ

*Second jour de la première nouvelle lune d'automne, an XXI des Âges Nouveaux, nord du Wyrdlyn.*

— Au début, il n'y avait rien. Rien d'autre que les ténèbres infinies. S'ennuyant de tout ce vide, la Grande Déesse créa la lumière, puis l'air, puis la matière. Notre monde émergea de cette matière, aussi nu que mon pauvre crâne. Affligée par l'aspect monotone de Sa terre, la Grande Mère versa tant de larmes que les Grandes Eaux se formèrent. Voilà pourquoi elles sont aussi salées que nos pleurs. Appuyant Ses mains sur le sol moelleux, Elle façonna les montagnes et les plaines. Ensuite, prenant un de Ses longs cils, Elle le planta dans la terre. Là, sous Son regard bienveillant, une branche poussa, puis des feuilles. Les forêts se créèrent. L'Agalaadywen était la plus grande et la plus sacrée d'entre toutes. Alors la Déesse décida de lui offrir la plus belle des couronnes : au sommet des arbres, Elle déposa le ciel et les milliers d'étoiles.

— Et les animaux ? Comment a-t-Elle fait les animaux ? demandèrent les enfants dans un brouhaha désordonné.

— Les animaux ? Ah… mais lesquels ? fit le vieil homme.

Il s'exprimait en langue franche, le dialecte parlé dans la quasi-totalité du Monde Connu.

— Tous ! Oui, tous ! s'exclamèrent les bambins.

— Eh bien, Elle a pris un de Ses longs cheveux, lui a fait un nœud et l'a mis dans l'océan. Là, sous Son regard bienveillant, deux poissons sont apparus, mâle et femelle. Elle a procédé de la même façon sur la terre et a créé les autres animaux.

— Et nous ? questionna une petite voix. Comment qu'Elle nous a faits, nous ?

— Qui ça ? s'enquit le conteur dans un sourire aussi malicieux qu'édenté. Les hommes ?

— Non, les enfants !

— Ah, les enfants… répéta le narrateur en hochant la tête, les sourcils relevés.

Assis au fond de la salle de l'auberge, j'écoutais avec grand intérêt les paroles de ce vieil homme. Sa dextérité était louable. Malgré les va-et-vient incessants des pichets et des plats, les cris des soûlards et les gémissements des filles de joie opérant dans les alcôves latérales, il parvenait à captiver toute l'attention des gens restants. Jamais je n'aurais fait résonner ma harpe dans une telle assemblée et pourtant, je jalousai presque celui qui était à l'origine de l'émerveillement qui brillait dans les yeux écarquillés des spectateurs.

Une dizaine de gosses échevelés, tous aussi sales les uns que les autres, encerclaient le conteur. Dehors, la pluie tombait à panier percé. La salle empestait une odeur indéfinissable, mélange de crasse, de sueur et de chien mouillé. Il était étrange de voir autant d'enfants dans un tel lieu, mais sans doute cette auberge était-elle le seul endroit où ils pouvaient se rassembler.

— Je crois, reprit le vieux conteur d'une voix chevrotante, qu'Elle a d'abord créé les femmes et les hommes, et leur a offert de pouvoir concevoir. Mais c'est toujours Elle qui décide de faire pousser ou non cette vie dans le ventre de la mère.

— Et comment Elle a fait ?

Loin de se lasser, le narrateur se délectait de ces questions incessantes qui, en réalité, venaient servir son récit.

— Eh bien, Elle a pris un peu de terre, l'a roulée entre Ses fines mains et l'a posée sur le sol. Là, sous Son regard bienveillant, deux têtes sont apparues, suivies de deux corps entrelacés. Ne pouvant les laisser ainsi, unis, Elle les sépara. Voyant qu'ils étaient alors malheureux, Elle leur apprit le rite des Plaisirs, qui leur permettrait de retrouver leur unité originelle. Et c'est de cette unité retrouvée que naissent les enfants.

Tout en parlant, le vieil homme illustrait ses dires avec ses mains qu'il croisait et décroisait afin de signifier l'union et la désunion des corps.

— Et les elfes et les géants ? se hasarda à demander une jeune adolescente tout en épouillant le crâne de sa sœur.

— Ah, ce sont des créatures créées à partir du souffle même de la Déesse. Elle leur a insufflé la vie en même temps que l'apparence.

— Et ce sont des démons, car ils ont combattu la Vraie Foi, ajouta l'une des mères de l'assemblée, ponctuant son intervention d'un mouvement de tête volontaire.

— Non, contredit le conteur en levant sa main osseuse, ce sont de magnifiques êtres ! Il n'y a que le fanatisme qui soit démoniaque !

Je me crispai sur mon banc. S'il avait prononcé cette parole ailleurs que dans les terres franches du Wyrdlyn, ce vieillard aurait été condamné sur-le-champ pour hérésie. Depuis la Guerre de Purification, intervenue une vingtaine d'années plus tôt, le simple fait de continuer à propager les Anciennes Croyances aurait déjà constitué un chef d'accusation assez grand pour le faire enfermer. Il était aujourd'hui établi que le Père Très Saint était à l'origine de toute vie et que Son rôle de Créateur avait jusqu'ici été usurpé par l'Ancienne Déesse.

— De toute façon, intervint un jeune garçon téméraire, la Mère Déchue était pas ben forte, vu que c'est le Père Très Saint qu'a gagné.

— Il est dans l'ordre des choses qu'Elle s'efface pour laisser la place à une nouvelle ère, corrigea le conteur avec bienveillance.

— Y'a des pays où Elle s'efface moins que d'autres ! cracha le patron en astiquant un pichet avec un torchon à la couleur douteuse.

Il était de notoriété publique que les Anciennes Croyances étaient encore en vigueur dans les terres du Nord.

— Mais comment qu'Elle les a inventés, les pays ? questionna une petite voix perdue dans la foule.

Le vieil homme partit d'un grand éclat de rire qui détendit l'atmosphère.

— Lorsque la Grande Mère a créé les hommes et les femmes, Elle a vu que nombreux étaient ceux qui voulaient diriger. Pour faire plaisir à

Ses enfants, Elle a offert un pays à chaque roi : l'Ésiria à l'est, l'Heylön au nord, l'Ysoar au centre et l'Ariatide au sud.

Mon cœur fit un bon dans ma poitrine à l'énoncé de mon pays. L'Ariatide. Même son nom était un chant.

— À l'ouest, Elle a offert à Ses prêtresses l'Agalaadywen, leur donnant pour rôle de protéger ce lieu sacré, lien entre le Ciel et la Terre.

— Et le Wyrdlyn alors ? rétorqua un père attablé non loin de moi.

— Vous connaissez la nature des hommes, s'amusa le conteur. Toujours à se chercher querelle, quand bien même ils auraient pu se satisfaire de ce qu'ils avaient. Alors pour protéger les peuples de l'avidité de leurs souverains, Elle créa les terres franches du Wyrdlyn, un pays neutre qui pourrait être un asile sûr en cas de guerre. Elle choisit neuf êtres pour gouverner ensemble ces plaines paisibles et intima aux rois de se soumettre à leur sagesse. Ainsi le Conseil des Neuf Sages fut-il formé.

De nos jours, rien n'était différent. Les Dieux étaient éphémères, mais le fonctionnement du Monde Connu, lui, était immuable. Les Neuf Sages étaient dorénavant les fervents défenseurs de la Vraie Foi et le Prêtre Premier avait remplacé la servante de la Déesse Déchue à la tête des affaires spirituelles. Seul l'Agalaadywen restait une zone d'ombre dans ce monde de lumière. Malgré leurs divergences, les souverains d'Ariatide, Ysoar, Ésiria ou encore Heylön étaient toujours soumis à une paix réciproque par le Pacte de Non-agression, au risque de s'attirer le courroux du Conseil de Wyrd, capitale du Wyrdlyn où siégeaient les Neuf Sages.

— Tout ça c'est ben beau, mais ça n'a pas empêché qu'il y ait des guerres ! se moqua le père.

— Certes, en convint le vieil homme, et tout monarque assaillant s'est vu affronter la totalité des armées du Monde Connu, unies derrière la bannière du Père Très Saint. Les Neuf Sages sont encore et toujours les garants de la paix.

— Mais quand il y a la guerre contre les barbares, interrogea un gamin à la bouche aussi édentée que celle du conteur, pourquoi que les Neuf Sages ils envoient pas leur armée ?

Le vieil homme salua la pertinence de l'enfant d'un hochement de tête impressionné.

— Vois-tu, mon garçon, c'est que ces barbares vivent au-delà des limites du Monde Connu.

Cette remarque fut accueillie par des exclamations de surprise, ce qui encouragea le conteur à poursuivre. Ces pauvres hères croyaient-ils en toute honnêteté que rien n'existait au-delà des Grandes Eaux ?

— Le Monde Inconnu est bien plus vaste que les terres qui nous entourent ! Et nombreux furent les héros à partir à la découverte de ces contrées. Tenez, cela me rappelle l'histoire du pêcheur Asmur ! Voulez-vous que je vous la narre ?

L'acclamation énergique de l'assistance accueillit cette proposition.

Le Monde Inconnu... Une promesse pour aventuriers ou pour fous en quête de sensations fortes ! Les autochtones de ces contrées étaient sanguinaires et avides de pillages. Les vaisseaux qu'ils envoyaient régulièrement sur nos côtes étaient un avant-goût à même de refréner les plus vives ambitions exploratrices. Néanmoins, les récits relatant les merveilles que recélaient ces mondes suscitaient toujours la même fascination.

Le conteur s'était relancé dans une nouvelle histoire, pour la plus grande joie de l'assemblée. Assis à mes côtés, Budec, mon serviteur, luttait de toutes ses forces pour ne pas céder à la fatigue. J'abrégeai son supplice et l'envoyai se coucher. Il avait absolument tenu à passer la nuit dans les stalles, au pied de nos montures.

« Je n'ai aucune confiance en leur garçon d'écurie », m'avait-il annoncé à notre arrivée. « Je dormirai sur nos harnachements. Et puis, vu l'endroit, je ne suis pas sûr que leurs chambres soient à la hauteur d'un bon tas de foin frais. » Il m'avait dit tout ça en ariate, notre langue du Sud, afin de ne pas être compris par l'aubergiste qui nous scrutait depuis l'entrée.

À peine âgé d'une quinzaine d'années, Budec était intelligent et efficace. Ses parents, des esclaves, étaient au service de mon père depuis bien avant ma naissance, et il avait été tout naturel qu'il en fût de même pour lui. Cependant, ce garçon avait profité de mon départ de Riassine, la capitale ariate, voilà maintenant une lunaison, pour s'échapper et se mettre à mon service. Il m'avait d'abord suivi à pied, trottinant à côté de mon cheval en tirant ma bête de bât. Puis, devant son refus de revenir sur ses pas, j'avais acquis une mule aussi têtue que lui. Budec en avait eu les larmes aux yeux. Son entêtement aurait pu lui coûter la vie. Il lui avait apporté la liberté. Il est rare que des esclaves osent contredire leur maître, surtout en témoignant une telle fidélité. J'avais donc récompensé son audace en faisant de lui un affranchi. Je ne pouvais lui offrir que de longues chevauchées, des repas souvent froids et de nombreuses nuits dans l'herbe humide. Il avait pourtant sauté de joie et juré de donner mille fois sa vie pour la mienne. Dès lors, il me suivait comme mon ombre, apportant gaieté et fraîcheur au périple qui m'avait vu arpenter les sentiers poussiéreux du sud-ouest de l'Ariatide puis piquer vers le nord.

Budec prit congé et sortit de la pièce enfumée. Tandis qu'il s'éloignait, je remarquai à quel point ses vêtements étaient sales. Ses cheveux n'étaient plus qu'une masse brune hirsute. Je frémis en imaginant ce à quoi je devais moi-même ressembler. D'une main, je frictionnai ma nuque endolorie et jugeai de l'état de mon visage. Mes joues et mon cou étaient recouverts d'une barbe rêche qui ne cessait de me démanger.

Cela faisait de trop nombreux jours que je n'avais pas croisé mon reflet dans un miroir. Je frissonnai en imaginant la sensation bienfaisante que me procurerait une coupe d'eau parfumée aux pétales de roses... Cela faisait longtemps que je n'avais pas traversé de contrée assez civilisée pour me permettre de quitter ma tenue de voyage. Pourtant, mieux valait-il que nous évitions les voies trop fréquentées pour mener à bien notre affaire en Ysoar. Une longue chevauchée nous attendait encore et nous aurions à dormir à la belle étoile, bien que la saison commençât à se faire fraîche dans la chaîne montagneuse que nous devions franchir.

L'aubergiste m'apporta enfin la cruche de vin que je lui avais demandée en arrivant. Ses yeux s'attardèrent un peu trop à mon goût sur l'anneau d'or que je portais à la main droite. Voilà un bougre dont il faudrait se méfier. Je ne me méfiai pas ; la vinasse était si aigre que je manquai m'étouffer. Autant aller me coucher. Je fis le bonheur du conteur en lui offrant mon pichet et, la selle de mon cheval sous le bras, regagnai ma chambre. Mon boitement s'était amplifié au fur et à mesure du voyage et je peinai à monter les escaliers qui me séparaient de la paillasse que j'espérais fraîche et dépourvue de parasites.

Quelques heures après la fermeture de l'établissement, alors que le couloir était envahi de ronflements, le grincement des planches vermoulues m'avertit d'une visite inopportune. Continuant à feindre un sommeil profond malgré le couinement des gonds, j'attendis que mon assaillant fût assez près de moi pour faire goûter à son entrejambe le doux contact de ma dague. Le bougre glapit comme un pourceau avant de détaler – et peut-être fût-ce l'aubergiste lui-même qui eut à se vanter de cette voix de crécelle. Dans sa fuite, mon visiteur n'avait même pas pris soin de refermer ma porte. Je me relevai en grimaçant, le genou raide. Qu'on m'attaque, passe encore, mais qu'on me force à quitter mon lit, ça c'était rageant. Et pour quel butin en plus ? Il aurait bien pu prendre mon anneau, si c'est ce qu'il convoitait. Je le lui aurais cédé sans regret. Il n'était qu'un symbole. Et le mariage qu'il représentait était aujourd'hui si loin derrière moi qu'il en avait perdu tout sens. Non, le seul bien de valeur que je transportais était cousu dans la doublure de la selle de mon cheval. Aussi ne m'en séparais-je jamais, au risque de susciter la surprise de mes hôtes. Quoique, au regard des bouges où je descendais, ils devaient en avoir vu d'autres...

Δ

Suite à mon agression à l'auberge, Budec se jura de ne plus jamais me laisser seul. Il ne cessait de répéter que s'il n'avait pas dormi dans l'écurie, il aurait su me défendre. Me défendre ? Mais n'étais-je pas tout à fait apte à assurer ma propre sécurité ? Mon jeune serviteur avait rougi devant mon emportement, grommelant que les grands seigneurs comme moi devaient avoir une escorte. Le fait qu'il me voie de la sorte me fit sourire. Ainsi la guerre se lisait-elle moins sur moi. Je n'aspirais pas à plus. Ces cinq années de bataille dans le sud de l'Ariatide avaient eu raison du peu d'esprit belliqueux qui avait pu m'habiter. J'avais fait mes preuves, certes, m'illustrant dans des exploits qui avaient fourni de quoi alimenter les chansons des troubadours en panne d'inspiration. Mais depuis la fin de ces carnages, je ne rêvais que de retrouver ma harpe et reprendre ma vie d'homme de musique et de lettres. Mon père me l'avait accordé, me chargeant néanmoins de cette dernière mission, mission qui me forçait à présent à chevaucher sous une pluie battante, alors que j'aurais pu me trouver dans la demeure de je ne sais quel baronnet à réjouir l'assistance de mes compositions.

L'après-midi touchait à sa fin, et le soleil déclinant nimbait d'or les collines ysoariennes. Nous longions depuis la veille la dense forêt de l'Agalaadywen. Le début de l'automne avait paré cette étendue de taches jaunes, orange, vertes et marron. À plusieurs reprises, j'avais eu la sensation étrange d'être observé des fourrés. Presque suivi. J'avais scruté les épaisseurs broussailleuses, en vain.

Le tonnerre résonna au loin, ce qui fit sursauter Budec. Il effectua un bref signe pour conjurer le sort et se redressa comme si de rien n'était. L'atmosphère se densifiait. Je n'aimais pas ça. Un violent orage s'annonçait. Les bêtes étaient nerveuses et mon serviteur peinait à retenir la mule de bât qui tirait avec vigueur sur sa longe. Une pluie drue se mit à tomber et la coulée d'eau glacée dans mon col acheva de me décider. Il nous fallait trouver un lieu de bivouac, ou encore mieux, un abri. Hors de question de passer la nuit sous ce déluge. Déterminé, je fis dévier ma monture vers les bois.

— On va quand même pas entrer là ! s'offusqua Budec. Y'a l'démon qui rôde !

— Je sais bien, Budec, je sais bien ! lui lançai-je d'une fausse mine inquiète. Mais tu sauras bien me défendre.

Ma boutade n'eut pas l'effet escompté et c'est l'air contrit qu'il me suivit sous la dense futaie. Le souffle court, il enchaînait les signes de protection, sa main bourdonnant de son front à sa poitrine dans un ballet paniqué. Un nouveau coup de tonnerre l'amena au paroxysme de l'effroi, aussi colla-t-il le flanc de sa mule à celui de ma monture, haletant dès que nos genoux se séparaient. À son corps défendant, une force insoupçonnée semblait mobiliser la forêt tout entière. Peut-être était-ce l'orage qui se déchaînait dans la plaine, ou bien était-ce cette atmosphère toute particulière, souvenir des habitants mythiques qui avaient foulé ces lieux. Budec tremblait comme si nous avions pu nous retrouver face à un dragon, un géant ou même un troll au détour d'un buisson ! Il y a vingt ans, je ne dis pas, mais maintenant, tout le monde savait que l'Ère du Père Très Saint avait renvoyé dans les limbes tous les sbires de l'Ancienne Déesse. Cette forêt n'était plus qu'un océan d'arbres abandonné, lieu de superstition et de contes pour enfants. Et la protection qu'elle nous offrait face à la pluie était des plus salutaires.

Des gouttes d'eau téméraires jouaient sur les ramures, dans une symphonie apaisante. Le commun des mortels aurait pu ignorer ce murmure des feuilles sous l'averse, mais je me laissai bercer par ce chant et le pas cadencé de ma monture. Un mouvement dans les arbres à ma gauche attira mon attention. Je tournai la tête et, l'espace d'un très bref instant, je crus apercevoir une femme dissimulée au creux des branches. Ses grands yeux noirs en amande me happèrent. Ses longs cheveux bruns rassemblés en une tresse échevelée se mêlaient aux brindilles qu'elle retenait d'une main. Et son visage à la peau ambrée... douceur et détermination se retrouvaient dans ses traits fins et délicats. Elle était auréolée de cette lumière d'orage avant la déferlante. La surprise me fit l'effet d'un coup au cœur et je portai la main à ma dague, réflexe hérité de mon passé guerrier. Mais le temps de reprendre mes esprits et de stopper mon cheval, elle avait disparu. Comme volatilisée.

— Qu'est-ce qu'il y a, mon seigneur ? paniqua Budec, le regard affolé. Vous avez vu un démon, c'est ça ? Oh, j'savais ben qu'on aurait pas dû quitter la route !

Cela ne servait à rien de l'inquiéter plus que de nécessité, aussi me contentai-je de hausser les épaules d'un air dégagé.

— Non, c'était une biche. Et arrête de m'appeler « mon seigneur » !

— Pas un démon... continua de psalmodier mon serviteur en talonnant sa mule, pourvu que ce soit pas un démon...

J'en avais des sueurs dans le dos. Puis le doute s'insinua dans mon esprit. Avais-je réellement vu quelqu'un ? Peut-être n'était-ce qu'une forme dans l'écorce même de l'arbre qui m'avait laissé imaginer mon apparition. Notre longue chevauchée avait eu raison de ce qu'il me restait d'entendement rationnel. J'étais crasseux, trempé, décomposé par la fatigue. Il nous fallait trouver un endroit pour nous arrêter, vite.

Nerveux, mon cheval suivait la maigre piste qui serpentait entre les hêtres, frênes, chênes et autres piliers constituant cette cathédrale végétale. Budec ne me quittait pas, ballotté par l'allure irrégulière de sa mule.

Enfin, au détour d'un taillis de fougères, nous découvrîmes le lieu parfait pour passer la nuit : un empilement de roches gigantesques nous offrirait un abri idéal et nous protègerait des quelques gouttes qui parvenaient tout de même à franchir la canopée.

Notre bivouac avait presque l'air confortable ! Une natte étalée sur le lit de mousse, nos paquetages en tas à l'abri des pierres, je sentais la détente me gagner. Et avec elle, les douleurs lancinantes arrivaient, irradiant ma jambe gauche, par vagues. Assis sur ma selle, je massai mon genou tout en observant Budec s'acquitter de ses tâches avec sérieux. Je n'avais que le double de son âge, pourtant je me demandais où il pouvait bien trouver encore toute cette énergie après notre chevauchée. La vie de serviteur n'avait vraiment rien de bien réjouissant. Mais sans doute était-elle plus douce que celle d'esclave. Les animaux pansés, abreuvés, le jeune homme tenta de débusquer quelques branches sèches, sans toutefois s'éloigner de plus de quelques pas. Tout en allumant un feu fumant – je ne sais comment il parvenait toujours à obtenir une braise, eut-il ramassé son bois dans un marais ! –, Budec retrouva son humeur bougonne.

— Je comprends pas ben pourquoi qu'vous avez voulu entrer ici. On aurait été plus en sécurité dans la plaine.

— Et plus mouillés aussi ! insistai-je.

Je désignai du menton nos capes fumantes près du feu, mises à sécher sur une corde tendue entre deux troncs. Mais ça ne semblait pas le convaincre du bien-fondé de notre itinéraire.

— J'veux juste qu'on reste vivants, moi...

— Budec ! le rabrouai-je. En coupant par ici, nous arriverons un ou deux jours plus tôt à Daeg. Et une fois le paquet de mon père remis au roi Tillaumet d'Ysoar, toi et moi repartirons aussitôt en Ariatide pour profiter du soleil d'automne.

— Vraiment ? me demanda-t-il, levant vers moi des yeux de malheureux.

— Vraiment.

Mon serviteur sortit un peu de viande séchée de notre sac de vivres et reprit d'un air accablé :

— C'est pas qu'ça m'embête d'être ici, mon seigneur, mais j'aime pas le froid. Ni la flotte.

— Moi non plus, Budec, le rassurai-je en éclatant de rire. Moi non plus. Et arrête de m'appeler « mon seigneur ».

D'un geste vif, je lui subtilisai la miche de pain molle qu'il s'apprêtait à couper, et la partageai en deux.

— Dans quelques jours, Budec, tu auras tellement chaud que tu regretteras de ne pas être resté ici !

— Y'a pas de risque, mon seign... enfin, y'a pas de risque, quoi. L'Ariatide, elle coule dans mes veines. C'est pas du sang qui palpite, là, c'est du sable ! avança-t-il en se tapant sur la poitrine. Celui des collines de notre patrie ! Et dans ce pays-ci, avec toute cette flotte, j'me sens tout poisseux de l'intérieur !

J'avais veillé la première moitié de la nuit, m'attendant presque à ce que mon apparition nous tombe dessus, accompagnée d'une poignée de brigands. Mais rien. La forêt était aussi calme que pouvait l'être un tel endroit, abstraction faite de la faune nocturne.

Ma main gauche sur ma dague, l'autre passée sous ma selle qui me servait d'oreiller, je cherchai enfin à trouver le repos. Budec ne risquait pas de piquer du nez tant il était affolé à la simple idée de se retrouver seul dans ces bois. Son couteau dégainé, il taillait une branche dans l'espoir de s'en faire une alliée en cas d'attaque.

Au fur et à mesure que je glissais dans le sommeil, le bruit des gouttes sur les feuilles s'estompa, le froid devint doux, enveloppant, voluptueux, sensuel. La guerre avait anéanti le contenu de mes nuits, ne laissant de mes songes qu'un gouffre noir qui me recrachait chaque matin. Mais pas cette fois-ci. Je rêvai, ah, et quel rêve ! De ceux qui sont plaisants, avec un goût de regret au réveil. Un vent chaud, semblable à celui qui dévale les monts de mon pays, caressait mon visage. Des parfums de fleurs et de fruits mûrs volaient dans l'air. J'ouvris les yeux et me retrouvai chez moi, dans mes jardins. Je m'allongeai par terre, savourant avec délice le contact des dalles de pierre chauffées au soleil.

— Guilhem ?

Le chuchotement sensuel me fit sursauter. Surpris, je me redressai sur mes coudes et découvris une femme s'avançant vers moi. Je reconnus aussitôt mon apparition des bois. Ce visage cuivré, cette interminable tresse brune, presque bleutée, ces yeux sombres aux reflets verts. Loin d'être inquiété par sa présence, je me sentais envahi d'un bien-être intense. Ses formes généreuses ondulaient sous sa longue robe aux teintes vert moiré. Elle m'adressa un sourire radieux, puis m'enjamba et s'assit à cheval sur moi, espiègle. Fasciné, amusé, je m'abandonnai, à demi conscient que tout ceci n'était qu'un rêve dont j'aurais été idiot de ne pas profiter. Elle attira mon visage vers elle, déposa sur ma bouche un baiser mutin et poursuivit par des attaques plus osées et insistantes. Elle avait une odeur de mousse et de pluie d'été. Entrouvrant mes lèvres devant l'assaut de sa langue, je la laissai mener cette bataille tandis que mes mains dénouaient le laçage du dos de sa robe. Le tissu, aussi fin que de la soie, glissa sur la peau frissonnante de son buste. Sa chair pulpeuse, épanouie, était une invitation au plaisir. Délaissant sa bouche vorace, je mordis à pleines dents dans son épaule, lui soutirant des soupirs qui ne faisaient qu'attiser mon désir. J'aime ces moments de pure excitation, cette apnée avant le plongeon. Mes braies[1] tendues à se déchirer, je gémissais sous les va-et-vient pressants de son bassin. Ses seins voluptueux s'écrasaient contre mon torse. Haletant, j'attrapai ses fesses rondes et charnues, les malaxai tout en accompagnant leur mouvement. Je fermai les yeux pour me laisser envahir par l'intensité de notre étreinte.

Je rouvris les paupières, en pleine confusion. Mon amante était toujours sur moi, avide, ses lèvres à la recherche des miennes, mais je n'étais plus en Ariatide. J'étais de nouveau dans ces bois humides d'Agalaadywen, allongé à côté du feu fumant. Budec, les yeux perdus dans le vague, ne semblait rien remarquer de la scène qui se jouait à deux pas de lui. Ce changement de décor me fit l'effet d'un seau d'eau glacée. Je portai un regard effaré vers cette femme dont le corps chaud se pressait contre le mien. Ses fesses au creux de mes mains étaient bien réelles ! Son souffle dans mon cou, sa poitrine contre mon torse... Étais-je victime d'une *mahr*[2] ou succube venue me chevaucher dans mon sommeil ? Quelle idée avais-je eue de pénétrer en Agalaadywen !

Comme fouettée par ma pensée, mon amante disparut, aspirée par l'obscurité. Je restai là, haletant. Ce n'était qu'un rêve. Un simple rêve. Imperturbable, Budec fixait les flammes, la mine songeuse. Il fallait que je me rendorme. Au moment où je me retournai pour arranger ma couche, je me vis, ici même, allongé, assoupi. Effrayé, je sautai sur mes pieds et reculai de deux pas. Comment pouvais-je me trouver à l'extérieur de mon corps ? Sans que j'aie pu approfondir la question, des voix mêlées à des bruits de sabots s'élevèrent de l'autre côté des roches qui nous abritaient. Pourquoi Budec ne réagissait-il pas à ce

1 Caleçon long.

2 Esprit maléfique qui perturbe le sommeil en chevauchant le dormeur.

vacarme ? Ne voyait-il pas les halos lumineux se rapprocher ? Que ne couvrait-il notre feu ? Autant crier : « Attaquez-nous ! Nous sommes ici ! ». Je tendis le bras pour secouer mon serviteur, mais ma main le traversa. Étais-je un spectre ? Non, je devais être en train de dormir. La preuve ! Mon corps gisait sur sa couche, le visage paisible. Tout ceci n'était pas réel ! Des geignements et des grincements d'essieux vinrent s'ajouter au tumulte. Songe ou pas, il fallait que je découvre de quoi il retournait avant que ça ne dégénère. Dépourvu de la moindre dague, je me hasardai à contourner la structure mégalithique, prenant soin de ne faire remuer ni branche ni buisson.

À travers les rameaux, je distinguai une troupe de cavaliers en armure, traînant derrière eux une charrette pleine à craquer de villageois apeurés. Leurs bâillons et leurs liens aux poignets ne laissaient aucun doute quant à la situation. Ils avaient été victimes d'un rapt et seraient de toute évidence vendus comme esclaves. Lors des incursions barbares sur les côtes ariates, j'avais vu de nombreux convois comme celui-ci, à la différence près que les assaillants de l'époque étaient vêtus à la mode des mers du Sud – avec leurs typiques pantalons resserrés aux mollets par des bandelettes de tissu – et non avec de telles armures. Je n'en avais jamais contemplé de semblables, mais les manuscrits sur les coutumes des peuplades d'Agalaadywen regorgeaient de gravures et autres descriptions fort détaillées s'y référant. Fabriquées par je ne sais quelle magie, ces cuirasses paraissaient aussi souples et légères que de la soie, et pourtant aussi résistantes que le plus dur des métaux. Leur aspect se fondait à la perfection dans n'importe quel endroit. Les livres ne mentaient pas. Sombres, elles semblaient se mêler au feuillage. Les casques, terrifiants, couvraient le visage complet de leur porteur, et se paraient de cornes, mufles et autres attributs bestiaux.

Avec soulagement, je constatai que l'escouade ne remarquait pas la lueur de notre campement et poursuivait sa route. Je tâchai de la suivre de loin, sans me laisser distancer. Ce n'est pas facile de marcher sans bruit dans une forêt, encore moins de nuit. Par chance, les roues grinçantes de la charrette masquaient le son de mes pas claudicants. Fallait-il que je sois affublé de mon boitement même dans cet entre-deux-mondes ? Je filai la troupe jusqu'à une clairière au centre de laquelle se dressait un cercle de pierres levées. Ce lieu avait dû revêtir une quelconque importance à l'époque des Anciennes Croyances. Les cavaliers mirent pied à terre et entreprirent de mener leurs prisonniers au cœur de la construction où des poteaux de bois avaient été plantés. Les torches qu'arboraient les ravisseurs me permettaient de lire la terreur sur le visage des détenus : hommes et femmes dans la force de l'âge. Je m'étais trompé. Ces sbires de la Déesse Déchue n'avaient pas récolté des esclaves. Ils préparaient un sacrifice. Je ne pouvais rester simple spectateur. Mais que faire ? Mes adversaires étaient aussi grands que des humains et aussi bien bâtis que des guerriers avertis. J'en dénombrai une quinzaine. Quelle chance avais-je contre eux, armé de ma seule inconscience ? En contournant le cercle de pierres, je pourrais dénouer les liens de quelques captifs sans attirer l'attention. Du moins l'espérais-je. Je m'apprêtais à me lancer quand une main me retint par le bras. Le poing brandi, je me retournai pour me retrouver face à l'amante de mon rêve précédent. Ou si ce n'était elle, c'était sa jumelle en tous points. Elle paraissait cependant plus mûre que dans mon récent souvenir. Elle ne devait être ma cadette que de quelques années. C'était à n'en point douter une belle femme, mais elle avait quelque chose de différent. Son regard. Oui, son regard était plus grave, presque bouleversé. Sans mot dire, elle secoua la tête, comme pour me déconseiller d'intervenir. Pourquoi ? Pourquoi m'empêcher de sauver ces gens si je le pouvais ? Sans lâcher mon avant-bras, elle leva son autre main et caressa ma joue avant de la poser sur mon plexus. Une intense chaleur émana de ses doigts, suivie d'une violente impulsion qui, je ne sais comment, me renvoya dans mon corps, à côté de Budec.

Le jour se levait tout juste lorsque je m'éveillai en sursaut. Une douleur lancinante palpitait sur mon sternum à l'endroit où la femme de mes songes avait mis la main. Quel rêve étrange. Il était si réel. Ces lieux autrefois pleins de magie m'avaient-ils fait passer un message ? Ce cercle de pierres existait-il ? Je réprimai aussitôt mon envie de partir à sa recherche. À quoi bon perdre mon temps quand j'étais investi d'une mission des plus importantes auprès du roi Tillaumet d'Ysoar ? Il me fallait reprendre la route au plus vite pour gagner la capitale des terres centrales : Daeg.

— Bonjour, me salua mon serviteur en versant à mon intention une tasse de tisane fumante.

— Bonjour, Budec.

Son air préoccupé trahissait la question qu'il brûlait de me poser.

— Comment que j'dois vous appeler, alors, si j'peux pas dire « mon seigneur » ?

Ce jeune homme n'était pas facile à convaincre !

— Nous en avons déjà parlé, Budec. Tu peux dire « maître », ou « maître Guilhem ». Enfin, quelque chose qui attire un peu moins l'attention que « mon seigneur ».

— Pas sûr qu'l'intendant du château soit ben d'accord avec cette familiarité, se renfrogna-t-il. On doit dire « mon seigneur ».

— Et nous ne sommes plus au château, Budec. Et tu n'es plus forcé d'obéir à l'intendant.

— Oui, maître Guilhem.

Satisfait de son effort, bien que tout à fait conscient qu'il m'appellerait de nouveau « mon seigneur » à la première occasion, je m'étirai, chassant de mon corps les stigmates de mes aventures nocturnes.

L'humidité avait raidi ma jambe gauche et je peinai à me relever. Budec accourut pour m'aider à me redresser. Malgré son jeune âge, il était aussi grand que moi et tout juste plus mince. Il passa un bras vigoureux sous mon épaule et me mit sur pieds d'un mouvement de hanche.

— Ça ira mieux quand elle se sera dégourdie, ne pus-je m'empêcher d'expliquer.

Mon serviteur confirma ma remarque d'un haussement d'épaules et retourna aux tranches de pain qu'il était en train de faire griller sur une pierre au coin du feu. Il déposa deux lamelles de viande séchée qui crépitèrent au contact de la surface chaude et enchaîna :

— La flotte a arrêté de tomber. Alors j'ai commencé à bâter la mule. On sera vite sur la route, vous verrez !

Je ne doutais pas le moins du monde de l'entrain que mettrait le jeune homme à nous faire repasser en Ysoar pour quitter au plus vite la forêt.

À peine avais-je fini d'avaler mon repas, que le camp était plié et nos montures prêtes au départ. Toute la journée, nous chevauchâmes dans notre écrin verdoyant, nous repérant aux timides rayons de soleil qui perçaient le feuillage. D'après mes calculs, notre raccourci nous permettrait d'arriver à Daeg dans la soirée.

Alors que nous débouchions d'un taillis dense, nous entendîmes des cliquetis métalliques et nous retrouvâmes encerclés par une douzaine d'hommes armés, prêts à se ruer sur nous au moindre geste malavisé de notre part. Budec avait sauté de sa mule et brandissait son couteau, ridicule protection devant la troupe qui nous faisait face. Nos assaillants portaient pour la plupart armures matelassées et casques à nasale. Seul l'un d'entre eux, de toute évidence leur chef, était pourvu d'une cuirasse cloutée sur laquelle s'épanouissait une imposante barbe blonde. Aucun n'arborait d'armoiries, aussi était-il difficile de savoir si nous avions affaire à un groupe de mercenaires ou à une armée régulière. Au moins n'était-ce pas l'escouade de mon rêve !

— Le premier qui s'approche, je l'embroche ! hurla mon serviteur en ariate, la langue de nos terres du Sud. Fuyez, mon seigneur !

Deux hommes mirent pied à terre et se précipitèrent sur le garçon, le désarmant avec une incroyable facilité, avant de le confier sans ménagement à leurs compagnons. Ils se saisirent ensuite des rênes de ma monture et confisquèrent ma dague qui n'avait pas quitté son fourreau.

— Paix ! Paix ! haletai-je, tout en adoptant, mains en évidence, la position manifeste de non-agressivité.

Je m'étais exclamé en langue commune, ou langue franche, dialecte parlé dans la quasi-totalité du Monde Connu.

Le chef, monté sur un magnifique destrier blanc, appela ses hommes au calme et me questionna sur les raisons de ma présence ici. Il s'était exprimé dans le patois ysoarien, langue à l'image de ses habitants : gutturale, grossière, terreuse. Je parlais parfaitement ce dialecte, mais préférai, pour le moment, ne pas le faire savoir :

— Nous sommes de simples voyageurs ! continuai-je en langue commune. Nous nous sommes égarés pendant l'orage et cherchons à rejoindre Daeg !

Après que les deux hommes à pied eurent inspecté nos montures et confirmé mes dires, le chef ordonna à ses troupes de rengainer leurs armes et de relâcher mon serviteur. Ôtant son casque surmonté d'une poignée de crin aussi blanc que celui de son cheval, l'homme dévoila une longue chevelure blonde nouée en de nombreuses tresses parsemées d'anneaux de métal. Sa barbe épaisse arborait le même traitement. À peu près de mon âge, ce gaillard à la carrure développée en imposait, tant par son physique atypique en cette région que par son autorité naturelle. La tête légèrement inclinée sur le côté, il nous toisa, Budec et moi. Amusement et suspicion se mêlaient dans ses yeux clairs.

— Vous êtes en plein Agalaadywen, me répondit-il dans une langue franche dénuée de tout accent. Ce n'est pas l'endroit le plus sûr pour de « simples voyageurs ».

Même sans comprendre un mot, Budec avait saisi la nuance qu'avait imposée notre interlocuteur à ces deux derniers mots. Effrayé, il ne cessait de lever vers moi son visage interrogateur. Je le rassurai d'un léger hochement de tête.

— Pourriez-vous nous indiquer la direction à prendre ?

Je tentai d'accompagner ma demande de mon sourire le plus franc. Nous verrions bien assez vite si l'intention de ces hommes était de nous détrousser.

— Nous allons faire mieux, lança le chef en faisant faire demi-tour à sa monture. Nous allons vous y escorter.

Avec un mouvement de main nonchalant, il invita tout son équipage à se mettre en route. Je notai que deux cavaliers fermaient la marche. Nous n'avions plus aucune possibilité de nous éclipser, si tel avait été notre projet.

— Vous pensez qu'on peut leur faire confiance, mon seigneur ? me chuchota Budec, inquiet.

— C'est à souhaiter, car nous n'avons pas d'autre choix. Et par tous les démons, arrête de m'appeler « mon seigneur » !

Alors que les bois s'éclaircissaient pour laisser place aux plaines d'Ysoar, je tournai une dernière fois la tête vers les fourrés, avec l'intime espoir d'y découvrir mon apparition. Espoir vain, bien entendu. Je me plus à imaginer cette femme cachée derrière l'un des troncs, guettant l'ultime regard que je lui jetterais quand je quitterais son repaire. Déjà le soleil déclinait et sa lumière orangée nous saisit au sortir de la forêt.

— J'espère que vous avez encore assez de forces, me lança le chef de la troupe en retenant son cheval. Le gué de la Rivière Mère n'est pas très loin. Si nous voulons arriver avant la nuit noire à Daeg, il va falloir galoper !

Sans attendre ma réponse, il lâcha la bride de sa monture qui trépignait d'impatience. Je poussai mon palefroi, conscient que nos longues journées de chevauchée avaient eu raison de sa fougue. Derrière moi, Budec criait pour encourager sa propre mule et celle de bât à suivre le rythme. Les vallons d'Ysoar s'étendaient face à nous, égrainant hameaux et champs épars. L'escouade se déploya autour de nous. Si j'avais voulu une arrivée discrète, c'était raté.

Δ

Une nuit dense enveloppa notre approche aux abords de la muraille de Daeg. De loin, nous avions pu voir la cité se dessiner dans l'obscurité, amoncellement triangulaire de points lumineux. Des flambeaux projetaient leur clarté mouvante sur les gardes postés en haut de la tour de guet. La lourde porte de bois s'ouvrit sans que le chef de notre troupe n'ait à s'annoncer. C'était au moins réconfortant de se savoir accompagnés par de véritables gens d'armes. Nous commençâmes à remonter la rue pavée dans un concert de bruits de sabots, ce qui fit s'entrouvrir quelques volets. Il ne devait pas être courant qu'un tel équipage arrive à cette heure avancée. Le grincement de la fermeture de la lourde porte principale résonna dans la nuit, aussitôt suivi par le raclement rassurant de la barre de traverse. Le gros de la troupe poursuivit son chemin alors que le chef revenait à ma hauteur.

— Vous voici à bon port. Je ne sais pas où vous aviez prévu de descendre, mais croyez-moi, évitez la taverne du Mouton noir. Ils ont la pire bière de tout le pays.

Je le remerciai d'un hochement de tête. Cependant, je n'avais nulle intention d'aller dans un des bouges dont regorgeait la basse ville.

— Je suis attendu au château, avouai-je.

Je touchai malgré moi l'endroit de ma selle où était cousu mon précieux paquet.

— Voyez-vous ça.

Une moue amusée vint couronner la pose nonchalante du cavalier. Il était évident qu'il n'était pas surpris de cette nouvelle.

— Eh bien suivez-moi, « simples voyageurs », nous invita-t-il avant de faire pivoter son cheval Je vais vous faire passer le poste de guet.

Son attitude détendue me fit penser qu'il avait fini son service. C'était la première fois que je venais à Daeg et un guide – même aussi désinvolte – n'était pas de trop, vu l'heure tardive de notre arrivée. Nous remontâmes la rue principale en silence, sous l'accueil grinçant des enseignes des échoppes. Quelques lanternes éclairaient la voie, donnant aux bâtiments des allures fantomatiques.

Plus nous nous enfoncions dans les entrailles de la cité, plus les allées étaient larges et espacées, les maisons plus cossues. La plupart des constructions, érigées sur une base en pierre d'un gris plus ou moins sombre, possédaient un ou deux étages qui surplombaient la rue de leurs décochés en bois. Le château ne tarda pas à se dessiner sur le fond d'encre. Ses hautes tours s'ornaient de quelques fenêtres éclairées, preuve qu'une telle bâtisse ne dormait jamais. Les remparts de la forteresse s'élevaient face à nous, tant protecteurs qu'inquiétants. Sur la même place, à gauche, se dressait le temple, éclatant malgré la nuit. Autant la pierre utilisée pour chaque construction était morne, passant du gris foncé au gris clair, autant celle employée pour l'édifice saint était blanche. À son sommet, le *Terpis*, emblème de la Vraie Foi, irradiait sous les rayons léchants des flambeaux sacrés, lumières faisant le lien entre le coucher et le lever du soleil. La clarté du Père Très Saint ne ployait jamais face à l'obscurité. Le *Terpis* – un triangle à base arrondie symbole de la descente de la Parole Sainte sur le monde

–, semblait être fait de feu. On racontait que cette sculpture était uniquement constituée des anneaux de guerrier qu'avait amassés le souverain d'Ysoar au cours de son impressionnant règne. On disait que lors de sa conversion à la Vraie Foi, vingt ans plus tôt, le roi Tillaumet avait rompu son épée, renié les Anciennes Croyances et avait fondu ses trophées pour les élever à la gloire du Père Très Saint. On murmurait aussi qu'il avait été l'amant de la reine d'Agalaadywen, servante de la Mère Déchue, et qu'il l'avait pourfendue lui-même de son épée, lors de la bataille de la Grande Victoire.

Les imposantes portes du poste de guet de la forteresse s'ouvrirent à notre approche.

— C'est pas une heure pour rentrer, Györg ! lança le garde en poste sur la muraille à mon compagnon de chevauchée, dans le rocailleux patois local.

— Je sais bien, mais ta femme ne voulait plus me laisser repartir !

La repartie du cavalier fut accueillie par une salve de jurons, à ce que j'en compris.

Nous mîmes pied à terre dans une immense cour pavée où accoururent plusieurs garçons d'écurie aux mines ensommeillées.

— Maintenant qu'on y est, vous pourriez me dire qui vous êtes réellement et ce que vous venez faire ici.

Le ton ferme employé dénotait avec la pose décontractée que notre accompagnateur affichait. Sa main sur le pommeau de son épée ne me laissa pourtant nul doute quant à sa méfiance à mon égard. Bien décidé à ne pas abandonner nos montures aux jeunes domestiques, Budec se débattait pour les empêcher de se saisir des rênes.

— Je suis Guilhem d'Ariatide, fils du roi Blivien, haut souverain des terres du Sud. Le roi Tillaumet d'Ysoar est informé de ma venue.

Je déroulai mes titres en vue d'appuyer mon rang, insoupçonnable sous la crasse qui me recouvrait. Mon interlocuteur afficha un sourire convenu puis confia son cheval à l'un des garçons d'écurie et me fit signe de le suivre.

— Si c'est le cas, le roi Tillaumet, haut souverain d'Ysoar, confirmera votre identité.

Son ton pompeux avait tout d'une singerie.

— En attendant, je suis votre humble guide dans ce dédale de couloirs.

Il esquissa une révérence, bien que ni lui ni moi ne fûmes dupes de son air avenant. Sans plus un mot pour moi, il héla un serviteur et lui murmura quelques mots à l'oreille. L'adolescent fila dans le château sans demander son reste. Sans faire attention à la douleur qui irradiait dans ma jambe gauche, j'entrepris de desseller mon cheval.

— Va aux écuries et assure-toi que les bêtes soient bien traitées, ordonnai-je à Budec en ariate. Je t'enverrai chercher.

Ma selle sur l'épaule, j'invitai le soldat blond à m'indiquer le chemin. Je notai le regard curieux qu'il posa sur mon bagage et attendis la remarque qui ne vint pas. Le guerrier était un peu plus grand que moi et sa musculature développée n'avait rien à envier au meilleur des bretteurs. Nous pénétrâmes dans le bâtiment et arpentâmes de longs couloirs aux murs en pierre taillée grise. Nos pas résonnaient dans ces lieux endormis. Des lampes à huile disposées à intervalles réguliers nous donnaient la mesure de l'ampleur de cette construction. Le dénommé Györg n'accorda aucune importance à mon boitement et ne ralentit l'allure qu'à l'approche d'une modeste porte en bois. Il ouvrit le lourd battant et m'invita à entrer dans la pièce presque nue. Deux bancs accolés au mur, deux lanternes. Pas une cheminée pour réchauffer l'atmosphère froide et humide qui régnait entre ces pierres sombres. Mon guide m'offrit de m'asseoir, tandis qu'il restait debout dans l'angle à côté de la sortie.

— Je vous ai fait annoncer à Sa Majesté, m'expliqua-t-il sans plus de détail.

Je serrai les dents en m'installant, tant ma jambe était douloureuse. Il faudrait que je songe à me faire préparer un baume par un apothicaire.

D'interminables minutes s'écoulèrent avant que des pas volontaires n'emplissent le couloir. Le judas dont était pourvue l'huisserie fut tiré et aussitôt refermé. Enfin, la porte s'ouvrit sur le roi Tillaumet en personne, tout juste vêtu d'une longue chemise, d'un mantel[3] de laine bleu foncé et de courtes bottes de cuir souple. Ses cheveux blancs ondulés se déversaient en cascade sur ses épaules, se mêlant à sa barbe. Il était un peu plus petit que moi, mais pas moins charpenté. Sa stature de guerrier émérite était parée d'un ventre rebondi.

— Par Sa bonté ! Guilhem d'Ariatide ! s'exclama le souverain ysoarien, ses bras puissants écartés en signe de bienvenue.

Je m'inclinai et le saluai avec tout le respect qui lui était dû.

— Qu'Il vous garde, Majesté !

Le souverain des terres centrales balaya mon attitude protocolaire d'un râle amusé et reprit, jovial :

— Père Très Saint ! Je comprends que György ait eu des soupçons sur toi. Jamais je ne me serais douté que tu voyagerais aussi modestement !

Ce disant, le roi Tillaumet congédia d'une main le soldat blond qui se retira après un bref salut de tête, et m'invita à m'installer à ses côtés sur l'un des bancs.

— Ton père m'a confirmé ta venue, mais je ne t'attendais pas avant au moins deux semaines !

— Je n'ai fait que peu de haltes, porté par l'urgence de ma mission.

— Tu l'as donc avec toi ? s'enquit-il, le visage gagné par la vénération.

— Bien sûr !

3 Ample manteau de laine

Soulagé, il posa une large main sur mon épaule.

— Alors conserve encore ce précieux fardeau une nuit, je te prie. Je ne peux avoir confiance qu'en peu de gens.

Les soupçons qui avaient obscurci ses yeux verts m'inquiétèrent. Courais-je plus de danger maintenant que j'étais arrivé à bon port que durant tout mon voyage ?

— Comment se porte le roi Blivien d'Ariatide ? me demanda-t-il, rasséréné.

— Un vrai jeune homme !

— Voilà qui ne doit guère réjouir ton frère ! plaisanta le roi d'Ysoar en roulant le coin de sa moustache entre deux doigts.

Tout comme mon père, Tillaumet jouissait d'un règne particulièrement long, ce qui devait faire pâlir de rage ses potentiels héritiers.

— Lorcas est plein de patience ! ajoutai-je sur le ton de la confidence. Il lui en faudra pour supporter les longues années qui le séparent de son accession au trône !

Le roi Tillaumet rit de bon cœur à ma boutade avant de se frapper les cuisses et de se relever.

— Je t'ai fait apprêter une chambre et ai pris la liberté d'y faire monter un bain et une collation. Je me suis dit qu'après une telle chevauchée…

Il s'interrompit et m'attrapa sous les bras alors que je trébuchais, abandonné par ma maudite jambe.

— Par Son très saint nom, tu es blessé ? Veux-tu que j'envoie chercher mon chirurgien ?

Son inquiétude était touchante, autant que ma faiblesse, déplacée.

— Non, merci, Majesté. C'est une vieille meurtrissure. Rien qui ne se voit amélioré par un bain chaud et une bonne nuit de sommeil.

— Voilà qui est rassurant, soupira le roi avant de me gratifier d'une tape paternelle sur le dos.

Δ

La chambre qu'on m'avait attribuée était aussi luxueuse que celle que j'avais quittée chez moi. Voire plus. Un large lit à baldaquin garni d'un épais matelas de plumes, de draps de lin et couvertures de laine trônait dans un coin. Un feu démoniaque ronflait dans l'imposante cheminée taillée dans cette pierre grise dont tout l'édifice était bâti. Sous la fenêtre obstruée par d'épais rideaux, se trouvaient une table de bois, un fauteuil, quelques vêtements propres et tout un nécessaire de toilette comprenant miroir de plomb poli, peigne, rasoir et autres paires de ciseaux dont j'avais grandement besoin. Quelle étrange sensation de découvrir mon visage rongé par cette barbe dense ! Les tailles successives dégagèrent peu à peu mes traits, libérant le reflet que je connaissais : cet homme dans la force de l'âge aux cheveux bruns coupés court, cette peau halée par le soleil de mon pays, ces yeux noisette que nombre de femmes jugeaient charmeurs, ces lèvres fines et ce faciès, typique de ma famille, qui mêlait douceur et témérité.

L'eau brûlante que versait Budec sur mon dos courbatu me soutira des soupirs d'aise. La baignoire de bois cerclée de fer dans laquelle je me prélassais était si grande que je pouvais presque m'y allonger. Toute la tension de mon voyage semblait s'échapper aussi vite que ma crasse teintait l'eau. Pourtant, un coup d'œil à la selle posée au pied de mon lit suffit à me rappeler tout l'enjeu de ce voyage. La porte de ma chambre était fermée à double tour, la couche de Budec barrait le passage… Non, je ne risquais rien. Cette pensée me détendit. Un peu trop. Pour résister à l'envie de m'endormir, j'invitai le jeune homme à me frictionner le dos, puis à m'aider à m'extirper de cet apaisant liquide fumant. Je m'enroulai dans le drap qu'il me présentait et m'approchai de la cheminée afin de me sécher.

— Tu peux te baigner si tu le souhaites.

Budec fit une telle tête que je me demandai s'il avait déjà eu l'occasion de se laver dans une baignoire. D'ordinaire, les domestiques bénéficiaient du bain de leur maître, après que femmes, enfants et intendants aient eu leur tour. Quant aux esclaves, sans doute allaient-ils... je ne m'étais jamais posé la question.

— Je me suis rincé dans l'abreuvoir des chevaux, me répond-il d'un ton penaud.

— Allons, Budec ! Ce serait dommage de gaspiller cette eau encore chaude ! Et je n'ai plus besoin de toi pour ce soir.

Sans attendre sa réponse, je me retournai vers le feu, profitant de son ardente morsure sur ma peau ramollie. Des bruits de vêtements ôtés à la hâte et quelques éclaboussures m'indiquèrent que j'avais réussi à le convaincre. Je passai une chemise qui me descendait jusqu'à mi-cuisse, et rejoignis le lit des plus accueillants. Le jeune homme ne faisait pas attention à moi. Les yeux fermés, il savourait cette expérience nouvelle.

Amusé à l'idée qu'il ressemblerait à un pruneau s'il s'endormait dans l'eau, je me glissai sous les couvertures et, épuisé, sombrai dans le sommeil.

Δ

Pour la seconde nuit consécutive, un songe me happa au moment où mes paupières se fermaient. Avec un plaisir non feint, je me retrouvai en compagnie de mon apparition d'Agalaadywen. Dos à moi, elle m'invita à la suivre au plus profond de la forêt. Ses longs cheveux bruns tombaient sur ses reins en une tresse qui dansait à chacun de ses pas. Sa robe moirée glissait sur le sol sans s'accrocher aux buissons, dévoilant des plantes de pieds délicates qui effleuraient la mousse du sentier. Je m'élançai à sa suite, et notai alors que je n'avais pas de chaussures. Je ne m'étonnai pas non plus de l'absence de mon boitement. Par bonheur, ma tare ne m'accablait pas dans mes rêves ! La jeune femme me lança une œillade tout en continuant sa progression. D'une main, elle dénoua les lacets qui fermaient sa robe, tira sur le tissu, et révéla avec lenteur les courbes de ses épaules, de ses hanches. Des rayons de soleil joueurs vinrent illuminer la peau de son cou offert, soulignant la douce ligne de son corps. Bientôt, le vêtement voleta au sol, mue superflue qu'elle enjamba avec grâce. Ses fesses rebondies surplombaient des cuisses rondes qui ne laissaient passer aucun trait de lumière entre elles. La volupté parfaite.

Je fus frôlé par la honte d'avoir de tels songes. Le Père Très Saint proscrivait que l'homme voie le corps nu de la femme lors des unions charnelles, tant cette vision pourrait le détourner de son rôle premier : la procréation. N'était-ce pas le rôle des catins de s'exhiber, là où les épouses respectables restaient vêtues ? L'Ère de l'Ancienne Déesse, avec ses orgies païennes, était révolue depuis de longues années. Mais était-ce une raison pour me brimer même dans mes rêves ? Et j'avais beau servir la Vraie Foi avec dévotion, j'étais loin d'être un saint.

Offerte à la vue de tous les êtres de la forêt, mon apparition guetta ma réaction du coin de l'œil, immobile. Sa bouche s'entrouvrit en un sourire mutin, enjôleur, impudique. Il n'en fallut pas plus pour attiser mon désir. Je fus contre elle en quelques enjambées et, l'attrapant par le bras, la retournai face à moi. Son nez chatouilla mon menton dépourvu de barbe, avant que sa joue ne remonte avec douceur le long de la mienne. Son odeur d'humus et de pluie printanière m'emporta. Après avoir raffermi mon étreinte autour de sa taille, j'embrassai ses lèvres avec toute l'ardeur de nos précédents ébats interrompus. Elle gloussa de plaisir et répondit à mes baisers avec empressement puis, d'un coup de bassin, me plaqua contre un arbre. Le contact chaud de sa peau nue contre la mienne était un délice divin. Quand m'étais-je déshabillé ? Les rêves ne s'embarrassent pas de tels détails. Soucieux de ne pas nous voir à nouveau interrompus au moment crucial, j'effectuai un savant demi-tour, collai le dos de la femme sur le tronc, attrapai ses jambes et m'introduisis en elle. Ses membres s'enroulèrent autour de moi comme des lianes, me serrant au rythme des va-et-vient de mon bassin. Les gémissements de ma partenaire offraient une mélodie nouvelle, et toute la forêt se mêlait à notre union, palpitant en cadence. Trop vite, une vague de plaisir telle que je n'en avais jamais connue, envahit mon corps et explosa en une myriade de frissons incontrôlables qui me fit tomber à genoux.

Enlacés, haletants, nous reprîmes peu à peu vie en goûtant à la peau de l'autre, par des baisers d'une tendresse infinie. Nos yeux repus se croisèrent et se fixèrent. Je me trouvais dans ces lacs noirs aux éclats d'émeraude, tel que j'avais toujours voulu être : respecté, puissant, prospère.

— Merci beaucoup.

Je prononçai ces mots sans m'en rendre compte, tant ils coulèrent hors de moi. Ma reconnaissance soudaine nous entraîna tous deux dans un rire libérateur qui fut repris en chœur par le chant des oiseaux.

Δ

Reposé, rasé et décemment vêtu, je me sentais revivre. Cette nuit m'avait été fort bénéfique, bien qu'insuffisante pour un total rétablissement. Lorsque je m'éveillai, Budec avait déjà pris le temps d'allumer notre feu, d'aller nous chercher quelques victuailles aux cuisines et de cirer mes bottes et mes gants.

— Je n'aurai pas besoin de toi ce matin, lui annonçai-je en finissant de me chausser. Trouve un apothicaire qui pourrait me fabriquer du baume pour ma jambe et fais laver nos vêtements.

Je déposai trois pièces de bronze sur la table. Sans un mot, mon serviteur acquiesça, empoigna la monnaie et sortit en tentant d'arranger sa mise. Tous nos habits avaient fait les frais de la pluie incessante qui nous avait accompagnés depuis notre arrivée en Ysoar, et Budec avait donc passé la tenue qui lui avait été prêtée. Les chausses[4] de toile trop courtes qu'il avait retroussées sur ses mollets charnus et la cotte[5] de laine jaune, quant à elle, trop large, qui lui descendait jusqu'aux genoux, lui donnaient l'allure dégingandée d'un enfant ayant sauté trop vite dans l'âge adulte.

Préférant ne pas me défaire un seul instant du paquet dont j'étais porteur, je dégageai le petit colis de la doublure de ma selle et le glissai dans la ceinture où pendait ma dague, entre la chainse[6] et la cotte de laine marron qui m'avait été préparée. Là, il était inaccessible. À moins qu'on me tue, bien sûr. Mais je ne me laisserais pas faire de bonne grâce. Budec avait déballé mon épée et en avait graissé le fourreau. Je fus tenté de la ceindre, mais non. Je n'étais plus cet homme-ci. Dès mon devoir accompli, je la ferais fondre et viendrais en décorer ma harpe. Cela avait été un déchirement de devoir la laisser en Ariatide. Ah, comme mon instrument me manquait !

Le soleil était déjà haut lorsque je sortis de ma chambre. J'avais hâte de faire plus ample connaissance avec mes hôtes et surtout de m'acquitter une bonne fois pour toutes de la mission qui m'avait été confiée. Je revoyais le visage serein du roi Tillaumet, sa barbe et ses cheveux blancs argentés, sa moustache aux bords fins relevés, son air

---

4 Jambes de pantalons non cousues ensemble, qui montent au moins jusqu'à mi-cuisse, et s'attachent aux braies.

5 Désigne la tunique portée par les hommes, ou la robe longue portée par les femmes.

6 Chemise.

doux, mais ferme. La tignasse blonde et le regard arrogant de Györg me restaient aussi en mémoire. Il y avait chez ce guerrier une nonchalance dérangeante qui le rendait difficile à cerner. Je n'avais pas non plus l'habitude de voir des hommes tresser leurs cheveux. Cette coutume des peuplades du Nord suscitait plus la raillerie que l'admiration chez moi, dans le Sud. Qui voudrait adopter une coiffure de femme ?

Par Sa grande miséricorde, la douleur de ma jambe était redevenue supportable. Quant à mon boitement, voilà bien des années qu'il faisait partie de moi. Ma cuisse gauche me lançait encore un peu, mais je connaissais les points à même de me soulager. Tout en marchant, je frictionnai mon membre déformé pour tenter d'assouplir mes muscles atrophiés.

Après avoir suivi un long couloir où la lumière du jour ne pénétrait qu'à travers de très fines meurtrières – vestiges des guerres passées –, j'empruntai un escalier en colimaçon en pierre qui débouchait dans un hall vide. Une gigantesque porte de bois richement décorée se trouvait face à moi. Les bas-reliefs raffinés qui l'ornaient représentaient une chasse au dragon. La sculpture était si minutieuse qu'on pouvait voir les écailles du monstre. Des pas dans le couloir me détournèrent de l'objet de mon intérêt.

— Ne restez pas planté là, se moqua la voix derrière moi. Si vous ne rentrez pas, personne ne viendra vous chercher.

Sans prêter plus d'attention à moi, le fier Györg tira la lourde porte et pénétra dans la grand-salle. Je lui emboîtai le pas sans relever sa provocation. Le roi était déjà attablé en compagnie de plusieurs convives, installé sur un impressionnant trône de bois du même raffinement que les ornementations de la porte. Une ligne de serviteurs se tenait contre le mur, disponibles au cas où tel ou tel hôte exprimerait le moindre besoin. Je m'inclinai devant le monarque et, comme il se devait, attendis sa réponse pour me redresser :

— Majesté.

— Guilhem ! Guilhem ! s'amusa Tillaumet avant de continuer en langue commune. Assez de cérémonie. Approche !

Tout en saluant les hommes installés aux côtés du souverain, j'observai avec admiration la pièce qui m'entourait. Elle n'avait rien de l'architecture aérée de chez moi, mais était tout de même somptueuse. Les âmes naïves vantaient le fait que ce château avait été érigé en une seule et unique nuit par la reine d'Agalaadywen, alors maîtresse de Tillaumet. Père Très Saint, aie pitié des simples d'esprit qui préfèrent voir magie, là où des artisans de renom ont œuvré des années durant ! Les richesses que cette immense salle renfermait, témoignaient de la gloire passée de ces terres centrales. Cet espace était assez vaste pour accueillir un millier de personnes ! Chose rare, trois imposantes fenêtres à meneaux s'épanouissaient sur le mur sud, dans des renfoncements aménagés de banquettes attirantes. Ces coussièges[7] me renvoyèrent longtemps en arrière. Ma mère affectionnait de tels endroits. Chez nous, elle passait de longues journées à broder, lançant de temps à autre un regard par les carreaux, dans l'espoir probable de voir mon père revenir d'une de ses énièmes expéditions militaires.

Les vitraux géométriques qui ornaient les ouvertures étaient une preuve de plus du grand talent des artisans de l'Ysoar, talent loué dans tout le Monde Connu. Chez moi, en Ariatide, les richesses étaient principalement minières. Notre sous-sol regorgeait de trésors insondables : plomb, fer, étain, cuivre, argent, un peu d'or... Nous commercions avec le monde entier. Je reconnaissais d'ailleurs, dans ces vitraux, le plomb extrait des mines du nord de mes terres. Chargée des couleurs du verre, la lumière semblait recréer, en intérieur, les magiques arcs-en-ciel.

---

7 Banc maçonné dans l'embrasure d'une fenêtre.

De grands rideaux d'épaisse laine étaient retenus sur le côté par de larges cordelettes, afin de laisser pénétrer les rayons du soleil. Rabattus en hiver, ils permettaient à cette pièce de conserver sa chaleur, tout en offrant des recoins discrets et confortables... confortables, mais froids ! J'avais, dans ma jeunesse, organisé de nombreuses entrevues galantes dans de tels lieux, mais l'expérience m'avait vu préférer la température plus clémente d'endroits comme les cuisines, les écuries, ou encore mes appartements.

Une cheminée, proportionnelle aux dimensions titanesques de la salle, accueillait un feu crépitant qui n'avait pas tant été allumé pour réchauffer l'atmosphère, que pour la débarrasser de son humidité. Les soirs de banquet, cet âtre devait pouvoir rôtir trois bœufs simultanément. Une immense tapisserie représentant une chasse à la licorne couvrait le mur nord dans un déferlement de détails et de couleurs.

— Tu ne vas quand même pas faire attendre un tel festin ! me tança Tillaumet avec malice, tout en croquant dans une tranche de viande en croûte. Viens t'asseoir à côté de moi !

J'obéis au roi après m'être incliné, en signe de remerciement.

Györg, de toute évidence amusé par mon excès d'étiquette, ne me quittait pas des yeux. La cotte verte qui lui descendait à mi-cuisse était ornée de galons bruns et blancs. Ses manches retroussées dévoilaient des avant-bras puissants ornés de lourds bracelets d'argent en forme de serpents. Jamais je n'en avais vu de tels. Sans doute ces parures devaient-elles avoir un sens particulier pour les peuplades des terres du Nord. L'homme aux tresses blondes était peut-être issu d'une riche famille d'Heylön qui avait fait le choix de l'envoyer suivre sa formation martiale en Ysoar. Il était probable, vu sa corpulence, qu'il excellât dans l'art du combat.

Tandis que Györg marmonnait je ne sais quoi à l'homme assis à ses côtés, Tillaumet m'invita à m'installer à sa gauche de sa voix de stentor.

— Par Sa grande miséricorde ! Je vois que tu vas mieux.

— Oui, Majesté. La qualité de votre accueil n'y est pas étrangère.

Un serviteur déposa un plat de viande sur la longue table qui meublait la pièce. Cinq autres hommes étaient déjà attablés en compagnie de leur souverain : Györg, son compagnon – un homme brun du même âge – et trois prêtres, reconnaissables aux quatre coins du Monde Connu à leur traditionnelle robe blanche bordée de pourpre, leur scapulaire[8] brodé du *Terpis* et leur calot en forme de poire. Celui dont la coiffe et l'habit étaient ornés de galons d'or devait être le Grand Prêtre de Daeg. Son visage empâté et couperosé laissait deviner son amour pour la bonne chair en plus de son intérêt spirituel.

Après m'avoir offert le meilleur morceau, Tillaumet se servit et continua, entre deux mastications :

— Ton père m'avait fait savoir que ton voyage serait plus long. À ce qu'il m'a écrit, tu as dû te rendre dans le sud de tes terres avant de venir en Ysoar ?

Sa barbe luisait de jus de viande. Il s'essuya la bouche d'un revers de manche et m'invita à me servir dans le plat de galettes de seigle qui venait d'être apporté. La première bouchée ne put que me faire saluer l'indéniable talent culinaire ysoarien. Nous avions beau être fiers, chez moi, en Ariatide – et surtout à Riassine, la capitale –, de notre gastronomie riche en couleurs et épices, force était de constater que même le plus élaboré de nos plats n'aurait pu rivaliser en finesse et en saveur avec ces simples galettes. D'ailleurs, ici, les viandes ellesmêmes semblaient plus goûteuses, subtilement aromatisées avec les herbes dont seuls ces gens avaient le secret. Sans doute était-ce là un

8 Vêtement constitué de deux pans qui retombent l'un sur la poitrine et l'autre sur le dos.

héritage de leur allégeance révolue à l'Ancienne Déesse, dévotion que nous avions reniée bien avant eux.

Le palais en extase, je répondis enfin :

— En effet, mais j'ai préféré hâter mon arrivée à Daeg pour me soustraire aux périls d'une telle route.

— S'il voulait rester hors de tout danger, il ne fallait pas qu'il aille en Agalaadywen, plaisanta en patois Györg avec son voisin.

Sans relever la remarque, je continuai mon récit :

— J'ai été attaqué dans une auberge, sur la route du Wyrdlyn. Je n'ai eu aucun mal à repousser mon agresseur, mais j'ai préféré ne pas multiplier ce type de rencontre. Aussi ai-je décidé de couper en passant par les bois de l'Ancienne Déesse, qui se sont d'ailleurs révélés bien vides. Vous savez, enchaînai-je en ysoarien à l'attention de Györg, la seule altercation que j'ai eue dans ces bois était avec vos hommes !

Stupéfait de m'entendre lui parler en patois, le guerrier blond me fixa, interrogateur, comme s'il cherchait à discerner jusqu'où je maîtrisais cette langue. Sans lui laisser le temps d'avaler sa bouchée, je poursuivis, toujours en ysoarien :

— J'en déduis, à votre coiffure, que vous êtes originaire d'Heylön. Est-il vrai que votre dévotion à la Grande Mère Déchue vous oblige à porter également un nom de femme ?

Györg me répondit par un sourire carnassier qui avait tout d'une mise en garde. Sans ajouter un seul mot, il se leva et prit congé du maître des lieux. Debout face à la table, il mordit une dernière fois dans le morceau de viande qu'il avait à la main, le jeta en direction d'un chien assis au coin de la salle, et sortit.

Le souverain d'Ysoar ignora ce départ et vida le contenu de sa corne à boire à grandes gorgées.

— C'est une bénédiction que tu n'aies pas eu à subir d'autre attaque, se réjouit-il, la moustache imbibée de bière.

Il s'adressait toujours à moi en langue commune, manière polie de me faire comprendre qu'il ne tenait aucun compte de la réponse que j'avais faite plus tôt au guerrier.

— Qu'Il soit loué de t'avoir conduit jusqu'ici sain et sauf.

— Âhni ! psalmodièrent les trois prêtres en chœur.

Je me joignis à eux, puis me concentrai à nouveau sur Tillaumet.

— Vous ne m'avez toujours pas parlé des troubles qui s'abattent sur vos frontières. Pourquoi envoyez-vous des troupes en Agalaadywen ? Ce sont bien vos troupes qui étaient…

Le roi ne répondit pas. Ou peut-être le fit-il, mais je n'entendis rien. Mon attention s'était en partie détournée de lui. Au moment où l'arrogant Györg allait passer la porte, il s'était écarté pour laisser entrer une jeune femme. Par Son très saint nom, elle était enchanteresse. La beauté même, la grâce même, l'incarnation de Sa sublime toute-puissance, l'éclat de la Vraie Foi. Ses cheveux d'or et de cuivre mêlés tombaient sur ses épaules. Sa gorge, timide – non, pleine de promesses voluptueuses – ondulait sous une cotte de velours pourpre très cintrée dont les nombreuses broderies n'étaient pas sans rappeler la mode ésirienne. Son teint d'albâtre rehaussait le chatoiement de ses yeux bleu d'eau. Une fine couronne d'argent retenant une légère voilette ornait son front. Elle jeta un bref regard dans ma direction, puis se présenta devant Tillaumet dont elle baisa la main avec respect.

Je ne parvins pas à détourner mon attention de cette apparition. Certes, les femmes de mon peuple étaient belles, mais aucune ne pouvait prétendre posséder autant de majesté, elle était…

Le grincement des pieds d'un siège me ramena au temps présent. L'homme brun installé aux côtés de Györg s'était levé à l'entrée de la jeune femme et je l'imitai.

— Pardonnez-moi, père, dit-elle d'une voix cristalline qui transformait l'ysoarien en la plus pure des mélodies. Je suis venue dès que j'ai appris que vous souhaitiez me voir.

— En effet, Sylwen, confirma Tillaumet Je tenais à te présenter Guilhem, fils du roi Blivien d'Ariatide.

— Que Sa grâce soit sur vous ! lui murmurai-je en m'inclinant.

— Et qu'Il vous couvre de Ses bontés, mon seigneur.

Son sourire solaire illumina la salle. L'enthousiasme dont elle faisait preuve était fort plaisant et lui seyait à merveille. De plus, elle parlait le dialecte commun avec un naturel enchanteur.

— Votre réputation a franchi nos murailles depuis longtemps et j'avoue que j'attendais votre venue avec grande impatience. Nous ferez-vous le plaisir d'un air, ce soir ?

J'ouvris la bouche pour lui répondre, mais aucun son n'en sortit. Je me raclai la gorge :

— C'eut été avec joie.

— Je t'en prie, mon enfant, interrompit son père en ysoarien, cesse d'accabler ainsi notre hôte avec tes suppliques déplacées et retourne à tes occupations.

Coupée dans son élan, l'apparition disparut aussi soudainement qu'elle était advenue. Le repas se finit sans que je retrouve la totalité de mes esprits, tant cette vision m'obsédait.

Δ

— Messieurs, pour ceux qui ne le connaissent pas encore, voici Guilhem d'Ariatide, fils du roi Blivien. Guilhem, voici mon Conseil.

Tillaumet me nomma chaque homme présent, noms que je ne cherchai pas à mémoriser, car je ne comptais pas m'attarder plus que nécessaire dans ce pays.

Après le déjeuner, j'avais suivi le souverain à travers d'interminables couloirs, jusque dans une modeste salle carrée sans fenêtre dont la porte en bois aussi épaisse que la main était doublée de part et d'autre d'une plaque de cuivre martelée. Même la plus aiguisée des oreilles n'aurait pu saisir la moindre parole proférée en ces lieux. À part une cheminée, des chandeliers, une longue table sur laquelle était gravée une carte du Monde Connu et une dizaine de sièges recouverts de cuir rouge, la pièce était fort dénudée en comparaison de la grand-salle. Presque froide, malgré la douceur répandue par le feu. Les murs de pierre grise étaient ornés de quelques antiques symboles protecteurs, dont celui de Daeg – deux triangles opposés par la pointe. Ces caractères faisaient profondément référence aux Anciennes Croyances et une telle décoration me surprit, surtout dans une ville convertie si tard à la Vraie Foi. Sans doute aurais-je préféré que Tillaumet occultât toutes traces de paganisme, pour mieux se plonger, purifié, dans les dogmes établis par le Père Très Saint.

Le roi d'Ysoar s'installa à la table. À ses côtés siégeaient Györg, son compagnon, un dénommé Kalian, commandant des armées d'Ysoar, les prêtres du repas, un Haut Érudit, reconnaissable à sa tenue blanche et bleue, ainsi que deux autres hommes. Mes yeux s'attardèrent à nouveau sur les bijoux qui ornaient les bras du combattant aux tresses blondes. Je m'aperçus que ces orfèvreries recouvraient des serpents dessinés à même sa peau. Sans doute les tatouages faisaient-ils encore partie des coutumes nordiques. Ces peuples étaient vraiment d'un archaïsme extrême !

— Nous pouvons parler en toute confiance, assura Tillaumet en langue commune.

Impatient, j'attendis que mon hôte abordât le sujet qui semblait tant le préoccuper.

— Avant de te libérer de ta mission, Guilhem, reprit-il en se redressant dans son siège, il faut que tu saches que nos terres sont en proie à des attaques incessantes.

J'acquiesçai, la mine sombre, et l'incitai à poursuivre.

— Les peuplades de l'Ancienne Déesse ont mis à sac des villages, ici et là, dans cette région.

Il pointait du doigt la carte gravée sur l'imposante table de bois sombre. Les nombreux détails, arbres, citadelles, monts, témoignaient une fois de plus de la grande habileté des artisans ysoariens. Chaque nom de pays se voyait couronné de son blason : le soleil pour l'Ariatide au sud, la lune pour l'Ésiria à l'est, l'étoile à sept branches pour l'Ysoar, le dragon pour l'Heylön au nord et l'Arbre pour l'Agalaadywen, à l'ouest.

— Comme tu peux le voir, exposa le roi, nos frontières communes avec ces bois maudits s'étendent sur des lieues. N'étant pas protégés à cet endroit par les terres franches du Wyrdlyn, nous n'avons pu faire d'autre choix que celui de nous défendre. Ou au moins, essayer. Voilà pourquoi mes hommes patrouillent en Agalaadywen.

— Le Grand Conseil de Wyrd est-il au courant ? demandai-je, interloqué par ce que j'apprenais.

— Oui, poursuivit-il, mais les Neuf Sages nous refusent leur appui tant qu'ils n'auront pas la preuve irréfutable des intentions belliqueuses des habitants de ces forêts. Quelles meilleures preuves que ces villages incendiés, ces pauvres gens massacrés ?

Je frissonnai. Le rêve que j'avais fait lors de ma nuit en Agalaadywen était-il une sorte de vision ?

— Mais non, s'emporta Tillaumet, ce n'est pas assez ! Wyrd nous prive du droit de marcher sur ces terres démoniaques !

— Pourtant, nous avons des alliés parmi les Neufs Sages, ajouta le conseiller du roi, un homme bedonnant d'âge mûr, dont la moustache était aussi touffue que son crâne était chauve. Mais sans un accord unanime de leur part, nous ne pourrons solliciter l'aide des autres seigneurs pour éradiquer cette vermine.

À la création politique du Monde Connu, il avait été décidé que le Wyrdlyn ne dépendrait d'aucun des Quatre Hauts Royaumes, et se montrerait garant de l'intégrité de chacun des souverains. Ainsi, aucun Grand Roi ne pouvait prétendre étendre son emprise sur l'un de ses voisins sans enfreindre le Pacte de Non-agression, et déchaîner les foudres du Wyrdlyn, de son armée et surtout, de celle que constituait l'union de toutes les forces militaires du Monde Connu. Si l'un des Royaumes se levait, il se retrouverait seul contre tous, et était donc certain de se voir décimer. Du moins en théorie. Car ce même Pacte empêchait ici l'Ysoar de se défendre des attaques perpétrées par les terres de la Mère Déchue.

Durant la Grande Guerre, l'Agalaadywen avait clairement été opposée aux autres Royaumes et avait donc subi l'épuration des Armées du Monde Connu, nouvellement baptisées « armées du Père Très Saint » ou « armées de la Vraie Foi ». Ces terres démoniaques n'avaient dû leur salut qu'à l'extrême exiguïté de leur géographie et aux avantages que leur végétation offrait aux forces récalcitrantes de l'Ancienne Déesse. Les armées du Père Très Saint avaient eu, en plus de la reconstruction nécessaire d'après-guerre, à asseoir Son emprise en Ysoar, territoire qui venait tout juste de retirer son allégeance aux Anciennes Croyances. Le royaume prospère de Tillaumet devait être construit. La Vraie Foi s'était efforcée d'être prêchée avec ferveur pour détrôner définitivement le paganisme des cœurs et des âmes des petites gens.

Tout comme Tillaumet, mon père avait fait partie de ces hommes qui avaient bâti notre monde. Pourtant, tandis que nous la pensions endormie à jamais, l'Ancienne Déesse avait préparé sa revanche. Tel était le double visage de la Grande Mère, créatrice et destructrice, bienveillante et furieuse.

— Je sais que ton père, Guilhem, de par sa lignée, a la confiance et l'oreille du Grand Conseil, affirma le roi Tillaumet, de même qu'il jouit d'une forte renommée. Ses paroles sont avisées. Nous savons que s'il nous soutenait, les Sages se joindraient à son avis. Nous pourrions alors demander l'aide de l'Ariatide et de l'Ésiria.

— Qu'en est-il des terres du Nord ? s'enquit le Grand Prêtre. Le royaume d'Heylön est-il toujours enchaîné par sa dévotion à l'Ancienne Déesse ?

D'un geste de la main, Tillaumet invita György à répondre. Le guerrier blond se redressa dans son siège et se racla la gorge.

— Les Terres et les Îles d'Heylön ne souhaitent pas prendre part à un conflit qui priverait le royaume de ses armées. Il faut déjà lutter contre les incursions répétées de barbares des îles de l'ouest et la reine Fjörna ne peut se permettre le moindre affaiblissement dans ses rangs sans raison valable.

— N'est-ce pas une raison valable ? s'emporta un autre prêtre.

György le toisa un moment, la tête inclinée sur le côté dans une arrogante nonchalance, et répondit avec calme :

— Je vous rappelle que l'Heylön a aussi une frontière commune avec l'Agalaadywen, et ne subit pourtant aucun raid.

— La décision du Grand Conseil vous forcera à entrer en guerre, éructa le même prêtre.

— Je ne fais que transmettre les messages de la reine Fjörna, se défendit l'homme blond en levant les mains d'impuissance. Je ne puis lui imposer mes propres idéaux. Vous tous, ici, savez ce que je pense. Mon cœur est en Ysoar. Cependant, si cela m'était ordonné, je me devrais de servir ma souveraine pour le bien de mon peuple. Et non du vôtre.

« Transmettre les messages de la reine » ? Se pouvait-il que cet homme soit si proche de l'un des monarques du Monde Connu ?

— Nous ne sommes pas ici pour débattre de cela ! coupa Tillaumet. Kalian, qu'as-tu à nous apprendre de tes dernières patrouilles ?

J'observai avec attention le commandant : il était encore jeune, peut-être plus jeune que moi, robuste, assez grand. Ses yeux d'encre, pénétrants, et son visage avenant témoignaient d'une intelligence vive. Ce devait être un savant stratège. Ses cheveux bruns bouclés étaient retenus en arrière par un lien de cuir. De même que dans la tignasse blonde tressée de Györg, de nombreux anneaux de guerrier venaient s'incruster dans son épaisse chevelure, ainsi que dans son imposante barbe, témoins de son ardeur au combat. Tous ces anneaux représentaient autant d'ennemis vaincus. Cette antique coutume s'était perdue au fil des âges et seuls les peuples du Nord la suivaient toujours. Pourquoi Tillaumet tolérait-il ces pratiques au sein même de ses armées ? Invité à prendre la parole par son souverain, il commença, illustrant ses propos au moyen de la carte gravée dans la table :

— Györg et moi avons délimité plusieurs périmètres autour des principaux lieux d'attaque et en avons déduit des zones de défense. Nous avons organisé nos patrouilles en alternance pour qu'il y ait une présence permanente en ces lieux. Mais les massacres n'ont pas diminué pour autant. Lors de ma dernière ronde à la frontière sud de l'Agalaadywen, j'ai constaté que deux villages avaient été incendiés depuis la nouvelle lune. Mais aucun cadavre calciné. J'ai suivi des traces de sabots jusqu'à un alignement de pierres. Tous les corps étaient attachés à des poteaux, vidés de leur sang. C'était la première fois qu'ils étaient ainsi massacrés.

— C'est une perte atroce, soupira Tillaumet. Il nous faut absolument retrouver un survivant qui puisse témoigner auprès des Neuf Sages de Wyrd. Et pour le village du nord ?

— Même cas de figure, répondit Györg. Nous n'avons trouvé aucune trace des habitants.

Les prêtres se mirent à psalmodier tandis que leur supérieur entonnait :

— « Père Très Saint, puissent Ta miséricorde et Ta majesté défaire à jamais le visage hideux de la Démone Déchue. Âhni ! Puissent toutes les idoles de glaise être détruites. Âhni ! Puisse l'Ancienne Déesse être anéantie à jamais et Ses enfants avec Elle. Âhni ! »

— Âhni, conclûmes-nous en chœur.

— Votre père vous l'a-t-il remis ? me questionna soudain le conseiller chauve.

Ne sachant si je pouvais parler en toute liberté de ce sujet, je guettai l'approbation du roi.

— Si tu as le paquet sur toi, m'invita Tillaumet d'un mouvement de la main.

— Par Sa grande miséricorde ! s'enthousiasma l'un des hommes en roulant lourdement les « r ». Vous l'avez ? Pourquoi ne pas l'avoir dit tout de suite ?

Sa voix rocailleuse était le reflet de son apparence corporelle. À défaut d'être un géant, il en avait toutes les caractéristiques : la taille, le charisme et l'aspect. Ses cheveux, sa barbe, de même que la toison de ses membres d'un roux flamboyant lui donnaient un côté bestial, que ses sourcils broussailleux et démesurés ne faisaient que renforcer. Je remarquai qu'il n'avait plus que trois doigts à la main gauche et son énorme main velue n'en était que plus impressionnante. Un chien gigantesque dormait à ses pieds, aux poils aussi roux que ceux de son maître. D'après la présentation du roi en début de séance, il appartenait à l'ordre des Balastes, les guerriers légendaires dont Tillaumet jouissait parfois de la présence en ses terres. Ces combattants aguerris étaient l'élite des armées du Monde Connu, les Défenseurs de la Vraie Foi. Bien loin d'être des doubles soldes – des mercenaires –, ces soldats représentaient le fer de lance de nos forces et n'en référaient qu'au

Grand Conseil de Wyrd et au Prêtre Premier, le saint homme par qui la parole du Père Très Saint s'était répandue parmi les peuples. Leur nom de « Balastes » leur avait été attribué en l'honneur des combattants réputés invincibles de la citadelle de Balastine, témoin d'une bataille décisive contre les troupes de l'Ancienne Déesse lors de la Guerre de Purification. Les origines des membres des Balastes étaient diverses : ariates, ysoariennes, ésiriennes, et même d'autres peuplades venues du Monde Inconnu. Ils parcouraient les terres du Père Très Saint, tels des nomades de l'est, dormant sous d'immenses tentes rondes. Je n'avais jamais eu le loisir de rencontrer cette troupe de renom, et me trouver en présence d'un des leurs était un honneur.

Je dénouai mes ceintures et extirpai le paquet de sous ma cotte. Toute l'assemblée retenait son souffle, suspendue à mes gestes. Solennel, je remis l'objet enroulé dans une étoffe à Tillaumet.

— Voici, Majesté.

Le monarque resta comme figé. Il hésitait à écarter le tissu qui recouvrait le précieux colis. D'une main tremblante, il procéda avec précaution, comme s'il s'était agi d'un nourrisson. Je n'avais pas eu la prétention de questionner mon père sur le contenu du paquet qu'il m'ordonnait de convoyer jusqu'en Ysoar. Aussi étais-je tout autant impatient que les autres.

La dernière bande de tissu dévoila une coque de cuir cousue sur elle-même.

— De quoi s'agit-il ? demanda avec intérêt le guerrier aux tresses blondes.

— Voici un objet qui pourrait bien changer le cours des choses, posa le souverain ysoarien sans donner plus de détails.

Le Haut Érudit, resté muet jusqu'ici, se racla la gorge pour tenter d'éclaircir sa voix éraillée :

— Si Sa Majesté me le permet, je peux me charger de cette première inspection dans le scriptorium.

Cet homme voûté aux longs cheveux grisonnants était si discret que je l'avais presque oublié. Il était si maigre qu'il semblait nager dans sa tenue de Haut Érudit : l'ample cotte de laine écrue surmontée d'un scapulaire court bleu nuit à poche ventrale. Claudius, mon ancien précepteur, était l'un des leurs. Aussi étais-je au fait de leurs attributs. Tout comme leurs habits, la longue pointe de cristal de roche à leur cou était l'apanage de leur statut, qui leur conférait un accès privilégié dans les bibliothèques ainsi qu'une libre circulation au sein du Monde Connu. Chaque souverain avait à son service au moins un Haut Érudit. À la fin de sa vie, chaque savant transmettait sa charge à un disciple auquel il avait inculqué ses connaissances. Autrefois, il n'était pas rare que ces intellectuels se rassemblent pour partager leurs savoirs. Mais c'était à l'époque où la magie n'était pas encore réprouvée. À présent, ils avaient plus une fonction de secrétaire, de conseiller, ou même d'émissaire. Je mesurais ma chance d'avoir eu un tel homme pour enseignant.

Le monarque ysoarien retourna le paquet entre ses doigts avant de le tendre au Haut Érudit.

— Vous avez raison. Vous, mieux que quiconque ici, saurez lui faire livrer ses secrets. Györg, escorte le Haut Maistre Vicor et monte la garde aussi longtemps que nécessaire.

Le guerrier acquiesça et les deux hommes prirent congé sans que notre curiosité n'ait pu être rassasiée.

— C'est mon secrétaire particulier depuis plus de quarante ans, se justifia Tillaumet devant mon air dubitatif. J'ai toute confiance en lui.

N'ayant pas la prétention de juger les choix d'un roi, je hochai la tête en signe d'assentiment.

— Majesté, intervint Kalian, demain je souhaiterais patrouiller dans un nouveau secteur d'Agalaadywen. Nous ne perdons pas espoir de retrouver l'endroit où ont été menés ces pauvres gens. Tout Ysoarien mérite une sépulture décente.

— Soit. Mais veille à ce que toi et tes hommes soyez sortis des bois avant le crépuscule. Je ne veux pas que vous couriez de risques inutiles.

Je ne sais ce qui me poussa à parler, pourtant il fallait que j'intervienne, quitte à me couvrir de ridicule.

— J'ai peut-être vu quelque chose lors de mon passage en Agalaadywen.

Tous les visages se tournèrent vers moi. Plus moyen de faire marche arrière.

— Il y a deux nuits de cela. De pauvres hères étaient convoyés au cœur de la forêt, jusqu'à un cercle de pierres.

— Pourquoi ne pas l'avoir dit plus tôt ? s'étonna Kalian, le commandant ysoarien, les sourcils froncés.

— C'est que... hésitai-je, tant tout cela était risible, je l'ai vu en songe.

Le géant roux éclata de rire, aussitôt fusillé du regard par le roi Tillaumet.

— Votre esprit aura sans nul doute été possédé par un démon, hoqueta l'un des prêtres, outré.

— C'est probable, avouai-je, sur la défensive. Le Père Très Saint m'en soit témoin, je n'avais jamais eu de tels songes auparavant. Tout était si réel.

— C'est un signe évident de possession démoniaque ! assura le religieux, méprisant.

— Ce n'est arrivé qu'une seule fois ! mentis-je.

Je ne souhaitais pas m'étendre sur le sujet, au risque de me retrouver traîné de force dans l'arrière-salle d'un temple et soumis à je ne sais quel exorcisme.

— Je pense, pour ma part, avança le Grand Prêtre, que c'est le Père Très Saint qui vous a envoyé ces images, afin de nous aider à lutter contre les démons !

Cet homme pieux n'aurait pas dit la même chose s'il avait eu connaissance des visions érotiques qui habitaient mes nuits.

— Sauriez-vous nous y conduire ? s'enquit Kalian, pas le moins gêné de bâtir ses recherches sur le rêve d'un parfait inconnu.

Cet homme faisait preuve d'une ouverture d'esprit épatante, à moins qu'il n'ait peut-être été lui-même déjà confronté à cette sorte de phénomènes.

— Je pense, du moins si vous pouvez me mener jusqu'à l'endroit où Györg et ses hommes m'ont trouvé.

— Majesté, il ne nous faut ignorer aucun indice, insista le commandant dans le but de convaincre son souverain.

— Voilà qui est des plus incongrus, lâcha Tillaumet en tapotant la table du bout des doigts. Si vous tous souhaitez y aller. Soit.

— Permettez que je me joigne à vous, rugit le géant roux. Une promenade en forêt me sera des plus profitables !

Le roi acquiesça et nous congédia d'un hochement de tête.

# Chapitre II

« Le Bien et le Mal n'existent pas.
Seule la frontière que tu crées,
Entre ta propre notion du Bien et du Mal,
Seule cette frontière existe.
Je suis,
Et à travers toi, J'agis et dicte Ma parole.
Âhni. »

*Livre Saint, chapitre II, versets 226 à 232.*

Δ

Les lueurs du petit matin poignaient tout juste à l'horizon lorsque je débouchai dans la cour du château. La veille, j'avais soupé dans ma chambre, dans l'espoir de profiter d'une longue nuit revigorante. Budec avait refusé de s'établir dans les quartiers des serviteurs où il aurait joui d'une paillasse confortable, pour leur préférer les dalles froides du pied de mon lit. Brave garçon ! Sa fidélité à toute épreuve me touchait au-delà de ce que je voulais bien laisser paraître.

Une fois de plus, mes rêves m'avaient ramené à mon apparition des bois. Mais cette fois, loin d'être érotiques, nos retrouvailles nous avaient vus arpenter la forêt à la recherche du fameux cercle de pierres. Le simple contact de sa main dans la mienne m'offrait une sensation de complicité que seuls nos ébats avaient pu créer.

Je fus vite rejoint dans la cour par Kalian, Raghôl – tel était le nom du géant roux –, son chien sur les talons, et une dizaine de soldats équipés. Le commandant ysoarien me tendit un plastron et un casque à nasale, tous deux en cuir épais.

— Tenez. Il est peu probable que ce soit nécessaire. Mais je ne veux pas de votre mort sur la conscience.

Sa remarque, plus efficace qu'agressive, me fit sourire. Pensait-il que l'épée à mon côté droit était décorative ? Lui-même portait sur un gambison[1] noir une magnifique armure de cuir lamellé rehaussée de plaques de métal. Je le remerciai et, le casque à la main, tâchai d'enfiler la protection sur mon mantel de laine. Les nouveaux venus se dirigèrent vers les écuries sans m'accorder plus d'attention.

Je fulminai de devoir me débattre avec les liens de l'armure. Je n'étais pourtant pas novice en la matière ! Le casque calé entre les cuisses, j'ôtai mes gants avec les dents, rageur, et les crachai au sol. Penaud, Budec courut vers moi et les ramassa aussitôt.

— Que se passe-t-il ? m'emportai-je, tant sur le vêtement récalcitrant que sur mon serviteur qui revenait les mains vides quand je m'attendais à le voir arriver avec mon cheval bai sellé.

— Votre monture boite. Il serait prudent de la laisser au repos les jours qui viennent.

— Par les sbires démoniaques, m'exaspérai-je. Est-ce que tout cherche à m'accabler aujourd'hui ?

---

1 Vêtement matelassé servant de protection.

— Le palefrenier vous prépare lui-même l'une de ses meilleures bêtes, gémit Budec, abattu, tout en finissant d'attacher mon armure avec une extrême facilité. Suivez-moi, maître.

Emboîtant le pas de mon serviteur qui repartait vers les écuries, je pénétrai dans le bâtiment d'où s'élevait une douce chaleur mêlée à une forte odeur animale. L'ambiance paisible me calma sur-le-champ. Au milieu des renâclements et des bruits de foin remué, Kalian et ses hommes finissaient d'équiper leurs montures. Budec me guida dans ce labyrinthe de stalles, jusqu'à un superbe animal gris. Le palefrenier me salua d'un hochement de tête tandis qu'il sanglait la selle. Le ballet des oreilles de l'équidé était signe de sa vivacité. Jamais je n'aurais imaginé chevaucher une si belle bête. Chez moi, elles étaient beaucoup moins massives, plus petites, fines et nerveuses. Une fois harnaché, le palefrenier confia les rênes à mon serviteur qui mena ma monture de substitution jusque dans la cour où m'attendait la troupe.

Avec l'aide de Budec, je parvins à enfourcher le cheval gris en serrant les dents. Je n'étais pas habitué à forcer sur les étriers pour me hisser à une telle hauteur. J'avais pour usage de monter à droite de l'animal, ce qui pouvait déconcerter certaines bêtes. La coutume voulait que le cavalier emprunte toujours le côté gauche afin de ne pas être gêné par son épée ou risquer de blesser l'animal. Mais étant gaucher et portant donc mon fourreau à droite, il était logique que mes habitudes soient inversées. De plus, suite à l'accident qui avait mutilé mon genou gauche, je devais jouer d'astuces pour ne pas être pénalisé par mon infirmité.

Malgré mon appréhension, le cheval ne sembla pas incommodé le moins du monde par mes manières. Pourtant, une fois en selle, je remarquai l'inquiétante position de ses oreilles. Avant même que j'aie pu m'y attendre, il faillit m'éjecter, dévoilant une part de l'incroyable puissance que possédaient ses muscles développés. Je tentai de ne pas prêter attention aux ricanements des soldats qui n'avaient rien manqué de la scène. Il fallait que je tâche de ne pas aggraver ma posture !

Budec empoigna la bride du mastodonte d'une main ferme, ce qui ne parvint qu'à inquiéter un peu plus la bête. Sorti de nulle part, Györg accourut, arracha les liens de cuir des mains de mon serviteur et murmura à l'animal quelques mots d'un patois incompréhensible. Le cheval se calma aussitôt. Ses oreilles avaient cessé leur danse nerveuse et étaient attentives aux formules prononcées par l'homme. Peu à peu, je sentis sous mes jambes les flancs puissants se détendre.

— Soyez-en digne, me lança le guerrier aux tresses blondes en langue commune. Il s'appelle Harmaa.

Je me retins d'éclater de rire, de peur de le vexer. J'avais oublié que les coutumes de ces peuples étaient encore très... différentes de la modernité des terres du Sud. Chez nous, les désignations animales se limitaient à des éléments basiques, que nous n'utilisions que pour l'identification : le Grand, le Noir, le Blanc... Nous n'allions pas jusqu'à les personnifier ! Certes, nous avions tous, à un moment ou à un autre, donné un surnom à notre compagnon de route, mais personne ne s'en vantait. Il était indécent de vouloir attribuer un nom à un animal, honneur réservé à l'Homme.

Je remerciai le guerrier blond d'un hochement de tête, ravi qu'il ne nous accompagne pas et m'élançai à la suite de la troupe qui se mettait déjà en branle. Kalian ouvrait la marche, suivi de ses hommes en rang par deux. Tous arboraient les casques pointus à nasale, typiques des terres centrales. Le géant roux vint chevaucher avec moi en queue et son chien immense trottinait derrière lui. Je me sentais minuscule aux côtés du Balaste. En temps normal, j'étais plutôt grand, mais lui faisait bien une tête et demie de plus que moi. Et quelles épaules ! Il aurait pu arrêter la charge d'un taureau à mains nues ! Pour toute armure, il affichait un plastron de cuir moulé, passé sur une épaisse cotte de laine noire. Attaché à sa selle, son casque de cuir ballotait au rythme de son cheval.

Nous descendîmes les rues de la ville en éveil. Le bruit des pas de nos montures résonnait sur les façades ensommeillées. Une fois les remparts de Daeg franchis, nous lançâmes nos chevaux au galop. Les vallons verdoyants tapissés de bruyères en fleur s'étalaient dans la lumière du soleil levant. Des colonnes de fumée s'élevaient des toits des chaumières, paisibles. Les *Terpis* métalliques bénissaient les chemins à intervalles réguliers, figés au sommet des pierres levées érigées autrefois au profit de l'ancienne religion. De rares bois venaient parfois couronner les collines. Vingt ans plus tôt, lors de la Guerre de Purification, la plupart des forêts avaient été rasées afin d'en chasser les habitants impies, sbires de l'Ancienne Déesse. Ces êtres de races diverses étaient indignes d'évoluer sous l'ère du Père Très Saint : elfes, nains, trolls, géants… Beaucoup avaient été passées par le fil de l'épée. Les autres s'étaient terrés en Agalaadywen et n'en étaient plus jamais ressortis.

Le soleil entamait depuis longtemps sa course lorsque nous traversâmes la Rivière Mère à gué. Ses eaux d'un bleu glacier caressaient une multitude de galets aux teintes et aux tailles aussi variées que les démons de l'Ancien Temps. Les bois maudits s'étendaient à perte de vue face à nous, insondables. Au loin, les monts d'Agalaadywen nous défiaient de nous aventurer sur leur domaine. La frontière des terres démoniaques était bordée, côté ysoarien, de nombreux *Terpis.* Qu'ils fussent de métal, gravés sur un arbre ou une pierre, ces symboles sacrés étaient autant de marques sommant les serviteurs de la Déesse Déchue de ne pas s'aventurer sur le sol de la Vraie Foi.

À peine le dernier d'entre nous avait-il franchi la rivière, que Kalian nous retint afin de nous exposer son plan avec calme. Cet homme disposait d'une autorité naturelle, sans pour autant être dénué d'une compassion qui donnait envie de le suivre en tout lieu.

— Soyez attentifs au moindre élément suspect. Ne vous éloignez jamais seul. Je tiens à ce que nous soyons ressortis avant le crépuscule. Pas question de passer la nuit ici.

Nous acquiesçâmes en chœur et reprîmes notre route. J'espérais pouvoir retrouver le chemin menant au cercle de pierres que j'avais vu en songe. Le simple fait de formuler ma pensée me renvoya à son extrême invraisemblance. Une dizaine d'hommes m'accompagnaient pour que je déniche un endroit que j'avais visité en rêve ! Il fallait que je fasse mon possible pour ne pas les décevoir.

Je ne pus m'empêcher de retenir mon souffle lorsque nous pénétrâmes dans la forêt d'Agalaadywen. L'atmosphère y était si différente, dense, palpable. Il y régnait une fraîcheur humide, pénétrante. Le soleil pourtant haut avait du mal à percer la canopée orangée qui nous recouvrait de ses longs cheveux noueux. Nous cheminions sur une large piste recouverte d'un épais tapis de feuilles mortes, piste que j'avais empruntée deux jours plus tôt. Une brise joueuse faisait chanter les ramures. Un pic-vert au loin s'évertuait à dénicher son repas. Dérangés par notre passage, des lapereaux détalèrent devant nous pour se fondre dans les taillis de fougères. Rien de plus normal dans des bois de cette taille. Néanmoins, j'avais l'étrange sensation d'être jaugé par les hêtres et autres chênes gigantesques, comme s'ils étaient habités d'une vie propre. Leurs racines tortueuses se répandaient au sol en longues tresses recouvertes de mousses et de champignons. Les arbres séculaires posaient sur notre équipage un regard réprobateur, presque menaçant. Ou du moins, l'aurais-je parié. En vérité, je me sentais épié par tout ce qui m'entourait. Et je ne devais pas être le seul. D'une voix tonitruante, le géant roux hurla en ysoarien à la volée, avec son accent rocailleux si particulier :

— Je suis Balaste, bras armé du Père Très Saint ! Si jamais un elfe ou tout autre excrément de ce royaume souhaite nous attaquer, qu'il vienne tâter de mon épée ! Raghôl le Petit ne craint personne !

« Raghôl le Petit », un drôle de nom pour quelqu'un de cette stature ! Cela laissait penser qu'il devait être le plus chétif de sa famille.

Quelques-uns des membres de notre compagnie rirent à sa provocation, mais je notai que plusieurs se signaient contre le mauvais œil, faisant courir leurs doigts de leur front à leur buste. Kalian, lui, resta de marbre, aux aguets. Son profil raffiné, ses sourcils déterminés, ses pommettes hautes et son nez élancé donnaient à son faciès ce mélange d'intelligence et de simplicité qui fait les grands hommes. Ses yeux d'ébène dégageaient une telle authenticité, une telle bonté, que je ne pouvais faire autrement que de l'apprécier. Soucieux, il tortillait sa barbe brune du bout des doigts, jouant avec les quelques anneaux métalliques qui y étaient insérés.

Une forte odeur d'humus et de frondaisons monta à mes narines et me renvoya l'image de mon apparition des bois, son visage, son cou offert à mes baisers, son corps nu contre le mien. Je devais bien me l'avouer, sbire démoniaque ou pas, je brûlais d'impatience d'aller me coucher pour la revoir. L'envol d'une corneille rompit la douce rêverie qui m'habitait et me fit sursauter. Le froid et l'humidité ambiante m'assaillirent d'un coup. Kalian leva le bras pour nous arrêter.

— C'est ici qu'ils vous ont trouvés, vous et votre serviteur, se contenta-t-il de me dire. Allez-y. Nous vous suivons.

Il me fallut un moment pour me resituer dans cette architecture végétale, quand un tronc creux me revint en mémoire, me permettant d'indiquer une direction. Je pris la tête, talonné de près par Kalian. J'étais pour le moins sceptique quant à mes chances de me repérer dans ce dédale de verdure, pourtant, l'itinéraire me vint aussi facilement que si je l'avais parcouru à de nombreuses reprises. Lorsqu'il m'arrivait de douter, mon œil était attiré par un détail, un arbre tordu, une roche, si bien que notre progression se fit de manière régulière jusqu'à l'endroit de mon campement avec Budec. Les traces de notre présence étaient encore bien visibles : les cendres de notre feu, la terre tassée par le poids de nos paquets… Kalian décréta une pause et chacun sortit de quoi se sustenter : du porc salé, du pain, un peu de fromage. Budec avait préparé dans les fontes de ma selle assez de réserves pour tenir plusieurs jours. Je fus ravi de pouvoir offrir un peu de pâté en croûte et même quelques lampées de vin.

Notre collation achevée, nous nous remîmes en marche à la recherche du cercle de mégalithes. Au fur et à mesure que je remontais la piste, les images de mon rêve me revenaient en mémoire, limpides, palpables. Sans doute trop pour un songe. Soudain, au détour d'un buisson, les pierres levées nous apparurent dans toute leur réalité. Je restai bouche bée malgré moi. L'endroit correspondait en tous points à celui auquel j'avais rêvé. Kalian me félicita d'un hochement de tête et envoya trois de ses hommes en reconnaissance. Ils ne tardèrent pas à revenir au trot, la mine grave. Après avoir échangé quelques mots, Kalian nous invita à mettre pied à terre pour aller inspecter les lieux. Je compris vite la macabre découverte qu'avaient faite nos éclaireurs. Mes visions étaient donc vraies. Pourtant je n'en tirai qu'une amère satisfaction. Comme dans mon songe, des poteaux de bois se dressaient à l'intérieur du cercle. Des villageois avaient été attachés avant d'être… La triste vérité de ce carnage gisait sous mes yeux en une trentaine de cadavres calcinés, tordus dans des positions témoignant de leur souffrance. Mon estomac se noua. J'espérais tant avoir abandonné cette sensation en délaissant les champs de bataille.

— Seuls des démons peuvent être aussi barbares, murmura Raghôl en langue commune.

Muet, je ne pus qu'acquiescer.

— Il faut leur offrir une sépulture, bredouilla un des soldats.

— Pas maintenant, rétorqua Kalian, la gorge sèche. Pas ici. Ces gens méritent d'être ensevelis sur leur propre terre. Nous reviendrons demain avec des charrettes.

Le commandant ysoarien s'approcha d'un des cadavres pour en inspecter la consistance et l'odeur.

— Ça ne s'est passé qu'il y a quelques jours, constata-t-il le front plissé. Faites le tour, essayez de découvrir des traces. Ces monstres ne peuvent pas s'être évaporés.

Nous nous séparâmes en six duos et partîmes dans des directions opposées. Deux soldats était chargés de rester avec les chevaux et de donner l'alerte si jamais nous n'étions pas revenus avant le milieu de l'après-midi. Kalian ne se jugeait jamais assez prudent en ces terres mystérieuses.

Raghôl avait décrété qu'il m'accompagnerait. Aussi, nous quittâmes la clairière où se trouvait le cercle de pierres et nous enfonçâmes sous les arbres. Le géant gagnait une foulée sur moi tous les deux pas, si bien que j'avais du mal à le suivre. « Comme les créatures du Père Très Saint peuvent être surprenantes ! » pensai-je en l'observant me distancer si aisément.

Tout petit déjà, quand Claudius, mon précepteur, m'enseignait les différentes espèces qui cohabitaient en ce monde, je m'émerveillais de constater comme certaines pouvaient surpasser l'imaginaire. Mon maître m'avait appris qu'en des temps reculés, l'Ancienne Déesse avait enfanté des êtres plus surprenants encore : hybrides mi-homme mi-animal, dragons, licornes, griffons, de même que de nombreux peuples : des nains, hauts de deux coudées, mais plus forts que cinq hommes, des géants, grands comme deux hommes et forts comme huit, des lutins, dont la taille ne dépassait pas une paume, des fées, sorte de lutins ailés, et beaucoup d'autres encore. En sa qualité de Haut Érudit,

Claudius se passionnait pour ces créatures et avait même rédigé un bestiaire d'après divers manuscrits qu'il avait consultés au cours de ses nombreux voyages. Alors enfant, il en était qui me fascinaient entre tous : les elfes, grands comme des hommes, la peau légèrement bleutée. On racontait par endroits qu'ils suçaient le sang des humains afin de se nourrir, qu'ils volaient les nouveau-nés pour les emmener dans le Monde des Démons, ou encore qu'ils enlevaient l'esprit des mauvaises gens et en faisaient des entités errantes à leur solde. Les légendes étaient multiples, mais un détail ne changeait jamais : l'immense beauté de ces êtres, beauté qui ne résidait pas tant dans l'harmonie de leurs traits – souvent tout à fait commune – que dans la grâce irréelle qui émanait d'eux. Ce charisme était considéré comme un appât pour les âmes faibles, déjà enclines à se détourner du Père Très Saint. Ma jambe abîmée m'avait privée d'un apprentissage martial en Ésiria, mais m'avait offert l'occasion de parfaire ma maîtrise des Lettres et de la Musique auprès de Claudius. De plus, l'enseignement que m'avait prodigué Galatyr, alors commandant de l'armée de Riassine, égalait tous ceux que j'aurais pu recevoir. À pied, j'étais estropié, mais à cheval, j'étais aussi redoutable que n'importe quel guerrier.

— Par Son très saint nom, ce bosquet est plus dense que la toison de ma femme !

La voix rocailleuse de Raghôl affola une nuée d'oiseaux qui s'éloigna en piaillant, dans un concert de battements d'ailes et de bruissements de feuilles. Joueur, le chien du géant s'élança à leur poursuite.

— C'est ça ! continua-t-il en patois en roulant les « r », allez avertir votre maîtresse infernale de notre présence !

Tandis que nous traversions un petit ruisseau, Raghôl s'agenouilla sur la berge, au milieu des fougères. Il sortit une minuscule outre de peau de sous son mantel et la remplit.

— Ce n'est pas démoniaque ! C'est juste de l'eau ! me lança-t-il lorsqu'il surprit mon regard étonné. Ma femme est convaincue que le fait d'en boire lui permettra de redevenir fertile.

Je haussai les sourcils, sceptique devant la survivance de telles superstitions, encore plus chez un guerrier de la Vraie Foi.

Tandis qu'il débouchait sa propre gourde – celle-ci gigantesque – pour la remplir à son tour, le Balaste enchaîna :

— Et elle dit aussi que, trempée dedans avant nos ébats, ma virilité pourrait rester de fer toute la nuit !

Un éboulement de rochers n'aurait pas fait plus de bruit que son puissant rire communicatif.

Alors qu'il défaisait sa ceinture pour se soulager dans le ruisseau – à moins que ce ne fût pour assouvir une autre superstition –, je m'enfonçai un peu plus dans les bois. Ses gémissements, certainement causés par le contact de l'eau glaciale sur sa chair, ne me parvenaient plus que de très loin. Le simple fait d'imaginer ce géant se tortiller de froid, les braies sur les genoux, me fit pouffer.

Le ruisseau que nous avions traversé serpentait pour venir se jeter dans un lac d'une paix envoûtante. Si nous n'avions point été en plein Royaume de l'Ancienne Déesse, j'aurais assuré que cet endroit avait été créé par le Père Très Saint Lui-même, temple à ciel ouvert. Comme ma jambe commençait à devenir douloureuse, je m'assis au pied d'un chêne sur la mousse épaisse et attendis que Raghôl me rejoigne.

Le craquement d'une branche me fit sursauter. Je sondai les alentours à la recherche de l'origine du bruit. Rien. L'atmosphère du lieu avait changé, plus lumineuse, plus palpable aussi. Lorsque je regardai de nouveau face à moi, je découvris mon apparition des bois dans le lac qui me fixait de ses grands yeux miroitants. Je ne dormais pas. Elle était là, face à moi, bien réelle ! Immergée jusqu'aux épaules, elle ne semblait pas frissonner malgré la fraîcheur. L'eau cachait sa nudité mieux que n'importe quelle étoffe précieuse. J'avais le loisir de la contempler sans autre parure que les éléments, et il était flagrant qu'elle était tout aussi humaine que moi. Je tâchai de réfréner mon ardeur. Je ne pouvais tout de même pas me jeter à l'eau ! Son front se barra ; sans doute cherchait-elle à suivre le cours des pensées qui m'agitaient. J'avais le souffle court. Tout ceci était impossible ! Se pouvait-il que cette femme soit une servante de l'Ancienne Déesse ? Comment expliquer sinon qu'elle puisse prendre possession de mes rêves ? Il fallait que je dise ou fasse quelque chose. Je devais avoir l'air d'un sombre idiot à l'observer ainsi, muet de stupéfaction.

Son visage s'illumina d'un large sourire et, me trouvant toujours silencieux et immobile, elle avança vers moi, dévoilant peu à peu la volupté de ses courbes. Son teint n'avait rien de la pâleur bleutée qui était censée caractériser les elfes – car à sa taille, elle ne pouvait être rien d'autre. Au contraire, il était cuivré, chatoyant, ce qui me laissa penser qu'elle aimait à se prélasser au soleil, chose difficile au milieu de ces bois épais. Sa peau revêtait une couleur identique à celle des femmes du sud de l'Ariatide, ces femmes dont on a envie de mordre la chair à pleines dents afin d'en délivrer un nectar sucré et enivrant, ces femmes au caractère de feu qui vous embrasent les sens d'un seul battement de cils et vous glacent le sang d'un hochement de tête.

Les yeux envoûtants de mon apparition dans le lac ne me quittaient pas, suscitant en moi toute une foule de sensations. Mon cœur, emballé, battait à tout rompre. Mon souffle se fit court, haletant. Je commençai à ressentir de violents picotements dans le bas du dos, puis dans les jambes. Bientôt, ce fut mon corps tout entier qui me brûla, comme si son simple regard avait enflammé ma chair en plus de mon esprit.

— Sorcellerie ! m'écriai-je en me relevant aussi vite que me le permettait mon genou.

Comme je me frottais, je vis que mon corps entier était parcouru de minuscules fourmis rouges. Bien sûr, j'avais dû m'asseoir sur une fourmilière ! Il n'y avait aucune magie là-dedans ! Juste un malheureux concours de circonstances. Sans réfléchir et tout en psalmodiant instinctivement des « Père Très Saint » et des « Par Sa miséricorde ! », j'entrepris d'arracher armure et vêtements devenus des braises, pour me jeter, nu, dans le lac. Seigneur, que c'était froid ! J'en grelottai aussitôt. Je ne sais à quel moment la jeune femme avait eu le temps de sortir de l'eau, mais toujours est-il que j'étais seul. Une corneille se posa sur mes habits et commença à se rouler dedans, enduisant ses plumes de petits parasites avant de s'en régaler. Voilà, avec mon attitude de voyeur pervers, je l'avais fait fuir.

Des pas lourds m'avertirent de l'arrivée de mon compagnon roux.

— Je vois que tu as aussi envie de t'attirer les grâces de la Grande Mère ! rugit Raghôl dans un rire qui aurait pu recouvrir la surface du lac de remous.

Je partageai son hilarité, forcé de constater le comique de la situation. Les larmes aux yeux, le géant reprit :

— Après ton bain, nous devrions retourner aux chevaux. J'ai trouvé un cercle de champignons à deux pas d'ici. Il ne faudrait pas que nous nous retrouvions prisonniers des fées.

« Prisonniers des fées » ? Raghôl avait un curieux humour !

Lorsque nous débouchâmes dans la clairière où se dressaient les mégalithes, une agitation insoupçonnée animait l'équipage. Un soldat nous pointa du doigt en hurlant :

— Ils sont ici !

Kalian accourut, suivi de près par Györg. Depuis quand le guerrier blond était-il parmi nous ?

— Quel démon vous habite ? plaisanta Raghôl en ysoarien.

— Vous avez disparu il y a plus de deux jours ! s'emporta Kalian. Nous avons arpenté ces bois sans relâche !

— Deux jours ? m'exclamai-je. Mais nous ne sommes partis que quelques instants !

— Et voilà ! On a dû marcher dans le cercle de fées ! me confia Raghôl.

Kalian ne prêta pas attention à notre échange et repartit vers sa monture.

— J'ai toujours détesté ces pièges vicieux ! avoua le Balaste. Après tout ce temps, je pensais être assez aguerri pour les éviter !

— Parce que ça vous est déjà arrivé ? m'exclamai-je, interdit.

— Quelques fois ! se contenta-t-il de répondre en haussant les épaules.

— Vous vous moquez !

— Hâtons-nous de rentrer, m'ignora Raghôl. J'ai assez faim pour avaler un bœuf !

Je passai une main vigoureuse sous ma cotte pour écraser les fourmis qui s'étaient entêtées à rester dans mes vêtements.

— Tout le monde en selle ! lança Kalian à la volée. Nous ne resterons pas un instant de plus dans ces bois !

J'étais confus. Autour de nous, rien ne semblait anormal. Pourtant, une douleur lancinante palpitait bien dans mon crâne, semblable à celle que cause un jeûne. Je fouillai dans les fontes de ma selle et en sortis un morceau de pain que je partageai avec Raghôl avant d'y mordre à pleines dents.

Ainsi avais-je été retenu captif par la magie maléfique de cette forêt. Cela voulait-il dire que la femme du lac était une démone ?

Δ

L'humeur de notre troupe n'était pas au bavardage. Ni à la flânerie. Nos montures lancées au galop, nous tâchions de regagner Daeg avant la tombée de la nuit. Kalian chevauchait avec Györg en tête. La bête fougueuse que je montais leur disputait la première place, malgré mes efforts pour la retenir.

Ivre d'air frais et de vitesse, je détaillai le paysage ysoarien : les hameaux aux toits de chaume entourés de cultures bordées de murs de pierres, les collines d'herbe et de bruyères où paissaient d'importants troupeaux de moutons. Ces terres grasses devenaient, lors des violentes pluies de printemps, des prairies verdoyantes et des marécages pleins de dangers. Le maigre bras de la Rivière Mère qui serpentait dans ces étendues et que nous traversions à gué répandait sa fureur dans des crues dévastatrices, pour reprendre sa petite taille dès le début de l'été. Elle formait ainsi une bien légère barrière entre l'Agalaadywen et au nord, l'Heylön Continentale d'un côté, et les terres centrales d'Ysoar de l'autre.

La vue de Daeg, taupinière illuminée de mille feux minuscules, me tira de mes pensées. Lieu incontournable de ces terres riches en mythes et légendes, la capitale de l'Ysoar était le cœur palpitant du royaume. Érigée au milieu d'étendues vallonnées, elle grouillait en pleine journée d'une agitation qui cessait, l'obscurité venue. La proximité de l'Agalaadywen hantait alors les rues, et la simple évocation des sbires de l'Ancienne Déesse faisait trembler les enfants comme les mégères.

Une fois la lourde fortification passée, nous remontâmes jusqu'au château. Dans la moitié sud s'étendait un méandre de voies plus étroites les unes que les autres. Seule l'allée principale était praticable en char à bœufs ou en charrette. Il ne devait pas être rare qu'un passage soit obstrué par deux véhicules ayant voulu se croiser. Les quartiers nord, plus riches, arboraient des chaussées larges et saines en comparaison du bourbier des quartiers sud. Mais il ne pouvait en être autrement dans une cité d'une telle ampleur.

— Préparons-nous à être la risée de la soirée ! marmonna Raghôl pendant notre remontée. Il faudra rire, mon ami. C'est... *Traoel*... arh, je ne sais pas comment ça se dit en langue franche. La sortie de la période de deuil ?

Je n'avais pas la moindre idée de ce dont le géant était en train de me parler. Et la pensée de devoir faire bonne figure à une réception pendant que toute l'assistance se gausserait de mes mésaventures ne me donnait guère envie de délaisser ma chambre. Je haussai les épaules d'un air indécis.

— Et qui portait ce deuil ?

— Tout l'Ysoar ! rugit Raghôl devant mon ignorance. Voilà trente-gt-sept lunaisons qu'Iriade, la nièce de Tillaumet, est décédée. Alors ce soir, son oncle, son frère et son époux vont enfin pouvoir célébrer son entrée dans le Royaume du Père Très saint.

J'acquiesçai en silence.

Alors que nous pénétrions dans l'enceinte du château, j'aperçus Sylwen à une fenêtre de l'étage. Cette jeune femme promettait de devenir l'une des plus belles que j'aie jamais eu l'occasion de contempler. Sans que je le veuille, l'image de mon apparition des bois s'imposa à moi. Elle était aussi mystérieuse et envoûtante que Sylwen était radieuse et chaleureuse. Et humaine. L'une était la fraîche bruine du printemps et l'autre, le caressant soleil d'été. Je n'avais jamais été très enclin au mariage, pourtant je me surpris à penser que l'homme qui obtiendrait la fille de Tillaumet aurait beaucoup de chance.

Δ

La tablée était hilare. En cette fin de repas, Raghôl avait conté comment il m'avait retrouvé, nu, au milieu du lac. Il avait usé de tout ce qu'il connaissait de grimaces et de postures grotesques pour illustrer son récit. J'avais, d'après ses dires, affronté une horde d'hommes miniatures qui m'avait conduit à leur maîtresse. Cette dernière, devant tant de virile prestance, m'avait ôté mes vêtements en un claquement de ses longs doigts bleutés et s'était évanouie dans les airs en m'offrant un baiser passionné. Je le laissai relater son histoire, tant son talent de conteur était louable. Sans doute dans le but de me faire honneur, il parlait en langue commune, toujours avec son même accent rocailleux, ce qui, pour moi, rendait son récit encore plus comique. Je ne doutais pas une seule seconde qu'il cherchait ainsi à attirer toute l'attention sur moi afin de faire oublier aux convives qu'il avait aussi été piégé par les mystères de ces étendues démoniaques. Avions-nous vraiment erré pendant deux jours ?

Malgré nos mésaventures en Agalaadywen, l'heure était aux réjouissances. Notre découverte du cercle de pierres avait permis de mettre en terre les corps calcinés, apaisant au moins les craintes sur le devenir de ces âmes dans l'Autre Monde. Et beaucoup se félicitaient que nous ayons trouvé ce lieu de retranchement des démons. À l'avenir, les forces ysoariennes pourraient utiliser cette connaissance à leur avantage.

La grand-salle résonnait des éclats de voix et des rires. Un groupe de musiciens tentait de se faire entendre depuis l'un des angles de la pièce. Les représentants des plus grandes familles de Daeg avaient été conviés, de même que de nombreux guerriers. Tillaumet présidait cette bruyante assemblée, entouré de Sylwen, Kalian, Györg et des quelques hommes que j'avais vus à ses côtés lors du Conseil. Les prêtres me fixèrent de leurs yeux suspicieux en échangeant des propos qui ne devaient rien avoir de flatteur. Je leur adressai un salut de la main et décidai de ne plus leur accorder d'attention. D'ici quelques jours, je serais loin de ce pays, en route vers une nouvelle vie pétrie de musique et de liberté.

Sylwen, la fille du roi, était radieuse. Elle resplendissait dans sa longue robe vert émeraude. Ses cheveux blond cuivré étaient savamment tressés et piqués, çà et là, de petites fleurs jaunes automnales. György n'en était que plus ridicule, telle la pâle copie d'une œuvre unique. Kalian, le commandant des armées d'Ysoar, discutait avec la jeune femme, seule convive séduisante de la tablée, conservée comme un trésor tant convoité. Elle ne cessait de me jeter des œillades enchanteresses, n'accordant qu'une attention vague au récit de son voisin. Jamais je n'avais vu une jeune fille aussi libre. Chez moi, les hommes mangeaient entre eux, et les femmes, à part. Ils ne se rassemblaient que lors des très grandes occasions.

Les us des terres centrales m'étaient assez inconnus. Bien que converties à la Vraie Foi depuis une vingtaine d'années, les Ysoariennes semblaient avoir conservé la liberté des Anciennes Coutumes. Mais ce n'était, certes, pas comparable aux habitudes d'Heylön, où les femmes jouissaient encore d'un pouvoir insolent. Le simple fait que Sylwen me fasse des avances au vu et au su de tout le monde, et ce, de son propre chef, me subjuguait. En Ariatide, jamais une femme n'aurait pris une telle initiative. Le père était maître de sa maisonnée, en honneur au Père Très Saint. C'était toujours le chef de famille qui décidait des unions de sa fille, ne fussent-elles que charnelles. J'avais tout à fait conscience du fait que la plupart de mes conquêtes avaient reçu en amont, l'appui et même l'ordre de leur père, ce qui n'avait rien de glorieux pour moi. J'avais néanmoins réussi à détourner quelques femmes bien mariées, et ce, au seul pouvoir de ma voix et de mes talents experts. C'était souvent les mères de celles qui avaient été jetées dans mes bras la saison précédente.

Kalian se rendit soudain compte du peu d'attention que Sylwen lui accordait et se tut. Son regard balaya la salle à la recherche de ce qui pouvait lui ravir ainsi son écoute. Nos yeux se croisèrent et il capta aussitôt l'intérêt que je portai à la jeune femme.

— Alors, Guilhem, m'apostropha-t-il, qui donc avez-vous rencontré en Agalaadywen ? Une elfe ou la Dame des Bois ?

Sa question raviva la curiosité de sa voisine, ce qui lui fit un plaisir qu'il eut du mal à dissimuler. Le fait qu'elle fût la seule présence féminine de cette demeure l'avait rendue sacrée aux yeux de tous. Je me dis qu'il valait mieux pour moi ne plus répondre à ses avances, afin de ne pas m'attirer l'opprobre de mes hôtes.

— Je ne sais pas, avouai-je d'un ton que je voulais détendu. Elle était d'une beauté exquise. Mais, quoi qu'il en soit, cette femme n'égalait en rien la damoiselle de ces murs.

Sylwen accepta le compliment avec un sourire qui fit exploser mon cœur. Cette sensation absente depuis si longtemps réveilla en moi un feu que je pensais réservé à l'apparition de la forêt. J'avais sans doute un peu abusé du vin épicé et ne devrais pas tarder à prendre congé.

— Ah, mais la Dame des Bois n'a rien d'un esprit de légende, persista Kalian en souriant.

Le Grand Prêtre au teint rougeaud l'interrompit, vindicatif :

— C'est une marginale que nous essayons d'intercepter depuis de nombreuses années. Une sorte de guérisseuse démoniaque que beaucoup vont voir pour un charme ou un remède douteux.

— S'ils y vont, contra Kalian, c'est qu'elle obtient des résultats là où nos médecins restent impuissants !

— Ces bougres feraient mieux de se tourner vers la prière alors ! s'emporta le prêtre en postillonnant.

— Vous avez raison, Père Hirtel, intervint György. Elle encourage le retour des Anciennes Croyances. C'est là son plus grand méfait.

Le religieux n'entendit pas le sarcasme et se montra apaisé par la remarque du guerrier blond.

Je me félicitai de ne pas leur avoir révélé que la femme des bois m'était apparue à plusieurs reprises dans mes songes. Il ne devait pas être bon de s'attirer les affres de ce prêtre à l'air aussi buté qu'obstiné. Néanmoins, si cette femme mystérieuse était réelle, qui pouvait-elle bien être ? Une humaine ? Une servante de l'Ancienne Déesse ? Se pouvait-il que nos ébats rêvés aient eu la moindre parcelle de vérité ?

Bientôt, Tillaumet se leva et réclama l'attention générale.

— Mes amis, un peu de calme. En cette soirée, célébrons l'entrée de ma très chère Iriade, nièce chérie, dans le royaume du Père Très Saint. Âhni.

L'assemblée tout entière reprit « Âhni » en chœur, comme il était de coutume lors des prières.

— Ce soir, Iriade est dans tous les cœurs, dans tous les esprits. Mais il est temps qu'elle les quitte, afin de permettre aux vivants de continuer leur route. Âhni. Son frère et son époux se joignent à moi pour libérer son esprit de ce monde :

Effaré, je vis Kalian et Györg se lever à cette invitation et prononcer la dernière phrase avec le roi :

— Iriade, je te libère de ce que tu as été. Âhni.

Toute la salle cria dans un élan de liesse spontané.

Tillaumet s'était exprimé en ysoarien, pourtant, je ne pouvais me méprendre sur ce que je voyais : Kalian, s'il était le frère de la défunte, était donc le neveu du roi ? Il représentait alors une figure beaucoup plus importante que ce que je croyais !

Devant ma mine ahurie, Raghôl se sentit forcé d'expliquer, sa chope débordante à la main :

— Györg a épousé la sœur de Kalian voilà quatre années. Mais leur couche est restée stérile. La pauvre a sombré dans la mélancolie et a été emportée par cette maudite fièvre qui a décimé une partie de Daeg il y a un peu plus de trois ans.

Raghôl cracha sur le côté, comme pour ôter le mauvais goût de ce souvenir, et il fut imité par ses voisins qui n'avaient pas perdu une miette de ses paroles.

— Je ne savais pas que Kalian était le neveu de Tillaumet, balbutiai-je. C'est donc lui qui héritera du trône ?

— Non ! éclata de rire le géant roux. C'est un *Daegrul,* un « serviteur de Daeg ». Il n'est héritier que par le sang-faible. Sa mère était la sœur du roi. C'est Sylwen qui est l'héritière directe. Elle transmettra le titre à son époux !

Comme ce pays pouvait être rétrograde !

— Et Kalian ne s'intéresse pas au pouvoir, enchaîna mon interlocuteur, ses longs sourcils hirsutes relevés d'étonnement. Ni au pouvoir ni aux femmes ! Si tu savais le nombre de donzelles qui soupirent à son passage ! Mais non, Kalian n'a d'yeux que pour son épée, son cheval et ses hommes ! Et crois-moi, mon ami du Sud, ne le défie jamais ! Lui ou le blondinet ! György et lui se connaissent depuis bien avant qu'ils aient du poil au menton et ils sont aussi redoutables l'un que l'autre !

Je le remerciai du conseil d'un hochement de tête, me félicitant d'avoir laissé ma vie martiale derrière moi. Je comptais regagner mes terres au plus vite afin d'offrir à Budec l'existence que je lui avais promise, faite de musique, de poésie et de nuits étoilées !

Comme s'il avait entendu mes pensées, Tillaumet m'apostropha depuis sa table :

— Guilhem, tes talents de troubadour nous ont maintes fois été rapportés. Ma fille s'exerce à la harpe. Pourrais-tu nous montrer de quoi est capable cet instrument entre tes mains expertes ?

En temps normal, cette invitation m'aurait enchanté, mais l'alcool rendait ma bouche pâteuse et mes doigts gourds. Je tentai donc de m'en sortir avec une pirouette.

— Peut-être votre fille devrait-elle d'abord nous honorer de ses talents ?

Mon hôte fut ravi de ma réponse. Sur un claquement de mains de leur souverain, les serviteurs installèrent un magnifique instrument dont le corps ouvragé surpassait en beauté la harpe toute sobre que j'avais laissée en Ariatide. Après l'avoir accordée, Sylwen fit courir ses doigts sur les cordes. Elle n'avait pas mon expérience et pourtant, l'air qu'elle entonna me glaça le sang de beauté.

La harpe avait toujours été l'instrument de l'Ancienne Déesse. Les combattants de la Vraie Foi avaient tenté de l'éradiquer, mais son timbre était si mélodieux que rien n'aurait pu la faire abandonner. Elle était à présent la représentante musicale de la parole divine du Père Très Saint.

La dernière note avait résonné. Le temps était suspendu. La foule se mit à applaudir au milieu des soupirs d'aise. Sylwen se dégagea de son instrument et m'invita à venir prendre sa place. Ses yeux bleus pétillaient d'une joie pure. Je ne pouvais plus reculer ! Je me levai, tentant d'assurer ma démarche claudicante. Lorsque la jeune femme me croisa, je fus emporté par le parfum qui émanait d'elle, subtil mélange de fleurs et d'épices capiteuses.

Je m'installai, appuyai la harpe sur ma cuisse et fis courir mes doigts sur les cordes afin d'en définir la tonalité. Je pris une profonde inspiration avant d'entamer l'air qui me semblait le plus approprié à la situation. Je savourai cet instant, celui qui précède la déferlante de notes, cette suspension du temps, ce doux basculement entre le présent et le gouffre de l'éternité.

La salle s'était tue, attentive à mes doigts pour ne pas en perdre le moindre mouvement.

— Hâte-toi, le Barde ! s'écria Raghôl. Ma femme se languit à la maison et je ne tiens pas à la faire attendre trop longtemps !

Un rire franc mêlé d'injonctions au silence s'éleva autour de la table. Sans plus tarder, je laissai libre cours à mon inspiration et entonnai « L'Absolution du guerrier ». C'était un air ariate fort ancien qui contait les aventures d'un soldat qui, arrivé aux portes du Royaume de l'Autre Monde, se voyait contraint de passer plusieurs épreuves pour prouver qu'il était digne d'y entrer. Les paroles s'étaient égarées au fil des âges et seule la musique nous était parvenue. Quand je fis résonner la dernière note, je pus lire sur les visages qui m'entouraient une béatitude caractéristique. L'expression que dégageaient les traits de Sylwen donnait un avant-goût de l'extase qu'on pouvait ressentir à posséder une femme d'une telle perfection.

« Père Très Saint, Tes chefs d'œuvres sont reconnaissables entre tous ! » m'exclamai-je intérieurement.

Je n'égalais en rien les bardes de l'Ancien Temps, mais j'insufflais, avec mes mélodies, la parole sainte de la Vraie Foi. C'est cette lumière qui venait de faire scintiller cette soirée.

Je ne retrouvai ma chambre que très tard et, délaissé par le sommeil, m'installai à ma table où était posé mon nécessaire d'écriture. J'avais fait savoir à Budec que je me passerais de ses services pour ce soir, pourtant, il m'attendait et avait pris soin d'alimenter le feu qui ronflait dans la cheminée. Sans un mot, il me servit une coupe de vin et retourna s'asseoir sur sa couche, guettant mon prochain ordre.

Mon aventure en Agalaadywen m'obsédait. Tout le monde me soutenait que j'avais erré deux jours durant ! Comment était-ce possible ?

À mon retour, Budec avait baisé mes pieds, tant il était soulagé que je fusse toujours en vie.

Je ne risquai pas de me volatiliser ! Sa surveillance exagérée me pesait.

— Je te l'ai déjà dit, Budec, tu peux dormir.

Ma voix contenait plus de reproches que je n'aurais voulu.

— Pas avant vous, se contenta-t-il de répondre.

— Si, Budec, avant moi. Je ne tiens pas à sentir ton regard sur ma nuque pendant que j'écrirai.

Obéissant, mon jeune serviteur se glissa sous sa couverture et sa respiration ne tarda pas à se faire ample et régulière. Sa carrure large et sa haute stature me faisaient trop souvent oublier que c'était presque encore un enfant.

Bercé par le crépitement du feu de cheminée, je pris ma sacoche d'écriture, dénouai l'épaisse lanière qui enserrait la couverture de cuir et étalai devant moi pages parcheminées et ustensiles. J'avais décidé pendant mon voyage de retranscrire tous les soirs les événements de ma journée dans le but de constituer, à l'image des récits anciens, l'épopée simple de ces temps troublés. Et j'avais pris goût à ce rituel. Les faits vécus en ce jour méritaient plus que tous d'être notés et transmis. Mais mes pensées, intarissables, dépassaient de loin mon agilité de scribe.

« Père Très Saint, Te joues-Tu de mon esprit ? Me suis-je égaré dans le Monde des Démons ? Cette femme, dans les bois, était-elle un être de l'Ancien Temps ? Suis-je sous son envoûtement ? Hante-t-elle mes songes depuis toutes ces nuits ? Par Ton très saint nom, accorde-moi Ta protection. »

Δ

Le sommeil s'abattit sur moi d'un coup et je sombrai aussitôt dans mes rêves devenus aussi vivants que mes jours. Quel plaisir de me retrouver dans ces bois enchanteurs en compagnie de mon apparition ! C'était comme si sa présence avait le don de laver le sang des ennemis qui engluait mon cœur depuis toutes ces années.

— Comment t'appelles-tu ? lui demandai-je alors qu'elle m'entraînait au plus profond de la forêt.

Elle se retourna vers moi et me sourit, sans pour autant répondre à ma question. Sa main était chaude au creux de la mienne. Douce. Réelle. Le tissu de sa robe, d'une fluidité peu commune, épousait son corps, telle une seconde peau. Sa longue tresse brune dansait au rythme de ses pas, redessinant les courbes de ses fesses généreuses. Elle était si désirable. Avec elle, je me sentais vivant. Purifié. Serein. C'était une femme comme elle que j'aurais voulue à mes côtés pour affronter la vie.

Les rayons du soleil perçaient les feuillages et illuminaient les lieux de lances orangées. Bientôt, nous débouchâmes dans une clairière baignée de lumière où nous attendaient un tabouret et ma harpe. Je reconnaîtrais mon instrument entre mille. Au prix de longues heures de travail, j'avais peint la caisse de résonance d'un savant motif de fleurs et d'animaux entremêlés. Pas le moins surpris de cette découverte, je m'installai et jouai. Je jouai pour cette femme qui m'obsédait chaque nuit un peu plus, pour la forêt, pour moi, pour le monde entier. Un chant pur s'éleva de ma gorge. Une mélodie qui m'était inconnue et que seuls les rêves peuvent nous donner. Unissant sa voix à la mienne, mon apparition accompagna mon chant, entrelaçant nos sons comme nous l'avions jusque-là fait de nos corps. Et comme lors de nos ébats passés, notre accouplement sonore se solda par une jouissance puissante et enivrante. Essoufflé, rassasié, j'allongeai la femme à mes côtés, dessinant son visage et la courbe de son cou du bout de mes doigts.

— Donne-moi ton nom. Je t'en prie.

Elle ouvrit la bouche et sa voix se perdit dans mon réveil, ne me laissant que l'écho de sa réponse : Aylim.

Δ

— Aylim…

Ce nom sur mes lèvres avait la douceur d'une brise d'été.

— C'est moi, maître. Budec.

Les bras de mon serviteur me forcèrent à me lever.

— Vous vous êtes endormi sur votre ouvrage. Appuyez-vous sur moi et venez dans votre lit.

D'un œil, je constatai que je me trouvais dans ma chambre. La pâleur de la nuit mourante filtrait sur les côtés de l'épais rideau qui occultait la fenêtre. Les cloches du temple s'élevèrent, appelant les fidèles à la prière.

— Le jour est levé ? demandai-je d'une voix pâteuse, tant par le manque de sommeil que par mon abus d'alcool de la veille.

— Tout juste. Alors, profitez-en pour vous reposer un peu.

Assis sur mon lit, je pensai à m'abandonner à l'appel des couvertures avant de me ressaisir. J'avais entendu dire que Tillaumet ne dormait jamais plus de deux ou trois heures par nuit. À cette heure-ci, j'aurais tout le loisir de m'entretenir avec lui pour obtenir sa permission de partir. L'idée de parcourir les plaines ariates me donna une vigueur insoupçonnée. Je serais bientôt de retour chez moi.

Un serviteur me mena jusqu'à la chambre du roi où j'avais été annoncé. J'entrai dans cette pièce aux dimensions modestes, mais richement meublée. De lourdes tapisseries couvraient chacun des murs, cachant la présence d'une éventuelle fenêtre ou porte dérobée. Tillaumet, assis à sa table, finissait de déguster un poulet rôti dont le cartilage craquait sous ses dents. À son invitation, je m'installai sur le tabouret qui lui faisait face.

Dire que cet homme avait à lui seul mis un terme à la Guerre de Purification en tuant la reine elfe d'Agalaadywen, et cela après avoir occis toute une armée de démons. Il était malaisé de lire sur les traits du roi d'Ysoar un tel passé légendaire, et pourtant son maintien et sa musculature étaient bien les preuves de son rang de chef de guerre. Bien que d'un certain âge, il faisait encore preuve d'une impressionnante vigueur.

— Qu'est-ce qui t'amène de si bonne heure, Guilhem ?

Tillaumet n'était pas du genre à tourner autour du pot. Le serviteur qui était entré avec moi remplit une seconde coupe et la déposa devant moi. La simple idée de boire du vin si tôt me donna un haut-le-cœur.

— Je venais vous demander la permission de me retirer en Ariatide, Majesté, répondis-je avec franchise. Ma mission est achevée et je ne tiens pas à abuser plus que nécessaire de votre hospitalité.

Le roi ne leva pas les yeux de son repas et, séparant à pleines mains les os de l'aile, me susurra :

— Je pensais qu'un homme de lettres tel que toi souhaiterait patienter au moins jusqu'à ce que le manuscrit de ton père ait révélé ses secrets.

Ainsi était-ce un manuscrit... En stratège, le souverain avait lancé un hameçon alléchant. À moi de ne pas y mordre.

— Bien sûr, Majesté. Pourtant, l'hiver approche, et chaque jour rend mon futur voyage moins confortable que le précédent. Et je ne vous cache pas que mon père m'a accordé sa bénédiction pour me dévouer à la musique. Je tiens à profiter au plus tôt de cette nouvelle liberté.

— Comme je te comprends, soupira le monarque.

Un épuisement profond voila ses traits.

— Même un roi ne peut retenir un homme éloigné de ses aspirations, poursuivit-il. Que la bienveillance du Père Très Saint t'accompagne dans ton chemin.

— Et qu'Il garde vos jours.

Prenant congé d'une révérence, je sortis de la chambre royale et remontai les escaliers aussi vite que me le permettait ma jambe. Budec allait être ravi. Nous rentrions chez nous.

Le soleil n'était pas encore à son zénith. Nous pourrions franchir une bonne distance avant la nuit. Tillaumet déboucha dans la cour et vint jusqu'à moi. Il m'attrapa le bras et déposa sans ménagement entre mes doigts une bourse débordante, en remerciement des services rendus. Mon orgueil me criait de refuser, mais la réalité de mes finances me força à accepter cette générosité inattendue.

La bride de nos montures à la main, Budec et moi étions prêts à prendre la route du sud, quand un groupe de cavaliers remonta à vive allure la grande rue de Daeg. Au moment où les lourdes portes des fortifications du château s'ouvrirent, je reconnus mon ancien précepteur, Claudius, emmitouflé dans sa cape autrefois crème. Même si j'avais délaissé ses classes depuis de bien nombreuses années, je profitais de chacun de mes passages à Riassine, la capitale de mes terres, pour lui rendre visite, tant sa compagnie était agréable autant qu'enrichissante. Néanmoins, sa présence en Ysoar n'avait rien de rassurant. Il était accompagné par quatre gardes arborant les couleurs de l'Ariatide, d'azur au soleil d'or[2]. La fatigue avait exercé sur mon ancien maître un poids écrasant qui se lisait autant sur son visage que sur son corps usé. Ses cheveux décoiffés auréolaient son visage de boucles ivoire. Je

2 L'expression héraldique « d'azur au soleil d'or » décrit un blason bleu orné d'un soleil jaune.

tendis les rênes de ma monture à Budec et partis au-devant du vieil homme. Il avait délaissé sa traditionnelle robe de laine écrue de Haut Érudit pour une tenue de voyage plus pratique. Les chausses et la cotte épaisse qui lui tombait à mi-cuisse avaient récolté toute la crasse du chemin. Contre toute attente, Claudius glissa de cheval avec aisance et, après avoir présenté ses respects à Tillaumet, vint s'agenouiller à mes pieds, sans même prendre le temps de m'embrasser. Son escorte l'imita, brochette de nuques poussiéreuses.

— Le Père Très Saint a rappelé le roi Blivien à Ses côtés. L'Héritier Lorcas l'y a suivi.

Il s'était exprimé en langue commune et assez fort pour que chacun puisse l'entendre. Sans me laisser le temps de prendre toute la mesure de ce qu'il venait de dire, il continua :

— Je tiens à être le premier à te présenter mon serment d'allégeance, Guilhem, Héritier d'Ariatide.

Un brouillard dense s'abattit sur mes sens. La place semblait tanguer, à moins que ce ne fût moi qui perdis pied.

Claudius saisit ma main et y déposa l'épée qu'il portait au côté. Je reconnus immédiatement le fourreau de l'arme de mon père. J'aurai reconnu cet étui de cuir poinçonné des soleils ariates entre mille. Je n'étais pas sûr de comprendre ce qui se passait autour de moi. Je savais que la coutume refusait que les décès royaux soient annoncés par pigeon voyageur. Mais de là à ce que ce soit Claudius, mon vieux percepteur, qui galope des jours durant pour m'apprendre la nouvelle... Tout était confus. Irréel. Un à un, les hommes présents vinrent me témoigner le respect dû à mon nouveau rang. Tillaumet m'embrassa en égal.

Attirant mon précepteur à part, l'épée paternelle toujours à la main, je tentai de reprendre mon souffle :

— Claudius, mon père et Lorcas sont morts ? bégayai-je en ariate. Mais comment est-ce arrivé ?

— La grande chasse d'automne, me répondit-il dans ma langue natale. Ton père a été chargé par le sanglier. Ton frère a voulu s'interposer. La bête avait soif de sang. Il a fallu une quinzaine d'hommes pour en venir à bout. Et malheureusement, quand la suite a pu se porter au secours de Leurs Altesses, il n'y avait plus rien à faire. Ils étaient morts avant d'avoir pu regagner le château. Ils ont été inhumés dans le caveau royal à la dernière lune noire.

Ce n'était pas possible ! Que mon père périsse était dans l'ordre des choses, mais que son héritier trépasse le même jour était contre nature ! Jamais il n'avait été question que je monte sur le trône. Jamais ! D'ailleurs l'idée de m'avoir comme roi devait rebuter plus d'un seigneur ariate !

— Je craignais de ne pas te trouver en ces murs, continua Claudius tandis que je me perdais dans mes pensées. Je remercie le Père Très Saint d'avoir retenu ton départ.

Mon départ. Oui ! Pourquoi avait-il fallu que ce message me parvienne avant mon départ de Daeg ? J'étais si près de prendre la route... Une rage indicible emplit mon cœur. Mon père me haïssait-il à ce point pour me dépouiller de l'existence qu'il m'avait enfin accordée, avant même qu'elle ne débutât ? Ne pouvait-il me laisser en jouir au moins une année ? Ne lui avait-il pas suffi d'exploiter ma jeunesse en m'envoyant d'une bataille à une autre ?

Je ne ressentais nulle tristesse. Pas la moindre once. Juste une profonde amertume. J'étais en train de basculer dans un gouffre, un gouffre sans fond dont je ne ressortirais que sur mon lit de mort. Seul le contact rugueux du fourreau de cuir dans ma main me retenait à la réalité de cet instant.

Silencieux, Budec s'était placé derrière moi et attendait, ne sachant comment se comporter.

— Guilhem, reprit Claudius qui me voyait perdu dans mes pensées, tu dois revenir en Ariatide pour te présenter à ton peuple. Après quoi, tu te rendras à Wyrd où le Conseil des Sages te couronnera.

La porte de la cage se refermait sur moi. J'avais envie de hurler.

Mû par je ne sais quelle inspiration salvatrice, Tillaumet sentit le malaise planer au-dessus de nous et intervint en langue commune :

— Si je puis me permettre, je comprends assez peu la langue du Sud, mais, quel que soit le temps durant lequel vous resterez entre ces murs, je vous prie d'accepter mon hospitalité.

Je réalisai l'impolitesse dont nous avions fait preuve, Claudius et moi, en conversant ainsi en ariate devant le roi ysoarien.

— Ce sera avec plaisir pour cette nuit, votre Majesté, remercia mon précepteur. Néanmoins, il nous faudra prendre la route dès demain.

Le souverain des terres centrales s'approcha de moi et me gratifia d'une tape dans le dos fort amicale.

— Ton père était un monarque admirable, respecté de tous. Et d'après ce que j'ai pu voir de toi, tu es digne de lui succéder.

Si Tillaumet avait pu savoir à quel point ses paroles étaient infondées ! Il se pencha pour me confier :

— En ces heures tristes, je me doute que ton esprit est tourné vers le deuil, mais il est certaines choses importantes auxquelles tu te dois de prêter attention... Aurais-tu déjà porté ton dévolu sur l'une des filles d'Ariatide ou préfères-tu faire une union diplomatique ?

Là était le réel sujet que Tillaumet voulait aborder. Et il ne perdait pas de temps ! Je serais bientôt roi et mon célibat faisait de moi un parti de choix pour sa fille. De plus, cette union scellerait une alliance entre nos deux royaumes qui, ne disposant pas d'autres héritiers, se verraient ainsi unifiés.

— Je n'ai pas vraiment réfléchi à cette question.

Le détachement que j'empruntai laissa sous-entendre au roi ysoarien que je refusais sa fille.

— C'est une idée fort judicieuse, commenta à mi-voix Claudius qui n'en avait pas perdu une miette.

— Il est vrai que votre enfant est exquise, me décidai-je à ajouter.

Je ne tenais pas à souligner ici la jeunesse de Sylwen – bien qu'elle ne dût pas être âgée de plus de dix-sept ou dix-huit ans –, mais Tillaumet s'illumina de fierté à cette remarque.

— C'est un joyau, n'est-ce pas ? Et elle est encore intacte !

Cela expliquait la convoitise qu'elle suscitait ! Car même si la Vraie Foi n'imposait pas la pureté totale de la femme pour le mariage, elle bénissait doublement les unions qui respectaient ce précepte. De plus, chaque future épouse royale devait subir un examen attestant de son aptitude physique à concevoir des héritiers. La virginité était alors vérifiée et annoncée en public au moment du sacre.

Ne sachant que répondre, je tournai vers Claudius un visage paniqué.

— Je dois en parler d'abord avec mes conseillers. Du moins, j'imagine.

— Ce serait un honneur d'unir vos deux royaumes, assura mon précepteur en offrant son plus grand sourire.

Claudius m'envoya un regard insistant pour que j'ajoute quelque chose.

— J'en serais ravi, balbutiai-je.

Le visage du roi rayonnait. Venais-je d'être fiancé ? Dépossédé. J'étais dépossédé de toute liberté. Et moi, comme un idiot, je me pliai à ce nouvel ordre.

Tillaumet m'embrassa avec une telle fougue qu'il me coupa le souffle.

— C'est merveilleux ! Merveilleux ! Je vais aller annoncer cela à Sylwen. Je ne pense pas qu'elle s'y oppose.

« Qu'elle s'y oppose ? » Comment aurait-elle pu s'opposer à la volonté de son père ? J'oubliais que l'Ysoar était encore très arriéré dans ses pratiques.

— Faites ce qui est le mieux, enchaîna Claudius en joignant ses mains noueuses. L'union pourrait être célébrée lors du couronnement, à Wyrd.

J'avais la sensation d'être un bestiau vendu au marché. Ma vie était en train d'être décidée, devant moi, sans que je sois convié à m'exprimer.

L'optique de voir sa fille mariée par le Conseil des Sages emplit Tillaumet d'une joie qu'il eut du mal à dissimuler tandis qu'il s'éloignait. J'étais en nage. Tremblant. Vidé de toute énergie.

Dans l'Ancien Temps, héritière du trône d'Ysoar, Sylwen aurait pu régner seule. Elle aurait été mon égale. Ma moitié. Mais là, ce serait à moi de gouverner les terres centrales en plus de mon propre pays. J'en eus des sueurs. En moins de temps qu'il ne fallait pour le dire, j'avais hérité de deux royaumes et d'une épouse. Claudius affichait une mine satisfaite. Je ne doutais pas qu'il comptât m'assommer de recommandations avant le repas de la mi-journée. Je me devais de fuir. Trouver n'importe quelle excuse, mais m'éloigner de ce bourbier qui m'avalerait bien assez tôt.

Je levai les yeux et aperçus Sylwen à l'une des fenêtres de l'étage. Ses cheveux blond cuivré voletaient, libres, sur ses épaules frêles. C'était une ravissante jeune femme, sans conteste. Et bientôt, elle serait mienne. Je ne savais si l'émoi que je ressentais était de contentement ou de résignation.

Kalian déboucha soudain des écuries et se dirigea vers Tillaumet. Ils échangèrent quelques phrases qui parurent les affliger. Kalian repartit en courant. Je tenais peut-être ma chance.

— Que se passe-t-il ? lui lançai-je de loin.

Il se retourna et me répondit sans prendre la peine de se rapprocher.

— Un des forts frontaliers a allumé son feu de détresse. Un village vient d'être attaqué.

— Où ça ?

— Au sud-ouest. Nous y serons à la nuit.

— Des démons ? m'enquis-je en le rattrapant.

— C'est ce qu'il faut que je prouve. Il y a une troupe sur place, mais le roi exige que j'en juge en personne.

Kalian avait l'air préoccupé. Son regard sombre se posa avec impatience sur la porte de l'écurie. Le commandant était tout à l'organisation de sa prochaine équipée. C'était mon occasion de jouir d'une dernière journée de liberté.

— En tant qu'Héritier, mon témoignage pourrait être d'une aide précieuse.

J'avais sorti ça sans réfléchir. L'aisance avec laquelle j'avais prononcé « Héritier » me choqua. M'étais-je déjà fait à cette fatalité ? Kalian prit la mesure de mes paroles, les sourcils froncés. Solennel, il inclina la tête :

— Ce serait un honneur de vous avoir à nos côtés, seigneur Guilhem.

Ce protocole était de trop, surtout de la part de Kalian.

— Je vous en prie, appelez-moi seulement Guilhem.

Il acquiesça, sans nulle autre forme de cérémonial et m'invita à le suivre. La simple idée du trône me donnait des vertiges. De l'air, il me fallait de l'air, du vent, de la vitesse !

Après un détour par l'armurerie où je m'équipai d'une protection matelassée recouverte de plaques de métal, de gants renforcés, d'un casque à nasale et d'un bouclier clouté, je me joignis à Kalian et ses hommes. L'épée de mon père remplaça celle qui m'avait accompagné tant de fois. Il fallait que je me fasse à l'idée. J'étais appelé à devenir roi. Autant que je me comporte comme tel. Enfourchant le cheval gris qui avait une fois de plus été harnaché à mon intention, je quittai les murailles étouffantes de la forteresse.

Δ

La température avait beaucoup chuté cette nuit et le vent, glacial, me cinglait les joues. Nous galopions depuis longtemps déjà, quand j'aperçus le premier feu de détresse sur un sommet rocheux. Nous piquâmes alors droit vers le sud. Les cliquetis des armures de plaques accompagnaient le martèlement lourd de nos montures. Nous étions une vingtaine de cavaliers, tous équipés pour combattre, même si là n'était pas le but premier. Dans quoi m'étais-je encore lancé ? J'aurais pu délaisser la troupe, poursuivre vers le sud et ne plus jamais reparaître. Vivre la vie que je souhaitais. Mais non. J'étais homme de parole. Et les êtres belliqueux qui faisaient de telles attaques ici pourraient très bien se tourner vers l'Ariatide s'ils n'étaient arrêtés avant. J'étais Héritier et devais me plier à mes devoirs, quels qu'en soient les sacrifices.

Les paysages se succédaient, tantôt verdoyants, tantôt secs et arides comme les steppes du nord de l'Ariatide. Nous passions à proximité des villages sans même ralentir, et les gens nous regardaient filer, inquiets de cette agitation soudaine. Les brasiers relayant les alarmes des forts frontaliers brûlaient au sommet des collines, à la vue de tous. Les attaques étaient dans tous les esprits.

Nous traversâmes les environs de Toimuras, la citadelle du sud de l'Ysoar, dont le seigneur était un des plus riches vassaux de Tillaumet, un dénommé Garam. Ces plaines à la terre rouge semblaient plus fertiles que celles du reste du pays et le paysage se morcelait de champs, séparés par des haies. Menaçants, les bois et monts d'Agalaadywen nous toisaient au loin. Combien de démons étaient-ils tapis dans ces fourrés, prêts à se ruer sur nous à la moindre occasion ? Mon apparition, Aylim, était-elle là à me guetter, attendant mon retour ? Comment pouvais-je penser à elle, à la chaleur de son corps, en pareille situation ?

Enfin, après le lever des premiers astres, nous arrivâmes en vue de fumées rougeoyantes s'élevant des restes d'un village. Un soldat vint à notre rencontre, le visage couvert de suie. Son tabard[3] arborait les armes ysoariennes de gueules à l'étoile d'argent à sept rais[4]. Il n'était encore qu'un enfant et l'horreur se percevait dans sa voix.

— Il n'y a aucun survivant, Commandant, toussa-t-il. En plus, nous n'avons pas assez d'eau pour éteindre le brasier. Nous sommes cinq à être restés pour l'empêcher de se propager. Les autres sont rentrés à Balastine.

— Avez-vous retrouvé des corps ? le questionna Kalian, direct.

— Non, aucun, avoua le soldat en haussant les épaules. Ces chiens de démons ont procédé de la même manière que d'habitude. Que le Père Très Saint les maudisse !

Les cavaliers nous accompagnant répétèrent en chœur cette malédiction et je fus surpris de reconnaître ma propre voix parmi les leurs.

Kalian fit signe au garçon de retourner à son poste et nous nous éloignâmes du brasier, obliquant vers l'ouest.

— Où allons-nous ? demandai-je, étonné d'avoir fait tant de route pour repartir aussitôt.

— À la citadelle de Balastine. Il n'y a plus rien à voir ici.

Pour toute réponse, je baissai la tête et observai les pas réguliers de ma monture. La fumée et l'odeur de la mort la rendaient nerveuse.

---

3 Aussi appelé « cotte d'arme ». Vêtement passé sur l'armure.

4 L'expression héraldique « de gueules à l'étoile d'argent à sept rais » décrit un blason rouge orné d'une étoile blanche à sept branches.

— Pardonnez ma rudesse, s'excusa Kalian. Nous avons à plusieurs reprises constaté cette stratégie destructrice. Quand ils attaquent, nous supposons qu'ils commencent par faire un cercle de feu autour du village pour enfermer les gens à l'intérieur. Personne, ni bête ni homme, ne peut alors leur échapper. Ensuite, ils rétrécissent le cercle, jusqu'à ce que toutes les âmes encore en vie soient rassemblées sur la place centrale.

— Mais comment, eux, font-ils pour ne pas brûler ?

— Leurs pouvoirs, sans doute, leur permettent de maîtriser le feu ! lança un des soldats.

— Peu importe, continua Kalian, les sourcils froncés et la mâchoire crispée. Nous supposons qu'ils font entrer tous les malheureux dans le temple du Père Très Saint et les y enferment. Ils enflamment ensuite l'édifice. Tous périssent dans d'atroces souffrances.

— Mais pourquoi ?

Ma voix était mal assurée à cause de l'air irrespirable qui nous brûlait la gorge. Un goût salé pénétra à l'intérieur de ma bouche.

— Pourquoi ? s'emporta Kalian, amer, les yeux écarquillés. Ce sont des démons ! Ont-ils besoin d'une raison pour massacrer les Enfants du Père Très Saint ?

Les cendres âcres agressaient nos yeux et nos narines. Je me retournai. Tous, nous toussions et crachions. Tous, nous pleurions.

# Chapitre III

« Oublie tout ce que tu as appris.
Profane tout ce que tu considérais comme sacré.
Brûle ton passé, afin d'apparaître pur pour ta renaissance.
Âhni. »

*Livre Saint, chapitre III, versets 9 à 12.*

Δ

Balastine, la citadelle légendaire ! Elle était l'un des nombreux ouvrages attribués à la reine d'Agalaadywen lors de ses nuits bâtisseuses. C'était le lieu mythique où les armées du Père Très Saint avaient remporté une importante victoire contre les sbires de l'Ancienne Déesse au cours de la Guerre de Purification.

La citadelle se mêlait littéralement au roc sur lequel elle était élevée. La pierre qui la constituait était d'un noir profond veiné de vert, à moins que cette teinte ne fût l'un des vestiges des affrontements dont elle avait été l'hôte. Balastine se présentait sous la forme d'un bâtiment rond dont les limites se fondaient dans le rempart même. Cette construction était surmontée d'une tour circulaire sans toit. Son sommet devait offrir un panorama imprenable sur la région. La citadelle semblait assez vaste pour accueillir entre ses murs la population la plus proche, mais encore fallait-il que cette dernière ait le temps de s'y réfugier.

Nous suivîmes de nuit le chemin escarpé qui enlaçait la montagne. L'ascension me parut d'une longueur infinie. Dans ce silence pesant, mes pensées allèrent à mon père et à mon frère – demi-frère en réalité – qui, par leur départ, n'en étaient que plus présents. Il ne fallait pas que je laisse la rancœur du passé m'envahir.

« Père Très Saint, accueille le roi Blivien et l'Héritier Lorcas dans Ton Royaume. Accorde-leur la paix éternelle. Accueille également ces malheureux. Aide-moi, Ô Père Très Saint, à ne pas être faible. Âhni. »

Sans même que nous ayons eu à nous annoncer, le pont-levis s'abattit dans un silence étonnant. Seuls résonnèrent longuement les anneaux de la chaîne, emplissant l'air de leur indifférente mélodie.

Ce que je pensais être un unique édifice se révéla être, en réalité, trois constructions circulaires, imbriquées les unes dans les autres. La dernière enserrait la tour. Chaque partie possédait sa propre fortification, joyau d'architecture défensive. Je me souvins avoir étudié la structure de cette place forte, enfant. Elle avait été conçue dans le but de résister à n'importe quel siège ou attaque. Si un rempart tombait, tout le monde se retranchait dans le bâtiment intérieur. Il se disait même que la tour était pourvue d'une issue qui menait au cœur de l'Agalaadywen. Sans doute ce passage avait-il été condamné lors de la Guerre de Purification. Avant ça, cet éperon rocheux faisait partie intégrante du domaine de la Déesse Déchue.

Les origines de cette guerre qui avait changé la face spirituelle du Monde Connu remontaient à environ vingt-cinq ans. À cette époque, l'Ysoar était une enfant chérie de l'Ancienne Déesse. Depuis de nombreuses années déjà, l'Ariatide tendait l'oreille aux prêches venus des confins de l'Ésiria, qui annonçaient la venue d'une ère nouvelle, loin des superstitions dépassées. Plusieurs temples commençaient à s'élever à la gloire du Père Très Saint. Inquiète pour Sa suprématie, la Grande Déesse avait choisi le moment le plus sombre de la nuit pour lancer Ses sbires sur la source de cette lueur naissante : le Temple Premier. Ce monastère, perdu dans les étendues désertiques ésiriennes, était le sanctuaire où le Prêtre Premier avait transcrit le Livre Saint sous la dictée du Père Très Saint Lui-même. Le religieux y avait ainsi gagné son titre de Prophète. Cet endroit était le lieu le plus sacré pour nous, Enfants de la Vraie Foi. Et l'Ancienne Déesse avait souhaité l'anéantir. Le Prêtre Premier, déjà d'un âge fort avancé, avait échappé par miracle au carnage qui avait décimé ses disciples. Trois sages du Grand Conseil de Wyrd alors en visite dans le Temple Premier avaient aussi perdu la vie. La même nuit, les territoires convertis avaient subi des raids meurtriers – comparables à ceux que subissaient à présent l'Ysoar. Ces heures décisives avaient été baptisées « la Nuit de la Déesse ».

Pendant les combats, des villageois ariates avaient réussi à capturer des démons du Peuple des Collines. Les monstres tentaient d'extraire les corps de leurs victimes du foyer auquel ils les avaient condamnées, sans doute pour s'en repaître ensuite. Ces tribus, humaines, mais difformes, servaient la Grande Mère Déchue avec une ferveur aveugle. Communément appelés les Nez Plats, leur surnom leur venait de leur physionomie fort étrange : on racontait qu'ils avaient la peau sombre, pas de bouche et un nez aussi large qu'une main. On disait encore qu'ils se nourrissaient par cette protubérance immense.

Un jugement avait été mandé par les six Sages du Grand Conseil de Wyrd encore en vie. Les Nez Plats y avaient clamé leur innocence dans leur langage fait de grognements et de sons incompréhensibles. Mais personne n'avait été dupe et les forces armées du Wyrdlyn s'étaient jointes à celles d'Ariatide et d'Ésiria pour marcher sur le domaine de la Grande Mère. La Guerre de la Purification avait débuté. Elle devait durer près de trois années.

Mon père menait les troupes ariates. Les batailles qu'il avait relatées dans ses lettres m'avaient causé de nombreux cauchemars. Des hordes de guerriers Nez Plats à l'allure de bêtes, des dragons gigantesques, des elfes aux armures rutilantes, des géants échevelés… J'étais encore enfant pendant ces conflits. Chaque nuit, j'avais prié le Père Très Saint de me garder de tomber un jour sous le joug de ces cohortes sanguinaires. Au cours des ans, cette peur s'était changée en fascination pour ces êtres dorénavant disparus. Captivé, je glanai dans mon rare temps libre le peu d'informations que nous avions sur leur mode de vie et leurs coutumes.

Au début des affrontements, l'Ysoar s'était rangé aux côtés de l'archaïsme contre la Lumière. Quoi qu'il en fût, après la Victoire de Balastine où les armées démoniaques avaient été écrasées et repoussées dans les bois maudits, Tillaumet avait rendu les armes et s'était converti. Il était ensuite devenu le fer de lance des armées du Père Très Saint en tuant celle qui menait les troupes ennemies, la reine d'Agalaadywen, Grande Prêtresse de la Mère Déchue. La Grande Victoire avait marqué le début de l'an I des Âges Nouveaux. C'était au moment de l'équinoxe de printemps. Une fois la guerre achevée, le roi ysoarien avait pris pour épouse l'une des filles du roi d'Ésiria de l'époque, et avait ainsi pu conserver sa couronne.

Les terres du Nord, elles, avaient été les grandes absentes de ce conflit. Séparées du reste du monde par l'Agalaadywen, la peur des représailles les avait retenues de s'engager. L'Ancienne Déesse n'avait pas été clémente avec ceux qui s'étaient détournés d'Elle.

Mais aujourd'hui, pourquoi l'Heylön apportait-elle toujours sa dévotion à cette fausse divinité ?

Pendant que nous mettions pied à terre, le pont-levis se referma sur nous telle une énorme bouche. Personne ne vint à notre rencontre.

— Je vais tâcher de trouver le capitaine, annonça Kalian en ôtant son casque. Je vous enverrai chercher.

Je me joignis aux cavaliers qui menaient leurs montures à l'écurie. Autrefois d'un gris éclatant, mon cheval était, cette nuit, presque noir. J'entrepris de le desseller pour pouvoir le brosser. Alors que je me penchais dans l'espoir hardi de le dessangler, j'eus juste le temps de tomber en arrière pour éviter son coup de sabot. Je refoulai dans ma gorge un « vomissure de cheval ! ». Les autres cavaliers ayant assisté à la scène riaient de mon infortune.

— Il n'est pas facile ! s'esclaffa l'un d'eux.

Je l'ignorai et me relevai tant bien que mal.

« Tu ne me domineras pas », pensai-je à l'attention de l'animal.

Avec la plus grande prudence, je parvins à dénouer la sangle et enlevai la selle dans un sourire triomphal. Cette carne semblait avoir entendu ma pensée.

Tandis que je débarrassais ma monture de la suie qui s'était incrustée dans ses poils, une petite main vint tirer mon manteau.

— C'est vrai que t'es un roi ?

C'était un enfant d'une dizaine d'années, assez élancé. Sous ses cheveux châtains emmêlés et la crasse qui lui recouvrait le visage, il m'était impossible de savoir s'il s'agissait d'une fille ou d'un garçon.

— Pas encore, répondis-je en ysoarien, tout en abandonnant la paille qui me servait à bouchonner mon cheval. Pour le moment, je ne suis qu'un Héritier. Mais comment sais-tu ça ?

Le sort s'acharnait contre moi ! Je n'avais pas chevauché jusqu'ici pour que le premier marmot me rappelle la condition que j'essayais de fuir. Est-ce que le monde entier était au courant ?

— J'ai entendu les gardes de ton groupe en parler. Et tu sais, moi aussi je suis une Héritière ! renchérit-elle en langue commune. Je suis la princesse de Balastine et un jour j'en serai la reine.

La fillette se grandit avec fierté. Sa bonne humeur dénoua mon estomac tendu. C'était étonnant qu'une enfant d'une telle apparence parle aussi bien la langue commune. Je pensais que nombreux étaient les habitants reculés d'Ysoar à ne baragouiner que leur dialecte rocailleux.

— Viens avec moi. Mon père t'attend.

Elle m'attrapa la main et m'attira hors de l'écurie par une porte que je n'avais d'abord pas aperçue. Après avoir traversé chacune des deux fortifications intérieures, nous arrivâmes à la tour qui constituait le bâtiment central. Des oiseaux allaient et venaient depuis le dernier étage. La gamine suivit mon regard.

— C'est pour les messages ! D'ici, on peut communiquer avec les forts de la frontière, et même avec Daeg et Wyrd !

C'était astucieux d'installer le pigeonnier au cœur de la citadelle. Ainsi, en cas d'attaque, les missives pouvaient être envoyées jusqu'au dernier instant.

Mon guide ne manqua pas de m'exposer les détails croustillants de la Victoire de Balastine. Ici, la reine d'Agalaadywen avait affronté à elle seule cent soldats. Là, Tillaumet s'était, soi-disant, changé en homme-taureau avant d'être fait prisonnier. Elle m'indiqua une fenêtre de l'édifice d'où la reine s'était envolée, après s'être métamorphosée en femme-oiseau.

« Ces elfes avaient vraiment de fabuleux pouvoirs ! Dommage qu'ils aient tous été exterminés... » pensai-je en observant les contours du bâtiment dans l'obscurité. Peu à peu, je me sentis repartir dans les méandres de mon adolescence où je me plaisais à imaginer la vie des fées et des nains.

Après une montée d'escaliers éprouvante, nous débouchâmes tous deux dans une vaste salle presque vide. Le plafond était haut et, mise à part la porte, il n'y avait aucune autre ouverture dans les murs épais. La pièce possédait pour seuls meubles une large table de bois et quelques torches. Kalian et un autre homme étaient penchés sur une carte. Fixée à même le meuble, une large chandelle achevait de répandre ses entrailles en longs filaments jaunâtres.

La fillette courut jusqu'à l'autre homme, lui fit un salut militaire approximatif en brandissant une épée imaginaire. Il la gratifia d'une tape sur la joue, après quoi, elle se précipita pour me prendre la main et m'amena à lui.

Notre hôte me salua avec les honneurs dus à mon rang. Ses cheveux d'un châtain à peine moins crasseux que ceux de sa fille lui tombaient sur les épaules. Il arborait l'étoile blanche à sept branches d'Ysoar sur un tabard qui avait dû être rouge.

— Seigneur, m'adressa-t-il avec respect, je suis Arigan, capitaine de cette forteresse.

— Guilhem, Héritier d'Ariatide et serviteur du Père Très Saint.

— Le commandant Kalian m'a parlé de vous, poursuivit-il en jetant un coup d'œil au guerrier. C'est un honneur de vous recevoir à Balastine. Que le Père Très Saint accueille votre père en Son royaume, conclut-il maladroitement en guise de condoléances.

Je remerciai le capitaine Arigan d'un signe de tête tendu. C'était un fait qu'il me fallait accepter. Mon père était mort et j'allais régner.

Kalian me résuma le début de leur entretien.

— Il semble qu'une troupe de démons ait été signalée plus à l'ouest. Les Balastes sont déjà partis sur place pour tenter de les repérer. Nous attendons de leurs nouvelles.

L'idée de retrouver Raghôl me fit chaud au cœur. La bonhommie du géant roux me l'avait tout de suite rendu sympathique.

La gamine patientait dans un coin. Dépitée de n'être plus au centre des préoccupations, elle s'approcha de son père et secoua sa manche avec insistance. Il la repoussa avec tendresse et lui murmura en patois :

— Pas maintenant. Va voir ta mère, je suis sûr qu'elle a besoin de toi.

Alors que l'enfant sortait en traînant les pieds, Arigan m'invita à consulter la carte étalée sur la table :

— Les Balastes ont dressé leur camp plus à l'ouest. Ils ont repéré la troupe de Nez Plats et la suivent. Les démons auraient en vue d'attaquer un nouveau village ce soir. Les Balastes nous préviendront s'ils ont besoin de nous en renfort.

— Ce n'est pas très loin d'ici, confirma Kalian, le visage sombre.

D'un commun accord, nous décidâmes de nous rendre sur place sans attendre. Je me devais de rassembler le plus d'éléments possible afin que mon témoignage au Conseil de Wyrd soit des plus convaincants. Autant que mon futur règne change les choses. Arigan tint à se joindre à nous pour nous guider, avec quelques-uns de ses hommes. Nous quittâmes donc Balastine, sitôt après nous être restaurés entre autres d'un délicieux bouillon de volaille.

Une lune ronde, étincelante, illuminait cette nuit d'un plein jour argenté. Elle avait déjà parcouru une bonne partie de sa course lorsque nous arrivâmes en vue du camp balaste. Il n'y avait aucun foyer, de sorte qu'il nous était impossible de savoir depuis combien de temps il était vide. Le vent était glacial. Le froid semblait avoir apaisé ma monture, devenue aussi sereine et docile que mon précédent cheval.

Une ombre apparut au détour d'une tente et vint à notre rencontre. Kalian dégaina son arme, aussitôt imité par ses hommes, et organisa un rempart devant moi.

— Qui va là ? hurla la silhouette qui nous faisait face.

— Kalian, commandant des armées d'Ysoar, et Guilhem, Héritier d'Ariatide, lança mon compagnon. Et vous ?

— Je suis Balaste !

— Rengainez vos armes, intima Kalian à ses hommes tandis qu'il mettait pied à terre.

Nous l'imitâmes tous.

— Que faites-vous ici ? enchaîna la sentinelle. C'est un endroit bien trop dangereux, surtout de nuit !

— Il est impératif que je puisse témoigner devant les Neuf Sages des atrocités perpétrées en ces terres, annonçai-je décidé. Où se trouvent les Nez Plats ?

— Votre présence n'est pas souhaitée sur les lieux du combat.

L'homme, tout Balaste qu'il était, ne faisait que peu de cas de mon rang et de ma mission.

— Il y a du vin chaud dans la tente nord, continua-t-il. Je viendrai vous chercher dès que la zone sera sécurisée.

Au moment où nous allions nous installer afin d'attendre le retour des guerriers, des hurlements s'élevèrent depuis le sommet de la colline. Une lueur orangée commença à illuminer le ciel.

Kalian ordonna à deux de ses hommes de rester au camp avec la sentinelle, tandis que je remontais en selle.

— Où allez-vous ? nous cria le Balaste.

— Je ne peux laisser vos compagnons affronter seuls un ennemi si imprévisible, rétorqua le commandant. Comme vous l'avez dit, c'est bien trop dangereux.

— Mais vous ne pouvez pas...

— Je suis envoyé par le roi d'Ysoar et je n'ai aucun compte à vous rendre !

Impuissant, l'homme se contenta de baisser la tête. Kalian vérifia la sangle de sa selle avant de remonter à cheval.

— Guilhem, il vaut mieux que vous restiez ici, me conseilla-t-il sans grande conviction.

— Et vous laisser récolter tous les honneurs ? Plutôt servir de latrine aux Nez Plats !

Ma repartie eut l'avantage de le faire sourire. Pour toute réponse, il lança son cheval au galop, suivi par ses hommes. Je pris son silence pour une invitation à l'accompagner. Pendant que nous gravissions la colline, je caressai le pommeau de la nouvelle épée qui pendait à mon côté. Tout petit déjà, j'aimais la subtiliser à mon père, ce qui me valait de sévères réprimandes. Je passais des heures à la faire vibrer, m'imaginant être l'un des guerriers légendaires de Balastine. Je n'avais pas encore eu mon accident. Comme tous les enfants, je croyais être le meilleur combattant que le Père Très Saint ait jamais engendré. Je rêvais alors souvent à la renommée et à la gloire que m'apporterait cette épée lors de mes conquêtes. Elle était, pour moi, la compagne indispensable d'un très grand roi. Oui, à cette époque, je m'imaginais succéder à mon père sur le trône d'Ariatide. Je n'avais pas encore été ni estropié ni désavoué pour laisser la place à mon demi-frère, de cinq ans mon cadet. Tout ceci était si loin. Avais-je réellement rêvé devenir roi ? Tant de souvenirs émanaient de cette épée. Maintenant, tandis qu'elle frappait ma cuisse droite au rythme du galop de ma monture, je m'apercevais de sa très grande simplicité. Mis à part les saphirs incrustés dans le pommeau, nulle fioriture, nul ornement superflu ne venait alourdir la pureté de sa ligne. C'était une arme tout à fait banale à première vue, mais redoutable. Au creux de ma main, elle devenait le prolongement meurtrier de mon bras. Je n'étais plus habitué à porter une épée au côté. Pour mes voyages, je préférais, à cette arme trop imposante, la maniabilité et la légèreté de la fine dague longue. Pourtant, à ce contact froid et rigide, je réalisais à quel point cela m'avait manqué.

Lorsque nous arrivâmes au sommet de la colline, nous fûmes les témoins de la sauvagerie des troupes de l'Ancienne Déesse. La pleine lune baignait de ses rayons argentés le brasier qui ravageait le village installé sur ce plateau pelé. Les flammes qui dévoraient le temple au cœur du bourg léchaient le ciel. Enfermés dans le saint édifice, les habitants hurlaient, au supplice, frappaient sur la porte de bois qu'un groupe en armure achevait de barricader à l'aide d'une charrette. Que pouvions-nous faire ? Une barrière de feu encerclait les lieux. Tout passage était impossible. Les cris des villageois se mêlaient aux craquements des maisons qui s'effondraient. Mon sentiment d'impuissance était insupportable. La chaleur nous cuisait le visage et brûlait les naseaux des chevaux, ce qui ne faisait qu'augmenter leur nervosité. Chaque respiration nous arrachait les poumons dans une toux rauque. Pourtant, nous ne pouvions nous détourner de ce macabre spectacle.

Au cœur du brasier, un groupe de villageois parvint à s'extirper d'une maison. Trois cavaliers en armures déboulèrent de la rue d'en face et se lancèrent à leur poursuite pour les cueillir du tranchant de leurs épées recourbées. Comment faisaient-ils pour évoluer avec une telle aisance au milieu des flammes ? Bien qu'ils aient toujours su se rendre invisibles, les sbires démoniaques massacraient là, sous nos yeux. Malgré l'épaisse fumée, je reconnus sans peine les armures que j'avais vues dans mon songe en Agalaadywen, quelques nuits plus tôt. Cette souplesse, cet aspect de légèreté... Dans ces limbes infernaux, ces protections semblaient être faites de braises. Les chevaux étaient harnachés de la même matière. D'ailleurs, étaient-ce des chevaux ? Les manuscrits racontaient comment les Nez Plats pouvaient tout aussi bien chevaucher oiseaux, dragons ou autres animaux fantastiques. Les casques des soldats arboraient cornes et mufles, ce qui accentuait leur aspect bestial.

Je sentis monter en moi l'ardeur du combat, sentiment que je pensais avoir enterré à jamais. Je ne voulais plus de cette existence de guerre et de sang dont je parvenais à peine à me libérer. Je ne voulais plus de cette jubilation à prendre une vie. J'avais été horrifié de la ressentir. Quand, voilà plusieurs années, mon père m'avait confié une escouade afin de guetter les incursions barbares sur les côtes ariates, j'avais rechigné à délaisser ma musique. Et je ne pensais pas surtout que de simple patrouilleur, je finirais par mener une armée à la victoire, au prix de nombreuses années de carnages. Sans doute mon père avait-il vu dans ces attaques une chance de se débarrasser de moi. Qui aurait pu parier sur mon triomphe ? Moi, le fils indigne du roi. Moi, le jeune boiteux tout juste bon à devenir prêtre. L'homme que la guerre avait recraché n'avait plus rien à voir avec le jeune gringalet qu'elle avait aspiré dans son tourbillon destructeur. J'avais été broyé. J'avais dû enfouir toute sensibilité, toute créativité pour survivre. Cependant, j'avais éprouvé une telle extase lors des affrontements, que j'en avais ressenti de la honte. Comment parvenais-je à trouver une forme de beauté absolue dans ce déchaînement de fureur ?

— Je ne vois pas les Balastes, remarqua Kalian. Ils doivent être de l'autre côté du village. Le feu empêche tout passage. Encerclons le bourg et coupons la retraite des démons ! Nous allons les faire rôtir dans leur propre brasier !

Je saluai cette proposition d'un hochement de tête convaincu. Kalian cria ses ordres et nous lançâmes nos montures au galop dans une détermination sans limites. Mon sang battait à mes tempes.

« Père Très Saint, guide mon bras vers la victoire ! Garde mon cœur de la peur ! »

Tandis que nous fondions sur l'incendie, je constatai que je n'avais pas assez estimé le danger de cette manœuvre. Car alors que nous contournions le village, une brèche que nous n'avions pas vue dans l'anneau de feu déversa son flot de démons.

— Ils s'enfuient ! m'écriai-je, stupéfait.

Tandis qu'Arigan et moi nous lancions à leurs trousses, suivis d'une dizaine de soldats, Kalian et le reste de notre troupe pénétrèrent dans le village par la brèche.

Une épaisse odeur de sang et de feu émanait du groupe de Nez Plats que nous poursuivions. Contrairement aux croyances établies, ils étaient aussi grands que des hommes. Pas une once de chair ne dépassait de leur armure. Les chevaux qu'ils montaient étaient aussi rapides que les nôtres. Moi qui rêvais de voir des Nez Plats de près, j'étais comblé !

Le visage souriant d'Aylim m'apparut au milieu de l'obscurité. Je repoussai cette image enchanteresse, mal à propos dans ces lieux de malheur. Brandissant alors mon épée, je hurlai et m'apportai force et courage :

— Père Très Saint, déchaîne Ta colère !

Mes compagnons reprirent en chœur ma prière. Dans la cohue, nous n'entendîmes pas la corne de Kalian nous appelant à l'aide, pas plus que nous ne vîmes la seconde vague d'ennemis s'abattre sur nous. Avant même d'avoir pu réaliser ce qui nous arrivait, nous étions assaillis de toutes parts par ces cavaliers démoniaques.

Le souffle court, je dégainai mon épée et entrai dans le combat. « Pourvu que je ne m'abîme pas les mains », me passa par la tête. Il m'était primordial de protéger mes doigts, outil indispensable pour la vie de musicien à laquelle je me destinais. Mais c'était bien loin de moi maintenant. Et encore me fallait-il survivre à ce soir ! De plus, un roi se devait d'être meilleur guerrier que harpiste.

Dans la mêlée, Arigan fut désarçonné et l'un de ses pieds se bloqua dans son étrier. Apeurée, sa monture le traînait dans une fuite désordonnée. Le capitaine de Balastine tentait vainement de se défaire de cette emprise à l'aide de sa jambe valide. Un Nez Plat armé d'une lance se précipita sur lui. J'éperonnai mon cheval et lui barrai la route. Ma lame virevolta et lui asséna un violent coup de taille dans le flanc. Le démon voulut me faire choir d'un coup de hampe, attaque que j'évitai en me couchant sur la croupe du mastodonte gris. De mon épée, je parai un autre coup de lance dont la pointe, déviée, égratigna l'encolure de mon cheval. L'animal se déchaîna dans une multitude de sauts et de ruades. Cramponné à son crin, je tentai de ne pas me retrouver à terre ; mon handicap ne m'aurait alors pas permis de survivre dans cette cohue meurtrière.

Au moment même où je parvins à maîtriser ma monture, un moulinet aux reflets lunaires d'argent s'abattit sur moi et fit vibrer mon arme. Sans que je puisse contre-attaquer, je sentis le contact glacé d'une lame pénétrer mon flanc. Ma vue se brouilla tant la douleur me surprit. J'eus alors l'impression de m'envoler jusqu'à ressentir la caresse ferme du sol. Hors du temps, je respirai la douce odeur de l'herbe effleurée de rosée. La lune dans le ciel semblait me sourire. Des voix confuses m'entourèrent. Le chant des épées résonnait autour de moi, sans que je puisse distinguer sa funeste mélodie. Le froid commença à s'emparer de moi jusqu'à ce que je m'abandonne à son emprise. Je mourais.

# Chapitre IV

« Ne crains pas les Ombres, car sans elles, il n'y a pas de Lumière.
Ne crains pas le Froid, car sans lui, il n'y a pas de Chaleur.
Ne crains pas la Mort, car sans elle, il n'y a pas de Vie.
Ne crains pas le Mal, car sans lui, le Bien n'existe pas.
Âhni. »

*Livre Saint, chapitre IV, versets 27 à 31.*

Δ

Une douleur effroyable me réveilla. Couché sur le ventre, je tentai de me retourner, quand un poids s'abattit sur mes épaules et me plaqua au sol. Ma vue s'éclaircit petit à petit. J'étais allongé sur une paillasse fraîche, dans l'angle d'une habitation aux murs de terre. À quelques pas de là, mes bottes étaient soigneusement alignées. Du coin de l'œil, j'aperçus un foyer sommaire dans lequel on préleva une tige rougeoyante. Tandis qu'on me parlait dans un charabia incompréhensible, je suppose qu'on appliqua à nouveau l'objet sur moi. La douleur fut telle que je perdis connaissance.

Une envie pressante me tira de ma léthargie. J'étais toujours allongé sur le ventre, couvert d'une fourrure. Je tentai de me retourner, mais les forces me manquaient. Une main m'invita à me mettre sur le dos. Je saisis le membre fin et serrai les dents tant l'effort était grand. La douleur provoquée par ce mouvement m'arracha un cri. Mon flanc se déchirait ! Lorsque je rouvris les yeux, je vis une enfant d'environ huit ans s'agenouiller à mes côtés. Elle prit un soin particulier à enlever l'emplâtre qui me barrait le flanc.

La physionomie de cette jeune fille m'était inconnue. Elle avait de grands yeux noirs, un nez large, une bouche pulpeuse. Malgré la saison, elle ne cachait son frêle corps sombre qu'à l'aide d'une peau de daim retenue par une cordelette. La courbe de ses formes presque épanouies me révéla qu'elle était beaucoup plus âgée que ce que j'avais d'abord pensé. Ses cheveux bruns tombaient sur ses épaules en une cascade de boucles luisantes. Sans doute devait-elle les enduire de graisse. Mise à part sa petite taille, elle était d'une proportion parfaite.

Le fait que je l'observe avec autant d'insistance l'intimida, si bien qu'elle se hâta de finir de nettoyer ma plaie et sortit. Du bout du doigt, je parcourus les chairs boursouflées allant de mon nombril à ma colonne vertébrale.

« Comment se fait-il que je sois encore en vie après une telle blessure ? pensai-je, effaré. À moins que je ne sois mort ? Mais pourquoi ne suis-je pas devant le Père Très Saint, auprès de Ses juges, afin qu'ils me fassent pénétrer dans le Royaume des Esprits Purs ? »

La même envie pressante qui m'avait réveillé irradia à nouveau mon bas-ventre. Ma vessie était sur le point d'exploser. Je tentai de me lever, mais c'était peine perdue. Je parvins tout de même à m'adosser au mur brun.

Je remarquai une dizaine de visages curieux entourant l'encadrement de la porte. Ils semblaient tous être des enfants, mais les imposantes barbes de certains me détrompèrent. Ils s'en paraient d'ailleurs d'une étrange façon ; je n'étais guère dans mon état normal, mais je serais prêt à jurer sur le Livre Saint qu'ils s'en servaient de vêtements, en les passant dans des ceintures de boyaux tressés. Leur chevelure, longue et fournie, constituait le dos de cette étonnante robe qui leur tombait jusqu'aux pieds.

Les femmes, dépourvues de barbe, portaient des tuniques à l'identique de celle de ma jeune guérisseuse. Une vieille édentée me souriait et ses longs cheveux blancs contrastaient avec le teint sombre de sa peau. Tandis qu'elle m'observait et commentait sa vision de baragouinage, une mère donnait avec nonchalance le sein à un nourrisson, passionné par la victuaille et loin de se soucier du sujet de tant d'agitation. Derrière eux, immense, mon cheval broutait en totale liberté.

Au même instant, la jeune fille revint, un bol fumant à la main. Elle chassa mes observateurs d'une exclamation suivie d'un feulement identique au soufflement d'un chat en colère, puis pénétra dans la pièce.

« Comment lui faire comprendre ? » pensai-je, au comble du supplice.

Je commençai à grimacer et à montrer mon bas-ventre. Elle dut croire d'abord que ma cicatrice me faisait souffrir, puis elle changea d'expression. Dans un rire étouffé, elle déposa le bol à côté de moi, sortit et revint aussitôt avec une outre en peau de loutre. Elle tenta alors de me faire comprendre en quoi ce récipient me serait utile et comment m'en servir. Au moment où une lueur de gratitude emplit mon regard, elle eut la délicatesse de bien vouloir me laisser seul. Je délassai ma ceinture avec empressement…

« Père Très Saint, sois béni ! »

Enfin apaisé, j'observai la pièce dans laquelle je me trouvais : elle était presque carrée. Ses murs de terre brune conservaient la chaleur qui se dégageait du foyer central posé à même le sol. Un trou avait été pratiqué dans le toit, afin de permettre à la fumée de s'évacuer. Une douce odeur d'écorce embaumait l'air. Bien moins vaste que les endroits dans lesquels j'étais accoutumé à séjourner, celui-ci n'en était pas moins agréable. De grossières étagères de bois meublaient les murs, remplies de petites boîtes alignées.

Mon regard se posa alors sur le bol fumant à côté de moi et sur son contenu sombre. À la simple vue des morceaux de viande mélangés à la bouillie de céréales, je réalisai à quel point j'étais affamé. Sans attendre, j'enfournai la cuillère de bois dans ma bouche et recrachai le tout, la langue en feu. Je réitérai mon expérience en prenant soin de souffler sur le ragoût brûlant. J'avalai les premières bouchées sans chercher à savoir ce que j'ingurgitais. Quand mon appétit fût quelque peu assouvi, je pris le temps de savourer. Cela ne ressemblait à rien que j'eus connu. On aurait dit du sanglier, mais en plus doux. Quant à la bouillie, elle était onctueuse et finement relevée. Elle me faisait penser aux plats que j'avais dégustés à Daeg. Daeg ! La mort de mon père, le brasier, les démons... Depuis combien de temps étais-je absent ? À quand remontait l'attaque du village ? Y avait-il d'autres survivants ?

Des voix s'élevèrent dehors. Ma jeune hôtesse entra, une coupe de bois à la main, suivie d'une femme que je ne reconnus pas tout de suite. Elle ôta la lourde cape qui lui recouvrait les épaules et s'agenouilla à mes côtés. Ce visage ! Mon cœur manqua un battement. Pas de doute possible. C'était Aylim ! Que faisait mon apparition en ces lieux ? Étais-je en train de rêver ? Ou bien étais-je de nouveau prisonnier d'une quelconque magie démoniaque ? Ma surprise fut telle que la jeune fille éclata de rire et renversa par là même quelques gouttes du précieux breuvage qu'elle transportait. Sidéré, je ne pus me détourner d'Aylim qui, après avoir observé avec soin mon flanc, saisit la coupe et tenta de me faire boire. Le contact de sa main dans mon cou était délicieux.

— Que fais-tu ici ? m'entendis-je murmurer, la gorge serrée, desséchée. Comment m'as-tu retrouvé ? Qui sont ces gens ?

Les questions jaillissaient hors de moi, sans pour autant obtenir de réponse. Aylim se contenta de claquer de la langue comme pour calmer un enfant agité. Elle porta la coupe à mes lèvres, et m'incita à avaler d'un trait le liquide tant épais qu'amer.

— Bien, cela vous fera dormir, chuchota-t-elle en langue commune, d'une voix d'une incroyable douceur.

Elle posa sa main sur mon visage et entonna un chant qui semblait avoir accompagné la création de toutes choses. Ne pouvant lutter, je me laissai glisser dans le plus paisible des sommeils.

Δ

Une caresse parcourut mon front et mes cheveux. Le souvenir d'Aylim, mon apparition des bois, embauma mon réveil d'un parfum de mystère. Je profitai de ce moment entre deux mondes pour me demander ce que j'allais lui dire en premier lieu. Tandis que ses doigts s'entrelaçaient aux miens, j'ouvris les yeux et restai muet d'incompréhension. Sylwen tenta aussitôt de m'étouffer d'un baiser passionné. Elle inondait mon visage de ses larmes chaudes.

— Guilhem ! Cela fait neuf jours que je vous veille ! Je vous croyais égaré dans le Monde des Esprits !

Désorienté, je la repoussai. Je me trouvais dans ma chambre, au château de Daeg. Rien n'avait changé, mis à part cette forte odeur de fièvre et d'humeurs. Je cherchais mon serviteur des yeux.

— Où est Budec ?

— Il ne vous a pas quitté durant les premiers jours. Mais je tenais à être seule avec vous. Nous nous sommes donc relayés à votre chevet.

Je l'ai prié de s'installer dans les communs. Vous n'en êtes pas fâché, j'espère ? Je suis si heureuse que vous reveniez enfin à vous !

Elle me baisa les mains avec une fougue enfantine, le regard débordant d'un bonheur qu'elle avait du mal à contenir. Elle nota mon air perdu avant de continuer :

— Vous ne vous souvenez vraiment pas ? Vous avez pourchassé une bande de Nez Plats et avez été pris à revers. Vous n'êtes que deux à avoir survécu. Les Balastes, prévenus à leur retour au camp par le soldat de garde, sont arrivés trop tard. Ils patrouillaient plus à l'ouest. Kalian a été découvert le lendemain de votre attaque. Ne vous ayant pas retrouvé parmi les cadavres, Raghôl a tout d'abord pensé que vous aviez été fait prisonnier. Il vous a cherché deux jours durant. Puis il a repéré votre monture à l'orée des bois d'Agalaadywen. Par Sa grande miséricorde, elle vous avait traîné jusque-là. Et vous étiez encore vivant ! C'est un miracle !

Je réalisai à quel point mon esprit avait dû souffrir et remerciai le Père Très Saint de Sa bienveillance. Il fallait que je voie de mes yeux ma plaie. Les dents serrées, je retroussai ma chemise et soulevai le pansement. Une cicatrice rosée et gonflée me barrait le flanc. J'avais donc rêvé mon séjour dans la cahute de terre et la présence d'Aylim ? Mes songes devenaient de plus en plus étonnants ! Sans doute avais-je déliré à cause de la fièvre.

Sylwen observait mes moindres mouvements et guettait je ne sais quel signe de ma part. Ces aigues-marines emplies de larmes me chavirèrent le cœur. Attendri, je saisis la main de la jeune fille et y déposai un baiser. Contre toute attente, elle répondit à mon geste en venant se blottir dans mes bras. Cette petite chose sanglotait au creux de mon cou, fragile, candide. Peu à peu, ses larmes furent essuyées par les caresses de son nez contre ma joue. Elle fit alors pleuvoir sur mon visage une averse de baisers chauds et délicieux. Je frissonnais sous les caresses innocentes de sa main sur mon torse. Légère comme une plume, elle s'attarda sur les contours rosés de ma cicatrice, avant de remonter. Ses yeux plongés dans les miens, elle avança ses lèvres pour m'embrasser. J'interrompis son geste d'une main.

— Il ne faut pas, lui murmurai-je, haletant.

— Mais pourquoi, puisque nous allons nous marier ?

Ah oui, le mariage. Je l'avais presque oublié ! Dans ces conditions, c'était vrai. Pourquoi la repousser ? Je n'avais pas toujours été difficile en matière de femme ! Et fut un temps, j'aurais sauté sur l'occasion qui m'était offerte. Mais là, j'étais désorienté. Et tous mes sens, tout mon désir étaient tournés vers Aylim. Voilà toute mon incohérence ! Je repoussais une jeune femme sublime, car je me consumais pour un être tout droit sorti de mes songes.

Je me redressai dans mon lit et tâchai d'argumenter :

— Eh bien… Tu dois rester pure pour notre union. Et de plus, je risquerais de ne pas survivre cette nuit à tes assauts !

Je tentai de rendre mes explications les plus convaincantes et, tandis que son visage prenait une expression contrariée, je l'attirai contre moi. Je me surpris à être troublé par le parfum qui émanait de sa soyeuse chevelure dorée. Peu à peu, ma tête glissa sur son épaule. D'une main délicate, elle effilait mes cheveux, accompagnant son geste d'un fredonnement apaisant. J'avais l'étrange et tout aussi envoûtante impression d'être un nourrisson dans les bras de sa jeune mère, et j'adorais cela. De sa berceuse à ses caresses, tout me poussait à m'abandonner à l'élan moite et chaleureux qui m'envahissait. Sylwen se laissa aller à une douce lassitude, ma tête au sein de sa poitrine assoupie. Elle s'endormit ainsi, insouciante, et cette nuit-ci, mes rêves furent hantés par sa chevelure dorée.

Δ

Malgré la gravité de mes blessures, ma convalescence fut très rapide, même si ces deux semaines me parurent durer une éternité. Ma cicatrice rosée était toujours sensible, mais me permettait des mouvements chaque jour plus amples. Malgré des débuts debout incertains, je gagnais vite en vigueur. J'avais hâte de quitter cette chambre qui me semblait dorénavant minuscule. Sylwen me tenait compagnie toute la journée et me racontait ce qu'il était advenu pendant ma longue inconscience.

Durant l'attaque du village par les Nez Plats, Kalian avait été assommé et était tombé à terre, sur le lit de braises. Il souffrait de nombreuses brûlures qui lui avaient rongé une partie du visage. Je m'enquérais chaque jour de la progression de son état, désolé de ne pouvoir lui rendre visite en personne. Nous étions les deux seuls survivants de cette attaque infâme et nous nous devions de porter ces ignominies au grand jour.

György avait quitté Daeg juste après mon retour au château. Un message l'avait averti qu'un village d'Heylön – le premier – avait été attaqué par les démons. Son retour était plus que souhaité. Ce n'était plus qu'une question de temps avant que la guerre n'éclate. Mais de quel côté se rangerait l'Heylön ? Claudius n'avait pas tardé à voler à mon chevet. Il avait appris mon réveil de la bouche d'un aubergiste et avait accouru. Durant les quelques jours où j'étais resté inconscient, il s'était rendu à Wyrd dans le but d'avertir les Neuf Sages de ce qu'il m'était arrivé. Il leur avait demandé de dépêcher les Balastes afin d'assurer ma protection jusqu'à mon couronnement prochain. Mon couronnement. C'était si étrange. Oui, j'allais être roi. Le Grand Conseil avait bien entendu accédé à sa requête. Les célèbres guerriers ne devaient guère tarder à arriver à Daeg et m'escorteraient jusqu'à Wyrd pour la cérémonie qui me verrait devenir roi d'Ariatide. Et époux. Voilà qui était tout aussi insolite que ma prochaine accession au trône. Pourtant, je n'avais pas à me plaindre. Loin de là.

Sylwen faisait preuve d'une grande érudition pour une femme. Chaque jour me la rendait plus attachante. Et plus désirable. Un soir, alors qu'elle m'aidait à me rallonger, un élan me poussa à déposer un baiser sur ses lèvres. Elles étaient si fraîches, si délicates ! Mon geste lui avait arraché un sourire timide. Mais ses yeux bleus, eux, me dévoraient. Quelle reine elle serait ! Je ne serais pas seul pour affronter l'avenir. Elle serait avec moi et cette présence m'était d'un grand réconfort.

Budec me rendait visite plusieurs fois par jour pour m'apporter mes repas, nettoyer la pièce... Il ne jugeait pas d'un très bon œil mon rapprochement soudain avec Sylwen. Sa jalousie était amusante et, je dois l'avouer, agréable à voir. Je savais qu'il se plaisait à mon service et qu'il me devait sa condition d'homme libre, cependant, j'ignorais que ce jeune homme m'était tant attaché. Dans un dernier élan désespéré, il tenta d'attirer mon attention en me confiant les sentiments qu'il éprouvait à l'égard d'une des filles de cuisine. Cela me fit tant rire qu'il se vexa et ne m'adressa plus la parole que pour répondre à mes ordres. Afin qu'il pût convoler dignement, je lui fis don d'une pièce d'argent qu'il pourrait dépenser comme bon lui semblerait avec sa dulcinée. Il prit alors un air très sérieux et rétorqua qu'il ne pourrait songer à s'acoquiner pendant que je me morfondais sur ma couche où je frôlais la mort à chaque instant. Je récompensai sa fidélité d'une seconde pièce d'argent qu'il refusa à nouveau, si bien que je dus la glisser de force dans sa bourse.

Quelques jours plus tard, Budec me présenta sa tendre brunette et exigea ma bénédiction avant leur premier baiser. Ces deux jeunes gens faisaient tant plaisir à voir que je me surpris à ressentir un pincement au cœur en m'imaginant pouvoir perdre mon plus dévoué serviteur, emprisonné à jamais dans les bras de son éventuelle future épousée.

Les puceaux s'emballent vite, trop vite certainement. Ces esprits immatures n'ont pas idée des richesses féminines dont regorge le vaste monde. Cela fait des unions adultères et une ribambelle de têtes échevelées et crasseuses.

Pourtant, comme je m'apprêtais moi-même à endosser l'habit d'époux, je ne pus que bénir ce couple si frais et pétillant. Sans doute était-il le plus beau des signes que le Père Très Saint pouvait m'envoyer au sujet de mon mariage prochain avec Sylwen.

Δ

Les pluies d'automne avaient pénétré chaque pierre grise du château de Daeg, conférant à l'édifice une atmosphère poisseuse qui imprégnait tout, jusqu'aux vêtements que je portais. Comment ces gens pouvaient-ils supporter un tel climat ? Bien que j'eusse décidé d'abandonner la canne depuis plusieurs jours, ma démarche était encore un peu raide – disons plus qu'à l'accoutumée. Et cette humidité permanente n'arrangeait rien. Que j'avais hâte de retrouver mon palais de Riassine, la capitale de mes terres ! L'air y était toujours doux. Et sec. Je chassai ces pensées réconfortantes et poussai l'épaisse porte de bois recouverte de cuivre de la salle du Conseil. La pièce était beaucoup moins glaciale que dans mon souvenir. Le feu de cheminée en avait chassé une bonne partie de l'humidité et lui donnait une atmosphère sinon chaleureuse, du moins propice aux conversations. Tillaumet, Raghôl, Kalian, Claudius, le discret Haut Érudit ysoarien, le conseiller du roi et les trois prêtres que j'avais déjà vus ici même, m'y attendaient. Suite aux différentes attaques qui étaient survenues depuis la nuit de ma blessure, il y avait de cela quatre semaines, il avait été convenu d'avancer mon couronnement. Et mon mariage. Un Conseil exceptionnel se tiendrait le matin même des festivités, afin que les Neuf Sages décident de la riposte que les enfants du Père Très Saint opposeraient aux sbires démoniaques de la Déesse Déchue.

Nous devions partir pour Wyrd dans deux jours. Kalian et Raghôl tenaient à nous escorter, Tillaumet, Claudius, Sylwen et moi. Nous bénéficierions donc de la protection des Balastes et de celle du commandant des armées d'Ysoar, soit les meilleures lames des terres centrales.

Après mon couronnement – et notre union –, je ferais découvrir à Sylwen sa nouvelle patrie. Là, je prendrais le commandement de l'armée d'Ariatide et la mènerais au combat.

Claudius délaissa sa discussion avec son homologue ysoarien pour me saluer d'un sourire chaleureux. Il avait revêtu sa tenue habituelle de Haut Érudit : une robe de laine écrue surmontée d'un court scapulaire bleu nuit à poche ventrale, dans laquelle il transportait toujours une foule d'objets hétéroclites. La longue pointe de cristal de roche qui pendait à son cou m'avait toujours impressionné. Dire que les anciens lisaient l'avenir dans ces bijoux !

Tandis que je m'installais à la table, Tillaumet sortit un manuscrit d'un coffre en bois et le déposa devant lui.

— Voici l'ouvrage que ton père nous a remis par ton intermédiaire, confia-t-il en me tendant l'objet.

Je caressai l'épaisse couverture si familière. Tout en elle me ramenait des années en arrière : son odeur, la douce rugosité du cuir, les rides qui se formaient aux coins des yeux de mon père lorsqu'il passait de longues heures dans sa bibliothèque, absorbé par ses lectures. Je tournai les pages magnifiquement enluminées et murmurai :

— Il s'agit de la première copie du Livre Saint, composée de la main même du Prêtre Premier.

— Rendez-vous compte, s'extasia le Grand Prêtre, le souffle sacré du Père Très Saint a effleuré ces pages pendant qu'Il dictait Ses paroles au Prophète !

— Cet ouvrage n'était pas conservé dans le Temple Premier, en Ésiria ? s'enquit Kalian.

La première fois que j'avais croisé le commandant ysoarien depuis l'attaque, je ne l'avais pas reconnu, son impressionnante barbe ornée d'anneaux ayant disparu. Mais ce n'était pas la seule raison de ma méprise. Depuis son rétablissement, il dissimulait chacune des parties de son corps embrassées par les flammes : de même qu'un gant enserrait en permanence sa main gauche, Kalian cachait la portion déformée de son visage sous un masque d'argent martelé. Partant du haut de son crâne, le métal recouvrait son œil gauche, englobait le nez et s'arrêtait au-dessus de la lèvre supérieure. Des lanières de cuir le maintenaient en place. Dans une autre occasion, ce postiche aurait pu être porté par un de ces jongleurs amusant les foules des foires. Mais sur Kalian, la présence froide de ce visage d'argent massif devenait magistrale, voire même envoûtante. Le commandant, à défaut d'être enlaidi par ses blessures, y avait gagné un charisme déroutant.

Je tentai de détourner mon regard de son faciès fascinant et me concentrai sur le Livre Saint.

— Le Prêtre Premier l'avait offert au roi Blivien d'Ariatide en récompense pour ses hauts faits d'armes pendant la Guerre de Purification, expliquai-je, perdu dans mes pensées.

Après quelques années, mon père avait confié cet ouvrage saint au Grand Prêtre d'Ariatide, dont le monastère, érigé au sommet d'un piton rocheux du sud de mon pays, ressemblait à s'y méprendre à une forteresse inaccessible. C'était là que j'avais moi-même récupéré le fameux paquet quelques lunes plus tôt, sans me douter de ce qu'il contenait. Ce temps me paraissait si lointain.

— Je peine à croire que mon père ait accepté de s'en défaire, remarquai-je sans me défaire du contact chaud de la couverture du manuscrit.

— Il est vrai que le roi Blivien ne fut pas aisé à convaincre, me répondit Tillaumet d'une voix posée. Mais le Prophète lui-même le lui ordonna. Car ce qui nous rassemble en ce jour est de la plus grande importance. Guilhem, connais-tu la Prophétie de l'Unité ?

— Bien sûr !

Claudius avait excellé dans l'art de l'enseignement théologique, que ce soit au sujet des Anciennes Croyances comme, surtout, de la Vraie Foi. Cette prophétie n'était rien d'autre qu'une énième prédiction sur les avenirs croisés des religions qui s'affrontaient, avec une part inquiétante d'apocalypse.

Mon ancien maître ne put se retenir de préciser :

— La Prophétie de l'Unité a été dictée au Prêtre Premier avant même le Livre Saint. Elle annonçait la chute de l'Ancienne Déesse et l'avènement du Père Très Saint.

— Cela figure à la fin du texte sacré, ajoutai-je.

— C'est exact. Dans cette partie de la prophétie, on apprend le grand danger qu'encourt la Vraie Foi.

Claudius ferma les yeux et entonna, de cette voix psalmodiante qu'emploient les prêtres :

« Les sbires de l'Ancienne Déesse reviendront de parmi les Esprits et anéantiront la Lumière.

Le chaos règnera alors sur le monde durant des millénaires.

Pourtant, rien n'est inévitable.

Que les âmes des damnés se tournent vers Moi ou périssent à jamais.

Que la Terre Païenne soit purifiée par les flammes et apaisée par l'eau.

Que la Porte des Démons soit scellée du souffle même qui l'a ouverte.

Alors, seulement, apparaîtra Ma lumière.

Alors, seulement, règnera Ma toute-puissance.

Âhni. »

Le vieil homme rouvrit les yeux.

— Ce passage célèbre constitue les dernières lignes du Livre Saint. Comme tu l'as précisé, Guilhem, ton père a, il y a bien longtemps, reçu cet exemplaire du Livre Saint des mains de notre Prophète, en récompense pour sa bravoure militaire. Nul présent n'aurait pu être plus précieux. Le roi Blivien a toujours su que ce cadeau n'en était pas un et qu'il devrait, un jour, le restituer. Il a cependant assumé sa charge de gardien avec sérieux et discrétion. Il y a peu, le Prêtre Premier lui a fait savoir que le moment était venu de dévoiler la dernière partie de la Sainte Prophétie de l'Unité à la face du Monde. Et que cette ultime partie était dissimulée dans cet ouvrage. Voilà ce qui nous réunit ici.

— Mais nous ne savons toujours pas dans quelle section elle est camouflée, confia Tillaumet, dépité. Mon secrétaire, Haut Maistre Vicor, assisté du Grand Prêtre de Daeg, a fouillé la moindre ligne, la moindre enluminure, sans y trouver le plus petit indice.

Le chef religieux prit la parole, suffisant, bien que contrit. Ses doigts bouffis tapotaient sa joue flasque avec impatience.

— Nous avons pensé qu'il se pouvait que la Prophétie soit cachée sous forme de code. Nous avons vérifié chaque syllabe du Livre Saint. Pas une ne diffère de l'original.

Tout en l'écoutant, je caressais l'épaisse couverture du manuscrit. Dans ma jeunesse, j'avais aimé l'odeur caractéristique de la reliure de cet ouvrage. J'en appréciais le contact doux et chaud. Le parfum qu'il dégageait était tout à fait particulier, empreint d'ambre et de myrrhe. Cet objet, à lui seul, aurait consacré n'importe quelle étable.

— Le Prêtre Premier nous a indiqué, continua Tillaumet, que la Prophétie enserrait le Texte Saint. Nous avons alors pensé que les enluminures pouvaient recéler...

« Enserrait le Texte Saint... » Je laissai aller mon esprit tout en poursuivant mon expérience tactile. Du doigt, je parcourus le cuir doux, en dessinai chaque limite, chaque irrégularité. Bien différente des couvertures décorées aux feuilles d'or qui reliaient la plupart des exemplaires du Livre Saint, celui-ci était d'une simplicité et d'une modestie déconcertantes. À première vue, il aurait été impossible à un néophyte d'imaginer ce que cette modeste reliure de cuir pouvait *enserrer*... « Père Très Saint, sois loué ! » L'évidence me sauta aux yeux.

Je saisis ma dague et entrepris de séparer la couverture de l'ouvrage, avec la plus grande délicatesse. L'assistance ne se rendit d'abord pas compte de ce que je faisais. Alors que Tillaumet restait muet de stupeur devant le sacrilège que j'opérais, Raghôl se rua sur moi et me tira hors de mon siège d'une poigne de fer qui m'étrangla. Il me plaqua avec force contre le mur froid.

— Par tous les démons, es-tu devenu fou ? rugit le géant.

Sans se soucier de moi, Claudius avait pris ma place et saluait mon génie. Raghôl me lâcha, bouche bée, les yeux exorbités sous ses sourcils ébouriffés. Pendant que je me rajustais et tentai de reprendre ma respiration, mon précepteur tomba à genoux et entonna le Chant de Gloire au Père Très Saint. Avant que j'aie eu le temps de comprendre, tous les membres du Conseil le suivirent. D'un coup d'œil, j'aperçus l'objet de leur dévotion : des lignes s'étiraient sur la face intérieure rosée de la couverture. Je réalisai la sacralité de cet instant et me mis en prière, joignant ma voix à celle des autres.

« Merci, Père Très Saint, de m'avoir accordé Ta confiance. Merci de m'avoir guidé afin d'accomplir Ta parole. »

Ma dévotion dut me porter plus près des cieux que mes compagnons, car ce fut la pression de la rude main de Raghôl qui me ramena.

— Tu chantes très bien, Guilhem, se moqua-t-il de sa voix rocailleuse, mais garde un peu de ton souffle pour ce soir.

Sa remarque causa l'hilarité générale. Tandis que je me rasseyais dans mon siège, Claudius réclama notre attention d'un mouvement de la main et lut :

— « Âhni.

Dans ces heures torturées, Je prendrai corps.

Je sauverai vos âmes condamnées à l'errance dans les Limbes infernaux.

Purifiés de vos péchés, Je vous accueillerai dans Mon Royaume où vous jouirez de la Vie Éternelle.

Dans ces heures torturées, Je serai votre Sauveur.

Une lueur au cœur des Ténèbres annoncera Ma venue.

Je serai enfanté par la Déesse même, après qu'Elle se sera unie aux Terres Ennemies.

Alors, seulement, Mon règne viendra.

Alors, seulement, Ma volonté s'accomplira.

Âhni. »

Claudius se tut, l'air grave, absorbé par ce qu'il venait de lire. Un silence s'installa dans la salle.

Raghôl ne partagea pas notre émoi.

— C'est tout ?

— C'est tout ? s'emporta Claudius, les mains posées sur la table, son pendentif de Haut Érudit battant la mesure sur sa poitrine. C'est tout ? Le Père Très Saint annonce Sa venue dans le Monde et tu trouves, Raghôl le Petit, que ce n'est pas assez ? Notre Sauveur déclare qu'il naîtra du sein de l'Ancienne Déesse et tu te permets d'avancer, Raghôl l'Empressé, que c'est insuffisant ? Prends garde à ta langue, Raghôl. Prends garde qu'elle ne donne à Raghôl le Petit, le nom de Raghôl le Sot.

Le géant baissa la tête pour cacher le pourpre de ses joues. Il semblait tout petit face à l'ampleur soudaine de Claudius. Jamais je n'avais vu mon précepteur rugir de la sorte. Il surprit mon étonnement et me sourit.

Tillaumet, toujours absorbé par l'épreuve de force verbale à laquelle il venait d'assister, éclata de rire :

— Haut Maistre Claudius, si votre langue était une épée, la guerre qui s'annonce serait déjà gagnée !

Raghôl lui-même rit à cette réplique.

Claudius retroussa les longues manches de laine de sa cotte écrue avant de replier avec soin la couverture de cuir. Il referma l'ouvrage et le replaça dans le coffre de bois qu'il tendit à Tillaumet.

— Haut Maistre Vicor, interpella le roi, je vous confie la Sainte Prophétie. Faites-en autant de copies que nécessaire. Le monde doit être mis au courant. Kalian, accompagne-le et ne le quitte jamais de ton œil acéré.

— Merci de cet honneur.

Le commandant se saisit du précieux coffret et sortit en compagnie du Haut Érudit ysoarien.

Δ

— À la santé des futurs époux ! cria Raghôl de sa voix si grasse.

Toute l'assistance reprit son acclamation en chœur et trinqua à notre bonne fortune. Sylwen serrait ma main à m'en démettre les os. Elle irradiait un bonheur évident. Elle avait revêtu une longue robe de soie blanche lacée devant, surmontée d'un surcot[1] bleu sans manches, lui-même rehaussé de galons dorés. La surprenante simplicité de la coupe de son vêtement ne mettait que plus en valeur son port royal. Nul bijou ne venait ajouter d'éclat superflu à cette beauté rayonnante. Une fine ceinture dorée soulignait la douce courbure de ses hanches. Ses cheveux, couronnés d'une tresse piquée de fleurs blanches, étaient lâchés sur ses épaules et formaient autour de son visage une corolle chatoyante d'or et de cuivre. J'allais prendre pour épouse la plus belle femme qu'il me soit donné de posséder.

Depuis l'attaque qui m'avait vu frôler la mort, mes nuits n'avaient plus été visitées par Aylim. C'était tout aussi bien. Le Père Très Saint m'avait libéré de l'emprise de cette *mahr* ! L'esprit libre, je surprenais l'attachement chaque jour plus grand que je ressentais envers Sylwen. Et mon désir de la faire mienne. Il était probable que ces sentiments ne tarderaient pas à se changer en amour. Pas une passion dévorante, mais un engagement sain et réfléchi avec la femme qui partagerait ma vie, ma couche et mon trône.

Alors qu'une horde de plats se déversait sur la table, une dizaine de musiciens entonnèrent une mélodie enjouée au milieu d'une cacophonie de cris et de bruits de mastications. Tillaumet avait tenu à fêter notre union à sa façon. Il est vrai qu'après la cérémonie de Wyrd, les réjouissances seraient ordonnées selon les coutumes ariates. J'étais très amusé de voir à quel point les festivités d'Ysoar pouvaient correspondre à l'image que je me faisais de celles de l'Ancien Temps.

La tablée faisait pleuvoir sur le sol une averse d'os et de déchets divers, pour le plus grand bonheur des chiens des lieux. Je goûtai moi-même avec délectation les différents mets que me présentait Sylwen. Elle tenait, ce soir, à me servir et à partager chacune de mes bouchées.

1 Vêtement porté sur la cotte.

J'avais revêtu une ample cotte de laine bleue que j'avais fait tailler spécialement pour l'occasion. J'avais souhaité que la couleur du tissu s'accordât à la perfection aux aigues-marines des yeux de ma future épousée. Le tailleur – le meilleur de Daeg –, s'était réjoui de s'atteler à un ouvrage à la mode ariate. À la différence des terres centrales, chez moi, les cottes des hommes étaient fendues sur le devant, et maintenues serrées par toutes sortes de fermoirs, allant du bouton en bois aux crochets en métaux précieux pour les plus riches. L'orfèvre qui avait ouvragé mes agrafes d'argent avait fait honneur à la renommée des artisans ysoariens.

Alors que ma dame m'entraînait pour danser, je lâchai sa main, maudissant ma jambe qui me privait aujourd'hui des réjouissances de mes propres fiançailles. Faussement en colère, Sylwen prit place au milieu des autres convives qui gesticulaient sur cette musique populaire. Après une ronde enfiévrée, elle vint enflammer mes lèvres d'un baiser fougueux. La douce odeur champêtre qui se dégageait de ses cheveux me fit m'imaginer n'être qu'un homme du peuple qui épousait la femme qu'il aimait, loin de toute contrainte politique.

Au cours de cette soirée qui, aux yeux de l'Ysoar, nous voyait nous unir, chacun de nos baisers était ovationné par un mélange bruyant de cris, sifflements et poings cognés sur la table.

Tandis que Sylwen me quittait de nouveau, je suivis des yeux les pas complexes qu'elle effectuait avec la légèreté d'une plume, puis observai la fête. Pour l'occasion, le plafond de la grand-salle avait été équipé d'un nombre incroyable de chandeliers qui l'éclairaient comme en plein jour. À la table déjà immense qui y siégeait à l'accoutumée, avaient été ajoutés deux autres plateaux à tréteaux de grandeur similaire. Un feu démoniaque habitait la majestueuse cheminée dans laquelle deux bœufs avaient été mis à rôtir, sans pour autant en obstruer l'âtre. Les forts effluves de viandes grillées se mêlaient à la fumée des pipes et à la transpiration de tous ces corps massifs, ici rassemblés.

En cette soirée de fête, les Balastes avaient été conviés avec leurs épouses, de même que les membres des hautes familles de Daeg. Tout le monde s'était paré de ses plus beaux atours, créant une assemblée sautillante multicolore. Le Grand Prêtre de Daeg siégeait aux côtés du maître des lieux, le pied frétillant et le visage imprégné d'alcool. L'hydromel et l'hypocras coulaient à flots et causaient une joyeuse ébriété générale.

Tillaumet accompagnait la musique de ses applaudissements et arborait un visage illuminé d'un bonheur infini. Un danseur trébucha et en emporta trois autres dans sa chute. Le roi rit si fort qu'il dût se tenir les côtes pour reprendre son souffle. Lasse de s'amuser seule, Sylwen invita Kalian. Malgré ses refus, elle réussit tout de même à obtenir de lui ce qu'elle souhaitait. « Cette femme peut vraiment avoir tout ce qu'elle désire ! » pensai-je en les regardant tournoyer. Je me surpris à être jaloux du commandant qui, même s'il était défiguré, pouvait danser avec la plus belle femme du monde. Mais qu'importait ! C'est moi qui la posséderais pour l'éternité. Je pouvais bien accorder à un autre le plaisir d'un amusement que je n'étais pas à même de lui offrir.

Raghôl chantait à tue-tête, d'une voix tellement fausse qu'il était difficile de percevoir encore la musique derrière elle. Tandis qu'il entamait un couplet supplémentaire de sa chanson paillarde, le géant s'aperçut que les musiciens avaient cessé de l'accompagner. Sylwen avait stoppé ses tournoiements pour l'écouter, un sourire solaire aux lèvres. Avec un pincement au creux de l'estomac, je vis la main non gantée de Kalian s'attarder un bref instant sur la taille de ma fiancée et s'en défaire pour se saisir de sa corne à boire.

— Les paroles n'ont pas entendu que la musique était finie ! rugit Raghôl, hilare. Je vais donc vous en chanter une autre !

Le géant avait, durant mon long sommeil, hérité de nombreuses cicatrices, dont une qui lui barrait le visage du nez à l'oreille. Alors qu'une vive clameur de protestation joyeuse s'élevait, je cherchai Claudius en vain. Nous n'avions guère pu nous entretenir après le conseil. La lueur d'inquiétude qui habitait ses yeux m'avait intrigué. Absorbé par ses pensées, il avait à peine touché à ses plats pendant le banquet.

Sylwen entreprit de mener une nouvelle farandole. Je l'enlevai le temps de déposer un baiser sur ses lèvres parfumées et sortis.

J'arpentai le château à la recherche de Claudius. La musique sourde du banquet résonnait dans tout l'édifice. J'avais la désagréable impression de suivre le déroulement de la fête à distance, comme étranger à mes propres réjouissances.

Je mis un certain temps à le trouver. Non pas qu'il fût compliqué à dénicher. Mais chaque pièce, chaque cour, chaque couloir que j'empruntais me faisait rencontrer des gens pressés de me présenter leurs vœux, respects et serments d'allégeance, tout cela dans une ébriété démonstrative. Serviteurs, cuisiniers, soldats, musiciens, tous y allaient de leurs encouragements ou de leurs conseils pour mes rôles à venir d'époux et de roi. L'esprit alcoolisé de la fête m'imposa de les écouter, quelle que fût leur condition. J'avais pensé pouvoir regagner mon siège dans la grand-salle avant la fin de la soirée, pourtant mes espoirs s'amenuisaient à mesure que les bruits du banquet s'estompaient.

Après avoir accompli mes devoirs envers ces sujets affectueux, vidé de trop nombreuses cornes d'hydromel et d'hypocras, goûté à divers mets succulents tout juste sortis des cuisines, je trouvai enfin Claudius, en haut de la tour ouest, observant l'immensité baignée d'obscurité. Son ample cape écrue renvoyait à la lune pleine sa clarté argentée. Le vent froid me cinglait le visage d'un millier de minuscules poignards.

Je n'étais pas habillé pour affronter l'extérieur. J'enfouis donc mes mains sous mes aisselles pour capter toute la chaleur de mon corps et m'avançai vers mon précepteur. Claudius nota ma présence d'un petit mouvement de tête, mais ne dit mot. Un flambeau brûlait sur le côté. Sa flamme agonisante lutta contre le souffle glacial et finit par s'éteindre. La volute de fumée grasse balaya nos narines, puis s'enfuit vers l'infini. Nous restâmes ainsi un bon moment, sondant l'horizon ténébreux. Le vent du nord chantait son inconsolable mélopée.

Enfin, tétanisé par le froid, je rompis le silence.

— Quel est ce trouble qui te hante, Claudius ?

Il sembla amusé par ma question et se remit à scruter l'étendue s'offrant à lui. Alors que je m'apprêtais à rentrer, il murmura :

— La Prophétie n'est pas aisée à interpréter.

Je revins vers lui. Toujours de dos, il continua, tout en massant son menton recouvert d'une barbe courte et irrégulière.

— « Je serai enfanté par la Déesse même, après qu'Elle se sera unie aux Terres Ennemies. ». Qu'est-ce que cela peut bien signifier ? La Déesse unie aux Terres Ennemies… Est-ce que l'Agalaadywen va être soutenue par les ennemis de la Vraie Foi ? Je ne suis pas sûr de bien interpréter…

— Tu penses que des barbares du Monde Inconnu pourraient s'unir aux forces démoniaques ?

— De quels barbares parles-tu, Guilhem ? me reprocha-t-il d'une voix qu'il tenta d'apaiser. Ne te reste-t-il rien de mes leçons ? As-tu oublié que ce qui est communément nommé le Monde Inconnu est beaucoup plus vaste que le Monde Connu ? Il y a là-bas des centaines de terres, des milliers de peuples, et autant de langues et de croyances. Ils sont loin d'être ce que tu qualifies de « barbares » ! Tout souverain devrait avoir cela à l'esprit.

J'ignorais laquelle de mes paroles l'avait offensé. En temps normal, je n'aurais pas gardé le silence devant une telle remarque, et surtout devant le ton qu'il avait employé. Mais ce soir, les nombreuses cornes alcoolisées ingurgitées me firent redevenir l'élève respectueux et soumis que j'avais tenté d'être.

Je ne savais pas vraiment d'où était originaire Claudius. Enfant, lorsque je le questionnais, il me répondait : « De loin. De très loin. » Il m'avait raconté qu'il était parti de chez lui pour s'enrichir des enseignements du monde. Il avait été fait prisonnier sur un navire et vendu comme esclave. Puis son maître l'avait affranchi et instruit, avant de lui transmettre, sur son lit de mort, sa charge de Haut Érudit. Claudius avait ensuite voyagé jusqu'à entrer au service de mon père. Bien plus tard, il était devenu mon précepteur.

Comprenant mon trouble, il se retourna et me sourit, d'innombrables rides au coin de ses yeux fatigués.

— Tu vas être roi, Guilhem, et ceci, je le sais, va à l'encontre de ce que tu souhaitais. Mais tel est ton rôle, ton devoir, ta place. Tu te dois d'être un très grand roi, car ton règne connaîtra la venue du Père Très Saint. La fille de Tillaumet fera une excellente épouse, de même qu'une reine magnifique. Elle est d'une beauté envoûtante. Et elle possède une intelligence vive. Peut-être trop pour une femme, d'ailleurs...

Son soupir las me fit réaliser à quel point j'étais moi-même éreinté.

— Je ne te retiens plus, Guilhem. Tu dois avoir tellement à faire d'ici ton départ prochain pour Wyrd...

Je le quittai sans un mot. J'avais eu, l'espace d'un instant, la très amère sensation d'être face à mon père tandis qu'il m'exposait les griefs qu'il avait en permanence contre moi.

Quand je passai devant la grand-salle, je la trouvai vide. Mon errance à la recherche de mon précepteur m'avait privé de la fin des réjouissances. Sur l'une des tables, un chat se délectait des restes abandonnés, tandis qu'au sol, plusieurs chiens le fixaient d'un air envieux. Raghôl ronflait comme un moulin à vent. Il gisait sur un banc, dans un sommeil que l'alcool avait rendu profond. Sa femme – une boulotte rousse aussi petite que lui était grand – était étendue de tout son long sur l'imposant poitrail de son époux. Elle devait avoir bu encore plus que lui pour ne pas se réveiller, les oreilles exposées à un tel vacarme. Sans doute s'était-elle habituée à ces ronflements qu'elle devait supporter chaque nuit, avec amour et résignation.

Je fus tenté d'aller rejoindre Sylwen dans sa chambre, mais me ravisai. Elle était vierge et il était nécessaire qu'elle le restât jusqu'à la cérémonie. Ainsi notre union serait-elle doublement bénie.

Je regagnai donc ma chambre. Budec y avait allumé un feu, de sorte qu'une agréable chaleur y régnait. Je me débarrassai de mes épais vêtements et me couchai, m'abandonnant aussitôt au lourd sommeil que m'imposait l'alcool.

Δ

J'étais dans les bois, au bord d'un lac dans lequel scintillaient les rayons d'un lourd soleil d'été. J'étais en train de rêver. Je le savais. Et je n'en éprouvais que plus de liberté pour faire ce que bon me semblerait ! Pris d'une soudaine envie de me baigner, j'ôtai mes habits et me jetai, nu, dans le lac glacé. Mon corps tout entier frissonna de plaisir. À travers l'eau transparente, j'observai la cicatrice sur mon flanc onduler tel un serpent. Elle en prit d'ailleurs progressivement la forme et se changea en reptile. Il fila aussi vite qu'un poisson vers la berge où il se hissa. Là, l'animal baissa la tête et prit l'apparence d'Aylim. Ainsi étais-je toujours sous son emprise ! Et cela ne me causa pas plus d'émoi.

— Je te cherchais, lui signalai-je, pas le moins du monde surpris par son apparition.

Sans répondre, elle entra dans les eaux, reine des étendues aquatiques. En un battement de cils, elle fut près de moi et m'embrassa d'un baiser aussi brûlant que la glace, et pourtant aussi doux que la plus précieuse des fourrures. Je sentis le désir monter en moi. Son corps se pressait contre le mien, affamé. Joueur, je me reculai et la contemplai, fasciné. Sa robe aux couleurs de la forêt s'était muée en habit d'écailles argentées. Sous mes doigts, sa peau était soyeuse.

Tandis qu'elle offrait son cou à mes baisers, je caressai ses longs cheveux bruns et observai son oreille dont je mordillais le lobe. Elle était d'une teinte et d'une texture tout à fait humaine.

Se pouvait-il que cette femme appartienne à la race démoniaque et pourtant si belle des elfes ?

Ne sentant plus l'attaque de mes lèvres, elle redressa la tête et me fixa de ses yeux sombres dans lesquels venait miroiter l'eau. Tout l'univers semblait s'être reflété dans ces yeux-là.

— Tu m'as manqué, Aylim, lui avouai-je sans cesser de la dévorer du regard. Où étais-tu toutes ces nuits ?

— Ici. Je t'attendais.

Cette voix mélodieuse avait résonné dans mon esprit sans que les lèvres de la femme n'aient amorcé le moindre frémissement.

— Je m'offre à toi, Guilhem, fils de Blivien, Héritier d'Ariatide. Mais toi, es-tu prêt à t'unir à moi ?

— Oui, je le suis ! Je le veux ! Sors de mes rêves, viens me retrouver et je serais capable de proclamer notre amour devant le monde entier ! Je jure que je pourrais tout abandonner pour t'avoir toujours à mes côtés.

Ma supplique lui arracha un rire cristallin.

— Pour cela, es-tu prêt à ne te lier à aucune autre âme que moi ?

— Bien sûr ! m'entendis-je affirmer.

J'eus une fugace pensée pour Sylwen à qui je venais d'être fiancé et la chassai de mon esprit. La réalité n'avait pas à empiéter sur ce monde onirique.

— C'est ce que tu souhaites ? insista-t-elle, perçante.

— Non, c'est ce que je te promets !

Elle scella mon serment en apposant ses lèvres sur ma bouche avec une intensité solennelle.

— Guilhem, j'ai un présent pour toi, me susurra-t-elle alors que mes baisers partaient à l'assaut de sa nuque offerte.

— Ah oui ?

Mon sourire espiègle envisageait une étreinte d'un nouveau genre.

— Ta jambe. Je te délivre de ton boitement.

Je restai interdit. Je ne m'attendais pas à ça !

— Tu es guéri, souligna-t-elle avec un visage bienveillant. Tu peux te réveiller maintenant.

— Quoi ?

J'étais étonné autant par son présent que par le fait qu'elle mentionne que nous étions en plein songe.

— Oui, Guilhem, tu rêves. Va. Retourne dans ton monde. Et le moment venu, je te rappellerai ta promesse.

Sans me laisser le temps de répondre, elle posa sa bouche sur la mienne. Mon désir se réveilla avec fougue. Je fermai les yeux, l'enlaçai et la serrai aussi fort que si j'avais voulu que nos deux corps ne fassent plus qu'un.

— Tu me fais mal ! souffla-t-elle. Arrête ! Guilhem ! Tu me fais mal !

J'ouvris les yeux et me retrouvai dans ma chambre. J'étreignais Sylwen avec une telle force que ses larmes coulaient sur mon torse. Je la lâchai aussitôt et me confondis en excuses. Tout ceci n'était qu'un rêve. Évidemment. Juste un rêve. Bien que fort étrange. Aylim. Mon serment.

Notre union. Notre amour. Rien n'était vrai. Il me fallait l'accepter. Et ma jambe était toujours raide. Quoiqu'un peu moins douloureuse.

La réalité qui s'offrait à moi ne manquait cependant pas de douceur et jouait avec mon trouble, usant de ses caresses pour entretenir l'emportement de mes sens.

— Je me doutais bien que tu rêvais, minauda Sylwen avec un sourire enjôleur dans la voix, mais je ne m'attendais pas à ce que tu réagisses de la sorte à mes baisers !

Tandis qu'elle parcourait mon visage de son souffle chaud, je sentis à quel point mon désir de la posséder était grand. Réfrénant mes ardeurs, je la repoussai avec tendresse. Le feu qui brûlait dans la cheminée dessinait les contours de son corps dans l'obscurité. Elle ne portait qu'une fine chemise, bien faible rempart entre nos deux peaux nues.

— Il ne faut pas, tentai-je de la convaincre, l'esprit encore brumeux. Comprends-moi, j'ai dit à ton père que tu resterais intacte jusqu'à la cérémonie. Tu vas subir un examen très… approfondi ce matin-là, et il est préférable…

— Quel homme es-tu, Guilhem, futur roi d'Ariatide et d'Ysoar, pour repousser ainsi une femme que tu dis vouloir pour épouse ?

Je ne décelai pas la moindre marque d'humour dans sa voix et me surpris à la craindre. Je ne voyais pas ses yeux et ne savais s'ils trahissaient quelque ironie. Cette marque de défiance de sa part attisait mon désir et le rendait incontrôlable.

Glaciale, Sylwen s'était relevée et me toisait de toute sa hauteur.

— Je suis ravie d'être le moyen pour toi d'accéder à un double trône, Guilhem, Enfant des terres du Sud, mais je suis forcée de constater que je ne serai guère obligée d'user des plantes interdites pour réfréner mes grossesses. Car à en juger par le peu d'avances que tu me fais…

Le ton provocant qu'elle utilisa acheva d'enfoncer mes barrières. Je n'étais pas homme à rester insensible devant une telle incitation. Je ne lui laissai pas le temps de finir sa phrase et déversai sur elle un flot de baisers profondément indécents. Surprise par cet assaut imprévu, Sylwen s'abandonna à mon étreinte dans un petit cri.

Je pressai ma bouche contre ses lèvres qu'elle entrouvrit, libérant une langue au parfum suave. Elle la fit danser avec la mienne puis recula la tête, essoufflée. Je goûtai alors la chair sucrée de son cou, de ses épaules. Ma main passa sous sa chemise et, tandis que ma bouche découvrait les merveilles de son buste qui pointaient avec arrogance, mes doigts s'aventuraient en terre inconnue. Ils parcoururent en aveugle les longues étendues de ses cuisses, les fermes vallons de ses fesses, vinrent sur la plaine de son ventre et s'enhardirent vers le plus secret de son être.

Mon excitation prenait le pas sur ma raison, contraignant ma volonté à ployer devant mon désir. Après avoir frôlé, caressé, tiré sa toison, mes doigts pénétrèrent dans l'antre chaud et humide qui s'offrait à eux. Sylwen, haletante, ne put réprimer un cri quand je commençai à jouer avec son bouton de jouissance.

— Continue ! murmura-t-elle entre deux gémissements. Ne t'arrête pas !

Je n'avais plus l'intention de m'arrêter. L'obscurité me permettait de savourer la découverte tactile de ce corps brûlant. Mon désir tant refoulé se pressait contre elle. Un bras autour de sa taille, je la basculai sur le lit. Elle était si légère. Si jeune. Si pure.

Je tentais d'attendre le plus longtemps possible avant de la pénétrer. Je ne voulais pas lui faire mal. Aussi, j'entrepris de jouer d'abord à son entrée. Elle implorait comme un petit animal craintif, enfermé dans un corps qui ne demandait qu'à s'ouvrir. Elle me mordit le cou avec une telle violence que je ne pus résister et la mordis en retour, tout en la prenant d'un seul coup brusque et violent. Trop brusque, si bien que je ne sentis pas la mince résistance de son intimité jusqu'ici intacte. De surprise, de douleur, de plaisir, je ne sais, elle poussa un râle sourd et profond. Je me retirai et la pénétrai, encore et encore. Je la voyais se tordre sous mes va-et-vient, tel un serpent.

Aylim ondulait de la sorte dans mes rêves. Je fermai les yeux à cette idée et ressentis une vague de plaisir monter en moi. Bien trop tôt à mon goût. Sylwen griffa mon dos avec une telle fureur que je devinai le sang perler sous ses ongles acérés. Gémissant, je déversai mon flot en elle et retombai sur son corps frémissant.

Mille pensées m'assaillaient. Notre union serait impure ? Qu'importe ! Je ne regrettais rien. Et vu la façon indécente dont Sylwen me réveilla au milieu de la nuit, elle aussi dût être satisfaite.

Δ

Les traînées rouges qui maculaient les draps étaient signe de l'ardeur de nos ébats nocturnes. Nous avions uni son sang de pureté à mon sang de passion. Sylwen serait publiquement déclarée « non intacte » à la cérémonie de notre mariage, mais je n'en avais cure ! J'avais été le premier à posséder sa chair et en serais à jamais le maître. Je devais cependant prévenir Tillaumet et ne savais pas comment aborder la chose. Il se faisait une telle fierté de la valeur de sa fille que je craignais de l'outrager en lui apprenant que notre union avait été consommée. Sylwen avait quitté la couche avant le lever du soleil, aussi n'avions-nous pas eu l'occasion de convenir ensemble de ce que nous dirions à son père. L'ardeur que j'avais mise cette nuit à nos ébats avait sollicité ma récente blessure plus que de raison. Aussi ma cicatrice était-elle redevenue sensible. Soucieux de ne pas aggraver les choses, je me déplaçai dans les couloirs gris avec précaution, une main posée sur le flanc. Par chance, ma jambe ne me faisait pas souffrir ce matin !

Lorsque je poussai la lourde porte sculptée de la grand-salle, je trouvai Tillaumet en grande discussion avec sa fille. Ils se turent dès mon entrée. La table était déserte. Les yeux rougis de Sylwen me donnèrent une idée de la teneur de leur conversation. La brave enfant ! Elle avait dû se douter de l'embarras que me causerait notre nuit partagée et en avait elle-même fait part à son père.

— J'étais en ce moment même en train de reprocher à cette dépravée son irrespect des règles de la Vraie Foi, gronda le roi, la mine sévère. Elle n'aurait pas dû te rejoindre, hier soir, telle une prêtresse des Anciennes Croyances. Et elle le sait parfaitement.

— Je suis désolée, sanglota-t-elle en s'adressant à moi d'une voix que je ne lui connaissais pas, je ne souhaitais pas attirer sur votre personne le courroux de notre Père Très Saint. J'ai conscience d'avoir déshonoré ma maison, de même que la vôtre, et vous saurais gré de ne point m'en tenir rigueur.

Tillaumet, satisfait de la profession de foi de sa fille, se permit d'ajouter :

— Si, toutefois, tu décidais maintenant de renoncer à ton engagement, Guilhem, je comprendrais que tu refuses de subir la désapprobation du Grand Conseil.

— Non ! m'empressai-je de répondre. Non, bien sûr que non ! Je ne veux pas revenir sur ma parole.

Le visage de Sylwen s'illumina à cette phrase. Quelle reine superbe elle allait faire ! En une nuit, cette jeune fille tout juste parée de ses atours s'était changée en une femme aux charmes ravageurs. Satisfait de ma réponse, Tillaumet prit congé de nous dans un grognement d'aise et nous laissa seuls.

Mon aimée enfouit sa tête au creux de mes bras, dans un soupir de plaisir.

— J'aime le parfum de ton corps, souffla-t-elle en me chatouillant le cou du bout de son nez.

Au petit matin, avant de partir, Sylwen avait souhaité emporter la chemise que je portais la veille pour, selon ses propres paroles, « se ravir de son odeur, chaque nuit passée loin de moi ».

Bien que je fusse soulagé de la tournure qu'avait prise cette discussion – et surtout du fait de ne pas avoir eu à annoncer moi-même les évènements à Tillaumet – je me sentais étouffer entre ces remparts. Je me défis avec douceur de l'étreinte de Sylwen et déposai un baiser sur le sommet de son crâne. C'était une si petite chose que je la dominais de presque une tête !

— Je pense qu'il est préférable que nous ne nous voyions plus seuls jusqu'au mariage, confia-t-elle. Il faut ménager mon père.

Elle avait raison, mais je ressentis un pincement au cœur à l'idée de ne pouvoir regoûter dès ce soir à sa chair. Elle me gratifia d'un large sourire et sortit.

Il restait quelques préparatifs d'ici notre départ du lendemain pour Wyrd. Aussi toute ma journée passa-t-elle en un éclair. Après un repas joyeux dans la grand-salle, je m'enfermai dans ma chambre de bonne heure, afin de profiter de ma dernière nuit avant le déferlement à venir. Le voyage à Wyrd, le couronnement, le mariage… tout allait se dérouler si vite !

Après avoir, comme presque chaque soir, rédigé les événements du jour dans le présent manuscrit, je me glissai dans mon lit. Je tournai, virai, guettant un sommeil qui se refusait à moi. J'avais remarqué que ma jambe était beaucoup moins raide et douloureuse. À dire vrai, je ne ressentais quasiment plus de gêne. Se pouvait-il qu'un rêve ait pu me guérir de mon mal ? Mais alors, Aylim était-elle réelle ? Une étrange culpabilité s'empara de moi lorsque je repensais au serment d'union que je lui avais fait. La femme de mes songes pouvait-elle un beau matin venir frapper à ma porte et me rappeler ma promesse ? Non, impossible. Je pouffai tout seul de tant de naïveté. Il m'était déjà arrivé de connaître une accalmie dans les douleurs de mon genou. Il n'y avait rien de miraculeux là-dedans. Et Aylim n'était qu'une illusion. L'odeur de Sylwen, elle, imprégnait les draps, me renvoyant à la cambrure de ses reins, à la fermeté de sa chair, la chaleur de son souffle haletant. Ceci était réel.

Enfin, alors que la lune haute dans le ciel accueillait le retentissement des cloches du temple, signe que les prêtres et moines devaient se réunir pour leur prière de la mi-nuit, je glissai peu à peu dans mes songes, troublés par le souvenir des gémissements indécents de Sylwen.

# Chapitre V

« En signe de soumission, tu M'offriras ta nuque.
En signe de pardon, tu courberas l'échine.
En signe d'obéissance, tu plieras les genoux.
En signe d'abandon, tu mettras ta vie entre Mes mains.
Âhni. »

*Livre Saint, chapitre VI, versets 123 à 127.*

Δ

Nous chevauchions depuis le début de la matinée dans l'air frais automnal. Le soleil parvenait tout juste à réchauffer nos corps secoués par nos montures. J'étais ravi de retrouver mon cheval bai qu'un long repos avait rendu aussi vaillant que je l'avais connu.

Sylwen était radieuse. Telle une enfant, elle s'accoudait à la fenêtre du char branlant[1] qui la transportait, et me faisait de fréquents signes de sa fine main gantée. J'avais beau lui conseiller de rester dans la

1 Le char branlant est une voiture fermée, attelée à un ou plusieurs chevaux.

chaleur de la voiture, elle préférait retrousser l'épais rideau pour observer paysages et cavaliers. Il s'en était fallu de peu qu'elle ne montât à l'avant avec le cocher. En plus de sa lourde cape de laine pourpre, Sylwen arborait sur le visage le traditionnel voile censé la dissimuler aux regards. En tant que jeune femme fiancée, elle ne pouvait plus s'offrir à la vue de tout un chacun et se devait de porter cet accessoire en dehors de la maison de son père. Du moins, jusqu'à notre mariage.

Depuis notre départ, elle fredonnait une prière au Père Très Saint pour Le remercier du prodige qu'Il avait accompli pour moi. Force était de constater que ma jambe gauche avait retrouvé une souplesse depuis longtemps oubliée. Plus la moindre douleur, plus le moindre élancement. Claudius avait d'innombrables fois ausculté mon genou et ce matin-là, me voyant descendre les escaliers avec une telle aisance, il avait insisté pour que je le lui montre. Sa palpation n'avait plus relevé les meurtrissures habituelles. Elles avaient disparu. Mon précepteur m'avait sondé de son œil averti et avait fini par qualifier ma guérison de miraculeuse. Aylim en était-elle l'instigatrice ? Non, seul le Père Très Saint pouvait accomplir un tel phénomène. Tillaumet avait vu dans cette intervention divine, un signe bénéfique pour l'union à venir de nos deux royaumes. Et je ne le détrompai pas. Depuis notre départ de Daeg, le roi débattait avec Claudius du bien-fondé de faire édifier une chapelle, en remerciement pour ce miracle.

Budec chevauchait en retrait, sautillant sur sa mule. Je lui avais proposé de quitter mon service et de s'installer à Daeg, ce qui lui aurait permis de s'établir avec la jeune soubrette qu'il fréquentait. D'un air grave – celui qu'il prenait toujours quand il me faisait une confidence –, il m'avait avoué préférer rester à mes côtés. Son honneur était entre mes mains et il ne pouvait disposer ainsi de son existence. Il concéda ensuite se sentir trop jeune pour satisfaire les désirs de son amie qui, elle, ne rêvait que de fonder un foyer. Je saluai ici l'avide soif de découvertes de la jeunesse, et le félicitai d'avoir su choisir entre sa liberté et sa culpabilité. Un bâtard serait à naître ? Qu'importe ! Ce ne serait ni le premier ni le dernier dans les cuisines du château de Daeg.

Budec s'offusqua du peu de reproches que je lui adressais, puis me jura de ne plus jamais déroger à une bonne conduite. Satisfait de savoir que la virilité de mon serviteur était des plus efficaces, je le gratifiai d'une tape dans le dos amicale et compatissante. Sur sa demande, je promis de faire verser à la future mère une dizaine de pièces d'argent en souvenir de lui, somme qu'il me pria de prélever sur ses éventuelles récompenses à venir. J'étais si heureux de sa présence à mes côtés pour les épreuves que j'aurais à vivre prochainement – mon mariage, mon couronnement, mon retour en Ariatide où je devrais affronter mes vassaux –, que je lui fis don sur-le-champ de cette somme. Tant que ce genre d'affaires ne devenait pas une habitude !

Kalian et une dizaine de ses hommes ouvraient la marche, nous imposant un rythme de progression soutenu. Leurs tabards rouges ornés de l'étoile blanche ysoarienne leur conféraient un panache certain. Les quatre gardes ariates qui étaient arrivés avec Claudius plusieurs lunes auparavant, faisaient pâle figure à côté d'eux. Mais j'étais ravi que le soleil d'or sur fond bleu d'Ariatide apparaisse dans notre convoi. Les Balastes au complet constituaient le gros de notre escorte, soit une trentaine de cavaliers. Deux des leurs fermaient la marche avec deux chars tirés par d'imposants chevaux de trait. Plus rapides que leurs homologues à bœufs, ces attelages permettaient de transporter les paquets nécessaires à leur campement. Des cages avec de précieux pigeons voyageurs ballottaient sur les côtés des charrettes. Attachées à l'arrière, les montures des redoutables guerriers suivaient au pas et en profitaient pour brouter une branche ou une touffe d'herbe appétissante. De nombreux Balastes possédaient une mule qui charriait leurs effets personnels.

Notre équipage faisait un raffut de tous les diables et était loin de passer inaperçu. Mais un convoi royal de cette teneur se devait de jouir de la meilleure protection possible.

Dans les heures où le soleil était à l'apogée de sa course, nous nous arrêtâmes dans un endroit abrité pour nous restaurer. Dans un renfoncement, un *Terpis* rouillé surmontait une fontaine en pierre couverte de mousse. Sans doute ces eaux devaient-elles avoir une quelconque vertu curative pour être ainsi bénies. La bute de terre qui nous accueillait constituait un rempart efficace contre le vent, mais tout à fait dérisoire en cas d'attaque ennemie. Les Balastes se déployèrent autour de nous afin de parer à toute éventualité. La proximité de l'Agalaadywen nous rendait nerveux, et nous avalâmes notre repas assis sur des sièges pliables, entourés par nos gardes en alerte. Sans prendre plus de temps pour reposer nos montures, nous repartîmes.

Après avoir traversé les rases plaines des alentours de Daeg avec, trop proche, le spectre sombre de l'épaisse forêt d'Agalaadywen ornée de ses teintes automnales, nous piquâmes droit vers le sud. Nous évoluions dans des étendues vallonnées, parsemées de roches posées çà et là par une main experte. De nombreux *Terpis* métalliques les couronnaient afin d'apporter la présence du Père Très Saint jusque dans ces terres reculées. L'eau cristalline d'un torrent tumultueux parcourait ce mariage du végétal et du minéral. La Grande Chaîne, au sud de l'Ysoar, embaumait l'air de ses senteurs montagneuses.

Alors que l'astre solaire achevait sa course, nous décidâmes de monter notre camp dans cette étendue fascinante où la terre se parait de rouge. À cette allure, il nous faudrait encore au moins deux jours pour gagner la frontière du Wyrdlyn et presque autant, après, pour atteindre Wyrd, la Cité franche. Nous nous abritâmes au creux d'un énorme rocher qui paraissait vouloir nous accueillir sous son aile bienveillante. Dans l'obscurité naissante, toutes ces formes semblaient s'animer d'une vie insoupçonnée. Au loin, nous pouvions apercevoir les lumières de la ville de Toimuras.

Je n'avais pas compris pourquoi Tillaumet s'entêtait à refuser que nous profitassions des confortables chambres de son vassal. Mais lorsqu'il m'apprit que Garam, le riche seigneur de ces terres ocre, souhaitait depuis de nombreuses années obtenir Sylwen pour épouse, je me rangeai à son avis. Mieux valait-il passer une nuit humide et froide, que de supporter les regards pleins de convoitise de cet homme.

Ma promise avait tenu à emporter en Ariatide deux grandes malles contenant assez de robes et de bijoux pour parer plusieurs reines. Elle avait également préparé une foule de présents qu'elle voulait remettre aux représentants des éminentes familles de Riassine et à Larissa, mon *arandu*, ma première épouse.

La veille, Claudius m'avait insinué qu'il serait sage que j'évoque ce détail avec Sylwen. Cette pratique de l'*arandu* étant typique de l'Ariatide, mais il était préférable de m'assurer que ma fiancée était au courant. Sylwen avait tout d'abord accueilli la nouvelle avec mutisme et incompréhension.

— Pourquoi m'épouser si tu es déjà marié ?

L'*arandu* n'avait rien d'un mariage comme elle l'entendait ! Dans mes terres, il était de coutume que les fils de roi ou de seigneurs importants prennent femme à leur seizième anniversaire. Les prétendantes étaient toujours de jeunes veuves issues des meilleures familles. Et il était incontournable qu'elles aient donné naissance à au moins un enfant bien portant. Ces unions avaient plusieurs objectifs : permettre au jeune homme de parfaire son éducation intime avec une partenaire expérimentée, saine et honorable, aiguiser l'autorité dont il devait faire preuve à l'égard de sa future épouse – l'officielle – et enfin, tester son aptitude à engendrer. Mon demi-frère avait ainsi pu rompre son premier mariage royal, resté infructueux. Son second mariage ne s'était pas montré plus prolifique, alors que son *arandu* lui avait donné plusieurs bambins braillards et bien portants. Néanmoins, les enfants issus de l'*arandu* ne pouvaient être destinés au trône. C'eut été trop simple. Le couronnement d'un des rejetons de mon regretté demi-frère m'aurait évité tout ceci. Non, cette engeance était d'ordinaire assignée aux hauts rangs militaires pour les mâles et aux mariages diplomatiques pour les femelles. Pour ma part, mon *arandu* m'avait offert trois garçons bien portants. Six autres grossesses s'étant soldées dans le sang et les pleurs de Larissa.

À la fin de mon explication, Sylwen avait porté la main à son cœur et, d'une voix rendue fluette par l'émotion m'avait déclaré :

— Je te promets de chérir Larissa comme ma propre sœur et de te donner des enfants sains et vigoureux.

J'avais souri devant tant de gentillesse enfantine. Elle ne serait pas forcée de se lier avec mon épouse *arandu* car cette dernière quitterait le palais pour se tourner vers une vie monastique au service du Père Très Saint.

— Oh, Guilhem, je t'en prie, je voudrais tellement la rencontrer ! Ne serait-ce que pour lui remettre un présent !

Je ne sais si j'avais été soulagé ou inquiété par cette nouvelle. Quoique, si elle souhaitait à ce point faire sa connaissance, autant lui accorder ce plaisir.

Δ

Avant même que la servante de Sylwen ait fini d'apprêter le char branlant pour la nuit, les Balastes, eux, avaient achevé de monter leur camp. Déjà, une douce odeur de ragoût s'élevait d'une marmite que l'un des guerriers avait mise à réchauffer. Ils avaient eu l'excellente idée de faire préparer un repas chaud et consistant aux cuisines du château de

Daeg, et la perspective de ne pas avoir à me sustenter uniquement de galettes et de viandes séchées – fussent-elles délicieuses – m'emplit d'une joie triviale.

Tandis que Sylwen et sa suivante – une femme d'âge mûr au visage aiguisé comme un couteau – profiteraient du confort somme toute sommaire du chariot, Claudius, Tillaumet et moi partagerions l'hospitalité des Balastes. Kalian avait choisi de rester avec ses hommes et de dormir à la belle étoile.

Le froid de la nuit commençait à nous pénétrer et je me réchauffai à l'un des feux du camp. Les Balastes avaient monté trois tentes assez grandes pour les loger tous. Ils jouissaient d'une organisation efficace, éprouvée au cours de nombreuses années de voyage. Dans leur troupe, je reconnus la sentinelle que j'avais croisée au moment de l'attaque du village, aux alentours de Balastine, cette fameuse nuit où le Père Très Saint avait bien failli m'accueillir dans Son royaume fabuleux.

Alors que je tendais mes mains engourdies de froid vers le feu, Sylwen, glacée, vint se blottir dans mes bras. Je soufflai de l'air chaud dans son cou à travers le voilage qui la recouvrait, ce qui lui soutira un petit gloussement de plaisir. Je sentais mon visage rougir sous l'influence de l'imposant brasier. Sans doute le contact de nos deux corps affamés l'un de l'autre dut nous aider à nous réchauffer. Sylwen roucoulait contre moi, mutine et farouche. Elle n'avait décidément plus rien d'une enfant.

Kalian interrompit notre étreinte en nous tendant deux écuelles d'épeautre, remplies à ras bord d'un ragoût qui embaumait les subtiles saveurs de la cuisine d'Ysoar. Je saisis la cuillère de bois qui pendait à mon côté, la séparai du crochet qui retenait aussi mon gobelet, et la plongeai dans le fabuleux ragoût. Après avoir gobé leur repas, une partie des hommes du campement mangèrent l'écuelle imbibée du jus goûteux. Rassasié, j'offris la mienne à Raghôl qui l'engloutit dans un grognement de contentement.

Je déposai un baiser chaste sur la main de Sylwen avant qu'elle ne pénètre dans le chariot, accompagnée de sa servante. Puis, chargé que j'étais de deux épaisses couvertures et d'une peau d'ours, j'entrai dans la tente balaste. La chaleur qui émanait du foyer central me fit monter le sang aux joues. Trois guerriers étaient déjà endormis et ronflaient dans un grondement semblable à celui que produisait Raghôl à lui seul. Je me félicitai de ne pas avoir choisi de partager sa tente. La nuit aurait été un véritable supplice ! Budec dormait, enroulé dans ses lainages. Tandis que j'étendais ma peau d'ours sur le sol, puis une couverture, je prêtai attention aux différents hommes qui constituaient cette troupe si prestigieuse. Les Balastes étaient d'apparences et d'âges fort divers. Qu'ils soient petits ou grands, roux ou bruns, massifs ou chétifs, de tous émanaient cette même prestance. Refusant toute espèce d'uniforme, chaque Balaste portait son propre équipement, ce qui allait de l'armure de plaques métalliques la plus couvrante, au plastron de cuir le plus léger. Leurs casques étaient tout aussi hétéroclites, Je n'avais pas remarqué celui d'entre eux qui devait être leur chef et me surpris à penser qu'ils pouvaient ne pas en avoir. J'avais noté que leur troupe comptait un homme aussi noir que la suie et un autre avec les yeux aussi fins que des fentes. Les Défenseurs de la Vraie Foi ne dépendaient d'aucun royaume ! Mais ils étaient, je crois, en majorité originaires d'Ysoar, ce qui expliquait que Tillaumet jouisse de leur fréquente présence sur ses terres.

Je m'allongeai et ramenai sur moi l'épaisse couverture surmontée de ma cape. Une forte odeur provenait des bottes de mon voisin et, je dus l'admettre, de mon voisin lui-même. Je rabattis mon capuchon dans l'espoir qu'il me protège au moins des effluves, et m'endormis.

Au petit matin, une envie pressante me tira de mon sommeil dépourvu de rêves. Frustré de ne pas avoir revu Aylim, je me défis de la chaude protection de mes couvertures, passai ma cape autour de mes épaules, enfilai mes bottes et sortis dans la brume. Je devais me décider ! Je me lamentais d'être possédé par la *mahr* et me plaignais tout autant d'en être délaissé. Certes, nos étreintes avaient rendu ces songes très agréables, mais bientôt, mon quotidien serait comblé de moments sensuels avec Sylwen. Il me fallait me concentrer sur les événements à venir. Serais-je un bon roi ? Comment réagiraient les seigneurs ariates à mon couronnement, eux qui avaient poussé mon père à m'évincer du trône ? Une rébellion était peut-être déjà en train de se monter contre moi. Si c'était le cas, serais-je capable de faire couler le sang de mon propre peuple ? C'était là une bien étrange manière de s'en faire aimer ! Mais aurais-je le choix ? Qui gouvernait en ce moment l'Ariatide ? Sans doute Maistre Vidal, le Premier Conseiller de mon père. M'abandonnerait-il le pouvoir sans rechigner ? Et qui prendrais-je pour lui succéder ? À moins de le conserver à mon service ?

Le froid me sortit de mes pensées angoissantes. Le camp était entouré d'une brume fraîche et cotonneuse qu'un soleil timide tentait de percer. J'escaladai le rocher qui nous avait abrités, savourant la miraculeuse flexibilité de ma jambe gauche. Le rêve où Aylim avait annoncé ma guérison me revint en tête. Tout ceci était si troublant. Mais loin de moi l'idée de m'en plaindre ! Je me sentais presque un autre homme. Claudius avait insisté pour que je le laisse de nouveau ausculter mon genou dans les jours à venir. Cette guérison était si inespérée, même pour lui ! Durant toutes ces années, malgré ses innombrables recherches, il n'avait jamais trouvé le moindre moyen d'y parvenir. Après avoir observé les rayons de lumière dissoudre le brouillard, je redescendis et me soulageai à l'abri d'une gigantesque roche ronde. Alors que je me rajustai, je vis une forme venir à ma rencontre. Je regrettai l'insouciance qui m'avait fait sortir sans arme, jusqu'à ce que je reconnaisse l'homme à la peau sombre que j'avais entraperçu la veille au soir. Il m'adressa un signe de la main et me rejoignit.

— Il est tôt, ami.

Sans attendre ma réponse, il se soulagea à son tour, dans un râle de plaisir. Se rajustant, il me dit en souriant, d'une voix grave et chaude :

— Nous serons en Wyrdlyn demain soir. Enfin, si tout se passe bien.

Le blanc de ses yeux contrastait avec le noir de sa peau. J'avais déjà croisé des gens semblables lors de mes voyages, mais n'en avais jamais côtoyé. On racontait que leur peuple vivait bien au sud du Monde Connu. Mais on en rencontrait des émissaires un peu partout. Ils avaient apporté un soutien important aux armées du Père Très Saint, lors de la Guerre de Purification, et beaucoup n'avaient finalement jamais quitté ces terres, ayant trouvé femme.

— Que le Père Très Saint protège notre voyage ! lançai-je en le quittant.

Je l'entendis répondre à ma prière par un « Âhni » psalmodié et regagnai le camp. Le foyer extérieur avait été rallumé. Une odeur alléchante de galettes chaudes s'élevait. Le guerrier en charge de la cuisine était un vrai magicien !

Les Balastes démontèrent leur campement avec une vélocité déconcertante, de sorte que nous étions prêts à partir alors que le soleil venait à peine d'entamer sa course. Maintenant hors de vue de l'Agalaadywen, nous poursuivîmes notre voyage l'esprit plus léger.

Δ

Les deux jours suivants, nous longeâmes les chaînes montagneuses qui marquaient la frontière sud de l'Ysoar. Cette barrière naturelle offrait un passage unique pour le Wyrdlyn : la Gorge du Dragon. Également appelée Porte des Enfers, il s'agissait d'une longue et sinueuse voie entre deux parois effilées, creusée par un torrent maintenant souterrain dont le bourdonnement, entêtant, assourdissait tout voyageur.

Le passage de ce goulet nous occasionna de nombreuses frayeurs, tant le lieu était propice à une embuscade. Le contourner aurait signifié devoir prendre le chemin de la côte, ce qui, en plus de nous faire longer beaucoup trop longtemps l'Agalaadywen, aurait rallongé le voyage d'une dizaine de jours. Nous tentâmes donc de rendre cette traversée la plus rapide possible.

Aussi superstitieux qu'il était pieux, Budec ne cessa de faire des signes protecteurs, comme si le simple fait d'être là pouvait lui causer un préjudice spirituel énorme. Il talonnait en permanence sa mule pour ne pas se laisser distancer d'une encolure. Ses yeux écarquillés étaient à l'affût du moindre mouvement anormal.

Les falaises qui constituaient ce passage étaient parsemées de trous sans fond chargés d'embruns, ce qui leur donnait un aspect surnaturel. On s'attendait à voir surgir de ces terriers des bêtes fantastiques, serpents à cinq têtes et autres chimères tout droit sorties des rêves. Ou des cauchemars.

Nous débouchâmes enfin de ce goulet, sains et saufs, mais épuisés par le grondement incessant qui résonnait en ce lieu.

Durant trois longues journées, nous longeâmes le versant sud des monts de la Grande Chaîne, profitant de l'imposante protection qu'ils nous offraient face aux sbires de l'Agalaadywen. Maintenant que nous étions en Wyrdlyn, jamais les démons n'oseraient nous attaquer, tant cela accélèrerait le début de la guerre. Et, par voie de conséquence, précipiterait le jour qui les verrait tous périr dans les atroces souffrances que leur feraient endurer les armées du Père Très Saint.

Dans un ciel au rougeoiement crépusculaire, nous établîmes notre campement au sein de l'un des renfoncements abrités qu'offraient les enchevêtrements des bras de la montagne. Nous nous installions au plus profond de l'intimité du corps étendu que représentait la chaîne. De nombreuses légendes racontaient que l'Ancienne Déesse aimait à se changer en dragon. Or, un jour, fatiguée, elle s'était allongée en ce lieu et s'y était endormie. Revenant de son voyage, son esprit avait pris plaisir à admirer la forme colossale que formait son corps écailleux sur la terre et avait choisi de l'y laisser.

Quatre Balastes avaient devancé notre troupe et étaient partis en quête de gibier pour le repas du soir. Une fois que le lieu du campement fut choisi, Raghôl sonna de son magistral olifant et nous vîmes revenir les quatre guerriers, lourdement chargés d'un cerf et d'un sanglier. L'homme aux yeux en fente était parti avec eux, et la fine blessure qu'avaient les animaux au niveau du cou ne laissait nul doute sur la cause de leur trépas. Ce Balaste devait être un redoutable archer. Je me surpris à craindre l'arc court et recourbé qu'il portait à l'épaule.

Tout en savourant avec patience l'appétissant fumet qui s'échappait des viandes en train de rôtir, nous apaisâmes nos faims avec des galettes d'épeautre.

Demain, par la volonté du Père Très Saint, nous coucherions à Wyrd dans les appartements dévolus aux monarques. Le palais de la Cité Franche était bâti de façon à accueillir chacun des souverains selon ses propres coutumes. Ainsi, tous les rois pouvaient se retrouver dans ce même édifice, tout en se sentant chez eux.

La partie qui était allouée à l'Ariatide s'organisait autour d'un luxuriant jardin fleuri, au centre duquel s'épanouissait une fontaine mélodieuse. Je ne m'y étais rendu que peu de fois, et il y avait de cela fort longtemps, mais je me souvenais de l'harmonie particulière qui régnait en ces lieux.

Cette dernière veillée sous les étoiles prit des allures de fête et chacun y alla de sa chanson. Les premières étaient d'une grossièreté hilarante, puis, alors qu'une majorité du camp était endormie, quelques Balastes entonnèrent des chants plus doux et plus mélancoliques. Tantôt cela avait trait à la perte d'un ami, tantôt à l'absence de la femme aimée, tantôt encore à l'éloignement de la terre natale. Les deux hommes les plus étranges de cette troupe, à savoir celui à la peau noire et celui aux yeux étirés, chantèrent chacun une ballade de leur pays. Autant la langue du premier était chaude et ronde, autant celle du second était rauque et gutturale. Pour ma part, j'avais régalé l'assemblée d'un air connu de mes terres, et j'avoue qu'entendre les gardes ariates reprendre le refrain en chœur m'avait transporté autant qu'accablé. Après mon couronnement, pourrais-je de nouveau goûter à la joie de chanter en public ?

Alors que Claudius et Tillaumet étaient allés se coucher tôt, Sylwen avait tenu à rester avec moi au coin du feu. Sa servante avait gagné depuis longtemps l'abri chaleureux du char, sous prétexte d'y entretenir le brasero. Croulante de fatigue, ma future épouse s'était assoupie, appuyée sur mon épaule. Du moins est-ce ce que je devinai au soin régulier de sa respiration. Quelques hommes se levèrent et prirent leur poste de garde aux alentours de l'enclos des chevaux. Un Balaste nous apporta un fond de ce vin chaud épicé qu'ils préparaient chaque soir. Puis nous finîmes par nous retrouver seuls, Kalian, Sylwen et moi. Le feu se reflétait dans le masque du commandant ysoarien et lui donnait des allures démoniaques. Il croisa mon regard puis fixa à nouveau les flammes, les coudes posés sur les genoux, les doigts occupés à écorcer une brindille. Je fus gêné d'être ainsi surpris à l'observer. Mais il était si fascinant.

— Vous devriez la couvrir, dit-il sans lever la tête. Elle va avoir froid.

Étonné de ne pas y avoir pensé moi-même, j'attirai le corps endormi de Sylwen contre moi et refermai la cape sur nous. Le soupir que la jeune femme poussa réveilla mes sens. La sentir si proche était un pur délice. Kalian avait suivi nos gestes du coin de l'œil et je lui adressai un sourire de remerciement, sourire qu'il accueillit d'un imperceptible hochement de tête. Tout était si simple avec cet homme. Nul besoin de paroles superflues. Le silence continua à étendre son manteau sur nous, constellé des bruits de la nuit et de quelques ronflements.

La lune parcourut une partie de sa course avant que je ne me décide à aller me coucher. Tout était si paisible. Le crépitement du feu, les ronflements des dormeurs, le chant des chouettes, le doux sifflement du vent. J'avalai les dernières gorgées presque froides de ma tasse de vin et entrepris de me lever. J'écartai ma cape et passai un bras sous les jambes de Sylwen et un autre dans son dos. Elle noua ses fines mains derrière mon cou. La caresse de ses doigts était délicieuse.

— De l'aide ? proposa Kalian, déjà debout, prêt à me porter assistance.

Je déclinai sa proposition d'une moue ravie et me levai sans trop de peine, mon précieux fardeau serré contre moi. C'était une chance que ma fiancée ne soit pas plus lourde ! Je remerciai intérieurement le Père Très Saint de m'avoir rendu l'usage de ma jambe, avant d'étouffer un juron lorsque je me pris les pieds dans le bas de ma cape. Ravalant ma fierté, je continuai ma route jusqu'au chariot. Derrière nous, Kalian se rassit, dans l'attente de son tour de garde. J'ouvris la porte de bois avec le coude et constatai que la vieille gouvernante s'était endormie. Ses ronflements auraient pu rivaliser avec ceux de Raghôl. J'hésitai à la réveiller pour l'avertir de l'arrivée de sa maîtresse, mais elle dormait si bien que je renonçai. Je déposai Sylwen sur sa couche moelleuse et rabattis sa couverture sur ses épaules. D'une main légère, je remontai son voile au-dessus de sa tête et effleurai ses douces lèvres de ma bouche entrouverte, dans l'espoir innocent qu'elle ouvrirait les yeux et ferait déferler sur moi la passion dont elle m'avait prouvé être détentrice. Mon geste fut remercié par un petit gémissement de contentement. Était-elle réellement endormie ? Je la contemplai, attendri par sa respiration calme et profonde. Le froid ne tarderait pas à s'abattre sur nous. Je soulevai le couvercle métallique du brasero et soufflai sur les braises sombres afin de leur extraire leurs dernières volutes de chaleur. Le doux rougeoiement inonda mon visage d'une délicieuse brûlure. Les joues rougies, je jetai un dernier coup d'œil en direction de Sylwen et sortis.

Quand je repassai devant Kalian, il était emmitouflé dans sa cape et scrutait les ténèbres. Nous échangeâmes un dernier salut de tête muet et nous séparâmes. J'aurais volontiers apprécié un homme tel que lui à mes côtés dans mon règne à venir. Il était probable que ma soudaine accession au trône ne trouve pas le meilleur accueil chez les seigneurs ariates. J'aurais sans doute à faire face à de vives oppositions. Peut-être même des complots. Je chassai ces pensées d'un profond soupir. À chaque jour son tourment. La lune ornait le ciel, indifférente aux soucis des hommes.

Je pénétrai dans la tente balaste, déjà emplie des vrombissants ronflements de Raghôl. J'avais pu me soustraire une fois à son hospitalité, mais avais bien été obligé d'accepter ce soir son invitation. Couché contre le corps robuste de son maître, le chien du géant dormait en poussant de petits couinements. Il était navrant de constater que l'animal et l'homme empestaient autant l'un que l'autre. Fort de mon expérience de la veille, je m'étais placé proche de l'ouverture, là où le filet d'air était suffisamment léger pour être stoppé par mes couvertures, mais assez régulier pour épargner à mon nez les puissantes odeurs corporelles de ces guerriers.

Δ

Le lendemain, un peu avant le coucher du soleil, nous arrivâmes en vue de l'étincelante cité de Wyrd. L'ancestrale capitale des terres franches était sculptée à même la pierre blanche de la colline, de sorte qu'elle semblait être née telle quelle dans les âges immémoriaux. Les pics montagneux avaient cédé leur place aux hautes tours du palais. Cette ingénieuse méthode de construction offrait aux habitants de jouir d'une température constante. En ces régions, les hivers étaient rudes. Mais la structure même de Wyrd lui permettait d'arborer une végétation variée, constituée autant de plantes locales que d'une flore venue des contrées chaudes. La blancheur de la pierre rendait cette ville semi-troglodyte plus lumineuse que beaucoup des cités que j'avais traversées.

Le crépuscule parait Wyrd de teintes chatoyantes. La Cité franche était mentionnée dans des textes très anciens, témoignages conservés dans son incroyable bibliothèque. Les gravures la représentant au début de l'Ère de la Déesse, soit au cours du premier millénaire de l'Âge des Hommes, la montraient déjà telle qu'il nous était donné de la contempler aujourd'hui. Bien sûr, les constructions, incrustées à même la colline, dégradées par le temps et l'érosion, avaient été rénovées à l'aide de briques et de pierres taillées. Il était d'ailleurs fort instructif d'observer les différentes étapes qu'avait connues une maison, d'après les strates plus ou moins colorées qu'arborait sa façade.

Seul le temple du Père Très Saint, érigé à la fin de la Guerre de Purification, pouvait se vanter d'avoir été bâti de toutes pièces. L'édifice était tout aussi blanc que le reste de la ville, mais ses murs, épais, étaient constitués d'imposants blocs charriés à dos d'hommes depuis les collines avoisinantes. Il était en effet considéré comme impur que les éléments qui serviraient à élever le sanctuaire de la Vraie Foi soient transportés à l'aide d'animaux. Le Livre Saint était très strict sur ce point :

« Tout acte envers Moi doit être habité de ta dévotion la plus totale, au risque d'être dénigré par Ma grande miséricorde.

La valeur du présent grandit en fonction du labeur qu'il a nécessité.

Tu as plié ta volonté, tes désirs, tes besoins afin de Me satisfaire.

L'animal, lui, n'a de volonté que d'obéir à son maître et d'assouvir ses instincts.

Avoir recours à son aide pour Me prouver ta Foi constitue, Mon Enfant, un signe de paresse et de couardise.

Prends garde à ce que Mon courroux ne dépasse, en puissance et en fureur, la bienveillance que tu souhaitais ainsi t'apporter.

Âhni. »

Ce passage était l'un de ceux qui m'avaient le plus marqué durant mon étude du texte saint. Les manifestations de soumission à ce précepte étaient nombreuses, tant dans les villes que dans les campagnes. Il était fascinant de voir la quantité de sueur et de souffrance que nécessitait l'érection d'un édifice sacré. Il n'empêche qu'il en jaillissait de toutes parts, là en bois, là en terre, là en pierre, mais tous consolidés de la même ferveur et de la même piété.

J'avais moi-même participé à la décoration d'un des temples de Riassine – capitale de mon royaume, l'Ariatide – en y réalisant diverses fresques, ainsi qu'en emplissant les murs du chant des prières de consécration et de sacralisation.

Nous pénétrâmes dans Wyrd par la Grande Porte, creusée dans la roche et encadrée de majestueux piliers sculptés de motifs géométriques et floraux. Son statut de ville franche lui imposait d'être ouverte à tous et à tout moment. Néanmoins, toute personne malfaisante serait jugée et châtiée en fonction des délits qu'elle aurait commis. Je n'avais jamais vu un seul soldat à Wyrd, et pourtant, la puissance de son armée était connue de tous.

Malgré le nombre colossal de ses habitants, cette cité était d'une propreté étonnante. Sans doute devaient-ils déverser leurs ordures dans des puits perdus. De plus, aucun agrandissement n'avait été pratiqué. Où pouvait bien se loger le flot incessant des visiteurs ? Certes, les auberges fleurissaient à chaque croisement. Quiconque disposait d'une pièce inutilisée, d'un coin de grenier à peine isolé ou d'une cave prétendument dépoussiérée, n'avait aucun scrupule à se déclarer aubergiste et à réclamer des sommes astronomiques pour leurs paillasses. Le dormeur n'était pas content ? Qu'importe ! Il y avait foule à chercher gîte, car même si la ville mettait des espaces à disposition des pèlerins et voyageurs, la promiscuité y était telle qu'il ne fallait pas hésiter à se délester de quelques pièces pour un peu de calme et d'intimité. En temps de guerre, les immenses salles communes taillées dans la roche permettaient de loger les populations fuyant les conflits. Elles étaient agrémentées de cheminées, d'aérations et de commodités. Leur taille témoignait du nombre colossal de malheureux que ces parois avaient dû protéger lors des guerres qui avaient traversé les âges.

Sous les yeux curieux des passants, notre équipage remonta la rue principale, façonnée dans le roc, consolidée çà et là avec des pavés rapportés. Cette longue voie menait au palais, ou du moins au Palais Bas, car tout homme souhaitant séjourner en ce lieu – dans le Palais Haut –, devait gravir les nombreuses marches qui se présentaient à lui, et ce, qu'il soit seigneur, roi ou simple voyageur. Le temple avait aussi été érigé au sommet de ce monticule afin que chaque croyant ait à accomplir sa pénitence avant d'entrer dans son enceinte sacrée.

L'approvisionnement des cuisines du Palais Haut, ou tout autre apport nécessaire et volumineux, se faisait à l'aide d'un ingénieux système de poulies et de tractage à bœufs. Je soupçonnais Claudius d'avoir, au cours de ses nombreux séjours, préféré cette voie d'accès au magistral escalier.

Accueillis par une foule de serviteurs aux livrées colorées, nous laissâmes nos montures et chariots aux pieds des imposantes marches, prenant la mesure de l'éprouvante ascension qui s'offrait à nous. Nos bagages se retrouveraient dans nos appartements avant même que nous ayons repris notre souffle.

J'avais jadis été surpris par la parfaite organisation que présentait cette ruche troglodyte. Les domestiques les plus âgés étaient affectés aux travaux du Palais Bas : les écuries, réserves, citernes, abattoirs, basses-cours, potagers, moulins, puits, cuisines... Les plus jeunes et les enfants, aux tâches du Palais Haut : acheminer les effets, alimenter les innombrables lampes à huile, servir les plats, tout ce qui requérait une santé et une tonicité notables afin de parcourir sans cesse les interminables couloirs et escaliers, tout en charriant nourriture, jarres d'huile ou coffres.

Le palais avait été conçu de telle sorte que les vapeurs et effluves des animaux ou des cuisines ne puissent pas incommoder les occupants des appartements royaux. Dans une construction troglodyte, les circuits d'aération étaient primordiaux, tant reposait sur eux la qualité de l'air de tout l'ensemble. Ainsi les Neuf Sages jouissaient-ils d'un palais creusé dans la roche, avec tout le confort de n'importe quel château, sans pour autant en avoir les inconvénients nauséabonds.

Personnellement, j'avais toujours détesté traîner aux alentours des cuisines, que ce soit à Riassine, Daeg, ou n'importe où d'ailleurs. De ces antres à la température infernale se déversait une atmosphère moite et gluante, où se mêlaient transpiration, vapeur et diverses odeurs de graillon et de sang séché. L'air qui s'en dégageait agressait autant les narines qu'il piquait les yeux. Mais au fur et à mesure de mes voyages, j'avais appris à apprécier un coin de cheminée, quelles que soient les puanteurs qui l'accompagnaient. Retourner à un peu de luxe ne me déplaisait pas pour autant.

Tandis que les Balastes prenaient congé de nous et regagnaient leurs quartiers situés dans une des ailes du Palais Bas, Budec décida de suivre le vieillard qui s'était chargé de nos montures.

— Votre cheval est plus tonique qu'autrefois, mon seigneur, il a besoin d'une double ration d'avoine ! Je vais aussi veiller à ce qu'il soit bien pansé et surtout, que son écurie ne soit pas trop ventée. Il ne faut pas qu'il prenne froid.

N'ayant plus besoin de mon serviteur dans l'immédiat, je le laissai vaquer à ses occupations. Je me retournai et constatai l'ampleur de l'escalier reliant le Palais Bas au Palais Haut. Après avoir estimé le nombre de marches qui se présentaient à moi, je me lançai dans l'éprouvante ascension. Le sommet arriva bien plus tôt que je ne l'avais imaginé. Jamais je n'aurais pensé gravir cet édifice aussi prestement ni avec autant d'aisance ! Jusque-là, je m'étais résigné et avais accepté ma condition d'infirme. Mais jouir de cette liberté de mouvement retrouvée me faisait craindre de pouvoir un jour la reperdre. Pourquoi avais-je cette appréhension ? Un miracle avait-il déjà été dissous ?

Tandis que Tillaumet et Sylwen gravissaient la longue succession de marches, je laissai mon regard se perdre dans le magnifique panorama qu'offrait ce point de vue. Je contemplai les teintes violacées du ciel crépusculaire, admirant les nuances avec lesquelles il habillait les pierres blanches de la cité qui semblait, ainsi, accompagner le soleil dans sa course vers l'autre monde. La ville entière s'étendait à nos pieds, paisible, mais festive, alors qu'au loin, la Grande Chaîne qui marquait la frontière du Wyrdlyn avec l'Ysoar se parait de son manteau violet. Nous avions passé la nuit précédente dans une anfractuosité de ces majestueux rocs.

Je tentais de découvrir le corps du gigantesque dragon légendaire dans les formes plissées, quand Claudius déboucha derrière moi par je ne sais quelle petite porte voûtée.

— Déjà arrivé ? me lança-t-il avec un sourire de profonde malice.

— Il est plus aisé de gravir les marches de la sagesse sur deux pieds que sur un ! plaisantai-je.

Je me retournai vers l'escalier et constatai que Kalian aidait Sylwen à terminer la rude ascension. Le visage rouge, Tillaumet ne tarda pas à poser les pieds sur la Place Haute et s'exclama, dans un râle teinté d'essoufflement :

— Je suis certain qu'ils ont rajouté des marches depuis ma dernière visite. Au moins, cela dissuade toute personne porteuse d'un message qui ne soit d'importance capitale !

Tandis que nous riions de bon cœur, unissant les timides nuages de buée qui se formaient à chacun de nos souffles, les Neuf Sages du Grand Conseil parurent à la porte du palais. Je ne les avais pas revus depuis mon enfance, pourtant ils étaient comme dans mon souvenir : leurs longues robes de laine écrues étaient surmontées d'un scapulaire de la même couleur où était brodé un grand *Terpis* en fils d'or, symbole de leur obéissance au Père Très Saint. Vestige de l'ancienne ère, trois femmes jouissaient de l'honneur de siéger au Grand Conseil de Wyrd. À chaque décès d'un Sage, ses confrères votaient à huis clos pour choisir celui ou celle qui aurait l'honneur de le remplacer. Comment les candidats étaient choisis, je n'en avais pas la moindre idée. Mais il était intéressant de voir que les Sages étaient d'âges et d'apparences variés. Dans cette diversité résidait l'origine de leur profond discernement. Malgré tout, sauf le dernier élu, tous étaient beaucoup plus âgés que moi.

— Bienvenue à vous ! firent-ils en chœur.

Syro, le plus vieux d'entre eux, s'avança. Enfant, son visage déformé encadré de cheveux blancs filasse m'avait toujours effrayé.

— Le soleil bénit de son souffle doré votre venue ! La lune noire nous avait déjà avertis de l'importance que…

— Voyons, Syro, les vœux peuvent attendre ce soir ! Entrez ! Venez vous délasser. Nous avons fait allumer des feux dans vos appartements.

Syro avait été interrompu par Drivia, une Sage aussi vindicative que petite. Dans un temps ancestral, elle aurait pu se revendiquer de la race des nains, mais tout en ayant une profonde grâce féminine. Sa chevelure argentée était, comme dans mon souvenir, relevée en une coiffure raffinée. Je me la rappelais comme une femme attentionnée qui me faisait porter des galettes de miel, tandis que mon père était occupé, la journée durant, au Grand Conseil. N'étant alors qu'un enfant, je n'avais jamais eu de contact direct avec chacun des Sages, mais à défaut de connaître leurs noms, je les avais déjà tous aperçus. À cette époque, j'étais encore le digne fils de mon père, mon accident ne m'ayant pas encore privé de son intérêt et de ma destinée. Destinée qui m'avait en fin de compte rattrapé en ce jour.

Alors que je passais à proximité d'elle, Drivia me donna une claque sur la cuisse gauche. Je sursautai de gêne devant cette attitude surprenante de la part d'une Sage. Cela aurait pu rester inaperçu, si elle avait été ne serait-ce qu'un peu plus discrète.

— Qu'est-ce que tu as changé, Guilhem, depuis que je ne t'ai vu ! Et en plus, tu marches sur tes deux jambes ! Je savais bien que ton père avait contrarié les desseins du Père Très Saint en t'éloignant du trône qui te revenait. Mais par Sa grande puissance, tout rentre dans l'ordre !

Sans attendre quelque réponse que j'aurais pu émettre, Drivia suivit le groupe qui pénétrait dans l'imposant palais. Resté seul en arrière, je ravalai mon air interdit et passai l'immense porte.

Δ

Les quartiers du Palais de Wyrd alloués à l'Ariatide étaient tels que je m'en souvenais : de vastes chambres, des salles de conseil, de musique, une cuisine, tout cela organisé autour d'un luxuriant jardin aux senteurs de mon pays. Au centre, toujours la même fontaine qui murmurait son doux roucoulement. Les tout premiers froids de l'automne avaient chassé les oiseaux des plaines arides et glaciales du Wyrdlyn et pourtant, ce coin de nature constituait un refuge pour une poignée d'entre eux qui remerciaient leurs hôtes par des chants incessants. Je me souvins que mon père m'avait un jour confié que ces volatiles avaient élu domicile en ce lieu et qu'ils n'en partaient jamais, tant ils préféraient de loin profiter de la douceur de ces murs et de la gourmande générosité de ses habitants.

Malgré le fait que tous les appartements royaux étaient pourvus de cuisines, nous étions convenus de prendre nos repas dans la grande salle du palais. Sylwen logeait avec son père dans les quartiers réservés à l'Ysoar. Il aurait été mal vu que nous partagions les mêmes appartements alors que nous n'étions pas encore unis. Je n'avais jamais visité une autre aile que celle qui m'était dévolue, et je me demandais si le logement de ma promise jouissait de la même harmonie que celle qui régnait en ce jardin.

Demain, nous passerions la journée à nous délasser et à régler les derniers éléments avant les grandes cérémonies du surlendemain. J'avais hâte de pouvoir profiter des joies conjugales avec Sylwen, mais les responsabilités qui accompagnaient ce plaisir m'angoissaient. Je n'avais pas été éduqué pour être roi ! Saurais-je me montrer juste, implacable ou magnanime quand il le faudrait ? Mon peuple allait-il se résoudre à m'accepter ? Une chose après l'autre. Déjà me fallait-il sortir vivant de la cérémonie qui m'attendait. Demain, je procéderais à la purification rituelle qui consistait à me tremper, nu, dans un bain chaud agrémenté d'huiles moussantes, puis dans un bain froid, puis à nouveau dans un bain chaud aromatisé d'herbes saintes. Je revêtirais ensuite les habits de recueillement et passerais la nuit entière en prière, dans le temple. Cette épreuve glaciale était censée me permettre de communier avec le Père Très Saint et d'apparaître pur à mon couronnement. Sylwen aurait des épreuves identiques à subir, en plus d'un examen approfondi de sa personne, examen qui visait à attester de son état de pureté. Je ne regrettai pas d'avoir défloré la jeune fille, mais appréhendai l'annonce publique de ce fait. Tout événement devait avoir besoin de son moment scandaleux. Il fallait bien alimenter les racontars de tavernes.

Au cours de la cérémonie dirigée conjointement par les Neuf Sages et le Prêtre de Wyrd, je serais couronné roi d'Ariatide, recevrais les serments des principaux seigneurs ariates et m'unirais à Sylwen, avant de la couronner à mon tour. Tillaumet me remettrait la Couronne de Bois, symbole de sa volonté de faire de moi son héritier incontesté. Je devrais embrasser les trois autres rois du Monde Connu et nous devrions tous quatre prêter serment sur le Livre Saint de respecter les lois de non-agression mutuelle. Le principe de la cérémonie était connu de tous. Mais une foule de détails était à régler.

La douceur qui régnait dans le Palais Haut était accentuée par les feux de cheminée. Budec m'apporta une coupe d'eau chaude où flottaient des pétales de roses multicolores. C'était un vrai miracle, mais Wyrd jouissait du plaisir d'avoir des fleurs toute l'année durant. J'aurais pourtant volontiers troqué cette vasque contre une baignoire fumante ! Mes muscles étaient encore chargés de la fatigue du voyage.

Le jeune serviteur sentit l'inquiétude qui planait sur moi et se permit de murmurer :

— Vous serez un très grand roi, mon seigneur. Je peux vous appeler « mon seigneur » maintenant ?

Je souris.

— Oui, Budec, tu peux.

Il rassembla mes vêtements sales d'un air distrait.

— On va bel et bien rentrer chez nous.

Ma gorge se serra. Et si mes vassaux me rejetaient ? S'ils refusaient de me prêter allégeance lors du sacre ?

— J'ai une question à vous poser, se hasarda-t-il, les yeux au sol.

— Oui ?

— À Daeg, j'ai entendu parler d'une Prophétie qu'aurait été dans un paquet qu'vous auriez apporté au roi. C'est quoi donc ?

Essayer de garder un secret dans un château plein de domestiques était vraiment chose vaine. Mais là, ce n'était pas de la curiosité mal placée. Ce jeune homme tentait de s'instruire.

— Tu connais la Prophétie de l'Unité, Budec ?

— Bien sûr, mon seigneur. C'est là qu'le Père Très Saint y annonce qu'les Anciennes Croyances sont finies pour passer à la Vraie Foi.

C'était sommairement résumé.

— Eh bien, la suite annonce la venue du Père Très Saint parmi nous.

Son visage afficha une mine des plus effarées.

— Parmi nous, comme un humain ?

— Si on prend le texte au pied de la lettre, oui.

— C'est merveilleux ! s'extasia-t-il, un sourire benêt au coin des lèvres.

— Mais d'abord, il faudrait que le début de la prophétie s'accomplisse…

— « Que la Terre Païenne soit purifiée par les flammes et apaisée par l'eau.

Que la Porte des Démons soit scellée du souffle même qui l'a ouverte. »

J'étais stupéfait qu'il puisse citer le texte saint avec une telle facilité. Il haussa les épaules, modeste.

— C'est qu'j'ai entendu le valet du Grand Prêtre de Daeg la réciter pendant qu'il prenait ses repas à la cuisine.

— Je suis impressionné ! insistai-je.

— Il faut don' que l'Agalaadywen et l'Heylön soient détruites par le feu et l'eau avant qu'Il vienne. C'est ça ?

Sa vision simpliste, mais néanmoins logique me stupéfia.

— C'est une façon de voir les choses…

— Va donc y avoir du grabuge.

Je levai les mains, indécis. Un conflit se préparait en effet, mais pas pour les mêmes raisons. Ou alors, on ne m'avait pas tout dit.

— Si vous allez en guerre, mon seigneur, vous m'emmènerez, n'est-ce pas ? C'est qu'j'en rêve depuis tout p'tiot, moi, de voir une bataille.

La franchise de ce jeune homme était rafraîchissante. S'il savait que les combats n'avaient rien des épopées chantées par les troubadours !

— Bien, Budec, tu viendras avec moi. Va, maintenant.

Un large sourire aux lèvres, mon serviteur raffermit sa prise sur les vêtements sales qu'il avait dans les bras, s'inclina et sortit. Se pouvait-il qu'un jeune garçon, ancien esclave, puisse voir le sens réel de la Prophétie sur laquelle d'éminents esprits s'étaient penchés ? La vérité apparaissait aux gens les plus simples.

Je me rafraîchis à l'aide d'un tissu gorgé d'eau de rose et en savourai le délicat parfum. Dans le miroir de bronze poli, je constatai que ma cicatrice n'était plus qu'un fin trait rosé sur le flanc.

Je ne comprenais toujours pas par quelle miséricorde j'avais survécu. Sans doute le Père Très Saint avait-Il de nombreux projets me concernant.

J'enfilai ma chemise, puis la cotte bleue que j'avais portée lors de l'annonce de mon union avec Sylwen en Ysoar, recoiffai mes cheveux avec un peu d'eau parfumée et sortis.

J'empruntai le long couloir qui menait à la grande salle. Une douce odeur de citronnelle et de fleurs d'oranger emplissait les méandres caverneux. Des lampes de graisse avaient été allumées et noircissaient de leur fine langue les murs jadis blancs. À la différence du château de Daeg, le palais de Wyrd n'arborait aucune décoration. Les parois taillées à même la roche constituaient à elles seules la plus majestueuse des sculptures. Sous mes pas, la pierre semblait être animée d'une vie propre, sans doute à cause de la résonance des festivités qui se répandaient dans la ville. Un nouveau roi allait être couronné, signe que la cité allait s'emplir d'étrangers, colporteurs de nouvelles et avides de se défaire des pièces sonnantes qu'ils avaient en bourse.

Soucieux de ne pas arriver en retard au repas, je pressai le pas tant et plus que, bien malgré moi, je ne tardai pas à m'égarer. Ce dédale de couloirs identiques constituait un véritable labyrinthe. Je croisai enfin un jeune garçon occupé à alimenter en graisse les innombrables lampes, qui m'indiqua la direction à suivre.

La grande salle n'était fermée par aucune porte, en signe de son hospitalité permanente. Claudius était assis sur des bancs sculptés dans le roc, en compagnie de Drivia, Syro et d'une autre Sage aux longs cheveux noirs lâchés. De riches fourrures posées sur des coussins rebondis conféraient aux sièges un moelleux insoupçonné. Une imposante cheminée gratifiait la pièce d'une chaleur accueillante. De nombreuses lampes produisaient une lumière qui se répercutait sur les murs blancs et offraient à la salle une parfaite clarté. Mis à part les bancs creusés à même les parois et l'imposante cheminée, la pièce ne contenait aucun meuble. Pourtant, alors que je m'avançais, je vis plusieurs serviteurs entrer et installer de longues planches dans les encoches prévues à cet effet : une partie s'imbriquait dans le mur, tandis que l'autre reposait sur l'une des protubérances de pierre qui se trouvaient au milieu de la salle, protubérances que j'avais tout d'abord prises pour de hauts tabourets. Il ne m'avait jamais été donné de pénétrer dans cette salle et je craignais que mon observation curieuse ne fût trop visible.

Claudius et les trois Sages avaient cessé de parler à mon entrée et me firent signe de m'asseoir à leurs côtés.

— J'étais en train de dire au Haut Maistre Claudius, commença Syro en se passant régulièrement la langue sur les lèvres, que les plus éminents seigneurs d'Ariatide viennent d'arriver à Wyrd.

Une sueur froide descendit le long de mon dos. Ainsi serais-je bientôt fixé, étant donné qu'ils allaient loger dans les mêmes appartements que moi. S'ils avaient à commettre un assassinat, ce serait pour ce soir. Il faudrait que je me tienne sur mes gardes, la dague sous mon oreiller.

— Ils sont en ce moment en train de gravir l'escalier, acheva Syro.

Le vieux Sage avait une diction lente et essoufflée qui faisait trépigner Drivia d'impatience. Cette dernière enchaîna de sa voix vive et joyeuse :

— J'ai pris la liberté de faire allumer pour eux les fourneaux des cuisines ariates. Il est préférable que nous dînions entre nous, ce soir.

Sylwen et Tillaumet pénétrèrent à cet instant dans la salle. Vêtue d'une simple cotte verte, ma promise irradiait d'une beauté à couper le souffle. Je saluai son choix habile de se présenter sous les atours les plus sobres. Les Sages parurent satisfaits d'une telle humilité. Je regrettai que Kalian ne les accompagne pas. J'appréciais cet homme, sa présence calme et paisible, et le regard simple qu'il portait sur les situations les plus complexes. Malgré le fait qu'il fût le neveu de Tillaumet et le commandant de ses armées, il est vrai qu'il n'était pas concerné par cette assemblée. Il avait dû rester dans les appartements réservés à la couronne d'Ysoar.

Alors que ma future épouse et son père prenaient place, les serviteurs revinrent avec de petits tabourets de bois et les disposèrent de l'autre côté de la table qu'ils avaient dressée devant nous. Les six autres Sages nous rejoignirent, animés par une nouvelle déconcertante.

— Que se passe-t-il ? demanda Syro de sa voix éraillée.

— Un messager vient d'arriver, répondit une Sage aux cheveux blancs bouclés. Gagila, le roi d'Ésiria, est à une journée de cheval. Il sera là demain, à la nuit.

— Et qu'est-ce qui vous agite ainsi ? enchaîna Drivia, dont les trépignements s'étaient accrus à l'arrivée des premiers plats fumants.

— Nous n'avons aucune nouvelle d'Heylön, avoua un autre des Sages, un homme brun filiforme à la voix grave. Rien ne nous indique que la reine Fjörna sera présente au sacre.

— En quoi cela t'étonne-t-il, Galio ? s'impatienta Drivia, pleine d'appétit insatisfait. En toute honnêteté, t'attendais-tu à ce qu'elle décide de faire toute cette route pour assister à une cérémonie consacrée par le Père Très Saint ?

— Gagila a bien parcouru plus de distance qu'il ne lui en faudrait à elle ! rétorqua un Sage chauve et rond comme une pomme.

— Certes, Ciché, mais ce monarque est porté par la Vraie Foi, continua Drivia. Et de plus, Fjörna se fait vieille. Cela m'aurait étonnée de sa part qu'elle se déplace. Guilhem est habité par la Vraie Foi et en cela, il n'est pas digne, pour elle, de monter sur l'un des Quatre Hauts Trônes.

Je pris soudain conscience des tensions qui régnaient entre les différents Royaumes du Monde Connu. Je jetai un rapide coup d'œil à Claudius et remarquai ses sourcils blancs froncés. Attentive à ce qui se disait, Sylwen écoutait, laissant aller ses yeux bleus d'un Sage à un autre.

— Nous connaissons tous tes griefs contre la reine d'Heylön, Drivia, calma Syro à qui les trop nombreuses apparitions de sa langue donnaient un côté reptilien, et je partage par moment ton avis. Mais il ne faut précipiter aucun jugement. Cela ne constitue en rien un manquement à ses devoirs de n'arriver que demain, ou même au début de la cérémonie du sacre... Mes amis, ne gâchons pas cette convivialité avec des spéculations sans fondement. Si aucun message des terres du Nord ne nous parvient d'ici le couronnement de Guilhem, à ce moment-là et à ce moment-là seulement, nous prendrons les mesures de réprimande qui s'imposent. Quant à moi, j'ai une importante nouvelle à vous apprendre.

Drivia n'en pouvait plus de devoir résister devant tant de mets raffinés. Elle trépignait sur place telle une enfant. Cette femme avait beau être une Sage, elle n'en demeurait pas moins humaine.

— Une nouvelle ? interrogea l'un des Sages, sans doute le plus jeune d'entre eux.

— Oui, confirma Syro, quelque chose de merveilleusement inattendu.

— Quelque chose de plus surprenant que d'avoir retrouvé la partie perdue de la Sainte Prophétie de l'Unité ? poursuivit le jeune Sage.

— Oui, Prationis, continua Syro, aussi essoufflé que s'il venait de gravir les marches du Palais Haut. Vous savez tous, mes amis, que le Prêtre Premier ne quitte plus l'enceinte du temple dans lequel il a connu l'illumination. Sachez donc que, contre toute attente, il nous fera l'honneur, en ces temps troublés, de venir lui-même sacrer le nouveau roi d'Ariatide.

Les exclamations de surprise et de joie couvrirent sa voix. Le bonheur de savoir que le Prophète en personne allait bénir l'union de sa fille ornait le visage de Tillaumet. Syro nous fit tous taire d'un signe de la main et reprit :

— Ses éclaireurs sont arrivés voilà peu de temps. Sa Sainteté le Prêtre Premier n'a pas souhaité prendre de repos et pénètrera en nos murs cette nuit. Cependant, il a émis le vœu de ne voir personne d'ici demain. Nous respecterons donc son choix.

— J'ai d'ores et déjà fait préparer le quartier des hôtes, ajouta Drivia dans la confidence. Si les annonces officielles sont terminées, je pense que nous pouvons nous restaurer.

Le repas se déroula dans un silence rompu de bruits de mastications et de déglutitions. Sylwen n'osait pas lever les yeux de sa nourriture et ne jetait que de furtifs coups d'œil aux convives. La cuisine de Wyrd n'avait rien en commun avec ce que j'avais connu en Ariatide ou en Ysoar, et sa fadeur me coupa vite l'appétit, tout en me laissant une frustration certaine. Sans doute était-ce cela l'apogée de la sagesse : pouvoir se satisfaire de l'insipide. Je me reprochai de ne pas avoir pensé plus tôt à subtiliser quelques galettes d'épeautre aux rations des Balastes.

Tandis que les serviteurs remportaient les lourdes planches chargées des restes du repas, Syro se leva et nous invita à nous retirer.

— Je parle au nom du Grand Conseil et me déclare tout à fait enchanté de la future union que nous allons célébrer. Cet événement s'inscrit dans l'accomplissement de la partie cachée de la Prophétie de l'Unité que vous, mes amis, avez découverte. Le Nouvel Âge arrive, la lune l'a depuis fort longtemps laissé présager. Je suis ravi que ce soit à travers vous que se perpétue la parole du Père Très Saint. Bon repos, mes Enfants.

Nous comprîmes que le moment était venu de nous séparer. Nous saluâmes chacun des membres du Conseil et quittâmes la grande salle. Mon estomac faisait le bruit de deux chars à bœufs réunis. Il me faudrait faire un tour dans les cuisines des appartements ariates. Claudius prit congé de nous pour se rendre dans l'incroyable bibliothèque que renfermait cette cité troglodyte.

Dans le couloir, avant que nos chemins ne se séparent, je saisis Sylwen par la main et l'entraînai à l'écart. Tillaumet sourit de mon attitude et continua sa course comme si de rien n'était. Je posai avec ardeur mes lèvres sur celles de la jeune femme. Elles étaient fraîches et humides.

— Nous ne nous reverrons plus seuls jusqu'à notre union.

— Je sais, me dit-elle d'une voix que je soupçonnai serrée par l'envie de pleurer.

— As-tu peur ?

Ma question s'adressait autant à elle qu'à moi… Serai-je un bon époux ?

— Non, je n'ai pas peur, souffla-t-elle en m'offrant un sourire solaire. Je suis heureuse d'épouser l'homme que j'aime. Beaucoup de femmes n'ont pas cette chance. Je suis donc la plus fortunée du monde.

Comment pouvait-on ne pas succomber devant autant de sincérité et d'innocence ? J'embrassai ses fines mains et la laissai regagner ses appartements.

Lorsque je pénétrai dans l'aile ariate, une douce odeur de plats épicés me vint aux narines et l'eau me monta immédiatement à la bouche. Budec trottina à ma rencontre.

— Il y a là nombre de vos vassaux, mon seigneur.

— Je sais.

Mon sang battait à mes tempes. Devais-je aller chercher ma dague ?

— Dans quelles dispositions les as-tu vus ? m'enquis-je, navré de faire peser sur les épaules du jeune homme une telle responsabilité d'observation.

— Ils ont l'air heureux. D'après ce que j'ai pu en juger, mon seigneur. Leurs serviteurs sont en tout cas ravis qu'ce soit vous l'nouveau roi. Paraît qu'l'Héritier Lorcas voulait augmenter les taxes sur les gages. Ça leur plaisait pas trop.

Je constatai à quel point cela était utile d'avoir une oreille dans les communs. Et surtout, qu'il était facile de s'attirer l'amitié d'une caste de la société.

— Ils vont vous aimer, vous savez, ajouta Budec. Parce que vous êtes déjà un grand roi.

Je le gratifiai d'une pression sur l'épaule et me dirigeai vers la salle d'où provenaient des rires et des éclats de voix. J'expirai à fond et poussai la porte. Là, assis autour d'une table dont débordaient les mets exquis qui avaient accompagné mon enfance, je trouvai les seigneurs et généraux ariates en plein festin.

— Voilà notre futur roi ! déclara Nolem le Jeune, une cuisse de faisan à la main. Longue vie à Guilhem le Troubadour !

— Longue vie à Guilhem le Troubadour ! Longue vie au roi ! scandèrent-ils tous en chœur, dans la chantante langue de mon pays.

Cet accueil enjoué me désarçonna. Dire que tous ces gens qui m'acclamaient ce soir avaient exigé de mon père qu'il me renie, au moment même où il s'était avéré que ma blessure à la jambe ne guérirait jamais. Ils l'avaient menacé de rompre leur serment d'allégeance : ils ne pouvaient en tout état de cause se soumettre à un monarque qui souhaitait transmettre son pouvoir à un infirme. « Pas de boiteux sur le trône ! » Mon père avait alors fléchi et nommé comme Héritier Lorcas, de cinq ans mon cadet, issu d'un nouveau mariage. Aujourd'hui, ces hommes m'acclamaient en souverain bien-aimé. En futur roi magnanime, je décidai de tirer un trait sur nos querelles passées et entrepris de les étreindre tous, comme des frères.

— Par Sa miséricorde, s'écria une fois de plus Nolem, ce qui se chuchote dans les couloirs est donc vrai ! Notre futur roi n'est plus infirme ! Loué soit le Père Très Saint pour ce miracle !

Les « Âhni » fusèrent de toutes parts et nombreux furent les hommes à se lever pour venir constater de plus près le prodige. J'avais prévu de faire un rapide laïus sur ma guérison, mais c'était sans compter sur le tact de bœuf de Nolem. Ce grand gaillard massif avec une barbe aussi drue que ses cheveux bruns était à peine plus âgé que moi. Il avait joui de l'honneur de faire son apprentissage martial à la cour de mon père. Durant notre enfance, il n'avait cessé de me railler et de me faire comprendre en combien d'habileté et de force il m'était supérieur. Et pourtant, les années de bataille avaient prouvé ma valeur et, dans quelques heures, il devrait me baiser la main et me jurer obéissance.

Une fois l'agitation passée, je me dirigeai enfin vers Galatyr, commandant des armées ariates et mon ancien maître d'armes personnel. Il m'embrassa tel un ami, puis s'agenouilla avec respect. Après m'avoir présenté ses condoléances et ses vœux d'allégeance, il s'écarta et poussa vers moi son fils premier-né, Tandolyr, plus jeune que moi de quelques printemps. Cet homme ressemblait en tous points à son père. Il était grand, plus que la normale, mais moins que Raghôl. Il était sec, bien que très musclé. Ses mains, larges, témoignaient de leur aptitude à manier l'épée et l'arc avec la même dextérité. Ses cheveux, ondulés, mi-longs, étaient d'un noir luisant, ce qui faisait d'autant plus ressortir son regard sombre. Son père n'avait jamais jugé bon de nous entraîner ensemble, aussi, même si nous nous étions à plusieurs reprises aperçus, nous ne nous étions jamais côtoyés. Malgré cela, Tandolyr m'embrassa avec une fougue laissant présager tout le dévouement qu'il me porterait.

À la joyeuse ébriété qui régnait, je soupçonnai mes futurs vassaux d'avoir attaqué les réserves prévues pour le banquet du surlendemain.

Après avoir compensé mon dîner fade et léger en engloutissant une faisane farcie aux raisins et aux baies ainsi qu'une cruche de vin, je pris congé et titubai jusqu'à ma chambre, dans l'espoir d'y trouver un repos bien mérité. L'alcool que j'avais ingurgité me permit, malgré le vacarme prétendument musical qui provenait de la salle du repas, de sombrer dans un profond sommeil dépourvu de rêves.

# Chapitre VI

« Il n'y a plus de place ici que pour un seul Dieu.
Il n'y a plus de place ici que pour une seule croyance.
Il n'y a plus de place ici que pour une seule race.
Il n'y a plus de place ici que pour un seul peuple, Mes Enfants.
Âhni. »

*Livre Saint, chapitre VII, verset 82 à 86.*

Δ

Je vais tenter d'être le plus précis possible, tant ces deux journées furent riches. Sans doute ma vie s'est-elle engagée sur un chemin escarpé à ce moment précis. Mais jamais je ne pourrai aller à l'encontre de ce que le Père Très Saint a décidé. Lui seul détient entre Ses mains le cours des choses, et Lui seul a le pouvoir de faire ou défaire ce qu'Il a noué.

Au milieu de ce huitième jour après la seconde pleine lune d'automne de l'an XXI des Âges Nouveaux, nous nous rassemblâmes tous dans le temple de Wyrd. Le soleil nous gratifiait de ses doux rayons.

Budec m'abandonna après m'avoir baisé les mains en signe de bonne chance. Ces encouragements – même de la part d'un serviteur –, m'allèrent droit au cœur. Nous ne nous reverrions pas jusqu'aux réjouissances de mon mariage suivi de mon couronnement. De par sa position sociale, il n'était bien sûr pas convié.

Dans l'édifice saint empli de fumée d'encens, Sylwen avait le teint de quelqu'un qui n'a que peu dormi. Je la soupçonnais d'avoir passé une partie de la nuit à chercher la tenue qu'elle porterait ce jour. Qu'elle était belle ! Comme toujours, elle avait choisi à la perfection. Elle avait revêtu une robe de laine grise d'une grande sobriété, surmontée d'un surcot de même couleur. Porté par une autre, ce vêtement aurait tout eu d'une simple tenue de paysanne. Et pourtant, son port altier lui donnait – je blasphème – une apparence divine. Demain, elle serait mienne. Pouvais-je avoir mieux choisi ma reine ? J'eus une brève pensée pour Aylim, mon amour onirique. Nul doute qu'elle aurait aussi fait une souveraine parfaite. C'était évident ! Elle sortait de mes propres songes ! Son image allait-elle encore me poursuivre, à l'instar de ces conteurs sans cesse tourmentés par les personnages de leurs propres histoires ? Peut-être devrais-je lui composer une épopée, comme un écrin où je pourrais l'enfermer. Mais était-ce possible d'emprisonner un rêve ? Sans doute finissait-il par s'étioler. Sylwen, elle, était faite de chair. Et quelle chair ! Une vague de chaleur me submergea à la simple idée de notre nuit de noces prochaine.

Je ne sais par quelle rumeur, une foule de badauds s'était massée dehors et guettait l'arrivée du Prêtre Premier, dans un silence d'une profonde piété. Ce fut par une porte dérobée que le Prophète, accompagné d'un jeune page au crâne rasé, pénétra dans le temple, sans même passer par le parvis.

Dissimulé sous un épais mantel, la capuche rabattue sur son visage, le saint homme avait tout d'une masse informe, recroquevillée. Tout en claudiquant, appuyé d'une main sur une canne et de l'autre sur son serviteur, il se dirigea vers le centre du chœur et fit signe au jeune garçon de lui ôter son lourd vêtement.

Je n'avais jamais eu l'honneur de me trouver en sa présence. Je savais qu'il était d'un âge fort avancé, mais je n'aurais jamais imaginé que l'être qu'avait choisi le Père Très Saint pour transmettre Sa parole pût être si laid. La décomposition cadavérique se lisait sur son corps décharné. J'étais partagé entre la compassion, la répulsion et la fierté immense d'être face à lui. Il devait souffrir un calvaire permanent, emprisonné qu'il était dans un corps si vieux. Pas une de ses articulations n'était pas déformée. Son dos avait la rondeur des hanches d'une femme.

Le Prophète gratifia l'assemblée réunie d'un sourire dépourvu de la moindre dent et étendit la grâce du Père Très Saint sur nous, d'un signe tremblotant de la main. Puis il prononça des paroles inaudibles dans un râle souffreteux.

— Le Prêtre Premier vous accorde, à tous, la grâce que le Père Très Saint lui a accordée, traduisit le page. Vous pouvez maintenant lui présenter votre respect.

Pendant que le jeune garçon aidait le saint homme à s'asseoir sur le fauteuil d'office, nous nous alignâmes pour bénéficier de l'inestimable honneur de baiser sa main osseuse. Je me trouvais derrière Claudius, lui-même derrière les Neuf Sages. L'attente me permit d'observer les hautes colonnes qui soutenaient la voûte aérienne du temple. Chaque chapiteau était sculpté avec raffinement dans des symboles végétaux, avant d'être recouvert de peinture. Autant l'extérieur du bâtiment était épuré, autant l'intérieur était coloré et travaillé. D'immenses fresques relatant les grandes phases de la Guerre de Purification ornaient les murs. Les plafonds voûtés, eux, étaient constellés de symboles saints dorés sur fond bleu lapis-lazuli. Les grands vitraux polychromes s'épanouissaient en formes géométriques complexes. Quelques marches séparaient la nef de l'espace réservé aux officiants, où était suspendu un immense *Terpis* en métal précieux. En dessous, l'autel, paré d'une nappe d'or, accueillait les coupes serties de pierreries qui serviraient à mon sacre et à mon mariage.

Le saint vieillard m'adressa une succession interminable de grésillements aussitôt traduits :

— Le Prêtre Premier a entendu parler du miracle opéré sur votre jambe. Il en a été éclairé cette nuit par un rêve envoyé par notre Père Très Saint. C'est Lui qui vous a offert cette guérison, symbole de Sa bienveillance et de Son amour.

Je remerciai sa sainteté d'un hochement de tête penaud. Quand le Prêtre Premier me tendit ses doigts déformés, j'hésitai avant de poser mes lèvres sur cette peau couverte de croûtes. Je manquai presque être pris de nausée. Comment le Père Très Saint pouvait-Il laisser Son messager dans un tel état pitoyable ? Je baisai tout de même la main offerte, le souffle retenu. Le Prophète me gratifia d'un sourire si compassionnel, que j'oubliai son hideuse apparence. Mon cœur éclata. J'eus envie de me jeter à terre et d'embrasser ses pieds. Mais déjà Tillaumet me poussait gentiment sur le côté.

Alors que Sylwen embrassait sa main, le vieil homme lui tapota la tête et proféra ses grognements incompréhensibles.

— Le Prêtre Premier vous offre la Bénédiction Suprême pour votre enfant à venir.

C'était un augure merveilleux pour notre union prochaine. Mais devant le regard malicieux du Prophète et le visage empourpré de Sylwen, un frisson glacial me parcourut le dos. Je tentai de me rassurer. Comment ce vieillard aurait-il pu savoir que j'avais partagé la couche de la jeune femme ? Ce n'était arrivé qu'une seule fois ! Et quand bien même serait-elle enceinte, il était beaucoup trop tôt pour être sûr de quoi que ce fût ! Je savais d'expérience que nombre de grossesses n'arrivaient pas à terme, aussi, jusqu'à ce que le ventre de Sylwen ne soit rond, rien n'était moins certain. Il ne servait à rien de paniquer. Le Prêtre n'avait fait qu'un vœu formel. Je pris néanmoins les devants. Plein de tendresse, je saisis la main de ma fiancée, confondue de honte, et adressai un large sourire à l'assistance.

— Merci pour cette bénédiction, Saint Père. Il se trouve que nous avons consommé notre union le soir où elle a été proclamée en Ysoar. J'ai moi-même récolté le fruit de sa pureté.

— Il en est donc ainsi ! conclut Syro en faisant danser sa langue sur ses lèvres plissées. Vous ne serez pas le premier couple à croquer le fruit avant de l'avoir cueilli !

Tillaumet rit à gorge déployée, puis, s'apercevant qu'il était le seul, se tut. Le hochement de tête qu'il m'adressa était chargé d'une gratitude profonde pour l'aide que j'avais apportée à sa fille. Il l'avait vue se décomposer et ne pouvait secourir, par quelque moyen que ce fût, l'être qu'il aimait le plus au monde. Sylwen serrait ma main à m'en rompre les os et ne parvenait plus à lever les yeux du sol.

Drivia, l'autre Sage aux cheveux noirs et celle aux longs cheveux blancs bouclés vinrent chercher ma jeune promise confuse, afin de l'apprêter pour la nuit de prière qui nous attendait. Je maintins sa main dans la mienne et la laissai être emportée.

Syro, Galio et Ciché m'emmenèrent à mon tour dans la salle des bains réservée aux hommes. Après avoir été frotté avec une vigueur méticuleuse à l'aide d'éponges dans un bain brûlant, le contact de l'eau glacée du second bac m'arracha un cri strident.

— Le Père Très Saint entend ta douleur ! railla Galio d'un rire que j'aurais juré sadique.

Tandis que je sentais mon corps entier se mettre à trembler sous l'effet du froid, on me mena vers un troisième bain, tiède celui-ci. Il me parut tout d'abord bouillant en comparaison du précédent, puis mes muscles se détendirent. Par trois fois, Syro me plongea la tête sous l'eau. Ces bacs n'étaient pas immenses, mais assez grands pour permettre à une personne adulte de s'y immerger.

Je remarquai qu'avant de me faire sortir de ce dernier bain, Ciché, Galio et Syro avaient revêtu une nouvelle robe, d'un blanc neigeux. Rien de ce qui entrerait en contact avec moi dès ma sortie de l'eau, et ce, jusqu'à mon sacre, ne devait être impur ou souillé par le toucher d'un animal ou d'une femme. Il en était de même pour Sylwen, dont les parures ne devaient rencontrer aucun corps masculin.

Je fus enveloppé dans une étoffe d'une douceur incomparable et frotté avec vigueur par les trois Sages. Ils me passèrent ensuite une chainse de soie blanche, puis posèrent une épaisse cape de laine immaculée sur mes épaules. Je me faisais l'effet d'une poupée entre leurs mains affairées.

Je fus conduit jusqu'à une petite salle dans laquelle nous attendaient les trois autres Sages masculins. On m'exposa le déroulement du cérémonial de la journée du lendemain avec force détails, avant de me mener en un jardin luxuriant – plus encore que celui du quartier ariate. Là, je dus me restaurer. Et cette partie n'eut rien d'agréable. On me donna à avaler d'insipides galettes de son, dont seule une coupe d'eau claire put chasser le goût. Les Sages prirent alors congé et me laissèrent seul. Un long moment. Personne ne semblait plus se soucier de moi. Je pensai à l'éprouvant examen que devait subir Sylwen en ce même instant et me félicitai de ne pas être né femme.

Je fus tenté d'aller chercher quelqu'un, mais me ravisai. Il devait s'agir là d'une épreuve de patience. Je n'avais pas froid. L'épaisse cape blanche dans laquelle j'étais enroulé constituait un efficace rempart contre l'air vif. Le soleil me chatouillait le visage et je me laissai envahir par le temps infini.

La ferme pression d'une main sur mon épaule me tira de ma rêverie.

— Tu dois manger avant ta nuit de pénitence, me souligna Syro en me tendant une autre de ces immangeables galettes.

Je n'avais pas remarqué que le jour avait autant décliné et je savais qu'il fallait que j'aie atteint la chapelle avant que la nuit n'étende son long manteau sur le monde. Sans laisser échapper la moindre grimace, j'avalai l'hideux aliment sous l'œil ravi du Sage. La consistance granuleuse, une fois dans ma bouche, se changeait en une pâte qui collait effroyablement au palais. Syro sembla se réjouir de mon appétit et, dans un rire complice entrecoupé des brefs passages de sa langue, il me glissa en toute discrétion une seconde galette.

— Je sais que les épreuves de recueillement sont longues. Je me suis dit qu'une ration de plus te serait utile cette nuit, en cas de petite faim.

Je ne pus réfréner un soupir de soulagement à l'idée que je n'aurais pas à l'avaler sur-le-champ. Le vieux Sage se méprit cependant sur ma réaction.

— Il ne fallait pas t'inquiéter, mon garçon ! Nous ne laisserions point périr de faim notre futur roi d'Ariatide ! Tiens, je t'en donne une troisième. Viens maintenant. Mais cache-les bien sous ta cape. Il ne faudrait pas que quelqu'un les voie. Cette nuit doit être une nuit de jeûne et de prière !

Nous empruntâmes un long couloir dans lequel Ciché, le Sage aussi rond qu'une pomme, nous rejoignit.

— Guilhem, me confia-t-il, excité, j'ai un détail important à te demander pour demain.

Il m'entraîna à l'écart et me remit un petit paquet.

— Voici deux galettes de la part de Galio et de la mienne. Prends garde à ce que Syro ne les découvre pas !

Je cachai le paquet tant bien que mal au même endroit que les deux autres galettes et, tout en louant la générosité malicieuse des Sages, me lamentai de n'avoir, en réalité, rien à manger pour cette nuit.

Après m'avoir serré contre son ventre imposant, Ciché me laissa continuer ma progression en compagnie de Syro.

— Que voulait-il encore ? susurra Syro, agacé. Ne peut-il gérer ces histoires de menu avec Drivia ?

Nous débouchâmes dans le cloître attenant au temple où la longue silhouette de Claudius nous attendait. Il avait revêtu la même robe immaculée que les Sages. Je pensais ces lieux réservés aux seuls membres du Conseil de Wyrd ou aux prêtres. Pourtant sa présence me rasséréna. C'était tout ce dont j'avais besoin avant le déluge protocolaire qui m'attendait. La fierté qui éclairait le visage de mon précepteur m'émut plus que je ne l'aurais cru. Que de chemin parcouru depuis mon lit de jeune infirme à cet endroit qui me verrait devenir roi !

— Le Haut Maistre Claudius te mènera jusqu'à la chapelle, m'annonça Syro avant de m'embrasser de sa mâchoire décharnée. À demain, mon enfant.

Sans mot dire, je suivis mon ancien enseignant. Lorsque nous fûmes hors de vue du Sage, il se retourna et me dit :

— Bon, donne-moi ces galettes.

Surpris par sa clairvoyance, je lui remis sans regret les affreux aliments.

— Tiens, ceci sera plus à ton goût.

Claudius plongea la main dans la poche de son scapulaire et en sortit un sac de tissu joufflu, plein à ras bords de fruits secs et de biscuits à la cannelle et au gingembre. Je lui adressai un sourire de gratitude et enfouis le sachet sous ma cape, de peur que quelqu'un ne me le dérobe.

— Si jamais tu souhaitais savoir ce qui m'autorise à t'accompagner en ces lieux sacrés entre tous, sache, pour ta gouverne, qu'en plus d'être

Haut Maistre d'Ariatide, ce qui me donne un passe-droit international, je suis prêtre, ou du moins, je l'ai été. J'ai mené la parole de la Vraie Foi en des terres du Monde Inconnu et y ai même converti des rois. Je suis, si tu veux, une sorte de Haut Prêtre en ces royaumes. Mais un jour, ton père m'a fait savoir qu'il souhaitait que je sois ton précepteur. J'ai donc abandonné ma charge spirituelle pour un labeur on ne peut plus passionnant.

— Je n'en avais pas idée, balbutiai-je, impressionné par la confession de Claudius. Je comprends mieux tes nombreux voyages au-delà des frontières du Monde Connu.

Une lueur malicieuse brilla dans ses yeux d'un bleu délavé.

— Ces longues itinérances m'étaient bien nécessaires pour me délasser de l'élève infatigable que tu étais !

Nous rîmes de bon cœur à la foule de souvenirs invoquée à cette simple boutade. Je profitai du silence paisible qui nous recouvrit ensuite pour détailler les rides ornant son visage. Je l'avais toujours connu vieux. Mais de cette vieillesse qui apporte sagesse et érudition à un corps encore vigoureux. Je posai une main amicale, reconnaissante, sur l'épaule de celui qui avait été pour moi plus qu'un enseignant.

— Je suis honoré d'avoir eu un maître tel que toi.

Il accueillit mon compliment d'un hochement de tête et ajouta dans un murmure :

— Peut-être un roi a-t-il toujours besoin d'un précepteur.

— D'un précepteur, je ne sais, répondis-je alors que nous nous remettions en marche. Mais d'un ami, ça c'est sûr.

Arrivé devant la porte de la chapelle, non loin du temple lui-même, Claudius m'indiqua une arche, fermée d'un rideau de laine.

— Sylwen est déjà en prière. L'examen s'est bien passé.

— Merci, me contentai-je de chuchoter.

Il m'enlaça tel un père – et pour moi, il l'était –, et me fit pénétrer dans la chapelle que j'occuperais toute la nuit. Nous ne prononçâmes pas un mot. Tout n'avait-il pas été dit ? Après m'avoir jeté un dernier regard, il retira sur lui l'épais rideau et s'éloigna.

Dès qu'il avait accepté sa charge de Précepteur auprès du fils honni du roi d'Ariatide, ce fils boiteux et rejeté, Claudius avait été plus proche de moi que n'importe quel autre homme au monde. Maître, compagnon, confident, il avait su trouver sa place en toutes circonstances, ne se privant pas pour autant d'une fermeté souvent méritée. Il m'avait permis de trouver ma place dans ce monde qui ne voulait pas de moi.

Dans votre existence, certains moments vous marquent plus que d'autres, par les joies ou les blessures qu'ils vous laissent. Un jour d'hiver – c'était quelques saisons après l'accident qui m'avait rendu boiteux – mon père était revenu d'une campagne militaire qu'il avait menée dès le début du printemps ; il était allé mettre un terme à quelque révolte d'un de ses vassaux. Triomphant, il avait défilé dans les rues de Riassine, accompagné de somptueux butins et d'une femme dont, je n'allais pas tarder à l'apprendre, il avait déjà obtenu trois bâtards. Guilinda, tel était le nom de la nouvelle reine d'Ariatide. C'était une bourgeoise de l'ouest aux charmes éventés, mais qui avait dû être passablement belle au moment où mon père l'avait engrossée pour la première fois. Ma mère, mariée à mon père alors qu'elle n'était qu'une enfant, avait trépassé cinq printemps plus tôt, emportée par un refroidissement virulent. Ma sœur et mon frère puînés l'avaient vite suivie dans le Royaume du Père Très Saint.

Sautant de cheval, le roi Blivien était allé se décrotter et avait demandé à ce que toutes les plus importantes familles de Riassine viennent saluer sa nouvelle femme et ses enfants au cours du repas. Ce jour-là, j'avais mis un tel temps à choisir la tenue qui me siérait au mieux devant mon père, que j'étais arrivé le dernier. Je me trouvais à cet âge où notre corps change si vite qu'on s'endort enfant et se réveille jeune homme. Au moment où j'avais poussé la porte de la salle du banquet, le roi était en pleine annonce. Je ne saurais jurer que les paroles que je cite sont exactes, au mot près, pourtant, celles-ci sont restées gravées dans ma mémoire, comme dans de la pierre :

— … et pour ajouter à la joie de cette union dont l'Ariatide était si impatiente, j'ai le plaisir de vous faire savoir que la reine Guilinda m'a offert un Héritier ! Ainsi mon trône aura-t-il le roi fort, juste et conquérant qu'il mérite !

Là, il avait tiré par le bras un morveux terrorisé de sept ou huit ans. Les applaudissements avaient été autant de coups qui m'étaient portés. Ainsi, depuis mon accident, n'étais-je plus digne d'être son fils. Les yeux pleins de larmes, je m'apprêtais à claudiquer hors de la salle, lorsque Claudius m'avait saisi par l'épaule et forcé à aller saluer mon père.

— Je ne savais pas que tu pouvais encore marcher, Guilhem ! m'avait-il lancé en ébouriffant mes cheveux de sa main pleine de graisse de viande. Claudius m'a caché cela dans ses messages ! Peut-être pourra-t-on faire de toi autre chose qu'un moine, tout compte fait !

J'avais serré ma cotte avec une telle force que mes ongles en avaient transpercé le tissu.

— Guilhem a toutes les qualités que requiert un monarque, grand roi Blivien. Il excelle autant dans les mathématiques que dans les langues ou l'histoire. Il joue également de la harpe et chante comme le meilleur de vos ménestrels.

— Bien, avait reniflé le roi avant de détourner la tête pour se concentrer de nouveau sur le contenu de son assiette, mais cela ne fait pas un roi, Claudius.

L'expression de dégoût mêlée de dépit qui avait traversé le visage de mon père n'avait pas réussi à décourager l'engouement de mon précepteur.

— Son apprentissage martial commencera au printemps. Galatyr, votre nouveau capitaine de la garde, est volontaire pour se charger de sa formation.

— Soit, si cela l'amuse.

Il nous avait congédiés du revers de la main, chassant l'image de ce fils estropié de ses projets.

Le printemps qui avait suivi avait été un véritable supplice. Les trois bâtards – un garçon, Lorcas, et deux filles – me raillaient en permanence. Ils se faisaient un plaisir de me faire trébucher sans cesse. Les deux cadettes montaient contre moi le peu d'amis que j'avais, en échange du spectacle de leurs formes naissantes dénudées.

La reine Guilinda ne supportait pas ma présence à ses côtés et prétextait que la difformité de ma jambe risquait de se transmettre au nouveau rejeton qui grandissait en son sein. Aussi mon père avait-il fermement suggéré à Claudius de me faire découvrir les beautés de l'Ariatide et de m'emmener aussi loin que possible jusqu'à l'arrivée de l'enfant.

Cet exil forcé m'avait apporté bien plus de joies et de richesses que mon parent ne l'aurait souhaité. Dans toutes les auberges où nous étions descendus, j'avais été accueilli en prince, choyé, respecté, honoré. Bien loin du traitement que m'avaient infligé les vassaux de mon père. À notre retour, j'avais eu la joie d'apprendre que la reine était morte pendant l'accouchement, quelques jours plus tôt, ce qui avait délivré du même coup le trône d'Ariatide de la menace d'une guerre fratricide.

Après le décès en couche de sa seconde femme et de son enfant, mon père s'était résolu à ne plus se remarier et avait nommé Lorcas Héritier.

Claudius, lui, n'avait jamais douté de moi. Il m'avait toujours soutenu, toujours encouragé. Aujourd'hui, c'était lui encore qui m'accompagnait jusqu'en cette chapelle qui m'avait vu homme et me ferait roi.

Je me mis tout d'abord à genoux, face à l'autel surmonté d'un *Terpis* en or, ravi de la toute nouvelle souplesse de ma jambe gauche. Des bougies créaient quelques points lumineux répartis çà et là. Une épaisse fumée d'encens envahit soudain toute la pièce, par un orifice dans le sol. Je commençai par tousser tant et plus et je ne savais par quel miracle je pourrais passer une nuit entière dans ce nuage d'ambre et de myrrhe. Pourtant, peu à peu, mes yeux se firent moins larmoyants, de moins en moins piquants, et je pus même prendre une semi-inspiration. Comprenant que je n'avais nul autre choix que de supporter cette épreuve olfactive, je me remis en prière.

Je remerciai le Père Très Saint pour tous les bienfaits qu'Il m'avait accordés, autant en me rendant l'usage de ma jambe qu'en m'octroyant une épouse aussi désirable que Sylwen. Je repensai alors aux rêves indécents qui avaient envahi mes nuits et ne pus m'empêcher de Le remercier également pour m'avoir permis de telles visions.

« Aylim, si tu n'avais pas fait partie de mes songes, j'aurais pu tout laisser pour passer le restant de ma vie entre tes bras, pensai-je alors que l'obscurité conquérait la pièce. Demain, je serai uni à Sylwen, seule femme digne de moi en ce monde charnel. Et durant mes nuits, je pourrai, sans que cela ne se sache jamais, courir te retrouver. Aylim, se peut-il que tu ne sois que le fruit de mon esprit ? »

Le temps allait me sembler fort long, aussi décidai-je de m'allonger, les articulations endolories. Je devais être en prière, mais rien ne spécifiait que je dusse rester à genoux. Beaucoup de pénitents imploraient la Grâce du Père Très Saint à plat ventre. Pour communier avec Lui, mieux valait-il que je Le regarde en face. Aussi décidai-je de m'allonger sur le dos. Mon acte aurait pu être mal interprété. Même si j'avais toujours été habité d'une piété évidente, certains des dogmes ou des pratiques de la Vraie Foi me paraissaient incohérents avec les discours du Père Très Saint, écrits que j'avais fort bien étudiés. Souvent, je préférais

L'honorer tel que me le dictait mon cœur, même si cela pouvait aller à l'encontre des pratiques établies.

Les rayons de la lune filtraient à travers la fine ouverture verticale qui ornait le mur et donnaient aux peintures un chatoiement blafard. Les monarques vainqueurs de la Guerre de Purification étaient immortalisés assis sur leur trône, baignés dans la lumière dorée émanant du triangle à base arrondie, symbole de la Vraie Foi. De longs encarts étaient peints en dessous, pour accueillir le nom de leurs successeurs. « Guilhem Ier » figurait déjà à l'endroit convenu, tout en volutes enluminées. Une fierté étrange me gagna. La peinture devait être encore fraîche, mais c'était comme si mon règne était déjà inscrit dans le cours de l'histoire. Immuable.

Je décidai de manger le contenu de mon sachet, ce qui me permettrait de me vouer toute la nuit durant à la prière et ce, l'estomac plein. Les biscuits ariates à la cannelle me ramenèrent loin en arrière, à l'époque où ils représentaient la suprême récompense que pouvait m'octroyer Claudius. Il fut un temps où je le satisfaisais tellement que j'avais entrepris de revendre les succulentes friandises aux serviteurs de mon âge qui parcouraient les longs couloirs du palais de Riassine. J'avais mis un point d'honneur à sans cesse contenter et même impressionner mon précepteur, ce qui m'avait permis de pratiquer ce commerce quelques années. Sans doute mon excellence en lettres et musique trouvait-elle ici son origine.

Cependant, je m'étais enrichi dans un but bien précis. Comme toutes les grandes cités, Riassine regorgeait de courtisanes et prostituées. Les unes, délicates et parées avec soin, offraient leurs faveurs contre des sommes astronomiques. Les autres, pouilleuses, s'abandonnaient pour une miche de pain.

Un jour, enfant, j'avais surpris mon père entre les cuisses d'une jeune courtisane, d'une beauté et d'une grâce qui m'avaient ravi mon cœur et mon innocence. Mon commerce de biscuits m'avait rapporté un véritable butin qui, je le pensais, me permettrait d'être initié par cette même femme. Je n'avais aucune envie d'attendre que mon père me trouve une *arandu* que j'imaginai vieille et défraîchie. Non, je voulais que ma première expérience dans les bras d'une femme soit avec celle-ci.

Un après-midi, je devais avoir dans les quatorze printemps, je m'étais rendu en ville jusqu'au quartier dans lequel elle vivait et recevait ses hôtes. Poussé par un courage et un désir que j'avais peine à dissimuler sous un ample manteau, tout à fait ridicule en ces journées caniculaires, j'étais allé la voir, lui avais déclaré ma flamme et lui avais fièrement offert mon précieux butin. Je me souviens encore du rouge qui m'était monté aux joues quand elle avait éclaté de rire devant les quelques pièces d'or et d'argent que je lui présentais. Cette maigre bourse représentait un change bien injuste contre mes coffres remplis de pièces de bronze. Mais qu'importe ! J'avais travaillé de longues années pour pouvoir les lui offrir.

Tandis qu'elle m'avait appris que cela suffisait à peine à ce qu'elle accepte de m'accompagner à un banquet, elle avait vu mon désarroi et eu pitié de moi. Sans que je puisse pour autant la toucher, elle s'était délestée de sa fine chemise de soie et m'avait laissé me repaître de sa nudité. Oublieux des préceptes de la Vraie Foi, je me souviens avoir eu le souffle coupé en découvrant ses seins fermes. Je n'ose évoquer l'état dans lequel je m'étais retrouvé lorsque mes yeux s'étaient posés sur l'intérieur de ses cuisses.Émerveillé de ce qu'il m'avait été permis de découvrir, j'avais décidé de travailler les dix années à venir afin de pouvoir lui apporter la somme nécessaire pour pouvoir goûter à ses charmes envoûtants.

Mais je n'avais pas eu à attendre si longtemps. Lors de ma quinzième année, Claudius, averti de mon sentiment à l'égard de la jeune femme, m'avait mené devant la maison de la courtisane et tendu une lourde bourse.

— Tu as ici de quoi passer une nuit exténuante. J'espère pour toi que tu auras la force de jouir pleinement du temps qui te sera imparti. Demain je ne serai pas là. Tu auras donc toute la journée pour dormir.

J'avais chéri ce conseil et n'étais rentré que le lendemain matin, affamé et épuisé comme jamais je ne l'avais été.

Δ

Le premier rayon de soleil heurta mes paupières baissées et me tira de ma léthargie. J'avais beaucoup pensé, beaucoup prié aussi... Cette nuit avait été bien moins désagréable que ce que j'avais d'abord imaginé et il me semblait que la lune avait parcouru sa course avec une rapidité peu courante.

Je m'étirai et me remis à genoux. Du bout du doigt, je ramassai les quelques miettes de biscuits à la cannelle qui ornaient le sol de pierre immaculée, et en savourai le doux parfum. Je n'eus pas le temps de me replonger dans mes pensées que Claudius, accompagné de Syro, Galio et Ciché, pénétrèrent par la petite porte voûtée.

— Bonjour à toi ! me saluèrent-ils presque en chœur.

Je notai avec amusement que mon précepteur avait taillé sa barbe, d'ordinaire d'une irrégularité désinvolte. Quelques poils dépassaient encore, mais le geste méritait d'être noté. Cette journée promettait d'être mémorable !

— Il est temps de t'apprêter pour la cérémonie, m'annonça Syro en faisant danser sa langue sur ses lèvres.

Je sortis de la chapelle derrière les quatre hommes et remarquai que le rideau de laine qui fermait le lieu de recueillement de Sylwen, était relevé. Sans doute ma promise devait-elle déjà être en train de se préparer. Comment allait-elle m'apparaître ? Dans la sobriété qui lui était propre ou le faste voulu par l'occasion ? Quelle qu'elle soit, elle serait merveilleuse, car mienne à jamais.

Je me laissai faire, presque spectateur de moi-même. Je baignai dans un mélange d'anxiété et d'excitation, voire même de jubilation. Je fus mené dans une petite salle attenante au temple. Là, les quatre hommes me dévêtirent pour me passer ma parure de sacre : une chemise blanche qui descendait jusqu'à mes pieds, recouverte d'une longue cotte tissée d'or et d'argent aux *Terpis* entremêlés, le tout surmonté d'une cape de mêmes teintes et mêmes ornements.

Les rites de la Vraie Foi voulaient que je prenne le trône sous les couleurs du Père Très Saint, signe de Son assentiment et de Son soutien à mon règne futur. Dans les temps anciens, les rois arboraient les couleurs chatoyantes de l'Ancienne Déesse : le rouge, le jaune, l'ocre… Ces teintes étaient maintenant reléguées aux filles de joie.

Les trois Sages m'embrassèrent et sortirent. Après m'avoir longuement observé des pieds à la tête, Claudius me serra dans ses bras, étreinte d'un père pour son fils.

— Le moment est enfin venu, murmura-t-il en se reculant, la gorge serrée.

Par une porte dérobée, il me fit pénétrer dans une petite salle qui donnait au fond du temple, sur le côté du chœur. La foule s'était déjà massée sur le parvis, et il n'était pas souhaitable qu'elle me vît avant mon couronnement. Claudius me laissa et alla se positionner sur le côté de l'autel, un pas en retrait des Neufs Sages et du Prêtre Premier. Je jetai un coup d'œil dans l'allée et vis la mer de seigneurs rassemblés pour l'occasion. La nef monumentale semblait presque trop étroite pour les accueillir tous. Les plus mal lotis tordaient leur cou pour voir la cérémonie malgré les imposantes colonnes derrière lesquelles ils étaient installés. Des volutes d'encens nappaient l'assistance, main bienveillante du Père Très Saint. Les rayons du soleil qui passaient à travers les hautes fenêtres voûtées semblaient jouer avec ces nappes de fumée et emplissaient le lieu d'une lumière colorée irréelle, tamisée, poudreuse. Claudius m'adressa un petit mouvement de tête. Le temps était venu. Les battements de mon cœur étaient comparables à ceux que je ressentais au moment de lancer l'assaut d'une bataille. Ma vie allait se jouer en cet instant. Je pris une profonde inspiration et m'élançai dans l'allée centrale, solennel. Tous les regards se retournèrent sur mon passage. J'eus le plaisir d'entendre des murmures d'étonnement quant à l'absence de mon boitement si connu. Ces expressions qui avaient toujours été moqueuses étaient maintenant habitées de surprise et de respect.

Dès mon avancée, les Neuf Sages avaient entonné l'Hymne de Bénédiction. Cet air devait m'apporter la bénédiction du Père Très Saint et de tous les Ancêtres. Je reconnus au passage Galatyr et son fils, Tandolyr, plusieurs seigneurs d'Ariatide, mais ne vis pas Tillaumet.

Arrivé devant l'autel, je m'inclinai au pied de l'immense *Terpis*, puis m'agenouillai et baisai la main décharnée du Prêtre Premier. Ce dernier avait, tout comme moi, revêtu un habit blanc, d'or et d'argent mêlés. Il portait une tiare de cérémonie dorée qui, par sa forme bombée, rappelait les difformités de son dos. Les Sages finirent leur chant et nous entourèrent. Le Prophète posa sa main sur ma tête et prononça une phrase toujours aussi incompréhensible. Son page, lui-même richement paré, nous traduisit ses paroles d'une voix haute et claire.

— Cet homme a communié avec le Père Très Saint afin d'apparaître pur pour son avènement. Vous tous êtes venus assister au couronnement de ce grand roi. Ariatide, sois bénie, car ton souverain est Fils du Père Très Saint. Que la Paix, la Justice et la Sagesse descendent en toi, Enfant du Père Très Saint. Âhni ! Vous, grands rois, êtes venus assister à la naissance de votre Frère. Voyez !

Pendant qu'il disait cela, le Prêtre Premier trempa sa main dans une des coupes précieuses remplie d'argile blanche et m'en enduisit le sommet de la tête.

— Tous, voyez ! Par ceci, Guilhem, le Père Très Saint te bénit. Et voyez !

Le Prophète saisit alors d'une main tremblante la couronne incrustée de pierres précieuses que lui tendait Syro.

— Tous, voyez ! Par ceci, le Père Très Saint te couronne, Guilhem, Grand Roi d'Ariatide ! Qu'Il bénisse ton règne ! Âhni ! Que Sa toute-puissance se manifeste à travers toi ! Âhni ! Qu'il en soit fait selon Sa très sainte volonté. Âhni !

Je savourai le poids de l'ornement sur ma tête. Ça y est, j'étais roi. Moi. Le boiteux. Le rejeté. Tout était allé si vite !

Dans un mouvement lent, je me relevai et me retournai face à la foule. Un silence respectueux la traversait. Nolem fut le premier à le rompre, dans un cri d'acclamation.

— Vive Guilhem ! Vive notre roi !

Le temple entier se joignit à lui, dans un concert de hourras qui résonna entre ses murs de pierres peints. Je ne voyais ni Sylwen ni Tillaumet. Quand allaient-ils apparaître ? Nolem, toujours le premier, s'avança vers moi et, agenouillé, me baisa la main, serment d'allégeance et d'obéissance. Les autres seigneurs d'Ariatide en firent autant.

Depuis le côté de l'autel, Claudius posait sur moi un tendre sourire plein d'admiration et de satisfaction. Je lui envoyai un regard interrogatif quant à ce que je devais faire à présent, regard auquel il répondit par un haussement d'épaules impuissant.

Je ne voyais pas le moindre signe de Sylwen et ne savais que faire. Devais-je m'avancer vers Gagila, roi d'Ésiria, et l'embrasser ? Il siégeait sur l'un des bancs du premier rang en compagnie de ses principaux vassaux. C'était un homme de petite stature, maigre, à la peau claire, affublé d'un visage anguleux d'où émergeaient une longue moustache châtain pendante et deux yeux gris en amande. On racontait que son esprit affûté n'avait d'égal que sa grande bravoure au combat, comme le soulignait la longue épée d'apparat recourbée qu'il portait au côté.

Alors que je m'apprêtais à descendre les marches du chœur, une porte latérale s'ouvrit. Les Balastes et Kalian pénétrèrent dans l'allée centrale, vêtus de longues capes noires, suivis de Tillaumet en habits de cérémonie ivoire. Les guerriers se répartirent deux par deux, puis, à un signal, abandonnèrent leurs lourdes capes et révélèrent des tenues d'un blanc immaculé. L'effet en était saisissant. Les guerriers constituèrent une allée et je vis, au loin, apparaître l'objet de mon désir.

Sylwen, nu-pieds, était d'or vêtue. Elle semblait même constituée de ce métal précieux. Ses cheveux, lâchés et ornés de deux fines tresses piquées de fleurs d'argent, tombaient en cascades sur ses épaules. Un collier d'or incrusté de saphirs rehaussait l'éclat de son visage. Elle avançait, une couronne de bois à la main, ses yeux envoûtants fixés sur moi. J'eus la sensation de basculer dans ces gouffres bleus, de m'y perdre tout en m'y trouvant. Captivé que j'étais, je ne fis pas attention aux murmures qui suivaient son passage, murmures de surprise et d'admiration.

Arrivée devant moi, elle m'offrit un sourire tel que je crus vaciller. Enfin, elle tendit la couronne à son père qui me la présenta.

— Vous tous, déclama-t-il de sa voix puissante, voyez-moi, Tillaumet, roi d'Ysoar, remettre la Couronne de Bois à Guilhem, roi d'Ariatide. Je le désigne ainsi, aux yeux de tous, comme mon Héritier !

Je reçus l'objet et le remis à Syro avant de refaire face à Tillaumet, qui reprenait :

— Avec mon Royaume, accepte le plus précieux de mes présents.

Il saisit alors la main de sa fille et l'enferma dans la mienne. Je n'avais qu'une seule chose en tête : enlever Sylwen de ce lieu où elle était exposée à la vue de tous et me repaître de son corps.

Ma jeune épousée remarqua mon égarement et me murmura :

— Dis quelque chose...

— Oui, balbutiai-je. J'accepte ton présent, Tillaumet.

Ma réponse fut bruyamment acclamée. Le Prêtre Premier prononça une série de sons gutturaux que son page s'empressa de traduire :

— Enfants, vous avez tous deux communié avec le Père Très Saint pour apparaître purs au jour de votre avènement. Sylwen, tu as été reconnue non intacte et cet homme veut de toi. Acceptes-tu de t'offrir à lui ?

— Oui ! hurla presque ma jeune épousée.

Le Prophète déposa alors sur la tête de la jeune femme un petit peu d'argile qu'il préleva sur mes propres cheveux.

— Et toi, Guilhem, souhaites-tu revenir sur ta parole ?

— Non, je veux cette femme, affirmai-je avec fierté.

— Le Père Très Saint bénit donc votre union et votre descendance.

Une joyeuse acclamation accompagna notre baiser passionné. Le cœur battant, je me retournai au raclement de gorge dans mon dos. Drivia tenait en main la couronne de Sylwen et attendait que je lui fasse un signe pour me la remettre. « Le devoir avant le plaisir ! » songeai-je alors que je me retournai vers la foule.

— Moi, Guilhem, roi d'Ariatide, Héritier d'Ysoar, accueille par ce symbole, Sylwen, reine d'Ariatide, à mes côtés.

Je posai la fine couronne d'or sertie de gemmes sur sa tête. Père Très Saint, comme elle était désirable ! Jamais je n'avais contemplé une aussi belle créature ! Du moins, en ce monde.

Voilà, j'étais à présent époux et roi. Mes jambes en tremblaient !

Le Grand Conseil nous invita, Gagila, Tillaumet et moi, à le suivre sur le côté de l'autel. Je lâchai à regret la main de Sylwen et m'avançai à mon tour. Toute l'assistance était suspendue au moindre de nos mouvements. Le Prêtre Premier, avachi sur son trône de cérémonie, un sourire béat aux lèvres, hochait la tête, à moins que ce ne fussent des balancements séniles. Syro se saisit d'un exemplaire du Livre Saint à la couverture recouverte d'or et de pierreries et revint vers nous.

— Il est regrettable, chuchota-t-il avant que nous ne prêtions serment, que Fjörna, reine d'Heylön, ait commis l'affront de ne pas daigner se joindre à nous en ce grand jour. Cela, sachez-le, constitue un manquement à son serment et ne restera pas impuni.

Sans attendre la moindre réponse de notre part, il commença et nous invita à répéter chacune de ses paroles :

— « Je jure obéissance au Père Très Saint.

Je jure allégeance au Grand Conseil.

Je jure amitié, respect et soutien aux Grands Rois du Monde Connu, mes Frères.

Âhni. »

Dans le plus profond silence, nous baisâmes le Livre Saint et nous embrassâmes en frères à même la bouche.

Alors que nous redescendions les marches qui entouraient l'autel, un énorme vacarme nous parvint de dehors. Les portes du temple s'ouvrirent dans un fracas assourdissant. Une quarantaine d'hommes en armes pénétrèrent, ce qui poussa la foule déjà présente à se presser dans le chœur. Vu leur accoutrement, il devait s'agir de soldats des terres du Nord. Je remarquai après coup que des femmes se tenaient parmi eux, tout aussi armées et menaçantes que leurs homologues. Qu'une guerrière pouvait être une chose repoussante et vulgaire ! Elles n'avaient plus rien de la grâce et de la sensualité qui faisaient d'une femme un être désirable.

Les Balastes formèrent aussitôt une barrière efficace, de sorte que nous étions hors d'atteinte. Épée à la main, les guerriers du Père Très Saint intimèrent aux intrus de sortir, ou du moins de s'expliquer sur leur présence, tout cela dans un brouhaha indescriptible.

Inquiet, je cherchai Sylwen des yeux et fus soulagé de la trouver sur le côté du chœur. Anticipant tout danger, Kalian avait fait barrière de son corps et la faisait sortir par une porte latérale. Je saluai son initiative. De là où je me trouvais, il m'aurait été impossible de lui être d'un quelconque secours. Autant la savoir hors de tout danger.

Les Balastes empêchaient toujours les intrus d'avancer dans la nef et continuaient à les haranguer, sourds à leurs menaces. Soudain, dans un silence brutal, je vis Györg s'avancer parmi les hommes armés. Il soutenait une vieille femme dont la dignité trahissait l'ascendance royale. Ainsi le guerrier blond avait-il regagné son ancien pays. L'armure qu'il portait, celle-là même que je l'avais déjà vu arborer en Ysoar, ne laissait aucun doute quant à ses intentions en matière de diplomatie.

Bien que d'un âge fort avancé, la nouvelle venue se tenait parfaitement droite. Elle portait une ample robe rouge et arborait un lourd torque d'or torsadé. Une couronne de même ouvrage ornait son front. Déployés sur ses épaules, ses cheveux argentés amplifiaient le charisme qui émanait d'elle.

Claudius me rejoignit.

— C'est Fjörna, la reine d'Heylön.

Sans que je m'en aperçoive, le Prêtre Premier avait claudiqué en bas des marches du chœur et inondait la souveraine de grognements colériques.

— Retourne dans tes limbes, servante du Démon ! cria fièrement le page, un pas derrière son maître.

La reine avança jusqu'à se retrouver nez à nez avec les Balastes. Elle ne leur prêta pas plus d'attention que s'il s'était agi d'une haie d'arbustes.

— Je suis étonnée, commença-t-elle en langue commune, d'une voix rauque aussi calme que puissante, que le Grand Conseil, autrefois si sage et, par définition, franc, ait décidé de sacrer un nouveau roi sans prendre la peine de m'en avertir...

— C'est faux ! protesta Drivia, scandalisée, un doigt réprobateur levé haut. Trois messagers t'ont été adressés, comme pour tes Frères. Et tous ont délivré leur missive.

— Soit, concéda la souveraine avec un hochement de tête calme. Il est alors déplorable de ne pouvoir se reposer sur aucune personne de confiance.

— S'il en est ainsi, intervint Syro, méprisant, comment es-tu au courant ?

— J'ai employé le Bassin de Vision...

Le Prêtre Premier proféra une suite de sifflements et de signes contre le mauvais œil, toute divination étant réprimée par la Vraie Foi.

— Repars dans ton antre démoniaque, Sorcière ! Ne viens pas souiller ce lieu sacré de ton essence !

— Mais peut-être serait-ce plus décent de me laisser venir vous parler, plutôt que de me cantonner ainsi ! ajouta Fjörna, sans même jeter un regard au Prophète vociférant.

Sur un geste de Syro, les Balastes s'écartèrent et laissèrent pénétrer la reine, soutenue par György. Tous deux remontèrent la nef sous les chuchotements médusés. Tandis qu'elle passait à proximité du Prêtre Premier, toujours croassant, Fjörna donna une petite claque de dédain au jeune page. Aussitôt, le Prophète se jeta sur le jeune garçon et cracha sur sa joue, afin de purifier cette partie souillée de son corps. La vieille femme, majestueuse, se contenta de sourire. Toujours au bras de Györg, elle gravit les marches du chœur et s'arrêta à quelques pas de moi. Je notai que la main du guerrier blond était posée sur son arme et regrettai de ne pas avoir mon épée au côté.

Györg leva un sourcil amusé sur ma couronne et me salua d'un hochement de tête dérisoire en cette circonstance. Quelle arrogance ! Et quelle ingratitude ! N'avait-il pas été accueilli comme un fils dans la demeure de Tillaumet ? Et c'est ainsi qu'il le remerciait ? En se faisant le premier sbire de cette reine renégate ?

— Je suppose, Fjörna, que tu ne viens pas ici pour présenter tes vœux au roi d'Ariatide, lui jeta Ciché, rouge de colère.

La reine d'Heylön me toisa avec un dédain teinté d'une certaine forme de compassion.

— En effet. Et pourtant je respectais ton père, Guilhem. Mais non.

Elle se retourna face à la foule qui avait rempli le fond du temple. Attroupés sur le parvis, nombreux étaient ceux qui avaient profité de l'irruption de la reine d'Heylön pour pénétrer dans le saint édifice. Parmi eux, je reconnus le visage inquiet de mon serviteur, Budec.

— Je viens demander Justice, clama-t-elle à toute l'assemblée.

— Ce n'est ni le moment ni le lieu pour cela, interrompit Galio. Tu présenteras ta requête au cours du prochain Grand Conseil.

— Non, somma-t-elle la main levée, la chose est bien trop grave pour être traitée en privé, même au cours d'un Grand Conseil. Je souhaite que cette affaire soit publique.

— Soit, consentit Syro alors qu'il s'asseyait sur son siège de cérémonie, nous t'écoutons.

La reine prononça, à l'attention de Györg, des mots dans une langue incompréhensible – sans doute de l'heylönsk, ce dialecte des terres du Nord. L'homme, après un mouvement affirmatif de la tête, quitta le temple. Le regard qu'il échangea avec Raghôl lorsqu'il passa devant lui, avait tout d'une mise au défi.

— Vous savez tous, je suppose, reprit-elle, qu'à l'instar de l'Ysoar, l'Heylön, dans sa partie continentale, a été touchée par de violents raids meurtriers, dignes des plus sanguinaires barbares.

— Nous savons cela, éluda Syro. Nous pleurons tous les pertes causées par les attaques des sbires démoniaques.

— Tu es bien certain de toi, Sage Syro, remarqua la souveraine du Nord. Mais as-tu vu de tes propres yeux un elfe ou un membre du Peuple des Collines participer à ces attaques ?

Pendant ce temps, le Prêtre Premier s'était mis à chanter – ou plutôt grogner – un psaume protecteur, et son page s'était joint à lui. Je ne savais ni que faire ni que penser. Je n'étais roi que depuis quelques instants et n'étais pas au courant des attitudes à adopter en cas de telle crise. Imitant Gagila et Tillaumet, j'écoutais.

— Non, répondit Syro, haletant de rage, sa langue aux premières loges, je n'ai rien vu de tel, mais nous avons, ici même, un témoin de choix et survivant d'une attaque. Guilhem ?

Que devais-je faire ? Je m'avançai d'un pas et dévisageai la vieille femme.

— Parle, mon enfant, m'encouragea Syro. Tu as subi une charge démoniaque ?

— En effet, j'ai survécu à une attaque et ai pu, avant de tomber, me rendre compte par moi-même de l'identité des attaquants. Il s'agissait de Nez Plats.

La foule fut parcourue d'une clameur d'horreur. Tous étaient captivés par le débat exceptionnel qui se tenait devant eux. Il était rare qu'un affrontement entre l'un des quatre monarques et le Grand Conseil ait lieu en public.

— Ah oui ? Tu m'as l'air très instruit, mon garçon, pardon, mon Frère, me rétorqua la reine Fjörna en me dévisageant à son tour. Peut-être t'est-il possible de me dire si, dans tes lectures, tu as eu échos des pratiques des elfes et des membres du Peuple des Collines. Les as-tu jamais lus être capables de fendre une jeune femme en deux et de sortir son enfant de son ventre, pour le donner à manger à leurs chiens ?

— Tu sembles bien aux faits, souligna Ciché, pour quelqu'un qui n'a, pas plus que nous, assisté aux combats…

— À moins que tu ne sois impliquée dans les actes de l'Ancienne Déesse ! accusa Drivia.

— Je ne réponds pas à de tels sous-entendus, surtout proférés par une Sage. Je n'ai pas eu le malheur d'assister à ces carnages, mais elle, oui.

La reine pointa un doigt majestueux en direction de l'entrée du temple. Toutes les têtes se tournèrent, captivées. Györg reparut, accompagné d'une fillette d'environ sept hivers. L'enfant semblait apeurée par le monde qui l'entourait. Au barrage balaste, elle se mit à crier et pleurer si fort que l'homme dût la porter pour l'empêcher de faire demi-tour. La fillette avait été vêtue d'une robe raffinée, mais il transparaissait dans son attitude et ses pieds nus qu'elle n'y était pas accoutumée.

— Cette enfant, continua Fjörna, vivait dans l'un des villages d'Heylön Continentale récemment attaqués. Elle a vu périr ses parents sous ses yeux et a dû supporter les hurlements d'agonie de ses frères et sœurs utilisés comme torches humaines.

— Cela est tragique, consentit Syro, mais en quoi cela nous concerne-t-il ?

— La jeune enfant a assisté à toute la scène, cachée sous une trappe dans le plancher. Elle a eu tout le temps de mémoriser les visages de ceux qui torturaient son père, violaient sa mère et ses sœurs. Et j'annonce solennellement, moi, Fjörna, Haute Reine d'Heylön, dernière Fille de la Grande Déesse Mère, que les êtres sanguinaires qui ont perpétré ces horreurs ne sont en rien des Enfants de la Déesse.

La gamine s'était remise à pleurer. Györg, qui la tenait toujours dans ses bras, tentait de la faire taire en lui murmurant je ne sais quoi à l'oreille.

— Et qui sont-ils alors ? demanda Drivia au comble de l'impatience. Vas-y ! Parle ! Donne-nous des noms, Fjörna ! Abreuve-nous de ton savoir !

La reine ne releva pas la provocation et continua.

— Elle a vu un homme à la peau couleur de suie et un autre, immense, avec une épaisse barbe rousse. Il y en avait un qui avait des yeux si étroits qu'ils avaient l'apparence de fentes...

— Et alors ? intervint Tillaumet, exaspéré. N'est-ce pas une description valable des Nez Plats ?

— Elle pourrait l'être pour des gens qui ne les ont jamais côtoyés, Tillaumet. Nous savons, l'un comme l'autre, qu'ils ne ressemblent en rien à cela. De plus, l'enfant a noté un signe distinctif chez l'un d'eux. Le géant roux, paraît-il, n'avait que trois doigts à la main gauche.

Je fus mortifié d'entendre décrire avec autant de détails les trois Balastes – et surtout Raghôl. J'avais d'abord rejeté cette coïncidence sur le dos du hasard, mais réalisai que les trois hommes étaient ceux qui m'avaient également le plus marqué.

— Un détail de plus inventé ! réfuta Tillaumet.

— Détail inventé ? hurla la reine soudain courroucée. Kaya, vois-tu un de ces hommes dans cette salle ?

Györg posa la fillette au sol, sur la seconde marche du chœur. Il lui prononça quelques mots dans la même langue insaisissable. La petite essuya ses pleurs du dos de sa main et hocha la tête en signe d'acquiescement. Elle agrippa alors d'une main le bras du guerrier blond avant de pointer du doigt les trois Balastes. Une vague glaciale s'étendit sur l'assemblée et même le Prêtre Premier cessa de chanter.

Outragé par l'accusation, Raghôl sortit des rangs.

— Cette enfançonne a appris sa leçon à merveille ! À moins qu'on ne vienne de lui dire qui montrer ! J'admire votre tact pour discréditer le Père Très Saint, car c'est cela que vous souhaitez, reine Fjörna ! Anéantir la Vraie Foi ! Vos dires ne sont en rien une preuve. Je suis l'un des trois Balastes les plus reconnaissables ! Et ce n'est un secret pour personne que la guerre m'a ravi deux doigts ! Györg, mon cœur saigne de te voir te retourner ainsi contre tes amis.

Fou de rage, l'impétueux guerrier blond souleva la fillette à bout de bras et la brandit devant la foule.

— Parjure, Raghôl ! Oses-tu dire que ce sont des mensonges ? Oses-tu dire que cette enfant obéit à nos ordres ? Regarde-la ! Regardez-la, tous ! Voyez-vous dans ses yeux la moindre once de duperie ?

— Jeune homme, tempéra Syro à l'intention de Györg, maltraiter cette fillette ne vous aidera pas.

Une petite voix larmoyante s'éleva, ponctuée de hoquets. La gamine que Györg avait reposée à terre gravit les dernières marches de l'autel et s'adressa elle-même aux Sages dans sa propre langue. Son chaperon entreprit de traduire à toute l'assistance ses paroles.

— Le géant a fait du mal à maman. Il a sorti le bébé qui poussait dans son ventre et l'a donné à son gros chien. Le sang coulait sur ma tête et j'avais peur qu'il sente que j'étais cachée sous le plancher. Papa lui a donné un coup de couteau sur le visage et le géant lui a coupé la tête avec son épée.

Ses larmes coulaient à flots sur ses joues et son petit corps frêle était parcouru de violents sanglots.

— J'ai vu aussi le soldat tout noir qui a forcé ma sœur à faire les Plaisirs avec lui. Elle ne voulait pas. Elle criait. Celui avec les yeux tirés est entré dans la maison avec la torche et a mis le feu à mes frères.

— Tu sais, Györg, nota Raghôl dans un sourire, si j'avais fait ce que tu dis, je n'aurais pas commis l'erreur de laisser cette gosse en vie !

— Comment tolérer ces mensonges ? hurla Ciché, hors de lui.

La petite leva un minois interrogateur sur György, qui lui répondit par ces mêmes sons incompréhensibles. À ces mots, elle se mit à hurler, hystérique.

— Elle ne ment pas ! En doutez-vous ? s'indigna le guerrier d'Heylön.

L'enfant succomba à ses pleurs et s'effondra aux pieds de l'homme.

— Il n'y a que toi qui comprennes ce qu'elle dit, souligna le Balaste à la peau noire. Qu'est-ce qui nous assure que ta traduction est fidèle ?

Cette question fut autant acclamée que huée.

— De plus, précisa le Balaste, tout le monde sait que je n'ai pas besoin de forcer une femme pour qu'elle partage ma couche !

Sa remarque déclencha un tonnerre de rires et d'assentiments. Piqués au vif, les combattants d'Heylön aboyaient au visage des Balastes pour les faire taire.

— Qui allons-nous croire ? déclama Tillaumet à l'assistance. Les plus fameux guerriers du Père Très Saint, ou une enfançonne, visiblement possédée, qui ne parle même pas la langue commune ?

Une émeute gagnait la foule. Les soldats des terres du Nord tentaient de forcer le barrage balaste à grand renfort d'insultes.

Je ne savais comment réagir. Mon esprit était submergé par la confusion. Il était impossible que les Balastes fussent ceux qui perpétraient tous ces massacres, qu'ils fussent ceux qui m'avaient blessé et aussi ceux qui m'avaient sauvé. Pourtant, le témoignage de cette fillette était si déroutant !

Kalian avait rejoint le chœur et se tenait aux côtés de Tillaumet. À son demi-visage crispé, je devinai qu'il était troublé par les dires de l'enfant.

— Pourquoi te ranges-tu du côté des Balastes, Tillaumet ? l'invectiva la reine. Avoue ! Le Bassin de Vision m'a révélé bien plus que tu ne le penses.

À cette phrase, le visage de Tillaumet vira au violet et, s'il avait eu son arme, je ne doute pas qu'il aurait pourfendu la souveraine d'Heylön.

— De quoi m'accuses-tu au juste ?

— Je t'accuse, Tillaumet, roi d'Ysoar, d'avoir, avec les Balastes, organisé ces massacres dans le but de détruire l'Agalaadywen et l'Heylön et de bannir la mémoire de la Déesse Mère de la surface du monde, tout cela au nom des dernières lignes d'une Prophétie que tu utilises pour satisfaire tes propres rancœurs.

Les accusations étaient jetées. Comment avait-elle pu entendre parler de la fin de la Prophétie, alors que nous n'étions que quelques-uns à en avoir connaissance ? Tillaumet souffla comme un bœuf sur le point de charger, avant d'exploser et de gifler la reine avec une force surhumaine. La vieille femme s'effondra, inerte, dans les bras de Györg. Jamais je n'avais vu le roi d'Ysoar habité d'une telle rage, je n'aurais même pas pensé qu'il en fût capable. Il était bien loin de l'homme calme et pondéré que je connaissais.

Tout en allongeant sa souveraine, Györg hurla des ordres à l'attention des soldats proches de la porte. Les Balastes renforcèrent leur barrage pour empêcher les hommes d'Heylön de passer. Dans le chœur, la petite fille pleurait en silence, terrorisée.

Györg se retourna vers Tillaumet. Ses yeux débordaient d'une haine qu'il avait du mal à contenir.

— Ton geste a parlé pour toi ! Tel est le signe de ta culpabilité.

— Jeune homme, gronda Syro, un doigt inquisiteur pointé vers l'homme blond, vous ne pouvez...

— Croyez-vous encore représenter un Conseil de Sages ? coupa le guerrier. Vous êtes la honte de la Cité Franche ! Moi, Györg, Champion d'Heylön, je te défis en combat singulier, Tillaumet. Ta vie pour venger le sang que tu as fait couler !

— Si tu veux son sang, rugit Raghôl, dressé aux côtés de Tillaumet, il faudra d'abord avoir le mien, petit. Et tu sais combien ce sera difficile !

György semblait chétif face au géant qui le dépassait de deux têtes, et esquissa un mouvement de repli. Si cette scène ne s'était passée en cette ville sacrée, dans le temple et, de surcroît, en public, je crois que l'homme blond aurait été lynché par les Balastes. Cependant, le code était strict. Il pouvait demander un combat loyal.

— Je t'ai accueilli comme un fils durant toutes ces années, György ! Je t'ai offert ma propre nièce en union ! Et c'est ainsi que tu me remercies ? Tu veux prouver ce que tu avances par un combat singulier ? s'offensa Tillaumet, rouge de colère.

L'homme du Nord toisa le souverain ysoarien, la tête inclinée sur le côté. La bouche serrée dans une moue de dédain, il susurra :

— C'est en souvenir de toutes ces années de bonheur que je ne te tue pas comme le chien que tu es.

— Je ne pense pas qu'Iriade aurait supporté que tu bafoues ainsi la réputation de sa maison. Heureusement que la mort lui a épargné un tel déshonneur !

La surenchère de Tillaumet fit mouche.

— Je t'interdis de prononcer son nom ! s'égosilla György, hors de lui. Tu n'es pas digne de partager le même sang qu'elle !

Mon beau-père souhaitait sans doute pousser le guerrier dans ses derniers retranchements afin de le faire abattre par Raghôl. Cependant, cette manœuvre était risquée. L'évocation de son ancienne épouse avait provoqué chez György une impressionnante montée de fureur.La fillette d'Heylön s'accrochait aux jambes de son protecteur et l'empêchait d'avancer. György tenta de la faire lâcher, mais se ravisa et se défit en douceur de son emprise. La petite main toujours dans la sienne, il ruminait sa rage en silence.

— J'accepte le combat singulier, Györg, traître à tes amis et Champion d'Heylön, éructa Tillaumet, méprisant. Et je t'oppose mon propre Champion : Kalian.

Le guerrier blond accusa cette annonce. Je réalisai à ce moment que le commandant des armées d'Ysoar n'avait pas pris part aux échanges. Il n'avait pas non plus défendu l'honneur de son roi. Hiératique, Kalian se tenait aux côtés de Tillaumet, face à celui qui avait été comme son frère jusqu'à ce jour.

— Mes enfants, tenta de calmer la Sage aux cheveux noirs les mains levées en signe d'apaisement, aucun sang ne sera versé en ce lieu. Ne vous laissez pas emporter ! Renvoyer un homme dans le Royaume du Père Très Saint n'est en rien une solution à notre problème !

Tout le monde sembla approuver ses paroles, excepté peut-être quelques badauds que le déroulement inattendu de cette cérémonie avait particulièrement excités.

— Champion d'Heylön, enchaîna-t-elle, emmène ta reine dans l'une de vos confortables chambres. Rien de bon ne peut germer dans la précipitation. Cette situation est bien trop grave pour être traitée de la sorte. Nous devons faire appel à la Grande Médiation.

Cette solution, si elle était acceptée par les deux partis, permettrait de trouver un point d'accord. C'était ce qu'il y avait de mieux à faire, selon moi. Györg s'inclina devant cette parole. Il prit dans ses bras sa souveraine toujours évanouie et sortit par la grande porte, digne, suivi de près par la fillette.

Δ

Le Conseil de Médiation qui se rassembla fut d'une rare violence. La coutume voulait que les deux partis exposent leurs revendications dans des salles différentes. Le Grand Conseil de Wyrd avait alors le rôle de médiateur et transmettait les exigences d'une pièce à l'autre.

Constituée de cinq Sages, ainsi que de Gagila, Tillaumet, Claudius, Kalian et moi, la réunion à laquelle je siégeais se déroula dans un vacarme incessant. Mon précepteur parvint toutefois à prendre la parole.

— L'heure n'est pas à chercher une marche à suivre ! Il faut que la vérité soit avouée, si ce n'est au grand jour, du moins en cette salle. Un Grand Conseil sous couvert de mensonge est un acte blâmable. La question ne sera donc posée qu'une fois et les raisons qui ont pu vous pousser ne seront pas débattues ici. Oui ou non, les Balastes sont-ils coupables des actes qui leur sont imputés ?

— Oui.

Syro avait répondu sur-le-champ, sans même laisser la question résonner. Même si le Sage ne venait que confirmer les condamnations proférées plus tôt par Fjörna, je fus stupéfait autant que choqué par cet aveu. Si les Balastes étaient coupables de ces actes, les ordres ne pouvaient leur avoir été donnés que par les Neuf Sages eux-mêmes !

Je remarquai la crispation de Kalian qui était en train d'effriter la table de pierre avec ses ongles. Son masque d'argent pointé vers le bas, il évitait de croiser le moindre regard.

— Soit, blêmit Claudius tout en tentant de se contrôler. Et vous, Tillaumet, êtes-vous complice de ces actes ?

Je fixai le visage pourtant jovial de cet homme et fus outré d'y lire un « oui » fier. Kalian secoua la tête en silence, le poing crispé. Il semblait tout aussi écœuré que moi. Gagila, le roi ésirien, ne pipait mot, attentif au débat. Son visage fin paré d'une longue moustache châtain, était indéchiffrable.

— Bien, déglutit Claudius, pâle. Merci pour votre honnêteté. Maintenant, la question s'adresse à vous, membres du Conseil des Sages. Étiez-vous au courant de ces pratiques et les souteniez-vous ?

— Cette fois encore, la réponse est oui, rétorqua Syro d'une voix essoufflée, mais ferme.

Sa langue, nerveuse, ondulante, venait redessiner ses lèvres par de brèves apparitions. Je nageai en pleine incompréhension.

— Mais alors, pourquoi feindre de vouloir rallier la cause du Grand Conseil à la vôtre ? m'insurgeai-je à l'attention de Tillaumet. Pourquoi m'avoir assuré devoir fournir des preuves pour entrer en guerre ?

J'avais peine à retenir le torrent d'émotions qui me submergeait.

— Je ne savais pas si tu nous soutiendrais, m'avoua le roi ysoarien d'une voix suppliante, en contraste total avec la teneur de ses propos. Et nous avons besoin de tes armées !

— Il est vrai que je n'ai point pour habitude de soutenir des meurtriers !

Je lui crachai mon mépris à la face avec délectation. Tillaumet accusa le coup. Il se cala au fond de son siège et fixa la table, les mâchoires serrées.

— Et nous ne devions en aucun cas dévoiler notre partialité, Guilhem, enchaîna Galio, le Sage filiforme. Ces raids sont prévus depuis de nombreuses années. Ils étaient même inscrits dans les astres ! La Croisade Sainte qui commence libèrera le monde des derniers adorateurs de la Déesse Déchue, anéantira l'Agalaadywen et permettra l'accomplissement de la Sainte Prophétie.

— Le Monde Connu va changer, prophétisa Syro, le Monde Connu doit changer, afin d'apparaître pur pour la venue du Père Très Saint.

— La Sainte Prophétie ? m'indignai-je. Ces quelques lignes ne viennent que soutenir un dessein que vous semblez avoir depuis longtemps !

— Guilhem, tu blasphèmes ! me sermonna Ciché, les sourcils froncés. Le monde entier, tel que nous le voyons aujourd'hui, est inscrit dans la Prophétie de l'Unité. Nous ne faisons qu'accomplir la volonté du Père Très Saint ! Nous ne sommes que Ses pions ! N'aie pas la prétention futile de croire que tu puisses décider quoi que ce soit dans ta vie !

La Vraie Foi ne pouvait être une explication recevable pour de telles atrocités. L'air fermé de Kalian me laissait comprendre qu'il n'était pas au courant de ces pratiques.

Et moi ? Que devais-je faire ? Devais-je condamner Tillaumet, et par là même, contraindre Sylwen à choisir entre son père et son époux, ou essayer de comprendre ces actes, soutenus par les Sages eux-mêmes ?

— Bon, souffla Claudius la mine sombre, il faut maintenant savoir ce que vous êtes prêts à offrir en compensation à l'Heylön. Nous devons maintenir la paix.

— Pourquoi devrions-nous leur offrir quoi que ce soit ? se redressa Tillaumet, scandalisé.

— Vous avouez vous-même être coupable ! s'irrita mon précepteur devant tant d'entêtement. Et même si vous souhaitiez, par vos actes, que le Monde Connu, que tous les Hauts Royaumes soumis à la Vraie Foi s'allient avec vous dans votre quête pour détruire l'Agalaadywen, je pense qu'aujourd'hui, vous n'êtes pas assez sots pour vous risquer à être assaillis sur-le-champ par les forces armées des terres du Nord !

— Ces adorateurs des Anciennes Croyances méritent d'être d'éradiqués ! éructa Syro, le visage pincé.

— Mais nous n'avons pas encore rassemblé notre armée, tempéra Ciché. Le Haut Maistre Claudius a raison. Nous devons gagner du temps. Il faut étudier leurs demandes.

— Tu parles de compensations, Ciché ? s'inquiéta mon beau-père. Et s'ils demandent ma vie en échange des pertes ?

Le Sage rond comme une pomme se voulut rassurant et esquissa même un sourire.

— C'est impossible, Tillaumet. Ils ne peuvent pas, tu es protégé par le Serment de Respect.

— Serment que vous avez vous-même transgressé, rabrouais-je, amer.

— Attendons leurs exigences, trancha Syro. Il sera toujours temps de les refuser.

Tillaumet se tourna vers moi et, la mine contrite, tenta de me convaincre du bien-fondé de sa démarche :

— Guilhem, je suis navré que ces événements aient gâché ce jour béni, mais il est bon que tu aies pris connaissance de nos projets et que tu te joignes à nous, pour l'accomplissement de la Très Sainte Prophétie de l'Unité. Ton père était partie prenante de notre démarche.

— Mais je ne suis pas mon père ! explosai-je en frappant des deux mains sur la table. Il est une chose que je ne comprends pas : nous avons découvert le dernier volet de la Sainte Prophétie ensemble, il y a quelques jours de cela ! Comment osez-vous justifier vos actes par elle, alors que vos massacres ont commencé il y a bien longtemps ?

— Le Père Très Saint a toujours demandé la purification du Monde Connu, Guilhem ! corrigea Syro avec sa langue serpentine. Même si nous ignorions la fin de la Prophétie, les parties en notre possession nous imposaient déjà des mesures radicales !

— Tenter de m'assassiner était une de ces mesures ? m'emportai-je, la main posée sur l'emplacement de ma cicatrice. Souhaitiez-vous me voir tué ?

— Guilhem, s'offusqua Ciché, il n'était pas prévu que tu te lances à leur poursuite ! Nous pensions que tu n'allais faire qu'observer. Toi et tes compagnons n'étiez pas censés vous jeter dans l'attaque d'un groupe supérieur en nombre. La sentinelle du camp avait des ordres bien précis. Cet homme ne devait en aucun cas vous laisser approcher avant le retour des Balastes !

Kalian écoutait, sans un mot. Pourquoi ne réagissait-il pas ? Pourquoi ne se levait-il pas contre ces actes barbares ?

— Gagila, te joins-tu à nous ? se hasarda le plus jeune des Sages.

— Nous ne nous sommes pas encore entretenus avec lui, répondit Syro sans que le roi d'Ésiria ait eu le temps de prendre la parole. Gagila est un homme sensé, pieux et un grand guerrier, de surcroît. Il sait parfaitement que les batailles ne se remportent pas avec de bons sentiments.

Le monarque ésirien sembla flatté de ces paroles et acquiesça d'un profond mouvement de tête.

Des bruits de pas dans le couloir attirèrent notre attention et Drivia fit irruption dans la salle.

— Je viens vous faire connaître les revendications de l'Heylön.

— Que demandent-ils ? s'impatienta Tillaumet.

La petite Sage prit le temps de s'installer à la table. Elle prenait un plaisir évident à faire languir le souverain ysoarien.

— Je ne te cache pas qu'après ton acte irréfléchi de tout à l'heure, Fjörna a tout d'abord demandé ta tête. Mais en usant de diplomatie, nous sommes arrivés à une proposition plus réaliste. En dédommagement du sang versé par ces attaques sur le sol des terres du Nord, et en signe de pardon pour l'outrage commis au nom de la Déesse, elle exige que l'ordre balaste soit dissous.

Une clameur de réprobation accompagna ce premier souhait. À l'instar de Kalian, je préférais rester muet.

— C'est hors de question ! lâcha Tillaumet, soulagé que sa tête n'ait pas été exigée.

— Laissez-moi terminer ! Afin de convenir d'un arrêt total des attaques de l'Ysoar envers l'Heylön, ils souhaitent également un gage de bonne foi.

— Un gage ? continua le roi des terres centrales.

— Oui, ils veulent un otage.

— Quel genre d'otage ?

L'inquiétude pointait dans la voix de Tillaumet.

— Ils veulent ta fille.

— Quoi ? Mais c'est impossible ! m'entendis-je hurler, le cœur au bord de l'explosion.

— Ils ont le droit de la quémander.

— Ne les as-tu pas mis au courant de l'union qui vient d'être scellée ? la questionna Galio.

— Bien sûr que si, mais ils en appellent au Droit du Sang…

— « Toute Dette de Sang peut être réclamée, au détriment des liens et rangs propres à la personne demandée. Aucun roi ne peut cependant être acquis en paiement d'une Dette. »

Claudius m'avait toujours épaté par sa science législative et par le calme avec lequel il en faisait preuve. Mais dans le cas présent, il ne faisait que me rappeler que Sylwen pouvait m'être enlevée pour être donnée à je ne sais quel barbare.

— Mais Sylwen est reine d'Ariatide ! m'écriai-je, la voix serrée.

— Le Droit du Sang n'exclut que les souverains masculins, Guilhem, corrigea Claudius, désolé de m'apporter une telle précision.

— Et c'est tout ? fis-je d'une voix décomposée.

— Oui, répondit Drivia, telles sont leurs volontés. Nous n'avons que peu de marge de manœuvre. Ils resteront fermes quant à l'exécution de leurs souhaits.

Le silence s'installa dans la salle. Comme toutes les pièces du Palais Haut de Wyrd, elle était creusée à même la roche blanche et éclairée par une dizaine de lampes à huile parfumée. Elle contenait en tout et pour tout une sommaire table de bois et des sièges peu confortables. Mon regard s'attarda sur la porte de bois qui la condamnait, dépourvue de tout système de fermeture.

— Nous ne pouvons dissoudre l'ordre balaste, posa Syro. C'est impossible.

— Je ne pense pas que le choix vous en soit laissé, rétorqua mon précepteur.

Il m'était déjà arrivé de contrarier mon ancien maître, mais jamais je ne l'avais vu si outré.

— Ne sois pas buté, Claudius, continua Syro, la langue pointant entre ses lèvres. Tu sais aussi bien que moi que si nous dissolvions l'ordre balaste, nous le reformerions aussitôt sous un autre nom. Et ils ne l'ignorent pas non plus. Crois-moi, ils étaient forcés de formuler cette volonté, mais telle n'est pas ce qu'ils souhaitent obtenir. Ils ne nous opposeront aucune réprimande si nous accédons à la plus précieuse de leurs requêtes, étant donné que c'est une union qu'ils désirent.

— Mais vous ne prévoyez tout de même pas de leur envoyer ma femme ! m'affolai-je. Seul le Père Très Saint sait ce qu'ils seraient capables de lui faire subir !

Je restai médusé devant l'absence de réaction de Tillaumet. Il semblait perdu dans ses pensées. Ce silence faillit me faire exploser.

— Seigneur, dit enfin Kalian d'une voix sourde sans lever les yeux du plateau de la table, vous ne songez pas à leur céder votre propre fille ?

Tillaumet mastiqua dans le vide, fit craquer nerveusement les articulations de ses mains, puis prit la parole.

— Nous ne pouvons pas nous passer des Balastes. Ils sont notre fer de lance. Dites-leur que j'accepte leur décision.

Je sautai de rage.

— Mais vous n'y pensez pas ! m'emportai-je, les poings serrés. Vous n'avez plus aucun droit sur elle ! Elle est mon épouse ! Mon épouse !

— Ils auront ma fille, Guilhem, mais rien de plus. Et s'ils lui font le moindre mal, mon courroux se déversera sur eux pendant les âges éternels à venir.

Mon sang se glaça. Tillaumet s'appuya sur le dossier de son siège, les doigts occupés à torsader la pointe de sa moustache. Comment osait-il arborer un air si paisible ? Drivia poussa un petit couinement satisfait et quitta la pièce pour aller annoncer l'effroyable décision qui venait d'être prise malgré moi. Impuissant, je restai muet d'incompréhension.

— Tu as fait le bon choix, Tillaumet, osa proférer Syro.

Je n'en croyais pas mes oreilles. Comment pouvaient-ils approuver cette solution ?

— Ne me regarde pas de la sorte, Guilhem, voulut me rassurer Tillaumet. Fais-moi confiance. Jure de te joindre à nous, et ton épouse ne te sera pas enlevée.

Peut-être étais-je faible, mais je jurais. Je jurais avec le plus profond de mon âme.

— Prenez-la-moi et je vous jure, Tillaumet, que je vous tue.

Δ

Je mis un temps infini à rejoindre ma chambre nuptiale. Errant dans les couloirs, je tentais d'échafauder un plan où j'enlèverais Sylwen et la conserverais en un lieu sûr. Mais jamais les gardes de Wyrd ne nous laisseraient passer. Depuis l'incursion des troupes d'Heylön à la cérémonie du sacre de ce matin, les soldats wyrds sortis de je ne sais où fourmillaient dans toute la ville, les tabards ornés du *Terpis*.

Sourd à ma fatigue, je décidai de passer par les appartements ariates. Je pensais y trouver un peu de réconfort, que ce soit auprès de mes vassaux, s'ils n'étaient pas endormis à cette heure avancée de la nuit, ou devant ce fidèle manuscrit.

Au détour du couloir qui débouchait sur les quartiers des terres du Sud, je découvris Budec endormi, adossé au mur, sans doute dans l'attente de ma venue. Il sursauta d'un bond à mon approche et saisit ma main pour la baiser avec respect.

— Mon seigneur, mon roi. J'aurais aimé que vous veniez pas ici. J'aurais pu croire que tout s'était arrangé et qu'vous aviez regagné la couche nuptiale pour savourer cette première nuit avec la reine.

— Mais je suis là, Budec. Je suis là.

— Personne dort là-dedans, ajouta-t-il en désignant la porte de la tête. À part les femmes et les enfants, bien sûr.

— Je n'ai pas envie de débattre du Conseil de Médiation ce soir, mentis-je.

Sans plus attendre, je pénétrai dans les quartiers ariates, passai devant la salle de banquet d'où provenaient de nombreux éclats de voix et me dirigeai vers ma chambre.

Mon serviteur me doubla, ouvrit doucement la lourde porte de bois, déposa sur la table la lampe qu'il avait à la main, et s'affaira devant la cheminée.

— Je ne pensais pas que vous viendriez dormir ici, mon seigneur, alors je n'ai pas alimenté le feu.

— Laisse, Budec, soupirai-je, las. Je n'ai pas froid. Mais apporte-moi plus de lumière.

Sans me donner le temps de déballer mon matériel d'écriture, il revint chargé de trois lampes débordantes d'huile.

— Va te coucher maintenant. Il est tard.

— Je ne suis pas fatigué, affirma-t-il, tandis que ses yeux rougis de sommeil hurlaient le contraire.

— Alors, trouve-toi à t'occuper ailleurs. Et laisse-moi.

Résigné, le garçon sortit et prit soin de refermer la porte en silence. Depuis que Sylwen avait ordonné à mon serviteur de ne plus dormir aux pieds de mon lit, Budec avait veillé, où que nous soyons, à toujours rester à bonne distance de moi la nuit, ni trop loin ni trop près. J'avais confirmé la nécessité qu'il ait une couche à lui, soulignant le déshonneur que cela pouvait me causer que tous croient que je forçais mon serviteur à dormir à même le sol – même si beaucoup de seigneurs agissaient de la sorte, par peur des attentats sur leur personne. Mais je ne risquais plus rien.

Je restai un long moment prostré face à mes parchemins vierges. Tous les événements de la journée se bousculaient dans mon esprit. Tandis que je me saisissais de la pointe de charbon pour la tailler, de nombreux coups retentirent à la porte de ma chambre. Sans que j'aie formulé la moindre réponse, elle s'entrebâilla, déversant son flot de vassaux. Submergé, Budec tentait en vain de les contenir.

Nolem s'agenouilla devant moi avec respect.

— Seigneur, annonça-t-il, nous attendions ton retour.

— Je leur ai rien dit, balbutia mon serviteur, confus. Ils vous ont entendu et ont rien voulu savoir !

— Ça ne fait rien, répondis-je, tout en me levant.

— Qu'a décidé le Conseil de Médiation ? s'inquiéta Horias, l'un de mes barons.

— L'Heylön a exigé la dissolution de l'ordre balaste.

Cette annonce suscita de fortes réactions. Je ne sus cependant s'il s'agissait de commentaires d'assentiment ou de désaccord.

— Le Grand Conseil a accepté ce sacrifice ?

— Non, Galatyr, soufflai-je à mon ancien maître d'armes. Il n'y a pas consenti.

— Que veut cette putain d'Heylön, si elle ne peut obtenir cela ? demanda Nolem avec mépris.

— Mon épouse.

Un profond silence s'installa dans la pièce. Je soupesai une fois de plus les lourdes conséquences que le départ prématuré de Sylwen entraînerait dans mon existence. J'avais changé, profondément changé. Je n'étais plus cet homme qui fuyait sans cesse : son héritage, le spectre de ses actes guerriers, ses responsabilités. J'avais décidé de placer ma vie, mon âme et mes sentiments entre les mains de cette enfant. De cette reine. Comment pourrais-je souffrir qu'on me l'ôtât si tôt ?

Je savais la volonté du Père Très Saint impénétrable, mais imaginer Sylwen livrée à ces brutes des terres du Nord m'était encore plus insupportable que de la savoir morte. Comment un autre pourrait-il prétendre jouir de ce que l'union de ce matin m'avait accordé ?

L'intervention de Galatyr eut l'effet d'une lance de lumière dissolvant un nuage pesant.

— Jamais nous ne nous laisserons ravir notre reine, seigneur, affirma-t-il, un poing posé sur sa poitrine, comme si ses paroles devaient se graver une à une dans l'éternité. L'Ariatide ne se laissera pas ainsi bafouer, que ce soit par l'Heylön ou par le Grand Conseil.

Les paroles du commandant des armées ariates étaient blasphématoires. Jamais une décision des Neuf Sages ne pouvait ni ne devait être remise en cause. Pourtant, Galatyr fut suivi par l'ensemble de mes seigneurs, tous prêts à être excommuniés par le Prêtre Premier plutôt que de laisser l'Ariatide être spoliée de sa souveraine.

— Merci, mes amis, mes frères, bredouillai-je d'une voix serrée. J'entends votre soutien et vous en remercie. Cependant, Tillaumet…

— C'est un traître ! me coupa Nolem. Il ne mérite pas sa couronne de l'Ysoar.

— Tillaumet, repris-je sans souligner l'interruption de mon vassal tant je me rangeais à son avis, me prie de lui faire confiance. Il m'a juré que notre reine ne nous serait point enlevée si je me ralliais à la cause du Grand Conseil.

— As-tu déjà fait part de ta décision, Seigneur ? s'enquit Galatyr.

Je pris une profonde inspiration et conclus :

— Nous entrons en guerre.

Peu avant le point du jour, après de nombreux pichets de vin, je pris le chemin de ma chambre nuptiale. L'esprit agité, je me glissai sous les draps et enlaçai le corps endormi de Sylwen. Je craignis que mes pensées ne la réveillent, tant elles étaient intenses.

« Ô, ma douce, qu'ai-je fait pour ne pas te perdre ? Sans doute, ne sauras-tu jamais ceci. Ton père a marchandé notre union. J'ai vendu mon âme, j'ai vendu mon honneur. Tel un renard entre les chiens et la flèche, je me suis retrouvé entre toi et un gouffre. Je t'ai choisie. Aime-moi. Aime-moi toujours. En joignant les forces de l'Ariatide aux armées de l'Ysoar, de l'Ésiria et du Wyrdlyn, j'ai acheté notre bonheur. J'ai décidé d'entrer en guerre contre l'Agalaadywen, contre les sbires démoniaques, contre l'Ancienne Déesse, pour le Père Très Saint, pour le bien de mon peuple, pour l'avènement de la Vraie Foi, mais en réalité, pour toi. »

# Chapitre VII

« Que Ma volonté s'accomplisse. Âhni.
Que Mon règne vienne. Âhni.
Que l'Âge du Père commence là où celui de la Mère finit. Âhni. »

*Livre Saint, chapitre VIII, versets 275 à 280.*

Δ

La délégation des terres du Nord repartit la nuit même du Conseil de Médiation. Fjörna s'était annoncée satisfaite de la réponse qui lui avait été apportée et attendait la livraison de « son bien » au plus tôt. Nous devions convoyer la jeune femme jusqu'au finistère du Monde Connu, en Heylön Continentale. Là, une escorte envoyée par la reine se chargerait de la conduire jusqu'à Perftödt, la capitale heylönsk.

J'avais passé ma nuit de noces les bras enlacés autour de la taille de mon épouse, incapable de prononcer le moindre mot. Au petit matin, ankylosés, nous avions laissé notre passion se déchaîner. À dire vrai, nous passâmes les neuf jours qu'il fallut à la petite troupe menée par Tillaumet et Kalian pour accomplir son aller-retour en Ysoar, enfermés dans notre chambre. Je ne trouvai pas le courage d'informer mon épouse du lourd dessein qui planait au-dessus de sa tête et elle eut la sagesse de ne pas me questionner. De temps à autre, j'étais forcé de m'éclipser une heure ou deux afin de répondre aux interrogations pressantes de Claudius, mais j'avais une telle peur d'être séparé de Sylwen qu'il était hors de question que nous quittions la chambre avant que je n'en sus un peu plus sur les intentions mystérieuses de son père.

Au cours des quelques entrevues que je lui accordais, mon ancien précepteur avait tenté de m'expliquer les raisons possibles d'un tel acte de la part de Tillaumet, sans pour autant les excuser. Claudius y voyait la marque d'une dévotion aveugle à l'accomplissement de la Sainte Prophétie. D'après mon maître, j'avais pris les décisions qui s'imposaient. Il était atterré par les dernières révélations et ne souhaitait plus jamais avoir affaire aux Neuf Sages.

— Sans doute devrais-tu t'en éloigner le plus possible, m'avait-il encouragé d'une mine désolée, quitte à être condamné pour cela. Sinon, ils risquent bien de tout mettre en œuvre pour faire de toi leur pantin obéissant.

J'avais acquiescé, l'esprit ailleurs. Le plus important, à ce moment-là, était mon épouse. Chaque seconde passée loin d'elle m'était un vrai supplice. Le reste de mes obligations pourrait attendre le dénouement très prochain de ce qui me torturait.

Au soir du sixième jour de mon règne, Sylwen se hasarda à me questionner sur le Conseil de Médiation, ma présence permanente à ses côtés et le départ si soudain de son père. Nous étions allongés dans notre lit, les couvertures éparpillées lors de nos récents ébats. La tête posée sur la fine chemise qui recouvrait les seins de mon épouse, je songeai à éluder sa question, mais devant son silence teinté d'insistance, je craquai. Ne tenant plus, je lui avouai tout et pleurai dans ses bras comme un enfant impuissant devant la course des étoiles. C'était elle qui risquait sa vie et c'était pourtant elle qui me consolait. Ses longs doigts dans mes cheveux m'aidèrent à purger mon cœur de toute l'inquiétude que j'y avais enfermée. Son visage était calme, impassible.

— Qu'a dit mon père ? murmura-t-elle de sa voix plus douce que le miel.

— Que je devais lui faire confiance.

— Alors, c'est ce que tu dois faire.

Je décidai cependant de me taire sur le marché qui avait été conclu à propos de l'entrée en guerre de mon pays et qui me verrait donc m'éloigner d'elle bien plus tôt que je ne l'aurais voulu.

Après avoir séché chacune de mes larmes d'un baiser brûlant, Sylwen se débarrassa de sa chainse et m'offrit son corps entièrement nu. Pourquoi le Père Très Saint souhaitait-Il me priver de cette vision sublime ?

— Si nous devons être séparés, que mon image reste incrustée à jamais dans ton esprit.

Anéanti à cette simple idée, je gravai chaque courbe de mon épouse au plus profond de mon être. Souhaitant elle aussi capturer mon image, Sylwen ôta la chemise qui recouvrait mon corps frissonnant, frissons de sanglots autant que de plaisir, et découvrit ma physionomie avec candeur et application. Nous devions être étonnants à voir, tous les deux nus, l'un en face de l'autre, à tenter de mémoriser au plus juste ce corps tant désiré. Nos yeux furent bientôt relayés par nos caresses, et les étreintes que nous partageâmes ce jour-là furent merveilleuses. Enlacés, repus de la chair de l'autre, nous nous abandonnâmes au don restructurant du sommeil.

Advienne ce qui devait. J'étais mort entre ses bras, et son souffle m'avait rendu la vie. J'avais vécu les plus beaux instants de toute mon existence. Notre amour était devenu immortel.

Δ

Au crépuscule du neuvième jour de mon règne, un groupe de cavaliers fut annoncé. Nous nous réunîmes à la hâte sur le parvis du Palais Haut de Wyrd pour les accueillir. J'étais excité et anxieux de connaître enfin la solution apportée au problème posé par les exigences de l'Heylön. Mon angoisse augmenta quand je vis le visage blême du premier soldat qui arrivait en haut de l'escalier. Je m'avançai vers les vertigineuses marches et n'aperçus pas l'imposante stature de Tillaumet. J'eus cependant le soulagement de découvrir une forme féminine enroulée dans une épaisse cape noire, parée du traditionnel voile intégral des femmes promises.

— Où est mon père ? demanda Sylwen, inquiète.

Devant le mutisme du soldat, elle interpella le second, puis le troisième. Tous lui fournirent en réponse le même silence lourd de sens. Enfin, quand Kalian surgit, elle lui adressa un regard si triste qu'il ne put lui annoncer la nouvelle sans baisser les yeux. Il confia la jeune femme qui l'accompagnait à Drivia, puis fit face à mon épouse. Il la dévisagea avec compassion avant de fixer à nouveau ses bottes crottées.

— Le roi Tillaumet a péri.

Sylwen chancela et s'écroula dans mes bras. Ses sanglots furent silencieux, mais tout son être en tremblait tandis que des larmes inondaient son visage.

— Comment est-ce survenu ? interrogea Syro d'une voix désincarnée.

— Il a fait une mauvaise chute de cheval, dans les alentours de Toimuras.

Une chute de cheval ? Ce n'était pas ainsi que j'aurais imaginé que finisse Tillaumet. Ainsi, même le plus grand guerrier pouvait périr de la plus commune des manières.

— Mais comment cela a-t-il pu arriver ? se lamenta Galio, une main sur le cœur.

— Et son corps ? Kalian ! Où est son corps ? hoqueta Sylwen.

Le commandant ysoarien tentait tant bien que mal de répondre à mon épouse désespérée.

— Il repose en ces lieux. Nous ne pouvions prendre le temps de le ramener à Daeg. Mais n'aie crainte, il a la sépulture qui lui est due. Des bottes de plomb lui ont été coulées dans le plus grand empressement par un artisan de Toimuras.

Je n'étais en rien surpris de constater, une fois de plus, les coutumes archaïques encore en vogue en Ysoar. Dans l'Ancien Temps, les rites funéraires en usage voulaient que les seigneurs soient ensevelis chaussés de bottes de plomb, afin que leur âme ne puisse errer dans les limbes ou venir hanter le monde des vivants. Ces superstitions avaient depuis longtemps disparu en Ariatide, mais plus rien ne m'étonnait au sujet des terres centrales.

Sylwen se libéra de mes bras pour se jeter sur Kalian, martelant son torse de ses poings sans vigueur.

— Je veux y aller ! supplia-t-elle, le visage couvert de larmes. Je veux me recueillir sur sa tombe !

— Mon enfant, tes pleurs sont justifiés, la consola Drivia, mais tu dois au moins laisser à ces hommes le temps de se remettre de leur épuisant voyage !

— Pourquoi ne l'as-tu pas ramené à Daeg ? hurla mon épouse à Kalian. Pourquoi le prives-tu de l'honneur de la crypte royale ?

— Nous aurions perdu trop de temps, se contenta-t-il de répondre, la tête baissée.

— Tu as fait ce qui devait être fait, approuva Syro. Je célèbrerai un office pour la paix de son esprit.

Anéantie, Sylwen revint chercher la protection de mes bras.

— Emmène-moi, Guilhem, emmène-moi, vite.

Après avoir tenté de consoler Sylwen comme je le pouvais et attendu qu'elle s'endorme, épuisée par le chagrin, je me rendis au Grand Conseil qui avait suivi le retour de la troupe.

Je poussai la porte sans serrure et pénétrai prestement dans la salle d'où provenaient de nombreuses exclamations. Kalian, Claudius et les Neuf Sages devaient débattre depuis un long moment.

— Une chute de cheval ne relève en rien de ma surveillance ! rétorqua Kalian à Ciché. Je ne pouvais prévoir un tel accident !

— Il faut qu'il soit couronné au plus vite, annonça Syro d'une voix calme, tout en marquant mon entrée d'un mouvement de tête. Guilhem, tu dois maintenant assumer ces deux trônes. Nous t'assisterons du mieux que nous le pourrons.

— Cela ne peut attendre ! insista Ciché. Dans ces heures troublées, un royaume tel que l'Ysoar sans dirigeant va susciter les plus grandes convoitises ! Imaginez que la reine d'Heylön ou pire, l'héritière d'Agaladywen viennent à profiter de ces heures sombres pour mener une attaque ! Je ne donne pas cher des terres centrales !

— Il me semble, intervint Claudius, qu'il est aussi urgent d'acheminer la jeune femme jusqu'en Heylön.

Enfin rentrions-nous dans le vif du sujet.

— Qui est-ce ? demandai-je à Kalian.

Je souhaitais parler le moins possible aux Sages, tant ils avaient bafoué la confiance que j'avais pu placer en eux.

— Soyez rassuré, Guilhem, me confia Kalian. Tillaumet a tenu promesse. Il n'enverra pas Sylwen.

Le poids que j'avais sur la poitrine se volatilisa immédiatement. Je respirais enfin.

— Le bateau me semble être la solution la plus rapide et la plus sûre, poursuivit Galio. Je vais sur-le-champ faire envoyer un message afin que l'un de nos navires soit apprêté au départ.

Les forces armées du Wyrdlyn jouissaient d'une flotte impressionnante. Enfant, j'avais eu la chance d'apercevoir quelques-uns de leurs bâtiments dans un port ariate, mais jamais depuis. J'avais le souvenir de monstres de bois, véritables forteresses des mers.

— Il y a presque trois journées de route jusqu'aux Grandes Eaux, ajouta Syro. Que l'équipage soit prêt pour appareiller dans cinq jours, à la marée descendante.

— Qui avez-vous choisi d'envoyer ? m'impatientai-je. Est-ce une parente de Sylwen ?

— En effet, confirma Drivia, malicieuse. Il s'agit de sa propre sœur. N'est-ce pas brillant ? Aussi ne transgressons-nous pas l'accord du Conseil de Médiation.

Voilà bien une nouvelle à laquelle je ne m'étais pas préparé !

— Sa sœur ? J'ignorais qu'elle avait une sœur !

— Ne me regarde pas de la sorte, Guilhem, enchaîna Claudius. Je viens tout juste d'en être informé.

— C'est l'une des bâtardes de Tillaumet, expliqua Syro, ponctuant chaque phrase d'un passage de langue sur ses lèvres pâles. Galaad d'Ysoar est son nom.

L'Heylön ne s'offusquerait pas de ce manque de considération ? Et cette fille avait-elle conscience de ce à quoi elle s'abandonnait ?

— Elle a accepté de se sacrifier ? m'étonnai-je.

— Sacrifier est un bien grand mot. Disons qu'elle a accepté de nous rendre ce service.

Syro faisait peu de cas de la vie de cette jeune femme. Quoi qu'il en soit, je lui étais infiniment reconnaissant de s'offrir à la place de Sylwen.

— Là-bas, elle sera traitée selon le rang auquel elle n'a jamais eu droit ici. C'est toujours mieux que le village dans lequel elle vivait, précisa Ciché, méprisant. Ces gens-là ne sont pas difficiles.

— Mais Fjörna ne risque-t-elle pas de prendre cela comme un affront ? se hasarda Claudius, posant la question qui m'avait effleuré l'esprit quelques instants plus tôt. Elle exigeait la fille de Tillaumet. Sans doute Sylwen. Et la voilà affublée d'une simple bâtarde. J'insiste. Je pense que cette manœuvre peut envenimer la situation déjà pour le moins instable.

— Ils ont demandé la fille de Tillaumet, argua Drivia en tapotant la table du bout des doigts. Ils n'ont en rien spécifié son identité, sa légitimité ou son rang.

— Kalian, proposa Syro, si tu acceptes ce rôle, nous souhaiterions que tu escortes la jeune femme jusqu'en Heylön Continentale.

— J'en serais très honoré.

Le visage du commandant ysoarien était aussi impassible que son masque.

— Mais qui ira porter en Ysoar la nouvelle du trépas de Tillaumet ? s'enquit Galio. Il faut prévenir Maistre Giltot, le conseiller de Tillaumet, qu'il devra assurer la régence jusqu'au couronnement. Si Guilhem y allait, cela pourrait être mal perçu.

— Sylwen nous a confié le souhait de se rendre sur la sépulture de son père, rappela Drivia.

Je n'avais pas encore songé à ce voyage qui allait nous ramener en Ysoar. Je n'avais nulle envie de parcourir à nouveau ces contrées arriérées.

— Moi seul saurais retrouver l'endroit exact où le roi a été mis en terre, avança Kalian d'un ton grave.

— Alors j'emmènerai l'otage, conclus-je d'une voix calme et posée, à l'opposé de l'ébullition qui m'animait.

L'optique de découvrir l'Heylön Continentale me tentait beaucoup plus que l'éventualité d'un voyage en Ysoar, même avec Sylwen. Je ne pouvais m'empêcher de penser que son père avait eu ce qu'il méritait et ce sentiment créerait une réserve dans les consolations que je pouvais lui apporter.

— Mais tu ne peux quitter ces murs avant ton couronnement ! s'exclama Ciché.

— Je le ferai pourtant.

Mon ton ne laissait pas place à la contestation.

— J'irai avec lui, ajouta Claudius en me jetant un coup d'œil complice. Il est juste qu'il le fasse.

Les Sages se concertèrent du regard. Syro recueillit les avis de ses confrères et consœurs et finit par acquiescer dans un ballet de langue dérangeant :

— Soit, qu'il en soit donc ainsi. Kalian, tu accompagneras Sylwen jusque sur la tombe de Tillaumet. Vous vous rendrez ensuite chez chacun des seigneurs d'Ysoar. Vous prendrez quelques Balastes pour vous escorter.

— Sauf votre respect, coupa Kalian, je préfère voyager en compagnie de mes propres hommes.

— Comme il te sied, en convint le Sage. Guilhem, tu mèneras la jeune femme au port de Grädentöt, sur les côtes de l'Heylön Continentale. Une délégation des terres du Nord se chargera du trajet jusqu'à la capitale, Perftödt. Tu partiras en compagnie du Haut Maistre Claudius et de deux soldats de ton choix. Une troupe armée plus importante attirerait trop l'attention.

Δ

Les adieux durèrent toute la nuit, tout le jour et toute la nuit suivante. Mon épouse éprouvait une grande reconnaissance pour cette sœur bâtarde inconnue qui prenait ici sa place, et se désolait de devoir déjà me quitter. Au petit matin, éreinté, mais comblé, je laissai Sylwen s'éloigner vers le nord-est, alors que je m'apprêtais à partir dans la direction opposée. J'avais tenté de dissuader ma femme d'entreprendre son voyage, mais devant tant d'entêtement, tous les efforts étaient vains. De plus, elle était en sécurité aux côtés de Kalian. Les révélations des derniers jours avaient anéanti la confiance que j'avais dans les Balastes, et mêmes les Ysoariens ne m'inspiraient plus la moindre estime. Excepté Kalian, bien sûr, qui, je le savais, était aussi étranger que moi à toute cette machination. Pour ne pas surcharger mon équipage, j'avais choisi de mettre Budec au service de mon épouse. Sa vieille gouvernante serait sans doute ravie de se décharger sur le garçon.

Ma troupe se rassembla dans la cour du Palais Bas. La température était glaciale, de sorte qu'une multitude de petits nuages de buée nous entouraient. J'avais refusé que la sœur de Sylwen voyage en char branlant, tant cela aurait rallongé notre trajet. Aussi se présenta-t-elle voilée de pied en cape. Nombreuses étaient les femmes à circuler de la sorte pour échapper aux regards déplacés des pouilleux qui grouillaient en chemin. Pas une once de sa peau ne transparaissait, ce qui ne fit qu'accroître ma curiosité. Ressemblait-elle à Sylwen ? Avait-elle les mêmes yeux ? Les mêmes cheveux blonds ? Était-elle plus jeune ou plus âgée ? Sa stature laissait deviner des formes plus rondes que chez mon épouse.

— Le voyage sera long, commençai-je en guise de salut, mais ne vous inquiétez pas, nous ferons de nombreuses haltes.

Elle hocha la tête sans dire un mot. La route promettait d'être enjouée ! Heureusement, Claudius, Galatyr et son fils Tandolyr, étaient de la partie. Au fond de moi, je me réjouissais de passer ces dix jours en compagnie de mes amis ariates. Comme mon pays me manquait ! À chaque fois que je prévoyais de m'y rendre, un élément extérieur à ma propre volonté me faisait dévier de ma route et m'envoyait à l'exact opposé. Et c'était valable pour tout ! Je souhaitais être roi ? Un accident me chassait du trône. Je voulais me dévouer aux arts ? Il me fallait devenir roi. Je projetai de rentrer en Ariatide ? On m'envoyait en Heylön. J'étais un pantin entre les mains du Père Très Saint. Quand pourrais-je enfin devenir maître de ma destinée ?

Nous chevauchâmes toute la journée. La sœur de Sylwen montait un magnifique destrier noir aux crins blancs. Mis à part le contenu des fontes de sa selle, elle n'emportait pas le moindre effet personnel. À chaque fois que nous lui proposions de prendre quelque repos, elle nous encourageait à continuer d'un signe de la main et hâtait l'allure.

Ce voyage me faisait revivre. L'air frais, le cheval entre mes cuisses, les chants d'itinérance, le paysage qui défilait, tout venait alimenter ce sentiment trompeur de liberté.

Le soir, nous nous arrêtâmes dans l'auberge que nous avaient indiquée les Neuf Sages : l'Auberge de l'Aube. L'imposant établissement bâti de pierres se dressait sur le bord de la route. L'avant-veille, le messager nous précédant avait prévenu de notre visite et nous avait fait préparer trois chambres très confortables. Me refusant à ce que Galatyr et Tandolyr dorment à l'étable par ce froid glacial, je leur offris ma couche et partageai celle de Claudius.

La jeune femme prit son repas seule, à l'étage, tandis que nous goûtâmes la chaude atmosphère de la salle. Pour être les plus discrets possible, nous avions décidé de n'échanger qu'en langue commune sur la pluie et le beau temps.

Un colporteur en provenance de Wyrd avait assisté à mon couronnement et racontait, dans les moindres détails, tout ce qu'il avait vu – et surtout ce qu'il n'avait pas vu. Grand orateur aux forts effluves d'alcool, il passait d'une table à l'autre et contait les événements à qui voulait l'entendre – ou pas –, le tout à grand renfort de gestes et de positions saugrenues. À l'écouter parler, Sylwen avait des allures d'esprit céleste, ce que je ne démentais pas. Quant à moi, j'étais un roi boiteux et difforme que le Père Très Saint avait désigné comme Son élu en me rendant une apparence humaine.

Devant les rires que nous provoquaient ses dires, à moi et à mon équipage, le marchand vint s'installer à notre table et nous proposa de nous raconter la suite de la cérémonie. Tout en vidant tour à tour chacune de nos pintes de bière, l'homme entreprit de nous exposer comment « Forna », la maléfique reine d'Heylön, avait pulvérisé la porte du temple dans une invocation à l'Ancienne Déesse. Dans une nuée de fumée verte à la puanteur souffrée, elle s'était avancée dans l'allée et avait défié quiconque oserait s'opposer à elle. Une rafale glaciale avait éteint toutes les bougies de prière. Une boule de feu était sortie de la bouche de la sorcière pour se jeter sur le Prêtre Premier. Le Prophète avait disparu dans une lueur divine et s'était réfugié dans le palais. Les Balastes, en protection, avaient ployé sous l'impressionnant pouvoir de la dame maléfique. Un démon blond l'accompagnait avec des mugissements effrayants. La reine avait défié le Conseil des Sages et fait disparaître son acolyte dans une fumée violette. Elle l'avait ensuite fait réapparaître, une enfant dans les bras, sans doute pour faire un sacrifice en l'honneur de la Mère déchue !

La description que l'homme faisait de Györg me fit pouffer de rire. Encouragé par ma réaction, le colporteur poursuivit son récit avec une énergie accrue.

Suite à ça, la sorcière « Forna » avait accusé le Conseil des Sages et le roi d'Ysoar d'avoir eux-mêmes dévoré des villageois. « Tollimet » avait tracé le signe de bénédiction sur la démone en hurlant un « Père Très Saint, protège-nous ! », et la reine s'était évanouie et avait disparu dans le sol.

Les yeux écarquillés, les mains crispées, le marchand avait illustré tout son récit en mimant les personnages. Redevenu lui-même – ou, du moins, une part alcoolisée de l'original –, il tenta de nous vendre quelques rubans et colliers dont ses paniers regorgeaient.

Sur le chemin de ma chambre, je passai devant celle de la jeune femme. J'avais en moi la crainte insensée qu'elle prenne la fuite et que nous soyons forcés de livrer Sylwen. Galatyr saisit mon froncement de sourcils inquiet et me proposa aussitôt de monter la garde devant la porte. Lui et son fils se relaieraient toute la nuit. Rassuré, je pénétrai dans la chambre que je partageais avec Claudius.

Mon ancien précepteur dormait du sommeil du juste alors que je peinai à trouver le repos. Il faisait encore nuit noire. Je me levai, me rafraîchis d'une gerbe d'eau glacée sur le visage, et me dirigeai vers la fenêtre. J'entrouvris le battant de bois et de verre poli et respirai l'air froid du dehors. Une fine pellicule de neige était tombée et recouvrait le sol. Le ciel était dégagé et scintillait d'une myriade d'étoiles.

Aylim avait déserté mes nuits depuis bien longtemps, et nos retrouvailles me manquaient. Elles étaient une bouffée d'air dans mon quotidien torturé. Cette femme, bien qu'imaginaire, était d'une telle beauté ! D'une telle intensité.

Pourquoi mon esprit était-il tourné vers cet être sorti de mes rêves, quand mon épouse devait se morfondre sur les routes chaotiques qui la ramenaient sur la tombe de son père ?

Nous chevauchâmes les deux jours qui suivirent, discutant de tout et de rien en mastiquant les tranches de cuir tanné que l'aubergiste nous avait vendues pour de la viande séchée. La jeune femme voyageait en silence, murée dans ses voiles. Il y avait quelque chose de fantomatique dans sa présence ainsi occultée. « Galaad », un nom bien étrange qui achevait de la nimber de mystère.

Δ

Une horde de puces affamées ajoutèrent à mon insomnie. Nous étions arrivés tard dans la soirée à Tyrnavel, un petit bourg aux environs de Port-Retour, la principale ville portuaire du Wyrdlyn. L'embarcation du Grand Conseil, invisible à cette heure, devait avoir jeté l'ancre dans les eaux profondes.

Il avait été jugé préférable de ne pas embarquer à Port-Retour même, où nous aurions bien trop attiré l'attention. Aussi, une imposante barque nous conduirait-elle au navire avant le lever du soleil.

Prévenus par le messager qui nous précédait, la seule auberge du village avait fait préparer deux chambres, au lieu des trois prévues. Malgré toute ma volonté de voir Galatyr et Tandolyr partager le confort d'un lit, ils furent forcés de se contenter du couloir. Leur garde devant la chambre de la femme serait longue. Je les soupçonnai cependant d'être plus fortunés que moi, car le plancher ne pouvait accueillir autant de parasites que ma paillasse. Claudius ne semblait pas en être incommodé et s'était, à son habitude, endormi comme une masse.

Que faisait Sylwen en cet instant ? Se languissait-elle de moi ? Dans quelques jours nous nous retrouverions et pourrions enfin entamer notre vie commune dans le bonheur paisible qui aurait dû auréoler notre mariage.

Malgré les démangeaisons qui pulsaient dans les moindres recoins de mon corps, je sombrai dans un sommeil profond.

Je me trouvai dans le temple, pendant mon mariage. Sylwen était face à moi, vêtue de sa robe d'or, aussi radieuse que dans mon souvenir. L'assemblée nous regardait, silencieuse. Les Neufs Sages, le Prêtre Premier, Tillaumet, Kalian, les Balastes. Ils étaient tous là. Immobiles. Comme désincarnés. Mon épouse avait la couronne de bois à la main. Ainsi notre mariage n'avait-il pas encore été prononcé.

Soudain, la porte s'ouvrit avec fracas. Mais nul soldat heylönsk n'avança. Non. Au lieu de cela, au sein d'une corole de clarté, Aylim fit son apparition dans toute sa splendeur. Mon Aylim. On aurait dit une divinité des temps anciens.

— Je viens te rappeler ta promesse, Guilhem, murmura-t-elle dans un souffle, les bras ouverts. Lie-toi à moi, unis ta destinée à la mienne et je t'offrirai grand bonheur et félicité.

Je voulus m'élancer vers elle, mais Sylwen m'arrêta d'une main sur mon épaule. Elle leva ses yeux baignés de larmes. Elle était si belle, si pure !

— Guilhem ? répéta Aylim, avec une douce autorité dans la voix.

Personne ne réagissait dans l'édifice. Rien d'étonnant, puisque c'était un rêve. Je le savais. Aucun de mes actes présents ne pourrait porter à conséquence. Je dénouai donc les doigts de Sylwen accrochés à ma manche.

— Avant de partir, Guilhem, me supplia-t-elle, la voix chargée de chagrin, embrasse-moi !

J'effleurai sur-le-champ ses lèvres de ma bouche. Sylwen s'agrippa soudain à moi, me gratifiant d'un baiser passionné.

— Ma question est simple, Guilhem, répéta Aylim, agacée. Honores-tu ta promesse, oui ou non ?

Je repoussai Sylwen et me redressai pour répondre à mon apparition. Mais au moment où j'ouvris la bouche, aucun son n'en sortit. Ma voix m'avait abandonné. Je tournai un visage affolé vers Sylwen. Elle souriait de son plus beau sourire, satisfaite. Conquérante.

— Ton silence est témoin de ton esprit hésitant, soupira Aylim. Je me suis méprise sur tes pensées.

Mais je ne voulais pas la perdre ! Je voulais me lier à elle !

— Qu'il en soit donc ainsi, poursuivit-elle, une main levée vers moi dans ce que je pris pour un signe d'adieu. Si tu ne te voues à moi, alors je ne veux de toi. Saches cependant ce que tu perds en renonçant à moi.

Au même instant, une forte douleur irradia mon genou gauche. Peu à peu, la luminosité de la corole déclina et Aylim disparut. Ma jambe me faisait atrocement souffrir et reprenait – Ô Père Très Saint, aie pitié ! – sa raideur passée.

Δ

Je m'éveillai en sursaut. Mon genou palpitait sous la couverture.

— Non, non, non, non, non ! psalmodiai-je en le massant avec vigueur.

Ma jambe gauche était redevenue aussi raide que je l'avais toujours connue. Aylim. C'était sa faute ! Cette *mahr* m'avait jeté un sort assez puissant pour pervertir les miracles du Père Très Saint ! Elle était donc bien une créature démoniaque ! Que n'avais-je fait appel à un prêtre pour me débarrasser de son emprise ! Elle avait joué de ses charmes pour endormir mon assurance. Je pensais rêver, quand elle aspirait mon essence vitale ou je ne sais quoi d'autre. Faible. J'avais été faible et stupide et... Ô Père Très Saint, que ma jambe était douloureuse.

Je me levai dans l'espoir que quelques pas dissolvent les élancements. Claudius grogna et gesticula dans son lit.

— Tu souffres ? s'inquiéta-t-il, à moitié endormi.

— J'espère que cela va passer, articulai-je en serrant les dents.

Ces quelques mots le tirèrent du sommeil aussi prestement qu'un seau d'eau glacée. Durant de longues heures, mon ancien précepteur tenta d'apaiser ma douleur à l'aide de baumes et de massages. La souffrance me tirait des larmes de dépit. Plus que ma jambe, c'est mon orgueil qui était meurtri.

# Chapitre VIII

« Jamais tu ne prononceras Mon nom,
Car Mon pouvoir est grand.
Jamais tu ne Me représenteras,
Car Mon pouvoir est grand.
Jamais tu ne te détourneras de Moi,
Car Mon pouvoir est grand.
Jamais tu n'adoreras un autre que Moi,
Car Mon pouvoir est grand.
Âhni. »

*Livre Saint, chapitre IX, versets 1043 à 1051.*

Δ

À mon grand désespoir, malgré une douleur supportable, l'état de ma jambe ne s'était pas amélioré au petit matin. Père Très Saint, pourquoi m'imposais-Tu ça ?

— Tu boites, seigneur ? m'avait questionné Galatyr d'un air désolé en me voyant claudiquer hors de ma chambre.

Claudius lui avait intimé l'ordre de se taire d'un froncement de sourcils. La dernière chose dont j'avais besoin était de me justifier quant à ma rechute.

Le navire qu'avait fait apprêter le Grand Conseil était sans conteste le plus beau bateau qu'il m'avait été donné d'emprunter. Large de dix pas, long de cinquante, il était équipé d'une imposante voilure qui lui procurait une rapidité reconnue. Au port, nous empruntâmes une barque assez grande pour nous accueillir, nous cinq et le cheval que Galaad emportait avec elle en Heylön comme présent. Pour notre part, nous laissâmes les nôtres en pension à l'auberge, dans l'espoir de les retrouver à notre retour.

La brume qui enveloppait le port était d'une densité irréelle. Les rameurs de l'embarcation, quatre jeunes gaillards d'une vingtaine d'années taillés comme des bœufs, étaient accompagnés par un vieillard dissimulé sous une épaisse cape. Assis à la proue, il maintenait haut sa lanterne afin de nous guider entre les rochers émergeant dans ce petit matin encore sombre.

Nous abordâmes le navire assez vite. Cependant, l'embarquement, lui, dura plus longtemps. Il fallut monter l'imposant cheval noir à bord, à l'aide de cordes, poulies, et cela à la seule force des bras de huit des quinze hommes qui constituaient l'équipage du navire. Ils semblaient s'étonner qu'un animal aussi massif soit aussi léger. Et aussi calme. Tout au long de l'opération, Galaad apaisa sa monture dans une langue musicale que je ne sus reconnaître.

Le vieillard à la lanterne profita de mon immobilité pour me harponna la main. Il me lorgna de son unique œil exorbité.

— Un jour, grogna-t-il, une poule a regardé la lune et est morte. Pourquoi, cher seigneur ?

— Ne l'écoutez pas, me cria l'un des quatre gaillards pendant qu'il guidait le cheval hissé à bord du navire. Il n'a plus toute sa tête !

— Non ! enchaîna le vieillard en resserrant son étreinte sur mon poignet. Pourquoi est-elle morte ?

— Je ne sais pas, de froid ?

L'ancien s'énerva et frappa du pied sur le fond de la barque.

— Non ! Tu réponds à la hâte. Trouve la réponse juste et celle que tu aimes, t'aimera en retour, c'est Hollent le Sage qui te le dit !

— Hollent le Sage ! Tu divagues, carcasse ! lui jeta un second jeune homme, tu es Hollent le Fou, Hollent le vieux Fou gâteux !

Le vieillard partit dans un rire de démence.

— Oui, j'oubliais, je suis Hollent le vieux Fou gâteux !

Par considération pour son esprit malade, je pris quelques instants de réflexion pour essayer de répondre. Du coin de l'œil, j'observai Galaad retrousser le bas de sa robe et y faire un nœud, dans le but de pouvoir gravir plus aisément la longue échelle de corde qui pendait à la coque du navire. Tandolyr monta à sa suite pour prévenir une chute éventuelle.

Je restai le dernier sur la barque et n'avais pas la moindre idée de la réponse à donner au vieillard sénile. J'essayai de retourner ses paroles dans tous les sens. « La lune, une poule… je déteste les énigmes… que fait une poule… elle mange, elle rôtit, elle pond… elle pond des œufs… un œuf, une poule, la lune… »

— Il faut que tu montes ! me cria Claudius depuis le pont du bateau. Ou bien la marée repartira sans nous !

Dans un haussement d'épaules, je me saisis de l'échelle. Mais ma jambe gauche, raide, ne me permit pas d'employer ce mode d'embarquement. Pourquoi, Père Très Saint, pourquoi ne pouvais-je monter ainsi alors que même mon vieux précepteur avait gravi l'échelle avec l'agilité d'un jeune homme ? Sous les yeux de tous, je fus donc hissé, tel le cheval, une corde nouée sous les bras.

Sans quitter des yeux ma progression, le vieillard de la barque se sentit obligé d'ajouter à mon humiliation :

— De honte, seigneur ! La poule, elle est morte de honte ! La lune était bien plus grosse que n'importe lequel des œufs qu'elle aurait pu pondre ! De honte, seigneur !

— Tais-toi ! lui cracha l'un des jeunes hommes avant de lui intimer de pointer sa lanterne dans la bonne direction.

Déjà l'embarcation repartait vers le port, sur une mer où se miraient les couleurs du jour naissant. La brume se dissipait avec fainéantise et donnait à l'étendue marine des allures de marais fumant.

Lorsque j'arrivai sur le pont après avoir été hissé comme une marchandise, le cheval avait déjà été descendu dans la cale avec le même système de poulies que celui qui l'avait fait embarquer. Notre groupe s'était vu attribuer l'une des trois pièces que comptait ce navire, les autres étant allouées à la cuisine et à la restauration pour l'une, au capitaine et à son second pour l'autre. Les marins, eux, dormaient sous le pont. Un poids sur le cœur, je pensai trouver le repos dans notre cabine. Espoir futile. À peine avais-je passé la porte que Claudius se mit en tête de trouver une explication à la récidive de mon mal.

— Les muscles de ta jambe n'étaient pas habitués à de tels efforts. Peut-être est-ce juste lié au surmenage que tu t'es infligé ces derniers temps.

Je refusai de m'asseoir et repoussai son bras bienveillant avec emportement.

— Je suis infirme, Claudius ! Il te faut l'accepter, comme je l'ai fait.

— Guilhem, garde l'espoir de...

Je l'arrêtai, une main levée.

— Je ne veux plus un mot sur le sujet, tranchai-je avec une amère brutalité. Jamais.

Incapable de supporter la compassion de son regard, je préférai sortir sur le pont. L'équipage hissait la lourde voile qu'une bourrasque vint aussitôt gonfler. La coque craqua en se mettant en mouvement. La sensation de glisser sur les flots ne m'était pas totalement étrangère, mais moins familière que celles procurées par les chevauchées. Avachi sur la rambarde, un Tandolyr blanchâtre, rendait sa bouillie d'avoine à la mer sous la surveillance attentionnée de son père. Au moins n'avais-je pas le mal marin. Du moins, pas encore.

— Où est la femme ? demandai-je à Galatyr.

— Elle s'assure que sa bête est bien installée, répliqua-t-il en m'indiquant l'entrée de la cale d'un mouvement de tête.

Claudius sortit de la cabine et m'adressa un hochement de tête contrit. Cette commisération poisseuse me révulsait. Il me fallait m'isoler pour éviter qu'il ne vienne me parler. Sans réfléchir à la difficulté, je m'engageai sur l'escalier raide qui s'enfonçait dans les entrailles du navire. Je me cramponnai à la corde qui tenait lieu de rambarde et descendis une à une les marches glissantes. Mes yeux s'adaptèrent vite à l'obscurité de la cale. À quelques pas de là, Galaad enlaçait l'encolure sombre du cheval et murmurait de douces paroles au creux de son oreille attentive. Mon arrivée peu discrète rompit ce moment de complicité. La jeune femme avait ôté son voile et abaissé sa capuche, dévoilant son visage. Et quel visage ! J'en restai pétrifié. À mon arrivée, elle tenta de se dissimuler, mais trop tard. Une chape glaciale s'était abattue sur moi. Je n'arrivais plus à inspirer la moindre particule d'air. Là, devant moi, se tenait Aylim. Ou du moins sa sœur jumelle. Comment était-ce possible ? Comment pouvait-elle être la sœur de mon épouse ? À moins que je ne sois encore possédé par une vision démoniaque ? Je ne parvenais plus à penser ni à bouger. Je tentais en vain de sourire ou de dire quelque chose pour garder la face. Mon corps était parcouru de frissons alors que ma tête était prête à exploser, assaillie de bourdonnements. Se pouvait-il que cette femme soit Aylim ? Mon Aylim ? Dans le tumulte de mes sentiments contradictoires, j'oubliai ma rancœur et me laissai submerger par mon amour.

La jeune femme perçut mon regard insistant et se détourna.

— Aylim ? parvins-je à peine à articuler tant mes joues étaient crispées.

— Qui ça ?

Elle leva sur moi ses yeux sombres, envoûtants. Il n'y avait pas la moindre trace d'ironie dans sa voix. Et pourtant c'était Aylim, j'en étais sûr ! Même timbre, même visage, même regard, mêmes cheveux. Alors pourquoi ne me reconnaissait-elle pas ?

— C'est moi ! m'entendis-je insister, le cœur au bord de l'emballement. Guilhem ! Nous nous sommes vus si souvent dans mes rêves !

Ça avait l'air beaucoup moins fou avant d'être prononcé à voix haute.

— Je ne suis pas sûre de comprendre, murmura-t-elle d'un air dubitatif. Je m'appelle Galaad d'Ysoar.

— Très bien, concédai-je d'un haussement d'épaule. Comme tu voudras. Galaad, donc.

Je tentai un pas vers elle et la vis esquisser un mouvement de recul. Elle était sur la défensive.

— N'aies crainte ! me sentis-je forcé de préciser, les mains levées. Je ne t'en veux pas.

— Pardon ?

Elle fronça les sourcils et secoua la tête, perdue. Sa main se resserra sur les crins blancs du cheval. L'animal avait la tête tournée vers moi, vigilant. Je tentai de sourire.

— Pour ma jambe. C'était cruel, mais je comprends ta réaction. Dire que je pensais que tout ceci n'était qu'un rêve ! J'ai même cru que tu étais…

Lui avouer que je la soupçonnai être d'essence démoniaque n'était sans doute pas la meilleure manière de détendre l'atmosphère.

— Enfin que tu n'existais pas. Mais tu existes bien !

Elle laissa échapper un hoquet d'étonnement. Le cheval souffla et se concentra de nouveau sur son foin. Le bruit apaisant de sa mastication fit retomber la tension ambiante. Les yeux sombres de la jeune femme ne me quittaient pas et son expression était indéchiffrable. Pourquoi se taisait-elle ? Je détaillai ses traits si identiques et pourtant si différents de ceux que revêtait l'Aylim de mes rêves. Galaad était plus… humaine, moins éthérée. Mais tout autant désirable. Une telle force, une telle intensité se dégageaient d'elle ! Ses longs cheveux bruns tombaient sur ses épaules en une dizaine de tresses, auréole de nuit soyeuse autour de son visage. Je mourais d'envie de la prendre dans mes bras, de sentir sa chaleur contre mon corps. Pour de vrai. Je tentai un nouveau pas et me plaçai en face d'elle. Je ne pus retenir un rire de jubilation, une main pudique devant la bouche. Sa présence changeait tant de choses. Je pris une profonde inspiration et lui posai la question qui me brûlait les lèvres :

— Est-ce que ce que nous avons partagé était… réel ?

Elle hocha imperceptiblement la tête, puis rectifia, sceptique :

— Vous voulez dire, ce que nous avons partagé… dans vos rêves ?

Je crus deviner un petit sourire mutin au coin de ses lèvres. Je parcourus les deux pas qui nous séparaient, la rejoignis auprès du mastodonte noir à tête blanche occupé à fouiller le foin, et posai ma main sur l'imposante encolure. À cette distance, je percevais le doux parfum de Galaad, si similaire à celui d'Aylim, subtil mélange d'humus auquel venait s'ajouter une teinte épicée. Je refoulai les images osées de nos ébats dans la forêt. J'avais envie d'enfouir mon visage dans ses cheveux et de me saouler de son odeur à en perdre l'esprit. Il fallait qu'elle me pardonne.

— Aylim, murmurai-je, la gorge serrée, comprends-moi, je croyais que tu étais le fruit de mes songes...

— Pourquoi m'appelez-vous comme ça ? me demanda-t-elle avec une teinte suppliante mêlée de reproches dans la voix.

Troublée, elle releva son visage vers moi et plongea son magnifique regard dans le mien. Je m'enflammai à la pensée de nos caresses indécentes, du plaisir que nous avions partagé. C'était elle, j'en étais sûr.

— C'est bien ton nom, n'est-ce pas ?

Elle s'écarta de moi.

— Je ne suis pas celle que vous croyez, s'écria-t-elle.

— Pourtant, c'est bien toi, telle que dans mes rêves. Toi, toujours toi...

Je sentis monter en moi le besoin de posséder ce corps qu'il m'avait été donné de contempler, ce corps qui hantait mes nuits et mes jours. Je désirai cette femme, quelle qu'elle fût, Aylim ou Galaad, elfe, démone ou humaine, maintenant, en ce lieu. Je la rattrapai par le bras, l'attirai à moi et déposai un baiser sur ses lèvres. Nos souffles s'unirent, prélude au déferlement de nos sens. Je crus que sa chair allait s'offrir à la mienne, quand son poing me cueillit à la base de la mâchoire. Je chancelai sous le coup de la surprise et passai une main sur ma joue meurtrie.

— Posez encore une fois la main sur moi et je vous émascule, vociféra-t-elle entre ses dents, le regard enflammé de défi.

Elle se retourna sans un mot de plus et quitta la cale. Je restai là, pantois, excité, humilié, anéanti. Soit j'étais possédé, et ce jeu était une épreuve à laquelle cette démone des Anciennes Croyances me soumettait, soit j'étais fou, et cette femme était, par hasard, la copie conforme de l'amante de mes songes. À y réfléchir, je préférais encore être possédé.

Le voile qui recouvrait jusqu'à présent le visage d'Aylim – non, Galaad –, était abandonné au sol. Il avait dû tomber alors qu'elle remontait. Je le ramassai d'une main tremblante et le portait à mon nez pour en humer les senteurs chéries.

Sur le pont, j'entendis Tandolyr apostropher la jeune femme. L'inflexion de voix avec laquelle elle lui répondit me hérissa le poil. Il y avait de la séduction dans ses intonations. M'avait-elle déjà remplacé ? Et par ce blanc-bec ? Je ne souhaitais pas leur offrir le loisir du moindre instant de complicité ! Furieux, je fourrai le voile sous mon mantel et m'engageai dans l'escalier humide aussi vite que possible. Dans ma précipitation, je trébuchai et retombai de tout mon poids sur ma jambe gauche. Une douleur fulgurante m'éblouit. Les oreilles bourdonnantes, je tentai de reprendre ma respiration. Je pouvais tout juste poser le pied au sol. J'avais bien choisi mon moment ! Au bout de ce qui me parut une éternité, je pus remonter sur le pont en serrant les dents. Galaad et Tandolyr étaient en pleine conversation. Le jeune homme parlait de tout et de rien, sans parvenir à masquer le trouble que lui suscitait l'enivrante femme.

— Le capitaine dit que la traversée sera calme.

— C'est à espérer, répondit-elle, avec un sourire charmeur dont je reconnus la teneur.

La mine séduite du jeune guerrier s'attarda sur Galaad, jusqu'à ce qu'il me vît émerger de la trappe en sautillant.

— As-tu besoin d'aide, seigneur ?

J'ignorai sa question et claudiquai jusqu'à notre cabine. Je n'appréciai pas du tout la nonchalance qu'il arborait. Il faudrait que j'en parle à son père.

Δ

Cette première journée en mer sembla s'écouler en un souffle. Le vent nous guidait, le soleil réchauffait le pont et les poissons abondaient. La nuit tomba pourtant plus rapidement que je ne l'aurais pensé et nous abandonna sur une mare sombre dans laquelle se reflétait une explosion d'étoiles scintillantes.

Ma jambe était aussi douloureuse qu'autrefois. J'étais redevenu Guilhem, le boiteux, l'infirme. Accoudée à la rambarde, Galaad feignait d'écouter les légendes sur les astres que lui contait Tandolyr à grands renforts de gestes. Toute son attention était sur moi, je l'aurais juré. Ce pouvait-il qu'elle soit en réalité une elfe sous l'aspect d'une humaine ? Ou alors un démon avait-il usurpé son apparence pour m'envoûter ? Je devenais fou. Qui était vraiment cette femme ? D'où venait-elle ? Pourquoi, en plus de mes nuits, venait-elle hanter mes jours ? Quelle que fût la réalité, il y avait là matière à réfléchir ! Outre mon envie de la posséder en toute conscience, si elle était une elfe, peut-être passais-je à côté de la chance de ma vie de rejoindre le panthéon des grands monarques légendaires ! Claudius m'avait narré les épopées retraçant les amours d'un homme et d'une femme de l'Autre Monde, épopées toutes passionnantes et macabres. Dans chacune, l'elfe, fée ou nymphe, enjôlait l'homme, l'enchantait, l'envoûtait presque. Telle une prêtresse de l'Ancienne Déesse, elle offrait son corps et procurait à son amant un plaisir indicible. Les étreintes qui nous avaient unis, Aylim et moi, étaient nées de la recherche de la jouissance pure, de la sienne comme de la mienne. J'en tremblais encore. Ces êtres étaient dénués de toute morale, de toute notion de bien, de mal, ou même de péché... Ils n'avaient que faire de savoir leur âme damnée par le Père Très Saint, condamnée qu'elle était déjà à errer dans les limbes infernaux d'où elle était issue. Pourtant, un conte relatait le souhait de conversion d'une elfe à la Vraie Foi. Ne pouvant, contre toute bonne volonté, cacher son corps et renier les pouvoirs qui émanaient de son être, elle fut brûlée, et son amant avec elle, alors qu'il tentait de la sauver. Non, c'était finalement trop macabre. Mais une autre issue devait être possible !

Je m'approchai de la jeune femme et de Tandolyr et les interrompis dans leur discussion, sans nul doute, passionnante. De toute évidence mal à l'aise en ma présence, le guerrier s'éclipsa.

— Je vais voir si le Haut Maistre Claudius a encore de cette potion contre le mal des Grandes Eaux.

Je me délectai de sa démarche titubante, déséquilibrée par le moindre remous. Je m'accoudai à la rambarde à un pas de Galaad. Elle se redressa aussitôt et me toisa, prête à partir au moindre faux pas de ma part.

— La nuit est calme, lâchai-je d'un ton détaché. Nous avançons vite.

— Que voulez-vous savoir, Guilhem ?

La voix de Galaad n'était pas hostile, mais elle imposait tout de même d'aller à l'essentiel. Ses yeux étaient envoûtants. Pris au dépourvu, déstabilisé, je me contentai de bafouiller.

— Je ne... enfin si je... Mais ce n'est pas que...

Son rire me laissa contemplatif.

— Ce n'est quand même pas moi qui vous mets dans un tel état !

Je me retins de lui répondre par l'affirmative. J'étais assez ridicule comme ça.

— Comment pouvez-vous être la fille de Tillaumet ?

— Est-ce si incroyable ?

Je ne parvins pas à savoir si la douceur de sa voix cachait quelque reproche.

— Disons que c'était inattendu. Aylim, pourquoi...

— Mon nom est Galaad, me coupa-t-elle. Aylim n'est pas... de ce monde.

Venait-elle d'avouer être la femme de mes songes ? Je ne saisissais pas la teneur de ses paroles. Aylim ou Galaad, elle était celle que je désirais entre toutes. Sylwen était belle, tendre, intelligente. Mais Galaad était mon idéal, mon complément parfait. Je le sentais au fond de moi comme une évidence. Pourquoi me l'envoyer en chair après tous ces rêves si ce n'était pour me faire comprendre que nous étions prédestinés à être ensemble ? Le Père Très Saint ne pouvait être aussi cruel, attiser mon désir, nous permettre de nous rencontrer pour nous séparer aussitôt. Après un court silence, je parvins à murmurer, suppliant :

— Ne pars pas. Reste avec moi.

— Avec vous ? rétorqua-t-elle, cinglante. Vous déraisonnez ! Nous ne nous connaissons pas ! Et quand bien même, ne venez-vous pas de vous marier ? Dans combien de temps vous lasseriez-vous de moi ? Aussi vite que ce qu'il vous a fallu pour vous détourner de votre épouse ?

Le calme de sa voix était encore plus blessant que des hurlements.

— Si je t'avais rencontrée avant, je ne l'aurais pas épousée.

— Parce que vous aviez le choix ?

Plutôt que de dire une énième sottise, je préférai me taire et savourer la brise qui nous caressait l'un et l'autre. Au-dessus de nos têtes, les étoiles scintillaient, brassées de diamants éparpillés sur le manteau de la nuit.

Je n'avais aucun argument pour faire rester Galaad, et sans doute valait-il mieux qu'elle s'en aille. Mais l'avenir incertain qui l'attendait en Heylön me prit aux tripes. Le vent jouait dans ses cheveux. Ce que je ressentais pour elle ne pouvait être le fruit de mon imagination.

— Et si nous fuyions, là tout de suite. Si j'abandonnai mon trône et que nous commencions une nouvelle vie tous les deux ?

Galaad se contenta de me fixer en silence, me laissant me perdre dans mon impuissance. Mon cœur battait à tout rompre. J'avais une immense envie de l'embrasser, de lui donner mon corps, mon désir, pour preuve d'amour. J'espérais, je souhaitais qu'elle avance ses lèvres vers les miennes, qu'elle prenne ma main, qu'elle fasse un geste, n'importe lequel, mais un geste qui aurait été un signal de départ, une autorisation pour faire pleuvoir sur elle mes sentiments en ébullition. Elle me dévisagea un long moment, puis, sans un mot, se détourna et partit.

Δ

Le voile que Galaad avait laissé tomber serré au creux de ma main, je m'éveillai de cette nuit sans rêve, las et mélancolique. Sans doute était-ce dû à l'élément sur lequel nous progressions. Je n'avais guère l'âme ni le pied marins. Tous mes compagnons étaient encore endormis. Sur une des couchettes, Galaad, chaudement enroulée dans sa cape, était bercée d'une profonde respiration. Après avoir glissé le voile sous ma chemise, j'enfilai mes bottes, jetai mon mantel sur mes épaules et sortis. Une épaisse brume s'accrochait à l'étendue huileuse sur laquelle nous tentions de progresser, abandonnés que nous étions de tout vent ou brise.

— Quel sale temps ! me lança le capitaine du bateau à ma sortie de la chambre.

L'homme, massif pour sa petite taille, maintenait le gouvernail d'une main sûre. Sans doute âgé d'une petite quarantaine d'années, il avait la peau tannée par le sel et le vent. Une ou deux autres silhouettes fantomatiques évoluaient sur le pont, noyées dans le brouillard dense. Il était impossible de voir les extrémités du navire. L'absence d'air avait au moins l'avantage de réchauffer l'atmosphère. Je me dirigeai à tâtons vers l'arrière du navire et me soulageai dans l'eau endormie.

— Vous devriez pas faire ça là, vot'seigneurie, me fit sursauter une voix juvénile derrière moi.

Surpris, je cherchai mon interlocuteur. Le plus jeune membre de l'équipage était assis contre un tonneau. Il fumait – d'après la forte odeur qui se dégageait de sa pipe artisanale – un mélange d'herbes réputées chasser les malédictions.

— Et pourquoi ça ? me renseignai-je, amusé.

Une fois fini, je me rajustai et me rapprochai pour entendre son explication farfelue.

— Y'a un monstre dans ces eaux. Et il rôde à proximité des bateaux dans son manteau d'crachin. Il nous repérera à la chaleur de vot'pisse dans la flotte, vot'seigneurie.

— Et où est-ce que tu fais tes besoins, toi ?

Le gamin cogna sur le récipient de bois.

— Là d'dans, répliqua-t-il. C'est moi que j'suis l'chef de c'tonneau. Et il faut m'donner une pièce de bronze pour pouvoir l'utiliser.

Je saluai le vif esprit de ce garçon. Fier de ne pas avoir montré plus d'intérêt à son histoire pour pucelles, je tournai les talons et allai m'accouder à la rambarde. La brume avait donné naissance à une fine bruine qui achevait de rendre le pont totalement glissant. Je tentais d'atteindre ma chambre en conservant au mieux mon équilibre, quand, depuis les profondeurs de l'infini face à nous, un cri strident fendit les airs. Mes poils se hérissèrent dans un frisson d'angoisse incontrôlable.

— Qu'est-ce que c'était ? demandai-je au matelot qui se trouvait à proximité.

— Ça n'présage rien de bon, ça, mon seigneur.

Son regard inquiet n'était pas rassurant.

Galatyr émergea de la cabine en chemise, une botte au pied et l'autre à la main, son fils sur les talons.

— Vous avez entendu ? s'enquit-il, inquiet.

— C'est le légendaire Dragon des Grandes Eaux !

Le capitaine du navire nous avait rejoints et tentait de calmer l'agitation qui gagnait son bâtiment.

— Mais il n'a rien de légendaire s'il hante toujours ces étendues ! rétorquai-je violemment.

— Son cri annonce not'mort, vot'seigneurie, brailla le gosse au tonneau. J'vous l'avais ben dit ! Fallait pas pisser dans la flotte !

— Arrête avec ces histoires, l'Mulot ! l'interrompit le capitaine d'une tape derrière la tête.

— Aouh ! Mais c'est vrai, cap'taine, il va nous gober ! Nous, l'roi, l'bateau…

Claudius et Galaad sortirent à leur tour de la chambre, emmitouflés à la va-vite dans leurs capes. Notre embarcation s'ébranla, comme si elle avait heurté quelque chose. Puis elle commença à dériver, tractée par je ne sais quoi. Je me retins comme je pus à la balustrade, imité par Claudius et Galatyr. L'un des hommes pointa l'eau en hurlant. Je me penchai et discernai le corps d'un énorme serpent étreignant la coque. Je ne voyais pas la tête, mais étant donné le diamètre de son abdomen, la bête devait bien mesurer deux fois la taille du navire. Effrayé, je reculai de plusieurs pas pour m'accrocher au mât. À bord, la panique était à son comble. Chacun courait, cherchant une arme à projeter sur notre assaillant.

— J'vous l'avais b'en dit, cap'taine ! Vous voyez b'en qu'j'avais raison ! s'égosillait le gosse dans le bouillonnement général.

En réalité, nous ne voyions rien. Et c'était d'autant plus angoissant. Galaad, elle, restait immobile, les mains sur le bastingage, à fixer les remous de la surface marine. Tandolyr s'empara de la jeune femme pour la mener à l'intérieur. Pourtant, malgré sa force, il ne put lui faire lâcher prise. Elle se dégagea de la poigne du soldat avec une extrême facilité et chantonna quelques mots dans une langue incompréhensible. Avec l'activité qui régnait à bord, il nous fut impossible d'entendre sa voix. Malgré tout, nous fûmes tous captivés. Le temps sembla se tordre et bascula dans l'éternité. La queue plate du gigantesque monstre frappa les eaux et se perdit dans les profondeurs. La brume se dissipa et nous découvrîmes un énorme rocher qui trônait en maître sur la mer, à tout juste une encablure. Peu à peu, le brouillard laissa apparaître une armée de spectres minéraux, gardiens éternels de l'Heylön Continentale. Nous étions tous subjugués par le paysage qui s'extirpait du néant. Nous nous trouvions en réalité beaucoup plus près des côtes que nous ne le pensions. Force était d'admettre que, sans l'intervention du dragon qui nous avait fait dériver, nous nous serions sans nul doute écrasés sur les magistraux récifs qui piégeaient les abords de ces terres inhospitalières.

Aussi soudainement qu'il s'était suspendu, le temps reprit son cours normal. Chaque homme de bord fut chargé de constater les dégâts et de regagner son poste. Claudius rajusta sa cape écrue sur ses épaules. Une lueur d'admiration habitait ses yeux. À ses côtés, Le Mulot, lui, était au comble de l'excitation.

— Elle a chassé l'dragon ! Z'avez vu ça ?

— Les brumes, mon garçon, rétorqua Claudius avec ce ton pédagogue que je lui connaissais. Elle n'a pas chassé la bête, elle a chassé les brumes.

Il se retourna alors vers Galaad et applaudit avec respect :

— Magistral, ma Dame, c'était magistral. Votre savoir est digne des bûchers d'Ariatide.

Galaad le remercia d'un hochement de tête gracieux. Je me précipitai vers elle en claudiquant, le cœur battant. Seule une adoratrice de l'Ancienne Déesse pouvait posséder un tel pouvoir. Je lui saisis le bras et l'écartai de mon précepteur.

— Tu viens d'Agalaadywen, n'est-ce pas ? murmurai-je, enflammé. J'ai raison ? Si tu as chassé ce monstre, tu aurais bien pu posséder mes songes !

Elle se libéra d'un mouvement d'épaule dédaigneux. Pourquoi ne m'avouait-elle pas sa véritable identité ? Elle me scruta, impénétrable, avant de se diriger vers la cale où elle disparut. Claudius s'approcha de moi et nous isola du reste des gens.

— Qui est-elle, Guilhem ?

— Comment ça ?

Je feignis de ne pas comprendre sa question.

— Ne joue pas avec moi, mon garçon, je lis en toi comme si tu étais mon propre fils. Je te connais, je vois comme tu l'observes et je connais ce regard. Qui est-elle ?

— Elle s'appelle Galaad d'Ysoar. Elle est la fille de Tillaumet. C'est tout ce que je sais.

— Ses talents sont ancrés dans les Anciennes Coutumes, déclara Claudius, le front soucieux.

— Je te crois.

Je tentai d'être le plus détaché possible et fixai l'horizon. Mon précepteur soupira et secoua la tête. Il cherchait ses mots.

— Ne t'éprends pas de cette femme, Guilhem, si femme elle est. Elle ne te laissera jamais être le plus fort. Accomplis ce que tu dois et retourne combler ta jeune épousée.

À présent, moins que jamais, je ne tolérerai qu'il me donne des ordres. Je déglutis pour ravaler mon emportement et acquiesçai, poli.

— J'entends ton conseil, Claudius.

— Ce n'en est pas un, insista-t-il d'une voix ferme alors qu'il s'éloignait.

La brume s'était bel et bien dissipée, mais semblait se venger en déversant sur nous un rideau de pluie glacée. La mer était toujours d'un calme inquiétant, troublé par la frénétique chute des gouttes. Notre visibilité était minime, bien que meilleure que celle qui avait failli causer notre mort. Une fine brise s'était levée et venait jouer dans notre voile, lui arrachant des claquements réguliers.

À bonne distance, nous longeâmes les côtes de l'Heylön Continentale. Nous les suivîmes jusqu'au finistère où nous devions accoster. De là, nous apercevions au loin les murailles impressionnantes des falaises de l'immense île de Perftödt.

Le royaume d'Heylön était composé de divers territoires, répartis sur un archipel désordonné, ainsi que sur une petite partie du continent du Monde Connu. La plus grande terre était l'île de Perftödt, territoire abritant la capitale du même nom. Étant donné leurs nombreuses frontières maritimes, les terres du Nord étaient en proie à de fréquentes incursions barbares et, par la force des choses, avaient dû constituer une armée puissante, dont la vaillance était reconnue de tous. Hommes, femmes, tous les habitants d'Heylön maniaient l'épée, la hache, l'arc et la lance dès leur plus jeune âge. Là résidait leur unique espoir de survie dans des terres propices aux rapts et aux attaques de toutes sortes. Élevés, pour beaucoup, sur les eaux, ces gens pouvaient se battre autant sur mer que sur terre. Ils avaient une cavalerie d'une macabre efficacité ; leurs destriers, habitués à braver les flots déchaînés, ne craignaient ni feu, ni animaux, ni quoi que ce fût d'autre. Ils étaient dressés au combat et participaient allègrement à la renommée de ces troupes.

La force et la bestialité dont les guerriers heylönsk faisaient preuve leur avaient permis de forger leur terrifiante réputation. Cependant, cette dernière ne reposait en rien sur leurs stratégies militaires, somme toute, très basiques. S'ils devaient se lancer dans un conflit les opposant aux armées du Père Très Saint, ces guerriers incultes n'auraient aucune chance.

En milieu de matinée, nous accostâmes dans le port continental de Grädentöt. Ce devait être jour de marché, car malgré la pluie, une foule invraisemblable était rassemblée sur le quai. Çà et là, on haranguait le badaud dans la langue incompréhensible de ces terres. Quel drôle de dialecte ! Mêmes leurs lettres étaient différentes des nôtres avec leurs « ø » et autres « å ». Par exemple, ils n'écrivaient pas « Heylön », comme nous, mais « Heyløn ».

Les étals, installés sous l'imposante halle de bois et de chaume, proposaient poissons, coquillages, quelques maigres légumes, mais également assiettes et couverts en bois, tissus, cornes à boire, peaux tannées… Les échoppes donnant sur le quai vendaient leurs pains, bières et porc fumé. Les passants ne semblaient pas se formaliser des caprices du temps. Les lieux étaient beaucoup moins pauvres que je ne l'avais tout d'abord pensé. Sans doute ma méprise était-elle due à la grisaille qui nous entourait et qui procurait à cet endroit une lumière digne des limbes où errent les âmes damnées.

Cette cité portuaire était entièrement bâtie de bois. Les décorations qui ornaient les façades laissaient imaginer que cette ville devait s'avérer agréable lors des beaux jours – si tant est qu'il y en ait.

De sa voix claire, Galaad invita son cheval à débarquer. Cette bête fit preuve d'une remarquable habileté à emprunter la passerelle glissante et instable qui, pour mon compte, avait bien failli me faire basculer à l'eau. J'avais déjà été fort stupéfait de voir ce colosse gravir le rude escalier pour sortir de la cale, répondant à un simple claquement de langue de sa maîtresse.

Sans que nous ayons eu à attendre, une troupe armée constituée de quatre hommes nous aborda. L'un d'eux, grand, élancé, le seul à ne pas porter d'épée ou de lance, s'avança vers nous. Ses cheveux clairs, de même que sa barbe, étaient nattés, mais d'un travail plus soigné que sur Györg. Sa fine moustache tombait sur les côtés de sa bouche et se joignait à la tresse qui partait de son menton pour finir sur sa poitrine. Il était d'un calme apaisant et me fit penser à l'homme qu'avait dû être Claudius, dans ses belles années. Je fus surpris de découvrir une longue pointe de cristal de roche pendant à son cou. Cet homme était-il un Haut Érudit ? Pourquoi ne portait-il pas la tenue conventionnelle ?

Surprotecteur, Tandolyr maintint Galaad derrière lui. Chaque main qu'il posait sur elle m'était aussi douloureuse qu'un coup en pleine poitrine. L'émissaire d'Heylön s'inclina devant moi avec le respect dû à mon rang de roi et chercha la jeune femme des yeux. Soucieux de reporter au maximum le moment qui me verrait perdre Galaad à jamais, j'engageai la conversation en langue franche :

— Nous arrivons tout juste, Haut Érudit. Vous guettiez notre voilure ?

— Par ce temps, ce serait impossible !

L'homme s'était exprimé sans le moindre accent.

— Où est la femme ?

De toute évidence, il ne souhaitait pas faire durer notre entrevue. Galaad écarta Tandolyr et s'avança, digne, magnifique, telle la maîtresse de mes songes. Je lus une immense surprise dans l'expression qu'arbora l'homme. Sans doute s'attendait-il à voir Sylwen. Pourtant, il s'agenouilla aussitôt et adressa à Galaad un grand discours dans une langue souple et chantante. La jeune femme sembla touchée par cette attitude et lui répondit dans le même enchevêtrement de sons.

Sans perdre un instant de plus, le Haut Érudit heylönsk se releva, exalté, cria un ordre à ses compagnons dans la langue gutturale de ces terres humides, me salua et invita Galaad à le suivre. Elle enfourcha sa monture et elle nous quitta sans même un regard. Pris au dépourvu, je ne pus que l'observer s'éloigner, encadrée par les gardes. Je me retournai et remarquai Tandolyr, crispé, la main sur la garde de son épée, prêt à bondir au moindre signe de détresse. Nous vîmes l'escorte se fondre dans la masse populaire, impuissants, abandonnés. Un fiel âpre me remonta en bouche.

— Rentrons, ordonnai-je d'une voix sourde.

J'aurais voulu m'éloigner avec dignité, mais c'est en boitillant que je retournai au navire.

Δ

Les vents nous étaient contraires. Depuis que nous avions quitté le port, la pluie avait fait place à une tempête qui s'évertuait à nous faire frôler les côtes rocheuses. Après avoir subi l'assaut de violentes bourrasques qui manquèrent nous projeter contre un monticule émergeant, nous décidâmes de prendre le large dans l'espoir de ne plus avoir à nous soucier de ces dangers du littoral.

Devant mon air désemparé, le capitaine du navire essaya de me rassurer :

— Au moins, tant qu'ça soufflera, y' aura pas de brouillard !

Il est vrai que les conditions de notre retour auraient pu être encore pires. Du moins, c'est ce dont je parvins à me convaincre. Le vent était d'une fureur sans limites et semblait commander aux vagues qui, dans une aveugle obéissance, se tordaient, se creusaient, s'entrouvraient, se soulevaient, monstres écumants, pour se fondre à nouveau dans des sillons béants. Plus que tout autre élément, la mer avait le pouvoir de me rendre lyrique, amer et ténébreux.

Après plusieurs chutes douloureuses sur le pont, chutes qui faillirent bien me faire passer par-dessus bord, je décidai de mettre ma fierté de côté et de me retirer dans la cabine. Tandolyr, pâle et nauséeux, se maintenait sur sa couchette, cramponné aux montants de bois. Claudius, assis aux côtés de Galatyr, dissertait sur l'architecture étonnante de ce vaisseau, comme insensible au tangage permanent.

Une énorme vague vint se briser sur la coque. Ce choc me propulsa avec violence sur ma couche. Je refoulai un juron et massai ma jambe meurtrie. Ce n'était déjà pas aisé de trouver son équilibre, alors en plus en boitant !

— On dirait que les Grandes Eaux se plaisent à nous faire danser, s'amusa Claudius avec son traditionnel air malicieux.

J'ignorai sa remarque et m'allongeai, les mains accrochées au cadre de mon lit. Je fermai les yeux, tout mon esprit tendu vers Sylwen, son corps soyeux, vers les batailles que nous allions donner, sous peu, contre les forces démoniaques... Mais ma conscience s'opposait à ma volonté. Le poids au fond de mon estomac ne me laissait aucun répit. Certes, l'ambiance était propice aux maux marins, mais celui qui me rongeait était plus profond. Je me refusais à admettre que je brûlais de désespoir devant le départ de Galaad, Aylim, qui qu'elle fût. Son voile, calé sous ma chainse, était brûlant contre ma peau La jalousie qui m'habitait m'empêchait d'inspirer l'air humide. Une clameur sourde m'ordonnait de courir vers les flots déchaînés et de me fondre en eux pour ne plus rien ressentir. « Père Très Saint, détourne-moi du Désir ! Détourne-moi du Mal ! » La folie s'engouffrait en moi aussi sûrement qu'un ver dans un fruit. Plus le temps passerait, et plus il se repaîtrait de ma souffrance dans sa monotone constance, rongerait mes chairs et ma raison au plus profond de mon être. Face à ce gouffre, je n'étais plus un homme. Toutes les armes, toutes les résistances étaient vaines. J'étais un enfant perdu au milieu des ténèbres. « Sylwen, pardonne mon égarement. Ta beauté ne peut briser cet envoûtement. L'amour que j'ai pour toi n'est pas en mesure de me délivrer de mon serment envers elle. Père Très Saint, pourquoi m'abandonnes-Tu ? »

Mes lèvres se mirent à fredonner une complainte vieille comme le monde, qui appelait la bienveillance et la protection de l'Être Supérieur. Contre toute attente, cette mélodie apporta un grand calme à l'émoi qui m'habitait. Malgré les craquements de la coque, malgré le roulis incessant du navire, ma voix prit assurance et appui, berçant la pièce de ma complainte. Tandolyr sembla y trouver un grand apaisement et cessa ses râles nauséeux. Mon chant s'élevait, plus fort, plus pur. Mon souffle mélodieux et, avec lui, tout mon être, s'enfuyait dans les airs et s'envolait vers l'Aylim de mes songes, du moins, aimai-je à le croire.

La nuit s'empara de mes sens en même temps qu'elle engouffra le monde. Claudius m'apporta un morceau de fromage et du pain, mais je ne daignai pas lui faire savoir que je ne dormais pas. Me connaissant tel un père, il ne fut pas dupe de mon lâche subterfuge. Néanmoins, il eut la bonté, dans un soupir d'impuissance, de me laisser à mes tourments.

Un affolement anormal me tira de ma somnolence. Je jetai un coup d'œil autour de moi. Il faisait encore nuit noire. Pourtant, j'étais seul dans la cabine.

Au moment où je me levais, Galatyr entra précipitamment.

— Tu es réveillé ?

Son air inquiet me fit l'effet d'une douche froide.

— Que se passe-t-il ?

— Un navire nous a pris en chasse, il y a quelques heures. Au début, nous pensions que c'était un vaisseau marchand, mais depuis peu, il se rapproche à grande allure.

J'enfilai mes bottes à la hâte, attrapai mon épée et sortis en chemise à la suite de Galatyr.

— Des barbares ?

Avant même que mon maître d'armes ait eu le temps de répondre, une corne de brume retentit depuis le navire voisin. Je claudiquai jusqu'à Claudius, appuyé sur la rambarde.

— Qui sont-ils ?

— Je ne sais, Guilhem. Mais leurs intentions sont claires.

Son air calme était aussi horripilant que la nouvelle pouvait être inquiétante. Nos poursuivants n'étaient plus qu'à quelques longueurs. Le ciel congestionné nous protégeait de la clarté de la lune. Les ténèbres souhaitaient nous venir en aide. Nous avions éteint toutes sources de lumière, espérant que cette obscurité joue quelque peu en notre faveur ; mais elle nous desservait également. Nous ne pouvions discerner que quelques torches mouvantes sur le bateau adverse. Fantomatique, il se rapprochait à une allure déconcertante.

Bientôt, le navire fut assez près pour me permettre de voir nos assaillants. Ces hommes – sans nul doute des barbares venus des îles plus à l'ouest –, étaient armés de haches et d'épées courtes. La nuit leur constituait un épais manteau protecteur, si bien que je ne pouvais les dénombrer avec précision. Leur embarcation, plus petite et plus légère que la nôtre, plus rapide donc, ne devait pas contenir plus d'une trentaine d'hommes. Mais ce chiffre était déjà supérieur à notre propre effectif.

Les Grandes Eaux étaient réputées pour les innombrables rixes qui s'y déroulaient. Impuissant, je fixai nos ennemis, et tâchai de discerner leurs mouvements. Une myriade de points lumineux se sépara d'une torche et je compris bien trop tard ce dont il s'agissait. Un sifflement de feu vint se figer dans notre mât, suivi d'une dizaine d'autres.

— À couvert ! Vite ! hurlai-je.

Je me protégeai tant bien que mal derrière la rambarde du pont. Par chance, notre voile était trop humide pour s'enflammer, mais ces flèches étaient déjà, à elles seules, un important danger. Sans que nous ayons eu le temps de riposter, une seconde vague de projectiles s'abattit sur nous. Nous n'avions ni arc ni arbalète de poing, et à cette distance, nos épées nous étaient inutiles.

— Restez à couvert ! cria Galatyr. Nous devons attendre qu'ils nous abordent !

Alors que nous nous préparions à une troisième déferlante enflammée, celle-ci tarda à venir. Je profitai de cette accalmie inespérée. Penché, je quittai mon abri et boitillai jusqu'à Galatyr et Claudius, accroupis à quelques pas de là.

— Que font-ils ?

— Je n'en ai pas la moindre...

Mon commandant n'eut pas le temps de finir sa phrase. Le navire adverse fut heurté avec une violence qui lui arracha des craquements sordides. Les torches roulèrent à terre et enflammèrent anormalement vite leur unique voile. Les hommes, illuminés par l'incendie, couraient en tous sens, affolés. Certains s'employèrent à éteindre le feu à grand renfort d'eau de mer, mais sans succès. La voile, semblable à une feuille sèche, n'était déjà plus qu'une pluie de minuscules braises encore rougeoyantes.

Le navire retomba peu à peu dans l'obscurité, mais j'étais certain que l'équipage ennemi avait sorti des rames et tentait de s'éloigner. Soudain, une vague de flammes semblant provenir de la mer déferla sur le pont. Dans un fracas horrible, l'embarcation fut brisée en deux et aspirée par les abîmes. Mes oreilles hébergent encore les cris de ces malheureux. « Père Très Saint, même nos ennemis ne méritent pas une telle mort ! » Un long hurlement strident transperça les airs. Quelques hommes vigoureux avaient réussi à s'extraire de la carcasse qui les entraînait dans les profondeurs. Malgré la nuit, nous pouvions discerner l'horreur qui les terrassait.

— Que se passe-t-il ?

Le capitaine m'agrippa le bras.

— Surtout ne bougez pas ! me chuchota-t-il. Ou nous les suivrons dans l'Autre Monde.

La surprise autant que l'angoisse me paralysaient. Tandis que les quelques survivants nageaient vers nous, un puissant remous secoua la surface de l'eau et fondit sur eux. Avec une terrifiante rapidité, ils furent engloutis un à un. Le dernier parvint à approcher notre bateau, mais ce qui semblait être une énorme queue de serpent – ou de dragon, je ne sais –, fusa de l'eau et s'abattit sur lui avec une telle force qu'il dut trépasser sur le coup.

La terreur compressait chacun de mes muscles et m'empêchait de remuer ou même de respirer. La preuve était là que le Démon infiltrait ces eaux. Ceci ne pouvait être autre chose qu'un avant-goût de ce que le Père Très Saint appelait les « Limbes de l'Autre Monde », ce lieu réservé aux êtres impurs et impies où des tortures éternelles les attendaient. Là les guettaient déjà les monstres de l'Ancienne Déesse, Ses adorateurs et Ses servantes fétides.

Une pression sur mon épaule me tira des images infernales qui me hantaient.

— Relève-toi, Ô, Grand Roi d'Ariatide, se moqua Claudius, un rictus aux lèvres. Remercions à nouveau cette chose. Sans elle, nous serions esclaves ou esprits !

Je regardai autour de moi : tous les occupants du bateau reprenaient leur activité, certains s'autorisaient même des éclats de rire. La peur nous avait tous tellement enivrés que nos nerfs étaient à vifs.

— Tu remercies cette chose ! reprochai-je à mon ancien maître en saisissant la main qu'il me présentait, alors que ce n'est que chance qu'elle ne nous ait engloutis à notre tour !

— Il ne faut pas confondre chance et destin, Guilhem. Il ne faut pas confondre chance et protection.

Les paroles de Claudius m'apparaissaient aussi obscures que le chemin qui menait à la cabine. Les quelques flèches enflammées restantes avaient été extraites du mât et de la structure du bateau, puis éteintes.

Je m'effondrai sur ma couche, épuisé, incapable de penser, et sombrai sur-le-champ dans un sommeil parcouru de craquements de coque et de monstres aquatiques.

Δ

L'envol d'un geai me réveilla en sursaut. Je me débarrassai des quelques feuilles mortes qui collaient à mon visage et me levai en m'aidant des branches de l'arbre dont les racines me rentraient dans les côtes. D'après la lumière qui parvenait à transpercer la barrière de verdure, j'en conclus que nous devions être au milieu d'une journée ensoleillée. J'avançai d'un pas et m'effondrai lourdement. Je ne m'étais pas attendu à cet abandon soudain de mon membre déformé, mon genou n'étant pas sensible. Je me relevai à nouveau et trébuchai derechef.

Une profonde incompréhension m'envahit. J'avais appris à tolérer la douleur, les clopinements, mais l'invalidité totale qui s'abattait sur moi me plongeait dans le désarroi le plus absolu. Comme pour ajouter à ce découragement, l'air s'obscurcit et fondit en une pluie lourde et glaciale.

— Guilhem ? Que fais-tu ici ?

Cette voix ! À ces mots, je me retournai, le cœur débordant de surprise. À quelques pas de moi, une silhouette féminine était abritée sous une épaisse cape de laine.

— Sylwen ?

Elle était la dernière personne que je m'attendais à croiser en ces lieux.

— Guilhem ! insista-t-elle. Où est ton bateau ? Que fais-tu au sol ?

Elle s'évanouit dans les airs sans que j'aie eu le temps de répondre.

— Sylwen ! hurlai-je, Sylwen ! Reviens ! Ne me laisse pas, toi aussi !

Mes larmes se mêlèrent à la pluie qui inondait déjà mon visage. Je n'avais plus aucune réserve, plus aucune dignité, et m'abandonnai à ce vide qui gagnait mon être. Je fermai les yeux et me plongeai dans le néant qui se présentait à moi. Pourtant, ce ne fut pas le chaos qui apparut à ma vue, mais bien l'image d'Aylim qui se profila sous mes paupières. Aylim, si rayonnante, si violente aussi, divinité des temps anciens. À sa seule pensée, mon corps fut parcouru d'un frisson de plaisir, telle une vague de chaleur parfumée.

Mes lèvres bougèrent comme malgré moi, en un « je t'aime, Aylim ». Puis les ténèbres m'aspirèrent.

# Chapitre IX

« Je suis la lumière de ton chemin.
Je suis la chaleur de ton foyer.
Je suis la paix de ton âme.
Je suis l'origine et le but de ta vie.
Âhni. »

*Livre Saint, chapitre X, versets 555 à 559.*

Δ

Une main me secoua.

— Je ne sais pas qui est Aylim, seigneur, mais il vaut mieux que tu te lèves maintenant. Nous arrivons.

Galatyr s'assura que j'étais réveillé avant de sortir de la cabine. Je n'étais pas mécontent de retrouver la terre ferme, même si notre débarquement se fit sous un ciel bas. Nous avions accosté à Port-Retour, notre identité ne devant plus nécessairement rester secrète. Notre mission avait été accomplie. Malgré tout, le vide qui m'habitait témoignait de ce que cette réussite complète me coûtait.

Alors que je débarquais avec prudence sur la passerelle glissante, je remarquai un homme sur le ponton.

— Ô roi, commença-t-il en s'agenouillant, je demande votre magnanimité quant à la teneur de la nouvelle que j'ai à vous apprendre.

La grande prévenance qu'il prenait pour me délivrer sa dépêche ne fit qu'accroître mon angoisse. Il n'était pas rare que les porteurs de mauvaises nouvelles périssent de la main même du seigneur auquel ils avaient délivré leur message.

— Il n'est pas dans mes habitudes de m'attaquer aux innocents, le rassurai-je en l'incitant à se relever. Parle sans crainte.

— Je suis envoyé par les Sages de Wyrd. La reine d'Ariatide…

Mon cœur fut transpercé par des milliers d'aiguillons. La respiration courte, je plantai mes talons dans le sol, soucieux ne pas laisser percevoir le moindre tressaillement.

— … est retenue captive en Ysoar.

— Est-elle sauve ? m'entendis-je demander dans un râle étouffé.

— Elle l'est.

— Comment est-ce arrivé ?

— Durant son voyage vers la sépulture de son père, la Grande Reine devait se rendre dans différentes cités d'Ysoar afin d'asseoir votre pouvoir. Elle… est à Toimuras.

Toimuras… Je mis quelques instants à me remémorer cette cité ysoarienne. Était-ce le fief du seigneur qui avait longtemps insisté auprès de Tillaumet pour obtenir la main de Sylwen ? Quand bien même cela eût été le cas, comment ce chien osait-il lever la main sur mon épouse ? Et comment avait-il pu venir à bien de la troupe armée qui l'escortait ?

— Mais Kalian était avec elle ! m'emportai-je.

— Le commandant des armées d'Ysoar est également détenu dans les geôles de Garam, seigneur de Toimuras. Un de ses hommes a été relâché et a averti le Conseil de Wyrd.

— Que demande ce chacal ? éructai-je avec mépris, les poings serrés.

Le messager tremblait.

— Le seigneur Garam demande le trône d'Ysoar. Et la reine Sylwen.

Mon sang se glaça à l'idée que ce chien ait pu partager de force la couche de mon épouse.

— Les Neuf Sages attendent votre retour pour se réunir et décider de la manœuvre à adopter.

Il était hors de question que je tolère qu'un groupe de vieillards me dicte la manière dont j'irais reprendre ma femme, ainsi que le trône qui m'était dû. Pas le temps de retourner à la taverne où nous avions laissé nos montures. On s'en occuperait plus tard. Claudius avait débarqué et se tenait à deux pas derrière moi, attentif.

— Galatyr ! hélai-je en retournant vers le navire pour rassembler mes effets. Trouve-nous des chevaux.

Mon commandant acquiesça et partit en direction des entrepôts qui jalonnaient le port. Je fermai les yeux sur la douleur lancinante de ma jambe et sur la fatigue du trajet. J'étais porté par la rage. Le messager me suivait, contrit.

— Une escorte vous attend avec des montures fraîches, continua-t-il. Si vous voulez bien…

Mais je ne me souciai plus de ce pauvre homme que je renvoyai d'un geste brusque de la main. Je venais de perdre Aylim. Je ne me laisserais pas ravir Sylwen.

— Claudius, coupai-je, accompagne-le et porte toi-même ce message aux Neuf Sages de Wyrd.

Je m'arrêtai sur la passerelle d'embarcation et pris le temps de choisir mes mots :

— « Le roi d'Ariatide, Héritier d'Ysoar, traversera les terres franches du Wyrdlyn avec une troupe armée et reconquerra, seul, son Royaume, sa Reine et son Honneur ».

— Guilhem, peut-être… commença Claudius, avec cette mine posée que je lui connaissais dans les moments de crise.

Je ne lui laissai pas le loisir d'achever sa requête et, une main sur ma jambe raidie, je montai sur le pont. Je reprenais mon destin en main. Et j'avais un plan.

— Rassemble nos affaires ! ordonnai-je à Tandolyr qui avait suivi la scène depuis le navire. Nous rentrons chez nous.

Δ

Nous atteignîmes Riassine – ma ville natale et capitale de mon royaume –, après six jours d'un voyage éreintant. Même si nous les avions changées à chaque halte, nos montures avaient bien failli périr sous le coup du rythme acharné que nous leur avions imposé. Tandis que Galatyr et Tandolyr rassemblaient les meilleurs hommes de la capitale, je poussai mon périple jusqu'à Toloude, seconde plus grande ville d'Ariatide, fief de Nolem. Ce dernier, en plus d'être un guerrier valeureux, était l'un des plus fins stratèges des terres du Sud. Dès que je lui eus fait part de la situation, il m'assura immédiatement de son soutien et fit préparer ses hommes les plus aguerris sur-le-champ. Mes craintes de me voir défié par mes vassaux s'étaient envolées. Je savais pouvoir compter sur eux. Nolem en était le parfait exemple : il était étrange de constater la dévotion de celui qui, enfant, me raillait et me dénigrait. Le fait que mon boitement soit revenu n'avait en rien affecté le regard nouveau qu'il me portait. Galatyr avait dû l'avertir que je ne tolérais pas la moindre remarque à ce sujet, car il retint ses pics taquins. À présent, j'étais son seigneur et roi, et cela n'était pas remis en cause.

Nous fûmes donc un peu moins d'une centaine à prendre le chemin de l'Ysoar. Bien loin d'avoir rassemblé une armée, je pouvais néanmoins me vanter de m'être entouré des plus vaillants hommes qui aient pu me prêter allégeance. Je savais que pas un d'entre eux n'aurait hésité à donner sa vie pour moi ou pour Sylwen. En ceci, ils étaient aussi redoutables qu'un millier de soldats.

Le Grand Conseil de Wyrd m'aurait imposé la protection des Balastes et cela avait été une des raisons de mon départ soudain. Il était hors de question que je bâtisse mon règne entouré de ces hommes sanguinaires et belliqueux. La guerre, inévitable, viendrait bien assez tôt et l'Ysoar n'avait pas besoin d'effusions de sang supplémentaires.

Il fallait agir, agir vite et sans victime superflue. Notre plan était simple : nous chevaucherions jusqu'à Toimuras. Là, je pénétrerais dans la cité, accompagné de deux gardes. Pendant ce temps, Galatyr, Tandolyr et Nolem mèneraient trois attaques simultanées sur les divers flancs de la ville.

Sylwen me serait rendue. Il ne pouvait en être autrement. Elle me serait rendue, et mon trône avec elle. Après cela, les Royaumes du Monde Connu uniraient leurs forces afin de lutter contre l'obscure menace qui, tapie dans l'ombre, guettait la division et les conflits au sein des armées du Père Très Saint.

Δ

Notre voyage pour l'Ysoar qui ne devait durer que quelques jours, s'étala sur une demi-lune. La neige nous surprit aux frontières de l'Ariatide et ses sbires glaciaux nous escortèrent jusqu'à notre destination. Nous dûmes évoluer dans des vents tempétueux charriant leurs lots de grêle et de gel. Nos visages étaient craquelés par le froid, nos poumons, écorchés et lourds. Nous perdîmes plusieurs de nos montures, bêtes qu'il fallut remplacer au risque de gaspiller ce temps précieux.

La lointaine ville de Toimuras vit approcher un bien étrange cortège en cette nuit de début d'hiver. Nous étions épuisés, douloureux, transis, mais nos cœurs bouillonnaient. Un peu en aval de la cité, nous nous étreignîmes et nous séparâmes. Deux hommes à l'allure aussi décharnée que la mienne m'accompagnèrent.

Progressant dans l'obscurité, nous gravîmes la longue pente qui conduisait à la porte principale de la ville. Avant même que nous soyons parvenus au poste de guet, notre arrivée fut remarquée par les gardes.

— Qui va là ? cria l'un d'entre eux en patois ysoarien.

Lorsqu'ils aperçurent nos armes, les soldats nous menacèrent de leurs lances, tandis que le plus gros d'entre eux réitérait sa question en langue commune.

— Je suis Guilhem, souverain d'Ariatide et Héritier d'Ysoar, déclarai-je en les toisant du regard. J'exige d'être conduit céans auprès du seigneur Garam.

— Désarmez-vous d'abord !

— Vous inclinez-toi ! Lui, roi Ariatide et Ysoar, aboya l'un des hommes de mon escorte dans une langue franche approximative.

— Notre roi est mort ! rétorqua l'un des lanciers en patois. Nous n'avons d'autre seigneur que Garam le Fort, l'Ours de Toimuras.

— Jetez vos armes à terre ! continua son acolyte en langue commune.

— Agenouillez-vous, ignorants ! Implorez votre seigneur et maître ! hurla à nouveau mon compagnon en ariate. Ou redoutez la fureur du Père Très Saint !

Sur ce, il saisit une fiole de terre cuite qu'il portait à la ceinture et la jeta sur l'un des flambeaux qui surplombaient la porte. Lorsque le récipient se brisa, le liquide qu'il contenait s'enflamma en une explosion aussi impressionnante qu'inattendue. Les retombées embrasèrent les soldats adverses, semant la panique.

— De l'élixir démoniaque ! s'écria l'un des gardes en ôtant sa cape couverte de flammes.

Ce fabuleux fluide visqueux provenait d'un site du centre de l'Ariatide. Les légendes de mon enfance racontaient qu'au cours de la Guerre de Purification, l'Ancienne Déesse avait maudit les eaux de ces terres et, propulsant sur elles Son souffle démoniaque, les avait enflammées. Dès lors, aucune source, aucun ruisseau de ces plaines désolées n'avait plus pu offrir autre chose que cet épais liquide. Pourtant, contredisant cette fable, de nombreuses chansons ariates fort anciennes vantaient le courage de nos monarques passés qui avaient remporté moult victoires sur les barbares du Monde Inconnu grâce à cette eau noirâtre.

En cette nuit glaciale, je me réjouissais du génie de Nolem dont l'inventivité nous avait donné la plus effrayante et la plus magistrale des entrées. Comme convenu, à ce signal, Tandolyr, Galatyr et lui devaient attaquer simultanément à divers endroits de la fortification et semer la panique.

L'agitation que nous occasionnions monta tant et si bien que, comme nous l'espérions, nous finîmes par nous retrouver encerclés par une cinquantaine d'hommes. Devant le nombre, l'arrogance ploie... Sans plus aucune résistance, nous fûmes mis à terre, désarmés et menés, poings liés, auprès de ce traître et félon de Garam.

Les joues me brûlaient de colère. Peu à peu, le piège se resserrait. Tout se déroulait comme prévu et, avec l'aide du Père Très Saint, nous parviendrions à délivrer Sylwen et à repartir tous sains et saufs. Aussi, le souffle court et les poignets meurtris, je me résignai à me laisser conduire.

Malgré les conditions de ma visite, je ne pus m'empêcher de reconnaître la grande beauté de cette ville. Toimuras n'avait rien en commun avec Daeg, la capitale de l'Ysoar. Autant la cité de Tillaumet était vaste, autant celle-ci était composée de quelques quartiers rassemblés autour du château, bâti dans cette pierre rose si caractéristique, pouvant tirer jusqu'au violet. La plupart des maisons étaient à colombages : les étages de leurs façades, blanchies à la chaux, présentaient des motifs géométriques originaux, réalisés à l'aide de courtes poutres de bois. La recherche qui transpirait de cette architecture traduisait la richesse de la cité. Les voies étaient bordées de ces imposantes constructions comprenant six, voire même sept niveaux. Loin d'être écrasées, les quelques rues étaient larges et aérées.

Tillaumet m'avait confié que les sous-sols de Toimuras regorgeaient de béryls. Cette pierre dont les femmes du monde entier raffolaient en parures, appâtaient également de nombreux hommes ; réduite en poudre, elle avait la propriété – ou la réputation –, de redonner de l'ardeur à tout membre qui en manquât. Cette simple exploitation avait permis au domaine de prospérer depuis des siècles.

Nous traversâmes la ville endormie – ou plutôt, tout juste tirée d'un profond et paisible sommeil par notre arrivée –, puis pénétrâmes dans l'enceinte du château. Sans doute alerté par notre apparition dépourvue de toute discrétion, un homme enroulé dans une peau d'ours vint à notre rencontre.

— Je ne t'attendais pas à une heure si tardive, Guilhem, fanfaronna-t-il dans une langue franche parfaite. Tu aurais dû m'envoyer un éclaireur ! Je me serais fait un plaisir de te servir sa tête à dîner.

Je conclus, devant tant de courtoisie, que je me trouvais face à Garam. C'était un homme grand, dans la force de l'âge, bien bâti, l'œil vif et narquois. Des cicatrices de la petite vérole constellaient son visage suffisant. Sa tignasse brune coupée court accentuait la largeur de son maxillaire. Il semblait hargneux par nature. Sans doute aurait-il été préférable d'avoir un tel gaillard à mes côtés dans la bataille.

— Je n'espérais pas de toi une telle invitation, répondis-je le plus légèrement possible, imitant son ton familier. Je venais juste reprendre possession de mes biens.

Son rire dévoila des dents impeccables.

— Je doute que Sylwen soit ravie de se voir traitée en vulgaire objet. Mais je ne sais pas ce que j'ai bien pu te dérober d'autre. Si je ne m'abuse, Guilhem, je n'ai jamais été convié à ton couronnement ! Le trône d'Ysoar est donc toujours vacant.

— Rends-moi mon épouse et il ne te sera fait aucun mal.

Tout en tenant tête à Garam, je guettais le moindre bruit pouvant annoncer la charge de mes compagnons. Mais rien. La nuit transpirait un silence angoissant, parfois percé par le grincement d'une porte ou l'aboiement d'un chien.

— Crois-tu m'impressionner, roitelet d'Ariatide ? Ou plutôt devrais-je dire, Boiteux des terres du Sud ?

— Boiteux ? reprit l'un des hommes qui m'accompagnaient en langue commune, puis en ariate. Boiteux ? Ton affront te coûtera la vie, cafard ! Ta souveraineté ne dépasse pas les remparts de ta minuscule cité et elle ne tardera pas à se limiter aux vers qui rogneront ta carcasse !

Garam se contenta de sourire et se tourna vers moi.

— Qu'a-t-il aboyé ?

— Rien qui ne te mette de fort mauvaise humeur pour nos affaires.

— C'est ce que j'avais cru comprendre, souffla-t-il, une main puissante posée sur mon épaule.

— Je ne souhaite pas faire couler le sang. Rends-moi ce qui me revient et…

Dans un sursaut, Garam se saisit du poignard qu'il portait au côté et, toujours souriant, trancha la gorge de mon compagnon. Celui-ci s'affaissa dans un râle profond.

— Qui te dit que je ne veux pas faire couler le sang, moi ?

Le souffle court, je regardai l'homme se vider de sa vie, convulser, puis expirer. Tout s'était passé si vite. Comment avions-nous pu en arriver là ? Où étaient Nolem, Galatyr, Tandolyr et leurs hommes ? Qu'est-ce qui pouvait bien les retenir ?

Le sang venait de jaillir et une douloureuse appréhension me fit croire que nous laisserions beaucoup de corps de nos compagnons en ces rues. « Père Très Saint, que n'aurais-Tu pu me laisser à ma harpe ? Elle ne tue personne, elle. » Je fixai les rouges volutes qui s'incrustaient entre les pavés de la cour. Tout était si paisible, trop paisible. Le sol aurait dû se fendre dans Ta colère, Ô, Père Très Saint !

— Cela t'inspire-t-il une nouvelle chanson ? me nargua Garam.

Il se tourna et pénétra dans le château sans attendre ma réponse.

— Nettoyez ça ! ordonna-t-il à ses hommes en ysoarien.

Tandis que trois soldats s'affairaient à débarrasser les lieux des restes de notre compagnon, le dernier homme de mon escorte et moi fûmes conduits, les poings liés, dans une geôle sombre et humide où grouillaient des parasites en tous genres. L'odeur de charogne et d'excréments me satura les narines. Un gardien édenté ouvrit la lourde grille en fer, nous poussa à l'intérieur et la referma sur nous dans un grincement sinistre. Je jetai un coup d'œil rapide autour de moi sans parvenir à discerner si la masse au fond de la cellule voisine était un cadavre ou une paillasse. La lueur vacillante de la torche des gardes rapetissa à mesure qu'ils s'éloignaient.

— Il dit qu'il est roi, ricana l'un d'eux en patois.

— Lequel ? Le grand ?

— Non, non, l'autre, celui qui boite. J'te l'dis, moi, y'a des fous. Ça se saurait si y'avait un roi bancal !

Leurs pas dans les escaliers qui conduisaient à la surface achevèrent de nous plonger dans une obscurité quasi totale. Mon compagnon s'assit en soupirant :

— Que baragouinent-ils ?

— Rien d'intéressant.

— Au moins, vous leur aurez donné une bonne occasion de rire ! chuinta une faible voix en langue commune.

Un corps rampa sur le sol et se rapprocha de la grille qui séparait nos deux cachots.

— Où est le reste de votre armée ? Je pense que vous n'êtes pas assez sot pour venir seul ici, Guilhem ?

Je mis un certain moment avant d'identifier cette voix éraillée. Cette puanteur provenait-elle du commandant Kalian ? Le savoir en vie me réchauffa le cœur.

— Ils ne devraient pas tarder, chuchotai-je en langue franche. Assailli par une horde grouillante, je frottai avec vigueur ma jambe gauche à l'aide de la droite, dans l'espoir vain de déconcerter les puces qui tentaient de se repaître de ma chair.

— Ils étaient censés attaquer sur différents fronts dès notre entrée dans la cité, précisai-je. Mais je ne sais pas ce qui a bien pu...

— Alors vous voulez dire que vous n'êtes que tous les deux ?

Le bref rire de Kalian fut aussi sonore que désabusé. Je me retins de lui raconter la triste fin de notre troisième compagnon.

— Ils vous attendaient depuis plusieurs jours, Guilhem, renifla-t-il. Vous leur avez offert tout le temps de se préparer à votre attaque.

— Nous ne pouvions pas faire autrement. Pourtant, à nous seuls, nous avons réussi à faire sortir une cinquantaine d'hommes ! Cela aurait dû laisser la voie libre à mes troupes. Je ne pensais pas que l'effectif militaire dépassait deux ou trois cents boucliers pour une si petite ville.

— En effet, votre calcul était bon. Mais c'était sans compter les enfants.

— Comment ça ?

Je ne voyais pas où Kalian voulait en venir.

— Ils ont armé les enfants. Les plus jeunes peuvent à peine supporter le poids d'une dague. Ils leur ont dit que vous veniez tuer leurs mères, brûler leurs maisons, mais que vous ne leur feriez aucun mal s'ils vous défiaient. Ils encerclent sans doute les remparts. Vous avez fait un tel vacarme à votre arrivée que vous leur avez donné le signal.

— Vous voulez dire que des enfants protègent tout accès ?

Voilà la raison du silence de mes troupes. Il était évident qu'aucun de mes vassaux n'oserait donner l'ordre de frapper un enfant. Mes hommes avaient vu trop de guerres et trop de massacres pour lever la main sur plus faible qu'eux.

— Et comment va Sylwen ?

Kalian marqua un temps avant de répondre. Je frémis. Avait-elle été violentée ? Le commandant ysoarien se racla la gorge.

— Je ne l'ai pas revue depuis notre capture. Je sais seulement que Garam ne l'a pas contrainte. Il est bien trop fier pour accepter de posséder une femme qui ne lui cède pas de plein gré ses faveurs. Il lui a cependant donné un ultimatum. À chaque nuit qu'elle passe hors de sa couche, un de ses compagnons mourra. Vous voyez, je suis le dernier et je ne pense pas qu'elle cède un jour.

— Et mon serviteur ? Le garçon qui vous accompagnait ? hoquetai-je anxieux.

— Budec ? Nous ne l'avons pas revu depuis que les hommes de Garam nous ont interceptés. Il devait se rendre à Daeg pour prévenir de notre arrivée. Y est-il parvenu ? Je n'en ai aucune idée.

Inquiet pour mon jeune serviteur, je me reprochai en silence de ne pas l'avoir emmené avec moi. J'avais pensé le voyage de mon épouse bien moins dangereux que le mien.

— Ce matin, ça a été Grittia, la gouvernante de Sylwen. Garam a même déclaré que son supplice lui avait tellement plu qu'il n'exécuterait personne pendant cinq jours.

— Comment savez-vous tout cela ?

— Les gardiens. Ils s'ennuient beaucoup la nuit. Alors ils jacassent. Et ils pensent ainsi jouer avec mes nerfs. De plus, la salle d'armes est juste au-dessus. On les entend souvent parler.

— Ne vous inquiétez pas, murmura mon compagnon ariate dans la langue de mon pays. Nous serons bientôt libres.

Une grande lassitude m'envahit lorsque je tentai de lui expliquer ce qui me faisait douter de ce point. Soit nos troupes massacreraient et viendraient à nous, les mains souillées de sang d'êtres innocents, soit nous resterions ici pour un long moment.

Δ

Les jours se succédèrent avec une lenteur éprouvante. Abandonné dans le noir complet, sans nourriture et avec tout juste une cruche d'eau trouble, je ne pouvais faire autre chose que de cogiter, retournant tous les derniers événements dans ma tête : Aylim, mon sacre, mon mariage, Galaad, Sylwen emprisonnée. Pourquoi mes troupes à l'extérieur de la ville n'attaquaient-elles pas ? Mes vassaux s'étaient-ils détournés de moi ? Non, jamais Galatyr ne pourrait me faire ça. Pourtant, la preuve était là. Je croupissais dans une geôle puante sans espoir d'en sortir par moi-même.

Comment allait Sylwen ? Quels châtiments subissait-elle ? Je me surpris à m'attribuer la culpabilité de sa détention. Si je n'avais laissé mon penchant pour Galaad s'exprimer… Et bien nous en serions au même point. Non, tout ceci n'était pas à mettre sur le dos de mon inconstance.

J'espérais que Budec avait pu se sortir de ce bourbier, sain et sauf. L'imaginer quelque part, dehors, en liberté, m'apportait un certain réconfort. Peut-être était-ce ici la fin qui m'attendait. Quoique, après tous ces retournements de situations, ces projets contrés, ne serait-ce pas d'une ironie sadique que de me faire périr ainsi ?

Δ

— Lève-toi ! Tu ne crois quand même pas que je vais te porter !

Le gardien se saisit de mon compagnon ariate et le projeta hors de la cellule. Il eut tout juste le temps de me murmurer la devise de l'armée de nos terres : « Pour notre roi, quelle que soit la peine, la mort plutôt que la défaite », avant que l'homme lui mette un sac sur la tête et le pousse dans les escaliers qui menaient à la cour.

— Au moins, me souffla Kalian à travers la grille, vous avez la preuve que Sylwen n'a pas cédé !

Un gouffre avait pris place à l'endroit de mon estomac et toute mon énergie quittait mon corps. Mes poignets, toujours liés dans mon dos, me faisaient souffrir le martyre, de même que mes épaules qui me donnaient la sensation de vouloir sortir de leur enclave.

Voilà cinq jours que nous croupissions ici. Et rien. Aucune nouvelle de l'extérieur. Notre humiliation allait jusqu'à nous forcer à nous soulager sur nous-mêmes. Mais toujours aucun signe de mes hommes. Le plan de défense de Garam faisait ses preuves. Qui aurait osé franchir un mur d'enfants ? Je ne pouvais pourtant pas me réjouir de l'intégrité morale de mes troupes, quand un des leurs était mené au bourreau à cause de mon manque de prévoyance.

Au-dessus de nous, des pas résonnaient. Sans doute la foule se pressait-elle déjà sur la place pour assister à l'exécution d'un de ces étrangers que leur reine laissait périr dans d'atroces souffrances. Peut-être Sylwen était-elle là, tremblante, chancelante. Pourrait-elle un jour me pardonner de ne pas avoir tenu ma promesse de toujours la protéger ?

À l'agitation qui régna soudain à l'extérieur, je conclus que mon compagnon était passé dans le Royaume du Père Très Saint. Je serrai les poings à m'en démettre les articulations, comme pour étrangler l'angoissante appréhension qui m'habitait depuis mon retour d'Heylön Continentale.

La porte en haut des escaliers grinça et laissa pénétrer deux enfants d'une douzaine d'années dans une clarté aveuglante. L'un d'eux brandit une énorme clé avec laquelle il ouvrit nos deux cellules.

— Sortez ! Vite ! ordonna-t-il en langue commune, avec un fort accent rocailleux.

Il rompit nos liens d'un coup de couteau et nous aida à nous redresser. Sans prendre le temps de réfléchir, Kalian et moi nous précipitâmes dehors – du moins aussi vite que nous le pûmes. Nous ne parvînmes en haut des escaliers que pâles et chancelants. La lumière du jour nous éblouit. Des bras solides se saisirent aussitôt de nous.

— Fermez les yeux, Majesté, m'exhorta-t-on en me maintenant fermement. Ça ira mieux lorsque vous vous serez habitué. Tenez, buvez ceci.

Tout en avalant le liquide épais et sucré – sans doute une préparation médicinale faite à base de miel sombre –, j'entendis que Kalian bénéficiait des mêmes soins.

De deux choses l'une : soit notre hôte souhaitait nous remettre sur pieds dans le but macabre de nous garder plus longtemps en vie, soit nos troupes étaient enfin arrivées.

Δ

Tout en serrant le bras de Sylwen comme si j'avais voulu que nos deux corps ne fassent plus qu'un, je mordis à pleines dents dans le morceau de pain noir rance que Galatyr venait de me donner. La saveur acide et la texture granuleuse me paraissaient un vrai régal.

Notre troupe progressait au pas sur les chemins givrés du sud de l'Ysoar. Bientôt, après avoir traversé les terres franches du Wyrdlyn, je présenterais Sylwen à sa nouvelle patrie, l'Ariatide. En ces temps glaciaux, la douceur de mon pays serait le plus beau des présents de bienvenue.

Derrière nous, nous laissions une cité meurtrie où les sangs entremêlés de nos hommes et des siens s'étaient unis dans la violence et la mort. J'avais peine à imaginer les affrontements qu'avaient essuyés mes soldats dans les rues de Toimuras.

Médusé, grave, j'écoutais le récit de Galatyr :

— Nous avons bien vu votre signal, mais lorsque j'ai lancé mes hommes, nous nous sommes heurtés à une meute d'enfants maladroits armés d'épées trop longues, mais prêts à périr pour nous bloquer le passage. Chacun de nous a reconnu en eux un fils, un frère et nul n'a trouvé la force de sortir la lame de son fourreau. Nous étions conscients de l'urgence de la situation, mais tu nous avais ordonné d'éviter au maximum les pertes civiles. J'ai donc envoyé un homme pour se renseigner sur la position de Tandolyr. À peine était-il parti, que nous avons vu arriver un éclaireur de nos autres troupes, venant nous avertir de la constance de notre problème.

— J'aurais bien chargé dans le tas, intervint Nolem, mais ma femme va bientôt accoucher. Tuer un enfant aurait été un mauvais présage.

— Nous nous sommes concertés, continua Galatyr, et avons décidé de dresser le camp dans l'attente d'une solution. C'est en ces heures sombres que nous avons regretté l'absence de Claudius, dont les conseils avisés nous auraient évités de longues heures d'hésitation et d'incertitude.

Mon précepteur devait être toujours à Wyrd. Sans doute ignorait-il mon passage dans les geôles de Garam.

— Cependant, reprit mon commandant, alors que la marche à suivre nous restait inconnue, un des hommes de Nolem est entré dans notre tente en compagnie d'un enfant.

Galatyr m'indiqua du doigt un jeune blondinet qui trottinait à côté du chariot où dormaient sa mère et ses trois jeunes sœurs. Le père, un homme vigoureux aux traits fins, menait le bœuf.

— Le gosse parlait assez bien la langue franche pour essayer de parlementer, ajouta Nolem, une racine à moitié mâchouillée entre les dents. Ses parents ne croyaient pas en l'utilité de ce barrage et l'avaient poussé à rechercher la paix. Que le Père Très Saint les bénisse ! C'est ce gosse qui nous a fait entrer dans la cité, en échange de quoi, nous avons accepté d'escorter sa famille jusqu'en Wyrdlyn. Garam est un tel seigneur que même ses sujets préfèrent fuir plutôt que de vivre sous son règne !

— Toujours est-il, enchaîna Galatyr, que nos hommes ont réussi à prendre la ville et à pénétrer dans le château. La mère du gamin était au service de Garam et nous a permis de rentrer par les communs.

— Si tu m'avais vue ! l'interrompit Sylwen, ma main dans la sienne. Quand Tandolyr est entré dans la pièce, je l'ai pris pour Garam et j'ai essayé de l'assommer avec un tabouret !

Ces semaines de détention ne semblaient pas l'avoir autant éprouvée que ce à quoi je m'étais attendu. Elle était toujours aussi rayonnante et resplendissante. Ses yeux étaient cernés et ses joues creuses, mais son regard pétillait d'un amour inconditionnel. À ce moment, je me dis que mon choix avait été le bon, que les tortures de mon âme étaient vaines face à un tel bonheur. Aylim m'avait quitté et il devait en être ainsi.

— Le plus dur a été de te localiser, poursuivit Galatyr. Nous ne savions pas dans quel recoin te chercher sans nous faire remarquer. C'est alors que l'enfant nous a parlé de l'exécution qui devait avoir lieu. Nous avons prié le Père Très Saint pour ne pas voir ton visage se dévoiler sous le sac de toile. Nous étions répartis dans la foule. Notre compagnon m'a reconnu et, tandis que le bourreau l'agenouillait, il nous a crié que vous étiez en vie, toi et Kalian, et que vous étiez retenus dans les geôles.

— C'est là que tout a commencé ! s'enthousiasma Nolem. J'ai lancé ma dague dans le flan du bourreau, ce qui, tout en sauvant notre ami, a déchaîné les gardes qui l'entouraient. Nous étions une cinquantaine, les autres étaient restés au camp. Nous avons tous dégainé et fondu sur eux. Père Très Saint, nous étions à un contre cinq ! Quel combat ça a été ! Très peu de villageois se sont interposés.

— Et les enfants qui nous ont libérés ? m'informai-je.

Je pointai du menton le garçon qui marchait derrière nous.

— Lui, je le reconnais, mais le second ?

— Il a été tué.

La voix de mon commandant trahissait toute la peine que cette perte innocente lui causait.

— Ne mâche pas tes mots, Galatyr, Garam l'a tué. Que le Père Très Saint fasse pourrir ses entrailles !

Nolem entretenait une rancœur particulière envers le seigneur de Toimuras qui n'avait pas versé son sang, quand toute sa ville pleurait ses morts.

— Il ne sert à rien de chercher la vengeance en ces heures de soulagement, calmai-je avec émotion. Garam sera jugé et paiera pour ses crimes.

— Les hommes comme lui parviennent toujours à s'acquitter en or des crimes qu'ils auraient dû payer de leur vie, éructa Nolem.

Il n'avait pas tort. Mais ce point concernait les Neuf Sages. Pas nous.

— Le Grand Conseil se chargera donc de vider comme il se doit les caisses de ce chien puant, poursuivis-je avant de cracher une cosse d'avoine qui s'était coincée entre mes dents. Et je ne doute pas que Kalian se fasse un plaisir de châtier notre geôlier.

Le commandant ysoarien était resté à Toimuras pour se remettre de ses privations. Lorsque nous avions été libérés, j'avais pris connaissance de l'état déplorable dans lequel il se trouvait. Ses cheveux broussailleux couronnaient un visage émacié à la barbe rêche. Il était crasseux et amaigri. Cette lunaison de privation et de froid l'avait considérablement affaibli. Son masque détonnait par sa surface lisse et propre. Dans quelques jours, après avoir retrouvé des forces, Kalian convoierait Garam jusqu'à Wyrd. Jusque-là, le seigneur renégat croupirait sous bonne garde dans le trou fétide où il nous avait jetés. La gestion de la ville était laissée au conseiller du seigneur de Toimuras, un homme discret dont j'avais oublié le nom. Et ceci ne m'intéressait plus. Je sentais les caresses du genou de Sylwen sur le mien, j'entendais le doux martèlement des pas de sa monture aux côtés de la mienne et cela m'emplissait d'une joie infinie que rien n'aurait pu troubler.

— Sur ces bonnes paroles, conclus-je d'un air enjoué, reste-t-il un peu de ce pain délicieusement rance ?

Galatyr éclata de rire :

— J'ai envoyé des hommes plus en avant pour nous trouver un peu de gibier. Mais si tu y tiens, seigneur, je vais voir si les chevaux ont laissé quelques croûtons.

Mon ancien maître d'armes soutira des poches et besaces de nos soldats deux beaux morceaux de pain qu'il m'offrit. Je savais que nos compagnons n'avaient pas mangé de repas décent depuis notre départ d'Ariatide et que ces quelques quignons de pain dur étaient leur unique pitance. La pudeur dont ils faisaient preuve en m'offrant leurs dernières rations m'emplit le cœur de joie et de reconnaissance.

# Chapitre X

« Profite de Mes bontés comme de fruits mûrs,
Profite de Ma colère comme de l'orage,
Profite de Mon pardon comme d'un joyau,
Car toute chose a une fin.
Mais aucune fin n'en est une.
Âhni. »

*Livre Saint, chapitre XI, versets 279 à 284.*

Δ

— Ces figues au miel sont une pure merveille, susurra Sylwen tout en laissant échapper une délicieuse traînée sucrée de ses lèvres.

D'un baiser gourmand, je récoltai cette suave coulée, puis jugeai par moi-même de la finesse des confiseries que la servante venait de nous apporter.

Au second jour de l'an XXII des Âges Nouveaux, notre arrivée à Riassine, la capitale de l'Ariatide, s'était faite en grande pompe. Plusieurs pigeons avaient fait vent de notre progression et toute la cité s'était parée de ses plus vives couleurs pour nous accueillir. Même le soleil avait embrasé le ciel, afin de donner à notre retour des allures immatérielles.

Sylwen avait défilé dans les rues sous une averse de fleurs séchées, au son des acclamations de la foule. Chaque corps de métier y était allé de son présent : ici, une étoffe précieuse, là, une parure de joyaux, un flacon de parfum entêtant, un chiot de race ou encore une montagne de friandises, toutes plus fines et plus délicieuses les unes que les autres.

À peine avions-nous franchi les portes de mon palais, que j'avais été assailli par Maistre Vidal, le Premier Conseiller de mon père, qui s'était chargé de régir le royaume en mon absence. Déjà en poste à ma naissance, il faisait partie intégrante des murs de ce palais. Petit, sec, il n'avait pas changé depuis mon enfance, mis à part les quelques cheveux gris qui étaient venus parsemer sa tignasse noire. Il n'était pas jovial, mais doté d'une grande dévotion pour son devoir.

— Mon Roi, une foule s'est pressée aujourd'hui afin d'obtenir une audience auprès de Votre Altesse. Les tensions entre les habitants des quartiers sud et la…

— Cher Vidal, avais-je exposé, je suis on ne peut plus ravi de la manière dont vous avez régenté l'Ariatide depuis le décès de mon père.

Il avait incliné la tête, touché par mon compliment. Pourtant cela n'avait pas suffi à le faire taire.

— Merci, Majesté, mais j'ai…

J'avais donc entrepris de lui exposer la situation d'homme à homme, un bras amical passé autour de ses épaules.

— Je souhaite donc que vous en fassiez de même durant les prochains jours, car la reine et moi-même serons… comment dire… fort occupés par nos devoirs.

— Majesté, une foule…

— Je compte sur vous ! l'avais-je coupé d'une claque dans le dos.

Je ne lui avais pas laissé le loisir de reprendre ! Espiègle, j'avais attrapé la main de Sylwen et l'avait entraînée vers nos appartements. Nous avions couru, riant comme des adolescents.

Depuis neuf jours que nous étions à Riassine, nous n'avions pour ainsi dire pas quitté notre couche, si ce n'est pour flâner dans le jardin d'hiver qui jouxtait notre chambre, ou nous rendre dans nos magnifiques bains privés. J'avais enfin l'impression de commencer ma vie avec cette somptueuse créature. Je goûtais avec délice le bonheur de m'endormir dans ses bras frêles, pour m'y réveiller au matin, sans l'angoissante obsession de devoir la délaisser. Nous savions qu'il nous faudrait bien abandonner, un jour, ces murs protecteurs. C'est pourquoi nous nous accordions le loisir précieux de nous éclipser de la vie publique, avant d'y replonger pour peut-être ne plus jamais en sortir.

Plus je découvrais mon épouse, et plus j'en adorais chacune des courbes, chacun des creux, des vallons. Elle m'offrait une impossible perfection, une impensable sensation de bonheur lascif. Seule Aylim m'avait fait toucher du doigt cet état de béatitude. Et encore, en rêve. Je n'avais jamais goûté aux lèvres de Galaad. J'avais encore son voile dans mon nécessaire d'écriture. Mais son odeur s'en était allée. Que pouvait-elle bien vivre en Heylön ? Pensait-elle parfois à moi ? Sa simple évocation suffisait à faire déferler une décharge de plaisir dans mon corps. Et Sylwen était là pour en recueillir les effets.

Quelle femme que mon épouse ! Lorsque nous cessions nos ébats, nous nous lancions dans d'interminables discussions où nous mêlions rires, éclats et souvenirs. Je n'avais jamais côtoyé une jeune femme si instruite. La plupart de celles qui avaient partagé ma couche, si elles parlaient, n'osaient en rien défendre un avis opposé au mien. Elles soutenaient chacune de mes pensées, riaient à chacune de mes boutades… Cette inclination intellectuelle du sexe faible à ne pas me déplaire m'avait toujours horripilé.

Sylwen, elle, sans pour autant, bien sûr, posséder l'intelligence d'un homme, défendait ses opinions et essayait sans cesse d'apprendre de nouvelles choses. Allongée sur notre couche, les mains sous le menton, elle m'écoutait me perdre dans des dissertations philosophiques et théologiques sur la création de notre monde, des différentes espèces, et sur la fabuleuse merveille que sont les galettes au miel et aux prunes confites. Quels que fussent ses propos, sa voix rivalisait en harmonie avec l'aubade des rossignols. Je savourais à chaque instant les reflets multicolores que créait le soleil dans ses cheveux : argentés à l'aurore, dorés au zénith et cuivrés au crépuscule.

Mon sommeil, désormais privé des apparitions d'Aylim, se passait dans un monde paisible aux rêves fades, tant mon réveil sonnait mon arrivée dans un paradis de douceur. Ces moments constituèrent les plus belles heures de toute mon existence. Cette conscience de la fragilité provisoire de mon bonheur me poussa à m'y plonger plus intensément.

Δ

Le bruit grinçant de la porte me força à sortir de ma paradisiaque léthargie. Je recouvrai le dos nu de Sylwen du drap de soie, et indiquai à la servante :

— Déposez votre plateau sur la table et prévenez les musiciens que…

— Bonjour, Guilhem.

La voix bienveillante de Claudius me fit sursauter.

— Je vois que tu as su profiter de mes quelques jours d'absence.

Sylwen ouvrit un œil, offrit un charmant sourire chargé de sommeil au vieil homme, et enfouit à nouveau son corps moelleux sous les draps. Je me levai, passai un manteau sur ma chemise et emmenai Claudius dans le boudoir voisin. Mon ancien précepteur semblait en pleine forme dans sa tenue de voyage encore poussiéreuse. Sous son scapulaire, la tunique de laine bleu foncé plus courte que sa robe habituelle et ses chausses marron lui donnaient presque une stature de jeune homme. La chaîne d'argent où pendait le long cristal de roche, symbole de son rang de Haut Érudit, ornait comme toujours son cou.

— Le mariage te sied à ravir, mon ami.

— Le mariage, je ne sais, mais cette femme, c'est certain. Elle est mon soleil, ma lune, mon jour et ma nuit.

— J'en suis ravi, me félicita-t-il avec un sourire sincère. Cependant ce n'est pas pour cela que j'ai quitté les Neuf Sages.

Son soudain air grave me fit craindre la fin de ces temps heureux. J'invitai Claudius à s'asseoir à mes côtés sur la banquette confortable jouxtant la cheminée et le poussai à continuer d'un hochement de tête.

— En ces heures tourmentées, Guilhem, ta présence à Wyrd est requise.

— Les royaumes du Père Très Saint ont subi une nouvelle attaque ?

— Non, mais cela ne devrait tarder, nuança-t-il, soucieux. Des mouvements ont été observés en Agalaadywen depuis divers postes de garde ysoariens.

Il se frotta le front du revers de la main, comme pour en chasser les plis d'inquiétude.

— Une armée ?

Il hocha la tête et reconnut :

— Rien n'est certain. Mais c'est bien la première fois que des troupes de l'Ancienne Déesse sont aperçues depuis la Guerre de Purification. C'est cela qui a affolé le Conseil des Sages : la crainte d'une attaque massive.

— Elle serait légitime.

— Elle serait également dévastatrice.

Ses sourcils blancs froncés témoignaient de son appréhension. Je me dirigeai vers la table où trônaient coupes et pichet de vin et m'enquis :

— Où en sont les préparatifs, de notre côté ?

— L'Ésiria nous a assurés de son soutien. Les souvenirs des massacres sont encore vifs dans les terres de l'Est.

Claudius soupira à ce souvenir, las.

— Combien d'hommes nous promet Gagila ? me renseignai-je, pragmatique.

— Trente mille, dont dix mille cavaliers.

Je hochai la tête, satisfait, et tendis une coupe de vin à Claudius. Il accepta la boisson, mais la garda toutefois à la main, sans y toucher.

— Des vivres ?

— Pour toute son armée.

Le conflit était inévitable, mais j'avais espéré en repousser le plus longtemps possible le commencement. La vie de nombre d'Ariates et d'Ysoariens reposait entre mes mains. En qualité de roi des terres du Sud et futur souverain d'Ysoar, mon entrée ou non dans ce conflit majeur pourrait décider de la victoire ou de l'éradication de la Vraie Foi.

— Ils attendent ta venue, Guilhem. Et tu ne peux les faire languir davantage. Nous risquons de subir une attaque d'un jour à l'autre.

Assis sur le coin de ma table, je soupesai la faisabilité d'une entrée en guerre rapide.

— Je ne peux engager que l'armée d'Ariatide. Je n'ai pas encore reçu la couronne des terres centrales.

— Le Grand Conseil te l'a d'ores et déjà octroyée par procuration. Tu es dorénavant roi d'Ysoar.

Claudius avait abattu la carte qu'il gardait en main. Pourquoi n'avait-il commencé par là ? Mon ancien précepteur posa sa coupe de vin intacte sur le banc, sortit un parchemin de la poche ventrale de son scapulaire, et me l'apporta. Je brisai le sceau du Conseil des Sages et parcourus les quelques lignes me désignant comme souverain des terres centrales.

— J'aurais aimé être présent quand cette décision fut prise, grognai-je, agacé d'être encore et toujours un pion que ces vieillards manipulaient à leur guise.

— Tu avais visiblement d'autres occupations.

Je ne relevai pas la réflexion malicieuse de Claudius et poursuivis en faisant les cent pas, la missive à la main.

— Je ne suis pas sûr que les seigneurs d'Ysoar se plient à cet acte sans qu'il y ait eu la moindre cérémonie.

— Crois-tu que l'Heylön et l'Agalaadywen nous laissent le temps d'organiser de telles festivités ? observa Claudius, une main sur le manteau de pierre de la cheminée, le regard posé sur la danse des flammes dans l'âtre.

Il tourna vers moi un visage déterminé.

— L'annonce publique a été faite. Tu n'as pas besoin d'être sacré en grande pompe pour mener un peuple à la victoire.

— Tu es bien certain de la finalité des combats, avançai-je, sceptique.

— Il ne peut en être autrement, Guilhem, affirma-t-il, les yeux fixés dans les miens L'avènement du Père Très Saint a sonné. De plus, tous les seigneurs d'Ysoar t'ont prêté serment devant le Grand Conseil. Ils s'en sont remis à la décision des Neuf Sages.

— Et Garam ? m'amusai-je.

— Il était présent et t'a juré allégeance.

Ma question portait plus sur la teneur de son châtiment que sur son attitude à mon encontre.

— Et vous lui faites confiance ? m'exclamai-je devant le ridicule de ce soudain changement de comportement.

Claudius haussa les épaules, dépité par cette décision et retourna vers le banc où il s'assit et goûta enfin à sa boisson.

— C'est un homme cruel, buté et tyrannique, reconnut-il en saluant la finesse du vin d'une moue connaisseuse, mais c'est surtout un homme intelligent. Il sait ce qu'une nouvelle rébellion lui coûterait. Et puis nous allons unir sa jeune sœur à l'un de tes vassaux.

— Une fois de plus, les Neuf Sages ont tout prévu, rétorquai-je, amer.

J'imitai mon ancien précepteur et bus une gorgée de ce nectar de l'ouest de mes terres.

— Fais rassembler tes hommes dès aujourd'hui, Guilhem, reprit-il après avoir savouré la note épicée du breuvage. Les heures sombres ne sont pas loin.

Je soufflai, résigné.

— Tu me conseilles donc de m'engager dans ce combat ?

— Si tu n'es pas avec les troupes du Père Très Saint, tu seras contre elles. Même si je ne peux soutenir un conflit déclenché dans de telles conditions, ni même l'hégémonie d'une croyance sur une autre, je ne peux, en homme sensé, te conseiller de te vouer à ta perte. Le temps touche à sa fin où les êtres de toutes races et de toutes religions pouvaient vivre en paix dans un même monde. L'Ancienne Déesse doit disparaître pour l'avènement du Père Très Saint. Il doit en être ainsi. Les hommes sont tels qu'ils ne peuvent trouver la force de choisir par eux-mêmes un côté ou un autre sans nécessiter l'éradication de ce qui leur fait face. Nous sommes faibles, Guilhem, et j'ai honte de cette faiblesse. J'ai honte pour tous les hommes.

Un silence pesant envahit les lieux. Il me fallait penser en stratège. Assis sur le rebord de ma table, je passai les doigts dans ma barbe naissante et songeai à ce qu'un départ en guerre nécessitait de préparatifs.

— Même si je décidais de mener mes troupes au combat, il me faudrait une lune pour rassembler assez de vivres. Nous sommes au plus dur de l'hiver et je ne peux ignorer que la nourriture que je réquisitionnerai auprès de mon peuple lui fera défaut d'ici les prochaines récoltes.

— Triste et cruelle est la guerre, soupira Claudius. Plus triste et plus cruelle encore est la défaite sans combat.

L'esprit ailleurs, je remarquai à peine Sylwen se glisser à mes côtés et sursautai au doux contact de ses lèvres sur ma main. Elle avait passé un fin mantel sur sa chemise vaporeuse. Ce n'était pas une tenue décente pour paraître en public. Mais Claudius ne lui en tiendrait pas rigueur.

— Vous voilà bien sérieux, mes amis, minauda-t-elle avant de dérober une gorgée de ma coupe.

— La guerre...

Ma gorge se serra et m'empêcha de poursuivre. Pour toute réponse, elle passa sa fine main dans mes cheveux. La douceur de cette peau fraîche et soyeuse dédramatisa un bref instant la situation.

— Le conflit avec l'Heylön est inévitable, expliqua Claudius à Sylwen en finissant le contenu de sa coupe. Et Guilhem est maintenant roi d'Ariatide et d'Ysoar. Aussi sa présence à Wyrd est-elle requise au plus vite.

Mon ancien maître soupira et se leva avec lassitude.

— Je vous laisse vous dire au revoir. Nous devons partir aujourd'hui même pour Wyrd.

— Non, posai-je, calme, mais ferme. J'ai besoin de quelques jours.

— Bien, mon roi.

Le sourire en coin de Claudius témoigna tout autant du respect nouveau que je lui inspirais que le fait qu'il m'ait appelé « mon roi ».

— Claudius, j'ai quelques dispositions à prendre d'ici mon départ : je souhaite te voir attribuer la fonction de Premier Conseiller.

— Merci pour cet honneur. Mais, avec ta permission, j'aurais souhaité assister au prochain Grand Conseil de Wyrd.

Je souris à sa requête.

— Je n'avais pas l'intention de me passer de toi lors de ma prochaine rencontre avec les Neuf Sages ! Je comptais laisser la charge du pays à ce cher Vidal, qui s'en est très bien acquitté jusqu'à présent. Je pourrais le nommer à la charge de…

— Gouverneur transitoire ?

— Parfait ! m'enjouai-je. Rédige les édits nécessaires. Et veille également à ce que Galatyr soit maintenu dans sa position de commandant de mes armées.

— Bien.

— Je viens avec vous, décréta Sylwen, debout à mes côtés. Les conflits concernent autant le roi d'Ysoar que sa reine. Je ne suis pas sotte. Je connais avec précision les forces dont dispose notre royaume.

— Fille de prévenance ! bénit Claudius.

Il déposa un baiser sur la main de mon épouse.

— Tu es loin d'être idiote, mon enfant, et nous n'en doutions nullement. Je me retire et vous laisse prendre vos dispositions. Si vous me cherchez, je serai dans les cuisines. D'après les dires de ta charmante matrone, un ragoût miraculeux est en passe de basculer dans le divin.

Claudius prit congé dans une révérence esquissée.

— Ah, j'oubliai ! se rappela-t-il alors qu'il passait la porte. J'ai fait une rencontre bien étrange dans les couloirs de Wyrd. Il semblerait que ce jeune Budec ait remué ciel et terre pour te retrouver.

Je me relevai, aussi surpris que ravi.

— Budec ? Où est-il ?

— Je lui ai dit de rester à Wyrd, dans l'attente de ton arrivée. Ce jeune homme a tenté de mobiliser des troupes à Daeg pour libérer Sylwen. Puis, devant l'indifférence du capitaine de la garde, il a décidé de se rendre à Wyrd pour en appeler aux Neuf Sages. Il s'en est fallu de peu qu'il ne prenne lui-même une épée pour se ruer sur Toimuras.

Mais je l'ai retenu. Toi et tes hommes étiez déjà sur place. Il ne servait à rien qu'il risque sa vie inutilement.

Claudius sortit après m'avoir adressé un respectueux salut de la tête.

Budec en vie ! Voilà une nouvelle qui me réjouissait. Dans les heures sombres qui se profilaient, il serait avec moi.

Sylwen s'assit sur la table et tira sur ma chemise pour m'attirer entre ses jambes. Je me laissai faire, noyé par toutes les informations que je venais d'obtenir. Elle saisit ma tête de ses fines mains et redessina mon visage de ses lèvres, empressée d'en embrasser chaque partie, chaque recoin. Je gravai ce moment au plus profond de moi comme la clôture de ces quelques jours hors du temps et du monde, monde qui fonçait bien trop vite vers l'obscurité.

Δ

Une brise légère me fit frissonner. J'essayai de me recouvrir, mais ne trouvai pas l'épaisse couverture de laine. Je cherchai le tissu sur le côté du lit. Ma main pénétra dans une eau glaciale. Je me relevai et fus stupéfait de me trouver allongé sur une barque, perdu au milieu d'une mer sans rives. J'appelai à l'aide, sans réponse.

Le temps sembla s'étirer, quand une lueur apparut au loin, une lueur qui se rapprocha dangereusement. Je réalisai avec stupeur qu'il s'agissait d'une embarcation légère à laquelle on avait mis le feu.

Ce qui me glaça le sang fut de discerner une silhouette ligotée au mât, et cette silhouette retourna mon cœur à le faire exploser. Aylim, à demi consciente, s'abandonnait aux flammes. Assise à côté de moi, Sylwen riait à en perdre haleine devant ce spectacle. Je hurlai de tout mon soûl et tentais de rapprocher ma barque. Plus je ramais de mes bras impuissants, plus la distance qui nous séparait augmentait. J'étais certain d'être la cause de ce supplice. Une immense culpabilité m'envahit. « Pourquoi l'ai-je délaissée et préféré me plonger aveuglément dans les bras de Sylwen ? Pourquoi ne me suis-je pas battu pour elle au lieu de la laisser aller à une mort certaine ? »

Alors qu'une épaisse fumée s'élevait aux pieds de mon aimée, là, seulement, je compris l'impardonnable faute que j'avais commise. Une autre vie l'attendait en des terres éloignées, comme une existence se dessinait pour moi, chaude et douce, accordée à la voix mélodieuse de Sylwen. Au moment précis où je l'avais vue disparaître sur le port d'Heylön Continentale en compagnie de ces hommes, je ne pouvais nier avoir songé préférer la savoir morte plutôt que dans les bras d'un autre. Le simple fait d'imaginer un étranger goûter à ses délices m'avait empli d'une rage aussi violente que mon désespoir. Cependant, céans, elle ne pouvait ni ne devait périr par ma faute.

— Guilhem, me murmura-t-elle dans un souffle. Toi seul aurais pu me sauver !

Je ne sais comment, mais le vent avait porté ses paroles. Terrassé, je croisai ses yeux miroitants, fascinants, envoûtants. Le temps d'un battement cils, ils posèrent leur grâce sur moi, puis laissèrent leur flamme vaciller au gré de l'air.

— Aylim ! Aylim ! hurlai-je alors que son bateau commençait à sombrer dans les eaux sombres.

Je ramai de toutes mes forces dans l'espoir impossible de l'atteindre. Le rire dément de Sylwen m'apportait haine et fureur. J'avais été bien trop faible et lâche pour lui résister. Mais comment aurais-je pu savoir qu'Aylim n'était pas une invention de mon esprit ?

— Tu as choisi, Guilhem. Nous aurions pu être libres. Mais tu as préféré être roi.

La douce voix d'Aylim murmurait encore à mes oreilles alors que son corps disparaissait dans les profondeurs glacées.

À peine l'embarcation eut-elle sombré, qu'une forte lumière aspira l'horizon et embrasa l'immensité aquatique. La chaleur fut telle, que je tentai de me protéger de mes bras, mais en vain. Je sentis mes chairs se consumer au moment même où je fus envahi par le néant. L'idée de savoir Aylim morte, perdue à jamais m'était insupportable. Aussi m'abandonnai-je à cette brûlure qui prenait possession de moi.

Δ

Les jours précédant notre départ pour Wyrd furent gris. Mon peuple se lamentait de l'arrivée d'une nouvelle guerre, quels qu'en fussent la cause ou les ennemis. Les mères pleuraient leurs fils, les épouses, leur mari, les filles, leurs frères. Ainsi mon premier geste de souverain était-il de priver ces bonnes gens du peu de réserves qu'ils avaient pour l'hiver. Quel roi magnanime et juste ! Pour eux, cette guerre était bien trop éloignée pour les concerner. Pourquoi envoyer leur nourriture en Ysoar en vue d'une victoire à laquelle ils ne pourraient pas assister s'ils mouraient de faim avant ?

En ces heures tristes, Sylwen ne discerna pas le malaise plus profond qui m'habitait depuis plusieurs nuits et mit mon humeur morose sur le coup des décisions impitoyables que j'avais à prendre.

En réalité, j'avais beau me répéter qu'il ne s'agissait que d'un rêve, je n'arrivais pas à me défaire du goût amer qu'il me laissait. C'était vrai. Je m'étais oublié pour devenir roi. Je m'étais détourné de mes projets pour plonger dans le rôle qu'on m'imposait. Sylwen n'était que le miel pour faire avaler la potion aigre. Une fois ces vérités en tête, je ne pouvais plus redevenir cet époux aimant et jovial, quand bien même j'aurais été le meilleur des comédiens. Une honte indicible avait pris la place de mon bonheur passé. Chaque geste, chaque parole de mon épouse me paraissaient ternes, immatures et agaçants.

Où s'étaient donc enfuis cet amour et cette fougue ? Comment une seule et unique nuit avait-elle pu me changer de la sorte ? Était-ce une fois de plus la preuve de mon inconstance ? Non. Mon erreur était la seule cause de tout cela. Si seulement je n'avais pas rencontré Galaad, j'aurais pu laisser mes songes de côté. Mais tous ces rêves étaient bien trop présents pour ne pas exprimer une réalité que je refusais : tout ce que j'avais vécu avec Aylim était réel. Nos ébats, notre amour, mon serment. Tout. Pourtant je m'étais entêté à rester aveugle à ces évidences jusqu'à commettre l'irréparable en m'unissant à Sylwen. Ce n'était pas Aylim qui était partie. C'est moi qui l'avais abandonnée. Je ne supportais plus de caresser la longue chevelure blonde de mon épouse, et ne tolérais même plus le frôlement de son corps. Aussitôt, me venait l'image d'Aylim agonisante. L'idée d'être lié à jamais à Sylwen était un étau qui compressait ma poitrine. Rappel perpétuel de ma lâcheté et de ma faiblesse. Tel était mon châtiment d'époux. J'entendais encore la voix sourde de mon père me seriner : « chaque homme en ce monde doit se charger de trois fardeaux : son honneur, sa descendance et son épouse ».

Nous gagnâmes Wyrd avec cinq cents hommes. Dix mille soldats supplémentaires devaient nous y retrouver les jours suivants. Je ne souhaitais entraîner que des guerriers de métier, sans pour autant priver mes terres de défense. Aussi laissai-je une imposante garnison que je répartis entre le littoral ariate et Riassine. Sylwen voyagea dans un char en compagnie de sa nouvelle dame de compagnie, une jeune noble rousse tout juste arrivée de Daeg avec sa fillette.

En arrivant en vue de la ville franche, je réalisai l'ampleur du conflit qui se préparait. Une mer de toiles de tentes occupait les alentours de la cité. Je traversai cet immense campement le cœur chargé d'une certitude : notre victoire était évidente, tant nous étions supérieurs en nombre aux forces ennemies.

Après avoir en vain tenté de convaincre Sylwen de rester dans nos appartements du Palais Haut de Wyrd, nous nous rendîmes finalement tous deux dans la salle troglodyte où se tenait le Grand Conseil. Je n'avais plus la force de lutter contre l'enthousiasme de mon épouse et préférai l'ignorer. D'un unique mouvement de tête, je saluai les Neuf Sages, Gagila – le roi ésirien –, ses compagnons, Kalian et Raghôl, avant de m'installer en compagnie de Claudius et Galatyr. Et Sylwen. Des serviteurs nous servirent à tous des coupes d'un vin sans doute coupé à l'eau, tant il était fade.

— Nous apprenons à l'instant, entama Syro, la langue alerte, que le mouvement de masse que nous observions depuis plusieurs jours en Agalaadywen, vient de pénétrer en Ysoar, dans les environs de Balastine. Le message stipule qu'ils se dirigent vers le sud-ouest.

— Combien sont-ils ? le questionna Galatyr, le front soucieux.

— Pas plus de deux cents, rétorqua Raghôl.

— Deux cents ? m'emportai-je ? Vous déclenchez une guerre pour deux cents soldats ?

Le Balaste se tortilla sur son tabouret trop petit.

— Ce n'est que ce qu'ils veulent bien nous laisser voir. Tu sais comme moi comment sont ces terres démoniaques, pleines de pièges et de mystères !

J'avais du mal à discerner l'homme sanguinaire qu'il était derrière ce visage au premier abord jovial.

— Ont-ils attaqué des villages ? m'enquis-je.

— Aucun. Ils se contentent de marcher en direction des Grandes Eaux.

— Mais à quoi rime leur manœuvre ? demanda Gagila, les yeux plissés, concentré sur la carte parcheminée étalée sur la table devant nous.

— Je pense, confia le géant de sa voix toujours aussi rocailleuse, qu'ils tentent de rallier les forces d'Heylön.

— Si c'est ce qu'ils veulent, pourquoi ne sont-ils pas allés en Heylön Continentale ? corrigea Claudius. Ils n'avaient même pas à sortir d'Agaladywen pour atteindre le royaume du Nord ! Alors, pourquoi pénétrer en Ysoar ? Et de manière si visible ?

Mon conseiller secoua la tête, troublé.

— Non, vraiment, je ne comprends pas.

Sylwen se racla la gorge et intervint, sous les regards sceptiques de l'assistance.

— Peut-être fuient-ils ?

— Je n'avais pas saisi que tu souhaitais participer à cette réunion en plus d'y assister, rétorqua Syro à mon épouse d'un ton glacial.

Sylwen resta bouche bée devant la remarque et reprit dans la seconde un masque de froide soumission. C'était une erreur de lui permettre de m'accompagner ici. Les femmes n'avaient pas leur place à un conseil de guerre. Les yeux du vieillard voyagèrent de mon épouse à moi en signe de désapprobation. Malgré la honte que me causait son intervention, je devais bien reconnaître que la remarque de Sylwen était perspicace.

— Ou alors veulent-ils qu'on le croie, intervint Kalian. Qu'est-ce qui nous dit qu'il ne s'agit pas ici d'un piège visant à nous attirer dans leur gueule ?

Le commandant ysoarien avait repris du poids depuis que je l'avais quitté à Toimuras. Il n'avait pas encore retrouvé la corpulence que je lui avais connue, mais il était indéniable qu'il serait un combattant redoutable dans le conflit qui allait débuter.

— Il est probable qu'un débarquement des troupes d'Heylön soit prévu, continua Raghôl. Il n'y a pas d'autre explication possible à cette provocation, car c'est une provocation ! De toute manière, il ne serait pas étonnant que les barbares du Nord se joignent aux sbires démoniaques pour marcher sur nous !

— Mais ce serait ridicule ! intervins-je. Ils seraient tout de suite stoppés par nos armées !

— Tu as raison, Guilhem. Voilà pourquoi nous avons mobilisé nos forces, précisa Syro, les lèvres assaillies par sa langue frénétique. Notre effectif va, une fois que les troupes se seront amassées, dépasser cinquante mille hommes, dont un quart constitué de cavaliers. Nous allons donc nous séparer en plusieurs groupes. L'un tentera de couper la route des ennemis, un autre voyagera par la mer pour stopper et surtout prévenir l'éventuelle arrivée de l'armée heylönsk. Et le dernier, le dernier passera par la forêt.

Cette annonce fut accueillie par un immense silence. « Comment un stratège aussi sensé que Syro peut-il prévoir un tel itinéraire pour ses troupes ? » pensai-je, stupéfait par le plan du vieillard.

L'Agalaadywen, composée essentiellement de bois et de reliefs montagneux, était un lieu différent du reste du Monde Connu. Nul n'ignorait que là-bas, le temps s'écoulait parfois de façon aléatoire. De plus, les ennemis maîtrisaient ses dénivelés et ses cavités, de sorte que ce qui serait pour nous un calvaire à franchir constituerait pour eux le meilleur des terrains. De même qu'un sérieux avantage. D'autre part, même si la plupart des races démoniaques avaient été décimées, nous pouvions être confrontés à des survivants qui ne manqueraient pas de faire pleuvoir sur nous moult sortilèges et autres formes de combat magique.

Ravi de son effet, Syro apporta une nuance :

— Je tiens à préciser, devant vos mines déconfites, que ce que j'appelle « passer par la forêt » signifie, en réalité, passer *sur* la forêt. Parmi les hommes qui constituent vos troupes se trouvent nombre de bûcherons et autres paysans sachant manier la hache et la pioche mieux que l'épée. Nous ne pouvons éradiquer les forces de l'Ancienne Déesse sans détruire leur tanière. Aussi allons-nous raser la Forêt d'Agalaadywen, annexer l'Heylön Continentale et y bâtir le Royaume Terrestre du Père Très Saint. Là où ne règnent que pénombre et occultisme, brillera bientôt la Lumière divine de notre Seigneur et Sauveur. « Que la Terre Païenne soit purifiée par les flammes et apaisée par l'eau. Que la Porte des Démons soit scellée du souffle même qui l'a ouverte. Alors, seulement, apparaîtra Ma lumière. »

— Âhni, prononcèrent-ils tous en chœur à l'issue de cette citation de la Sainte Prophétie.

Leur plan était absurde ! Maintenant, nous devions aussi nous emparer d'une partie de l'Heylön ?

— Jamais nous ne parviendrons à venir à bout de ne serait-ce qu'un centième de ce labeur d'ici nombre de saisons ! avançai-je, dubitatif.

— Pas si nous brûlons tout avant ! me répliqua Gagila en langue commune, d'une voix aussi sifflante que les vents de son pays. Le feu fera le travail à notre place et purifiera ces terres impies.

Le souverain ésirien afficha un sourire acéré.

— Un brasier d'une telle ampleur serait impossible à contrôler, s'inquiéta Claudius. Comment ferons-nous pour qu'il ne s'étende pas à l'Ysoar ?

— Le Barrage de Numiod, se contenta d'indiquer Galio.

Je craignais de voir où le Sage filiforme voulait en venir.

Le Barrage de Numiod était sans âge. Nombreux étaient les peuples à s'accorder le mérite de sa construction, mais son élaboration était si savante que nul ne savait quand ni par qui il avait été bâti. N'importe quel étranger aurait pu le confondre avec une montagne, tant il était vaste et massif. Sans lui, les terres encaissées de l'Ysoar, de l'Agalaadywen et de l'Heylön Continentale seraient avalées par les laiteuses Eaux Blanches. Dans les légendes des Anciennes Croyances, il était rapporté que l'Ancienne Déesse avait fait don « du Joyau de Numiod » aux peuples du Monde Connu, afin de leur permettre de s'établir sur des terres fertiles autrefois englouties. La Grande Mère Déchue avait fait jaillir ce barrage des profondeurs du sol, telle une dent dans la bouche d'un nourrisson.

— Vous voulez puiser l'eau ? s'enquit timidement Sylwen.

Au moins mon épouse n'était-elle dénuée ni d'esprit ni d'humanité.

— Non, mon enfant, lui répondit Ciché, la voix mielleuse. Nous allons y faire une brèche, ce qui apaisera la soif de ce brasier.

— Mais le déchaînement des Eaux Blanches pourrait engloutir la moitié du Monde Connu ! tempêta Claudius.

Devant les visages incrédules de son auditoire, mon conseiller adopta une autre tactique et exposa, dogmatique, en s'appuyant sur la carte :

— Comme vous ne l'ignorez pas, les Eaux Blanches sont presque aussi vastes que l'Ariatide ! Elles donnent naissance à la Rivière Mère, en Ysoar et à la Rivière Sœur, en Heylön Continentale. Les Eaux Blanches sont bordées, sur la moitié nord, par les monts des Nordiales et au sud, par le Barrage. Toutes les terres ici, l'Heylön Continentale, les plaines de l'Agalaadywen et l'ouest de l'Ysoar se trouvent en aval de ses flots. Une simple erreur dans l'ouverture de cette brèche que vous proposez, risquerait, en plus d'engloutir notre armée, de submerger tout ce qui se situe à l'ouest de Daeg ! Votre plan est bien trop ambitieux, pour ne pas dire dément ! recommença-t-il à s'emporter. Nous avons perdu la maîtrise de l'eau que possédaient nos ancêtres !

J'acquiesçai à cette analyse. Comment un groupe d'esprits aussi avisés pouvait-il concevoir des plans dont la concrétisation causerait autant de pertes parmi le peuple ?

— Et qu'adviendra-t-il des populations qui se trouveront sur le passage des flots ?

Le hochement de tête qu'adressa Syro à Kalian lui fit comprendre qu'il devait penser en stratège et non en altruiste.

— Nous tâcherons de les évacuer. Cependant, des sacrifices sont nécessaires, quels qu'ils soient.

— Surtout quand il ne s'agit pas du vôtre, Sage Syro, répliqua Kalian avec un mépris à peine dissimulé par la paix de son masque. Vous vous moquez de noyer indifféremment l'Agalaadywen, l'Heylön Continentale et le nord-ouest de l'Ysoar !

— Kalian, intervint Drivia avant que la situation ne dégénère, je pense qu'il te serait bénéfique de te retirer. Nous te ferons part de notre plan en temps voulu.

Piqué au vif, le commandant ysoarien se leva et quitta la salle. Je ne connaissais pas bien cet homme, mais j'admirai, une fois de plus, sa droiture et ses valeurs. Peu de guerriers pouvaient se vanter d'accorder autant d'importance à la vie d'autrui, et surtout d'oser ainsi s'opposer aux Neuf Sages. Je le regardai donc partir, envoûté par la métallique présence de son masque et la dignité avec laquelle il s'en parait.

— Une partie de notre armée se lancera dès demain à la recherche des sbires de l'Ancienne Déesse, précisa Syro sans prêter plus d'attention au départ de Kalian. Si les vents nous sont favorables, les hommes qui partiront par la mer arriveront à l'ennemi en même temps que ceux qui passeront par la terre. Enfin, le reste des troupes s'occupera de l'Agalaadywen et rejoindra le front au plus tôt.

— Et si l'Heylön attaque ?

Mon inquiétude ne sembla ébranler personne.

— Guilhem, me rassura Syro, plus de trente mille de nos hommes seront massés face aux Grandes Eaux. Même si les terres du Nord enrôlaient femmes, enfants et vieillards, nous leur serions encore bien supérieurs en nombre. Je pense que de ce côté-là, nous n'avons aucun souci à nous faire. Soit les enfants d'Heylön se détourneront de la Mère

Déchue et se voueront au Père Très Saint, soit ils seront anéantis avec les autres rebus des Anciennes Croyances.

La langue de Syro multipliait les apparitions furtives et donnait au Sage un aspect inquiétant, malsain. Il mettait une telle ardeur dans ses propos, que ses tremblements d'ordinaire discrets, prenaient des proportions effrayantes.

— Croyez-moi, poursuivit le doyen de l'assemblée, la difficulté de cette guerre ne sera pas de la gagner, mais de la terminer. Ces insectes vont se terrer et il faudra les déloger un à un, jusqu'au dernier. Et nous prendrons le temps nécessaire ! La Lumière du Père Très Saint tracera autour de nous une aura protectrice qui nous rendra invincibles ! Nous ne faisons qu'accomplir l'Histoire qui est déjà écrite, mes enfants. Nous ne faisons que préparer l'accomplissement de la Sainte Prophétie de l'Unité ! Notre Sauveur doit venir ! Pour la Vraie Foi, nulle n'est de défaite possible !

Le vieil homme semblait se délecter de sa verve poétique. Il était là, les yeux fermés, à savourer la forme que prenait la résonance de ses paroles.

— Comment les troupes se répartiront-elles ? trancha Gagila, pragmatique, en faisant tourner sa coupe de vin entre ses doigts.

Devant l'extase continue de son acolyte, Ciché prit la parole.

— Il nous est apparu plus que perspicace que vous meniez la mission sur l'Agalaadywen, étant donné que vous nous avez vous-même apporté la lumineuse idée quant à son accomplissement.

Le roi d'Ésiria sembla satisfait de cette décision. Le Sage aussi rond que courtaud poursuivit ses consignes :

— Kalian prendra la tête des troupes d'Ysoar pour traquer l'ennemi par la terre. Les troupes wyrds se joindront à lui, menées par le commandant Trius.

Ce dernier était un petit homme châtain un peu plus âgé que moi, mais dont les traits coupés au couteau dénotaient une opiniâtreté à toute épreuve.

J'étais surpris d'apprendre que Kalian mènerait lui seul les forces des terres centrales, alors que cette charge aurait dû me revenir. C'était sans compter sur la volonté de contrôle des Neufs Sages. Il était juste que le commandant ysoarien conserve sa charge. Il avait été l'héritier mâle de Tillaumet, même s'il n'avait jamais montré la moindre prétention au trône. Et c'était aussi un excellent stratège. Je n'aurais pas fait de meilleur choix. Mais j'aurais voulu que ce choix fût le mien.

Sylwen acquiesça à cette annonce, comme si son avis avait été requis. J'étais navré de voir avec quelle vitesse l'amour que je croyais lui porter s'était changé en un agacement permanent, suscité par chacun de ses actes.

— Pourquoi ne pas mêler les forces ariates et ysoariennes, proposa Claudius. Guilhem est souverain des deux royaumes.

— Mais il ne peut mener deux combats de front ! s'enhardit Drivia avec l'impatience qui la caractérisait.

— Il est normal que Kalian mène ses troupes au combat, tranchai-je en buvant une gorgée de vin pour me donner une contenance. Il connaît ses hommes alors que ce sont encore des étrangers pour moi.

— C'est très juste, Guilhem, approuva Syro d'un hochement de tête saccadé. En ce qui te concerne, tu feras passer ton armée par les Grandes Eaux. Ton rôle sera d'empêcher toute fuite de la troupe ennemie, et de prévenir tout débarquement heylönsk. Vous disposerez bien sûr des navires et des équipages du Wyrdlyn.

— Encore des bateaux ? me chuchota Galatyr d'un air anxieux.

Il n'y avait aucune raison de se réjouir dans la préparation d'une bataille et pourtant, j'étais satisfait de la part qui m'était confiée.

— Sont-ils au courant que le monstre des Grandes Eaux pourrait détruire une partie de la flotte ? poursuivit mon commandant, tendu.

À aucun instant je ne songeai à la chose – dragon marin ou serpent gigantesque – qui en hantait les tréfonds, et je passai donc sur son inquiétude d'un las mouvement d'épaules.

— Autant chercher une aiguille dans une botte de foin ! m'opposai-je. Comment voulez-vous que nous débusquions ces hommes ?

— Nous savons qu'ils évoluent à la frontière de l'Agalaadywen et de l'Ysoar, posa Ciché avec précipitation. Or, la quasi-totalité des côtes est constituée de falaises impraticables. Il n'y a que quelques criques où ils seraient susceptibles de débarquer. La plus probable est celle à proximité du port marchand de Ragontil, au nord-ouest de l'Ysoar, là où la Rivière Mère se jette dans les Grandes Eaux. Assez éloigné de la ville pour une arrivée discrète, et assez vaste pour permettre à une cinquantaine d'embarcations d'accoster en même temps.

Avant que le Sage ne se lance dans de nouvelles explications, Sylwen prit congé de nous et quitta la pièce, après avoir touché mon bras d'un contact qu'elle voulut aimant. Cette piqûre d'insecte m'apporta au moins le soulagement de son départ.

Δ

Pendant les derniers jours que je passai en sa compagnie, Sylwen ne releva pas le malaise que sa présence me causait. Tout était prétexte à ce que je m'éloigne d'elle. Une réunion avec mes seigneurs, une visite à mes troupes, un contrôle de mes armes ou le besoin de m'isoler pour continuer la rédaction du présent ouvrage…

Ce n'était pas tant sa personne que je cherchais à éviter, mais l'image lâche et irresponsable qu'elle me renvoyait. C'était moi que je fuyais, mon rôle d'amant, d'époux, d'ami. Tout en elle me rappelait l'étau dans lequel je m'étais jeté tête la première. Elle était le symbole de la vie qu'on m'avait imposée, de mes rêves bafoués.

Je savais que je ne pourrais fuir indéfiniment mon épouse et qu'il me faudrait soit délaisser sa couche, soit me contraindre à y rester.

Tout bien réfléchi, cette guerre était une aubaine. Elle me donnait tout le temps nécessaire pour sonder mon cœur, mon être et réfléchir à mes actes et à leurs conséquences. Au pire des cas, elle pouvait, en prenant ma vie, me permettre d'échapper à cette situation. Mais cette lâcheté me rongeait tout autant que mon ressentiment. Le plus vil, en ce moment, était de ne pas agir et de laisser faire. Je devais au moins la vérité à Sylwen sur mon comportement. Mais ne me prendrait-elle pas pour un fou ? Je décidai de lui parler le soir même. Le lendemain matin me verrait quitter la ville pour rejoindre les navires qui nous attendaient déjà. Aussi ne pouvais-je repousser l'heure de mon aveu.

Anxieux, je déchiquetai une à une les mûres séchées qui se trouvaient dans un bol sur un rebord de fenêtre. Il me fallait choisir les mots à même de décrire au plus juste l'état dans lequel mon esprit errait. Je mâchouillais machinalement les petits fruits, quand la porte s'ouvrit. Sylwen entra, chargée d'un énorme plateau orné d'un faisan rôti, de galettes et de fruits. Derrière elle, sa servante tenait un pichet qu'elle déposa sur un signe de ma femme et sortit. Sylwen nous servit à chacun une coupe de vin.

— Je sais que la guerre n'est pas propice aux réjouissances, mais je ne voulais pas que nous soyons séparés sans avoir pu parler. Tant de choses peuvent arriver et je ne veux pas qu'il y ait de secret entre nous.

« A-t-elle en fait tout compris ? » pensai-je à ses paroles. Mon corps se détendit en même temps que l'angoisse le gagnait. Je remerciai le Père Très Saint pour Sa miséricorde d'avoir accordé tant de clairvoyance à cette femme. Le fait qu'elle abordât elle-même le sujet m'épargnait, une fois de plus, un long supplice.

— Sylwen, commençai-je presque malgré moi avant qu'elle ne m'interrompe en plaçant une coupe dans ma main.

Elle prit une profonde inspiration et, les joues rouges de joie contenue, m'annonça :

— Je porte ton enfant.

Elle cogna sa coupe contre la mienne en signe de bonne fortune. Le tintement me fit l'effet d'un glas oppressant. Un goût de bile remonta à ma bouche. Je vidai ma coupe d'un trait pour me redonner une contenance. Bien trop prévenante, Sylwen me resservit aussitôt.

— Je ne voulais rien te dire à moins d'en être certaine, continua-t-elle, comme prise de logorrhée. Mais Drivia m'a dit que je ne me trompais pas et que je portais un enfant sain et vigoureux. La guerre va t'emmener si loin ! Et j'aurais tant souhaité que tu puisses sentir ton héritier grandir en moi !

J'avais besoin d'air. C'était sûr qu'un tel événement était à prévoir. Surtout après l'ardeur que nous avions mise à nos ébats. Pourtant, Sylwen n'aurait pu trouver plus mauvais moment pour son annonce. Je me levai, fis quelques pas, me retournai et perdis mon regard sur le corps de cette jeune fille si innocente, sur ce corps au creux duquel grandissait la vie que j'avais moi-même insérée.

Je ne ressentais plus que dégoût pour l'aveu que j'avais sur la langue. « Quel homme serais-je de repousser la mère de mon enfant ? Comment puis-je penser à mon bonheur personnel alors que mon héritier va bientôt voir le jour ? »

Un élan incontrôlable me jeta aux genoux de mon épouse. J'enserrai ses jambes et mouillai sa robe de violents sanglots. Je pleurai ma lâcheté, ma honte, le poids de mes responsabilités, l'erreur de chemin que faisait le destin.

« Père Très Saint, pourquoi me lier à Sylwen, si Aylim était mon autre, ma moitié ? » implorai-je silencieusement alors que mon épouse me berçait contre son sein. « Pourquoi ? Pourquoi testes-Tu ma foi envers Toi ? »

Une fougue désespérée guida mes lèvres sur la chair de ma femme, de ma reine. Asservi par mes pulsions, je retroussai sa robe et la pris sans douceur, déversant toute ma haine et mon désespoir en elle. Je pleurai tandis que l'innommable plaisir montait en moi. Je pleurai. Je pleurais, et Sylwen, elle, souriait.

# PARTIE II : SYLWEN

« Jamais on ne doit brandir une épée devant une femme grosse, sans d'abord lui toucher le sommet du crâne avec le plat. Qu'elle soit alors assurée que son enfant sera vaillant toute sa vie. »[1]

*****

*Nombreuses furent les lames tirées devant moi alors que mon ventre était chargé et je prie le Père Très Saint pour que ces signes funestes n'influencent pas la destinée de ma fille, car fille elle sera. Je le sais. Elle est déjà vigoureuse. À chaque instant, je peux la sentir guerroyer en mon sein contre les monstres qu'elle s'imagine affronter. Pourtant, je lui veux une existence paisible, loin de toute guerre. Nous avons eu notre lot de combats.*

*Je passe la main sur mon ventre épanoui – prêt à éclater serait plus juste –, me languissant de ce moment très prochain qui me permettra de la rencontrer. Au cas où ma délivrance exigerait le prix de ma vie, je me refuse à ce que ma fille grandisse dans l'ignorance. Elle n'a pas à rougir de ses*

1 Ces « préceptes » sont librement inspirés des « Évangiles des quenouilles », parus pour la première fois en 1479-1482 chez Colard Mansion, à Bruges.

*origines. Nul nourrisson ne fut engendré par plus d'amour. Beaucoup de mariages font des enfants au cœur sec et privés de tendresse. Elle ne sera pas dans ce cas-là. Toute personne doit connaître son passé et l'histoire de sa venue au monde, surtout quand celle-ci est synonyme de passion et de dévouement absolu envers l'être aimé.*

*Afin que pas un secret ne vienne assombrir l'étoile bénéfique qui naîtra en même temps qu'elle, ces pages seront le lien inviolable entre ma mémoire et son esprit, dans le cas où le Père Très Saint juge inapproprié que ces faits soient contés par ma propre bouche.*

*Daeg arbore son habit d'été. Déjà, les marécages causés par les fortes pluies du printemps s'assèchent, offrant à l'Ysoar ses plus belles plaines. Guilhem a fait apprêter le palais pour la naissance de son Héritier et ces pièces rustiques se sont changées en un havre de moelleux et de douceur. Ses devoirs l'ont déjà rappelé en Heylön. Avant de partir, il m'a demandé de prier le Sauveur pour qu'Il l'aide à triompher de ses ennemis… Et moi, sans trop savoir pourquoi, je m'exécute. « Père Très Saint, accorde-lui la victoire. À défaut d'une longue vie. » Je suis lucide sur mes chances d'être veuve avant le prochain équinoxe. Les rois passent. Mais les victoires, elles, sont immortelles.*

*Guilhem a tenu à laisser à mes côtés son vieux Conseiller, Claudius, ainsi que son serviteur, Budec. « Pour me distraire » a-t-il avancé. Mais je fuis leur compagnie. Je ne me languis que d'une chose : l'arrivée de mon enfant. Chaque contraction un peu plus ardue me laisse croire que le travail se lance. Pourtant il n'en est rien. Que ces heures me semblent interminables !*

*Kalian ne cesse de s'extasier devant les formes qui naissent sur mon ventre auparavant lisse. Il est en douceur et constance ce que Guilhem est en emportement et fougue.*

*Nouvelle contraction. L'attente ne se compte plus en semaines mais en jours. Ce moment m'angoisse autant qu'il m'impatiente. Serai-je une bonne mère ? J'éprouve un amour indicible pour mon enfant et pourtant, si un choix devait se faire entre sa vie ou la mienne, aurais-je la sagesse de m'en remettre au Père Très Saint et d'abandonner cette existence ? Mona, ma suivante, me répète sans relâche de chasser ces mauvaises pensées qui ne font que me tourner le sang. Ce n'est pas bon pour une femme dans mon état. Elle a un don particulier pour m'apporter les soins précis dont j'ai besoin. Ses mains sont expertes en l'art de soulager mon dos trop sollicité. Elle détient le secret de préparation de potions dont je raffole : certaines médicinales, d'autres purement réservées à mon confort : une en particulier, préserve ma peau des inévitables conséquences à la tension extrême que subit mon ventre.*

*Mona a le teint pâle des femmes du nord de l'Yosar. Ses cheveux roux, frisés, indomptables, sont toujours rassemblés dans un chignon batailleur recouvert d'une coiffe blanche. Ses joues sont parsemées de taches de son qu'elle ne cesse de vouloir faire disparaître en usant de nombreuses crèmes.*

*Elle est un peu plus âgée que moi, de quatre ou cinq ans, même si elle ne sait pas réellement quand elle est née. Sa mère, une paysanne des côtes nordiques, a cédé aux avances de mon père lors de la signature d'un traité quelconque avec l'un des seigneurs locaux. Dès son enfance, elle a été accueillie au château et a servi aux cuisines. Ma mère, paraît-il, avait insisté pour cela. Elle trouvait indécent que de pauvres gens sans le sou aient à nourrir une bouche de plus à cause du grand appétit féminin de mon père.*

*Ainsi, Mona fut adoptée par Livianne, une matrone dotée d'un cœur énorme qui venait de perdre son enfant d'une mauvaise fièvre. Cette femme lui transmit tout ce qu'elle savait, ce qui allait des remèdes traditionnels aux superstitions les plus cocasses, venant ainsi agrandir la liste des savoirs qu'avait commencé à lui inculquer sa propre mère. Je me régale de son érudition populaire et ne manque pas de noter chacune de ses remarques, aussi farfelue soit-elle.*

*Mais je ne peux entamer mon récit de cette manière. Je suis trop impétueuse et désordonnée. Grittia, mon ancienne gouvernante, ne cessait de me répéter que je devais mettre un masque de patience et de réflexion pour me protéger des conséquences de mes « emportements ». Néanmoins, je ne me trouve guère « emportée », même si c'est l'image que j'ai pu donner.*

*Il me faut donc choisir un début approprié.*

*Tout s'enracine dans mon enfance…*

# Chapitre I

« À la naissance de l'enfant, si c'est un fils, il faut le porter à son père et lui mettre les pieds contre sa poitrine. Alors jamais il n'aura de mauvaise mort. Si c'est une fille, il faut l'asseoir sur la poitrine de sa mère et dire : “ Que le Père Très Saint te fasse Prude Femme ” et alors jamais elle n'aura à avoir honte de son corps. »

*****

Comme dans beaucoup de foyers, ma mère est morte en me mettant au monde, un matin glacial de printemps, peu après l'équinoxe. À peine plus âgée que moi en ce jour, elle avait quitté l'Ésiria pour s'unir au roi d'Ysoar, mon père. Leur brève union, dénuée du moindre sentiment, prit fin moins de deux ans après avoir été célébrée. Même si je n'ai jamais connu ma mère, je n'ai pas manqué de compagnie. Grittia, ma gouvernante, m'avait dès ma naissance entourée d'une attention aussi forte que stricte, plaçant d'énormes attentes sur mes frêles épaules. Elle ne supportait pas que je fuie sa présence pour me réfugier dans les jupes de Livianne, une femme rondelette dans la force de l'âge qui régnait sur les cuisines comme sur un royaume assiégé. La matrone m'avait toujours couvée comme le joyau de la ville. Ses bras épais et moelleux avaient consolé nombre de mes chagrins. Les cuisines étaient pour moi le lieu le plus réconfortant du monde. Ce qui n'avait pas du tout plu à cette face ridée de Grittia. Sa tendresse à mon égard s'exprimait via une baguette de coudrier qui me cinglait les cuisses.

— C'est pour votre bien, petite insouciante. La fille du roi ne doit pas frayer avec les domestiques !

Souvent, je fuyais le carcan de son éducation pour me réfugier dans ma chambre, auprès de la mère que je m'étais inventée. Calme, posée et d'une douceur infinie, elle apaisait mes peines, encourageait mes espoirs et accompagnait mes rêves de ses vœux. Je m'imaginais avoir hérité d'elle son goût pour l'aventure et la découverte, même si on me vantait surtout sa beauté et son grand talent pour les travaux d'aiguille. J'avais, paraît-il, son visage et ses longs cheveux dorés. Moi, je revendiquais sa fougue et son insatiable soif de liberté.

Je suppliais sans cesse mon père de m'enseigner à monter à cheval. Mais à mes six ans, les seules chevauchées qu'il m'autorisait étaient en compagnie de Kalian, mon cousin, alors âgé d'une quinzaine d'années. Et encore devions-nous rester dans l'enceinte du château. Malgré tout, ces quelques moments étaient fantastiques ! Là, je ne montais pas comme une dame, mais comme un chevalier, à califourchon ! Je n'étais pas une fillette fragile, mais une jeune écuyère en apprentissage. Et mon maître était très exigeant avec moi ! Il me fallait brosser ma monture, lui donner à manger, à boire, ramasser son crottin. Je me sentais utile. Forte. Et considérée ! Kalian me payait même deux pièces de cuivre pour mon travail ! Pour l'occasion, je revêtais des fripes communes, histoire de ne pas faire savoir à tout le monde que la fille du roi rôdait dans les écuries. Je devenais alors une autre, mais en même temps, celle que j'avais toujours imaginé être. Envolée la princesse délicate et sans défense.

Un jour, j'avais même frappé un garçon d'écurie qui m'avait un peu trop bousculée. J'étais occupée à brosser les crins du cheval de Kalian, quand un grand gaillard d'au moins dix ans s'était posé face à moi et avait exigé que je lui remette les pièces que venait de me lancer « mon maître ». Devant mon refus obstiné, il m'avait plaquée contre le mur et avait tenté de me soustraire mon trésor par la force. J'avais d'abord été gagnée par la panique, cherchant mon cousin dans les moindres recoins. Puis, rassemblant mon courage, j'avais asséné un violent coup de genou dans les parties sensibles de mon agresseur, ce qui avait tout de suite porté ses fruits. Kalian était arrivé à ce moment-là et avait éclaté de rire, ajoutant un peu plus à la honte de mon assaillant.

— Mon petit Perce-neige ! s'était-il exclamé.

Devant mon air interdit, il m'avait expliqué que cette fleur était l'une des premières à annoncer la venue du printemps. Pour lui, c'était une petite chose d'aspect fragile mais qui se révélait forte et résistante, tout en chantant le retour des beaux jours. C'était aussi la fleur préférée de sa défunte mère, décédée quand il était petit. La sœur de mon père était morte depuis longtemps, alors que Kalian et Iriade, sa cadette, étaient encore très jeunes. C'est pour ça qu'il me comprenait si bien. Il savait ce que c'était que de grandir sans mère. J'aurais tellement aimé que ma cousine soit avec moi au château. Nous aurions pu devenir amies. Mais son père l'avait envoyée chez une tante déjà débordée avec ses huit enfants.

— Allez, Perce-neige ! En selle ! Ton père me ferait fouetter si je te ramène en retard !

« Perce-neige ». J'adorais ce surnom que Kalian utilisa dès lors à chaque fois qu'il me vit. C'était la preuve qu'il me voyait telle que j'étais. Et je le chérissais pour ça.

Pour mes sept ans, alors que j'espérais une monture, mon père m'offrit tout un nécessaire de broderie. Les fils aux couleurs éclatantes volèrent par la fenêtre de ma chambre, pour le plus grand désespoir de ma gouvernante décrépite. Cet acte me valut d'être consignée pendant un mois. Du haut de ma fenêtre, je voyageais sur les ailes des oiseaux, commandais aux nuages et aux orages. Installée sur les coussièges[1] moelleux, blottie dans une couverture, je pris l'habitude d'observer les entraînements que suivaient les garçons du château, dont Kalian. Ses cheveux noirs bouclés dansaient au vent et lui donnaient l'allure des héros des épopées légendaires. Ses mouvements à l'épée étaient agiles et puissants. Ses tirs à l'arc, fluides et précis. Il était souvent en compagnie de Györg, un jeune homme blond plus âgé venu des lointaines îles d'Heylön. L'aspect de ce dernier avait quelque chose d'effrayant pour l'enfant que j'étais. Malgré ça, Kalian et lui avaient toujours été très gentils avec moi. Ils me faisaient tournoyer lors des bals, faisaient mine de me défier en duel à l'épée au détour des couloirs et me donnaient des bonbons au miel…

À la fin de ma période de réclusion, je n'étais pas déterminée à être plus calme, mais à apprendre, moi aussi, à manier arc et épée. Je savais qu'il ne fallait pas que j'en parle à mon père. Cela n'aurait réussi qu'à m'attirer ses foudres. Aussi gardais-je mes intentions pour moi. Du moins, jusqu'à ce que je rencontre Mona.

La fillette me fut présentée en remède à mon ennui quelques semaines plus tard. Mon père voyait en elle un moyen de canaliser l'énergie débordante qui épuisait ma pauvre gouvernante. Deux heures chaque jour, voire plus lorsque Mona n'était pas affairée aux cuisines, je me retrouvais affublée de cette grande fille de douze ans, censée tempérer mes ardeurs. Ses cheveux roux frisés m'avaient fascinée dès que je les avais aperçus. J'avais passé nos premières journées ensemble à en explorer la texture, jouant avec leur vivacité, les peignant, les coiffant encore et encore. Grittia s'était réjouie d'y voir le signe de ma

1 Banc maçonné dans l'embrasure d'une fenêtre.

coquetterie naissante. Pendant ces heures d'intimité, j'avais appris à connaître ma compagne, la harcelant de questions sur ses origines, sa vie aux cuisines, ses sorties au marché de Daeg et tout ce qui pouvait m'aider à oublier les murs gris et froids qui enfermaient mon quotidien. Mona avait un tel don pour apaiser ce que Grittia qualifiait de caprices, que la jeune fille ne tarda pas à venir passer certaines nuits avec moi. Le contact de ce corps chaud contre le mien m'offrait toute la tendresse dont l'absence d'une mère m'avait privée. J'ignorais alors que Mona était ma demi-sœur. Et elle aussi, d'ailleurs. Nous ne le découvrîmes que bien plus tard, au détour d'une conversation avec Livianne.

Dès mes neuf ans, mon père me fit donner des leçons par un précepteur sec et revêche. Grittia en homme ! Il m'enseigna différentes matières à grand renfort de coups de canne, si bien qu'il ne me fallut pas plus d'une année pour maîtriser les bases de la lecture, de l'écriture, des mathématiques et de la langue franche. Une femme de mon rang n'avait pas besoin de plus, à partir du moment où elle était assez érudite pour entretenir une correspondance avec son époux et payer les gages à ses suivantes. Selon le Père Hirtel, le Grand Prêtre de Daeg dont j'étais forcée d'écouter les sermons trois fois par semaine, une intelligence trop fleurie chez une femme pervertissait sa morale et ouvrait la porte de son esprit aux démons et à la dépravation.

À chaque fois que Mona et moi nous retrouvions, nous partagions tout ce que nous avions appris : je tentais de lui inculquer les bases de la lecture et elle, celles de l'herboristerie et du dessin, matière dans lesquelles elle excellait. Devant son inaptitude évidente à déchiffrer les lettres communes, nous inventâmes notre propre écriture, connue de nous seules. Et au fur et à mesure des années, notre vocabulaire s'étoffa jusqu'à nous permettre aujourd'hui d'échanger sur presque tous les sujets.

Au cours de nos temps libres, lorsque nous n'en profitions pas pour sortir en douce du château et découvrir la ville, nous explorions le jardin des simples ou nous cachions dans l'arrière-cuisine et expérimentions les dernières pratiques interdites que Mona avait apprises. Sa préférée consistait à éplucher une pomme et à lancer sa peau en l'air pour observer la forme qu'elle prendrait en retombant. La lettre ainsi formée devait être l'initiale du nom de son futur mari. Et comme l'alphabet lui restait toujours un mystère malgré mes multiples tentatives, elle me suppliait sans cesse de l'aider à déchiffrer les caractères improbables que dessinait l'épluchure.

— Tu crois que c'est un « K » ? m'implorait-elle à chaque fois, une moue affligée au coin des lèvres.

J'avais remarqué la manière dont elle regardait mon cousin, la façon qu'elle avait de mettre ses jeunes formes en avant lorsqu'il la croisait dans un couloir.

Même si je voyais beaucoup moins Kalian que dans ma tendre enfance, nous nous retrouvions encore au moins tous les dix jours pour nous promener aux abords de Daeg. Du moins c'est ce que croyait mon père. Jamais il n'aurait consenti à nos folles escapades ! J'adorais nos excursions en dehors de la ville. Dès les remparts franchis, Kalian lançait sa monture au triple galop. Mes bras passés autour de sa taille, je savourai la caresse du vent sur mon visage, accordant les mouvements de mon bassin au martèlement des sabots sur le sol. Arrivés à bonne distance de Daeg, mon cousin sautait au bas de son cheval, lui accrochait une longue longe et me faisait tourner autour de lui afin d'améliorer ma monte. J'aurais pu évoluer comme cela pendant des heures ! « Bien, Perce-neige ! » aimais-je l'entendre me féliciter.

Et régulièrement, à chaque fois que je revenais de mes escapades, Mona me noyait de questions : « Est-ce que Kalian a parlé de moi ? » ou encore « Est-ce qu'il sait qui je suis ? ». Que voulait-elle à Kalian à la fin ?

Du haut de ses vingt ans, lui n'avait d'yeux que pour les jeunes femmes qui emplissaient la grand-salle à l'occasion des fêtes. Et j'avoue que je ne comprenais rien à ces codes bizarres, ballets d'œillades, manches frôlées et messages échangés d'un bout à l'autre de la table.

Ces jeux ne prirent un sens que deux ou trois ans plus tard. Kalian venait d'être ordonné chevalier par mon père et de grandes festivités entourèrent cet événement. Des jeux équestres étaient au centre de ces réjouissances ponctuées de bals et banquets. Mona avait fini par s'amouracher d'un garde, un jeune homme brun au visage marqué par une large cicatrice. Mais elle ne semblait pas être rebutée par son nez aplati. Quelques semaines plus tôt, je les avais aperçus en train de s'embrasser dans l'arrière-cour. Une main sur sa poitrine, il cherchait de l'autre à retrousser sa jupe. Je savais que Mona était une femme depuis plusieurs années déjà. Elle m'avait parlé de ses saignements avec une fierté non dissimulée. Mais de là à se laisser toucher par un homme… Livianne les avait surpris et s'était répandue dans une telle volée de claques que le soupirant s'était enfui en remerciant le ciel de posséder encore ses deux yeux. Mona était consignée aux cuisines pour toute la fête. Cela faisait presque un mois que je n'avais pu passer plus de quelques minutes avec elle. Et j'avais tant de questions à lui poser ! Pourquoi se laissait-elle tripoter par ce garçon ? Était-elle amoureuse ? Qu'est-ce que cela faisait ?

Pour cette seconde journée de festivités, je décidai de revêtir une robe bleue mettant en valeur les courbes dont mon corps tardait à se parer. Néanmoins, en m'installant aux côtés de mon père dans les tribunes, je remarquai quelques regards venant de la part d'hommes pour qui je n'avais plus rien d'une enfant. Ce soudain intérêt me fit froid dans le dos. J'étais détaillée comme un morceau de viande bientôt cuite. Cet appétit que je suscitais m'était plus qu'étranger. Du moins jusqu'à cette heure.

J'adorais les jeux équestres. L'exaltation du public, les odeurs, l'intensité des émotions. Tout s'orchestrait comme dans une danse. Les étendards volant au vent, le galop lourd des destriers, les vivats de la foule. Comme j'aurais aimé être dans la lice, bien droite sur mon cheval, acclamée par les gens.

Toute une série d'épreuves visait à couronner le cavalier le plus agile et le plus vaillant. Dans l'une, il fallait que le concurrent passe sa lance dans le plus grand nombre d'anneaux présentés par des écuyers, qu'il taille des pommes avec son épée ou décoche ses flèches en plein cœur d'une cible, le tout, avec sa monture au galop. Mon exercice favori était la course au galon. Tous les participants se ruaient dans la lice et devaient se saisir du ruban accroché au dos de leurs adversaires. Une fois dépossédé de son morceau de tissu, le cavalier était éliminé. Tous les coups étaient permis.

Le départ de la course fut donné et une quinzaine de participants s'élancèrent dans un nuage de poussière. Je gardais les yeux rivés sur mon cousin, reconnaissable avec sa cotte rouge foncé. Dès les premiers instants, la moitié des cavaliers furent éliminés. György et Kalian étaient toujours en lice. Le jeune homme blond fanfaronnait sur sa monture, se mettant debout, se couchant sur sa croupe, se retournant… si bien qu'il ne vit pas son ami arriver et lui ravir le précieux galon. Un cri de rage mêlé de rire s'échappa de sa gorge. Il ne restait plus que deux concurrents : Kalian et un seigneur de l'est du pays. Mon cousin était souple et agile, mais l'autre homme parvenait à esquiver ses assauts, se plaquant sur l'encolure de son cheval ou répliquant par de vils coups de botte. Les montures se percutaient avec violence et l'affrontement entre les deux hommes avait de moins en moins l'air d'un jeu. Un poing agressif s'abattit sur le museau du cheval de Kalian, ce qui déclencha chez lui une rage insoupçonnée. Comme muni d'ailes, il sauta sur son adversaire et le fit rouler au sol dans une gerbe de terre. L'homme tenta de se libérer de l'étreinte de mon cousin, mais ce dernier lui asséna un tel crochet dans le visage, qu'il perdit connaissance. Le souffle court, Kalian se releva, retourna son rival du bout du pied et s'empara du galon dans un cri de victoire. Le public exultait. Braillait, serait plus juste. Et là, au milieu de la foule, quelqu'un lança : « Faut qu'la fille du roi donne un baiser ! » Mon sang ne fit qu'un tour et mes joues s'empourprèrent à me brûler. Tout le monde se mit à scander « Un baiser ! Un baiser ! » Loin d'être contrarié par cette invitation, mon père fit rugir son rire le plus gras et appela au calme d'un mouvement de bras.

— Que le vainqueur s'avance ! s'exclama-t-il sous un tonnerre d'applaudissements.

Kalian sauta avec agilité par-dessus la barrière de la lice et fendit le public jusqu'à l'estrade royale qu'il escalada d'un bond.

— Lève-toi donc ! m'intima mon père en m'attrapant le bras avant de poursuivre :

— Toutes mes félicitations, Kalian ! Et maintenant, ta récompense !

Sous les yeux de tous, le roi octroya « sa » récompense. C'est à ce moment précis que je pris conscience de n'être rien de moins qu'un bien à échanger, un prix à accorder au plus méritant. J'étais si outrée que mes yeux me piquaient.

Kalian croisa mon regard et parut en être déboussolé. Ses yeux marron bordés de longs cils exprimaient toute la compassion dont mon entourage était dépourvu.

Là, devant tous, il saisit ma main et y déposa un baiser bruyant. Son attitude suscita autant d'acclamations que de huées déçues. Cet homme venait de me faire preuve de la plus grande marque de respect qu'il m'ait été donné de connaître. Il m'avait considérée. Et quelque part en mon cœur, une flamme s'était allumée.

Attrapant le ruban jaune bordé de rouge qui était toujours passé dans sa ceinture, il l'agita devant la foule, l'embrassa et le noua autour de mon poignet. Je sentis mes joues s'empourprer. Pourquoi un si petit présent me procurait-il autant de plaisir ? Relevant vers moi une moue espiègle, il salua mon père d'un mouvement de tête et, sans lâcher ma main, m'entraîna vers la lice. Je retroussai tant bien que mal ma robe pour ne pas trébucher. À peine arrivai-je sur l'espace de joute que mes fines chaussures se remplirent de terre sableuse. Kalian me mena jusqu'à sa monture alezane, me souleva sous les aisselles et m'installa sur l'imposant destrier. Avec tous ces yeux rivés sur moi, je pris soin de monter comme une dame, les deux jambes du même côté. D'un bond tonique, Kalian sauta en selle et, ses bras puissants autour de moi, lança son cheval au galop. Je me sentais glisser ! C'était beaucoup plus facile en étant à califourchon ! Je remarquai que sa main droite était couverte de profondes écorchures.

— Tu es blessé ! m'inquiétai-je à la vue du sang qui perlait.

— Ce n'est rien, mon Perce-neige.

Comme j'aimais qu'il m'appelle ainsi ! J'aurais voulu que cet instant dure pour toujours. Mais après quelques tours de piste, Kalian me fit glisser au sol et je retrouvai Grittia qui m'attendait. À son faciès revêche, je devinais les remontrances qui allaient m'assaillir sur le chemin qui nous séparait de ma chambre.

— Sylwen, vous avez passé l'âge de monter à cheval avec les gardes du château !

— Mais c'est Kalian ! me défendis-je.

— Et c'est un homme avant tout !

— Mon père m'a autorisée à chevaucher avec lui ! rétorquai-je avec défi, refusant d'aller plus avant.

Sentant qu'elle ne pourrait contredire une décision de son souverain, Grittia soupira et tenta de se montrer persuasive, les lèvres pincées :

— Vous pouvez bien sûr procéder de la sorte lorsque vous êtes en privé. Mais quand vous êtes devant votre peuple, vous devez vous comporter comme il convient à la fille du roi ! Vous n'êtes plus une enfant !

Son ton autoritaire ne laissa place à aucune contradiction. Étais-je si différente de celle que j'étais la semaine précédente ? Était-ce lié au fait que je sentais les battements de mon cœur s'accélérer à chaque fois que je pensais à Kalian ? Kalian… son seul nom se mit à me donner des vertiges.

À compter de ce jour, je commençai à l'épier, cherchant à attirer son regard au cours des banquets, faisant tout pour le rencontrer, par hasard, au détour d'un couloir ou lors d'une promenade impromptue aux écuries. Le ruban autour de mon poignet, ce ruban qui portait son odeur, me le rappelait sans cesse, entretenant mon affection grandissante. Et chacune de nos entrevues ne faisait qu'ajouter au trouble que Kalian créait en moi. Mais qu'en était-il de son côté ? Avait-il seulement remarqué que mes sentiments pour lui avaient changé ?

À ce que m'en rapporta Mona, mon cousin n'était pas de ce genre d'hommes à rechercher les aventures ou à entraîner les servantes dans les coins sombres. Elle s'y était essayée et s'était vu poliment éconduite. De toute évidence, Kalian convoitait la fille d'un des vassaux de mon père. Brune, les joues roses, les prunelles bleues, elle était d'une banalité affligeante. Ou du moins c'est ce dont je tentais de me convaincre. Au bal de la nouvelle année, je les observai dans la grand-salle, danser à en perdre haleine, les yeux dans les yeux, s'isoler dans les coussièges dissimulés derrière les longs rideaux et en sortir le teint rosi par ce qu'ils venaient d'y commettre. La main de Kalian posée sur sa taille, sa taille à elle, me brûlait les sens. Je voulais la sentir sur ma peau, ma peau à moi ! Je le voulais pour *moi* ! Quitte à m'aventurer en dehors des sentiers réservés aux jeunes filles bien élevées.

C'est alors que Mona m'évoqua la Dame des Bois.

— Mouma m'étoufferait aussi sec si elle savait que j't'en parle !

« Mouma ». J'avais toujours entendu Mona appeler ainsi la cuisinière, sa mère de substitution depuis son arrivée à Daeg. Et d'ailleurs, nous étions beaucoup à l'imiter ; Livianne se révélait être la « Mouma » de la plupart des enfants délaissés du château.

— Elle pourrait être brûlée sur le bûcher si ça s'y savait qu'elle pratique encore les Anciennes Croyances ! avança Mona, l'air grave. Et moi, j'pourrais ben être grillée avec elle !

Même si la Vraie Foi ne faisait office de dogme que depuis quelques années avant ma naissance, la répression des traditions antérieures était virulente. Ce qui n'empêchait pas les gens d'y avoir tout de même recours. En secret, bien sûr.

— Mais Mouma ne voudra jamais m'aider ! suppliai-je. Et tu sais très bien que je ne dirai rien à personne ! Oh, Mona ! S'il te plaît ! Dis-moi ce que je dois faire !

Mes prières eurent vite raison de ses réserves.

Nous étions toutes les deux couchées dans mon lit à baldaquin de bois. Nous avions tiré les lourds rideaux de laine bleue sur trois côtés. La flamme de la bougie vacillait sur ma table de chevet. Un feu couvait dans l'âtre de ma cheminée. Tout était propice aux confidences. Avec le temps, Mona avait peu à peu cessé de dormir à mes côtés, mais il lui arrivait encore de passer la nuit dans ma chambre. Nombreuses étaient les dames à dormir avec une servante, aussi ma gouvernante autorisait-elle ces retrouvailles nocturnes. Ces nuit-là, nous ne dormions pas beaucoup, occupées que nous étions à parler de tout ce qui pouvait être un tantinet trop proscrit pour être abordé en pleine journée. Avec une moue conspiratrice, Mona me livra son secret en chuchotant :

— Faut qu't'ailles faire une offrande dans l'bois du Mont Roux.

Cette forêt était située à proximité, au nord-est de Daeg, mais assez loin pour nécessiter une petite journée de marche pour y aller et en revenir. Elle devait son nom à la couleur toujours orangée du feuillage de ses arbres. C'était un massif regorgeant de gibier où mon père aimait à aller chasser. Mais l'idée d'aller consulter une adoratrice des Anciennes Croyances ne me disait rien qui vaille.

— Pas besoin d'aller rencontrer la Dame, poursuivit Mona, conspiratrice, y a l'Arbre aux Souhaits, un chêne, qui a poussé à partir d'un gland pris sur la terre d'la Déesse.

— L'Agalaadywen ? m'étranglai-je, terrifiée à l'idée de devoir m'approcher de quelque chose provenant du territoire démoniaque.

— Chut ! intima Mona, un doigt sur les lèvres. Tu veux que la vieille peau nous entende ?

Pas le moindre risque ! Grittia ronflait comme un essaim d'abeilles, dans la pièce voisine.

— Écoute, Sylwen, reprit-elle avec un air de reproche au fond des yeux, je sais que t'as peur. Mais faut savoir c'que tu veux ! Et puis c'est pas comme si t'allais en Agalaadywen ! Y'a pas l'ombre du quart de la moitié d'un danger au Mont Roux ! Ça fait ben longtemps qu'on a pas vu la queue d'un démon en Ysoar !

Je soupesai le pour et le contre et me hasardai tout de même à demander :

— Qu'est-ce que je dois faire comme offrande ?

Je ne risquais rien à me renseigner !

— Tu devras déchirer un morceau de la chemise de Kalian, expliqua-t-elle en mimant chaque action, y nouer une mèche de tes cheveux et l'attacher autour d'une des branches du chêne aux vœux.

— Et quand la... Dame des Bois exaucera-t-elle mon souhait ?

— Tout de suite. Mais tu lui seras redevable en retour.

Mona distillait ses informations avec la même intensité qu'elle aurait utilisée pour un conte terrifiant. J'étais hypnotisée, suspendue à ses lèvres. Elle jeta un rapide coup d'œil en direction de la chambre où dormait notre cerbère et enchaîna :

— Un jour, dans un rêve, elle viendra quérir le règlement d'ta dette.

J'avais entendu de nombreux contes où des humaines avaient sollicité l'aide d'un être de l'Ancien Temps et s'étaient vu ensuite ravir leur premier-né ou même leur propre vie. Était-ce ce à quoi je m'engageais ? Frottant entre mes doigts le ruban qui ornait mon poignet, je me sentis envahie d'un courage nouveau. Que n'étais-je prête à sacrifier pour Kalian ? Devant ma mine contrite, Mona ne put s'empêcher de pouffer.

— Ne fais don' pas c'te tête ! Elle ne va pas t'y arracher un bras ! Moi, quand je lui ai demandé d'faire tomber Gibias amoureux d'moi, elle m'a juste demandé en retour de l'y apporter des poils de sa barbe !

Je ris de soulagement, rassurée de ne pas condamner toute ma descendance ! Mais faire en sorte qu'un homme tombe amoureux était une chose. Qu'il reste en était une autre… Et Mona semblait maîtriser son sujet.

— Est-ce que Gibias et toi…

Mona se retint de rire devant ma gêne.

— Bien sûr qu'on l'y a fait ! Et pas qu'une fois, pour sûr !

— Mais tu n'as pas peur de tomber enceinte ?

— Il y a des potions pour éviter ça ! me rassura-t-elle, fière de son savoir. Et heureusement ! Parce que ces badineries, c'est pas une chose dont tu peux t'passer à partir du moment où t'y as goûté ! C'est encore meilleur qu'la pâte d'abricot de Mouma !

Mona gloussa de sa comparaison culinaire, les joues aussi rouges que des cerises. Elle ne m'en disait pas assez ! La seule information que j'avais pu recueillir au sujet de ces « badineries » m'avait été donnée par le Grand Prêtre de Daeg lors de l'un de ses sermons… et j'y avais appris que la femme devait se soumettre de tout son corps à la volonté et aux désirs de son époux en vue de procréer, sans pour autant se délester de sa chemise. Ça ne m'avait pas beaucoup aidée. J'avais dans l'idée que cela se situait au niveau de mes seins et de mon bas-ventre, vu que c'étaient les parties de mon corps dont on me parlait le moins. Mais à part la fois où j'avais surpris deux chiens affairés dans la cour, je ne me représentais pas spécialement l'acte en lui-même. Était-ce douloureux ? Long ? Rapide ? Qu'est-ce qui se passait en réalité ?

— Et c'est… comment ?

Certaine d'avoir toute mon attention, mon amie se tourna face à moi et remonta la couverture sur son épaule.

— Tu sais comment les hommes sont faits, pas vrai ?

Devant mes yeux arrondis, Mona s'empressa d'ajouter :

— Entre les jambes…

Paniquée, je ne savais que répondre pour ne pas apparaître comme la dernière des ingénues. Pourtant, c'était bien ce que j'étais, pour le plus grand plaisir de mon amie. Du haut de ses dix-sept ou peut-être dix-huit ans, elle était ravie de me dévoiler les aspects cachés qu'elle s'enorgueillissait d'avoir explorés.

— Ils ont un membre, gros comme deux doigts, voire trois. Ça leur y sert à pisser. Mais c'est aussi ça qu'ils utilisent pour t'mettre grosse.

Je n'étais pas sûre que mon envie d'en savoir plus l'emportât sur mon dégoût.

— Ils fourrent leur queue dans ta fente, font quelques allers-retours et c'est fini.

Bon professeur, elle illustrait ses explications avec moult gestes précis et délicieusement obscènes.

— Et c'est tout ? murmurai-je, plus désappointée que choquée.

— Bah oui ! Et une fois que t'as fait ça avec un bougre, si tu l'as bien fait, t'es ben certaine qu'il va y redemander. Et toi aussi !

Je devais faire des yeux aussi ronds que ceux d'une carpe !

— Mais qu'est-ce qu'on doit faire pour… bien le faire ?

— Rien de spécial ! rétorqua-t-elle en secouant la tête.

Ses boucles rousses sautillaient autour de son visage.

— Ça y vient tout seul. Pis chaque homme a ben sa manière de faire !

— Parce que tu l'as fait avec plusieurs hommes ?

J'étais mi-stupéfaite, mi-admirative de découvrir cette part de Mona que j'ignorais.

— Bien sûr !

Elle se redressa sur son oreiller et entreprit de me faire la liste en comptant sur ses doigts.

— Y'a eu l'apprenti cuistot, mais il a été renvoyé, pis un des gars qui livre le vin. Et le gars du Nord, aussi.

— Par Sa barbe ! Tu parles de Györg ?

J'étais abasourdie. Le compagnon de Kalian était un homme accompli ! Et ses origines le rendaient intimidant. Sans doute était-ce ça qui avait attiré Mona.

— Fais don' pas c'te tête ! rit-elle. C'est bien le meilleur amant qu'j'aie pu avoir ! Sont doués pour la chose ces Heylönois !

— Alors pourquoi es-tu partie avec Gibias ?

— Györg ne veut pas d'attache, expliqua-t-elle avec le sérieux des femmes d'expérience C'était pour passer sa solitude ! Mais l'est pas ce genre de soldat à te coincer dans un couloir ! C'est même plutôt moi que j'ai dû lui faire des avances ! On s'revoit de temps en temps. Quand l'envie nous en prend !

Cette confidence la fit sourire, mais de ce sourire qui en disait plus qu'il n'en taisait. L'ami de Kalian devait être fabuleux pour mettre Mona dans cet état.

— Mais tu ne te réserves pas pour Gibias ? la questionnai-je, stupéfaite par la liberté de mœurs de mon amie.

— Sylwen ! Me regarde pas comme une oie plumée ! J'serai mariée assez tôt. J'ai pas envie de connaître juste mon bougre jusqu'à la fin de mes jours !

Cette pensée me fit réaliser que moi aussi je serais mariée. Et peut-être cela avait-il déjà été arrangé. Je venais d'avoir treize ans. À mon âge, de nombreuses filles de seigneurs étaient déjà fiancées. Il me fallait donc passer à l'action le plus tôt possible si je voulais avoir Kalian pour moi.

Me procurer un morceau de chemise de mon cousin ne fut pas très compliqué. Mona avait glissé une pièce à la servante qui s'occupait de son linge et cette dernière nous avait rapporté le précieux tissu. Maintenant, comment justifier que je sorte du château avec Mona durant une journée complète ? Nous avions bien nos promenades hebdomadaires, mais la plus aventureuse d'entre elles ne nous avait menées qu'au début des bas-quartiers de Daeg ! Je fus sauvée par une troupe de marionnettistes qui s'installa devant les remparts de la ville. Depuis une dizaine d'années, les portes de Daeg étaient fermées aux troupes d'artistes proposant autre chose que jonglerie et musique. Les marionnettes avant tout autre. Le Père Hirtel, le Grand Prêtre de Daeg, abhorrait les saltimbanques en tous genres, mais vouait une répulsion encore plus extrême à ces animateurs d'idoles, ces suppôts de l'Ancienne Croyance. Or, j'avais ouï dire que ma mère adorait ces spectacles et que le jour de leurs noces, mon père et elle avaient joui d'une telle distraction. Armée de mon plus candide sourire, j'allai supplier mon père de me laisser aller assister à une représentation. Mona me servirait de chaperon, comme elle l'avait toujours fait lors de nos sorties en ville et personne ne me reconnaîtrait, dissimulée sous ma cape. Il ne céda que lorsque j'avançai qu'un garde du château nous accompagnerait. Ne me restait plus qu'à convaincre Mona de demander à Gibias de nous escorter et le tour était joué, même si je n'étais pas rassurée de devoir mettre une personne de plus dans la confidence.

Lorsque je lui en parlai, le soir, dans le lit, Mona faillit m'arracher un œil.

— Tu m'avais juré de l'dire à personne ! chuchota-t-elle, furieuse en tapant sur l'oreiller. Il t'est pas venu à l'esprit que je voulais pas que Gibias apprenne que j'connaissais ce type d'endroits ? La Dame des Bois est recherchée ! Le Père Hirtel veut la griller au bûcher ! Et Gibias fait partie des patrouilles qui la traquent ! S'il se mettait à croire que j'avais pu utiliser un d'ses charmes pour le séduire ? Et s'il m'dénonçait ?

En effet, je n'avais pas pensé à tout ça. Penaude, je m'assis et ramenai mes genoux contre ma poitrine.

— Peut-être qu'on pourrait aller dans les bois pour une autre raison ?

— Comme quoi, hein ? railla-t-elle, les sourcils froncés. Ramasser des champignons ? Avec la fille du roi ?

— Non, mais des baies, pour fabriquer de l'encre ! avançai-je, timide. Et en plus, Gibias pourrait sortir avec son cheval, ce qui nous permettrait de revenir du Mont Roux assez tôt pour assister un peu au spectacle !

Mona se contenta de hausser les épaules d'un air dubitatif.

Pourtant, deux jours plus tard, vêtue avec une vieille jupe de mon amie et camouflée sous une cape rapiécée, je montais en croupe du cheval qui nous mènerait, Mona, Gibias et moi, jusqu'au chêne séculaire qui allait sceller mon destin.

Tout ne se déroula pas exactement comme prévu. La route se fit sans encombre. Nous passâmes la porte de la ville, dépassâmes l'endroit où étaient installés les marionnettistes et gagnâmes la forêt au petit galop. La monture de Gibias était un animal haut et fort, assez pour nous porter tous les trois sans la moindre fatigue. Ses sabots martelaient le sol dans un rythme sourd et régulier. Les bras serrés autour de la taille de Mona elle-même cramponnée à son galant, je savourais ce vent de liberté qui jouait avec mes cheveux, s'engouffrait dans ma robe retroussée sur mes genoux. J'avais l'impression de vivre. Enfin. Nous arrivâmes à l'orée des bois bien trop tôt à mon goût. L'antre ombragé orangé contrastait avec le plein soleil printanier qui inondait les alentours verdoyants. Gibias sauta au sol, nous fit descendre l'une puis l'autre. Il nous attendrait là. Mona me tendit un sac de toile censé contenir les fameuses baies que nous venions chercher et me poussa vers les arbres. Une forte odeur d'humus envahit les narines. Je ne me souvenais pas avoir déjà pénétré dans un bois. J'avais arpenté en long et en large les jardins et vergers du château, mais jamais un espace aussi... sauvage et mystérieux. J'étais comme dans un autre monde : le sol craquait sous mes pas, les oiseaux m'épiaient de leurs yeux ronds depuis leurs perchoirs, et ces arbres, immenses, indomptés... Nous débouchâmes rapidement sur une clairière tapissée de pâquerettes roses, au milieu de laquelle trônait un chêne rouge énorme. Seigneur des lieux, il embrassait l'étendue de ses longues branches chargées de feuilles allant du jaune clair au pourpre intense. Une multitude de morceaux de tissus multicolores parsemaient ses ramures. Soudain, je doutais, anxieuse. Mona s'arrêta aux abords de la clairière.

— Vas-y, je t'attends là, m'intima-t-elle. Ne fais don' pas cette tête ! Tu vas pas t'retrouver nez à nez avec la Dame des Bois ! Elle vient qu'lors des phases de lune ! Allez ! T'as juste à suspendre ton vœu à une branche ! C'est pas ben compliqué !

J'avais travaillé mon souhait avec attention, choisi chacun de mes mots avec minutie. Je traversai l'espace qui me séparait de l'arbre séculaire comme investie du poids de ma destinée. J'étais aussi intimidée que si j'avais dû être observée par une foule silencieuse. En m'approchant, je remarquai que de nombreuses petites sculptures côtoyaient les morceaux de tissus. Ces ex-voto en bois ou argile représentaient tantôt une jambe, une main, un œil... Cet arbre devait aussi recueillir les vœux de guérison. Je repérai un espace libre sur une branche et décidai d'y suspendre mon charme. J'avais glissé le morceau de la chemise de Kalian sous ma chemise, contre mon cœur. Munie du couteau que je portais toujours à la ceinture, je coupais une fine mèche de mes cheveux et les nouai autour du tissu. Tout en fixant l'étoffe sur la branche, je prononçai mon souhait à voix basse. Le chêne semblait tout à mon écoute. Mais ce n'était pas à lui que s'adressait ma supplique.

— Ô Dame des Bois, je T'en prie, entends ma prière.

Mona m'avait fait répéter à plusieurs reprises cette entrée en matière. J'avais craint de devoir en appeler à la Déesse Déchue. Par chance, ce n'était pas le cas. Du moins, pas directement. Je savais très bien que le Père Très Saint condamnait toute forme de superstition. Mais il comprendrait sans le moindre doute mon geste et me le pardonnerait.

— Moi, Sylwen, fille d'Alexina et de Tillaumet, je t'implore de m'aider. Fais que cet homme, Kalian, se détourne de toute autre femme. Fais qu'il n'accorde son amour à aucune autre que moi jusqu'à l'heure de sa mort. Bénis notre union. Qu'elle soit comblée de passion et d'enfants en bonne santé.

Je posai une main tremblante sur l'écorce rêche, presque palpitante. Certaine que mon souhait avait été entendu, je repartis vers Mona qui m'observait à quelques pas. J'avais la sensation d'être maîtresse de ma vie et que jamais plus je ne pourrais en être dépossédée.

Alors que nous traversions les bois pour retrouver Gibias, des coups de tonnerre retentirent. D'abord espacés, puis de plus en plus proches. Notre retour se fit sous une pluie lourde et ininterrompue, nous détrempant jusqu'aux os. Mais qu'importait ! J'exultais de bonheur ! Lorsque nous arrivâmes aux portes de Daeg, la troupe de marionnettistes était retranchée dans ses chariots et pas un badaud ne traînait dans les rues. La boue avait envahi la rue principale, rendant notre remontée de la ville aussi lente que glissante.

À peine avions-nous mis pied à terre dans la cour du château que mon père furibond sortit du bâtiment et, insensible à la pluie qui s'écrasait sur son visage, m'attrapa le bras et me tira à l'intérieur comme une moins que rien. La rage qui parcourait ses veines poussait ses doigts à me meurtrir les chairs. Congédiant Grittia aussitôt la porte de ma chambre franchie, il me relâcha enfin.

— Père, implorai-je de ma voix la plus douce.

Je savais qu'il me fallait parler la première pour apaiser un tantinet sa fureur.

— Tais-toi. Je ne veux pas entendre un seul mot sortir de ta bouche.

Il n'avait pas crié. Et c'était pire encore. Il recula d'un pas en direction de la porte, comme pour garder une distance de sécurité entre ses poings et mon corps. Jamais il n'avait levé la main sur moi, mais j'eus la certitude que si je le poussais à bout, il pourrait me tuer. Et j'en fus terrifiée. Ses yeux remontèrent sur mon visage, méprisant ce qu'ils y voyaient.

— Si je te demande où tu étais, je sais que tu me mentiras. Aussi je ne te poserai qu'une question : es-tu souillée par un homme ?

— Non ! murmurai-je, les larmes aux yeux.

— Bien. Mais tu ne peux plus rester ici. Dans une lune, tu partiras pour l'est. Une place t'attend dans le couvent des Filles du Père Très Saint.

— Mais père ! hurlai-je en me jetant à ses pieds. Je n'ai rien fait de mal !

— Peu me chaut ! Il sied à la fille d'un roi de passer sa jeunesse sous l'égide d'une Mère abbesse. Je n'ai que trop attendu.

Un soupir profond souleva sa poitrine. Il était à présent plus triste qu'en colère. Je levai vers lui un visage implorant, mais il se détourna. Mes larmes coulaient sans discontinuer. Se pouvait-il que mon existence soit balayée aussi facilement ? Comment pourrais-je survivre dans un couvent quand Daeg m'était déjà une prison ?

— Père, je vous en supplie. Ne me condamnez pas à une vie de réclusion !

Je frappai le sol froid de mon poing devant cette vision terrifiante.

— Ça ne durera que quelques années, souffla-t-il, presque compréhensif. Jusqu'à ton mariage.

Ainsi c'était cela. Il allait me jeter dans une geôle et m'en extraire pour m'enfermer dans une autre.

Séchant mes larmes du revers de ma manche détrempée par la pluie, je me relevai et, la bouche tordue par le chagrin et le mépris que cet homme m'inspirait, je m'enquis du destin qu'il m'avait choisi.

— Et quel époux m'avez-vous attribué ? Me sera-t-il permis de connaître son nom ?

Mon père parut affligé par mon changement de ton.

— Je n'ai pas encore décidé, soupira-t-il en se retournant pour partir. Je sais néanmoins de qui je souhaite t'éloigner.

Je tremblai à cette révélation. Se pouvait-il qu'il ait eu vent de mon amour pour Kalian ? Et Mona ? Qu'allait-il lui faire ?

— Père, Mona n'était au courant de rien. Elle m'a suivie sur mon ordre.

Mon père ne réagit pas et sortit d'un pas las. Avant de passer la porte, il ajouta seulement :

— Je t'interdis de quitter ta chambre jusqu'à ton départ.

Le lendemain, Livianne me monta mon repas. Elle poussait devant elle une Mona contrite.

— Z'avez été servie dans la salle commune, lança la cuisinière à Grittia.

Livianne n'avait jamais apprécié ma gouvernante et son inimitié était partagée.

— Je mange toujours ici, éructa la vieille peau, méprisante.

— Alors vous ne mangerez rien, se contenta d'ajouter la matrone en faisant les gros yeux.

Sur tout autre, cette tête aurait pu faire rire, mais chez la cuisinière, ce regard promettait des années de supplice. Grittia feignit de ne pas s'offusquer d'être ainsi congédiée. Avec une extrême lenteur, ma gouvernante posa son ouvrage de broderie sur la table, se leva de son siège et sortit. Livianne attendit que la porte soit refermée avant de laisser déferler sur Mona et moi sa fureur. Ses bras battaient de part et d'autre de son corps potelé, comme si elle allait s'envoler.

— Z'êtes deux p'tites inconscientes ! On n'en appelle jamais à la Dame des Bois à moins d'y être contrainte ! N'savez-vous don' point c'que l'Père Hirtel réserve à ceux qui s'livrent aux anciennes pratiques ? Voulez-vous don' nous voir sur un bûcher ? Oh, peut-être pas vous, mais moi ?

— Pourquoi ne serais-je pas brûlée avec toi, Mouma ?

La cuisinière se mordit les lèvres d'en avoir trop dit. Elle soupesa le pour et le contre et, devant nos mines suppliantes, céda. Elle s'assit sur le fauteuil devant la cheminée et nous invita à nous installer toutes deux à ses pieds, position que nous prenions, petites, lorsqu'elle s'évertuait à nous retirer les poux que nos chevelures épaisses ne manquaient pas de receler. Retrouvant ses anciennes habitudes, ses doigts se posèrent sur nos têtes, effectuant machinalement ces caresses qui nous ravissaient l'une et l'autre.

— Lorsque t'es arrivée ici, Mona, Sylwen n'était pas encore née. T'étais qu'une p'tite chose sauvage et effrayée. C'était ben cruel de t'arracher ainsi à ta pauv'mère, surtout si jeune. T'avais quoi, quatre ou cinq ans. Mon p'tiot venait de passer à cause d'la mal-fièvre. J'avons donc vu ton arrivée comme une seconde chance et j'avons pas ben cherché à savoir d'où qu'tu venais. Mais un jour, la reine, ta mère, Sylwen, m'a rendu visite et m'a remis une bourse pleine de pièces d'or. « C'est pour l'éducation de la petite » qu'elle m'a dit. J'comprenions pas ben pourquoi qu'elle était aussi généreuse envers toi. Alors devant mon air bête, elle m'y a tout expliqué, en me faisant promettre de ne pas répandre le bruit. J'avons gardé le silence. Mais j'voudrions point mourir avec. Et puis vous deux z'avez l'droit d'savoir. Mona, ta mère était une pauvrette du nord de l'Ysoar. Une paysanne, je crois. Tillaumet était dans les environs pour signer un traité avec un seigneur local. Et tout homme a ses appétits, surtout un roi. Ta mère a dû être hypnotisée par ses beaux habits et les pièces d'or qu'y manquerait pas d'lui laisser. Mais elle t'avait pas prévue. Et à notre époque, une fille-mère, même engrossée par l'roi, c'est pas d'bon augure. Elle est venue avec toi ici, au château. Mais Tillaumet l'a pas reçue. La reine, par contre, a eu vent de cett'affaire. Elle était enceinte jusqu'au cou et pouvait pas concevoir qu'une femme soit dans la tourmente à cause des braies distendues d'son mari. Elle l'a supplié, jour après jour, d'remédier aux conséquences d'son acte. Pis elle l'a eu à l'usure. Ta pauv'mère est don' repartie dans l'nord, et on t'a confiée à moi.

Mona et moi étions muettes, stupéfaites.

— Je suis donc la fille du roi ? bafouilla mon amie.

— Va pas t'mettre de pareilles idées en tête ! la rabroua Livianne. T'es une bâtarde. Tape dans une botte de foin et il en sortira dix ! T'as juste eu la chance d'attirer l'attention de la défunte reine. Mais tu seras jamais qu'une servante. Va pas t'asseoir plus haut qu'tes fesses !

— Alors, tu es ma sœur ? m'enthousiasmai-je en attrapant le bras de mon amie. Je ne suis pas seule ! J'ai une grande sœur !

— Et le roi est au courant ? se hasarda Mona.

— Oui. Mais comme je t'y'ai dit, t'es pas la seule ici !

— J'ai d'autres frères et sœur ? sautillai-je ? Qui ? Combien ?

— Calme-toi, ma pêche sucrée ! m'apaisa Livianne d'un tapotement sur la tête. J'en avons aucune idée et ça n'a point d'importance ! Aux yeux du monde, t'es son unique fille et il y aura jamais qu'toi. Mona, à ma mort, tu trouveras la bourse qu'la reine m'avait donnée. J'avons pas touché à une pièce. Mais j'te dis pas où elle est ! Avec ta cervelle de dindon, tu serais ben capable d'la dépenser en fredaines !

Sans un mot de plus, elle se leva et invita Mona à la suivre, me laissant seule avec ces révélations.

Les quelques semaines avant mon départ pour la frontière ésirienne me parurent durer une éternité. Grittia ne m'adressait que les mots nécessaires et s'était arrangée pour que ni Livianne ni Mona ne puissent me rendre à nouveau visite. Par la fenêtre donnant dans la cour commune, je vis mon amie, ma sœur, endurer un châtiment terrible. Par ma faute, elle avait été condamnée à cinq coups de fouet. Ses cris me hantèrent pendant les longues journées qui suivirent. Mona n'y était pour rien ! Comment osait-il infliger cela en sachant qu'il s'agissait de sa propre fille ? Mon père était-il à ce point sans cœur ?

Tournant et retournant entre mes doigts le ruban noué à mon poignet, j'épiais le moindre passage de Kalian dans la cour. Mais il semblait avoir disparu du château. Se pouvait-il que mon père ait compris mes sentiments à son égard et l'ai exilé ? Son propre neveu ? Ou peut-être avait-il fait pire ? Ces journées et ces nuits passées dans l'incertitude me furent un véritable calvaire.

Enfin, Mona eut l'autorisation de venir me dire au revoir la veille de mon départ. Je me jetai à son cou dès qu'elle franchit la porte de ma chambre. Elle balaya de la main mes questions contrites sur les cicatrices qui barraient son dos et qu'elle refusa de me montrer.

— Je suis désolée, Mona ! C'est de ma faute !

— Entre sœurs, faut savoir s'entraider ! me consola-t-elle avec un clin d'œil complice.

Nous restâmes face à face, main dans la main. Des boucles rousses s'évertuaient à s'échapper de la coiffe blanche qui recouvrait un chignon, et auréolaient son visage d'autant de frisottis. Révoltée, je serrai ses paumes devenues rêches à force de récurer les gamelles.

— C'est si injuste que tu aies été fouettée ! Notre père est un monstre !

Mona sourit et caressa ma joue.

— Non, Sylwen, c'est notre roi. Et j'suis qu'une servante. Je le serai toute ma vie. Une servante et une bâtarde.

Elle m'empêcha de la contredire d'un doigt sur mes lèvres.

— Ça change rien qu'ce soit lui mon père, ma douceur. C'est juste que maintenant, j'sais d'où que j'tiens c'mauvais caractère !

J'éclatais de rire avant d'être submergée par mes sanglots :

— Est-ce que mon père a fait tuer Kalian ? Il faut que tu me le dises !

— Où don' vas-tu chercher ça ? s'étonna-t-elle, ses grands yeux verts écarquillés.

Je remarquai à ce moment qu'elle avait les mêmes yeux que notre père.

Mona m'entraîna vers le lit et me fit asseoir tout contre elle.

— Il va très bien tu sais !

— Vraiment ? reniflai-je.

— Bien sûr ! Et il s'intéresse plus à sa pimbêche !

Se pouvait-il que mon charme ait déjà agi ?

— Comment le sais-tu ?

— Tout le monde le sait ! se vanta-t-elle.

Elle croqua dans le morceau de pâte d'abricot qu'elle venait de prélever dans une coupe sur ma table de nuit et m'en fourra un morceau dans la bouche en riant. Je la rabrouai, avide d'en apprendre plus.

— Le char qui la ramenait chez elle s'est renversé. Ils ont dû lui couper la jambe. Et paraît qu'Kalian a fait tout l'chemin pour la voir, mais elle lui a refusé sa porte et a mis un terme à leurs fiançailles. Elle veut s'vouer au Père Très Saint, qu'elle lui a dit.

Je tremblai tellement que je dus prendre un temps pour me calmer. Tous ces malheurs étaient-ils arrivés à cette fille à cause de moi ? Une culpabilité énorme m'assaillit et je fondis en larmes.

— Je ne voulais pas qu'elle soit blessée, me lamentai-je dans les bras de Mona. Je voulais juste que Kalian et elle se séparent !

— Mais c'est ben c'qu'ils y ont fait ! me rétorqua mon amie.

Elle me redressa d'une poigne ferme et m'attrapa le menton. Une moue pincée au coin des lèvres, elle essuya mes larmes avec le coin de son tablier et repeigna les mèches de cheveux qui me barraient le visage.

— Faut toujours faire attention à c'qu'on souhaite, mon miel doré, car les moyens pour y parvenir sont nombreux ! Et aussi parce qu'on peut changer d'avis…

Mona inversa alors les rôles et se mit à se lamenter sur son propre sort : lorsqu'elle était allée au Mont Roux pour son compte, elle avait demandé à ce que Gibias soit épris d'elle pour toujours. Et c'était bien là son problème. Car elle s'était amourachée d'un soldat plus âgé et ne parvenait pas à se débarrasser de son premier galant.

— Il veut pas comprendre qu'c'est fini ! Y m'suit partout et s'est même battu avec Portric.

Son visage se para d'une fierté que je lui retrouvais chaque fois qu'elle me détaillait un de ses amants.

— Et Portric lui a mis une de ces dérouillées !

Son rire franc communicatif m'aida à me délivrer un temps du poids qui compressait ma poitrine. Grittia ouvrit sa porte et nous jeta un regard réprobateur avant de s'éclipser, ce qui ne fit qu'accroître notre hilarité. Les larmes aux yeux, nous reprîmes notre souffle. Les mains dans les mains, nos silences surent dire tout ce qui nous faisait mal : notre séparation prochaine, ces années qui allaient s'écouler avant que l'on puisse se revoir. Ces années qui allaient m'éloigner de Kalian. Peut-être nous éloigner pour toujours.

— Je crois que mon père, enfin, notre père, repris-je, est au courant pour mes sentiments envers Kalian. C'est pour ça qu'il m'envoie au couvent. Pour m'écarter de lui !

— Pourquoi qu'tu dis ça ?

— Il m'a avoué ne pas m'avoir choisi d'époux. Mais vouloir m'éloigner de l'un d'eux. Je tremble à l'idée de ce qu'il pourrait lui infliger !

— Personne t'a rien dit ? s'étonna Mona. À l'adoubement de Kalian, t'as fait forte impression à un seigneur du sud. Garam, j'crois. Il paraît qu'il a harcelé l'roi pour t'avoir comme épouse.

— Moi ?

J'étais stupéfaite. Je ne savais même pas de qui il s'agissait !

— Oui, toi ! Mais l'roi a rejeté chacune de ses requêtes. Il paraît qu'ce Garam n'est pas l'plus tendre des époux. Mouma m'a confié qu'il en était déjà à son sixième veuvage. Toutes mortes moins d'deux ans après l'mariage.

J'en eus froid dans le dos. Ainsi mon père m'exilait-il pour me protéger et non pour me punir ? Ça ne rendait pas mon départ moins accablant.

Ne pouvant retenir le sanglot qui m'étreignait la gorge, je passai mes bras autour du cou de Mona. D'une main câline, elle caressa mes cheveux.

— J't'écrirai, finit-elle par murmurer. Avec nos dessins, hein, pas en ysoarien ! Toutes ces lettres… ça s'emmêle !

C'est avec ce souvenir de tendresse pour seul bagage que je quittai Daeg le lendemain.

# Chapitre II

« Si une jeune fille veut connaître le nom de son futur époux, qu'elle tende en travers de la porte de sa maison le premier brin qu'elle filera ce jour-là. Son futur époux aura le même nom que le premier homme qui passera. »

*****

Mes premières semaines au couvent furent éprouvantes. Après cinq jours de voyage dans un char branlant[1] qui portait bien son nom, j'avais aussitôt été parquée avec les autres aspirantes. « Aspirantes », c'est ainsi qu'étaient désignées les jeunes filles envoyées ici par leur famille, de gré ou de force. Le plus souvent de force. Pendant le voyage, Grittia m'avait vanté les vertus de cet établissement où ne résidaient que les filles, sœurs, nièces et mères des plus importants seigneurs d'Ysoar. Ma très chère gouvernante avait pleuré lorsqu'elle s'était vu refuser l'entrée. Savoir que je n'aurais pas à supporter sa présence pour les années à venir avait été le seul réconfort à égayer un peu cette journée nuageuse. Je la suspectais d'avoir fait ce voyage

1 Le char branlant est une voiture fermée, attelée à un ou plusieurs chevaux.

dans l'espoir de pouvoir toucher les reliques de sainte Botirelle, une jeune fille morte en martyr au cours de la Guerre de Purification, sauvagement assassinée par les sbires démoniaques alors qu'elle donnait l'alerte pour protéger son village. Il était de notoriété publique que son crâne avait le pouvoir de guérir les maux de tête. On lui prêtait même celui de chasser les forces malines. Mais ses reliques n'étaient exposées qu'une fois l'an, au cours d'une procession qui descendait dans la vallée. Le reste du temps, seules les pensionnaires pouvaient jouir de leur morbide compagnie.

Dès mon arrivée, je fus conduite dans une pièce austère où je dus me délester de tous mes biens vestimentaires et autres. Je devais me défaire de tout ce qui me venait de ma vie afin de m'offrir en toute simplicité à la bienveillance du Père Très Saint. Abandonner mes toilettes m'était égal. Mais il m'était impensable de me séparer du ruban jaune et rouge offert par Kalian et qui ne m'avait, dès lors, plus quittée. Je ne doutai pas d'être fouillée, à un moment ou à un autre. Il me fallait une cachette sûre. Séparant mon épaisse chevelure, je choisis une mèche assez centrale et y entourait mon ruban. Une fois enfermé dans une tresse serrée, il serait indétectable.

Le contact de la chemise de lin rêche me fit l'effet d'une râpe sur ma peau nue et frissonnante. La longue cotte de laine grise grattait tout autant. Pourquoi ne pouvions-nous pas servir notre Seigneur dans des tenues confortables ? Et ce détail n'était rien en comparaison de la nourriture insipide qui nous était distillée avec la plus pingre des parcimonies ou encore les conditions dans lesquelles nous étions supposées trouver un sommeil réparateur. J'étais bien ici pour expier mes fautes, nul doute n'était possible.

Situé au sommet d'une colline balayée par les éléments, le couvent était des plus sommaires : un temple minuscule en comparaison de celui de Daeg, des logis pour les travailleurs extérieurs à la communauté de religieuses, et le bâtiment principal muni de sa cour intérieure dont nous ne sortions que pour aller aux nombreux offices. Je logeais dans le dortoir des aspirantes novices, au premier étage. Cette grande salle glaciale malgré la fin de printemps comportait deux rangées de lits à cadre de bois dépourvus de rideaux. Chaque couche était conçue pour accueillir trois occupantes, ce qui avait au moins l'avantage de réchauffer les draps. Mes compagnes d'incarcération avaient entre sept et dix-sept ans. Les filles plus âgées, les « aspirantes confirmées » avaient leur dortoir au second étage. Ces dernières avaient pour la plupart formulé des vœux et se préparaient à passer leur existence entre ces murs ternes et austères. Qu'est-ce qui pouvait bien les pousser à consacrer leur vie au Père Très Saint ? Qu'une veuve décrépite renonce à la vie publique, passe encore, mais d'aussi jeunes femmes ?

Chaque jour, la même monotonie affligeante : réveil au lever du jour, premier office, travaux au potager, confection du déjeuner en silence, puis prise du repas, toujours en silence. L'après-midi, office, lecture du Livre Saint, corvées (ménage des dortoirs, parties communes, lessive dans l'eau glacée du puits, curage des latrines, toilette des plus vieilles pensionnaires...), travaux d'aiguille (filage, tissage, couture et broderie), puis, de nouveau, cuisine pour le souper, souper en silence, office du soir et direction les dortoirs. Sans oublier les deux offices nocturnes à la mi-nuit et au plus sombre de l'obscurité. Tous les deux jours, la Mère supérieure nous rassemblait pour nous inculquer les préceptes que devait suivre une bonne épouse.

Une fois par semaine, un prêtre venait se recueillir sur nos précieuses reliques une nuit durant. La visite du Père Pasquel était synonyme de rupture dans notre platitude quotidienne : nous devions apprêter le temple pour sa nuit de prière, entretenir les cierges, recharger les brûloirs d'encens et préparer ses collations. Toutes se battaient presque pour jouir de l'honneur de le servir. Déjà, celles qui s'affairaient au sanctuaire cette nuit-là étaient, sur demande du Père Pasquel, libérées de leur devoir de corvée pour la semaine suivante. Ensuite, parce que ce prêtre était d'une beauté à nous faire oublier notre réclusion.

Lorsque je l'avais aperçu pour la première fois lors de l'office, j'avais été percutée par le charisme qui émanait de lui. Rien à voir avec le Père Hirtel, ce vieil homme libidineux et gorgé de vinasse qui célébrait le culte à Daeg ! Le Père Pasquel n'était pas à proprement parler jeune, ( il devait avoir entre trente et quarante ans ), mais son port altier, ses épaules développées, ses cheveux noirs courts, son visage fin où trônaient deux yeux verts en amande, faisaient tourner les têtes de toutes les aspirantes, novices ou confirmées. Je suspectais une partie des sœurs de ne pas rester insensibles à ses atouts. Moi, il me laissait indifférente. La teinte de ses cheveux me renvoyait l'image de Kalian, me rendant mélancolique et languissante.

— Comme j'aimerais que mon futur époux lui ressemble ! m'avait aussitôt murmuré Gyliane, l'une de mes camarades de lit.

— Ah oui ?

— Il est si beau ! s'était-elle contentée d'ajouter avant que l'une des sœurs ne l'enjoigne au silence avec une tape ferme sur le sommet de sa tête.

Gyliane était une jeune fille rondelette aux longues boucles brunes et aux yeux rieurs. À peine plus jeune que moi, elle m'avait accueillie comme une sœur, trop ravie de pouvoir se confier à quelqu'un sur les malheurs que lui faisaient endurer les autres filles du dortoir. Le clan des novices était régi par Uriage, une péronnelle qui toisait sa basse-cour du haut de ses quatorze ans et demi. Les quatre ou cinq novices plus âgées faisaient mine d'ignorer son attitude tyrannique. Les plus jeunes la révéraient comme une reine et obéissaient à ses moindres caprices. À la barbe et au nez des religieuses, elle redistribuait ses tâches, prélevait dans les assiettes les meilleurs morceaux et n'était jamais de corvée. Le Père Pasquel la choisissait presque tout le temps comme servante d'office. C'est vrai qu'elle ressemblait à une apparition céleste avec ses grands yeux bleus, ses taches de rousseur et son visage fin entouré de frisottis d'un blond cuivré. Sa haute taille lui donnait des airs de femme avec le corps et les formes d'une enfant.

Gyliane et moi partagions notre lit avec Noltiel, une fillette de tout juste huit ans qui pleurait chaque nuit l'absence de sa mère. Dès les premiers jours de ma présence au couvent, je me rendis vite compte que mes compagnes vivaient un enfer au quotidien : pots de chambre renversés sur leur couche, cheveux tirés, vêtements déchirés, insultes... et bientôt, je commençai à subir les mêmes attaques. Cette bande de pintades n'avait donc rien d'autre à faire ? Il n'était pas question que je tolère une telle attitude, encore moins si j'en devenais à mon tour la cible. Je n'avais guère de choix. Si je devais rester ici plusieurs années, il fallait que je mette les choses au clair tout de suite. Dès la troisième nuit, j'attendis que la sœur intendante fasse son tour de veille et, une fois le dortoir calme, je me glissai en dehors de mon lit pour gagner celui de cette détestable Uriage. Gyliane et Noltiel avaient bien essayé de me retenir, en vain. Assises sur notre couche, serrées dans les bras l'une de l'autre, elles tentaient de deviner dans le noir ce que j'étais en train de faire. Arrivée à la hauteur de la mijaurée, j'agis avec rapidité : j'empoignai une partie de ses cheveux et plaquai mon autre main sur sa bouche pour étouffer le cri de douleur que ne tarda pas à lui arracher ma prise violente. Ses yeux grands ouverts balayaient l'obscurité. Sa panique était jouissive. Et là, je déversai toute l'assurance que je n'avais jamais eue. Pourvu que ça fasse vrai !

— Par Sa barbe ! Écoute-moi bien, raclure de latrine de bordel, la menaçai-je d'une voix que j'espérai calme et posée. La dernière fois qu'une vermine de ton espèce m'a cherché des noises, elle a perdu une oreille pendant son sommeil. Et elle ne s'est pas plainte. Tu sais pourquoi ? Parce que je suis la fille du roi Tillaumet et qu'il n'aurait fallu qu'un mot de ma part pour qu'elle soit bannie d'Ysoar, ou vendue comme esclave sur le marché ariate de Lorcate. Alors, prends le temps d'y penser. Je m'appelle Sylwen. Et les deux filles là-bas sont mes amies.

La poitrine agitée de spasmes d'effroi, Uriage avait acquiescé et n'avait pas même poussé un couinement lorsque j'avais libéré sa bouche. Dès cet instant, elle ne s'était plus jamais approchée de moi ou de mes camarades à moins d'une toise, et hésitait à ne serait-ce que lever les yeux sur nous.

Toutes les trois ou quatre lunes, un messager venait de Daeg afin de s'enquérir de mon bien-être. Il m'apportait toujours une insignifiante lettre de mon père dans laquelle était dissimulée une missive de Mona. J'ignorais comment mon amie parvenait à soudoyer le messager. Et peu m'importait. Ses courriers me faisaient l'effet d'un bain de soleil revigorant. Ses dessins codés me donnaient des nouvelles de sa vie au château et de Kalian. Ce dernier avait été envoyé combattre dans le nord du pays et était revenu sain et sauf. Et victorieux. Je tremblais à l'idée qu'il puisse être un jour blessé. Ou pire. J'appris aussi que Mona avait épousé Portric, son soldat (elle le représentait avec une tête munie d'une épaisse barbe), ce qui avait suscité la fureur de Gibias (symbolisé par un visage avec un nez énorme). Ils étaient heureux ensemble. Et je crus comprendre qu'elle attendait un enfant. Un autre symbole revenait souvent sans que je puisse le déchiffrer : une sorte de main avec une goutte d'eau. Privilège extrême toléré de par ma position, il m'était permis d'écrire en retour à mon père. Je ne manquais jamais d'y joindre ma réponse à Mona, dans laquelle je tentais de lui décrire ma nouvelle vie et me lamentais de sa monotonie affligeante.

Et les jours passaient, les lunes se succédaient, les saisons se chassaient.

J'étais au couvent depuis presque deux années, lorsque Noltiel fut désignée par le Père Pasquel comme servante d'office. Uriage en avait eu un hoquet de rage. Mais elle était clouée au lit à cause d'une fièvre et ne pouvait s'acquitter de sa tâche. Noltiel était terrifiée à l'idée de commettre un impair. Pourtant son rôle n'était pas si compliqué ! Elle devait rester dans le temple et veiller à ce que l'encens soit toujours approvisionné et les cierges éclairés… Cela semblait être déjà beaucoup pour ses dix ans. Aussi avais-je demandé l'autorisation à la Mère supérieure d'assister Noltiel dans la préparation du sanctuaire. Elle avait accédé à ma requête, à la condition que je m'éclipse avant l'arrivée du prêtre.

— Et si je fais du bruit ? Ou si je m'endors ? se lamenta Noltiel à voix basse, alors que nous progressions dans le cloître en direction du temple.

— Ne t'inquiète pas ! Je suis sûre que le Père Pasquiel doit bien piquer aussi du nez à un moment ! la rassurai-je en souriant. Et puis, on se voit dans tout juste quelques heures pour l'office de la mi-nuit !

Elle acquiesça, apaisée, et poussa la lourde porte de bois. Les lieux étaient déjà nimbés d'obscurité. Malgré le peu d'intérêt de la tâche que j'accomplissais, quel bonheur de briser pour une fois la platitude qui m'était imposée ! Pendant que Noltiel allumait les cierges un à un, je balayai avec énergie le sol dallé de pierres irrégulières, usé par les multiples genoux qui y avaient fait pénitence. La chasse dorée dans laquelle reposaient les restes de cette pauvre sainte Botirelle trônait à gauche de l'autel de pierre. Le cadavre démembré et décapité de cette fille me faisait froid dans le dos, tout sacré qu'il fût.

Le grincement de la porte latérale me signifia que le Père Pasquiel était là. J'adressai un rapide salut de la main à Noltiel et m'éclipsai. Pas pressée de me glisser sous les draps rêches, je profitai des couloirs déserts et retournai au dortoir par le chemin le plus long. Une lumière orangée embrasait le ciel hivernal. Comme le monde devait être beau, dehors. Et comme la vie devait être douce ailleurs qu'ici ! Après quelques années passées entre ces murs, même un mariage avec un vieillard décrépit pourrait me paraître amusant. Je m'arrêtai, frappée par ma pensée. En étais-je venue à souhaiter que mon père m'unisse au premier venu ? Et si cette réaction avait été celle que recherchait chacun des pères qui envoyaient leur fille ici ? J'en avais des frissons. Non. Jamais je ne me résignerais. C'était Kalian que je voulais et, s'il me voulait aussi, plutôt mourir que d'être offerte à un autre.

Le sommeil me fuit cette nuit-là. Et si Kalian avait rencontré une autre femme ? Et s'il m'avait oublié ? Non, Mona m'aurait avertie. Elle ne manquait jamais de me parler de lui dans ses lettres. La lettre K était la seule qu'elle arrivait à tracer de manière à peu près lisible, aussi le symbole de Kalian était-il un « K » auréolé de rayons solaires. Je savais que mon cousin avait fait plusieurs voyages en Heylön avec Györg (deux serpents entrelacés, similaires à ceux qui ornaient ses poignets), qu'il en était revenu couvert de gloire et encore plus beau qu'avant. Je m'imaginai me blottir dans ses bras, respirer son odeur musquée, goûter à ses lèvres charnues... Les cloches de l'appel à l'office me tirèrent de mes pensées enivrantes. Je repoussai les couvertures, secouai avec tendresse l'épaule de Gyliane pour l'aider à se réveiller et me levai. Une cape râpeuse sur les épaules ( encore plus que ma bure, ce qui représentait déjà un miracle en soi ! ), je suivis le troupeau de novices ensommeillées. Avec le temps, j'avais appris à arpenter ces couloirs même dans le noir le plus complet.

Je pénétrai en silence dans le temple et m'installai sur un banc à côté de Gyliane. Nos respirations se répercutaient sur les murs, dans un concert de souffles et de bâillements contenus. Pourquoi les bruits étaient-ils plus intenses en pleine nuit ? Avant que le Père Pasquel n'entame la cérémonie, je cherchai Noltiel et la vis se placer derrière l'autel, un encensoir à la main. Elle devait avoir pris des volutes d'encens dans le visage, car ses yeux étaient rouges et gonflés. La fumée épaisse et âcre dégagée par les résines incandescentes était impitoyable dès que nos visages s'en approchaient d'un peu trop près.

Comme chaque semaine, le Père Pasquel nous exhorta à la piété et à la soumission, car en tant que femmes, telle était notre destinée voulue par le Père Très Saint. Quelques heures dans notre dortoir et nous étions de nouveau entassées sur les bancs à chanter à l'unisson un cantique en l'honneur de notre Sauveur et Libérateur. Noltiel assistait le prêtre du mieux qu'elle pouvait, tournait les pages du Livre Saint pendant sa lecture, sonnait la cloche de début et de fin du culte. Nous retrouvâmes enfin notre couche pour les quelques heures qu'il nous restait avant le lever du jour. Je commençai tout juste à m'endormir quand des pas précipités dans le couloir me tirèrent de ma somnolence. Noltiel se glissa dans notre couche, secouée de sanglots. Je posai une paume douce sur son épaule.

— Qu'est-ce qu'il y a ? lui chuchotai-je.

— Rien.

Sa voix nouée avait résonné dans le dortoir. Quelques pensionnaires se retournèrent, tirées de leur sommeil léger.

— Noltiel, tu peux tout me dire ! Par Sa barbe ! C'est Uriage, c'est ça ? haussai-je le ton. Elle a osé s'en prendre encore à toi ?

J'étais prête à me lever pour aller rappeler notre discussion passée à cette démone, quand ma jeune camarade laissa éclater son chagrin :

— Ce n'est pas elle ! C'est le Père Pasquel !

— Quoi ? Comment ça, « c'est le Père Pasquel » ? intervint Gyliane, outrée que cet homme ait pu avoir le moindre défaut.

Notre discussion avait fini de réveiller tout le dortoir. Les murmures passaient d'un lit à l'autre.

Je saisis à pleines mains le visage baigné de larmes de Noltiel.

— Il a été mécontent de ton service ? Il t'a battue ?

— Il a dit que je n'étais qu'une enfant stupide et que je ne serais pas dispensée des corvées cette semaine !

— Mais pourquoi ? insista Gyliane par-dessus mon épaule.

— J'ai fait tout comme tu m'avais dit, Sylwen ! se défendit Noltiel dans un flot saccadé. Je lui ai obéi. Toujours !

— Alors qu'est-ce qu'il s'est passé ? m'emportai-je.

— Il a voulu que... je le touche.

Noltiel avait hésité, apeurée. Mais une fois les premiers mots sortis de sa bouche, tous les autres s'échappèrent, dans un torrent qui ne semblait plus se tarir.

— D'abord, il a juste voulu que je pose ma main entre ses jambes pendant qu'il priait. C'est devenu tout dur. Alors il m'a dit de frotter, encore et encore. Et là il y a eu les cloches du premier office. Il s'est relevé en vitesse et a tout préparé lui-même. Je pleurais parce que j'avais peur qu'il me demande de recommencer. Mes mains tremblaient. Je n'arrivais même pas à tenir l'encensoir. Une fois le temple vide, il s'est remis en prière et m'a forcée à refaire la même chose. Mais là, il m'a ordonné de passer ma main dans ses braies et de mettre mes doigts tout autour de son... et de continuer à frotter, encore. Je crois que je lui ai fait mal. Alors il m'a repoussée et m'a hurlé dessus. J'ai cru qu'il allait me frapper, Sylwen ! Je suis partie en courant et je suis vite venue ici. Tu crois que je vais être punie ? Oh, je me sens si sale. Jamais je n'arriverai à laver mes mains !

J'étais écœurée par les aveux de Noltiel. Comment un homme au service du Père Très Saint pouvait-il infliger cela à une enfant ? La fillette fondit en larmes dans mes bras. Je n'avais aucune idée des répercussions de sa fuite, mais je me promis de tout faire pour éviter qu'elle ait à subir une autre sanction. Elle avait déjà assez souffert.

Alors que je tentai de calmer ses pleurs, un rire s'éleva depuis le fond du dortoir. Je reconnus sans peine la voix éraillée et souffreteuse d'Uriage. Sa toux grasse ne parvenait pas à camoufler son mépris.

— Et c'est juste pour ça que tu chiales, morveuse ? Le Père Pasquel n'a que faire d'une gamine comme toi. S'il me préfère, c'est parce que je suis la seule d'entre nous à pouvoir le satisfaire !

Sans un mot, les novices se recouchèrent et tâchèrent de trouver le sommeil.

J'avais peine à croire qu'Uriage ait eu à subir les assauts pervers du prêtre. Soit elle mentait, soit elle y gagnait bien plus qu'elle n'y perdait. Il faudrait que j'en aie le cœur net.

Lorsque nous nous levâmes pour aller au premier office de la journée, je retins Noltiel dans le lit :

— Il faut aller voir la Mère supérieure. Je viendrai avec toi.

— Non, me rétorqua-t-elle d'une voix ferme. J'ai réfléchi. Je ne suis plus une enfant. Si Uriage peut l'endurer, alors moi aussi !

— Mais il ne faut pas le laisser continuer ! m'indignai-je. Par Sa barbe ! Cet homme n'a rien d'un serviteur du Père Très Saint !

— Sylwen, occupe-toi de tes affaires ! me répliqua la fillette en me lançant un regard noir avant de s'éloigner.

Gyliane avait suivi notre échange et, devant mon incompréhension, se contenta de hausser les épaules.

La semaine passa sans que Noltiel ne m'adresse la parole. C'est même avec une certaine horreur que je la vis se rapprocher d'Uriage. La jeune fille faisait tout pour chercher la compagnie de son aînée : elle lui offrait d'elle-même une partie de son repas, portait son panier au retour du potager… Noltiel avait-elle l'impression que cette pimbêche la comprenait mieux que Gyliane ou moi ? Ce qui lui était arrivé l'avait fait mûrir. On lui aurait donné bien deux ou trois années de plus que la semaine passée. La fillette rieuse et enthousiaste avait laissé la place à une jeune fille renfermée et hautaine. Il était hors de question que l'homme qui avait détruit mon amie restât impuni.

Le prêtre fut bien vite de retour et, comme à son accoutumée, manda Uriage comme servante de cérémonie. Alors que nous nous mettions toutes au lit, cette vipère se pavana dans le dortoir, brossant ses longs cheveux avant de les recouvrir de sa coiffe. J'attendis que toutes mes camarades soient endormies et me glissai hors de ma couche. J'avais pris soin de camoufler ma cape et mes chaussures dans un renfoncement du couloir, aussi pourrais-je espionner Uriage et le prêtre et me mêler aux aspirantes lors des offices.

Je savais que les travailleurs profanes avaient graissé les portes du temple, aussi pourrais-je me glisser dans l'édifice sans attirer l'attention. Priant pour ne pas être découverte, je poussai le vantail et, fondue dans la semi-obscurité qui régnait, me lovai derrière une colonne. Uriage et le prêtre étaient affairés aux préparatifs du culte, lui à passer son manteau de cérémonie, elle à séparer les différentes doses d'encens qui seraient utilisées tout au long de cette nuit de prière. Il n'y avait aucune raison pour que l'un ou l'autre vienne dans ma direction, aussi m'assis-je au pied de la colonne, dans l'attente du moindre incident. Or rien de suspect ne se produisit. Le premier office arriva bien trop vite. Je me glissai sans peine dans le troupeau gris des aspirantes.

— Où étais-tu ? m'interrogea Gyliane, inquiète. J'ai cru que…

— Je t'expliquerai demain, la coupai-je les sourcils froncés. Si on te demande, dis que je suis malade et que je passe ma nuit aux latrines.

Chaque couche était munie d'un pot de chambre, mais en cas de besoin plus important, nous avions pour consigne de nous rendre à l'autre bout du bâtiment où étaient installés des lieux d'aisance aussi glaciaux que ventés.

À la fin de l'office, je fis mine de sortir avec les novices et m'éclipsai sans difficulté pour regagner ma cachette. Uriage entreprit de vider les encensoirs et de changer les cierges consumés. S'il ne se passait rien d'autre, la nuit serait bien longue.

La fraîcheur de la pierre contre laquelle j'étais adossée m'engourdissait le corps et m'évitait de m'endormir. Que ferais-je si je surprenais quelque chose ? Irais-je voir la Mère supérieure ? Que risquerait Uriage ? Peu m'importait ! Si elle cautionnait de telles pratiques, grand bien lui fasse ! Moi pas ! Alors que mes pensées accaparaient mon attention, j'entendis le Père Pasquel se mettre à prier, mais sa voix était entrecoupée de souffle et de gémissements. Je contournai doucement ma colonne et sortis la tête pour voir ce qu'il se passait. Tandis que le prêtre était en prière, agenouillé face à l'autel, Uriage s'affairait avec précision. De toute évidence, elle savait exactement ce qu'elle avait à faire pour contenter ce porc. J'aurais dû détourner les yeux, maintenant que j'avais la preuve que Noltiel n'était pas la seule à avoir été outragée. À mon grand dam, je n'osai plus bouger, de peur de signaler ma présence. Comment Uriage pouvait-elle agir avec un tel calme et avec autant de… Était-ce du plaisir ? De la satisfaction ? Ou de l'ambition ?

Assise à côté du prêtre, elle frottait son entrejambe d'une main ferme. Sur un signe de tête de l'intéressé, elle passa sa main sous la cotte de cérémonie, puis, après quelques mouvements, en sortit un membre gonflé et rougi. Était-ce à cela que ressemblait cette virilité dont les hommes s'enorgueillissaient ? Ça n'avait rien d'enviable ! Dire que la pauvre sainte Botirelle devait assister à ce spectacle depuis sa chasse dorée ! Toujours avec cette *chose* à la main, Uriage se pencha, la mit dans sa bouche, et commença à faire des va-et-vient avec sa tête. Le Père Pasquel dut se retenir à l'autel pour ne pas basculer. Les traits du visage tirés, il semblait en proie aux pires tourments. Ses prières étaient saccadées, comme s'il avait à lutter contre une force qui le submergeait.

— Père Très Saint, Tu as envoyé la pureté sur terre. Tu as envoyé les enfants à Ton image, réplique parfaite des saints esprits de Ton royaume. Pervertissant Ton œuvre, la Déesse Déchue s'approprie leur corps, couvre leur peau de poils et rend leur antre mortel et sanguinolent. Aussi, une fois la jeune fille souillée par Sa main démoniaque, sa chair ne doit plus servir qu'à l'enfantement. Âhni.

Bientôt, le prêtre ne parvint plus à enchaîner plus de trois mots à la fois.

— Père Très Saint… délivre-nous… de l'Ancienne Mère… et de… Ses démons… Âhni… Bénis-nous… de Ta main céleste et… bienveillante, car… Ton amour est sans… fin. Âhni.

Le Père Pasquel poussa un râle digne d'un cochon sous le couteau du boucher avant de s'effondrer sur lui-même. Il ne bougea pas pendant quelques instants, si bien que je le crus mort. Pas le moins inquiète, Uriage se redressa et reprit son travail auprès des cierges. Épuisé, le prêtre se releva enfin. Avec un calme rompu par l'habitude, Uriage lui apporta une vasque d'eau et un linge pour ses ablutions.

— Merci, mon enfant, se contenta-t-il de lui murmurer. Tu es la fille chérie du Père Très Saint, Uriage. Et Il te bénit.

La jeune fille s'inclina en remerciement et retourna à son labeur. Les cloches du second office nocturne ne tardèrent pas à s'élever. J'en avais assez vu. Je retrouvai Gyliane pour la cérémonie et me fondis dans le flot des novices jusqu'au dortoir. Mais une fois au lit, je ne parvins qu'à trouver un sommeil agité.

— Où étais-tu cette nuit ? chuchota Gyliane alors que nous nous levions aux premières lueurs du jour.

— J'ai surpris Uriage avec le Père Pasquel.

Ma réponse était de toute évidence celle qu'elle redoutait le plus. Elle ne put retenir un regard affolé en direction de la pintade qui réveillait ses ouailles à l'autre bout du dortoir.

— Il faut que j'aille voir la Mère supérieure, m'empressai-je d'ajouter dans un souffle.

À l'issue de l'office matinal, je requis avec déférence une entrevue auprès de la dirigeante acariâtre du couvent. Les éléments qui se déchaînaient en ces lieux avaient marqué sa peau de profondes rides qui soulignaient la rugosité de sa personnalité.

— Que voulez-vous ma fille ? me lança-t-elle sans chaleur sitôt la porte de sa cellule refermée.

Sa secrétaire, une aspirante « confirmée » au visage doux, s'assit sur un tabouret installé à son attention dans un angle de la minuscule pièce aux murs blanchis, derrière un scriptorium étroit.

— Je viens témoigner d'une chose grave, ma Mère.

Impassible, elle s'installa derrière son bureau de bois.

— Parle, mon enfant, m'enjoignit-elle d'un ton sec.

— C'est à propos du Père Pasquel.

La jeune femme qui écoutait dans le coin se crispa imperceptiblement. Se pouvait-il qu'elle soit au courant ? Ou qu'elle ait même été victime de ces outrages ?

— Je l'ai surpris en train d'abuser d'une des novices, avançai-je tout de go.

La Mère supérieur leva un sourcil sceptique.

— Comment cela, « abuser » ?

La Mère supérieure feignait-elle de ne pas comprendre ?

— Charnellement, ma Mère, insistai-je en détachant chaque syllabe.

La femme partit dans un rire aussi dérangeant qu'inattendu et le stoppa aussi net. Elle releva la tête et me fixa de son faciès de rapace.

— Je savais que les jeunes filles de la cour étaient sujettes aux conspirations et aux calomnies, mais j'en attendais mieux de votre part. Surtout eu égard à votre ascendance royale. Pourtant voilà bien la preuve que vous ne valez pas mieux que la plus méprisable des souillons qui arpentent les couloirs de votre château perverti.

— Mais ma Mère, je l'ai vu…

Je sursautai au son du claquement de sa main sur le plateau de la table.

— Et que faisiez-vous, petite insolente, à espionner un saint homme au milieu de la nuit ? Que cherchiez-vous si ce n'est à salir sa réputation ou même tenter de le corrompre ?

J'étais offusquée d'être ainsi accusée.

— Ma Mère, jamais je…

— Taisez-vous ! ordonna-t-elle sans même hausser le ton. Afin que votre châtiment vous persuade de revenir dans le droit chemin de notre Père Très Saint, vous aurez en charge l'entretien des latrines pendant toute la lunaison, de même que le nettoyage du poulailler.

Les larmes me montèrent aux yeux. Il ne fallait surtout pas que je pleure !

— Oui, ma Mère.

— Vous passerez également les trois prochaines nuits en prière, à genoux sur la marche de l'autel.

Toutes les novices étaient passées par là une heure ou deux et nous savions à quel point cette petite marche perfide pouvait meurtrir nos articulations.

— Bien, ma Mère.

Elle porta la main au *Terpis* de bois qui pendait à son cou et détourna enfin ses yeux d'encre de mon visage.

— Je contrôlerai moi-même que vous accomplissiez votre expiation sans perfidie. Vous pouvez disposer.

Pendant tout ce temps que dura ma punition, je ne fis que ressasser. Ressasser l'injustice de mon châtiment, ressasser la dépravation de ce prêtre... Je n'arrivais pas à comprendre Uriage. Il était impossible qu'elle s'adonnât à ce jeu dans l'unique ambition de s'élever au-dessus de nous ! Que cherchait-elle ? Chaque semaine, le Père Pasquel revenait au couvent et je ne doutais pas que lui et Uriage se livrassent aux mêmes activités. Au moins, durant cette période, ne se tournait-il pas vers une autre des pensionnaires ! Noltiel avait continué à s'éloigner de Gyliane et moi, pour devenir l'une des plus fidèles suivantes de la reine des novices. Même si son attitude me perçait le cœur, je ne pouvais lutter contre sa volonté. Elle était assez grande pour faire ses propres choix. Uriage voyait dans la dévotion que lui portait notre jeune amie une sorte de revanche envers moi. Et je la détestais de jouer ainsi avec la candeur de Noltiel. La Mère supérieure nous rebattait les oreilles dans ses sermons avec la nécessité de se montrer juste et honnête, au risque de voir la colère du Père Très Saint se déverser sur nous. Mais où était-il, ce courroux, lorsqu'Uriage chargeait Noltiel de verser de l'herbe urticante dans les chaussures de Gyliane, condamnant mon amie à des journées entières de souffrance, les pieds couverts de cloques purulentes ? Cette garce savait très bien que nous ne nous en prendrions pas à notre jeune camarade de lit. La Justice divine semblait aveugle en ces lieux. Du moins le pensais-je.

Quelques jours avant la fin de ma pénitence, j'étais affairée à l'entretien des latrines, un foulard autour du nez et de la bouche, une brosse à la main, lorsque j'entendis des pleurs provenir de l'une des cabines d'aisance. Qui pouvait bien se réfugier ici pour pleurer ? La touffeur de ce milieu d'été rendait l'atmosphère irrespirable. Quelques instants plus tard, je vis Uriage pousser le battant de bois, les mains couvertes de sang. Ses yeux croisèrent les miens et le désarroi que j'y lus me déchira le cœur.

— Est-ce que je peux t'aider ? lui murmurai-je dans un incompréhensible élan de compassion.

— Peux-tu me laver de cette horreur ? gémit-elle, provocante. Plus jamais le Père Pasquel ne voudra de moi maintenant que je suis souillée par l'Ancienne Déesse.

Était-ce ce qui lui importait le plus ? Le fait que ce monstre ne veuille plus la salir de ses pratiques perverses ? Devant mon air sceptique, elle s'emporta :

— Je l'aime ! Mais ça, une gamine comme toi ne peut pas le comprendre ! Et dorénavant, il refusera de me toucher !

Elle plaqua son bras contre sa bouche pour étouffer ses sanglots, et partit en courant en direction du puits. Elle y fut retrouvée pendue quelques heures plus tard.

Les pensionnaires furent choquées par l'acte désespéré d'Uriage. Les novices sous sa coupe paraissaient perdues, délivrées du joug de leur maîtresse. Je ne doutais pas qu'une nouvelle prendrait bientôt la place vacante. Mais ce qui m'inquiétait le plus était la venue prochaine du Père Pasquel. Qui allait être sa nouvelle victime ? Gyliane en pleurait chaque nuit, priant à voix basse d'être épargnée par cet outrage. Le prêtre célébra l'office de fin de journée et n'eut qu'une parole formelle pour la défunte qui avait été sa servante de si nombreuses fois. Avec effroi, je sentis ses yeux se poser sur moi. Son regard me fit l'effet d'une brûlure.

— Tu as été choisie par le Père Pasquel pour le servir ce soir, vint m'avertir l'une des sœurs. Reviens ici tout de suite après le dîner.

Le couperet venait de tomber. Qu'allais-je faire ? Que pouvais-je faire ? Il était hors de question que je me laisse traiter de la sorte ! Je me résolus à subtiliser un couteau lors du repas. S'il me touchait ou s'il me forçait à poser la main sur lui, il ne s'en sortirait pas indemne.

La nuit me parut durer une éternité. Le Père Pasquel m'observait dans mes moindres mouvements, comme s'il jaugeait je ne sais quels aspects de ma personne. Le petit couteau ne quittait pas ma poche, facile à dégainer à la première menace. Mais rien. Le prêtre effectua ses prières dans la piété la plus totale et ne m'adressa la parole que pour me donner des ordres clairs.

Lors de chacun des offices nocturnes, Gyliane me lança des appels muets affolés. Je la rassurai d'un sourire et d'un hochement de tête.

Le jour se levait et je remerciai le Père Très Saint de n'avoir pas eu à me servir de mon arme. Peut-être n'étais-je pas au goût du prêtre.

Alors que nous préparions le premier office du jour, je passai à proximité du religieux. Aussi rapide qu'un rapace, il attrapa mon bras, refermant ses serres autour de ma chair. Il plaqua son nez sur mon crâne et inspira l'odeur de mes cheveux à travers ma coiffe, dans un râle de satisfaction. Ma respiration s'arrêta aussitôt.

— Tu es une brave enfant, Sylwen, murmura-t-il à mon oreille. Très obéissante. Une fille chérie de notre Père Très Saint. Je demanderai à ce que tu me sois envoyée la semaine prochaine.

Il relâcha son emprise sur mon bras et se détourna.

— Va, tu peux regagner ton dortoir. Je me charge de finir de préparer la cérémonie.

Tremblante, chancelante, je poussai la porte du temple et m'effondrai dans le couloir. Les larmes ruisselaient sur mon visage. J'avais eu si peur. S'il avait voulu abuser de moi, ici-même, je n'aurais pas eu le courage de sortir mon couteau. Jamais je n'aurais pu me défendre. J'étais tétanisée.

Les cloches tintèrent. Les bruits de pas résonnèrent entre les murs. Combien de temps étais-je restée dans le couloir glacé ? Je ne voulais pas voir Gyliane ni affronter les visages interrogateurs des autres filles. Je voulais rester là, dans le noir, seule. Je voulais partir d'ici. Je voulais revoir Kalian, me jeter dans ses bras. Rien ne pourrait m'arriver s'il était avec moi. J'étais son Perce-neige. Cette pensée me fit l'effet d'un coup de fouet. Qui était cette geignarde qui se lamentait sur son sort ? Depuis quand avais-je besoin de Kalian pour me défendre ? Avais-je eu besoin de lui pour mettre une raclée à ce garçon d'écurie ? J'étais son Perce-neige, cette fleur plus forte qu'il n'y paraissait. Voilà ce que j'étais.

Il ne servait à rien de prier pour que le Père Pasquel ne cherche pas à me violenter la semaine suivante. Il allait tout faire pour me forcer à assouvir ses désirs. Et j'allais ployer. Mais cette fois, je serais maîtresse de moi-même. Cette fois, je serais prête.

La semaine étira ses heures dans une interminable monotonie. Pourtant, je ne me lamentais plus de ces moments fades et silencieux. Ils me permettaient de réfléchir et de concevoir mon plan pour détruire le Père Pasquel. Il allait m'amener à m'adonner à ses pratiques abjectes. C'était là une certitude. Et personne ne voudrait me croire. Soit. Il fallait donc que je trouve un moyen d'amener cet homme vil à se dénoncer lui-même. Comment ? C'est ce que je devais découvrir.

Alors que je vidais les déchets de la cuisine, je remarquai le pied d'une plante dont Mona m'avait évoqué les pouvoirs urticants. C'était sans doute de cette herbe à la tige épaisse dont Noltiel avait usé pour meurtrir les pieds de Gyliane. Une idée venait de germer dans mon esprit.

Le Père Pasquel revint le lendemain et dès la fin du repas, je me rendis au temple, non sans avoir effectué un petit aller-retour près des immondices afin de cueillir deux tiges chargées de leur lait à la blancheur trompeuse. Mona ne s'était pas méprise. La goutte qui glissa sur ma peau me fit l'effet d'une brûlure au fer rouge. Mais le moment n'était pas à la sensiblerie. Après avoir enroulé avec soin ma récolte dans un torchon que j'avais subtilisé aux cuisines, je poussai la porte de bois. Le prêtre n'était pas encore arrivé. Je passai mon paquet dans ma ceinture, sous mon surcot, priant le Père Très Saint pour que le jus corrosif ne transperce pas les épaisseurs de tissu. Pour cacher mon agitation, je m'appliquai plus que de raison à changer les cierges autour de la chasse de la sainte, à les allumer, à préparer l'encens. Le bruit de la porte latérale m'avertit de l'arrivée de mon tortionnaire. Non, de ma victime. Car cette nuit, le châtiment divin allait s'exprimer par ma main. Il fallait que j'en aie la force.

— Bonsoir, Sylwen, susurra-t-il dans mon dos.

Sa voix suave me fit sursauter. Je n'osai pas lever la tête vers lui de peur qu'il ne lise sur mon visage ce que j'entrevoyais de faire. Je lui répondis donc, la tête baissée, d'une rapide révérence avant de reprendre mon labeur. Prédateur, il me contourna et poursuivit :

— La chaleur de cette journée a été écrasante. Cette nuit n'en est que plus délicieuse.

Je sentis son regard se poser sur moi, ce qui me soutira un frisson de dégoût.

— Les nuits sont si courtes en été. Le premier office va bientôt démarrer.

Il me fallut lire entre les mots pour comprendre qu'il ne tenterait rien avant la première cérémonie. Pourvu que mes herbes ne sèchent pas trop vite ! Cette attente était une véritable torture.

L'office me sembla d'une longueur étourdissante, tout comme le départ des participantes.

Enfin. Nous étions seuls. Aurais-je encore le courage de mener à bien mon plan ? « Perce-neige. Perce-neige... » Je me répétais en boucle les paroles de Kalian. J'étais forte, malgré mon apparente fragilité. Forte et résistante.

Tandis que je débarrassais les encensoirs pour en renouveler le contenu, le Père Pasquel s'agenouilla face à l'autel.

— Laisse là ton ouvrage, mon enfant, et viens te recueillir avec moi.

Le moment était venu. Mais il ne fallait pas tout précipiter. Je m'installai à ses côtés et joignis les mains en signe de prière. J'étais aux aguets, tous mes sens décuplés par l'angoisse. Le prêtre écarta les bras, leva la tête face au symbole de la Vraie Foi qui surplombait l'autel et psalmodia :

— Père Très Saint, honore-nous de Ta bénédiction. Lave-nous de nos erreurs et aide-nous à choisir le chemin qui mènera en Ton Royaume béni. Âhni.

— Âhni, murmurai-je en écho, la voix tremblante.

— Ô, Père de toute chose, daigne descendre sur Ton serviteur et sacraliser son corps par Ton intime présence. Âhni.

— Âhni.

J'étais plus que sceptique. Jamais je n'avais entendu de telles prières. Était-ce ainsi qu'il justifiait ses actes ? En faisant croire aux jeunes filles qu'il était investi par notre Seigneur ? Ou pire, peut-être en était-il convaincu lui-même !

Les yeux fermés, les bras écartés vers les cieux, il se mit à respirer plus fort.

— Ma fille, le Père Très Saint est descendu en moi. Il t'offre la chance unique de Le servir.

Je ne savais que faire... Devant mon mutisme, il se tourna vers moi, saisit ma main avec fermeté et la plaqua sur son entrejambe gonflé.

— Oses-tu te refuser à ton Seigneur, mon enfant ? gronda-t-il, menaçant.

Il ne fallait pas que je craque. Si je n'avais eu conscience de ses intentions dégénérées, j'aurais pu me laisser convaincre par sa feinte illumination.

— Non, mon Père, soufflai-je sans résistance.

— Alors, sers-Le avec obéissance.

Joignant l'acte à la parole, mes doigts toujours enserrés dans sa main moite, il me fit frotter et frotter encore sa cotte de laine blanche.

— Bien, ma fille, continue, ne t'arrête pas, haleta-t-il.

Il ferma les yeux, écarta les bras et, de sa voix saccadée, reprit sa prière avec un chant en l'honneur du Père Très saint.

Il fallait qu'il sorte son… sa *chose*, sinon tout mon plan serait fichu. Alors je m'exécutai, le cœur au bord des lèvres, sans penser au ridicule de la situation. Ni à la dépravation à laquelle je m'adonnais de mon plein gré. Du coin de l'œil, je surveillai la progression du renflement sous le tissu rêche de l'habit du prêtre. Je n'étais pas comme Noltiel. Loin de me dégoûter de moi-même, cette action me remplissait de rage et de puissance. Cet homme abject croyait me tenir à sa merci, quand c'était moi qui le manipulais. Je n'étais ni sale, ni souillée. Je savais pourquoi j'agissais ainsi. Par choix. Par vengeance. C'était le seul moyen d'arriver à mes fins. Tout en poursuivant son chant, le prêtre saisit mes doigts d'une main et de l'autre, en sortit sa *chose* dressée. C'était encore plus moche de près que de loin. Comment Mona pouvait-elle y trouver une quelconque attirance ? Sans se détourner de sa prière à la mélodie douteuse, le Père Pasquel y enroula mes doigts et entreprit de leur imposer un mouvement régulier. Le contact en était tout à fait répugnant. Pourtant je ne devais pas me laisser submerger par mon dégoût. C'était le moment ou jamais. De la main gauche, je dégageai le paquet caché sous mon surcot et brisai une des tiges épaisses. À mon grand soulagement, le liquide visqueux se répandit dans ma paume. Ce soulagement fut de courte durée, car le suc de la plante me brûla aussitôt. Parfait. La douleur serait atroce pour le prêtre. Sans réfléchir plus avant, j'étalai le lait sur le membre gonflé. Le Père Pasquel hurla dans les aigus à s'en briser la voix.

— Sorcellerie ! Tu es une démone ! Que m'as-tu fait ? Que m'as-tu fait ?

Il chancela, comprimant sa blessure des deux mains.

Ma paume était comme sur des charbons ardents, et de larges cloques commençaient à apparaître. J'en avais les larmes aux yeux, pourtant, je jubilais. J'avais réussi.

— Le Père Très Saint purifiera par le feu ce qui doit être consumé afin de renaître pur lors de Son avènement, Âhni, psalmodiai-je avec défi.

Sans attendre sa réponse, je partis en courant, bien décidée à faire admettre la réalité à la Mère supérieure. J'entrai en trombe dans sa cellule, sans prendre la peine de frapper et présentai la paume suintante de ma main droite.

— Le Père Pasquel a abusé charnellement de moi, ma Mère. Je savais que vous ne me croiriez pas. Alors lorsqu'il a mis sa... virilité entre mes doigts, j'ai appliqué dessus le lait de cette plante.

Pour preuve, je lui présentai le paquet d'où dépassaient les tiges écrasées.

— Il avait si mal que je ne pense pas qu'il puisse marcher. Allez dans le temple ! Allez-y et vous verrez bien !

La religieuse ne dit mot, et médita mes paroles les lèvres pincées. Sa bouche en ressemblait encore plus à un bec de rapace. Elle ne paraissait pas pressée de réagir. Déterminée, presque menaçante, j'abattis ma dernière carte :

— Le messager de Daeg va revenir d'ici une lune. Et je lui remettrai une lettre qui dévoilera tout au roi. À vous de décider si vous souhaitez que je mentionne que vous étiez au courant de ces agissements depuis l'hiver, ou si vous préférez que j'omette cette précision dans ma missive.

La Mère supérieure déglutit avec peine et susurra :

— Vous pouvez peut-être négliger quelques détails. Je joindrai un message pour votre père.

# Chapitre III

« Si une femme veut être aimée toujours de son amant, qu'elle mette dans son soulier droit une feuille de noyer cueillie au solstice d'été. »

*****

Dix jours après le passage du messager, un convoi bien inattendu se présenta au couvent. Un char branlant escorté par sept cavaliers débarqua dans la cour. Nous travaillions au potager, et cette visite soudaine n'avait échappé à aucune d'entre nous. Entassées autour du trou dans le mur qui donnait dans la cour des travailleurs profanes, nous observâmes la Mère supérieure aller au-devant de ces voyageurs. Mon cœur s'arrêta net lorsque je reconnus Kalian parmi eux, monté sur son étalon alezan. Mon cousin portait une armure de cuir recouverte de plaques de métal. On aurait dit qu'il scintillait sous le soleil ! Sa barbe et ses cheveux avaient poussé et étaient parsemés de nombreux anneaux de guerriers brillants. Ses épaules semblaient plus épaisses aussi. Je ne l'avais pas vu depuis presque deux ans et demi. Moi aussi je devais avoir changé.

Il y avait avec lui quatre gardes arborant sur leur tabard rouge l'étoile à sept branches de l'Ysoar. Je reconnus sans peine Györg sur son destrier blanc. La vue du dernier des cavaliers dont les mains étaient liées me coupa le souffle. Malgré son visage boursouflé et ses vêtements crasseux déchirés, j'identifiai dans l'instant le Père Pasquel. La fureur de mon père avait été prompte à s'exprimer. Mais qui pouvait bien être dans le char ?

Sitôt informée de la raison de la visite des voyageurs, la Mère supérieure leur indiqua la direction des cuisines profanes et revint dans le bâtiment réservé aux religieuses. Les sœurs venaient de nous rappeler au travail lorsque la secrétaire de la supérieure vint me chercher.

— Sylwen, lavez-vous les mains et veuillez me suivre.

Aurais-je le privilège de voir Kalian avant qu'il ne reparte ? Mon cœur battait la chamade à cette simple idée. Je me passai un peu d'eau sur les joues pour me rafraîchir et marchai au-devant des nouvelles. Mes pas résonnaient dans les couloirs de pierre. Chaque claquement augmentait encore mon impatience. Je pénétrai dans la cellule de la Mère supérieure et attendis en rongeant mon frein qu'elle daigne lever les yeux des feuillets qu'elle manipulait plus pour la forme que par véritable intérêt.

— Il semble que nous n'aurons pas le plaisir de jouir de votre présence plus longtemps, ma fille. Allez vous changer dans le dortoir. Des vêtements civils y ont été portés à votre attention. Puis vous pourrez saluer vos camarades une dernière fois avant de prendre la route avec votre escorte.

Je faillis hurler de joie. Après une révérence rapide, je sortis dans le couloir et courus jusqu'au dortoir. Une telle attitude était interdite. Mais peu m'importait à présent. Mes chaussures claquaient sur les dalles comme autant de coups portés à ce lieu de réclusion. Je rentrais chez moi !

J'abandonnai avec mépris ces habits rugueux et fades qui m'avaient été imposés depuis toutes ces saisons, et revêtis avec délectation les chausses raffinées, la chemise de soie fine et la robe de lin bleu ornée de galons bariolés qu'on m'avait apportées. Comme les couleurs m'avaient manqué dans cet univers tout de gris paré ! Ces habits qui m'arrivaient à mi-mollet étaient un peu courts, mais je n'en avais cure ! Ils étaient si doux ! Le bonnet atterrit en boule à côté de la cotte et du surcot ternes, et je libérai mes cheveux qui se répandirent en boucles dorées. Le ruban que m'avait offert Kalian ne m'avait jamais quittée, noué au plus près de mon crâne. Quel bonheur de l'arborer fièrement ! Je l'enroulai autour de mon poignet et, après avoir une dernière fois parcouru le dortoir du regard, je dévalai les escaliers en direction du potager.

Les novices poussèrent des cris de surprise lorsqu'elles me virent arriver dans ma toilette chatoyante, et même Gyliane mit un instant à se persuader qu'il s'agissait bien de moi. La tristesse qui submergea ses yeux lorsqu'elle comprit que je partais me sauta à la face. Il était probable que nous ne nous reverrions plus, livrées l'une et l'autre à une existence dont nous n'étions pas maîtresses.

— Quand tu sortiras d'ici, Gyliane, écris-moi au château de Daeg, la suppliai-je en reniflant. Si je devais le quitter pour me marier, j'aurais toujours une servante de confiance pour me transmettre ton courrier.

Notre étreinte vit défiler tous nos moments de complicité, toutes ces épreuves traversées ensemble. Insensible, une des sœurs frappa dans ses mains pour annoncer qu'il était temps de se rendre aux cuisines.

Gyliane prolongea encore un peu notre accolade et embrassa bruyamment ma joue avant de se fondre dans le troupeau grisâtre qui s'éloignait.

Je dévalai l'escalier qui menait à la cour basse des profanes et pénétrai dans la salle commune. À mon entrée, Kalian se leva de table et s'approcha de moi à grandes enjambées. Mais arrivé à ma hauteur, il hésita à m'embrasser comme il le faisait toujours, et prit soin de détailler celle que j'étais devenue durant ces longues années. Ses yeux sombres posés sur moi me brûlèrent avec délice. J'avais l'impression que mon amour pour lui transpirait par chaque pore de ma peau.

— Je ne vais plus pouvoir t'appeler mon petit Perce-neige ! se contenta-t-il de murmurer, le sourire aux lèvres. Tu es si grande !

— Je serai toujours ton Perce-neige !

Je me jetai à son cou, le corps secoué de sanglots.

Dans mes larmes se déversaient toute la peine et la peur endurées depuis que nous ne nous étions plus vus. Tandis qu'il répondait à mon étreinte en m'étouffant de ses bras puissants, je remarquai avec quelle perfection ma tête trouvait tout naturellement sa place au creux de son épaule. La dernière fois qu'il m'avait enlacée, je crois que je ne dépassais pas son thorax ! Qu'il sentait bon ! Un mélange puant de sueur, de cheval, de cuir, de poussière et de cette fragrance musquée qui le rendait irrésistible.

— Viens manger un peu, me chuchota-t-il alors qu'il m'entraînait vers la tablée.

Je séchai mes larmes du revers de ma manche et saluai les hommes présents. György me salua d'une main sur le cœur. Comme il était bon de se sentir considérée avec respect !

Le simple gruau qui leur avait été servi était bien plus savoureux que ce que j'avais eu l'occasion de manger ces derniers temps, aussi vidai-je mon écuelle d'un trait.

— Mais ils vous affament ici, en plus de vous parquer comme des volailles ? s'amusa György avec ce ton acide qui lui était si personnel.

— Qui voudrait épouser une femme aussi ronde qu'une dinde ? lui rétorquai-je une fois ma dernière cuillerée engloutie. Je crois que la première chose que je vais faire à Daeg sera de dévaliser les réserves de pâtés de Livianne !

Ma remarque sema un froid dans la tablée.

— Tu ne rentres pas à Daeg, m'apprit Kalian, gêné. Le roi t'envoie en Ésiria, chez ta tante Kariana, la sœur de ta mère.

Le désarroi me coupa la respiration. Les mots de Kalian étaient occultés par un épais voile de déception.

— Elle est maîtresse de son domaine et y dirige une communauté de femmes vouée aux arts. Ton père a écrit...

— Mon père me sort d'une prison pour me jeter dans une autre ? le défiai-je, les larmes aux yeux.

Il se tut. Que répondre à cette vérité évidente ?

— Je n'ai pas pu m'entretenir avec le roi, m'avoua-t-il, le visage fermé. Il est absent de Daeg depuis une demi-lune. Je n'ai reçu ses ordres que par messager alors que nous traquions le... fugitif.

Je compris à son hésitation qu'il parlait ici du Père Pasquel. Györg renifla avec dédain à cette évocation, tout en essuyant du doigt les restes de son écuelle. Kalian contracta ses maxillaires et se racla la gorge avant de reprendre, le regard dans le vague.

— Maistre Giltot, le Conseiller du roi, m'a remis ta lettre. Il m'a laissé libre d'agir en conséquence pour ramener cet infâme à Daeg où il sera jugé.

— Tu vas donc repartir au château dès aujourd'hui ?

Kalian accueillit mon inquiétude avec un sourire en coin qui fit remonter ses pommettes. Ses yeux pétillaient.

— Non. Je suis chargé de t'escorter jusqu'à Brun-Castel, le domaine de ta tante. C'est Györg qui emmènera le criminel à Daeg.

— Crois-moi, j'aurais préféré venir avec toi en Ésiria, intervint l'ami de Kalian avec un profond soupir. On a dû bâillonner ce prêtre car il nous assommait à longueur de journée avec ses chants au Père Très Saint ! S'il recommence, je ne suis pas sûr de ne pas l'étouffer avec ses prières !

Bien que blasphématoire, sa remarque allégea un peu l'atmosphère et fit éclater de rire les quatre gardes.

En arrivant dans la cour, je me raidis à la vue du Père Pasquel, abandonné comme un sac de farine sur le côté du char branlant. Il n'avait plus aucune trace de la superbe qui en avait fait le bellâtre des aspirantes. Ses vêtements religieux déchirés étaient tachés de sang. Ses yeux étaient tuméfiés, son nez gonflé, ses lèvres fendues. Soit il avait cherché à échapper à ses assaillants, soit ces derniers avaient déchargé sur lui une pluie de coups vengeurs. Pourtant, je n'avais été que très évasive dans la lettre que j'avais adressée à mon père ; j'avais dénoncé les agissements dépravés du prêtre, mais bien évité d'évoquer le fait que j'avais été touchée par ses pratiques. Je ne voulais pas que cela entache l'image que mon père avait de moi. S'il m'avait crue déshonorée, il aurait très bien pu décider de me vouer au Père Très Saint pour le reste de ma vie ! C'était inenvisageable !

Le prêtre tourna la tête dans ma direction et, lorsqu'il me reconnut, écarquilla les yeux comme un poulet sur le point d'être saigné. Je me surpris à trembler. Cet homme me terrorisait.

Kalian me poussait avec douceur vers la voiture mais je ne pouvais me détourner de cet homme. Un garde le releva sans ménagement. Esquivant la prise du militaire, le Père Pasquel se rua sur moi. Il m'aurait bousculée si Kalian ne s'était interposé pour lui asséner un coup de poing dans la mâchoire. Le religieux tomba à la renverse, sonné. Tout était allé si vite que je n'avais pas réagi. J'étais presque choquée que Kalian ait fait preuve de violence. La bienveillance qu'il avait toujours à mon égard me faisait oublier qu'il était avant tout un guerrier reconnu. Je savais que lorsqu'il était en colère ou soucieux, son visage solaire pouvait devenir aussi ténébreux et torturé qu'une nuit sans lune. Par chance, je ne m'étais jamais attirée ses foudres !

Kalian releva le prêtre sans ménagement et réprimanda son homme.

— Tiens-le mieux à l'avenir !

Il se tourna ensuite vers moi et m'attrapa par les épaules, inquiet.

— Tu vas bien, mon Perce-neige ?

L'entendre me nommer ainsi me remémora toute la puissance que ce surnom m'avait donné lorsque j'en avais besoin. J'avais réussi à vaincre ce prêtre. J'étais plus forte que lui.

Le prisonnier fut relevé sans ménagement et poussé vers les montures.

— Attendez ! m'entendis-je crier.

Je m'approchai du Père Pasquel et, sans réfléchir, le frappai de toutes mes forces au visage. Son nez craqua dans un bruit atroce et se mit à saigner en abondance. Le prêtre leva vers moi un regard ahuri avant d'être chahuté par son garde.

— Rappelle-moi de ne jamais t'énerver ! me railla György, occupé à seller son cheval.

Sa remarque suscita l'hilarité générale. Joignant son rire à celui de ses compagnons, Kalian m'attira vers le char branlant.

— Viens, il y a des provisions à l'intérieur.

— Non.

Mon refus le prit de court. Il m'observa, bouche bée. Je me dégageai, insensible tant à la chaleur de sa main qu'à la douceur de sa voix, et lui fit face, le menton levé.

— Si je dois être enfermée les années qui viennent, repris-je, plus déterminée, je préfère faire le voyage à l'air libre.

Il passa son bras dans mon dos, comme pour adoucir un cheval emporté.

— Ce ne serait pas convenable. Je n'ai pas de selle de dame.

— Tu ne m'as jamais appris à monter comme une dame !

Je crus discerner un sourire furtif à la commissure de ses lèvres. Ses yeux étincelaient. Était-ce de la fierté ?

— Songe que le voyage sera inconfortable, tenta-t-il de me convaincre. Nous ne partons pas quelques heures mais quatre jours ! Et le chemin sera parfois escarpé !

— Je t'en supplie !

À sa manière d'argumenter, une main dans ses cheveux rebelles, je savais que j'avais presque gagné. Il fixa un instant ma mine implorante, les lèvres pincées, puis marmonna un juron avant de soupirer.

— Mettez le prisonnier dans le char ! ordonna-t-il à ses compagnons. Et transférez les vivres dans les fontes. La princesse ira en selle.

Je sautai de jubilation ! J'aurais au moins le plaisir d'une longue chevauchée !

— Et le coffre ? s'enquit l'un des gardes.

— Vous pouvez le remporter ! Mais donnez-nous la cape.

Kalian se tourna vers moi et m'expliqua, confus :

— J'avais demandé à Grittia de préparer quelques-unes de tes robes. Sauf que tu es si grande que je crois bien qu'il t'en faudra de nouvelles !

Alors qu'il m'aidait à monter en selle, Kalian agrippa mon poing et l'observa, les sourcils froncés. Il claqua la langue et partit vers son cheval. Il fouilla dans les sacoches de sa selle et en sortit un petit pot de terre à l'intérieur duquel il préleva une pommade qu'il appliqua sur mes articulations. Je n'avais pas encore pris conscience qu'elles étaient douloureuses.

— Si tu ne mets rien dessus, ta main va gonfler et tu auras mal pendant plusieurs jours.

Son regard remonta sur mon poignet orné du ruban qu'il m'avait offert, il y a bien longtemps.

— Tu as gardé ce bout de tissu ? s'étonna-t-il en frôlant le bracelet.

La caresse de son pouce sur mon poignet était délicieuse. Je sentis mes joues rougir d'émotion. Pressée de dissoudre ma gêne, j'empoignai les rênes de mon cheval.

— Merci, soupirai-je alors qu'il s'éloignait vers sa monture, à deux pas de là.

— Merci de quoi ?

Une lueur espiègle brillait dans ses yeux sombres.

— De me laisser chevaucher avec toi.

Il sauta en selle avec une aisance incroyable et se rapprocha de moi, le sourire aux lèvres :

— Je n'avais pas le choix, Perce-neige ! Je ne voulais pas que tu me frappes !

C'est en riant que nous quittâmes les murs de ce couvent de malheur. György, le prisonnier et deux gardes repartirent vers Daeg tandis que Kalian, deux hommes et moi prenions la route de l'Ésiria. J'avais quatre jours de liberté avant d'être livrée à ma nouvelle prison. Et j'étais décidée à en profiter.

Ce voyage était si plaisant que les heures défilèrent à la vitesse de secondes. La première nuit, tout de suite après avoir passé la frontière wyrd, nous nous arrêtâmes dans une auberge cossue où je jouis d'un lit muni d'un matelas de plumes ! J'avais oublié qu'on pouvait dormir sur quelque chose d'aussi confortable !

Le second jour, malgré les courbatures qui meurtrissaient mon corps inadapté aux chevauchées et les irritations que me causaient les frottements des sangles des étriers contre mes mollets tout juste protégés par mes chausses fines, je retrouvai avec un plaisir non dissimulé la monture docile qui me menait vers ma nouvelle geôle. Durant notre avancée, Kalian me parla de ce que j'avais manqué, de sa vie au château au sein de la garde au grade suprême de commandant des armées qu'il venait d'obtenir, de la fièvre qui sévissait dans les quartiers défavorisés de Daeg, de Mona qui avait eu une petite fille. Je me gardais bien de lui dire que j'étais au courant depuis longtemps. Je ne savais pas si je pouvais lui confier que je correspondais avec Mona depuis mon départ de Daeg. Kalian en vint à s'épancher sur sa sœur, Iriade, qui avait été un moment promise à un homme qu'il désavouait, un seigneur du sud de l'Ysoar : Garam. Je reconnus le nom de celui dont mon père avait voulu m'éloigner. À entendre Kalian en parler, ces années passées au couvent n'étaient rien en comparaison de ce qui aurait pu m'arriver si je m'étais retrouvée unie à une telle brute. Lui et Györg avaient néanmoins réussi à soustraire Iriade des griffes de cet homme cruel. Ça n'avait pas dû plaire à mon père ! Je fus surprise d'apprendre que ma cousine s'était, après ça, mariée à Györg. Quel couple mal assorti ! À ce que j'en savais, elle était aussi évanescente et réservée qu'il était irrévérencieux et provocateur. Kalian s'inquiétait de leur bonheur. Sa sœur était sous le joug du Prêtre de Daeg et maigrissait à vue d'œil, tant elle suivait à la lettre les préceptes alimentaires du religieux. Elle avait toujours été d'une piété exacerbée. Il bifurqua ensuite sur le récit de ses combats dans le nord, à repousser les barbares vers les flots des Grandes Eaux. C'était là qu'il avait gagné l'honneur d'arborer tous ces anneaux métalliques qui ceignaient ses cheveux et sa barbe. Autant sur Györg, ces bijoux raffermissaient sa différence, autant sur Kalian, ils apportaient une touche de mystère et de fierté.

— Commandant Kalian ! m'extasiai-je après qu'on eut épuisé tous les sujets de conversation. Voilà qui sonne bien !

— N'est-ce pas !

Il fanfaronnait comme un paon, le buste bien droit, les yeux pétillants et le sourire en coin. Son nez un brin retroussé accentuait son air ravi.

— Je dois avouer, poursuivis-je en pouffant, que je ne sais pas du tout ce que ça change par rapport à ton grade d'avant !

Mon aveu l'ébahit. Il passa sa seconde jambe autour du pommeau de sa selle afin de se tourner face à moi, avec une détente nonchalante. Je reconnus l'influence de Györg dans cette attitude un rien arrogante. Mais ça lui allait si bien !

— Comment ! Mais ça n'a absolument rien à voir, ma chère damoiselle !

Qu'est-ce que j'aimais sa manière exagérée de s'offusquer de mon ignorance ! Notre complicité d'autrefois refaisait enfin surface.

— Avant, j'étais capitaine de la garde de Daeg. Je dirigeais donc les troupes militaires de la capitale. Mais là, jeune ingénue, je dirige *toutes* les troupes.

— Toutes ? m'amusai-je.

— Oui, toutes ! C'est le plus haut grade possible ! En cas de guerre, chaque seigneur mène ses hommes au combat. Et moi, je commande à ces seigneurs.

— Voilà qui est impressionnant ! exagérai-je, même si je comprenais ce en quoi cette position était un immense honneur.

Il me jaugea quelques instants, interdit, avant de s'esclaffer :

— Tu te moques ! Petit Perce-neige ! Depuis tout à l'heure, tu te moques avec tes grands yeux bleus innocents !

Je lui souris de toutes mes dents et lançai mon cheval au galop. Les sabots de la monture de Kalian martelaient le sol derrière moi. Le soleil donnait à l'air une douceur idéale. Cette journée était parfaite.

Des paysages grandioses se succédaient autour de nous. Après les sages collines ysoariennes, la haute chaîne montagneuse qui enjambait le Wyrdlyn et l'Ésiria était des plus spectaculaires. Malgré l'été mourant, les sommets enneigés nous défiaient d'oser les gravir.

— Il faut qu'on traverse ça ? interrogeai-je Kalian, un peu inquiète.

Son visage se durcit.

— En partie. Brun-Castel est érigé dans la chaîne, mais du côté ésirien. Je t'avais prévenue que ce ne serait pas de tout repos.

Je répondis à sa provocation avec une grimace qui le fit rire. Ses yeux sombres étincelaient au-dessus de ses joues rougies par l'air frais venant des hauteurs.

Alors que nous engagions notre montée, un orage d'une rare violence nous surprit et nous força à nous abriter dans une bergerie abandonnée à proximité de la voie. Toujours soucieux de ma sécurité et de mon bien-être, Kalian envoya ses hommes sous la déferlante pour inspecter les environs et mettre les chevaux à l'abri. À genoux devant l'âtre noirci, il entreprit d'allumer un feu avec ce qu'il avait pu trouver de combustible. Plaquée dans l'un des uniques endroits où la toiture était encore étanche, je l'observai faire jaillir des étincelles à l'aide de son briquet, recueillir ces étincelles dans de la laine d'amadou, puis, soufflant, donner naissance à de timides flammes qui ne tardèrent guère à se changer en un bon feu réconfortant. J'observai Kalian avec un appétit nouveau. Sa stature développée, ses bras puissants, son profil déterminé. Les ombres de ses mèches brunes rebelles dansaient sur son visage. Il était encore plus beau que dans mes rêves, qu'il avait hantés chaque nuit.

Je soupirai d'aise devant ces bonheurs simples. Un foyer, un toit au-dessus de ma tête, l'homme que j'aimais à mes côtés. Je n'avais pas besoin de plus pour être comblée.

Kalian se redressa et dénicha un tabouret dont il ne manquait qu'un pied. D'un mouvement de tête encourageant, il m'offrit de m'y installer tandis qu'il s'asseyait à même le sol. À sa manière de fixer les flammes et de faire saillir les muscles de sa mâchoire, je compris qu'il était torturé par quelque chose. Il perçut le regard insistant que je posai sur son profil avantageux et releva vers moi ses yeux marron. Il se racla la gorge.

— Il faut que je te pose une question, Sylwen, mais je comprendrais tout à fait que tu souhaites l'éluder.

Son attitude fuyante m'inquiéta. Le simple fait qu'il m'ait appelée par mon prénom était signe de l'importance et du sérieux de ce qui le tracassait.

— J'ai lu ta lettre. Celle que tu as écrite à ton père à propos du... *prêtre.*

Il prononça ce mot avec un mépris que je ne lui connaissais pas. La direction que la discussion prenait me fit frémir. Si Kalian me questionnait, je ne pourrais pas lui mentir, pas à lui. Pourtant, il était bien la dernière personne que je souhaitais mettre au courant. Comment me percevrait-il s'il savait ce que j'avais fait ? Voudrait-il de moi tout en sachant cela ? Voudrait-il de moi tout court, un jour ?

Mon silence perturbé le poussa à poursuivre. Il déglutit avec peine.

— Je sais que tu as écrit qu'il s'était attaqué à plusieurs de tes camarades. Mais je te jure, Sylwen, dès que j'en ai eu connaissance, j'ai rassemblé aussitôt mes meilleurs hommes et suis parti à la recherche de ce porc. György a bien tenté de réfréner ma fureur, mais le simple fait de savoir à quoi tu aurais pu être exposée me...

Il laissa sa phrase en suspens, les yeux rivés sur les larmes qui ruisselaient sur mes joues. Je pensais avoir dépassé cet événement. Mais, force était de constater que mon corps, lui, n'était pas du même avis. Je tremblais de tous mes membres, incapable de me contrôler.

Kalian serra les dents à les faire éclater. Il respirait aussi fort qu'un cheval emballé.

— J'aurais dû le tuer, marmonna-t-il. Je l'aurais tué si tu me l'avais dit. Jamais. Jamais tu n'aurais dû avoir à subir ça de la part d'un homme.

Il secouait la tête, emporté. Une part de moi exultait de le voir ainsi se morfondre pour moi. C'est donc que je comptais un peu pour lui !

Mais je ne voulais surtout pas qu'il me voie comme une victime ! Je m'étais battue ! Et c'était grâce à lui que j'avais trouvé la force de le faire.

— Non, parvins-je à articuler malgré ma voix serrée par l'émotion. Ce n'est pas ce que tu penses. Je n'ai pas été...

Il me fallait employer le mot juste.

— ... souillée.

Il détourna les yeux à cette idée et fixa les flammes qui crachaient une fumée épaisse.

— Tu as raison, continuai-je, il a tenté de profiter de ma présence. Mais j'ai trouvé un moyen de mettre un terme à ses agissements.

Kalian sembla être soulagé. Néanmoins, les plis de son front trahissaient la suspicion qu'il conservait. Sentait-il que je ne lui avais pas tout dit ? Il m'en avait laissée libre, aussi ne chercha-t-il pas à en savoir plus. Il attrapa ma main et déposa un baiser au cœur de ma paume. Le contact de ses lèvres me fit frissonner des pieds jusqu'au bout des cheveux. Il releva alors son regard intense vers moi.

— Tu mérites d'être traitée avec respect et douceur, mon Perce-neige. Toujours.

La bouche sèche, je tâchai de garder un peu de contenance.

J'aurais voulu que ce voyage dure l'éternité. Le soleil accompagnait notre progression et réchauffait nos corps agressés par le froid des hauteurs. La route que nous empruntions était la principale voie reliant l'Ésiria à l'Ysoar, aussi était-elle particulièrement fréquentée par toute une ribambelle de marchands, artistes et voyageurs en tous genres. Elle était bordée par une flopée d'auberges adaptées à toutes les bourses. Chaque nuit, je dormais dans une chambre plus confortable que la nuit précédente. Quelle aubaine après ces longues saisons sur le dur matelas de paille du couvent ! Les panoramas qui nous entouraient étaient à couper le souffle. Face à nous, les sommets couronnés de blanc nous intimaient un respect inexplicable. Comme j'aurais aimé pouvoir monter encore plus et toucher la neige qui les recouvrait ! Des forts étaient disposés en altitude à distances régulières. De là-haut, on devait voir sur une centaine de lieues à la ronde ! Cette guirlande de constructions militaires permettait au Wyrdlyn d'assurer son rôle de modérateur, au cas où l'un des Hauts Royaumes déciderait d'envahir son voisin.

Les deux gardes qui nous accompagnaient chantaient des ballades plus ou moins grossières. Kalian ne manquait pas de les sermonner. Comment osaient-ils s'exprimer de la sorte en ma présence ? Indifférente à ses remarques, je reprenais en chœur avec eux les refrains grivois.Je chantai tant et tant que même leur fier commandant baissa les armes et mêla sa voix chaude aux nôtres.

Avec un regret amer, je vis la haute silhouette de Brun-Castel se dessiner au loin au milieu des pics enneigés. Bâtie au sommet de la colline qui dominait la vallée verdoyante, cette citadelle dégageait quelque chose de ces forteresses des contes pour enfants. Elle n'était ni austère comme le couvent ni défensive comme le château de Daeg. Elle semblait flotter dans une ambiance éthérée, romanesque, telles les places fortes habitées par les fées dans les ballades des troubadours. Sans doute déchanterai-je bien assez tôt, lorsque je serai présentée à ma tante ou à la gouvernante acariâtre qui se verrait affublée de ma présence. D'ailleurs, en quelle langue m'exprimerai-je ? Je ne parlais pas un mot d'ésirien ! Et les serviteurs du lieu ne devaient pas connaître beaucoup plus de langue commune.

Alors que nous entamions la dernière montée avant les fortifications, tout un cortège bariolé vint à notre rencontre. À sa tête chevauchait une femme blonde vêtue d'une magnifique robe rouge aux broderies multicolores. Je fus étonnée de la voir monter à califourchon, posture que j'utilisais moi-même. La cavalière se détacha du groupe et galopa avec grâce jusqu'à nous. Son ample robe pourpre volait autour d'elle.

— Sylwen ! Que je suis ravie de faire enfin ta connaissance ! annonça-t-elle dès qu'elle fut à ma hauteur. Depuis le temps que je propose à ton père de te recevoir ici ! Je suis ta tante, Kariana.

La beauté de cette femme était à couper le souffle. Son nez fin et ses yeux bleus n'étaient pas sans rappeler les miens. Elle avait noué ses cheveux en deux longues tresses relevées en couronne et agrémentées de rubans qui ondulaient à chacun de ses mouvements. Je quittai ses traits avenants pour détailler sa robe pourpre fendue jusqu'à l'entrejambe. Elle surmontait des bottes hautes et une paire de chausses cousues ensemble et qui lui permettaient de monter à cheval avec l'aisance d'un homme.

— Oh, tu ressembles tellement à ta mère ! s'extasia-t-elle une main sur le cœur. J'aurais pu te reconnaître entre mille ! Même dans cette tenue !

Je rougis à la simple idée de l'allure que je devais avoir, les cheveux volant au vent, installée à califourchon sur mon cheval, une cape jetée sur les épaules et ma robe trop courte retroussée jusqu'au genou. Mais ainsi ressemblais-je à ma mère. Mon père me parlait si peu d'elle que cette simple phrase me donna l'impression de la connaître un peu mieux.

Ma tante fut bientôt entourée par une dizaine de femmes tout aussi richement parées de vêtements aux nombreuses broderies colorées.

— Bonjour, Dame Kariana Atkina, maîtresse de Brun-Castel, intervint mon compagnon. Je suis Kalian Hertem-Daegrul, Commandant des armées des terres centrales.

Les présentations protocolaires conféraient à mon cousin un air guindé que je ne lui connaissais pas.

— Pardonnez la pauvreté de notre équipage, reprit-il en nous désignant de la main, nous ne souhaitions pas attirer l'attention.

Kariana approuva, un sourire poli aux lèvres, et enchaîna avec une moue appréciative :

— Je suppose que cette jeune femme ne voulait pas voyager dans ces boîtes inconfortables qu'on impose à toutes celles de notre sexe ?

La troupe fut parcourue d'un rire complice. Une telle liberté de la part de femmes m'était une véritable gifle. Ma tante s'approcha de moi.

— Comme je te comprends ! s'amusa-t-elle. Jamais tu n'auras à te plier à une telle règle ici !

J'étais abasourdie par l'accueil qui m'était réservé. Mon père m'avait-il envoyé ici en toute connaissance de cause ? Ou s'attendait-il à ce que ma tante soit une femme aigrie et dévote, comme l'était sa propre sœur qui s'était chargée de l'éducation d'Iriade ? Kariana fit tout à coup faire demi-tour à sa monture.

— Assez parlé ! décréta-t-elle. Suivez-nous à l'intérieur. Vous devez être épuisés !

Tandis que les autres cavalières remontaient au galop le chemin en direction du château, ma tante chevaucha au trot à mes côtés, Kalian et ses hommes sur nos talons. Il se dégageait une telle puissance de cette femme ! Jamais je n'en avais côtoyé de semblable ! Son corps svelte et souple ondulait au rythme de sa monture.

Un pont-levis abaissé au-dessus d'un profond précipice nous permit de pénétrer dans une vaste cour de terre battue, bordée de massifs de fleurs multicolores et de treilles où s'élevaient des plantes aux grappes odorantes. Des femmes munies d'arbalètes patrouillaient en haut des murailles fleuries. De jeunes garçons accoururent à notre arrivée, talonnés par une meute joyeuse de chiens, et se chargèrent des chevaux délaissés par leurs cavalières.

— Mes amis, proposa ma tante à l'attention de Kalian et de ses hommes, n'ayez crainte, vos montures seront choyées. Je vous laisse vous rendre aux étuves communes avant de nous rejoindre pour le dîner. À moins que vous ne préfériez vous délasser tout de suite dans vos chambres ?

Kalian s'inclina.

— Merci beaucoup, ma dame, mais ne vous donnez pas tant de peine. Nous nous contenterons de passer la nuit dans vos communs et partirons dès demain matin.

Mon cœur se pinça à l'idée de le voir me quitter si vite. Ma tante éclata d'un rire cristallin et dévoila une dentition de dents de perle.

— Ne repoussez pas mon hospitalité, Kalian Hertem-Daegrul. Et ce n'est pas un effort de ma part que de vous offrir un lit à vous et à vos hommes. C'est même un honneur que de recevoir le neveu du roi d'Ysoar, fût-il issu du sang-faible.

Ma tante faisait allusion au fait que Kalian était le fils de la sœur de mon père. Son ascendance royale ne provenait *que* d'une femme. Il n'aurait ainsi pu prétendre au trône qu'une fois tous les héritiers potentiels issus du sang-fort, écartés.

Kariana attendit que son hospitalité soit acceptée avant de se détourner et de passer son bras sous le mien.

— Viens, ma chère enfant. Je vais t'accompagner aux étuves des dames et après, je te montrerai ta chambre pour que tu puisses te préparer pour le repas. Nous trouverons bien dans nos coffres une robe à te prêter pour ce soir ! Dès demain je ferai mander les meilleurs tailleurs et chausseurs de la région ! Comme je suis heureuse de te recevoir !

Je jetai un regard perdu à Kalian qui me répondit par un haussement d'épaules compatissant. Je n'avais même pas eu le temps de lui dire au revoir et priai pour avoir la chance de m'entretenir avec lui ce soir.

Après m'avoir indiqué ma chambre en me désignant une porte couverte de peintures florales située à côté de ses propres appartements, ma tante m'entraîna dans un couloir décoré de fresques. Nous bifurquâmes à plusieurs reprises avant de pénétrer dans la salle des bains. Installées au premier étage du château, les étuves étaient une pièce de taille moyenne emplie de vapeur. Jamais je n'avais vu d'endroit comme celui-ci. Des baignoires en pierre habillaient le mur sud, tandis que le mur nord accueillait un grand bassin plus frais. Ma tante m'apprit que l'eau et l'atmosphère étaient chauffées par un ensemble de tuyaux dans le sol qui récoltaient la chaleur des foyers alimentés dans la pièce de l'étage inférieur. Nous étions donc au-dessus d'un four géant ! C'était brillant !

Les lieux étaient si vastes que je me sentis bien seule dans ma baignoire. Ma tante s'était éclipsée après m'avoir donné elle-même un savon et une robe épaisse dans laquelle m'enrouler à ma sortie. Envolées les toilettes à l'eau glacée du puits qui m'étaient imposées au couvent ! Cette eau chaude était délicieuse ! Et les mosaïques qui ornaient la pièce du sol au plafond me donnaient la sensation de me baigner au sein d'une enluminure ! Les scènes aux sujets parfois équivoques se déroulaient d'un mur à l'autre, immense tapisserie minérale. Ici, des musiciens faisaient danser des couples, là, des dames cueillaient des fruits au verger. Mes yeux se portèrent ensuite sur une scène courtoise où les mêmes musiciens enlaçaient les dames, couvrant leur visage de baisers, avant de découvrir une immense représentation où hommes et femmes nus dînaient, quand d'autres se dirigeaient vers des couches munies de voilages. Quel était ce lieu ? La différence brutale avec mon couvent n'était pas pour me déplaire, mais l'exposition de tous ces corps dénudés me mettait un peu mal à l'aise.

Une fois lavée, je sortis du bain et m'enroulai dans l'épais manteau. Chaussée des sabots molletonnés, je tentai de gagner ma chambre.

Mais serais-je capable de m'y retrouver dans ce dédale de couloirs aux peintures chamarrées ? Je remontai la scène champêtre, tournai vers la baignade des ondines et retrouvai enfin le couloir orné de la farandole de danseurs. Je poussai ma porte fleurie et restai muette devant la splendeur de ma chambre. Un imposant poêle recouvert d'émaux vert émeraude occupait un angle de la pièce. Les murs étaient recouverts de lianes évoluant en spirales où se dissimulaient oiseaux multicolores et petits animaux. Mon lit, surmonté d'un énorme baldaquin de bois peint, occupait le centre de la pièce. Une table et un fauteuil moelleux avoisinaient une commode sur laquelle était installé le plus grand miroir qu'il m'ait été donné de voir. Il me permettait de me contempler tout entière ! La fenêtre, immense, occultée par de petits carreaux de verre colorés, donnait sur un jardin où les fleurs et les bosquets s'organisaient en volumes harmonieux.

Des coups à la porte me firent me retourner.

— Je savais bien que je t'avais entendue ! s'enthousiasma ma tante.

Elle fut suivie par deux autres femmes d'âge mûr, les bras chargés de tissus aux couleurs vives.

— Nous avons plusieurs toilettes à te soumettre pour ce soir. Je ne connais pas encore tes goûts, aussi préféré-je te laisser choisir.

Les robes étalées sur mon lit étaient toutes plus raffinées les unes que les autres. La mode ésirienne était bien différente de la simplicité ysoarienne. Ici, chaque vêtement était délicatement orné de broderies florales, des pieds à la taille. Les manches, bouffantes, étaient ajourées et laissaient voir la chemise du dessous. Tout donnait une impression de confort et de moelleux.

J'optai pour une robe bleue dont les manches et le col étaient ornés de perles nacrées et de rubans. Ma tante et ses dames m'aidèrent à me vêtir, s'extasiant sur la finesse de ma taille et la blancheur de ma peau. Mes cheveux furent relevés en de savantes tresses, elles-mêmes piquées des mêmes perles et rubans que ma tenue. Ma tante fit quelques pas en arrière et poussa un soupir de ravissement.

— Tu es sublime, Sylwen !

Un coup d'œil dans mon miroir me laissa stupéfaite. Je ne me reconnaissais pas. On aurait dit une reine ! La dernière fois que j'avais vu mon reflet, à Daeg, bien des années plus tôt, j'étais une enfant échevelée. Comment pouvait-on changer à ce point ?

Chaussée de mes sabots fourrés, la main serrée dans celle de ma tante, je trottinai jusqu'à la salle de banquet. Cet endroit n'avait rien à voir avec le gris château de Daeg. Ici, de larges fenêtres permettaient à la lumière extérieure de pénétrer, quelle que fût la saison. Les pièces étaient aériennes, colorées. Tout respirait la joie et le raffinement.

Le banquet était déjà animé lorsque nous y pénétrâmes. Des musiciens jouaient un air entraînant sur lequel dansaient quelques femmes en farandole, pendant que d'autres convives se prélassaient sur des banquettes moelleuses installées au fond de la salle. Une table immense occupait le centre de la pièce. Avec soulagement, je constatai que Kalian et ses deux hommes étaient déjà là. Leur passage aux bains leur avait fait le plus grand bien. Ce qu'avaient également remarqué les quelques femmes qui jouissaient de leur attention. Kalian avait pris soin de peigner sa barbe et de coiffer ses cheveux bouclés. Une coupe à la main, il riait à l'une des remarques de sa voisine, une femme brune plus âgée que lui mais aussi appétissante qu'une prune mûre à souhait. Mon cœur se gonfla de jalousie.

Les musiciens se levèrent et s'inclinèrent en direction de ma tante, sans pour autant suspendre leur morceau rythmé. Suivant leur mouvement, Kalian s'inclina devant ma parente et reprit sa conversation, avant de se retourner à nouveau vers moi, les yeux ronds et la bouche entrouverte. Ravie de l'effet, je le saluai d'un mouvement de tête et fis mine de reprendre une discussion avec ma tante.

— Cet endroit est magnifique, lui avouai-je, toujours concentrée sur l'expression ébahie de Kalian.

— Je suis ravie que tu t'y plaises. Tu es ici chez toi, Sylwen.

Je la remerciai et me laissai conduire d'un attroupement de dames à un autre. Kariana tâcha de me présenter à tout le monde, mais je n'écoutai que d'une oreille, trop occupée à lorgner du côté de Kalian.

Sans doute bus-je un peu trop ce soir-là. Je n'ai qu'un très vague souvenir du banquet et de ce qui suivit. Je me souviens avoir dansé avec Kalian sur une musique stimulante, avoir trébuché dans le bas de ma robe un peu trop longue et avoir été rattrapée de justesse par mon cavalier. Je sens encore la chaleur de ses bras autour de moi et la douce odeur florale qui émanait de son torse. Je me rappelle aussi le baiser qu'il posa sur ma main en me souhaitant bonne nuit, sans réaliser qu'il me disait alors au revoir.

Le lendemain matin, alors que le soleil déjà haut frappait sur les carreaux de ma chambre, je compris qu'il était parti depuis longtemps. Effondrée, je pleurai un long moment dans mon oreiller. Combien d'années s'écouleraient encore avant que je puisse le revoir ?

Les jours qui suivirent mon arrivée en son domaine de Brun-Castel (*Smeda-Pilis* en ésirien), ma tante me choya comme je n'avais pas souvenir de l'avoir jamais été. Je fus couverte de présents, parée des soies les plus fines, chaussée des cuirs les plus souples. Les flâneries dans les jardins étaient un ravissement des sens. Chaque bosquet avait été pensé en harmonie avec l'ensemble dans lequel il s'intégrait. Les parfums des roses et des jasmins se succédaient dans ces journées baignées de soleil. Le verger croulait sous les fruits tous plus délicieux les uns que les autres. Le château, bâti au sommet de la colline, était entouré de vastes terrasses sur lesquelles s'organisaient ces verger, potager, basse-cour, jardin des simples, roseraies et promenades. Les pentes inférieures hors des fortifications étaient réservées aux pâtures où s'ébattaient chevaux, vaches, chèvres et moutons.

Le château était occupé par une vingtaine de femmes, toutes bien plus âgées que moi. Voire même très âgées. La doyenne des lieux, Tabitia, approchait des soixante-dix ans ! Après la mort prématurée de son époux, un homme bon épris d'art et de savoir, ma tante Kariana avait décidé de faire de son domaine un lieu de vie pour toutes les femmes, veuves ou célibataires, désireuses de s'extraire du monde et de jouir des plaisirs de la vie et de l'esprit. Ses « compagnes », comme elle aimait à les appeler, étaient choisies parmi les hautes familles ésiriennes, mais pas seulement. Il y avait également plusieurs femmes de basse extraction, mais qui avaient su s'élever au-dessus de leur condition en développant une grande maîtrise de la musique ou de l'herboristerie. Les enfants servant aux écuries étaient embauchés dans les fermes alentours, tout comme les servantes. Seules la cuisinière et l'intendante logeaient au château à demeure, tant leurs talents de gastronomie et de gestion étaient chéris et salués. Les femmes en charge de la sécurité du domaine vivaient dans un bâtiment accolé au château, mais avaient toutes une famille en dehors de ces murs, famille qu'elles allaient voir plusieurs fois par an. Pas d'hommes ici, ou alors des intervenants très précis : saisonniers, musiciens de passage ou invités.

La monotonie était une notion bannie de ces murs. Chaque matin, Kariana annonçait le programme qu'elle envisageait jusqu'au coucher du soleil. Cela pouvait aller de chevauchées dans les bois environnants aux séances de danse ou de poésies dans la roseraie, en passant par les « discussions ». Ces moments de partage étaient centrés sur des thèmes précis et abordaient des sciences très diverses : la politique, l'histoire, la spiritualité, l'herboristerie, la musique, la biologie, la stratégie militaire, les mathématiques, l'anatomie, l'architecture... Chaque compagne maîtrisait une matière et en faisait profiter ses comparses. Ces échanges étaient passionnants, bien plus instructifs que ce que j'avais pu subir de la part de mon précepteur ou de la Mère supérieure au couvent. Sans que je m'en aperçoive, je me forgeai une connaissance solide et variée, de même qu'un esprit alerte. Et pour ce faire, j'avais la meilleure des mentors. Kariana était d'une érudition incroyable. Fille aînée de l'ancien roi d'Ésiria, elle aurait pu prétendre au trône si les nouvelles lois imposées par la Vraie Foi n'avaient pas banni les femmes du pouvoir. À la mort de son père, c'était un lointain cousin qui avait hérité de la couronne d'Ésiria. « Un sombre idiot », d'après ma tante.

En plus des matières intellectuelles, les compagnes volontaires pouvaient s'exercer à l'épée ou à l'arc, et je me découvris un réel don pour ces disciplines physiques. Loin d'être éreintantes ou de nécessiter une force dont, d'après les hommes, nous, les femmes, étions dépourvues, ces pratiques faisaient appel à ma concentration et à ma visualisation. Je maniais l'épée comme dans une danse. La flèche, elle, était l'expression directe et épurée de l'objectif que je me fixais. Je présentais aussi une prédisposition à la harpe, instrument féérique dont jouait ma tante avec une aisance déconcertante.

— Ta mère en jouait bien mieux que moi ! se défendait-elle devant mes compliments incessants. Tu as ses mains. Pas étonnant que ce soit aussi facile pour toi !

Un jour, après m'avoir contemplée d'un regard affectueux, elle avait ajouté :

— Comme tu me la rappelles ! Tu as le même tempérament qu'elle ! Qu'elle aurait été fière de toi ! Elle non plus n'était pas du genre à se plier aux attentes qu'on avait d'elle !

Mon cœur avait explosé de reconnaissance. Je savais depuis toujours que ma mère n'était pas ce modèle de vertu qu'on me dépeignait !

Le soir, nous nous rassemblions sur la haute-cour ou, par des temps moins cléments, sur les banquettes moelleuses installées au coin de la cheminée, et écoutions les histoires de chacune, réelles ou fantastiques, où se succédaient chagrins d'amour, guerres et contes d'un autre âge.

Les premiers temps, toutes les compagnes s'adressaient à moi en langue franche, mais chaque jour, je maîtrisai un peu plus l'ésirien, si bien que ce dialecte finit par devenir aussi naturel que si je l'avais toujours parlé.

Les hivers ici étaient très rigoureux, et le château se retrouvait confiné dans une hauteur surprenante de neige diaphane. Mais nous n'en souffrions pas ! Le cellier était plein à craquer, les étuves étaient fumantes à toutes heures et les poêles répandaient nuit et jour une chaleur estivale. De plus, les hautes fenêtres nous gratifiaient de cette lumière intense qui me manquait tant au cours des hivers à Daeg, où chaque recoin gris était aussi sombre que lugubre.

En remède à l'isolement que subissait Brun-Castel pendant plusieurs lunes, ma tante possédait un pigeonnier fourni qui me permit de poursuivre ma correspondance avec Mona. Et mon père. Je caressais le secret espoir que Kalian m'envoie une missive, mais pourquoi l'aurait-il fait ?

Cinq mois après mon arrivée à Brun-Castel, je connus mes premiers saignements. Loin d'être surprise, voire même apeurée, je les accueillis avec fatalisme, comme le juste déroulement des choses. Mona avait été la première à m'évoquer ces phénomènes, des années plus tôt. Puis au cours des discussions d'anatomie, ma tante m'avait expliqué en détail leur origine et leur fonction. Le plus grand étonnement venait plus du fait qu'ils adviennent si tard. J'allais bientôt avoir seize ans !

— C'est le résultat des privations que tu as connues au couvent ! m'avait rétorqué Kariana d'un ton méprisant. Ces religieuses vous sous-alimentent, vous font braver les éléments, vous épuisent… Il n'y a rien d'étonnant à ce que ton corps interrompe tout développement ! Mais n'aie crainte, tout est rentré dans l'ordre.

J'étais une femme à présent. Je ne savais pas si ce détail m'apportait plus de fierté ou de frayeur. Qu'adviendrait-il de moi si mon père se mettait en tête de me marier sur-le-champ ? D'un commun accord avec ma tante, nous convînmes de ne pas aborder ce sujet avec lui. Nous pouvions toujours attendre que la question nous soit posée ! Bien vite, je me laissai emporter par le rythme de la vie en ces lieux et ne me tracassai plus pour cela.

Les saisons commencèrent à défiler sans que j'y prête attention, bercée que j'étais dans cette émulation intellectuelle. Beaucoup plus jeune que la plus jeune des compagnes, je ne me fis guère d'amies. Mais je me constituai une famille. J'étais leur « petite », leur joyau. Toutes me choyaient, me cajolaient, se félicitant de la chance pour une femme de mon âge de pouvoir connaître une telle liberté. Pourtant, je savais pertinemment que ces temps bénis ne pourraient durer. Aussi, je savourais chaque instant. Ma tante était une source d'inspiration sans fin. Intelligente, diplomate, belle, digne et d'une force et d'une puissance à rendre jaloux n'importe quel monarque. Sa détermination était sans limites.

Un soir, la plus vieille des compagnes nous conta l'assaut de brigands qu'avait subi le château, il y a bien longtemps. Sa voix chevrotante rendait cette histoire encore plus incroyable, comme sortie d'un livre de contes.

— C'était la nuit, lorsque nous entendîmes les chiens se mettre à aboyer. Dame Kariana n'avait pas plus de vingt-cinq ou vingt-six ans. Ce lieu n'avait trouvé sa vocation que quelques saisons plus tôt. Les chiens réveillèrent donc les six compagnes que nous étions et, toutes agglutinées les unes derrière les autres comme des grains de raisin, nous suivions notre dame qui avançait d'un pas déterminé, l'épée de son défunt mari à la main. Des bruits provenaient de la cuisine et, sans hésiter, elle nous fit toutes obliquer dans cette direction. Je peux vous dire qu'à ce moment-là, j'aurais donné beaucoup pour avoir un grand homme vaillant à mes côtés ! Je nous voyais déjà toutes blessées, mortes ou pire ! Lorsque nous arrivâmes dans la pièce, une dizaine d'intrus était occupée à dévaliser nos provisions, emportant au passage notre vaisselle d'argent et nos casseroles en cuivre. C'étaient des rustres, qui ne devaient pas avoir croisé de bain depuis plus d'une année ! Tous portaient l'épée au côté, et souvent un ou deux poignards aussi. Ils étaient de toute évidence bien préparés. Dans un coin de la pièce, Roselyne, la cuisinière de l'époque, était en chemise de nuit, et observait la scène avec désapprobation, les bras croisés sous son imposante poitrine. À peine entrée, Kariana héla le chef de la bande.

« Mon ami, que faites-vous dans *ma* cuisine ?

— Ça se voit ! Je la trousse ! lui répliqua-t-il, surpris par son aplomb.

— Comme vous n'y avez pas été invité, je vous enjoins de reposer tout ceci en place. »

La voix de Kariana ne laissait pas place au chapitre et ses yeux lançaient des éclairs de rage.

« Baissez votre arme, ma petite dame, à moins que vous ne vouliez que je vous réserve le même sort, après. »

Toutes nous frémîmes à cette menace saluée par les vivats gras des hommes qui suivaient ce rustre. Mais Kariana, mes amies, n'a pas sourcillé. Ça non. Elle n'a pas non plus brandi l'épée qu'elle avait en main. Elle a dévisagé l'intrus des pieds à la tête et a éclaté de rire.

« Vous devez être un bien piètre amant pour devoir menacer les femmes afin qu'elles cèdent à vos avances.

— Je n'ai pas besoin de... se débattit-il, vexé. J'ai de nombreuses maîtresses !

— À l'odorat bouché, si elles tolèrent que vous les approchiez dans cet état ! »

Notre dame avait fait mouche et les hommes commencèrent à pouffer dans leur crasse, sous l'œil courroucé de leur chef.

« C'est la faim qui nous met dans cet état !

— C'est la négligence ! le reprit-elle.

Déterminée, elle avança d'un pas vers lui et continua :

— Vous êtes tous de fiers gaillards ! Vous avez des bras puissants pour travailler la terre, assez d'esprit pour dénicher une femme qui vous apprendra à lui cuisiner de bons petits plats pendant qu'elle élèvera vos enfants !

— Il faut de la terre pour ça ! répliqua l'un des brigands après avoir reposé à sa place la marmite qu'il avait dans les bras.

— Et le pays n'en manque pas ! encouragea notre maîtresse, exaltée. Ce qui lui fait défaut, par contre, ce sont des hommes de conviction. Des hommes d'honneur, qui ne craignent pas le labeur. Des hommes qui ne s'abaisseront pas à terrifier des femmes esseulées pour leur subtiliser leurs vivres et qui préféreront s'en faire des alliées, voire même des clientes.

— Des clientes ? répéta un autre bougre, intéressé.

— Toute l'année, j'ai besoin d'orge, de blé, de légumes. Et mon potager est trop restreint. Il y a de nombreuses fermes alentour qui tombent en ruine. La faute à cette guerre qui n'a fait qu'enrichir les plus favorisés et appauvrir les démunis. »

Déjà, les brigands ponctuaient ses paroles de grognements d'approbation et de « oui ! » enthousiastes. Leur chef, un sourire aux lèvres, était subjugué par le sang-froid qui lui était opposé.

« Si vous m'en faites la requête demain, après vous être lavés, je pourrai vous accorder des lopins de terre. De plus, je serais rassurée de vous avoir dans les environs. Ce pays n'est pas très sûr pour des femmes faibles et démunies comme nous. »

Cette dernière remarque lança un fou rire général et, contre toute attente, en ce milieu de nuit, Roselyne prépara un repas que nous partageâmes avec les intrus. Soulagées, nous les regardâmes repartir à l'aube et, fourbues, nous nous effondrâmes dans nos couches. Mais ce que vous ne savez pas, c'est que quelques jours plus tard, dans l'après-midi, nous vîmes arriver ces mêmes hommes, lavés, vêtus de leurs plus beaux plastrons. Certains étaient accompagnés de leur femme, de leurs enfants. Avec déférence, ils demandèrent une audience avec Kariana. Ils étaient pour la plupart des vétérans de la Guerre de Purification et n'avaient trouvé, après les batailles, que pauvreté et rejet. Comme promis, Kariana les écouta et leur octroya les fermes dont elle avait parlé, bien heureuse de voir ces parcelles reprendre vie. Un des visiteurs resta en retrait. Croyez-moi sur parole, il dévorait notre amie des yeux ! Le chef avait fait un tel effort de toilette qu'il était méconnaissable ! Même malgré mon âge avancé, je dois avouer que je le trouvais plutôt bel homme. Il était beaucoup plus jeune que ce que j'avais d'abord cru. Peut-être trente ans. Son passage à la rivière et la taille de sa barbe avait révélé des yeux d'un bleu, mes amies, d'un bleu azuréen ! Ses cheveux ramenés en arrière étaient propres et brillants. Son visage déterminé semblait sorti de l'une de nos fresques ! Il ne demanda rien pour lui. Mais dès lors, il revint chaque jour pour mener une cour des plus effrénées à notre Kariana. Voilà le pouvoir de notre hôte, mes chères amies. Son éloquence, son intelligence eurent cette nuit-là le pouvoir de changer le plus bourru des brigands en amant transi.

La conteuse fut applaudie, et nous nous embrassâmes avant de prendre la direction de nos chambres.

Au milieu de la nuit, cependant, des bruits provinrent du couloir. Sans doute cette histoire de brigands, bien que possédant une fin heureuse, avait-elle mis mes sens en alerte. Mon chandelier à la main, mon épée d'exercice dans l'autre, je restai assise sur le bord de mon lit, les yeux fixés sur la poignée de ma porte, prête à bondir à la moindre intrusion. Le temps s'étira et je commençais à piquer du nez lorsque je crus percevoir des cris étouffés. Je progressai à pas de chat jusqu'à ma porte et, après l'avoir ouverte dans le plus grand silence, me glissai dans le couloir désert. Je pensais avoir rêvé, quand de l'agitation s'éleva depuis la chambre de ma tante face à la mienne. J'enjambai les toises qui m'en séparaient et collai mon oreille sur l'épais vantail de bois. À n'en pas douter, des gémissements s'échappaient de chez Kariana. Mais je ne pouvais pas entrer comme ça ! Peut-être était-elle en train de pleurer son défunt mari, peut-être se chamaillait-elle avec l'une des compagnes… Ou peut-être se trouvait-elle en danger. Je me devais d'agir. Persuadée que sa vie était menacée, je pris mon courage à pleines mains et frappai deux petits coups à la porte.

— Ma tante, allez-vous bien ?

Ma voix serrée ne semblait pas avoir eu la moindre incidence sur ce qui se passait à l'intérieur de la pièce.

— J'entre, ma tante.

Joignant le geste à la parole, je pressai la poignée et entrouvris le panneau de bois. La splendeur de la chambre de Kariana m'avait laissée muette la première fois que je l'avais contemplée. Mais c'est une stupéfaction d'une autre teneur qui me laissa coite. Je parcourus la pièce des yeux et y découvris deux corps nus imbriqués dans une position des plus évidentes. Ma méprise me sauta au visage. Confuse, je bafouillai des excuses et refermai aussitôt la porte. Quelle idiote je faisais ! Je fis le chemin inverse au pas de course et me fourrai dans mon lit. Je priai de tout mon être que mon intrusion soit passée inaperçue. Il est vrai que ma tante était très… occupée. J'essayais de chasser ces images de mon esprit, mais elles persistaient à revenir se fixer à mes paupières closes. L'acte que je venais de surprendre me renvoya des années auparavant, lorsqu'au couvent, j'avais épié Uriage avec le Père Pasquel. J'éprouvai la même répulsion mêlée à cette sorte de fascination de toute évidence malsaine.

Je ne sais combien de temps s'écoula avant que des coups résonnent à ma porte.

— Sylwen ? C'est Kariana. Puis-je entrer ?

La voix de ma tante ne présentait pas l'aplomb que je lui connaissais.

— Bien sûr, soufflai-je, contrite

Je me redressai dans mon lit et recoiffai mes cheveux du bout des doigts pour me rendre présentable. Un bougeoir à la main, Kariana referma la porte derrière elle et vint s'asseoir sur mon lit. Elle s'était enroulée dans une épaisse robe de chambre bordeaux couverte de feuilles brodées au fil d'argent. Même en pleine nuit, cette femme était parée comme une reine. La flamme de sa bougie ondoyait. Ma tante poussa un profond soupir, à la recherche évidente des mots les plus pertinents. Cet embarras entre nous était affligeant. Tout était de ma faute ! Je n'aurais jamais dû pénétrer dans sa chambre ! Je brisai enfin le lourd silence.

— Je vous prie de me pardonner mon intrusion. Avec cette histoire de brigands, j'ai cru…

Kariana sourit avec tendresse.

— C'est moi qui suis désolée, mon enfant. D'ordinaire, la porte est verrouillée lorsque… Je suis désolée que tu aies eu à voir ceci.

Son hésitation était signe de sa gêne intense.

— Bien sûr, je te prierai de ne point en parler à ton père, ou à qui que ce soit en dehors de ces murs.

— Parce que les autres compagnes sont au courant ? m'étonnai-je.

Le visage de Kariana retrouva ce que je perçus être de la malice.

— Nous vivons entre femmes, ce qui ne veut pas dire que nous chassions toujours les hommes. Leur compagnie intime est souvent agréable.

— Je ne comprends pas.

Mes mots étaient tombés comme un couperet. Surprise, ma tante chercha à deviner le sens de ma phrase et, d'une main, caressa mon épaule, ce que je pris pour une invitation à poursuivre.

— Je ne comprends pas quel plaisir il peut y avoir à se soumettre aux pulsions d'un homme, sans avoir le bénéfice de sa présence.

— Que veux-tu dire ?

Kariana plissa ses yeux bleus comme pour saisir le sens profond de mes paroles.

— La présence de l'être aimé est un baume au cœur, précisai-je. L'intérêt d'un couple réside dans ce que nous pouvons nous apporter de soutien et écoute mutuelles.

Je m'interrompis. Je récitai mot pour mot ce que nous avait rabâché la Mère supérieure du couvent !

— Que penses-tu, toi ? me questionna doucement Kariana.

Je repensai au plaisir d'avoir Kalian à mes côtés afin de décrire les sensations au plus juste.

— Les moments passés ensemble, la tendresse, les attentions l'un pour l'autre, les regards échangés. Voilà ce qui compte. Mais s'il n'y a pas cela… Ce n'est que de la soumission à l'appel de l'homme pour la chair. Il n'y a pas de grâce là-dedans.

Les images du Père Pasquel envahirent mon esprit et convoquèrent des larmes qui ne tardèrent pas à inonder mes joues. Quand serais-je enfin débarrassée de ces souvenirs ?

— Qu'est-ce qu'il se passe, ma chérie ?

La tendresse de la voix de ma tante, la légèreté de sa main sur ma joue, je fondis en pleurs et cachai mon visage dans mes bras. Il fallait que je lui parle. Lorsque je fus prête, je relevai la tête. Son visage inquiet attendait que je me livre.

— Au couvent, sanglotais-je en reniflant, un prêtre venait chaque semaine et abusait de nous.

Le « nous » était sorti tout seul et, au trouble qui s'afficha sur les traits de Kariana, je regrettai de m'être confiée si vite.

— Continue, mon rayon de soleil.

À mon rythme, je lui dévoilai tout. Comment le prêtre avait malmené la jeune Noltiel, ce qu'il faisait à Uriage et la façon dont elle réagissait, puis ce que j'avais entrepris pour l'arrêter. Ma tante m'écouta sans m'interrompre, caressant la paume de ma main du bout de ses longs doigts.

— Cette chose que les hommes ont entre les jambes, ce qu'ils nous forcent à en faire, ce qu'ils nous font à nous. Il n'y a rien de beau ici. Ce n'est pas de l'amour.

Kariana déposa sa bougie sur ma table de nuit et m'attira au creux de ses bras. Elle me berça avec une bienveillance toute maternelle. Nous étions belles, toutes les deux : elle, la tante sans enfant et moi, la nièce sans mère. Elle baisa mon front et rompit le silence.

— Ce que tu as vécu est horrible, Sylwen. Aucune femme, encore moins une enfant, ne devrait avoir à vivre cela. Cet… individu était souffrant, d'un mal qui le poussait à assouvir des pulsions animales sous couvert de mensonges pervers. Cependant, même si l'acte en lui-même ne diffère pas tant de ce qu'une femme est amenée à pratiquer avec l'homme qu'elle a choisi, il n'y a rien de comparable. Nulle ne doit se sentir victime du plaisir qu'elle donne. Ou qu'elle prend.

Cette notion me laissa interdite. Quel plaisir pouvait-on prendre là-dedans ? Le Grand Prêtre nous l'avait assez répété ! « L'union charnelle n'a pour but que la procréation et ne doit apporter aucune satisfaction chez la femme. » Kariana lut dans mes pensées.

— Je reconnais que ce que je te dis va à l'encontre de ce que tu as pu entendre ou lire dans les textes de la Vraie Foi. Mais réfléchis. Tu m'as dit que ta jeune amie s'était sentie salie par le contact du prêtre. Qu'en a-t-il été de toi ?

— C'était un monstre.

— Certes. Tu m'as confié tout à l'heure la peur qu'il te suscitait. Et l'angoisse que tu avais de voir ton plan échouer. Pourtant, n'as-tu pas ressenti comme du pouvoir sur cet homme ? Tu as peur d'être jugée pour ce que tu as fait. Mais quel jugement portes-tu sur toi-même ?

Jamais je ne m'étais posé une telle question. Je n'étais pas une victime. J'avais été un bourreau. Une vengeresse. Et l'idée s'imposa à moi d'elle-même.

— Je suis fière de ce que j'ai réussi à faire.

— Soit. Je comprends. Et pourquoi es-tu fière ?

— Car j'avais choisi ce qui se passait.

— Tu étais donc maîtresse de tes actes et de ton corps ?

— Oui.

Ma tante se redressa et m'observa comme si elle avait devant elle une toute nouvelle personne.

— Tu as donc compris en quoi réside notre pouvoir.

Je ne saisis pas ce dont elle parlait.

— De tout temps, les femmes ont été les instruments des hommes. On les vend en échange de biens, de terre ou d'alliances. Leur matrice est un monde de mystères et de joies. Et de vie, à travers les enfants qu'elle donne. Mais toujours aux dépens de la femme. Cette société est ainsi bâtie et il faudra de longs siècles avant qu'elle ne change. Pourtant, comme dans ton couvent, un choix t'est offert. Veux-tu être victime de ton mariage ou maîtresse de la puissance que te confère ce puits de plaisir que tu as entre les jambes ?

Je buvais ses paroles comme du petit lait, consciente des vérités qui m'étaient confiées.

— Tu ne seras pas toujours en mesure de choisir quel homme occupera ta couche. Mais tu es seule à décider de la manière dont tu vivras cet accouplement. Seras-tu celle qui donne ou celle à qui l'on prend ? Seras-tu celle qui soumet ou celle à qui l'on impose ?

— Je ne veux jamais être contrainte par aucun homme.

— C'est ce que je pensais, me félicita-t-elle avec un sourire ravi.

— Mais je ne sais pas si je pourrai supporter qu'un homme me fasse ce que vous...

— Ce que je faisais tout à l'heure ?

Elle avait achevé ma phrase avec malice.

— Sylwen, quand tu penses à celui qui fait frémir ton cœur, que ressens-tu ?

Je restai ahurie. Comment savait-elle ? Ou était-ce une forme de test ?

— Ne reste pas coite, j'ai vu comme tu regardais ce beau commandant lorsque tu es arrivée. Kalian, c'est cela ?

Je sentis mes joues s'empourprer.

— Tu as bon goût. Il a de la prestance et une grande droiture. Quand tu penses à lui, que se passe-t-il dans ton corps ?

Je frissonnai en imaginant Kalian ici, à mes côtés. Je touchai par réflexe le ruban que je portais toujours au poignet. Que ressentais-je ?

— Je tremble.

— Oui, et ?

— J'ai envie de ses bras autour de moi. De ses lèvres sur les miennes. De la caresse de ses mains sur ma peau.

Les battements de mon cœur s'accélérèrent comme les pas d'un cheval emballé.

— Et lui offrirais-tu tes faveurs ?

Cette idée fit enfler une chaleur nouvelle dans mon bas-ventre. Des images fantomatiques de Kalian et moi dans des positions indues effleuraient mon esprit. Comment pouvais-je avoir de telles pensées ? Et pourquoi y trouvai-je une telle… excitation ?

— Oui, je crois.

— Tu serais donc d'accord pour t'abandonner à ses assauts ? insista-t-elle.

— Je le pense, ma tante.

— Alors tu subiras votre amour toute ta vie.

Son ton sentencieux me laissa sans voix. Qu'avais-je prononcé de mal pour l'amener à me rabrouer de la sorte ? Devant ma mine contrite, Kariana se radoucit :

— Crois-tu que seuls les hommes connaissent l'attrait de la chair ? Ne conçois-tu pas qu'une dame puisse également convoiter son amant et l'amener à combler son propre désir à elle ? Les hommes et les femmes ne sont pas aussi différents que ce que les bonnes mœurs veulent bien laisser entendre. Notre monde est dans le rejet du désir féminin, nous rabaissant au rang de procréatrices dénuées de sensualité. Et pour celles qui n'ont pas la chance d'épouser un homme qui les respecte, il ne reste pas tant de choix que cela. La femme maîtresse de son plaisir est soit relayée au rang de femme marginale, sorcière, servante de l'Ancienne Déesse, rejetée, voire même pourchassée, soit elle endosse le brassard jaune et assume la charge de courtisane ou prostituée, là aussi, rejetée et décriée.

— Je ne comprends pas, ma tante, me hasardai-je à avouer.

— Ce sont des extrêmes, ma douce brise. Des destins que ni toi ni moi n'envions. Je veux juste que tu saches que ton corps n'est pas un poids à subir, mais un outil qui sert tes envies, envies que tu as le droit de ressentir ! Il te faudra apprivoiser ton propre plaisir avant de le partager avec celui que tu auras choisi. Et, si tu as la chance de connaître tes premiers ébats avec un homme tendre et doux, rien de ce que tu vivras par la suite ne pourra altérer ce fondement de ton être. Rends-toi maîtresse de ta propre jouissance et tu ne la perdras jamais. Et ce pouvoir te permettra d'obtenir tout ce que tu voudras. Car crois-moi, ma douce, malgré tout ce qu'on pourra te dire, dans notre monde, la seule force de pression que détient une femme est entre ses jambes.

Un voile passa dans ses yeux bleus et elle se redressa. Me confier à elle m'avait apporté un soulagement inattendu et j'aurais voulu pouvoir lui apporter le même réconfort.

— Ma tante, comment avez-vous appris tout cela ?

Elle soupira et se tourna vers la fenêtre où les premières lueurs de l'aube transperçaient les ténèbres. Sa voix, douce et droite, s'éleva.

— Mon histoire est… tortueuse. Et je n'ai pas toujours été telle que je suis aujourd'hui. J'aimais mon mari. Malgré son grand âge, c'était un homme tendre et respectueux. Mais souvent aux quatre coins de son domaine immense pour régler ses affaires. Durant chacune de ses absences, ses jeunes frères abusaient de la jeune femme effrayée que j'étais, jaloux de la richesse et du prestige de leur aîné. Jamais je ne dis mot à mon mari de peur qu'il m'impute la responsabilité de la dépravation de ses puînés. Par chance, je n'eus pas d'enfant. Et mon époux ne découvrit jamais l'ignominie qui m'était infligée dans sa propre maison. Mais un jour, il rentra plus tôt et surprit ses frères alors qu'ils me violentaient. Il les transperça tous trois de son épée et, mortellement touché, mourut à son tour. C'est comme ça que je devins maîtresse de ces terres immenses à tout juste vingt-deux ans, soit cinq ans après mon mariage. Le trépas de mon mari et de ses frères me laissa seule à la tête d'une fortune colossale. Et bien sûr, une jeune veuve ainsi pourvue a attiré tout un lot de prétendants peu scrupuleux, allant de voisins soucieux de mon bien-être à une ribambelle de soi-disant cousins éloignés. Tous me répétaient qu'une femme seule ne pouvait diriger un tel patrimoine. J'étais terrifiée et songeais à me retirer dans un couvent pour ne plus jamais avoir à m'offrir à un homme. L'idée d'un remariage m'était inacceptable. Mais quel autre choix s'offrait à moi ? Les regards des soldats, des métayers, tous m'étaient insupportables, aussi les congédiai-je. Je n'avais plus de famille, ta mère venait de mourir en te donnant la vie. Il me fallait trouver un moyen de survivre ici. Un jour, un troubadour se présenta aux portes du château. J'hésitai à le recevoir, tant ma peur des hommes était grande, mais l'une de mes dames de compagnie m'encouragea à le laisser entrer. C'était un jeune homme ravissant. Durant de longues journées, il nous régala de ses chants où il était question d'amour courtois, de sentiments contrariés et de promesses rompues. Chaque soir, ses doigts couraient sur son luth, célébrant les récits des anciens temps où fées, elfes et dragons se mêlaient aux humains. Au fil des semaines qu'il passa en ces murs, je me surpris à envier les cordes que ses doigts effleuraient, ces mots que ses lèvres chuchotaient. Ses yeux étaient pleins de déférence et de fascination lorsqu'il croisait les miens. Aussi, un soir, je l'invitai dans ma chambre. Et cette nuit de baisers échangés, de douceur et de caresses commença à me réconcilier avec mon corps meurtri. Je mis encore de nombreuses nuits avant d'accepter de l'inviter à l'intérieur de moi. Mais quand je le fis, le plaisir que j'en ressentis fut tel qu'il acheva de détruire toutes les scories des violences qui m'avaient été faites. J'étais de nouveau maîtresse de mon corps. Ce charmant troubadour resta durant les longs mois d'hiver en ces murs, puis, un beau jour de printemps, il reprit la route.

— Vous avez dû être effondrée ! m'entendis-je m'écrier.

— Un peu. Mais c'est moi qui lui ai demandé de partir. Je ne voulais pas dépendre d'un homme. Quel qu'il fût. Pourtant, dès ce jour, il revint chaque année. Il était d'ailleurs là avec ses musiciens lorsque tu es arrivée à Brun-Castel.

Je cherchai dans mon souvenir l'image des artistes qui avaient animé le bal, mais ce soir-là, je n'avais eu d'yeux que pour Kalian.

— C'est donc avec lui que vous étiez tout à l'heure ? m'enquis-je avec timidité.

— Non ! rétorqua-t-elle en secouant la tête, un sourire malicieux au coin des lèvres.

Je la vis hésiter. Ses longs doigts tapotèrent ses cuisses. Puis elle me confia, complice :

— Tu te souviens du brigand de l'histoire de Tabitia ?

— Il est devenu votre amant ? m'étonnai-je, les yeux ébahis.

Les joues parées de pourpre, Kariana détourna la tête.

— Il est temps de dormir, ma brise de printemps.

Sans répondre à ma question, elle déposa un tendre baiser sur mon front, attrapa son bougeoir où mourait sa bougie et sortit.

Je restai un peu plus de deux années à Brun-Castel, deux années merveilleuses qui me permirent de me construire dans la bienveillance et le respect. Un beau jour, alors que l'automne offrait ses derniers souvenirs de chaleur, je reçus le message que je redoutais de voir arriver, autant que je l'attendais. Mon père me rappelait à Daeg. Cela faisait plus de quatre ans que je n'étais pas rentrée chez moi. Comment la jeune femme de dix-sept ans que j'étais devenue s'intégrerait-elle dans le carcan imposé par les règles ysoariennes ? En compagnie de Kariana, je jouissais d'une liberté immense. Supporterais-je de me la voir ravir ? Et ce retour soudain voulait-il dire que mon père m'avait choisi un époux ? Pourtant Mona n'avait rien entendu en ce sens. Et Kalian ? Partageait-il mes sentiments ou continuerait-il de me voir toujours comme une enfant ? Après ces longues saisons de planification et de tergiversations, il allait me falloir agir. Et cela me terrifiait. Perdue, tremblante, je rejoignis ma tante dans la roseraie. Elle était occupée à inculquer à l'un de ses chiots la différence entre une balle et l'une de ses chaussures.

— Mon père exige mon retour, annonçai-je avant de m'effondrer dans ses bras, le corps secoué de sanglots. Je savais que ça arriverait tôt ou tard, mais là, je ne m'en sens pas capable. Jamais je ne pourrai feindre d'être une coquille naïve et ignorante ! Comment recommencer à écouter les sermons avilissants au temple ? Comment entretenir des conversations insignifiantes et toujours prendre garde de paraître la moins érudite ? Et si Kalian me repousse ? Que ferais-je si je me retrouve mariée à un homme brutal ? Tout est si calme ici. Le monde me fait peur. Tout me fait peur. Ô ma tante ! Je ne suis pas prête ! Je ne veux pas !

Compatissant à mon malheur, le chiot léchait ma main pendante avec de petits couinements d'encouragement.

— Sylwen, relève-toi ! m'ordonna Kariana.

Sa voix dure me fit l'effet d'un choc qui tarit aussitôt mes larmes. Elle saisit mes épaules et riva ses yeux bleus aux miens.

— Grave au plus profond de toi les paroles que je vais prononcer ! Tu es bien plus forte que tu ne le crois ! Toute femme se retrouve contrainte par un homme, à un moment ou à un autre. Qu'il soit père, amant, époux ou agresseur. Reste persuadée que c'est de ton plein gré que tu te donnes. Et pas un de ces mâles en rut ne pourra t'atteindre. Utilise-les pour ce qu'ils sont : pour la plupart, des êtres dépourvus d'intelligence, asservis au membre qui leur pend entre les jambes et au plaisir qu'ils en tirent. Enchaîne-les à ce plaisir. Et tu seras pour toujours maîtresse de ta destinée. N'oublie pas, ton corps, en plus d'être un outil de jouissance, pour eux, comme pour toi, est le fer de lance qui te verra accéder à ce que tu convoites.

Quatre jours plus tard, cinq cavaliers et un char se présentèrent aux portes de Brun-Castel.

# Chapitre IV

« Une jeune fille ne doit pas manger de cerises en jouant à qui aura la dernière avec son amoureux, car il advient souvent que celui qui mange en dernier ne se marie jamais. »

*****

Le départ de Brun-Castel fut larmoyant. Ma tante et moi nous promîmes de nous revoir bientôt, même si nous savions l'une comme l'autre que nous ne serions pas en mesure de tenir notre promesse. Qui aurait pu dire ce que me réservait la vie ?

Le convoi qui devait me ramener en Ysoar arriva par un petit matin brumeux. J'ignorais si Kalian serait de l'équipage, mais en vue de cette possibilité, j'avais apporté un soin particulier à ma tenue. Pourtant, quelle tristesse de ne pas le trouver dans la cour. Le cœur gros, je saluai d'un hochement de tête les cavaliers présents. Mon père avait fait envoyer un char branlant pour mon voyage. Décidée à ne pas mettre un pied dans cette boîte sur roues, j'y fis charger mes effets. La voiture fut bientôt remplie avec les six coffres contenant les présents que je remportais avec moi à Daeg. Et encore, n'avais-je sélectionné que le strict minimum !

— Ah, te voilà enfin ! m'apostropha Kariana dans mon dos. Nous pensions te trouver dans ta chambre, occupée à emballer tes dernières affaires.

Je me retournai et me retrouvai face à Kalian, debout aux côtés de ma tante. La surprise me coupa le souffle. À moins que ce ne fût son large sourire et son merveilleux regard marron. Il était aussi beau et magnétique que dans mes souvenirs. Ses cheveux et sa barbe étaient plus longs que la dernière fois que je l'avais vu. Les anneaux métalliques qui ornaient ses boucles étaient aussi plus nombreux. Mais sa stature réconfortante était la même. Une brise joua dans les boucles brunes qui voletaient autour de son visage. J'eus envie de me jeter dans ses bras, mais il mit aussitôt un genou à terre et s'empara de mes doigts.

— Sylwen, je suis ravi de te revoir.

Kalian me gratifia d'un baisemain protocolaire. Cette attitude me fit l'effet d'être des étrangers l'un pour l'autre. Pourtant le tressaillement qui me parcourut au contact de ses lèvres sur ma peau manqua me faire soupirer d'aise. Ce n'était pas ainsi que je voyais nos retrouvailles. Il me fallait rompre cette distance entre nous. Je le relevai sans ménagement et l'enlaçai.

— Je n'ai pas tant changé en deux ans ! le réprimandai-je.Son odeur épicée m'enveloppa en même temps que ses bras puissants.

— Bien sûr que si ! corrigea-t-il sans repousser mon étreinte. Je me souviens très bien. Tu avais beaucoup moins de bagages !

Nous ne pûmes retenir notre rire. Que c'était bon de voir que notre complicité était intacte !

— Et mes robes étaient plus courtes ! poursuivis-je en souvenir de la cotte à mi-mollet que je portais lors de notre dernière rencontre.

Je tournoyai sur moi-même, me délectant du confort de la tenue de voyage que le tailleur venait de me livrer : la longue robe de laine bleue fendue sur le devant recouvrait une paire de chausses épaisses cousues entre elles qui me préserverait des frottements de la selle. J'y avais ajouté de hautes bottes de cuir souple, bien plus confortables que les chaussures basses en vogue à Daeg pour les femmes.

— Elle est maintenant d'une grande beauté, n'est-ce pas ? intervint ma tante derrière nous.

Par Sa barbe ! Comment Kariana pouvait-elle dire pareille chose ? Outrée par son intervention sans retenue, je la fixai, les yeux ronds.

— Elle a toujours été d'une grande beauté ! répliqua Kalian.

Je me figeai devant sa remarque. Avais-je bien entendu ? Il l'avait dit en riant. Mais il l'avait dit ! Devant mon air ébahi, il ajouta :

— C'est juste qu'avant, tu étais encore une enfant !

Kariana dissipa le silence pesant qui s'installait dans la cour et invita les nouveaux arrivants à se restaurer.

— Rassurez-moi, Kalian, vous n'aviez pas l'intention de faire monter ma nièce dans cette boîte sur roues ? N'avez-vous rien retenu de notre dernière entrevue ?

Kalian suivit son hôtesse et ne manqua pas de se défendre :

— Je n'ai rien oublié, ma dame. Ce n'est pas moi qui l'ai voulu, mais mon roi qui l'a imposé. Je pensai que Sylwen aurait pu effectuer la fin du trajet à l'intérieur. Du moins, si les malles n'ont pas pris toute la place !

Le cœur au bord de l'explosion, je les suivis à l'intérieur pour embrasser une dernière fois mes compagnes avant de prendre la route. Ma tante m'avait fait présent du magnifique cheval que j'avais pris l'habitude de monter. Elle m'avait également offert une fine dague au fourreau orné de pierreries. Un véritable bijou en soi ! Mais dont je savais dorénavant me servir avec une précision mortelle.

Je repartis donc pour Daeg, montée sur ma merveilleuse jument isabelle, ma dague ceinte à la taille. Le temps était bien plus frais que lors de mon précédent voyage, et je bénis la lourde cape de laine dans laquelle je m'emmitouflais. Mais l'atmosphère du convoi, elle, était tout aussi détendue que dans mes souvenirs, bien que j'aie noté que le nombre de mes gardes avait augmenté. Mon père craignait-il que je cherche à m'enfuir ?

— Il y a eu de nombreuses attaques à la frontière de l'Agalaadywen, m'expliqua Kalian. Des villages incendiés, leurs habitants massacrés ou emmenés on ne sait où. Nous ne voulions courir aucun risque. Il ne fait pas bon se déplacer sur les routes en ce moment.

J'étais affligée par ce que j'apprenais. Courions-nous au-devant d'une nouvelle guerre ? Qu'avaient à y gagner les serviteurs de l'Ancienne Déesse ? Je me retins de questionner Kalian. Je ne souhaitais pas dévoiler les connaissances que j'avais acquises ces deux dernières années. Était-il homme à apprécier une femme à l'esprit vif et alerte ? Que ferais-je si ce n'était pas le cas ? Mon cœur s'emballait lorsqu'il posait un simple regard sur moi ! Je me reprochai mon emportement. Après tout, je ne savais presque rien de lui, du moins, rien de plus que ce que m'en avait appris Mona dans ses lettres. Je savais qu'il ne fréquentait aucune demoiselle, qu'il tâchait de se montrer droit et juste en toute occasion, même lorsque cela lui était préjudiciable. Il avait, paraît-il, défendu un serviteur, accusé à tort par un éminent invité de mon père d'avoir dérobé quelque objet précieux. Bravant la cravache du seigneur, il s'était interposé, et avait exigé qu'une enquête soit menée avant que le moindre châtiment ne soit donné. Cela lui avait valu l'inimitié d'un grand du royaume, mais le respect accru des petites gens du château. De même que le mien. Mona m'avait aussi appris que son père ainsi que sa sœur, Iriade, mariée à Györg, avaient succombé à une fièvre maligne lors de l'épidémie qui s'était abattue sur Daeg deux ans plus tôt.

— Je suis désolée pour ton père et pour Iriade, confiai-je une fois nos discussions joyeuses taries.

Sa gaieté se voila de tristesse. Un silence s'installa, bercé par le pas régulier des chevaux et les grincements du char branlant.

— Mon père était âgé. Et Iriade...

Sa voix se serra. Il déglutit avec peine et reprit, les yeux fixés sur le paysage.

— Au moins a-t-elle vécu quelques mois de bonheur loin de ce monstre de Garam. Elle ne s'était pas vraiment remise de ce qu'il lui avait infligé pendant leurs fiançailles. Elle se morfondait de ne pas avoir d'enfant et s'enfonçait chaque jour un peu plus dans une mélancolie qui ne lui a laissé aucune chance lorsque la maladie s'est déclarée. Elle ne voulait plus vivre.

Je me tortillai sur ma selle, consciente d'avoir remué des souvenirs douloureux.

— Mona n'avait pas été aussi précise dans sa lettre.

— Je me doutais qu'elle avait trouvé un moyen de t'écrire, changea-t-il de sujet avec un sourire. J'aurais dû lui joindre pour toi une lettre une fois ou deux. Mais je ne savais pas que te dire...

Kalian soupira et se gratta le menton au travers de son épaisse barbe. Je sautai sur l'occasion de sonder ses sentiments. Sans doute n'aurais-je pas de seconde chance durant le voyage !

— Tu aurais pu me parler de tes conquêtes. Ou de tes propres fiançailles ?

Je tentai d'arborer un détachement enjoué. Mais au fond, je bouillai de savoir.

— C'est bien ce que je disais ! s'exclama-t-il en riant. Je n'aurais pas su que t'écrire.

Il reporta alors son regard sur la route. Derrière nous, les soldats discutaient d'une partie de dés qui avait mal tourné dans la dernière taverne qu'ils avaient visitée.

Ma tante m'avait inculqué de bien nombreuses matières, mais s'il était un art où je me sentais aussi sotte qu'une oie, c'était bien celui de la séduction. Je savais que telle reine avait le don de charmer par la finesse de son esprit, que telle autre était capable de mener un homme à se damner pour elle d'un simple battement de paupières… mais tout ceci était bien trop vague ! Comment pourrais-je amener Kalian à me voir telle que j'étais devenue ?

Les abords de Daeg arrivèrent bien plus vite que ce que j'aurais souhaité et je dus m'engouffrer dans le char pour parcourir les dernières lieues. Alors que nous remontions les rues vers le château, je fus surprise de découvrir la ville bien petite en comparaison de mes souvenirs. Les rues étaient plus étroites, les distances moins vastes. Je m'attendais à ce que mon père m'accueille dans la cour du château, mais seules Mona et Livianne m'étreignirent à ma sortie du char. Le roi était, paraît-il, parti à Wyrd et ne reviendrait pas avant plusieurs semaines.

— Ma douceur ! Ma pêche sucrée ! ne cessait de répéter l'opulente cuisinière. Quelle femme magnifique te voilà don' devenue ! Un brin maigrichonne par contre ! Ils t'ont pas ben nourrie en Ésiria !

— Personne ne cuisine aussi bien que toi, Mouma !

Livianne rougit sous mon compliment.

— J'ai mis de côté d'la pâte d'abricot rien que pour toi !

J'attirai Mona dans notre enlacement et embrassai le front de la cuisinière que je dominais maintenant de presque une tête. Mona me serra à m'étouffer.

— Comme tu as grandi ! me félicita-t-elle. Tu es aussi grande que moi !

— Mama ?

Une petite tête couverte de boucles rousses apparut derrière la jupe de Mona. Ce minois rond et jovial ne pouvait qu'appartenir à la fille de mon amie.

— Viens, Lalie, viens, ma chérie. Lalie, je te présente Sylwen. C'est...

— Je suis la sœur de ta maman, coupai-je.

Mona leva sur moi des yeux qui se remplirent de larmes. Coupant court à toute effusion, Livianne nous attrapa l'une et l'autre par le bras et nous entraîna à l'intérieur.

— Mes gamines, que j'sommes heureuse d'vous avoir toutes les deux ! Mais que j'sommes heureuse !

Maistre Giltot, le Premier Conseiller de mon père, assurait la gouvernance en l'absence du roi. Cet homme bedonnant au crâne dégarni et à la moustache impressionnante avait toujours été distant avec l'enfant que j'étais, plus par maladresse que par désintérêt. Bien que très occupé par la gestion du royaume, il prit le temps de me recevoir. Dès mon entrée dans le scriptorium, il leva les yeux de ses parchemins et s'extasia :

— Sylwen ! Quelle beauté ! Je ne t'aurais pas reconnue après ces années d'absence !

« D'exil » pensais-je tout bas. Il me remit une lettre de mon père dans laquelle ce dernier me priait de le pardonner de son absence. Il espérait que je pourrais reprendre mes habitudes dans le château. Il me fournissait aussi une longue liste de noms de jeunes filles de bonne famille dans laquelle j'étais supposée choisir mes demoiselles de compagnie et autres dames d'atours. Je fus soulagée de ne pas avoir à supporter la vieille Grittia, qui, si elle était encore de ce monde, devait s'approcher de la décrépitude.

Alors qu'il sondait ma lecture, Maistre Giltot intervint, amical :

— Tu me feras savoir les noms des jouvencelles que tu souhaites que je fasse venir à la cour.

— Merci, mais mon choix est déjà fait. Je n'ai besoin que d'une suivante. Et je veux Mona.

Le vieux Giltot faillit s'étouffer avec sa salive.

— Mona, la fille de cuisine ?

— Elle-même. Et je veux que la petite Lalie fasse partie de ma suite. Sa présence m'amuse.

L'homme passa une main lasse sur son crâne chauve.

— Je t'en prie, Sylwen, cette jeune femme a un langage affreux ! Et elle n'a pas le rang requis pour une telle fonction !

— Le rang, non, mais le sang, si !

Le Conseiller comprit, à mon silence appuyé, que je savais que Mona était la bâtarde de mon père. Il se racla la gorge et, se replongeant dans ses manuscrits, éluda la question.

— Mais il te faut aussi une dame d'atours pour s'occuper de ta garde-robe et de tes bijoux, une dame d'honneur… et des femmes de chambre !

— Je n'ai pas besoin d'un troupeau ! me défendis-je. Mona me suffira.

— Le roi ne validera pas ton choix, Sylwen, grimaça-t-il.

— Je ne manquerai pas de m'entretenir avec lui dès son retour, contrai-je d'un ton sec et sans appel.

Je m'inclinai dans une légère révérence et quittai la pièce, pressée d'aller annoncer la nouvelle à Mona.

— Gratte au cou ! ne cessait de répéter Lalie.

Le nez tordu dans une grimace hilarante, elle tirait sur le col en laine de sa nouvelle robe. Elle était à croquer dans cette toilette verte, une vraie dame en miniature ! J'avais fait tailler pour Mona et sa fille toute une garde-robe à la mode ésirienne, à mon goût bien plus confortable que les sobres tenues traditionnelles ysoariennes.

Mona délaissa la préparation de crème qu'elle était en train de remuer et prit sa fille dans ses bras. Depuis qu'elle s'était installée dans l'ancienne chambre de Grittia, attenante à la mienne, elle y avait apporté tout son matériel de poudre, potions et onguents. Tout ce fourbi répandait dans mes appartements une douce odeur champêtre. Le gros de ses plantes était encore entreposé chez elle, mais elle rechignait à y retourner trop souvent. Portric, son époux, avait la fâcheuse tendance de couvrir le corps de Mona de bleus, à grand renfort de poings et de pieds. Elle avait refusé que je le fasse réprimander par Kalian, sans pour autant repousser ma proposition de s'installer au château.

Soufflant dans le cou de sa fille, Mona couvrit le petit visage de baisers, pour le plus grand bonheur de Lalie.

— Ma tartelette ! Plus tu vas frotter, plus ça va te démanger ! bougonna-t-elle en prenant une grosse voix. Ta tante avait beaucoup de mal avec ses robes à ton âge. Y en avait même une qu'elle détestait tant, que quand elle s'croyait seule, elle la frottait contre les murs en pierre pour y faire un trou !

Je ris à gorge déployée à l'évocation de ce souvenir.

— Par Sa barbe ! Je ne savais pas que tu m'espionnais !

— Point du tout ! se défendit Mona.

Elle posa la fillette et retourna à son ouvrage avant de reprendre :

— Je trouvais ça étrange qu'on veuille gâcher un si beau vêtement ! Pourtant j'avoue qu'aujourd'hui, j'comprends ! D'accord, ta robe était différente. Mais regarde-moi ça ! Comment être à l'aise avec tous ces rubans ?

Elle secoua les bras et observa la danse de tous les liens colorés qui ornaient ses manches, ce qui déclencha chez Lalie un rire aigu délicieux. La petite de trois ans égayait chacune de mes journées par ses réflexions inattendues et la manière qu'elle avait d'appréhender le monde qui l'entourait. Cela ne faisait qu'une lune que Mona et sa fille avaient pris leur charge à mes côtés. Néanmoins, je ne pouvais à présent plus concevoir ma vie sans elles.

Alors que la fillette somnolait sur mon lit, Mona aborda le sujet qui lui brûlait les lèvres depuis le matin, sans pour autant lever les yeux de la crème qu'elle finissait de mettre en pot.

— Kalian n'est pas de garde ce soir, à ce qu'y paraît.

— S'il vient encore une fois manger avec nous, je crois que Mouma va finir par croire qu'il s'est plaint de la cuisine qu'elle prépare pour les soldats !

Depuis mon retour d'Ésiria, Kalian m'avait rendu visite de manière régulière, tantôt à mon invitation, tantôt de son propre chef. Nous parlions de tout et de rien, de l'hiver qui débutait, des poulains que Györg dressait avec talent. Nous faisions de longues promenades dans les jardins et dans les écuries, suivis, comme il se devait, par Mona et Lalie. Ces moments simples et dénués d'artifices m'étaient chers et n'avaient fait qu'accroître les sentiments que j'éprouvais pour lui. Je m'étais familiarisée avec les ridules qui naissaient aux coins de ses yeux lorsqu'il riait, ou encore les plis qui froissaient son front quand il réfléchissait. Mais son regard était le même que dans notre enfance, ses moues aussi. Sa voix chaude et grave me donnait des frissons tout en m'apaisant.

— J'pensais pas à un repas ! nuança Mona. J'me disais qu'tu aurais pu aller chez lui, ce soir, pour lui porter ce baume. Ça soigne les ecchymoses et les petites plaies. Il m'en consomme un pot par semaine ! À force, je vais croire qu'il le fait exprès, juste pour venir en chercher un nouveau !

— Mona, je ne peux pas aller dans ses appartements de nuit ! Si je croisais quelqu'un dans les couloirs ?

J'étais abasourdie qu'elle me propose une idée aussi improbable.

— C'est sûr qu'tu vas attirer l'attention.

Son silence entendu laissait supposer qu'elle avait prévu ma remarque. Et l'avait même souhaitée, pour m'annoncer son plan avec plus de panache.

— Mais si tu portes ces vêtements, expliqua-t-elle en sortant son ancienne tenue de servante de son sac de toile, et que tu passes par les escaliers de service… Les étages supérieurs sont vides à partir du souper. Il suffit qu'tu te faufiles à ce moment-là. Et qu'tu reviennes avant le lever du jour.

Mon cœur resta en suspens. Pourrais-je me rendre dans la chambre de Kalian et m'offrir à lui, comme ça, de but en blanc, sans qu'il me l'ait proposé ?

Mona lut l'hésitation sur mon visage.

— Kalian ne te demandera jamais de venir à lui ! Pour qui qu'tu l'prends ? Cependant, c'est un homme comme un autre. Et il est épris de toi, ça n'laisse aucun doute. Glisse-toi en chemise dans ses draps et j'te jure qu'il ne pourra pas te résister !

Une bougie à la main, parée de la cotte grise, du tablier blanc et de la coiffe des servantes, je m'engageai dans l'escalier de service qui menait jusqu'au troisième étage du logis. De par son grade et son ascendance royale, Kalian disposait d'un logement au château, au niveau réservé au haut personnel et aux invités de marque. Mona m'avait assuré que je ne rencontrerais personne à cette heure-ci, mais l'angoisse d'être surprise en si mauvaise posture me serrait la gorge. Si je venais à croiser Maistre Giltot, comment lui expliquerais-je que je déambulais dans les couloirs ainsi vêtue ? Il ne fallait pas que j'y pense. Je ne devais me concentrer que sur ma destination. Mona s'était procuré la clé de la chambre de Kalian, ainsi ne risquais-je pas de me retrouver enfermée dehors. Et s'il était déjà à l'intérieur ? Je pourrais toujours avancer que je souhaitais lui remettre le baume... Mais pourquoi cette tenue ? Mon esprit se perdait en boucles tortueuses, ce qui ne faisait qu'accroître mon angoisse. Par bonheur, j'atteignis le couloir sans encombre et trouvai la porte de Kalian. La main tremblante, je déverrouillai la porte, pénétrai dans la pièce obscure et refermai aussitôt derrière moi. J'y étais enfin !

Jamais je n'étais venue ici. La chambre était plus petite que la mienne, mais tout aussi confortable. La décoration était certes moins... féminine. Une dague et un poignard étaient étalés sur la table, un pot de graisse à côté. Des habits étaient suspendus à une tringle, tandis que d'autres traînaient au sol. Il ne faudrait pas qu'il s'étonne d'avoir des trous s'il laissait ainsi ses vêtements à portée des souris ! J'entrepris de ramasser les tissus au sol, lorsque soudain, je me rappelai la raison de ma venue. J'interrompis mon ouvrage, déposai le baume sur la table et, après une profonde inspiration, décidai de me dévêtir. J'aurais apprécié qu'un feu ait été allumé dans la cheminée, mais sans doute Kalian ne bénéficiait-il pas des mêmes soins que moi. Ou alors avait-il lui-même congédié les serviteurs censés se charger de cette besogne.

Une fois en chemise, grelottante, je me glissai dans les draps glacés, la bougie posée sur le guéridon à côté du lit. M'étais-je déjà sentie aussi ridicule ? L'oreiller de plume était gorgé de l'odeur de Kalian, cette saveur musquée et poivrée qui lui était si propre. Blottie sous la couverture, je guettai longuement d'éventuels pas dans le couloir. Enfin, alors que ma bougie n'était plus que le souvenir d'elle-même, je dus m'assoupir, ivre de son parfum.

La lumière du petit jour perça à travers la mince fenêtre de la chambre et me tira de mon profond sommeil. Je mis quelques instants à me souvenir de l'endroit où j'étais. La chambre était vide. Kalian n'était pas rentré cette nuit. Et moi, je m'étais endormie ! Comment allais-je parcourir les couloirs sans être aperçue, alors que toute la foule de serviteurs devait les arpenter ? Fulminant contre Kalian qui avait eu l'outrecuidance de découcher, je passai les vêtements que Mona m'avait prêtés et, enroulée dans la cape, me glissai à l'extérieur. Je scrutai chaque couloir avant de m'y engager. Sur tout le chemin jusqu'à ma chambre, je tentai de trouver une excuse à ce goujat. Peut-être avait-il été retenu à la garde ? Ou alors lui était-il arrivé quelque chose ? Mon ventre se serra à cette idée. Par miracle, je parvins à regagner mes appartements sans croiser personne. Mona et Lalie jouaient à la balle dans leur chambre.

— Va câliner ta poupée, ma tourte dorée, intima mon amie à sa fille à mon entrée. Il faut que je parle avec Sylwen.

Avec l'agilité d'une anguille, Mona se faufila dans ma chambre en tira la porte derrière elle. Les yeux soudain avivés d'une lueur indécente, elle m'attrapa les mains et s'enquit, impatiente :

— Alors ? Ta nuit a dû être agitée pour que t'arrives que si tard !

Je repoussai sa prise et me débarrassai sans pudeur des fripes qui s'évertuaient à me rappeler l'échec de mon opération nocturne.

— J'ai dormi, grognai-je.

— Vous n'avez fait qu'dormir ?

La mine étonnée de Mona me mit dans une colère noire.

— Oui, *je* n'ai fait que dormir ! Attendre et dormir ! On t'aura mal renseignée ! Kalian n'est pas rentré de toute la nuit !

Mona perçut ma déception derrière ma rage et me serra tout contre elle. Les larmes que je cherchais à retenir se déversèrent sans vergogne. J'étais si déçue. Humiliée. Mona caressa mes cheveux avec douceur.

— T'as pas eu de chance, mon miel, c'est tout ! T'as qu'à y retourner ce soir !

— Par Sa barbe ! Non !

Étonnée par ma réaction, elle me repoussa à bout de bras et scruta mon visage.

— Après toutes ces années, tous ces efforts, tu vas te détourner de Kalian juste parce qu'il a pas agi comme qu'tu voulais ?

Je réfléchis rapidement et m'aperçus de mon erreur. Elle avait raison, il fallait que j'y retourne, au moins jusqu'à ce que je le voie.

J'employai le même subterfuge le soir même. Mona avait fait demander un feu, aussi pénétrai-je dans une chambre à la chaleur douce et englobante. Priant tous les dieux et esprits pour que mon bien-aimé se montre ce soir, je m'allongeai dans son lit et fixai les flammes de la cheminée, bien décidée à ne pas me laisser submerger par le sommeil, quitte à ne pas dormir de la nuit.

La lune était déjà haute lorsque des pas s'arrêtèrent devant la porte. Mon cœur cessa de battre quand j'entendis la clé tourner et vis la porte s'ouvrir. Je remontai les draps sur mes épaules et baissai les paupières. Comment engager la conversation ? Ou l'action ? Je distinguai les pas de Kalian dans la pièce, le grincement du fauteuil qu'il déplaçait, puis le lourd soupir qu'il laissa échapper lorsqu'il se laissa tomber dedans. J'ouvris discrètement un œil pour voir s'il m'avait aperçue. Avachi devant la cheminée, il fixait le feu, buvant à même la bouteille qu'il avait à la main.

Que faire ? Savait-il seulement que j'étais là ? Est-ce que je devais patienter jusqu'à ce qu'il vienne se mettre au lit ou me lever et le rejoindre ? Il n'avait pas ôté ses bottes. Comptait-il repartir ? Une femme espérait-elle sa venue ? Il ne fallait pas que je le laisse quitter cette pièce ! Déterminée, je me glissai sans bruit hors du lit, et me rapprochai de lui sur la pointe des pieds. Debout dans son dos, j'attendis qu'il se retourne. Ce qu'il ne fit pas. Il sentait le vin à plein nez. Avait-il trop bu ? Non, il n'était pas ce genre d'homme ! Mon regard se plaqua sur mes pieds nus qui dépassaient de ma chemise. Avec ma chainse de lin, mes cheveux détachés, je devais plus ressembler à une fillette qu'à une femme désirable. Arrivée où j'en étais, il aurait été ridicule de faire preuve de retenue. Résolue à tenter le tout pour le tout, je tirai sur le lacet de l'encolure et fit tomber mon vêtement au sol.

— Tu devrais retourner dans tes appartements, Sylwen.

Je me figeai en l'entendant me nommer. Me repoussait-il ? Ou était-ce l'effet de l'alcool ?

— Tu es saoul ?

— Non, bien sûr que non ! se défendit-il.

Il tourna la tête dans ma direction et resta muet de stupeur. De toute évidence, il ne s'attendait pas à me trouver nue. Il étouffa un juron et lâcha sa bouteille qui se répandit au sol. Maladroit, il se releva avec précipitation, ramassa ma chemise et cacha ma poitrine. Il détournait le regard comme s'il était encore plus gêné que moi.

— Sylwen, tu ne devrais pas...

Je ne lui laissai pas le temps de finir.

— Tu n'éprouves rien pour moi ?

Il tourna vers moi des yeux ronds.

— Je n'ai jamais dit...

— Tu en aimes une autre ?

— Non !

Il semblait aussi confus que surpris.

— Menteur ! m'emportai-je.

Je tapai du poing sur son torse, sans susciter chez lui la moindre réaction. Ce qui, bien sûr, ne fit qu'accroître ma fureur désespérée.

— Si tu étais rentré hier soir, tu aurais pu voir que je t'attendais !

— C'est précisément parce que je t'ai trouvée dans mon lit que je suis parti ! cria-t-il presque.

La vérité m'éclata au visage et aspergea mes joues de honte et d'amertume. La gorge serrée par les larmes auxquelles j'interdisais de couler, je pressai un peu plus ma chemise contre moi et fixai le visage de Kalian à présent rivé sur les flammes de la cheminée. Je le dégoûtais au point qu'il ne pouvait même plus poser les yeux sur moi. C'en était trop.

— Je ne suis pas désirable, c'est ça ?

Une première larme traça son sillon sur ma joue.

— Ne surestime pas les hommes, Sylwen, murmura-t-il les mâchoires serrées. Aucun ne pourrait résister à tes charmes ainsi offerts. Aucun.

— Alors pourquoi me repousses-tu ?

— Je n'ai pas le droit de te toucher ! éclata-t-il.

Il me fit enfin face.

— Tu es la fille de mon roi !

Ses yeux dévoraient mon visage, allumant une flamme au creux de mon ventre.

— Ton corps appartient à l'Ysoar, Sylwen, tout comme mon épée lui est soumise. Nous ne sommes pas libres.

Je crus qu'il en avait fini lorsqu'il détourna les yeux, mais il ajouta, d'une voix presque à peine audible :

— Sinon tu serais déjà mienne.

Mon cœur battit à tout rompre. Je fis un pas vers Kalian et, comme il ne cherchait pas à me fuir, en fis un second. Je m'arrêtai tout contre lui. Sa respiration s'accéléra. Je me hissai sur la pointe des pieds pour chuchoter à son oreille :

— L'Ysoar peut disposer de mon mariage, mais je suis seule maîtresse de mon cœur. Et de mon corps.

Ma chemise retomba au sol. Kalian ne bougea pas, le regard toujours fixé sur l'âtre. Ses yeux marron étaient si beaux, en amande, bordés de cils d'une longueur toute féminine. Maintenant que je comprenais les raisons de sa froideur, je m'autorisai à me laisser submerger par mes propres sentiments. Je pris son visage entre mes mains, mes joues inondées de larmes.

— C'est toi que je veux, Kalian. Juste toi.

Le souffle court, il restait immobile, stoïque. Je déposai un timide baiser à la naissance de sa mâchoire, sur sa barbe, bien plus douce que ce à quoi je m'attendais, puis remontai jusqu'à la commissure de ses lèvres. J'embrassai avec délicatesse sa bouche qui, sous mes assauts répétés, s'entrouvrit, et, peu à peu, répondit à mes baisers par petites touches, goûtant ma peau comme on se délecte des premières cerises de l'année. Ses bras puissants s'enroulèrent autour de moi et je sursautai au contact sur ma peau nue de ses paumes rendues rugueuses par le maniement répété de l'épée. La délicatesse de ses caresses me fit perdre pied. Je voulais sentir son corps contre le mien. Sans lâcher ses lèvres, je tentai de dénouer sa ceinture. Sans grand succès. Je grognai de rage.

— Attends, je vais le faire, proposa-t-il, les yeux brillants et le souffle court.

Je me reculai d'un pas et l'observai ôter ses bottes, sa cotte de laine et sa chemise. Les muscles développés de son torse se révélaient sous l'éclat des flammes, comme sculptés par elles. Il me souleva comme une plume et me porta jusqu'au lit sur lequel il m'assit. À genoux en face de moi, il recoiffa mes cheveux pour dégager mon visage et mon buste. J'étais tremblante. D'excitation, certes, mais aussi d'appréhension. Et s'il se ravisait et me chassait de sa chambre ? Du bout des doigts, il caressa ma joue, effleura mes lèvres, mon cou, ma clavicule, redessina la courbe de mon sein, le creux de mon ventre, avant de m'attirer à lui. Je m'installai sur ses genoux et passai mes jambes autour de sa taille, plaquant ma poitrine contre son torse. J'avais l'impression d'être si frêle entre ses bras. Si puissante aussi. Quelle jouissance que de sentir son corps entier réagir au moindre de mes baisers, à la moindre de mes morsures.

Kariana avait raison. Je n'avais pas la sensation de m'abandonner à son désir. Je l'asservissais au mien. Je ne sais combien de temps nous goûtâmes ainsi l'un à l'autre, nous repaissant de notre peau, de notre odeur, de nos cheveux. Cette tendresse se chargea d'une ardeur et d'une fougue qui nous poussa à nous allonger sur le lit.

Kalian entreprit d'embrasser mon corps dans ses moindres détails, de mes omoplates à mes chevilles. Je frémis au contact de ses lèvres au creux de mes reins puis de mon pubis. D'une main, je délassai ses braies dont il se débarrassa sans cesser de m'embrasser. Je caressai ses fesses robustes, ses cuisses, son membre soyeux. Kalian gémit lorsque je l'effleurai.

— Je t'ai fait mal ? m'inquiétai-je.

— Non, non. Pas du tout. C'est très agréable, murmura-t-il d'une voix rauque.

Encouragée, je réitérai mon contact, et jouai avec ce membre qui semblait être animé d'une vie propre. Mon entrejambe palpitait. Je plaquai mon bassin contre celui de Kalian et m'attendais à ce qu'il passe à l'acte. Mais non. Il poursuivit ses attentions avec une délicatesse qui commençait à me rendre folle. À bout de patience, je pris les choses en main et le guidai en moi. Mais il résista.

— Tu es bien sûre ? chuchota-t-il en se redressant sur un bras. Je ne veux pas te faire mal quand…

Je ne le laissai pas finir. Mes lèvres plaquées sur les siennes je l'accompagnai en moi. Il progressa avec lenteur, guettant ma réaction, allant et venant au rythme de mes gémissements qui le suppliaient d'assouvir mon désir de lui. Cette intensité de me sentir remplie par l'homme que j'aimais, comblée, entière… C'était bien au-delà de ce dont avait pu me parler ma tante ou même Mona. Cette union de nos deux corps nous ouvrait la porte à un monde encore inconnu pour moi. Nous roulâmes longuement l'un sur l'autre. Nous accordions nos mouvements, recueillions en l'autre cette part de nous-mêmes qui nous faisait défaut. Nos ébats étaient lents, calmes, tout en étant intenses et passionnés. Pas de précipitation ou d'emballement. Nous savourions chaque instant, jouissions de chaque contact, de chaque mouvement.

Soudain, au paroxysme de nos ébats, Kalian fut pris de tremblements. Il se retint de crier, les paupières serrées et s'écroula sur moi, haletant.

— Je suis désolé, murmura-t-il, la voix sourde.

— Pourquoi ?

— J'aurais aimé que tu t'envoles avec moi.

Je laissai là ses paroles énigmatiques, confiante dans le fait que je ne manquerais pas d'en saisir la teneur lors de notre prochaine nuit. Les premières lueurs du jour poignaient à l'horizon. Je me sentais comblée, épuisée et à la fois affamée, insatiable. J'aurais voulu que nos ébats durent encore et encore. La tête posée entre mes seins, Kalian semblait endormi. D'une main légère, je caressai ses boucles brunes couvertes de sueur, remerciant le Père Très Saint de m'accorder une telle félicité. Mon amant resserra ses bras autour de moi et se mit à ronronner comme un gros chat rassasié.

Déjà des pas résonnaient dans le couloir. Il allait me falloir partir. Bientôt. Peut-être Kalian entendit-il mes pensées. Il se retourna sur le dos et m'attira à lui. Du bout des doigts, il joua avec le ruban jaune et rouge élimé que je portais toujours au poignet.

— J'ai du mal à croire que tu aies encore ce morceau de tissu !

— Il ne m'a jamais quittée, murmurai-je.

Je me régalai de l'odeur de son corps. Il resserra un peu plus son étreinte autour de mes épaules et déposa un baiser sur mon front. J'aurais pu passer le restant de mes jours dans ses bras. Mais les cloches du temple me rappelèrent que le soleil se levait.

— Je dois m'en aller, finis-je par admettre.

— Je sais.

Un long silence s'installa. Je n'osais pas bouger. Je ne *voulais* pas bouger. Nous venions de vivre un moment fabuleux. Et maintenant ? Qu'allait-il se passer ?

— Je peux revenir ce soir ? me hasardai-je à demander.

— Non.

Sa réponse me crispa. Il se hâta de poursuivre tout en déposant un baiser sur mon menton, mon nez, ma tempe, mon oreille…

— Je suis de ronde ce soir. Mais tu peux me rejoindre au lever du soleil ?

Je tentai de répondre, submergée par les frissons qui naissaient à chacun des assauts de ses lèvres.

— C'est compliqué pour moi de sortir alors que les étages sont envahis de serviteurs.

— Alors je viendrai, posa-t-il en se redressant sur un coude. Il y a un passage derrière la cheminée du couloir, qui mène à l'extérieur du château.

— Vraiment ?

Jamais je n'avais entendu parler d'un passage secret !

— C'est en cas d'attaque, pour que le roi puisse s'échapper…

— Je t'attendrai dans ma chambre, alors.

Je posai mes lèvres sur les siennes et, lorsque je tentai de me redresser, Kalian me retint dans ses bras forts.

— Laisse-moi partir ! geignis-je, ravie de son attitude.

Il me délivra enfin et me contempla tandis que je me rhabillai.

— Je crois que je vais sourire toute la journée, ajouta-t-il, extatique. Et dormir. Dormir et sourire.

Kalian et moi nous retrouvâmes aussi souvent que nous le permettaient ses tours de garde. Chaque matin, Mona me préparait une concoction pour me préserver de toute grossesse inopinée et chaque soir, elle se retirait dans sa chambre avec Lalie afin de me laisser seule avec mon amant. *Mon amant*. Kalian et moi étions amants ! Et amoureux. Follement amoureux. Kalian me déclamait son amour dans chacune de ses caresses, chacun de ses baisers. Ses regards étaient plus loquaces que la plus enflammée des ballades. Et la jouissance qu'il me fit découvrir me permit de goûter à des poussières d'éternité.

Un jour, alors que je somnolais dans ses bras, je revis l'Arbre aux Souhaits du Mont Roux. Mon réveil amer me laissa un arrière-goût coupable. Vivrais-je ce bonheur si je n'avais pas fait ce vœu ? Notre relation n'était-elle que le fruit de cet enchantement ? Ou Kalian éprouvait-il réellement quelque chose pour moi ? Il constata que j'étais absorbée par mes pensées et m'embrassa avec insistance jusqu'à ce que je daigne tourner les yeux vers lui.

— Dis-moi ce qui t'obsède !

M'aimerait-il toujours si je lui avouais tout ? Pourtant cette culpabilité me pesait trop pour que je l'ignore. Je me blottis un peu plus au creux de son épaule, dans la crainte que mon aveu détériore le bonheur fragile que nous bâtissions.

— J'ai fait quelque chose d'horrible, Kalian, mais c'était pour nous !

Mes larmes inondaient les draps.

— Que se passe-t-il, mon Perce-neige ? s'inquiéta-t-il. Qu'as-tu pu faire qui te mette dans un tel état ?

Il resserra ses bras autour de moi et caressa mes cheveux du bout des doigts. Comme sa présence était douce ! Je ne voulais le perdre pour rien au monde.

— Promets-moi de ne pas me quitter une fois que tu connaîtras la vérité ! Promets-le !

— Si tu doutes de moi, alors ne me dis rien ! se raidit-il.

Je ne pouvais cacher plus longtemps ce que j'avais fait et lui confiai tout : mon amour naissant dès le jour des jeux équestres, lorsqu'il m'avait donné son ruban, ma visite au Mont Roux, mon sort noué à la branche de l'Arbre aux Souhaits… Puis l'accident de sa fiancée qui avait entraîné la rupture de ses fiançailles.

— Tu ne serais pas ici si je n'étais pas allée au Mont Roux ! Et tu ne ressentirais pas ce que tu ressens !

Kalian me serra à me faire étouffer et baisa le sommet de mon crâne.

— Tu en as appelé à la Dame des Bois ?

Il y avait comme de l'amusement dans sa voix. Se moquait-il de moi ?

— Tu l'as rencontrée *pour moi* ? s'extasia-il.

Je me libérai de son étreinte et me redressai.

— Non ! rectifiai-je. Je suis juste allée à l'arbre. Pourtant, tout ce qui est arrivé est à cause de mon souhait !

Kalian éclata de rire. La moue de compassion attendrie qu'il arborait m'horripila autant qu'elle me fit fondre. Il posa sa main rugueuse sur ma joue.

— Mon Perce-neige, ce ne sont que des croyances dépassées ! C'est une roue voilée qui a causé l'accident de Louria et c'est elle-même qui a mis fin à nos fiançailles. Et quant à ce que je ressens pour toi, je me suis longtemps refusé à accepter mes sentiments, les jugeant déplacés. Quand tu as quitté Daeg pour le couvent, je pensais que ce que j'éprouvais était de la même nature que ce qui me liait à ma sœur, Iriade. Je n'ai compris que j'étais épris de toi que lorsque je t'ai escortée jusqu'en Ésiria. Et je me suis battu contre cette émotion. Pourtant, pas une femme n'a réussi à te chasser de mon esprit.

Je me doutais qu'il avait eu des conquêtes avant moi. Mais son aveu me fit l'effet d'une flèche en plein cœur. Kalian m'attira à lui et m'enlaça, dos contre son torse. Il cala son menton dans mon cou et murmura :

— À chaque fois que je passai la nuit avec l'une d'entre elles, j'avais l'insupportable impression de te trahir. J'ai combattu cet amour. Jusqu'à dormir sur le plancher de la chambre de Györg alors que tu étais étendue dans mon lit à attendre mon retour.

Nous ne pûmes nous empêcher de rire à ce souvenir. Que ses aveux étaient doux à mon cœur.

— J'avais peur, Sylwen. Peur de ne pas te mériter. Je n'ai jamais été aussi heureux que depuis cette nuit où nous nous sommes offerts l'un à l'autre.

Une part de moi persistait à ne voir dans cet emportement que le résultat de mon enchantement, mais une autre se rasséréna et décida de croire en la véracité de cet amour. Et nos entrevues se poursuivirent, accroissant chaque fois l'intensité du lien qui nous unissait.

Pas même le retour de mon père ne put mettre un frein à nos rencontres. Nous nous montrions seulement un peu plus discrets. Mona guettait chaque rumeur naissante susceptible de nous concerner. Le château était une petite ville en soi et les ragots allaient bon train. Kalian ayant été aperçu plusieurs nuits de suite pénétrant dans mes appartements et en repartant au petit matin, Mona fit courir le bruit qu'elle entretenait une relation avec lui. Il lui avait suffi de jaser auprès d'une des filles de chambres et, dès le lendemain, tout le monde ne parlait que de son aventure avec le beau commandant. Et Györg, dans la confidence de notre relation dès le début, avait confirmé. Bien sûr, Portric, le mari de Mona, n'avait pas tardé à être averti et était allé demander des comptes à Kalian. Ce dernier, jouant le jeu jusqu'au bout, n'avait pas hésité à jouer des poings sur son subalterne. Sa large carrure lui avait donné l'ascendant sur le cocu outré, qui avait vidé pichet sur pichet pendant de longues semaines. Vu ce qu'il avait fait subir à Mona lorsqu'ils vivaient ensemble, je ne me lamentais pas le moins du monde de son tourment.

Lors de son retour, égal à lui-même, mon père s'était dit réjoui de me revoir et, après m'avoir embrassée sur le front, m'avait congédiée d'un revers de la main. Il n'avait rien dit à propos de ma décision de prendre Mona comme dame de compagnie et j'en conclus que son Conseiller n'avait pas dû s'étendre sur le sujet. Comme dans mon enfance, nous ne mangions jamais ensemble, mis à part en de très rares occasions, comme les fêtes du solstice ou lors de la venue d'un éminent invité. Aussi pus-je poursuivre l'organisation de ma vie telle que je la souhaitais, partageant mes journées entre les promenades dans les jardins, les préparations de baumes avec Mona, les jeux avec Lalie et la musique. Mon père avait été ravi lorsque je lui avais demandé quelques pièces pour me faire confectionner une harpe. Il avait vu dans cette demande le signe que je me résolvais, enfin, à me comporter comme une damoiselle décente. Kalian adorait que je joue pour lui, souvent dans le plus simple appareil. Ces semaines furent les plus belles et les plus heureuses que je connus.

Le printemps s'annonça bien assez tôt, chassant la neige et le gel pour répandre ses couleurs sur le paysage affadi. L'été lui succéda, dans une profusion de couleurs et de senteurs, avant d'être lui-même rejoint par l'automne. À l'équinoxe avait lieu la grande Course des amants. Et comme j'avais cette année célébré mes dix-huit ans, j'en étais la participante d'honneur. Cette tradition ysoarienne était d'usage depuis des temps anciens. Elle avait déjà cours à l'époque de la Grande Mère. Et le déroulement n'avait pas beaucoup changé depuis : chaque année, le Mont Roux accueillait tout ce que la région comptait de jeunes gens célibataires en quête d'un ou d'une soupirante. Les damoiselles s'élançaient au crépuscule et devaient traverser les bois orangés afin de gagner le camp somptueux qui était dressé de l'autre côté de la forêt. Là, un banquet attendait les coureurs pour une soirée de réjouissances inoubliables avec repas, musique, jongleurs, danse, jusqu'au petit jour ! Les jeunes hommes, eux, devaient patienter jusqu'au lever de la première étoile. Ils se ruaient à la suite de leurs homologues féminins, tentant de retrouver l'élue de leur cœur. Il n'était pas rare que les participantes aient déjà des vues sur un amant en particulier et qu'elles se cachent à l'orée des bois pour se laisser rattraper. Moult participants ne se présentaient jamais au banquet et ne sortaient de la forêt qu'au petit jour.

Je savais pertinemment que de nombreux coureurs avaient des vues sur moi. Et mon père confirma mes suppositions la veille de la cérémonie. Il ne me faisait mander qu'en de très rares occasions, et toujours pour me donner des ordres sous couvert de bienveillance paternelle. Je ne devais pas oublier que je n'étais qu'une femme au service de mon pays.

Je poussai la lourde porte sculptée de la grand-salle et pénétrai dans l'immense pièce. Haut dans le ciel, le soleil déversait sa lumière à travers les vitraux colorés. Mon père était attablé en compagnie de Maistre Giltot et du ventripotent Grand Prêtre de Daeg affublé de ses deux lèche-bottes.

— Ma tendre enfant, s'extasia le roi en essuyant ses doigts dans la nappe, quel bonheur que tu sois en âge de participer à cette course ! Jamais je n'aurais pensé voir ce jour arriver si vite !

Je m'inclinai avec déférence et attendis ce que me réservait cet entretien. Mon regard se porta sur la longue tapisserie qui ornait le mur nord. J'avais toujours détesté cette scène de chasse où la licorne, acculée par les chasseurs, n'avait d'autre choix que de s'offrir à cette mort annoncée. Était-ce ce qui m'attendait ?

— Tu n'ignores sans doute pas, commença mon père, que cette course a pour but de te faire rencontrer les différents partis qui souhaiteraient obtenir ta main. Je n'ai aucune préférence entre tel fils de seigneur ou tel autre, et il serait fort préjudiciable à mon règne que j'en aie.

Les convives saluaient ses paroles de hochements de têtes approbateurs.

— Ils vont être une foule à s'élancer à ta suite ! s'amusa Tillaumet. Et sans doute à te harceler de leurs attentions pendant le banquet. Aussi, préféré-je que tu ne paraisses pas à la fête.

Je retins un hoquet de surprise. Kalian et moi avions conçu tout un stratagème pour nous isoler pendant la manifestation. Cette décision venait tout compromettre !

— Mais père, ne pas participer à la course ferait jaser tout le monde ! m'inquiétai-je.

Tillaumet vida sa coupe de vin à grandes goulées.

— Je n'ai pas dit que tu n'y participerais pas ! nuança-t-il. Tu t'élanceras mais ne sortiras pas de la forêt. Ainsi, chacun de tes prétendants pensera avoir été devancé et se rabattra sur une donzelle de son choix. Le vin fera le reste !

Les yeux vitreux, le Grand Prêtre de Daeg ne put retenir un grognement de contentement à l'idée des victuailles dont il allait s'empiffrer pour l'occasion. Ces hommes repus semblaient satisfaits de leur plan. Debout face à eux, je perdais patience.

— Et moi ? Où passerai-je la nuit ?

Je me voyais déjà ramenée au château sous bonne escorte.

— Il y a un relais de chasse sur le Mont Roux, expliqua Maistre Giltot sur un signe de tête de son roi. Oh, rien de très luxueux, mais assez confortable pour te permettre d'y passer une nuit agréable.

— Je missionnerai des gardes pour en protéger l'entrée, intervint mon père en jouant du bout des doigts avec la pointe de sa moustache. Il serait malvenu que des couples empressés en forcent la porte !

Son rire gras me fit sourire. Sans le savoir, il venait de m'offrir une occasion de retrouver Kalian ailleurs qu'en catimini dans l'une de nos chambres.

La Course des Amants arriva en grande pompe. Une cinquantaine de jeunes femmes avaient fait le déplacement depuis les fiefs alentour, contre plus du double d'hommes. Ce n'était pas tous les ans que la fille du roi y participait et les coureurs étaient venus de tout le pays. S'ils avaient su qu'ils n'avaient pas la moindre chance de me rencontrer ! Mon père avait chargé Kalian de déployer ses meilleurs effectifs pour ma mise en sécurité. Et mon amant avait obéi avec le zèle le plus professionnel.

Juste avant que le départ soit donné, je remarquai avec amusement que nombre de participantes arboraient une robe à la coupe ésirienne. Ainsi, mes apparitions aux quelques rares banquets au château avaient suffi à répandre la mode dans toute la région. J'imaginais leurs tenues volatiles à la sortie des nombreux fourrés épineux du Mont Roux ! Pour ma part, je m'étais fait tailler un vêtement sur le même modèle que les habits de monte que portait ma tante : une paire de chausses surmontée d'une robe sobre. Des attaches latérales me permettaient de remonter la jupe afin de m'offrir une grande liberté de mouvement. Ce n'est pas parce que mon parcours était truqué qu'il ne m'était pas permis d'épater les autres participantes. Leurs murmures ébahis devant ma tenue de lin brun très masculine étaient déjà une satisfaction en soi.

En groupes derrière nous, les jeunes hommes ne nous lâchaient pas du regard, trop occupés à sélectionner leur proie. À l'attroupement qui s'était formé de mon côté, je me réjouis de ne pas avoir à jouer le gibier. Cette tradition était humiliante. En quoi était-ce valorisant pour une femme de se voir coursée par une horde de mâles en rut ? M'était avis que les règles de la cérémonie avaient évolué depuis l'avènement du Père Très Saint, car je ne concevais pas comment la Grande Mère pouvait être honorée de la sorte.

Le soleil finissait sa courbe lorsque mon père sonna le départ en soufflant dans son olifant. Nous nous élançâmes toutes, encouragées par les jappements excités de nos prochains poursuivants. Quelques jours plus tôt, Tillaumet avait demandé à Maistre Giltot, organisateur en chef de la manifestation, de me faire découvrir les lieux, afin que je puisse m'orienter sans peine dans ces bois. Aussi ne fus-je pas perdue. Des rubans rouges accrochés aux branches guidaient les coureuses jusqu'à l'orée opposée où se dressait le banquet. Mais pour ma part, il me fallait bifurquer à un certain buisson de sureau. Déjà le nombre des participantes s'était réduit. Certaines reprenaient leur souffle, une main sur les côtes, tandis que d'autres attendaient avec envie l'arrivée du galant qu'elles avaient repéré.

Le chant de l'olifant annonçant le départ des coureurs me surprit. Si je ne me hâtais pas, je serais vite rejointe par la meute vociférante. Je repris ma course et ne tardai pas à atteindre le buisson. Sans ralentir, je m'engageai sur le sentier de droite et m'enfonçai dans les bois. À quelques dizaines de toises, je remarquai un premier ruban brun, camouflé à mon intention derrière une touffe de fougères. Je progressai encore un long moment avant de discerner la lumière qui filtrait à travers les fenêtres du relais de chasse apprêté pour l'occasion. La nuit commençait à tomber et je peinais à voir les racines qui s'évertuaient à tenter de me faire trébucher. À une dizaine de pas du bâtiment, des bras vigoureux sortis de je ne sais où m'agrippèrent et me tirèrent contre un tronc. Une main épaisse se plaqua sur ma bouche pour m'empêcher de crier, bientôt remplacée par des lèvres enfiévrées. L'odeur épicée de Kalian me happa.

— Espèce de brute ! lui reprochai-je.

Je martelai son buste de faibles coups de poing et poursuivis :

— Tu m'as fait une peur bleue !

Il se moqua sans vergogne de ma frayeur et resserra son bras robuste autour de moi.

— Je devais m'assurer que c'était bien toi !

— Et c'est pour ça que tu m'as embrassée ! rétorquai-je, outrée.

— C'était le seul moyen d'être sûr, il fait si sombre !

Malgré la nuit, j'étais certaine qu'il affichait son irrésistible sourire béat. Quel fanfaron ! Je le punis d'une tape à l'épaule.

— Arrête, mon Perce-neige, tu vas te faire mal ! s'amusa-t-il avant de m'enlacer de plus belle.

— Vous ne pouvez pas attendre d'être à l'intérieur ! s'insurgea une voix à côté de nous.

Györg surgit de derrière un arbre et nous chassa avec un moulinet du gourdin qu'il avait à la main.

— Tu as raison ! concéda Kalian. Je te charge de la sécurité extérieure.

Ma main dans la sienne, il m'entraîna vers la porte.

— Rentre vite, mon frère ! nargua Györg devant notre empressement. Je suis certain que la bâtisse requière une surveillance accrue !

Le guerrier blond rit tout seul de sa boutade et s'éloigna.

— Il ne va quand même pas assommer ceux qui vont s'approcher ! m'inquiétai-je tandis qu'il se fondait dans l'obscurité.

— Non, il va juste les intimider. Et au pire, même s'il devait se servir de sa massue, il l'a enroulée dans des épaisseurs de laine. Il ne fera guère plus qu'une bonne bosse !

Kalian baisa la paume de ma main et m'entraîna à l'intérieur. Un feu de bois ronflait dans l'énorme cheminée de l'unique pièce du rez-de-chaussée. Deux gigantesques tables occupaient le centre de la salle, entourée d'une trentaine de fauteuils de cuir. Un repas digne d'un régiment m'attendait. Je reconnus aussitôt les pâtés de Livianne à la manière qu'elle avait de dessiner une fleur sur le dessus de la croûte. Des pichets de vin, des fruits pochés, des tartes, des fromages, du pain...

— Tu veux quelque chose à boire ou à manger ? proposa Kalian en nous servant deux coupes de vin.

Je trempai mes lèvres dans le nectar rubis. L'alcool me délassa en un éclair et m'ouvrit à un tout autre appétit. Kalian saisit la lueur qui s'était allumée dans ma pupille et ne résista pas lorsque je l'entraînai vers l'escalier raide qui montait à l'étage.

— Si on visitait d'abord ? lui susurrai-je.

Toute la nuit, nous profitâmes de notre liberté éphémère, nous régalant à satiété autant des mets que de nos corps. Alors que j'étais étendue à ses côtés, Kalian pianota du bout des doigts sur mon dos nu et se mit à chantonner une antique ballade. Elle contait l'errance d'un homme tout autour du monde à la recherche de son aimée, enlevée par un géant. L'index de mon amant cartographiait le périple du personnage sur mon dos, jouant de ses creux et de ses courbes. Sa voix grave et chaude était un délice, à moins que ce ne fût son souffle sur ma peau qui me soutirât ces soupirs de ravissement. J'aimais tout en cet homme. Bien sûr, son physique avantageux n'était pas pour me déplaire. Mais je ne m'arrêtais pas à son visage raffiné, sa haute stature et sa musculature forgée à coup de longues heures d'entraînement. Son odeur, les boucles brunes de ses cheveux, son regard franc, son sourire déroutant, son intelligence vive, sa droiture, sa capacité à appréhender d'un coup d'œil une situation, son immense et inébranlable sens de l'honneur, sa tendresse, son humour. J'aurais pu me contenter de son unique présence pour le reste de ma vie ! Quel bonheur cela aurait été de rester pour l'éternité dans ce havre de paix, seuls au monde !

Bientôt, les chants d'oiseaux annoncèrent le lever du jour. J'enfouis ma tête dans le cou de Kalian et remontai la couverture sur nous pour nous protéger des rayons de lumière qui n'allaient pas tarder à s'immiscer dans la pièce. Heureusement, les autres participantes avaient sans nul doute banqueté jusqu'au bout de la nuit, aussi ne serais-je pas la seule à me présenter au point de rendez-vous à la mi-journée. J'étais tentée de me rendormir, lorsque je remarquai les yeux fixes que Kalian portait sur les lueurs extérieures qui s'étiraient sur le plafond. Sa mine morose acheva de me réveiller.

— Et si nous nous mariions ? demanda-t-il de but en blanc.

Prise de court, je restai bouche bée. Je ne peux pas dire que je n'y avais jamais pensé, mais je n'imaginai pas que Kalian, lui, y avait réfléchi à ce point. Il pivota sur le côté et poursuivit, enthousiaste :

— J'ai retourné cette idée dans ma tête encore et encore… Tu n'es promise à personne. Il n'y a aucune raison pour que le roi refuse !

Je ne m'étais pas préparée à affronter si vite la réaction de mon père. Qui sait comment il réagirait ? Depuis mon retour d'Ésiria, il avait fait de si nombreux voyages à Wyrd que je ne l'avais vu qu'à de très exceptionnelles occasions. Déjà qu'il ne m'adressait que rarement la parole, nos échanges ces derniers mois se comptaient sur les doigts de la main. Et encore, toutes les fois où il m'avait fait mander, cela avait été pour m'exposer le comportement que je devais adopter. Alors de là à faire appel à sa magnanimité pour me permettre d'épouser Kalian, je n'avais que peu d'espoir. Sans doute une part de moi imaginait-elle que nous allions nous fréquenter ainsi jusqu'au trépas du roi. À ce moment-là, j'aurais été libre d'officialiser notre relation.

— … je pourrais lui demander des terres ou nous pourrions nous installer dans la demeure que m'a laissée mon père. Je renverrai le gérant et reprendrai l'élevage à mon compte. Le commerce de chevaux est prospère, assez pour nous assurer une vie confortable.

La naïveté enjouée dont il faisait preuve me fit de la peine. Je me redressai sur le lit et ramenai la couverture sur ma poitrine nue avant de me racler la gorge.

— Kalian, aux yeux de Tillaumet, tu n'es qu'un soldat…

Il eut un mouvement de recul et fronça les sourcils. J'avais dû toucher une corde sensible.

— Je suis le Commandant des armées d'Ysoar ! corrigea-t-il, piqué au vif.

— Un très bon soldat, si tu préfères ! rectifiai-je, agacée de ne pouvoir exprimer le fond de ma pensée.

— Je suis de sang royal ! s'emporta-t-il.

Il sortit du lit, furieux. En toute autre situation, j'aurais éclaté de rire à le voir faire les cent pas nu comme un ver. Mais je n'aimais pas la tournure que prenait la discussion. Kalian était blessé dans son orgueil et c'était un calvaire que de mettre à plat tous les éléments susceptibles de nous empêcher d'être ensemble. J'ignorai la lumière du matin qui jouait sur les muscles développés de ses fesses, et tentai de lui faire voir les éléments sous un autre angle.

— Tu n'es de sang royal que par ta mère !

— Aucun seigneur en Ysoar ne peut se vanter d'une aussi prestigieuse ascendance ! contra-t-il, le regard noir et buté.

— Ce n'est pas si simple ! explosai-je, les larmes au bord des paupières.

— Bien sûr que si ! Il faut juste en faire la demande au roi !

— Tu ne connais pas mon père comme je le connais ! tranchai-je.

Je m'assis sur le bord du lit. Notre dispute me pesait sur la poitrine. Je commençais à avoir du mal à respirer. Plus nous en parlions et plus tout avenir me semblait impossible. Du moins si nous souhaitions avoir l'assentiment de Tillaumet.

Kalian s'installa à côté de moi et vint plaquer son menton râpeux dans ma nuque. La chaleur de ce corps nu contre le mien me donna la chair de poule.

— Quel avenir pour nous, Sylwen ? chuchota-t-il, suppliant.

Son nez me frôlait l'oreille avec délice.

Je réprimai un frisson sans dire un mot. Notre discussion tournait en rond. Je me levai du lit et enfilai ma chemise. J'avais besoin de marcher, de respirer. Mais Kalian ne souhaitait pas en rester là.

— Je ne veux pas continuer à te voir ainsi, en cachette, alors que nous pourrions nous afficher en plein jour ! insista-t-il avant de se lever à son tour. C'est un poids que de devoir sans cesse mentir. Et je ne le supporte plus !

Je pivotai pour lui faire face :

— Tu préfères soulager ta conscience au risque de me perdre ?

Ma remarque le fit sortir de ses gonds.

— Alors quoi ? cria-t-il en écartant les mains.

Il m'attrapa par le bras et m'attira à lui. Ses doigts puissants me faisaient mal, mais je relevai le menton et le fixai, pleine de défi.

— Tu veux que je reste là sans rien faire, c'est ça ? Que je continue à te culbuter jusqu'à ce que ton père te pousse dans la couche d'un autre ?

Il m'avait jeté ça avec une telle violence que j'eus soudain envie de le blesser. Profondément.

— Qu'est-ce qui te dit que j'attends autre chose de toi ?

J'avais fait mouche. Ses yeux s'obscurcirent et, en un instant, se voilèrent d'une brutalité que je ne leur connaissais pas. Je me surpris à le craindre. Le Kalian doux et attentionné me faisait trop oublier le commandant, le guerrier, qui maniait l'épée avec un talent mortel. C'était ce dernier qui me toisait, avec cette violence au fond des yeux. Furieux, il m'attrapa par la nuque, le poing serré sur une touffe de mes cheveux.

— C'est bien ce que tu veux ?

Il retroussa ma chemise sans ménagement et passa sa main entre mes jambes. Tremblante, je ne sus que faire. J'aurais dû tenter de l'apaiser, mais ma peur et mon désespoir me poussèrent à le provoquer, encore.

— Tu n'es bon qu'à ça ! m'entendis-je lui cracher.

Il me fit taire en plaquant ses lèvres contre les miennes, fourrant sa langue dans ma bouche. Brusque, il me souleva par les fesses, m'adossa au mur et s'enfonça en moi.

— Je n'ai jamais voulu plus ! gémit-il.

Submergée de plaisir, j'enroulai mes bras et jambes autour de lui. Le mur me râpait le dos, les doigts de Kalian me griffaient les cuisses, ses dents me meurtrissaient le cou. Pourtant, lors d'aucune de nos étreintes nous n'avions été plus intensément liés. Jamais je ne voudrais d'autre époux que lui. Jamais. La jouissance nous surprit l'un et l'autre et nous laissa pantelants, avachis sur le sol.

Dans un soupir, abandonné, il déposa sa tête sur mes cuisses. Je passai mes doigts dans ses boucles brunes, surprise comme toujours par leur caresse soyeuse.

— Tu as raison, avouai-je dans un souffle. On devrait se marier.

Le sourire qu'il me rendit illumina toute la pièce. Sans mot dire, il se redressa et déposa un baiser sur mes lèvres, mon menton, mon nez, ma tempe, avant d'en couvrir mon visage tout entier.

Lorsque nous quittâmes la chambre, nous décidâmes d'aller voir mon père dès notre arrivée à Daeg.

Une bruine mélancolique accompagna notre retour au château. Nous n'étions ni pressés ni anxieux, apaisés par le rythme régulier du pas de nos montures. Györg et les gardes étaient partis au lever du jour, aussi nous n'étions que Kalian et moi à profiter de notre voyage silencieux. Je l'accompagnai jusque dans l'écurie ; je ne voulais pas me séparer de lui tant que nous n'aurions pas vu mon père. Dans la chaleur rassurante saturée d'odeurs animales, il me serra la main et déposa un frêle baiser sur mes lèvres.

Portés par l'espoir de voir mon père accéder à notre requête, nous poussâmes l'épaisse porte recouverte de cuivre de la salle du Conseil. Tillaumet passait ici la plupart de ses journées à feuilleter une pile de parchemins ou à écouter les doléances de ses vassaux. Malgré le grand feu qui ronflait dans la cheminée et les torches dont les flammes léchaient les murs, la pièce carrée sans fenêtre avait quelque chose d'oppressant. Le roi était assis à l'extrémité de l'imposante table de bois, un énorme manuscrit ouvert devant lui. Tous les sièges vides rangés autour du lourd plateau étaient autant de spectateurs impassibles à ce qui allait se jouer. Mon père nous accueillit avec froideur, irrité par notre irruption soudaine. Ses cheveux blancs tombaient en cascade sur sa cotte de laine bleu nuit.

— Vous rentrez bien tard, bougonna-t-il en se redressant dans son fauteuil. Tout s'est passé comme convenu ?

— Oui, Sire.

La voix blanche de Kalian et le tressaillement de sa mâchoire témoignaient de son émotion. Debout à côté de la porte, je me tordais les doigts d'appréhension. Il fallait que j'aie confiance. Tout allait bien se passer. Pourquoi en serait-il autrement ? Kalian rassembla tout son courage et s'agenouilla face à mon père.

— Mon roi, je souhaite m'unir à Sylwen.

Sa requête se vit renvoyée par un grognement désabusé. Mon père posa son regard vert délavé sur nous. Ses doigts trapus caressaient sa barbe immaculée, comme ils l'auraient fait d'un animal dompté.

— Kalian, tu aurais dû venir me voir plus tôt, commença-t-il d'une voix bien trop détachée. Nous aurions pu en discuter en privé. Entre hommes...

Le roi me jeta un rapide coup d'œil, presque dédaigneux, et reporta son attention sur Kalian, toujours agenouillé sur le sol glacial.

— Je tenais à être présente ! m'indignai-je.

Mais Tillaumet continua sans me considérer.

— ... et j'aurais pu éviter à ma fille le déshonneur de ton humiliation.

Mon père avait avancé le buste et fronçait les sourcils d'un air sévère. Bien qu'il n'y ait pas été invité, Kalian se releva et osa contempler son monarque sans ciller. Il ne comptait pas se laisser balayer de la sorte.

— Majesté...

Tillaumet frappa du plat de la main sur la table.

— Tu ne parleras que lorsque cela te sera permis ! hurla-t-il. Comment oses-tu me demander pareille chose ? Ne t'est-il pas venu à l'esprit que j'avais des projets pour elle ?

Le visage insistant de son roi poussa Kalian à baisser les yeux.

— Si, entendis-je abdiquer l'homme que j'aimais.

— Alors pourquoi n'as-tu pas fait entendre raison à cette enfant capricieuse ?

Je serrais les poings tellement fort que mes ongles me meurtrissaient les chairs.

— Je ne suis plus une enfant ! m'insurgeai-je en réprimant l'envie de crier.

— Tant que tu en auras le comportement, tu seras traitée comme telle ! répliqua mon père sans même tourner la tête dans ma direction.

Tillaumet était rouge de colère. Sa respiration sifflante le faisait ressembler à un bœuf éreinté. Kalian brava le courroux qui ne manquerait pas de s'abattre sur lui et revint à la charge.

— Il est vrai que je ne suis pas encore établi. Mais en tant qu'Héritier par le sang-faible, je suis de la plus haute noblesse ysoarienne. Et comme vous le savez, l'élevage de chevaux de mon père me rapporte une large rente, bien suffisante pour subvenir aux…

— Es-tu roi, Kalian ? le coupa mon père avec mépris. Ou tes terres regorgent-elles de richesses ? Possèdes-tu quoi que ce soit dont je ne jouisse pas déjà et qui puisse m'être d'une quelconque utilité ? Non ? Alors pourquoi gaspillerais-je mon meilleur atout pour toi ?

— Car nous nous aimons ! m'entendis-je hurler, consciente que la situation nous échappait.

Tillaumet se leva, contourna Kalian et s'approcha de moi.

— Mais l'amour, ma pauvre enfant, qu'est-ce ? Un conte ! Un mythe ! Une sornette débitée par ta tante Kariana !

Sa voix imbibée de sentiments paternels me révulsait.

— L'amour ne dirige pas un royaume ! Il ne remporte pas de bataille ! Au lieu de te lamenter, Sylwen, réjouis-toi que je brise vos rêves avant que vous ayez commis l'irréparable.

Peut-être avais-je là ma dernière chance ! Je redressai le menton et, pleine de défi envers mon père, portai ce coup avec fierté :

— Cela fait bien longtemps que je partage la couche de Kalian.

La gifle qui s'abattit sur ma joue me fit éclater la lèvre. Étourdie par le choc, je trébuchai sur le côté. Kalian se précipita pour s'interposer.

— Ne levez pas la main sur elle ! l'entendis-je crier. Si vous souhaitez punir quelqu'un, que ce soit moi !

— Ne t'avise pas de donner d'ordre à ton roi, Kalian ! éructa Tillaumet de sa voix grondante. Et ne doute pas que je t'aurais d'ores et déjà passé l'épée au travers du corps si je ne craignais pas de perdre mon meilleur guerrier.

Kalian m'aida à me relever. La tête me tournait. Du dos de la main, je recueillis le sang qui perlait au coin de ma bouche. Mon père pivota et retourna s'asseoir dans son fauteuil.

— Je vais faire mander Grittia, ton ancienne gouvernante. Elle saura te garder à l'œil jusqu'à ce que je décide de ce qu'il convient de faire de toi. Et renvoie cette fille de cuisine et sa gamine là où est leur place. Tu as assez ridiculisé cette maison.

Qu'il me traite de la sorte, j'étais habituée, mais qu'il ose répandre son venin sur Mona et Lalie, son propre sang, me révulsa.

— Vous êtes ignoble, l'accusai-je d'une voix tremblante.

— Non, Sylwen, je suis bien plus magnanime que le moindre de mes vassaux ! Sais-tu ce que Tariode a fait de sa fille, lorsqu'il l'a surprise dans les bras d'un de ses conseillers ? Il les a fait démembrer tous les deux ! Et Poluret ? Il l'a enfermée dans un couvent et a fait pendre le marchand qui avait osé poser la main sur elle. Alors, crois-moi, vous laisser libres après cet outrage est le plus grand signe de mon immense bienveillance.

Kalian passa son bras derrière moi pour me raccompagner vers la porte. Mais mon père n'en avait pas fini.

— Ôte cette main de ma fille, Kalian ! Touche-la à nouveau, ne serait-ce qu'une seule fois, et je jure devant le Père Très Saint que je te fais occire. Pas une exécution, non, tu es bien trop apprécié par tes hommes. Mais un accident, fâcheux, au cours d'une de tes patrouilles. Songes-y. Songez-y tous les deux.

La menace proférée par mon père étira son manteau sur nos têtes tandis que, la mort dans l'âme, nous quittions la salle.

# Chapitre V

« Si une femme veut avoir un garçon plutôt qu'une fille, elle doit, pendant que son époux fait la chose, tenir ses mains jointes. »

*****

À peine avions-nous refermé la lourde porte en bois et cuivre de la salle du Conseil que mes jambes se dérobèrent sous moi. Kalian me rattrapa de justesse.

— Je te raccompagne dans tes appartements, souffla-t-il, dépité.

Je m'accrochai à son cou, refusant de croire que plus jamais je ne pourrais le prendre ainsi dans mes bras. Peu importait le vieillard décrépit dans le lit duquel mon père souhaitait me jeter, ou contre quelle mine il souhaitait m'échanger, toute union autre qu'avec Kalian m'était inconcevable.

— Pourquoi pas vous marier dès ce soir ? avança Mona après avoir écouté en silence le récit de notre entrevue avec Tillaumet.

— Le Père Hirtel est à la solde du roi, rétorqua Kalian. Jamais il n'ira contre sa volonté.

Adossé contre la porte derrière laquelle dormait Lalie, mon aimé affichait sa figure la plus grave. Assise dans mon fauteuil, je tentai de me réchauffer devant la cheminée. En vain. Le froid qui m'habitait ne pouvait être combattu.

— Mais qui parle de c'te barrique à vinasse ? renchérit Mona. Y'a d'autres temples dans Daeg ! Par exemple, le prêtre des quartiers ouest me doit une faveur. Sans mon baume au plantin, il aurait point survécu au mal qui lui grignotait l'entrecuisse !

Mona ne put retenir un petit rire graveleux.

— Et tu penses qu'il accepterait de nous marier ?

L'espoir qui poignait dans la voix de Kalian me redonna un peu d'ardeur.

— J'y vais et je verrai ben ! Avec un peu d'chance, ce soir, vous serez unis devant l'Père Très Saint !

— Le Père Très Saint bénit votre couple et votre descendance ! Âhni !

— Âhni ! reprirent en chœur les quelques membres de l'assemblée.

Les yeux de Kalian pétillaient de fierté et d'amour. Mes joues me brûlaient de bonheur. Tout se déroulait comme dans un rêve. Le prêtre longiligne nous invita à boire à la même coupe et, après avoir tracé au-dessus de nous le signe de la Vraie Foi en balayant l'air, nous fit signe de nous avancer. Main dans la main, Kalian et moi nous approchâmes du modeste autel de bois qui trônait au milieu de l'édifice délabré. Le religieux inscrivait nos noms sur la page d'un manuscrit corné.

— Mes chers enfants, poursuivit-il, votre mariage ne sera définitif que dans quarante jours, comme le veut la loi.

— Mais si mon père tente de me marier d'ici là ? m'inquiétai-je.

Kalian passa autour de moi un bras protecteur, sans dénouer nos doigts entrelacés.

— Il ne pourra rien faire sans votre consentement libre et éclairé ! s'indigna le prêtre. Seuls vous, pouvez rompre cet engagement. Et de votre plein gré ! Telle est la loi dictée par le Père Très Saint ! Bien sûr, les mariages royaux ont d'autres règles et sont effectifs et définitifs dès la cérémonie. Il y a tout un traité qui définit...

Nous n'écoutions plus le prêtre, transportés par la joie. Kalian serrait mes doigts de toutes ses forces. Ses yeux marron dévoraient mon visage et je devais en faire autant. Nous étions mari et femme. Mari et femme ! Devant le Père Très Saint et bientôt, nous le serions devant le monde entier !

Lorsque Mona était revenue en fin d'après-midi, haletante d'avoir remonté toute la ville en courant, et m'avait annoncé la nouvelle, je n'avais pu contenir mon allégresse. Elle avait dû me retenir en m'expliquant que la cérémonie n'aurait lieu qu'à la nuit tombée, tant j'étais prête à partir sur-le-champ. Du moins jusqu'à ce que je me rende compte que le ruban, *mon ruban* offert par Kalian, n'était plus à mon poignet.

— Il a dû tomber ! s'était exclamée Mona.

Par Sa barbe ! Cette évidence ne faisait aucun doute ! Et même si le tissu était usé jusqu'à la trame, il était un symbole fort pour moi. Je l'avais cherché sans relâche, jusqu'à ce que le moment de partir soit venu.

— Tu vas avoir Kalian pour l'reste de ta vie ! m'avait sermonné Mona. Quel besoin qu't'as don' d'un vieux morceau de tissu ?

Elle avait raison. Une page de ma vie se tournait.

Vêtue comme une servante, j'avais quitté le château par l'entrée de service et, accompagnée de Mona et Lalie, avais couru jusqu'au temple. Le quartier ouest était la zone de Daeg la moins bien famée, et l'édifice religieux devait être le plus délabré de la région. Pourtant je n'y voyais que le lieu où mon vœu allait s'exaucer. Mona avait fait prévenir Kalian via György et mon cœur sursauta lorsque je découvris mon futur époux et son ami devant l'autel. Ni mon aimé ni moi n'étions vêtus pour des noces, même si Mona m'avait tressé une couronne de fleurs automnales. Et je n'en avais cure. Nous étions parfaits.

— … je ne vais pas vous retenir plus longtemps, conclut le prêtre devant nos airs absents. Allez, mes enfants. Et tâchez d'être discrets encore quelques semaines. Je vais faire le nécessaire pour que votre union soit inscrite dans le registre principal de la ville. Sachez déjà qu'il est noté ici !

Fier de son travail, il nous montra la page de son manuscrit, couverte de taches d'encre, où il avait inscrit nos noms.

Main dans la main, nous sortîmes du temple, Mona, Györg et Lalie sur nos talons. La pauvre petite tombait de sommeil à cette heure tardive. Pris d'une soudaine ardeur, Kalian m'attira à lui et m'embrassa avec fougue.

— Ma chère, ma douce épouse ! À présent, nous sommes inséparables !

— Vous avez tout à fait raison mon cher époux ! répondis-je sans cesser de lui rendre ses baisers.

— Patientez encore une lune et vous pourrez faire ça à longueur de journée si ça vous chante ! s'impatienta Györg.

— Je dois y aller, mon Perce-neige. Dans une lune, nous porterons le certificat de notre mariage au roi et il sera forcé de nous laisser vivre notre amour.

Je le retins par la manche.

— Cette lune va me sembler durer une éternité ! me lamentai-je.

Il se défit de ma prise et sortit un sachet de tissu de son escarcelle[1].

— Tiens, je sais que ça ne me remplacera pas, mais peut-être sa contemplation te rendra-t-elle l'attente moins insupportable.

Il renversa la poche et me présenta une longue chaîne au bout de laquelle pendait un médaillon tel que je n'en avais jamais vu. Une

1 Grande bourse portée à la ceinture.

minuscule fiole d'argent ajourée à plusieurs endroits renfermait une substance orangée solide.

— Je l'ai fait sertir il y a de cela plusieurs mois, mais je n'avais pas trouvé la bonne occasion pour te l'offrir. Un jour, tu m'as avoué avoir noué un charme autour de l'Arbre aux Souhaits du Mont Roux. Sache que j'ai moi-même fait préparer celui-ci avec la sève du chêne. Ainsi, devant le Père Très Saint comme aux yeux des Anciennes Croyances, nous sommes liés l'un à l'autre pour toujours !

Aucun présent n'aurait pu me faire plus plaisir ! Kalian passa la chaîne autour de mon cou. Le médaillon se lova tout naturellement entre mes seins. Après un dernier baiser, je quittai mon époux et regagnai le château, les larmes aux yeux. Des larmes de joie.

Voir cette vieille carne de Grittia prendre possession de la chambre qu'occupait Mona me dépita. Je me mordis le creux de la joue quand j'entendis ma geôlière se plaindre de l'odeur laissée par les plantes qu'utilisait ma sœur pour confectionner ses baumes. Je savais que la jeune femme ne m'en voulait en rien pour son retour aux cuisines, mais je fulminais contre mon père de m'avoir renvoyée en enfance. Mon ancienne gouvernante n'avait pour ainsi dire pas changé ! Certes, ses cheveux étaient un peu plus blancs, sa peau plus ridée et ses poils au menton plus nombreux, mais malgré mon âge, elle me toisait toujours comme elle le faisait dans mon enfance. Il faut dire qu'elle me dominait encore d'une bonne demi-tête. Sans doute pensait-elle que les gros yeux qu'elle me faisait encore me donnaient cette mine chagrine. En réalité, je m'inquiétais pour Mona. Sa disgrâce la forçait à retourner vivre chez Livianne. Et Portric, son mari, ne tarderait pas à l'y retrouver. Lui ferait-il payer sa prétendue liaison avec Kalian ? Je savais qu'elle ne trahirait pas le secret de notre mariage, j'avais une confiance absolue en elle. Mais au prix de combien d'hématomes ?

Grittia et mon père avaient décidé de me consigner dans ma chambre jusqu'à nouvel ordre. Il m'était même interdit d'envoyer la moindre lettre, que ce soit à Gyliane, mon amie maintenant mariée à un jeune et bienveillant seigneur du nord-est de l'Ysoar, ou à ma tante Kariana. Tillaumet la tenait pour responsable de mes mœurs qu'il qualifiait de légères. Pour ne pas dire indignes. Assise à la fenêtre, je guettais les allées et venues de Kalian dans la cour en contrebas. J'avais promis de me tenir sage à l'unique condition que Mona soit autorisée à me porter mes repas. Bien sûr, elle ne manquait pas de glisser un message sous mon assiette et me donnait ainsi de ses nouvelles et de celles de mon époux. Lorsqu'un matin, Grittia découvrit l'écorce de bouleau recouverte des symboles que Mona et moi étions les seules à pouvoir déchiffrer, je parvins sans peine à la convaincre qu'il s'agissait d'un dessin de Lalie. Il me fallut redoubler de prudence par la suite, afin de transmettre mes messages à mon amie.

Mes doutes se confirmèrent lorsque Mona me confia que Portric avait essayé de la revoir. Par chance, Kalian avait coupé court au problème et avait affecté son mari violent à Balastine, une citadelle située à la frontière avec l'Agalaadywen. Je me réjouis de l'efficacité de mon époux. De quelle qualité était-il dépourvu ? Il était prévenant envers les autres, attentionné, bon, brave, droit, honnête... peut-être un peu trop honnête. Je savais qu'il souffrait de trahir ses serments et son roi. Mais il était des occasions, comme en ces instants, où il valait mieux garder certaines vérités pour soi. Bientôt nous pourrions vivre notre amour au grand jour. Plus que trente-deux jours et notre mariage serait officiel.

Un après-midi, tandis que Grittia m'infligeait le supplice du tambour à broderie, je réalisai avec effroi que je n'avais pas avalé ma potion après les derniers ébats que j'avais eus avec Kalian. Par Sa barbe ! Un bref calcul sur le bout de mes doigts rougis à force d'être piqués par l'aiguille me confirma ce que je m'évertuai à refuser d'admettre. Il y avait de fortes chances pour que je sois grosse. Je guettai la prochaine sieste de Grittia, qui ne manquait pas de piquer du nez à heure régulière, pour griffonner mon angoisse sur un morceau de l'étoffe de lin sur laquelle je brodai. Le tissu repartit avec mon plateau du soir. Dès le lendemain matin, j'eus ma réponse. Mona m'enjoignait d'aller aux latrines munie d'une coupelle dans laquelle recueillir mes urines. Je devais laisser le récipient dans un coin afin qu'elle le récupère. Ma sœur m'avait déjà confié qu'il suffisait de faire tremper une clé pendant une demi-journée dans un bol d'urine pour déceler une grossesse. Une fois le liquide vidé, si l'empreinte de la clé se dessinait au fond, c'était la preuve irréfutable qu'un enfant grandissait en soi. Elle ajoutait dans son message que la blanchisseuse en charge de mon linge avait répandu le bruit que je n'avais pas demandé mes langes pour mes saignements menstruels. Quelle étourdie ! Par chance, Mona avait tout arrangé : elle avait affirmé qu'elle s'était elle-même chargé de laver les étoffes souillées. Ma chère sœur ! Qu'aurais-je fait sans elle ! Je suivis bien sûr ses instructions à la lettre. L'idée de cette possible grossesse m'inquiétait autant qu'elle m'excitait. Kalian et moi n'avions plus que vingt-sept jours à attendre avant de pouvoir dévoiler notre union. Autant dire un battement de cil en comparaison de la longue vie qui nous attendait ! La réponse tant attendue me revint avec mon repas du soir. Une clé était dessinée au charbon sur mon plateau. Nul besoin de plus grande explication. La joie mêlée d'angoisse me fit flageoler sur mes jambes. Je portais l'enfant de Kalian.

Le lendemain en fin de matinée, Maistre Giltot me rendit visite afin de me transmettre en personne les ordres de mon père. Un homme était arrivé au château dans la nuit et Tillaumet exigeait que j'aille le saluer sur-le-champ dans la grand-salle.

— Qui est-ce ? demandai-je tandis que Grittia affublait ma chevelure lâchée d'une ridicule voilette et d'une couronne d'argent.

— Guilhem, fils du roi d'Ariatide.

— L'héritier du trône ariate n'est-il pas Lorcas d'Ariatide ? me hasardai-je à demander, tant je craignais de me voir présentée à un prétendant potentiel.

— C'est tout à fait exact, Sylwen, me rassura le Conseiller de mon père sans pour autant arrêter de piétiner devant la fenêtre. Guilhem est le premier né du roi Blivien, mais l'infirmité qu'il présente à la jambe l'a éloigné du trône. Il a été un combattant talentueux puis s'est tourné vers les lettres et la musique.

— Vraiment ? m'amusai-je.

Ainsi chaque famille avait-elle son lot de brebis galeuses !

— Il est même un troubadour reconnu en ses terres. Le roi précise d'ailleurs qu'il tient à ce que tu pries Guilhem de jouer un air au prochain banquet.

— Je ferai selon le bon plaisir de Sa Majesté, m'inclinai-je, fin prête, avec un sourire fabriqué.

Déstabilisé, Giltot ouvrit la marche et me mena en silence jusqu'à la grand-salle. Au moment où il s'apprêtait à tirer le lourd ventail sculpté dont les scènes de chasse au dragon m'avaient effrayée toute mon enfance, Györg ouvrit la porte et sortit de la pièce. Il posa sur moi un regard surpris, me salua, et s'en alla sans un mot. Le Conseiller me fit signe d'entrer. J'aperçus Kalian attablé à bonne distance de mon père. Mon cœur s'emballa. Je passai machinalement une main sur mon ventre. Il fallait que je me calme, que je fasse comme si de rien n'était. Plus que vingt-six jours. Vingt-six jours !

Je m'engageai dans la grand-salle, avec la sensation d'être une vache présentée au boucher. À ma vue, Kalian se leva de son siège et s'inclina, bientôt imité par celui qui devait être Guilhem. Le teint cuivré de ce dernier et ses cheveux bruns batailleurs trahissaient son origine du Sud. Ses yeux noisette criaient l'intérêt que lui suscitait mon arrivée. Je résistai à l'envie irrésistible de me jeter dans les bras de Kalian pour lui apprendre que j'étais enceinte, et adressai au visiteur mon sourire le plus charmeur. Le roi grogna d'approbation.

— Pardonnez-moi, père, entonnai-je d'une voix dénuée de toute la haine que j'éprouvais à son encontre. J'ai accouru dès que j'ai appris que vous souhaitiez me voir.

— Approche, Sylwen, m'invita-t-il. Je tenais à te présenter Guilhem, qui arrive tout juste d'Ariatide.

— Que Sa grâce soit sur vous ! me murmura-t-il en langue franche avant de s'incliner.

— Et qu'Il vous couvre de Ses bontés, mon seigneur, lui rétorquai-je dans le même dialecte. Votre réputation a franchi nos murailles depuis longtemps et je dois avouer que j'attendais votre venue avec grande impatience. Nous ferez-vous le plaisir d'un air, ce soir ?

Guilhem se racla la gorge et répondit, flatté :

— C'eut été avec plaisir.

Séducteur, il me dévisagea avec appétit.

— Je t'en prie, mon enfant, interrompit mon père en ysoarien, cesse d'accabler ainsi notre hôte avec tes suppliques déplacées et retourne à tes occupations.

Faussement déroutée, je saluai la tablée et regagnai ma chambre, escortée par Giltot qui m'avait attendue dans le couloir. Quelques semaines. Il ne me fallait patienter que quelques semaines et je n'aurais plus à jouer les marionnettes pour mon père.

Alors que je m'espérais tranquille pour la journée, le roi me fit mander dans l'après-midi. Sollicitée deux fois dans la même journée par mon géniteur ! Voilà qui était exceptionnel ! Je me rendis donc dans la salle du Conseil, escortée par Grittia. Sa bouche pincée lui donnait l'aspect d'une vieille poule fripée.

Alors que je pénétrais dans la pièce, je frémis au souvenir de l'échange houleux que nous avions eu ici même quelques jours auparavant. La salle hermétique n'en était que plus étouffante. Si mon père savait à quel point Kalian et moi avions fait peu de cas de ses menaces !

Tillaumet était avachi dans son fauteuil et se garda bien de me proposer le moindre siège.

— Guilhem t'a-t-il fait bonne impression ? me demanda-t-il de but en blanc.

— Je ne suis pas sûre que mon avis ait la moindre importance à vos yeux.

J'aurais sans doute dû être plus mielleuse, car ma remarque acerbe eut pour effet de faire disparaître toute trace de sympathie de son visage. Il se redressa, gainé par une rage lancinante.

— Tu as raison, Sylwen. Et j'espère que tu sauras t'en contenter, car je veux que tu fasses tout pour lui plaire.

— Pourquoi lui ? m'insurgeai-je. Que tireriez-vous de la situation ?

Spectatrice de l'étau qui était en train de se resserrer autour de moi, je cherchai néanmoins à comprendre les motivations de Tillaumet. Il ne pouvait m'imposer cela juste pour me faire payer ma désobéissance !

— Ce n'est même pas l'Héritier ! argumentai-je enfin, concentrée sur les battements de mon cœur que je tâchais de discipliner.

Mon père se rassit dans le fond de son siège, confiant.

— Ne sois pas si sûre de toi, ma fille ! Les accidents de chasse sont plus fréquents que tu ne le crois ! Et ils n'épargnent personne !

Je ne saisis pas les sous-entendus de son avertissement.

— Aussi, tu mettras tout en œuvre pour charmer Guilhem. Quoi qu'il attende de toi, montre-toi avenante et soumise.

Les allusions n'étaient qu'à peine voilées. Et j'en fus offusquée.

— Vous préférez me mettre dans le lit de cet éclopé ariate plutôt que de me laisser épouser celui que j'aime ?

Ses yeux s'étirèrent dans un relent d'exaspération.

— Ne sois pas sotte ! L'amour n'existe pas pour des gens comme nous !

Essayait-il de me faire éprouver de la compassion ? Il était de notoriété publique que mon père avait toujours baissé ses braies dès qu'il croisait un jupon à son goût ! Je relevai la tête, fière.

— Cet Ariate ne voudra certainement pas de moi en sachant qu'un autre est passé avant lui, et à de nombreuses reprises.

Mon père frappa du poing sur la table avec une telle violence que je sursautai.

— Je ne sais quel esprit pervers a pris possession de toi, Sylwen. Quelle idée j'ai eue de t'envoyer en Ésiria chez cette femme ! Depuis ton retour, tu te pavanes dans ces tenues extravagantes qui ne sont pas de chez nous, tu essaies de te compromettre avec un homme en dessous de ta qualité. Tu fais tout pour me contredire ! Je ne te reconnais plus, ma fille.

— Vous n'avez jamais engagé l'effort de me connaître, mon père !

Ma réplique désabusée fit virer son visage au rouge cramoisi. Une veine énorme palpitait sur son front.

— Écoute-moi, petite garce, oui, garce ! Il semble qu'il n'y ait que ce langage que tu comprennes !

Mon père était dans une telle fureur qu'il en postillonnait.

— Il est très aisé de vous mettre sous surveillance, Kalian et toi. Tente n'importe quoi et j'ordonnerai que ton cher ami ne rentre pas vivant de sa prochaine ronde.

Je tremblais de tous mes membres. Pourtant il ne fallait pas que je lui laisse voir l'emprise que ses menaces avaient sur moi !

— Si je ne puis m'unir à Kalian, alors je ne serai à aucun homme !

— Ne joue pas à ce jeu avec moi !

Son rugissement dut s'entendre jusqu'à l'autre bout du couloir.

— Je sais que tu tiens bien trop à lui pour mettre sa vie en danger. Adresse-lui ne serait-ce qu'un signe de la main, et il est mort. Envoie encore un de tes messages par l'intermédiaire de cette traînée de Mona, et il est mort. Fais la moindre chose qui puisse déplaire à l'Ariate, et il est mort.

Ainsi mon père était-il au fait de ma correspondance avec Mona. J'étais plus surveillée que je ne le croyais. Mais par qui ? Tillaumet devait posséder une foule d'espions dispersés aux quatre coins de la ville. Je frémis en craignant qu'il fût au courant de notre mariage. Pourtant, si cela avait été le cas, il ne se serait pas retenu de m'en faire le reproche !

Je gardai le silence, consciente que rien de ce que je pourrais ajouter n'arrangerait la situation. Des larmes de rage coulaient sur mes joues. Le roi se leva et vint vers moi. Son souffle de bœuf se calma.

— Brave enfant. Je savais que nous nous comprendrions.

Il ne fallait pas que je réponde, au risque d'aggraver mon sort. Sans doute prit-il mon silence pour de la détresse filiale. Sa main pâteuse essuya une de mes larmes avant de caresser mes cheveux.

— Ce n'est pas si facile d'être père, tu sais.

— Il y a bien longtemps que vous n'êtes plus cela pour moi, ne pus-je me retenir de répliquer entre mes dents.

Son visage se ferma, mais il ne dit mot. La tête haute, je sortis, maudissant Grittia qui m'attendait dans le couloir et qui n'avait pas dû perdre un mot de la conversation.

Après que je l'aie longuement suppliée de m'accompagner aux latrines, Grittia daigna enfin délaisser la scène de chasse au sanglier qu'elle était en train de broder. Était-ce l'enfant en mon sein ou un simple besoin de solitude, toujours était-il que j'éprouvais de plus en plus souvent la nécessité de me rendre aux lieux d'aisance. Et ce n'était pas pour me déplaire. Ces commodités étaient le seul endroit où je pouvais m'isoler. Après avoir été escortée par ma gouvernante dans le long couloir de pierre, j'entrai seule dans la pièce ventée et m'assis sur le côté de la planche percée, prête à laisser couler les larmes que je retenais depuis mon entretien avec le roi. Mon attention fut soudain attirée par une conversation qui s'élevait de la pièce d'aisance de mon père, située juste en dessous. Après avoir cherché un trou dans le plancher, je collai mon visage au plus près du bois pour ne pas perdre le moindre mot. Je reconnus sans peine Raghôl, le Balaste, aux côtés de Tillaumet. Ce mastodonte aux cheveux roux avait marqué ma mémoire d'enfant dès la première fois où je l'avais aperçu. Les braies baissées sur les chevilles, les deux hommes étaient assis côte à côte et vidaient coupe de bière après coupe de bière. Jamais je n'avais compris ce qui poussait les gens à s'entretenir avec d'autres, pendant qu'ils déversaient le contenu de leurs entrailles dans le fossé en contrebas. Sans doute était-ce parce que les latrines étaient un lieu difficile à espionner. Quoique, ma présence ici prouvait bien le contraire.

— Ce cher Guilhem semble apprécier ta fille, Tillaumet, félicitait le géant, non sans engloutir d'énormes lampées de sa chope.

— Je fais tout ce qu'il faut pour !

— Il sera bientôt averti de la nouvelle, poursuivit Raghôl. Ce jour-là, veille à être près de lui si tu veux que Sylwen porte la couronne !

— Je le suivrai comme son ombre ! s'égaya mon père. Ce n'est pas tous les jours qu'on a la chance d'asseoir sa progéniture sur un double trône !

De quoi parlaient-ils ? Et comment mon père osait-il songer à abandonner son royaume aux mains d'un Ariate ? Même avec moi comme reine, jamais les Ysoariens ne se soumettraient à un de ces hommes du Sud !

— Enfin, il ne sera héritier que lorsque nous aurons la certitude que les ordres du Grand Conseil auront été exécutés… se hasarda Tillaumet.

— Ils l'ont été, mon ami, ils l'ont été. J'ai reçu un oiseau ce matin. Tu as entre tes murs le nouvel Héritier d'Ariatide.

Mon père ne put retenir un râle de satisfaction. Lui et Raghôl trinquèrent à leur bonne fortune.

— Je n'ai jamais aimé Blivien, avoua le roi. Il a toujours veillé à montrer à quel point les Ariates étaient supérieurs aux autres peuples du Monde Connu.

— Si ça avait été le cas, il n'aurait pas défié Wyrd et aurait accepté de joindre ses troupes aux vôtres pour anéantir l'Agalaadywen. Le Prêtre Premier a été courroucé de devoir le sommer par deux fois de vous faire parvenir le Livre Saint dont il était gardien. Crois-moi, Tillaumet, Blivien et son fou de rejeton ont mérité leur fin.

La portée de ces propos me coupa la respiration. Pourtant, je n'arrivais pas ou plutôt, ne voulais pas comprendre l'entreprise qui avait œuvré pour ce résultat. Par Sa barbe ! Quel complot se tramait-il au sein même de notre monde ? Une guerre se préparait-elle ? Kariana m'avait enseigné, au cours des discussions sur l'histoire et la politique, les tenants et les aboutissants des conflits qui avaient vu, vingt ans plus tôt, la victoire des armées du Père Très Saint contre les défenseurs de l'Ancienne Déesse. Tout n'avait été qu'enjeux de pouvoir sur un peuple qu'il fallait asservir à de nouvelles croyances pour en garder le contrôle. De plus, l'assujettissement de ces centaines de milliers de croyants à un clergé subordonné aux gouvernants promettait un enrichissement des caisses vides et la mainmise sur ces esprits malléables. Mais là ? Que cherchait le Conseil de Wyrd ? Car si j'avais bien entendu, c'étaient les Neuf Sages eux-mêmes qui avaient ordonné l'assassinat du roi Blivien et de son héritier. Cela voulait donc dire que Guilhem, cet homme aux yeux avides, cet homme dans les bras duquel mon père me jetait, cet homme-là serait roi, à coup sûr. Et moi, j'étais prise au piège. Du moins, si je n'arrivais pas à m'échapper avant. Car même si j'étais déjà mariée à Kalian, que valaient nos serments encore temporaires face à un mariage royal ? Et l'enfant qui grandissait en moi ? Qu'adviendrait-il de lui ? Il nous fallait un plan imparable.

L'euphorie qui régnait dans la pièce en dessous de moi, me permit de m'éclipser. Je pris soin de ne pas faire grincer la moindre planche. Quel que soit le moyen, il fallait que je parle à Kalian.

Dès le soir, ce fut une servante dont le visage m'était inconnu qui m'apporta mon repas. Ainsi, Mona n'avait-elle plus le droit de me rendre visite. Mon père avait pris toutes les dispositions pour m'isoler. Grittia ne me quittait pas d'une semelle.

Le lendemain, par la fenêtre de ma chambre, j'aperçus Kalian partir en patrouille en compagnie de l'Ariate. Où allaient-ils ensemble ? Il me fallait contacter mon époux de toute urgence pour contrecarrer les plans de mon père. Sans doute nous faudrait-il fuir. Mais qu'importe. J'étais prête à tout abandonner si c'était pour être avec lui. Appuyée contre le mur humide de ma cellule dorée, je le regardai passer les murailles du château et s'éloigner. Sous ma robe, bien calé entre mes seins, le médaillon qu'il m'avait offert était chaud, réconfortant, presque palpitant. Je retins l'élan de ma main vers la vie blottie au creux de mon ventre. Il ne fallait pas que je donne à voir quoi que ce soit au risque d'éveiller les soupçons de ma geôlière décrépite.

La journée s'écoula dans une lenteur accablante. Broder, broder, broder encore. Avec angoisse, je vis le soleil se coucher sans qu'aucun cavalier ne revienne. Toute la nuit, je guettai d'éventuels bruits de sabots dans la cour. En vain. Au lever du jour, un des patrouilleurs débarqua au galop et se dirigea vers la tour de garde. Il en ressortit presque aussitôt suivi de Györg et d'une dizaine de soldats. Quelque chose clochait. Je passai une seconde journée à me ronger les sangs, puis une nouvelle nuit. Kalian était-il tombé dans une embuscade ? Était-il blessé ? Ou peut-être pire ? Lorsque la servante à la mine renfrognée m'apporta mon petit déjeuner, je tentai de m'enquérir de la situation. Grittia ne me laisserait pas finir ma phrase si je demandais des nouvelles du commandant, mais elle ne pouvait s'opposer à ce que je m'intéresse à notre hôte ariate. N'était-ce pas la directive de mon père ? Et je savais pertinemment que ma gouvernante faisait un compte-rendu régulier de mes faits et gestes au roi.

— Voilà bien longtemps que Guilhem d'Ariatide est parti du château, feins-je de me lamenter. Savez-vous ce qui retient son retour ?

La servante jeta vers Grittia un coup d'œil interrogateur, ne sachant si elle pouvait me répondre.

— Il n'y a que des bruits de couloir, précisa la vieille femme de sa voix grinçante. Mais si cela amuse la fille du roi…

— Y s'dit qu'l'Ariate et l'Balaste roux auraient disparu dans les terres maudites. Y'a toute une troupe qu'est partie à leur recherche. Mais si vous voulez mon avis, c'est don' ben un prêtre qu'y z'auraient dû emporter en Agalaadywen. Y' a qu'un prêtre pour combattre les démons d'la Déesse Déchue.

Sur ce, elle esquissa une révérence et sortit. Elle n'avait parlé que de Guilhem et de Raghôl. Sans doute Kalian était-il sain et sauf, quelque part dans la forêt d'Agalaadywen. Comme plongée dans une atmosphère cotonneuse, je priai Dieu et Déesse de me le rendre en vie. La journée et la nuit s'étirèrent, insupportables.

Le lendemain matin, le visage désolé de la servante confirma mes inquiétudes. Aucune nouvelle encourageante n'était arrivée. Et pire, les préparatifs du *Traoel* qui devait avoir lieu le soir même avaient été suspendus. Je doutais que la soubrette s'inquiétât plus pour l'âme d'Iriade, la sœur de Kalian décédée, que pour l'annulation des réjouissances. Même si la cérémonie n'était pas ouverte aux petites gens, je savais par Mona que les serviteurs en profitaient pour descendre un ou deux tonneaux en catimini. Pour ma part, je comptais sur le *Traoel* pour faire passer un message à mon amant. Malgré ma réclusion, jamais mon père n'oserait m'empêcher d'y assister. Du moins, je l'espérais. Mais encore fallait-il que la troupe rentre pour que les festivités aient lieu ! À la mi-journée, la soubrette s'empressa de m'annoncer qu'un oiseau était arrivé. L'Ariate avait été retrouvé et la troupe serait de retour à la nuit. J'exultai. Un tintamarre ne manqua pas de s'élever au-dehors. Les cuisines étaient en pleine effervescence : le festin du *Traoel* était de nouveau en préparation. J'exultai.

Le tambour à broder entre les mains, je tâchai de me montrer dans les meilleures dispositions pour amadouer ma geôlière.

— Grittia, mon père a-t-il des préférences pour ma tenue de ce soir ?

Ma gouvernante parut enchantée par ma question et délaissa son ouvrage pour rapporter une robe verte de sa chambre.

— Le roi a fait porter ceci pour vous. C'est une merveille, dans la plus pure mode ysoarienne !

Ainsi le roi me permettait-il de sortir de ma chambre… J'arborai un sourire charmé.

Dès la fin d'après-midi, poupée domptée, je me laissai laver, habiller, parer, coiffer.

— Qu'est-ce que ceci ? me questionna Grittia en apercevant le pendentif qui ne me quittait pas.

— Un présent de ma tante.

La vieille peau fit une moue qui en dit long sur le goût artistique qu'elle prêtait aux Ésiriens et continua à me préparer. Silencieuse, je me concentrai en prévision du banquet. Si je voulais mener à bien mon plan, il m'allait falloir redoubler de vigilance et de tact.

Les premières étoiles se levaient que Grittia était encore affairée à ma coiffure, une tresse dans chaque main, et d'autres entre ses lèvres ridées. Je devais ressembler à l'une de ces bêtes tentaculaires qui ornaient les manuscrits de légendes. Un concert de sabots me tira de ma torpeur et, sous les exclamations affolées de ma gouvernante, je me précipitai à la fenêtre. Je l'ouvris et me penchai, juste à temps pour voir Kalian pénétrer dans la cour, suivi de près par Guilhem. La face de cul de chèvre s'indigna :

— Sylwen ! Vos cheveux ! Les tresses sont à refaire ! Qu'est-ce qui peut bien vous mettre dans cet état ?

— La patrouille ! bafouillai-je. Elle est de retour. Et… Guilhem est avec eux.

— Je vois que ce bel Ariate a su faire chavirer votre cœur, minauda la vieille gouvernante.

Je retins un soupir d'exaspération.

— Le roi sera ravi de votre attachement soudain ! s'empressa-t-elle d'ajouter en s'armant d'un peigne aux dents acérées.

Je priai pour que Tillaumet soit aussi facile à berner.

Malgré ce que j'avais soupçonné, mon père avait respecté les us et coutumes. Il était à la place d'honneur, Guilhem installé à sa gauche et moi, à sa droite. Kalian et György étaient à mes côtés. Était-ce un piège ? Pourquoi me placer tout contre l'homme auquel il m'interdisait tout contact ? Je sentais son regard inquisiteur planer sur moi. Je décidai de tout faire pour lui plaire : je ne cessai de fixer l'Ariate, lui lançai sourire sur sourire et m'intéressai à ses conversations les plus insipides. Je n'échangeai que quelques banalités avec Kalian, attentive à rester la plus distante possible. Mais sous la table, mon genou était tout contre le sien et ce simple contact m'électrisait. Enfin, le *Traoel* fut prononcé. Mon voisin et Györg officièrent avec dignité pour libérer Iriade de sa vie passée, et lui permettre de rejoindre le Royaume du Père Très Saint. Mon père embrassa avec vigueur les deux hommes et, comme le voulait la tradition, m'invita à en faire de même. J'enlaçai Györg et en profitai pour lui murmurer :

— Kalian doit venir ce soir.

Le léger mouvement de tête qu'il m'adressa en retour m'assura qu'il avait compris. Sous la surveillance de Tillaumet, je serrai les bras de Kalian mais me gardai de l'étreindre. Mon père accueillit mon attitude avec satisfaction. Il devait penser m'avoir matée.

Ma harpe fut apportée dans la salle pour que Guilhem nous montre l'étendue de son talent. Mais bien sûr, il insista pour que je joue quelque chose. Toujours souriante et séductrice, je m'exécutai. Je choisis délibérément la mélodie que m'avait chantée Kalian lors de notre nuit au Mont Roux. L'émotion gagna son visage dès les premières notes. Tout en jouant, je réfléchis aux dispositions qu'il me fallait prendre vis-à-vis de Grittia pour accueillir mon amant. Elle avait pour habitude de se retirer de bonne heure après avoir verrouillé ma porte à double tour. Les clés pendaient ensuite en permanence à sa ceinture et cliquetaient avec arrogance, tel un glas qui me ravissait ma liberté. Si Kalian se procurait un passe-partout, (ce qui, j'en étais sûr, était dans ses cordes), le bruit de la serrure ne manquerait pas d'avertir mon cerbère. Il lui faudrait donc passer par la fenêtre. Mais comment être sûre qu'il ne serait pas aperçu et dénoncé ? Ou qu'il ne se romprait pas le cou ? Je regrettai en cet instant de ne pas avoir de cette poudre à dormir que fabriquait Mona. Ma chère Mona. Sans elle, je me sentais comme un oiseau amputé de ses ailes.

La fin de mon morceau fut accueillie par un tonnerre de vivats. Guilhem se leva pour prendre ma place. Son pas claudicant me peina.

Il ne devait pas être facile pour le fils d'un roi d'être ainsi estropié. Lorsque nous nous croisâmes, je fis tout pour que nos corps se frôlent. Jamais je n'aurais osé être aussi aguicheuse avec Kalian. Mais toutes ces marques d'intérêt de ma part semblaient ravir mon père. Et Guilhem. Ce dernier s'installa à ma harpe et je dus admettre qu'il possédait un talent immense. On aurait dit que ses doigts caressaient les cordes sans les toucher. Sa virtuosité n'avait d'égal que l'intensité qu'il faisait passer à travers sa musique. Sans doute, dans un contexte différent, aurais-je pu apprécier cet homme. Voire même lui offrir mon amitié. Mais en ce jour, il représentait tout ce que je haïssais le plus : ce destin vers lequel mon père me poussait et contre lequel je luttai de toutes mes forces. L'Ariate joua un morceau, puis un second, suivi de plusieurs autres. Il se délectait de l'intérêt que lui portait la foule. C'était un musicien de grand talent.

Plus la soirée passait, plus mon père se laissait emporter par l'euphorie de l'alcool. Il ne tarda pas à s'assoupir sur son trône, tandis que Guilhem attaquait un énième morceau, ovationné par les convives charmés. Je profitai de l'instant pour me pencher vers Kalian :

— La fenêtre... guette la bougie.

Je pris son raclement de gorge pour un acquiescement. Impatiente, je pris congé de l'assistance et sortis.

Les yeux rougis de fatigue, Grittia attendait que je sois revenue pour m'aider à ôter la robe de laine verte qui grattait comme une armée de puces. Elle poussa un grognement satisfait lorsque je me mis au lit, tira les lourds rideaux du baldaquin et retourna dans sa chambre d'un pas traînant après avoir fermé ma porte à double tour. Lorsque ses ronflements me parvinrent, je glissai hors des couvertures et traversai la pièce sur la pointe des pieds, mon chandelier à la main. J'ouvris le battant de la fenêtre avec lenteur pour ne pas le faire grincer et posai la bougie sur le rebord. Le froid de la nuit me cingla les joues et l'attente, elle, me parut interminable. J'avais beau guetter la cour, aucune silhouette ne se dessinait dans l'obscurité. Soudain, une corde descendit avec lenteur. Penchée pour apercevoir le sommet de la tour, je discernai Kalian en plein effort. Il ne portait que sa cotte malgré la température glaciale. Sans doute avait-il laissé son mantel sur la terrasse supérieure. Je me reculai pour lui permettre de poser ses pieds sur l'appui de la fenêtre. Il glissa à l'intérieur avec une agilité féline et, avant même que j'aie pu lui dire quoi que ce soit, il m'embrassa avec fougue. Son haleine empestait l'alcool, mais qu'il était doux de se couler dans ses bras ! Je réalisai à quel point je m'étais languie de sa chaleur, de sa force. Il saisit mon visage à deux mains et le couvrit de baisers légers. Je lui fis signe d'éviter tout bruit et l'entraînai vers mon lit. Les ronflements de Grittia étaient dignes de ceux d'une escouade entière, ce qui fit sourire Kalian. Ses yeux pétillaient derrière cette mèche de cheveux qui s'évertuait à retomber sur son nez. Sa barbe épaisse caressait avec douceur la base de mon cou tandis que ses lèvres charnues partaient à l'assaut de ma nuque. Je frémis sous le souffle brûlant qui chatouillait ma peau. Le désir de Kalian ne faisait aucun doute et l'envie d'y répondre incendiait mon ventre. Mais j'avais à lui parler. Déjà ses mains larges s'aventuraient sous ma chemise. Je fis preuve d'un effort surhumain et le repoussai.

— Kalian, attends, murmurai-je. Je crois que je porte ton enfant.

J'avais pensé y mettre la forme, mais c'était sorti tout seul. Le sang déserta son visage. Je frémis à l'idée qu'il pourrait rejeter cette nouvelle. Pourtant c'est bien un sourire franc qui naquit sur ses lèvres.

— C'est merveilleux ! finit-il par chuchoter.

Avec une délicate maladresse, il en posa ses mains sur mon ventre, les yeux écarquillés.

— C'est un peu tôt, mais c'est merveilleux !

J'aurais aimé savourer cet instant, pourtant il y avait plus grave.

— Mon père veut me marier à l'Ariate.

Mon annonce le dégrisa d'un coup. Il fixa le sol, la bouche entrouverte de dégoût.

— Et il a menacé de te faire tuer si je ne faisais pas tout pour le séduire, expliquai-je.

Je savais qu'il ne manquerait pas de trouver une issue à ce tunnel infernal.

— D'où ton attitude provocante de ce soir, rétorqua-t-il avec un rictus. J'ai presque cru que tu lui faisais de réelles avances.

J'écarquillai les yeux de stupeur.

— Quel idiot tu fais !

Je le punis de sa bêtise d'une frappe sur son torse ferme. Il saisit ma main au vol et déposa un baiser au creux de ma paume. Il réfléchit le temps de trois respirations, ses lèvres toujours plaquées sur ma peau, avant de chuchoter, le visage déterminé.

— Nous devons nous enfuir, mon Perce-neige.

Ainsi était-il arrivé à la même conclusion que moi.

— Ce soir si tu veux ! J'y ai songé. Nous pourrions aller en Ésiria. Je suis sûre que ma tante nous accueillerait.

Mon empressement le fit sourire.

— C'est trop tôt ! Il faut que je rassemble un peu d'argent. Qu'on prévoie des vivres... Mais tu as raison. L'Ésiria est notre meilleure option. Du moins dans un premier temps, jusqu'à la naissance de notre enfant.

Notre enfant. Tout devenait si réel. Kalian passa sa main sur mon ventre avec tendresse avant de reprendre.

— Ensuite, nous pourrions prendre un bateau et voguer au-delà des frontières du Monde Connu.

Son idée me laissa rêveuse. Quelle vie nous attendait dans ces contrées lointaines ? Mes tergiversations s'arrêtèrent net au contact de la paume de Kalian sur ma joue. Sa main se fit plus ferme et il attira mes lèvres vers sa bouche. Front contre front, nous plongeâmes dans les yeux l'un de l'autre.

— Je ne suis pas de garde demain, murmura-t-il en effleurant mon nez avec le sien. Je pourrai me consacrer à tous ces préparatifs. Nous partirions demain soir ?

Je ne pus retenir mon sourire d'excitation.

— Je t'attendrai à la fenêtre dès que Grittia dormira.

Satisfaits de notre plan, nous nous laissâmes aller à nos caresses, dans un silence qui ne fit qu'accroître l'intensité de nos ébats.

Le sommeil m'ignora cette nuit-là, tant mon départ prochain avec Kalian occupait mon esprit. Au lever du jour, Grittia me fit monter ma collation. En déposant le plateau sur ma table, la jeune servante au visage buté me murmura :

— Je ne sais pas si z'êtes au courant, Majesté, mais l'Ariate s'en va ce matin.

— Vraiment ?

J'espérais avoir réussi à cacher la joie que me procurait cette nouvelle.

— Oui, son serviteur est passé aux cuisines pour prendre des vivres pour leur voyage. J'suis ben désolée pour vous.

Sa mine contrite me poussa à adopter un air tout aussi peiné.

— Sans doute devriez-vous aller le saluer, me conseilla Grittia en levant le nez de sa broderie matinale.

— Vous avez raison. Je vais le guetter depuis la fenêtre.

À défaut de me protéger du froid qui pénétrait par les fins carreaux de verre, cette excuse avait au moins l'avantage de me préserver des travaux d'aiguille que la vieille gouvernante avait bien l'intention de m'imposer ce matin. Ma cape pourpre bordée d'hermine sur les épaules, je m'installai sur le coussiège. La matinée s'écoula avec la rapidité d'un escargot essoufflé. Je tentai de mémoriser chaque pierre, chaque élément qui s'offrait à ma vue, consciente que mes yeux ne se poseraient sans doute plus jamais sur eux.

Un peu avant la mi-journée, Guilhem d'Ariatide sortit du château et retrouva son jeune serviteur qui l'attendait avec leurs montures. Tillaumet le rejoignit et fourra une bourse conséquente dans les mains du voyageur. Quelle jubilation de voir les plans de mon père s'effondrer avec une telle facilité ! L'arrivée d'un cavalier escorté par un groupe de soldats aux armes ariates coupa court à leurs adieux. Je m'apprêtai à quitter ma vigie pour aller saluer notre hôte sur le départ quand un élément arrêta mon mouvement. L'un des nouveaux venus aux cheveux blancs sauta de cheval, s'inclina devant mon père et vint s'agenouiller devant Guilhem. J'entrouvris le battant de ma fenêtre pour saisir ce qui se disait. D'une voix claire et forte, le vieil homme déclara en langue commune :

— Le Père Très Saint a rappelé le roi Blivien à ses côtés. L'Héritier Lorcas l'y a suivi. Je tiens à être le premier à te présenter mon serment d'allégeance, Guilhem, Héritier d'Ariatide.

Après avoir dénoué la ceinture qu'il portait au côté, le vieil homme remit un fourreau et l'épée qu'il contenait entre les mains de l'Ariate. La conversation que j'avais surprise dans les latrines entre Tillaumet et Raghôl me revint en mémoire. Mon père avait-il participé en secret à l'accession au trône de Guilhem ?

L'air extérieur me parut glacial et je m'éloignai de l'ouverture. Si Kalian et moi n'avions pas planifié notre fuite pour ce soir-là, nul doute que mon père aurait réussi à mener à bien son plan. L'idée d'échapper de justesse à une destinée de reine me donna le vertige. Il s'en fallait de peu que ma vie entière ne soit dictée par les protocoles !

— Vous êtes gelée ! me sermonna Grittia tandis qu'elle me mettait une tasse de tisane fumante entre les mains. Voilà encore des enfantillages que de passer la matinée ainsi installée à côté de la fenêtre ! Et vous ne fermez même pas le vantail ! Voulez-vous nous faire attraper la malemort ?

J'ignorai l'appel de la douceur du feu de cheminée, et ne bougeai pas de mon poste d'observation. Une brise s'engouffra et fit voler mes cheveux. En bas, dans la cour, Guilhem me regardait. Il me sourit avec convoitise. J'allais refermer le battant, quand Kalian déboucha du perron et se dirigea vers mon père.

— Balastine nous fait savoir qu'un des villages frontaliers a été attaqué. J'ai déjà envoyé György rassembler une patrouille. Ils partiront…

— Je veux que tu y ailles, Kalian, toi et nul autre, l'interrompit mon père. Prends tes hommes. Mais je n'ai confiance qu'en toi pour démasquer les responsables de cette attaque.

Cet ordre ne pouvait pas plus mal tomber, car si Kalian devait aller à Balastine, il ne serait jamais rentré à temps pour que nous partions ce soir. Lorsqu'il s'inclina, mon aimé jeta un coup d'œil dans ma direction. Nos regards se croisèrent.

— Bien, mon roi, l'entendis-je acquiescer. Je chevaucherai sans relâche et serai de retour demain avant la mi-journée.

Je ne doutai pas qu'il avait ajouté cette précision à mon intention. Il me faudrait donc me languir jusqu'au lendemain, mais nous partirions. Rien ne nous en empêcherait.

Sur ce, Kalian se précipita vers l'écurie, bientôt rattrapé par Guilhem. Que lui voulait-il ?

— Voulez-vous fermer ce battant ? s'impatienta la vieille bique couronnée de mousseline qui piaffait à côté de la cheminée. Venez ici et buvez ! Votre boisson refroidit !

Obéissante, je poussai le vantail et rejoignis Grittia d'un pas traînant. Que cette journée allait être longue !

Le soleil déclinait lorsque mon père entra dans ma chambre et congédia Grittia d'un revers de la main. Après une révérence obséquieuse, la vieille bique sortit.

— J'ai une grande nouvelle, ma fille, commença Tillaumet après s'être assuré que la gouvernante avait bien refermé la porte derrière elle. Je me suis entretenu ce matin avec Guilhem et tout cet après-midi avec Claudius, son conseiller et Haut Érudit. Nous l'annoncerons dès demain soir. Il te prend pour épouse !

Le choc me força à m'asseoir sur mon fauteuil. L'étau se resserrait autour de moi et il me fallait à tout prix fuir avant d'être prise.

— Tu seras reine d'un immense royaume, Sylwen ! L'Ysoar et l'Ariatide enfin réunis !

Il abandonna sa jubilation pour se courroucer de me voir indifférente à son bonheur.

— J'attendais un peu plus de reconnaissance de ta part, ma fille. Oh, pas de la joie, je ne t'en demande pas tant. Mais tu peux me savoir gré de l'avenir que je t'offre ! Et admets que ce Guilhem n'est pas le plus désagréable des hommes auxquels tu aurais pu être mariée !

— Vous savez très bien ce que je pense de ce mariage.

Mon murmure lui soutira un soupir d'exaspération. Dès ce soir, tous ces tracas seraient loin derrière moi. Je n'avais plus que quelques heures à patienter avant d'entamer une nouvelle vie avec Kalian. Et notre enfant. Cette pensée me rasséréna.

Mon père tira le second fauteuil devant la cheminée et s'y laissa tomber. On aurait cru qu'il cherchait dans le crépitement des bûches un calme qui ne l'habitait plus.

— Kalian ne sera plus un problème à l'avenir, murmura-t-il comme pour lui-même.

Sa voix avait sonné comme un glas et je me refusai à en saisir la portée. Non, il n'avait pas osé mettre sa menace à exécution. Envahie d'angoisse, je me levai et m'éloignai du roi et de tout ce qu'il était susceptible d'ajouter. J'avais besoin d'air frais.

— Ne fais pas l'innocente, poursuivit-il d'un ton grinçant sans me quitter des yeux. Kalian a toujours été mon meilleur homme. Un excellent commandant.

Je me retournai et le dévisageai de toute ma hauteur. Où voulait-il en venir ?

— S'il ne revient pas demain, sache que tout aura été de ta faute.

— Ma faute ? m'emportai-je en m'étranglant, les poings serrés de rage. Qu'avez-vous fait ?

L'air désolé qu'il arbora me donna la nausée. Mon armure de déni se fissura et la vérité me terrassa. Un déluge de désespoir s'abattit sur moi alors que mes jambes se dérobaient. Je tombai à genoux sur le plancher. Ma détresse pesait sur ma poitrine. Comme un poisson hors de l'eau, je tentai d'aspirer la moindre parcelle d'air, mais rien. Pas même l'énergie de pleurer.

— Je t'avais ordonné de ne plus le voir, Sylwen, me toisa Tillaumet avec distance. Je t'avais avertie des conséquences. Mais tu n'as pas écouté. Et je ne peux tolérer d'être bafoué par mes sujets.

— Je suis votre fille ! lui lançai-je avec tout le mépris dont j'avais encore la force.

— Et en tant que telle, tu devrais m'être deux fois plus soumise !

Son rugissement me frappa comme une gifle. Pantelante, je sentis toute vie quitter mon corps, me changeant en une coquille vide submergée par un chaos d'incertitude. Le roi prit congé d'un raclement de gorge, se leva et atteignit la porte en trois enjambées.

— Demain soir, sois prête pour l'annonce de tes fiançailles. Nous ferons un banquet plus officiel dans quelques jours auquel nous convierons...

Ses mots passaient au-dessus de moi, comme le vent survole un champ desséché par le soleil, ignoré par les épis meurtris.

— ... après quoi tu te glisseras dans sa couche. Ces hommes du Sud sont plus à cheval sur les mœurs que nous. Il ne pourra te refuser après ça. Et il reconnaîtra publiquement t'avoir déflorée. J'ai fait préparer un baume par mon apothicaire. Il paraît que si tu l'appliques à temps, l'homme ne sentira pas la différence. Ce sera comme si tu n'avais jamais été prise par ce...

Trop. C'en était trop.

— Sortez. Je vous prie.

Ma voix d'outre-tombe le convainquit d'obtempérer.

Pleurer. Voilà bien la seule chose que mon corps parvenait à faire. Je tentais de me persuader que rien ne s'était encore produit, que mon père pouvait s'être joué de moi. Mais je n'arrivais pas à chasser de mon esprit l'image de Kalian gisant au sol dans une mare de sang. Si tel était le cas, je ne lui survivrais pas. Pourtant, aurais-je vraiment la force de quitter ce monde et d'entraîner notre enfant avec nous, cet enfant qui grandissait en mon sein, indifférent à tout ce qui se tramait autour de lui ? Ne devais-je pas tout faire pour que le fruit de notre amour brandisse au grand jour l'éternité de nos sentiments ?

La lune accompagna mes pleurs, bientôt remplacée par un soleil badigeonné de grisaille. La vieille Grittia devait avoir écouté à la porte et elle me fit grâce de ne pas souffler la moindre remarque. Assise au coin du feu, elle veilla mon chagrin du va-et-vient régulier de son aiguille à broder. La mi-journée était passée et pas un cavalier ne s'était annoncé. Kalian avait-il quitté ce monde pour le royaume des ombres ? M'avait-il abandonnée ? N'aurait-il pas dû se battre pour moi ? Pour nous ? Pour son enfant ? Mon désespoir se mua en colère qui me fit verser des larmes amères de rage.

Alors que le soleil amorçait sa descente, des sabots résonnèrent dans la cour. Grittia, mue par une curiosité jamais vue jusqu'alors, se traîna à la fenêtre.

— Un Balaste vient d'arriver.

Comme si cette nouvelle m'était d'une quelconque utilité... Kalian n'était pas là. Rien d'autre n'avait d'importance.

Des pas rapides dans le couloir m'annoncèrent que le moment était peut-être venu de me préparer pour le banquet. Il en était hors de question. Je n'en avais pas la force. La porte s'ouvrit avec fracas sur Mona, déchaînée.

— Sylwen !

Grittia tenta de s'interposer mais fut contournée avec l'agilité d'une hirondelle.

— Kalian est vivant.

Ses mots rallumèrent aussitôt une flamme en moi qui libéra une énergie toute la journée conjurée. Je sautai de mon lit et attrapai les bras que Mona me tendait.

— La troupe a été attaquée, dévastée, même. Portric est mort, ajouta-t-elle sans la moindre marque de tristesse. Mais Kalian est vivant. Il est blessé. Gravement à c'qui s'dit. Mais il est en vie.

— Quand ? m'impatientai-je. Quand revient-il ?

— Pas avant deux ou trois jours, au moins. Le messager est venu quérir un chirurgien. Pour lui et pour l'Ariate.

La référence à Guilhem me stoppa dans mon élan.

— Il n'est pas mort ?

— Non, ma douce. Enfin, on sait pas encore. Il n'a pas été retrouvé. Ton père fait envoyer le meilleur d'ses médicastres au cas où qu'il serait blessé. Il n'a pas ben envie qu'y passe chez les ombres.

La joie que Kalian soit vivant me renvoya au risque qu'il courait s'il revenait à Daeg. Si mon père avait commandité son assassinat, pourquoi porter aussi atteinte à l'homme qu'il voulait me voir épouser ? Cela n'avait aucun sens. Mais mieux valait être prudente.

— Mona, Kalian ne sera pas en sécurité ici. Mon père le veut mort ! Il a peut-être même ordonné à ce fameux chirurgien de l'achever ! Oh, Mona, j'ai si peur qu'il ne survive pas !

Toute ma peine s'écoula dans des pleurs incontrôlables. Ma sœur nous éloigna le plus possible du cerbère qui nous guettait depuis l'angle de la pièce, l'œil noir.

— T'inquiète don' pas, mon doux miel, me murmura Mona. Hier, j'suis allée au Mont Roux pour placer Kalian sous l'aile de la Grande Mère. J'ai rencontré la Dame des Bois et elle m'a promis de l'garder sous sa protection. Sois-en sûre, c'est un sort puissant. Mouma est même venue avec moi.

Tant de bienveillance ne fit qu'augmenter mes pleurs. Je priai de toute mon âme que tous les dieux et démons gardent Kalian des dangers.

— Et György s'est imposé comme escorte du convoi pour ramener Kalian, ajouta Mona pendant qu'elle essuyait mes joues du bord de son tablier.

Je soupirai de soulagement. Personne ne pourrait mieux défendre mon aimé que son ami du Nord.

Chassée par Grittia, ma sœur sortit après lui avoir jeté un regard noir de sens.

— Il n'y aura pas de banquet ce soir, conclut ma gouvernante. Je vais faire monter du bouillon.

Je ne doutai pas que cette vieille peau se rendrait sur-le-champ chez mon père pour l'avertir de la venue de Mona. J'attrapai sans ménagement la main ridée que je serrai à en entendre craquer les os et susurrai :

— Si j'apprends que le roi a eu vent de mon entrevue avec Mona d'une quelconque manière, je vous ferai payer votre trahison d'une telle manière que vous supplierez démons et diables de vous libérer de moi.

Ses yeux décolorés tentèrent de déceler le sérieux de ma menace et devant mon air implacable, cherchèrent refuge dans les rayures du plancher.

— Je vais demander à la cuisinière s'il lui reste de cette pâte d'abricots que vous affectionniez tant enfant.

— Je vous en saurais gré.

La face de cul de chèvre esquissa une révérence tendue, elle sortit.

Trois jours plus tard, un char cahotant entouré d'une troupe de gardes débarqua dans la cour. Plaquée contre la fenêtre, je scrutai Kalian au milieu de ces corps agités. Son visage recouvert de cataplasmes accrut mon inquiétude. Il fallait que je le voie au plus vite.

Talonnée par une Grittia devenue muette et soumise depuis notre dernière mise au point, je me rendis dans la chambre de mon père. Les cris qui résonnaient dans le couloir me poussèrent à ralentir le pas. Par la porte entrouverte, je n'eus aucune peine à saisir les remontrances que Tillaumet proférait avec emportement.

— ... et j'attendais une meilleure rigueur de la part des Balastes !

— Une énorme méprise, mon roi.

J'aurais reconnu entre mille la voix rocailleuse de Raghôl, le géant roux.

— Je te demande de faire disparaître Kalian et tu me le ramènes en vie ! Par contre, tu te permets de porter atteinte à l'Ariate, et de fragiliser les plans que nous avons mis des années à concevoir ! Les Neufs Sages en seront avertis, Raghôl !

— Guilhem ne devait pas aller sur le front ! se défendit le Balaste. Comment voulais-tu que mes hommes le reconnaissent en pleine mêlée ? Tu es tout autant responsable que moi, Tillaumet ! Pourquoi ne pas l'avoir gardé en tes murs ?

— Et Kalian ?

— Je connais ce gosse depuis sa naissance.

La voix basse du géant me fendit le cœur. Ressentait-il de la compassion pour sa victime ?

— Et c'était un ordre de ton roi !

— Tu n'es pas *mon* roi, Tillaumet ! rabroua Raghôl. Je n'ai aucun ordre à recevoir de toi. Seuls les Neufs Sages peuvent disposer de mes services.

— Je trouverai bien un serviteur pour achever ton œuvre.

— Ne t'inquiète pas pour Kalian, insista le Balaste. Nous lui avons bien fait comprendre qu'il ne rencontrerait que des ennuis s'il cherchait à revoir ta fille. Et nous l'avons marqué pour qu'il s'en souvienne.

Raghôl sortit soudain de la chambre de mon père et se figea lorsqu'il nous découvrit, Grittia et moi, à quelques pas.

— Sylwen…

Son air hésitant fut témoin du trouble qu'il ressentait. Je le fixai avec défiance. Devais-je le maudire ou le remercier pour ce qu'il avait fait à Kalian ?

— Raghôl.

Mon salut froid l'encouragea à fuir à l'autre bout du couloir. Sans plus attendre, j'inspirai profondément, frappai à la porte de la chambre de mon père et entrai en retenant mon souffle. Le teint rouge du visage de Tillaumet en disait long sur la fureur qu'il tentait de contenir.

— Je n'ai pas de temps pour tes jérémiades, soupira-t-il, méprisant.

— Je venais vous instruire que je me rends au chevet de Kalian. Et vous n'avez nul besoin de me renouveler vos avertissements. Je les ai compris. Je souhaite lui faire mes adieux avant de m'en aller m'enquérir de l'état de mon promis.

— Tu veux dire que tu te soumets à ma volonté ?

Son air surpris témoignait de l'incrédulité qui l'habitait.

— Je me plierai de bonne grâce à vos directives. Mais à la seule condition que vous me laissiez rendre visite à Kalian aussi souvent qu'il me plaît.

Son silence prouvait qu'il n'était pas convaincu. Je contournai sa table, tirai un tabouret et m'assis à ses côtés, assez proche pour créer une intimité, mais assez loin pour marquer le fossé qui s'était à jamais creusé entre nous.

— Le soir des fiançailles, je me glisserai dans la chambre de l'Ariate et agirai de manière à ce qu'il soit persuadé de m'avoir déflorée. Faites-moi porter le baume dont vous m'avez parlé dès que possible.

Bien sûr, je n'en croyais pas un mot et envisageai toujours de m'enfuir avec Kalian. Mais je me devais de feindre la résignation pour le convaincre de ma bonne foi. Mon message délivré, je me levai et me dirigeai vers la porte, consciente de l'affront que je faisais à mon roi en prenant ainsi congé sans y avoir été invitée.

— Je suis étonné… non, ravi de ton brusque changement de comportement, ma fille. Tu honores notre famille.

Ce compliment me fit l'effet d'un crachat. Sans prendre la peine de me retourner, je précisai avant de sortir :

— Sachez néanmoins que si Kalian ne devait pas survivre à ses blessures, c'est mon cadavre qu'il vous resterait à offrir à l'Ariate.

Devant la porte de Kalian, je congédiai Grittia et pénétrai dans la chambre. Quel soulagement d'y trouver Mona ! J'avais plus confiance en ses talents que dans les préceptes rétrogrades du médicastre de mon père. Györg était aussi présent, assis dans le fauteuil, les traits tirés par les trop nombreuses heures de veille. Mona reposa le cataplasme sur le visage de Kalian et vint à ma rencontre.

— Comment va-t-il ? m'enquis-je à voix basse, inquiète.

— Je préfère te prévenir, lâcha-t-elle, les sourcils froncés. J'suis pas ben sûre qu'tu le reconnaisses.

Sa confidence me figea.

— Quoi ? déglutis-je. Je veux lui parler.

— Il n'a toujours pas repris connaissance.

Mon angoisse montait à chacun de ses mots. Pourquoi ne me laissait-elle pas approcher du lit ? Je tentai de la contourner mais elle s'interposa de nouveau et me retint par le bras.

— Arrête, Sylwen ! Il a été passé à tabac. Et...

— Dis-moi, Mona !

Son hésitation était insupportable. Kalian avait-il été poignardé ? Se vidait-il de son sang ?

— Je pense qu'il a été torturé.

Un poids énorme s'abattit sur ma poitrine. La conversation que je venais de surprendre entre Tillaumet et Raghôl prenait tout son sens.

Je poussai Mona et me dirigeai d'un pas chancelant vers le lit où gisait Kalian, du moins, ce qu'il était à présent. Le côté gauche de son visage était recouvert d'un fin voile de lin, tandis que le droit était tuméfié. Sa joue et sa lèvre avaient éclaté, son œil était englouti sous une bosse bleue. Sa barbe avait été coupée, révélant son maxillaire depuis tant d'années caché sous l'abondance de poils bruns. Il avait l'air si jeune. Si vulnérable.

— Pourquoi l'avoir rasé ?

Je ne reconnus pas ma voix, serrée de stupeur.

— Il a été brûlé, murmura Mona, et il fallait que je puisse purifier ses plaies.

Je tirai le tabouret à côté du lit et m'y installai pour observer ce corps inerte si longtemps chéri. Je voulais connaître la gravité dissimulée par chacun de ses bandages.

— Son bras gauche ?

György se redressa dans son fauteuil et me renseigna.

— Ses doigts ont été brisés et sa peau, brûlée. Ce n'était pas un combat, Sylwen. Crois-moi. C'était un châtiment. Cruel.

Du bout des doigts, je saisis les bords du voile qui recouvrait la partie ravagée du visage de Kalian et le soulevai avec délicatesse. Mona eut le respect de ne pas intervenir. Il me fallait savoir ce qui lui avait été infligé par ma faute. Un haut-le-cœur m'assaillit au moment où je pris conscience de la gravité de ses blessures, en partie masquées par le baume clair dont sa peau meurtrie était enduite. Ravagée par les flammes. Je lisais leur morsure sur ses traits. Ses cheveux avaient été rongés, son nez, mâché, sa pommette écrasée. Et son œil… une béance sanguinolente qui ne reverrait sans doute plus jamais la lumière du jour. Les larmes aux yeux, le menton et la main tremblants, je reposai le tissu.

— D'autres blessures ?

Ma voix éraillée me choqua. Il ne fallait pas que je craque. Je devais être forte. Pour lui. Pour notre enfant. Pour nous.

— Plusieurs côtes cassées, mais il s'en remettra, me rassura Mona.

— J'aurais dû partir avec lui, marmonna György dans mon dos. Il savait que Tillaumet préparait quelque chose. Mais ni lui ni moi ne pensions qu'il en viendrait à de tels extrêmes.

— Mon père est un monstre, ajoutai-je dans un souffle.

Un silence lourd de sens s'installa. Mona rassembla les compresses souillées et sortit sans un mot.

— Je vais devoir rentrer en Heylön, murmura György.

Son départ soudain m'emplit d'inquiétude. S'il n'était plus là, qui allait protéger Kalian ?

— Pourquoi ? Quand ?

— Dès que possible. Un oiseau est arrivé. Un village vient d'être attaqué à la frontière de l'Heylön continentale et de l'Agalaadywen. Et ma reine requiert ma présence.

— Elle s'en est pourtant passée jusque-là !

Ma réplique lui arracha un grognement que j'interprétai pour une confirmation.

— Les temps sont troublés, Sylwen. Et je ne te cacherai pas que des choses se trament. Je ne suis pas encore sûr de ce dont il s'agit. Mais des bruits courent. Et ma reine les a également perçus.

L'heure n'était plus à la défiance ou à la bonne figure. Aussi lui confiai-je tout ce que j'avais entendu des entretiens secrets entre mon père et Raghôl. Györg m'écouta sans mot dire, le front soucieux. Le regard dans le vide, il mâchouillait le dessus de son index.

— Ces informations sont précieuses, avoua-t-il avant de se redresser dans son fauteuil.

S'il partait, mise à part Mona et Livianne, quel allié me resterait-il entre ces murs gris ? Je tendis le bras pour saisir sa main et laissai monter mon émotion.

— Je n'arrive pas à me faire à l'idée de ton départ. Je croyais que tu demeurerais toujours ici.

— Je m'étais fait à cette idée. Mais ma place n'est pas en ces terres.

Il porta ma main à ses lèvres et y déposa un baiser.

— Je sais que tu veilleras sur lui aussi bien que moi.

Il relâcha son étreinte et se leva. Je compris alors ce que Mona trouvait d'attirant chez lui. Sa stature imposante, sa démarche agile, presque féline, ses longs cheveux tressés, rares chez un homme. Il avait quelque chose d'exotique, subtile combinaison de raffinement, souplesse et puissance. Au moment où il allait passer la porte, je le retins.

— Si jamais les événements venaient à opposer nos deux pays…

— Je crains que ce soit le cas, coupa-t-il.

— … et si tu te retrouvais un jour avec la vie de mon père entre tes mains, je t’en prie. Ne l’épargne pas.

Ma demande lui soutira un rictus carnassier.

— Kalian m’avait prévenu qu’il valait mieux être ton ami que ton ennemi. Et je vois à quel point il avait raison.

# Chapitre VI

« Si le seigneur ou la dame d'une demeure est souffrant et qu'un corbeau vient crier sur le toit ou la cheminée, c'est signe certain qu'il mourra de son mal. »

*****

Neuf jours plus tôt, en sortant de la chambre de Kalian, j'étais allée m'enquérir de l'état de l'Ariate. Même si je n'avais aucune intention de l'épouser, il me fallait être des plus convaincantes pour que mon père soit persuadé de ma décision de me soumettre à sa volonté. Aussi, dès ce jour, fus-je la plus attentionnée des garde-malades et la plus empressée des soupirantes. Ce qui me valut par ailleurs l'inimitié du serviteur de Guilhem. Le jeune homme, d'une sincérité et d'un dévouement à toute épreuve, voyait d'un mauvais œil que je le congédie. Lors de nos retrouvailles au chevet de Kalian, Mona m'avait confié que le jeune Budec tournait autour d'une fille de cuisine et que la brunette le lui rendait bien. Pensait-elle qu'il l'emmènerait avec lui dans son pays lointain baigné de soleil ? À mon avis, le jeune homme passait le temps avec elle, tandis que je m'occupais de son maître. Chaque soir, je lui restituais sa place de fidèle lévrier et au petit matin, après avoir fait un crochet par la chambre de Kalian qui naviguait toujours dans les brumes de l'entre-deux-mondes, je revêtais mon masque de femme soumise et attentionnée.

La blessure dont souffrait Guilhem était tout aussi préoccupante que celles de Kalian. Mais le peu d'intérêt que je lui portais me rendait insensible. Cet homme ne suscitait en moi que de la pitié. Comme moi, il était un pantin entre les mains de mon père et de ses complices.

Avec un détachement étonnant, je tamponnais avec une compresse la longue plaie qui lui parcourait le flanc, puis l'enduisais du baume fourni par Mona. Je n'étais pas une habituée de ce genre d'ouvrage, mais je trouvais que la cicatrisation se faisait à une vitesse effarante. Une preuve de plus de l'incroyable talent d'apothicaire de ma sœur !

Assise sur le fauteuil tiré contre le lit, je passais mes journées à rêver à ma vie avec Kalian, à notre enfant... Je priais beaucoup aussi. Pour la guérison de mon aimé, pour la bonne exécution de notre plan d'évasion... Tant que nous serions à Daeg, il me faudrait jouer ce rôle abject de jeune femme éprise et je redoutais le moment où l'Ariate viendrait à se réveiller. Berner mon père était une chose. Courtiser Guilhem en était une autre. Il ne méritait pas ça. Mais entre lui mentir ou perdre Kalian, mon choix était sans équivoque.

Une agitation soudaine du malade me tira de mes songes. Il gémissait, murmurait des noms incompréhensibles. Je caressai son front moite pour l'apaiser. D'une main ferme, il enserra mes doigts, puis ouvrit les yeux. Improvisant, je me penchai vers lui et posai mes lèvres sur les siennes, dans un baiser que j'espérai convaincant. L'odeur de sa transpiration de malade me souleva le cœur. À moins que ce ne fût le goût aigre de ses lèvres. Il ne fallait pas qu'il se remette avant Kalian ! Ou alors je serai prise à jamais. Mes larmes de rages tombèrent sur ses joues hirsutes. Je devais marquer son esprit, le persuader de notre intimité, et ce, dès maintenant.

— Guilhem ! Cela fait neuf jours que je vous veille ! Je vous croyais égaré dans le Monde des Esprits !

Son regard hagard balaya la pièce avant de revenir sur moi. Il me fixait comme s'il s'attendait à trouver quelqu'un d'autre à ma place.

— Où est Budec ?

Encore et toujours son serviteur… Joignant le geste à la parole, j'attrapai ses mains et les baisai avec fougue.

— Il ne vous a pas quitté durant les premiers jours. Mais je tenais à être seule avec vous. Nous nous sommes relayés à votre chevet. Je l'ai prié de s'installer avec les serviteurs, dans les communs. Vous n'en êtes pas fâché, j'espère ? Je suis si heureuse que vous reveniez enfin à vous !

Son air perdu m'encouragea à poursuivre. Bonne élève, je lui répétai mot pour mot la version qui avait été avancée par mon père.

— Vous ne vous souvenez vraiment pas ? Vous avez pourchassé une bande de Nez Plats et avez été pris à revers. Vous n'êtes que deux à avoir survécu. Les Balastes, prévenus à leur retour au camp par le soldat de garde, sont arrivés trop tard. Ils patrouillaient plus à l'ouest. Kalian a été retrouvé le lendemain de votre attaque. Comme il ne vous avait pas vu parmi les cadavres, Raghôl a tout d'abord pensé que vous aviez été fait prisonnier. Il vous a cherché deux jours durant. Puis il a aperçu votre monture à l'orée des bois d'Agalaadywen. Par Sa grande miséricorde, elle vous avait traîné jusque-là. Et vous étiez encore vivant ! C'est un miracle !

Malgré la grimace que sa tentative lui soutira, il se redressa, retroussa sa chemise et parcourut du doigt la cicatrice rosée qui lui barrait le tronc. Comme j'aurais aimé que Kalian se remette aussi vite ! La maigre progression de son état me fit verser de nouvelles larmes. Guilhem se méprit sur mes pleurs et saisit ma main pour y déposer un baiser. Une vague de chagrin me submergea et je me jetai dans ses bras. Je déversai au creux de son épaule toute mon angoisse de ces derniers jours. D'une main légère, il caressa mes cheveux. Son contact avait quelque chose d'apaisant. Doucement, il frotta mon nez avec sa joue râpeuse. Peut-être me laissai-je prendre à mon propre jeu, mais j'eus envie de l'embrasser. Je déposai des baisers délicats sur son visage, troublée par l'impression de découvrir ses traits du bout de mes lèvres. Je passai une main sur son torse. Son ventre frémit à mon contact. Son buste était moins ferme que celui de Kalian, mais tout de même pourvu d'une musculature tonique. J'approchai mon visage pour l'embrasser, mais il interrompit mon mouvement.

— Il ne faut pas, haleta-t-il.

— Pourquoi, puisque nous allons nous marier ?

Il ne nia pas les faits.

— Eh bien... Tu dois rester pure pour notre union, argumenta-t-il. Et de plus, je risquerais de ne pas survivre cette nuit à tes assauts !

Je ris à son trait d'esprit. Voilà un homme qui ne cherchait pas à profiter de la situation. Et je me surpris à le respecter pour ça.

Il m'invita à m'installer à ses côtés. Je m'assis sur le bord de son lit et me collai contre lui. D'une main, j'effilai ses cheveux sombres, sans pour autant être aussi noirs que ceux de Kalian. Kalian. Comment réagirait-il s'il me voyait ainsi, pendue au cou de l'Ariate ? J'étais moi-même troublée par la tendresse que je ressentais pour ce dernier. La berceuse que me chantait Mona lorsque j'étais enfant me revint en mémoire, et je me mis à la fredonner pour accompagner mon geste. Bercée par ma propre voix et la chaleur de Guilhem, je me laissai sombrer dans un sommeil agité.

Guilhem se remit avec une vitesse déconcertante. Chaque jour, je lui rendais visite et nous devisions autour de sujets tels que la poésie ou encore la musique. J'avais fait porter ma harpe dans sa chambre afin de pouvoir partager avec lui les airs que j'affectionnais. Si mon père ne m'avait pas poussée dans son lit, sans doute aurais-je vraiment apprécié cet homme. Il était beaucoup moins imbu de lui-même que je ne l'avais d'abord pensé. Son côté suffisant cachait en réalité un passé de combattant qu'il n'abordait qu'à de rares exceptions.

J'écoutais avec attention son avis sur la politique, les suites de la Grande Purification, l'attitude à adopter face à l'Agalaadywen. Je savais qu'il ne fallait pas me montrer trop érudite au risque de rabaisser son estime masculine, aussi demeurai-je autant concentrée que muette.

Peu à peu, Guilhem commença à arpenter sa chambre, d'abord d'un pas maladroit, puis avec de plus en plus d'assurance. Dévouée, j'accompagnai ses efforts. Il était sensiblement de la même taille et de la même stature que Kalian et je me plaisais à imaginer le corps de mon aimé à la place du sien.

Un soir, alors que je l'aidais à se recoucher, il déposa un baiser sur mes lèvres. Son geste timide m'arracha un sourire. J'étais déchirée. Déchirée entre la tendresse que je ressentais à son égard et l'amour passionnel qui me ramenait encore et toujours à Kalian.

Kalian, lui, ne faisait que de très maigres progrès. Même s'il avait repris connaissance depuis de nombreux jours, il restait muet et ne répondait à mes attentions que par de discrets grognements. Son corps avait cicatrisé et malgré son œil perdu à jamais, son visage n'avait rien de monstrueux. Mais il refusait de l'entendre. György parti, il n'y avait que Mona pour me soutenir dans cette épreuve. Elle m'avait dit qu'il fuyait tout miroir et avait même fait faire un masque pour cacher la zone de son visage frappée par les flammes. Jamais il ne me renseignait sur ce qui lui était arrivé. Et par respect pour son silence, j'arrêtai vite de le questionner. Deux choses m'aidaient à garder espoir dans ce tunnel de souffrance : notre enfant et l'approche des quarante jours qui sonneraient l'officialisation de notre union.

Un jour pourtant, je ne supportai plus le vague à l'âme qui le terrassait et explosai :

— Il faut que tu te remettes, Kalian ! Notre mariage sera valide dans deux jours. Mais nous ne pouvons pas compter dessus. Mon père n'hésitera pas à le faire annuler. Il ne reculera devant rien. Nous devons partir au plus vite d'ici !

Il tourna son visage vers moi, et me contempla longuement avant de lâcher, d'une voix rauque :

— Nous ne pouvons pas. Partir.

Je ne sais lequel, de son timbre d'outre-tombe ou de son renoncement m'horripila le plus.

— Mon père m'a offerte à l'Ariate, Kalian ! Si nous ne fuyons pas, je serai mariée à lui ! De force !

Kalian détourna le regard.

— Guilhem va être roi. Tu ne manqueras de rien avec lui. Moi je ne peux pas te donner plus qu'un visage hideux et une main difforme.

— Mais tu vas guérir !

— Ou peut-être que non ! s'emporta-t-il.

Il plaqua sur moi son œil et ce que j'y lus me fit frissonner. Ce n'était plus de l'amour. Mais du rejet, troublé d'un extrême désespoir.

— Je n'ai plus rien pour toi, Sylwen.

— Tu n'aurais plus rien si tu étais mort ! avançai-je.

— Alors, dis-toi que je le suis.

Sa voix ferme me prit à la gorge. Cet homme n'était plus celui que j'avais connu. Ce n'était plus celui qui m'appelait son Perce-neige. C'était un naufragé.

— Pour ton bien et celui de notre enfant, Sylwen, épouse Guilhem.

— Kalian, jamais je...

— Épouse-le ! hurla-t-il presque. Nous n'avons plus d'avenir ! Nous n'avons plus rien à partager !

— Mais notre enfant…

Je posai malgré moi les mains sur mon ventre encore plat.

— Pour notre enfant, justement, insista-t-il d'une voix torturée. Guilhem est ce qu'il y a de mieux pour lui. Et pour toi.

— Je suppose que tu t'occuperas de faire annuler nos vœux de mariage au temple, vu qu'ils ne signifient rien pour toi, lui lançai-je, acerbe.

Le corps parcouru de sanglots, je me levai et titubai jusqu'à la porte. Au même instant, Mona entra, les bras chargés du repas. En un coup d'œil sur mon visage défait, elle saisit la situation.

— Sylwen, murmura Kalian en coup de grâce. Je t'en prie, ne reviens pas.

Le cœur au bord des lèvres, je passai la porte en me promettant de ne plus jamais la franchir à nouveau.

Je portai le rejet de Kalian comme un poignard planté dans la poitrine. Malgré cela, il me fut impossible d'ôter le pendentif qu'il m'avait offert. Ç'aurait été accepter la fin définitive et irrémédiable de notre histoire. Je le conservais donc toujours contre moi, douloureux rappel de mes espoirs bafoués. Même les attentions de plus en plus subtiles de Guilhem ne parvenaient à chasser ma mélancolie. J'avais beau me répéter que je ne serais pas malheureuse avec lui, qu'il saurait même peut-être m'apprécier un jour pour ce que j'étais vraiment, je me refusai à renoncer à Kalian. Toute nourriture me rendait nauséeuse et je ne savais si cela était le résultat de ma grossesse ou de mon vague à l'âme.

Le temps se mêla de la partie et se plut à défiler à une allure déconcertante. Dans deux jours à peine il me faudrait dire adieu à Daeg pour gagner la cité franche de Wyrd et, une fois mariée, l'Ariatide. J'étais un lapereau pris au piège, strangulé à jamais. Mais il me fallait être forte, pour moi, pour mon enfant. Kalian ne voulait plus de nous ? Grand bien lui fasse ! Nous vivrions et aurions une belle vie, faite de grandeur et de magnificence.

Tandis que Grittia m'apprêtait pour ma soirée de fiançailles, je me surpris à avoir hâte de ce départ. Trop de souvenirs hantaient ces murs. J'avais chargé ma gouvernante du choix de ma tenue et c'est avec une joie nouvelle qu'elle s'était occupée de la tâche. Indifférente, je la laissai me vêtir, me coiffer. Ce n'était qu'une formalité qui me rapprochait un peu plus de cette vie qui m'était imposée.

Arborant le masque de la promise comblée, je passai toute la soirée pendue aux lèvres de Guilhem, buvant à sa chope, mangeant dans son assiette. Kalian remarchait depuis de nombreux jours, mais j'étais étonnée qu'il soit de la fête. Tant mieux, cela me donnait l'occasion de lui prouver à quel point j'avais suivi ses conseils. Il portait une cotte brune sans grâce que je soupçonnai d'être sale. Persuadée de trouver mon courage dans l'ivresse, je vidai coupe sur coupe. De la musique ? Il me fallait danser, expulser de ce corps tout le désespoir qui le rongeait ! Bien sûr, mon fiancé, trop boiteux pour être amusant, déclina mon invitation. Je me mêlai donc seule aux danseurs et dévoilai tout le savoir que j'avais acquis durant mes années chez ma tante Kariana. Tandis que Guilhem me dévorait de ses yeux rieurs, Kalian posait sur moi son unique œil sombre. Pourquoi me regardait-il ainsi ? Que me reprochait-il ? Ne faisais-je pas exactement ce qu'il m'avait ordonné ? Le savoir m'observer et sans doute se morfondre n'était pas assez pour moi. Il me fallait lui jeter mon bonheur au visage. Mue par ma motivation malsaine, je profitais d'une pause entre deux morceaux pour l'inviter à danser.

— À quoi joues-tu ? marmonna-t-il sans saisir la main que je lui tendais.

— Tu ne peux pas me le refuser.

Mon sourire engageant le terrassa. Il ronchonna dans sa barbe rase et se leva en se tenant les côtes. Quel geste exagéré ! Je savais de Mona qu'il remontait à cheval et avait même repris depuis peu l'entraînement à l'épée. Je ne l'avais revu qu'une fois depuis notre conversation et sa nouvelle apparence m'avait glacé les sangs autant qu'envoûtée. Le masque d'argent qu'il arborait sur la partie brûlée de son visage lui donnait un aspect irréel, énigmatique, magnétique. L'œil gravé sur la surface lisse avait un regard d'une tristesse qui lui seyait à ravir. Kalian portait en permanence un gant de cuir à la main gauche, celle qui avait été brûlée. Il avait aussi ôté de ses cheveux les anneaux de guerriers qui y tintaient autrefois. Était-ce sa façon de se venger du départ soudain de Györg ? Je ne savais même pas s'ils avaient pu se dire au revoir. Mais dorénavant, cela m'importait peu. Je ne voulais qu'une chose : qu'il souffre autant qu'il me faisait souffrir.

J'attrapai son bras et le tirai au cœur de la danse. Je sentis avec révulsion un frisson de plaisir me parcourir au contact de ses mains sur ma taille. Après tout ce qu'il m'avait dit, comment pouvais-je être toujours éprise de lui ? Le rythme soutenu de la musique nous poussa à tournoyer encore et encore. L'espace d'un instant, son œil m'observa avec l'amour que je lui connaissais. L'espace d'un instant, nous fûmes le couple dont étaient célébrées les fiançailles. L'espace d'un instant, nous fûmes heureux.

La musique s'arrêta et j'entendis Raghôl chanter à tue-tête. La main gantée de Kalian se crispa sur ma taille tandis que l'autre saisissait sa corne à boire. J'aurais voulu que notre contact ne se rompe jamais. Mais bientôt, l'empreinte de ses doigts sur mon corps ne fut plus qu'un souvenir. Il me fallait vivre, me détacher de cet amour fantomatique qui risquait de me mener à ma perte. Après avoir vidé une énième coupe d'hydromel, je repartis dans une farandole endiablée. Guilhem s'approcha et je l'embrassai goulûment, savourant la chaleur de son corps contre le mien, son corps qui était bien là, lui. J'aurais voulu qu'il ne me lâche jamais, que Kalian puisse nous voir nous ébattre sous son œil morne et désabusé. J'aurais voulu le voir souffrir et dépérir de jalousie. Mais Guilhem me délaissa pour se diriger vers la sortie de la grand-salle. Avachi sur son fauteuil, Kalian entretenait une relation fusionnelle avec son pichet de vin. Et Mona devait être en cuisine, comme il seyait à son rang. Soit. Je m'amuserai donc seule ce soir !

Après une dizaine de farandoles, des haut-le-cœur me forcèrent à prendre congé des festivités. Mon père ronflait sur son trône et beaucoup de convives avaient commencé à s'éclipser. Suivie par une Grittia aux joues rosies par l'hypocras, je montai retrouver ma chambre. L'air frais du couloir me fouetta les sangs. Ce soir se jouait mon avenir. Sitôt ma gouvernante congédiée, j'entrepris de me passer le baume que m'avait fait remettre mon père. Jamais je n'aurais pensé m'en servir un jour ! Comme le destin peut être incertain ! Ainsi, toute ma relation avec mon futur époux était-elle basée sur un mensonge, jusqu'à mon intimité, resserrée par je ne sais quelle plante aux propriétés contractiles. Même son enfant ne serait pas de lui ! Je me pris à avoir pitié de Guilhem. Était-il homme à mériter d'être ainsi bafoué ? Sans doute l'alcool me mettait-il d'humeur maussade. Dessoûlant à la fenêtre, je me perdis dans l'observation des étoiles, du nuage de buée qui se formait à chacune de mes expirations et dans l'écoute des bruits mourants de la fête.

Les cloches du temple annoncèrent la mi-nuit. Puis l'heure la plus sombre. Il me fallait rejoindre Guilhem ou le jour me surprendrait bien assez tôt. Ma cape jetée sur mes épaules, je sortis dans le couloir, empruntai l'escalier qui menait à l'étage supérieur, celui des hôtes de marque et, après un détour volontaire pour ne pas passer devant la porte de la chambre de Kalian, m'aventurai d'un pas décidé vers celle de Guilhem.

Par chance, la serrure n'était pas verrouillée. Un feu intense brûlait dans la cheminée. Guilhem dormait à poings fermés. Je poussai le loquet derrière moi, me délestai de ma cape par terre et m'avançai jusqu'au lit. Les flammes redessinaient les contours du visage de mon fiancé. Son nez était plus fin que celui de Kalian. Non. Il fallait que j'arrête de tout ramener à lui ! Kalian était mort pour moi. Mort ! Je me persuadai de l'attirance que je ressentais pour Guilhem. Son visage était gracieux, son cou, fort. Nombreuses devaient être les femmes à avoir désiré s'unir à lui. Et ce, malgré son boitement.

Il dormait d'un sommeil paisible. Je me laissai aller à l'envie de caresser son visage orné d'une barbe rase châtain, puis à celle d'y déposer des baisers de plus en plus appuyés. Alors que j'embrassai ses lèvres fines, plus fines que celles, charnues, de Kalian – non, ne pouvait-il quitter mon esprit ! –, Guilhem m'étreignit avec une telle force que je crus bien qu'il allait me briser le dos.

— Tu me fais mal ! Arrête ! Guilhem ! Tu me fais mal ! m'écriai-je sous le coup de la surprise.

Les yeux étonnés qu'il posa sur moi à son réveil me firent rire.

— Je me doutais bien que tu rêvais, minaudai-je avec mon sourire le plus enjôleur, mais je ne m'attendais pas à ce que tu réagisses de la sorte à mes baisers !

Je me remis à parcourir son visage du bout des lèvres, ravie de sa respiration de plus en plus saccadée. Il me repoussa d'une main hésitante et tenta de calmer mes ardeurs. Il avait promis à mon père de protéger ma vertu jusqu'au mariage. Quel esprit chevaleresque ! Je savais pertinemment que la cérémonie serait précédée d'un examen de ma virginité. Et il était impensable que ma relation avec… que mon état soit annoncé. Il fallait que Guilhem me fasse l'amour ce soir. Je jouai le tout pour le tout et abattis la carte de la provocation.

— Quel homme es-tu, Guilhem, futur roi d'Ariatide et d'Ysoar, pour repousser ainsi une femme que tu dis vouloir pour épouse ? Je suis ravie d'être le moyen pour toi d'accéder à un double trône, Guilhem, Fils des terres du Sud, mais je suis forcée de constater que je ne serai guère obligée d'user des plantes interdites pour réfréner mes grossesses. Car à en juger par le peu d'avances que tu me fais...

Il me fit taire d'un baiser brutal. Ses lèvres compressèrent ma bouche tandis que sa langue presque serpentine s'enroulait autour de la mienne. Je goûtai à sa saveur sucrée. Sa barbe naissante râpait ma peau. Bientôt ses mains partirent à l'assaut de mon corps, retroussèrent ma chemise, dévalèrent mes courbes offertes. Je me retins de gémir quand ses doigts s'aventurèrent en moi. Ma tante Kariana avait raison. Il me fallait profiter du plaisir qu'il m'était donné de ressentir. Aux démons Kalian et tous nos rêves ! Que l'Ancienne Déesse l'emporte ! Même si mon cœur saignait, mon corps, lui, jubilait. Quelle chance que ma grossesse passe inaperçue.

Guilhem passa son bras fort autour de ma taille et me bascula sur le lit. Il n'avait pas la musculature aussi développée que... que s'il avait enduré une vie de combats. Pourtant, son corps sec et tonique n'avait rien à envier à... *personne*. Ses mains passèrent sous ma chemise et coururent sur moi avec précision. Étais-je capable de m'offrir à un homme sans amour ? Était-ce ce que je désirais ? L'appel de mon corps prit le pas sur mes interrogations. Je fermai les paupières sur sa silhouette auréolée par la lumière orangée du feu de cheminée et m'abandonnai à la chaleur de ce corps contre le mien. Je m'entendis gémir, de ces gémissements que Kalian me soutirait en observant mon visage avec sa moue satisfaite. Non ! Encore et toujours *lui* ! Il fallait que ce soir soit nouveau, qu'il brise ces souvenirs. Bien décidée à dévorer la vie qui s'offrait à moi, je mordis à pleines dents le cou de Guilhem, ce à quoi il répondit avec la même intensité, tout en s'introduisant en moi. Ses assauts étaient violents, bestiaux. C'était tout ce dont j'avais besoin. Je n'aurais pas supporté qu'il continuât à être doux. Comme… Il fallait qu'il fût différent ou j'en aurais pleuré.

J'aurais voulu me laisser emporter, pourtant mon esprit refusait de cesser de me harceler. Contre toute attente, Guilhem n'était pas un mauvais amant. Il se révélait même plutôt doué, bien que plus centré sur son propre plaisir que sur le mien. Mais Kariana m'avait bien prévenue que la quête de la jouissance féminine était beaucoup plus répandue dans les terres du Nord qu'au Sud, où les hommes profitaient d'une suprématie déconcertante. Là où je n'avais connu que douceur et raffinement, Guilhem, dominateur, s'aventurait en terre conquise et y plantait son étendard.

Tandis que j'invitai Guilhem à se repaître de chaque recoin de mon être, je me piquai les doigts à l'épingle que j'avais pris soin d'accrocher au col de ma chemise, badigeonnant les draps de gouttes de mon sang. Voilà. Tout était en place pour assurer mon avenir et celui de mon enfant. Je sentis une larme couler sur ma joue à cette pensée. Aussitôt après, je fus submergée par une vague de plaisir que j'aurais préféré ignorer. Qu'il aurait été plus simple que Kalian fût le seul à m'apporter une telle satisfaction. Kalian…

Avachi sur moi, je laissai mon fiancé reprendre des forces. Si telle était la vie conjugale qui m'attendait, je n'avais pas trop à me plaindre. Peut-être même parviendrai-je un jour à éprouver des sentiments pour lui.

Alors que les étoiles achevaient leur course, je réveillai Guilhem pour quémander un nouvel assaut de son corps contre le mien.

Aux premières lueurs de l'aube, je quittai la chambre de Guilhem pour réintégrer mon lit. Sous l'argument de désirer conserver son odeur, je lui subtilisai sa chemise. Il me tardait de demander à Mona de me confectionner un charme pour lier Guilhem à mon enfant et à moi. Je ne le connaissais pas assez pour jauger de l'homme qu'il était, alors mieux valait prendre mes précautions. Pressée de me jeter dans mon lit, j'empruntai le chemin le plus court et passai devant la porte de Kalian au pas de course. Pourquoi les choses ne pouvaient-elles être simples ?

Grittia m'attendait dans ma chambre, inquiète de mon absence.

— J'étais avec mon futur époux, soufflai-je épuisée.

Fourbue, je me laissai tomber sur mon lit, sans prendre la peine de me glisser sous les couvertures.

La vieille bique se garda bien de la moindre remarque et me proposa de faire préparer un bain. Lasse, je m'assoupis avant même que les premiers seaux d'eau fumante ne soient déversés dans le baquet.

Au matin, une fois délassée et vêtue, je cherchai mon père dans sa chambre, sa salle de Conseil, pour finir par le trouver dans la grand-salle, en conversation avec quelques-uns de ses vassaux. Assise sur le coussiège dans le renfoncement d'une des hautes fenêtres, j'attendis que s'achève leur entrevue. La pièce était glaciale en comparaison de l'effervescence étouffante de la veille. Une pluie grise automnale tombait à l'extérieur, conférant aux vitraux colorés une teinte sombre, ombrageuse. Des relents de fumée de bois et de gras froid planaient dans l'air et imbibaient les lourds rideaux qui pendaient à côté de moi. Une salive épaisse emplit ma bouche. Je n'allais tout de même pas vomir ? La longue tapisserie me toisait depuis le mur d'en face. C'est moi qui étais à la place de cette licorne acculée, cernée par les chasseurs. Je tâchai de me concentrer sur la fraîcheur des gouttes d'eau qui frappaient les fenêtres dans une mélodie régulière. Peu à peu, mes nausées refluèrent. Mais mon impatience, elle, était à son comble. Enfin, le dernier des interlocuteurs de mon père quitta la salle. Je délaissai la coussiège et m'avançai.

— Puis-je vous parler, père ? En privé ?

Ma voix appuyée le poussa à congédier toutes les oreilles indiscrètes qui auraient pu traîner dans la pièce. Les serviteurs suspendirent leur ballet et vidèrent la salle des reliefs de la soirée de la veille. Tillaumet se laissa tomber sur son trône.

— Je te trouve les traits tirés, ma fille, commença-t-il, l'œil encore aviné. Debout à l'autre bout de l'immense table de la grand-salle, raide, je lui relatai avec moult détails les événements de la nuit. Je me montrai aussi crue que précise. Il était hors de question de lui épargner le moindre des aspects induits par ses ordres. J'aurais voulu le voir gêné, troublé. Mais non. Un sourire satisfait se dessina sur son visage tandis que ses doigts tapotaient le plateau de bois.

— Bien, voilà qui est très bien, se contenta-t-il de répondre, la mine comblée.

Je le laissai savourer avant de lui exposer ma requête.

— Je souhaite emmener Mona et sa fille avec moi en Ariatide.

Sa joie se voila aussitôt.

— Non.

Sans plus détailler sa réponse, il se leva et se dirigea vers la grande porte sculptée.

— Non ? le retins-je, exaspérée par son attitude. J'ai fait tout ce que vous m'avez demandé et vous me refusez cette simple doléance ?

Il me fit face de toute sa hauteur, le front strié de plis.

— Mona n'ira pas avec toi, trancha-t-il. Grittia a déjà fait préparer ses paquets.

— Mais je ne veux pas de cette vieille peau avec moi ! m'emportai-je les poings serrés. Je préfère encore être seule !

— Cela ne siérait pas à une reine !

Je détestai son sourire mielleux et fourbe.

— Parce que se déplacer partout avec sa gouvernante fripée est signe de grandeur ?

Ma provocation passa sur lui comme une brise sur un roc.

— J'ignore ce que tu trouves à cette fille de cuisine, reprit-il d'une voix plus basse.

Il me saisit par le bras pour bien me faire entendre ses paroles.

— Elle n'est pas fréquentable, Sylwen.

J'avais tout supporté jusqu'ici. Perdre Kalian, être dépossédée de ma vie, quitter mon pays, être offerte à un autre. Mais l'idée de devoir vivre sans Mona, sans ma sœur, mon soutien, mon pilier… Je craquai et déversai mes larmes dans un flot que je ne pus contrôler. Je m'accrochai à sa manche en sanglotant.

— Je vous en supplie, mon père.

La tête tournée vers les vitres colorées des fenêtres, Tillaumet ignora ma prière, un certain dégoût au coin des lèvres.

— Reprends-toi, éructa-t-il avec mépris. Tu vas être reine.

Alors que j'allais tenter un nouvel assaut, la porte s'ouvrit sur Guilhem.

— Comporte-toi bien et nous en reparlerons peut-être, ordonna le roi entre ses dents.

Il salua l'arrivée de l'Ariate d'un mouvement de tête et se détourna de moi pour l'accueillir. Le visage de Guilhem était soucieux. Ses yeux noisette allaient de mon père à moi, sans doute dans l'espoir de deviner la teneur de nos précédents échanges. S'il se doutait… Tillaumet prit les devants.

— J'étais en ce moment même en train de reprocher à cette dépravée son irrespect des règles de la Vraie Foi. Elle n'aurait pas dû partager ta couche hier soir, Guilhem, telle une prêtresse des Anciennes Croyances. Et elle le sait parfaitement.

Il me jeta un regard noir si exagéré que je faillis éclater de rire devant tant de ridicule. Je me tournai vers Guilhem, implorante.

— Je suis désolée. Je ne souhaitais pas attirer sur votre personne le courroux de notre Père Très Saint. J'ai conscience d'avoir déshonoré ma maison, de même que la vôtre, et vous saurais gré de ne point m'en tenir rigueur.

Mon père eut un grognement d'assentiment avant de poursuivre :

— Si, toutefois, tu décidais maintenant de renoncer à ton engagement, je comprendrais que tu ne souhaites pas attirer le courroux des Neuf Sages sur ta couronne.

À quoi jouait-il ?

— Non ! s'empressa de répliquer mon fiancé, une main levée en signe d'apaisement. Non, bien sûr que non ! Je ne veux pas revenir sur ma parole.

Je souris à Guilhem, reconnaissante, ce à quoi il répondit d'un imperceptible haussement de sourcils soulagé. Son visage fin, raffiné, cuivré, ne portait pas la moindre trace de fatigue après notre nuit agitée. Même son boitement paraissait moins marqué. Tillaumet prit congé de nous avec un grognement ravi et sortit de la pièce.

— Bonjour, Sylwen.

Le ton que Guilhem employa me réchauffa le cœur. Poussée par un besoin de tendresse et de réconfort, je me jetai dans ses bras et enfouis mon visage au creux de son épaule. Son odeur sucrée me devenait presque familière.

— J'aime le parfum de ton corps, soufflai-je.

Si je ne pouvais faire fléchir mon père, il fallait que je fasse tout mon possible pour m'attirer les bonnes grâces de mon futur époux. Il détiendrait bientôt ma vie entre ses mains et je devais m'assurer qu'il prenne toujours envers moi les meilleures dispositions.

Le voyage pour Wyrd s'annonçait sous les meilleurs auspices. Avant même le départ, Guilhem me rendit visite dans mes appartements. Sous le regard attendri de Grittia, il s'approcha de moi, radieux et me saisit les mains :

— C'est un miracle, Sylwen. Un miracle !

Je ne comprenais pas d'où lui venait cette joie soudaine et ne réalisai qu'en le voyant esquisser un pas de danse maladroit. Je portai une main à ma bouche.

— Ta jambe ! m'extasiai-je.

— Je suis guéri, Sylwen ! Guéri ! s'écria-t-il en faisant sursauter Grittia.

Il se précipita sur moi, me souleva par la taille et me fit tournoyer. L'assurance conférée par son nouvel état lui donnait des idées entreprenantes, et la vieille bique s'éclipsa lorsqu'il commença à dévorer mon cou de ses baisers avides. Je tentai d'apaiser ses assauts d'une main sur son torse.

— Mais comment ? m'empressai-je de lui demander.

— Notre Sauveur m'est apparu en rêve et m'a béni ! Au début, je n'y croyais pas, mais cela fait maintenant trois jours et les symptômes ont tous disparu.

Il passa ses doigts sur son genou, comme pour éprouver la réalité de la chose. Mona était-elle mêlée à ce soudain revirement de situation ? Miracle ou magie, j'étais bien placée pour savoir que la volonté des dieux et des esprits était puissante.

Je posai sur Guilhem un œil nouveau. Il se tenait plus droit et une certaine fierté transparaissait de sa stature. Il était beau. C'était indéniable. De cette beauté aiguisée des gens du Sud. Il m'adressa un sourire engageant qui illumina ses yeux noisette.

— C'est un merveilleux présage du Père Très Saint pour notre union à venir ! concédai-je.

Pour toute réponse, Guilhem afficha une moue indéfinissable, mélange de culpabilité et d'indécision. Il s'assit sur mon lit et m'invita à le rejoindre.

— Approche, Sylwen, je dois te parler d'une chose.

Les manières qu'il prenait ne me disaient rien qui vaille.

— Je ne sais pas si tu es au fait de l'*arandu*.

Devant mes yeux ronds, il m'expliqua, la gorge sèche.

— En Ariatide, il est de coutume que les fils de roi se marient à leur seizième anniversaire.

— Pourquoi m'épouser si tu es déjà lié ? m'étonnai-je, ne sachant trop où il voulait en venir.

Je ne m'étais jamais demandé s'il avait déjà été marié et si oui, ce qu'était devenue son épouse. Était-elle trépassée ? L'avait-il répudiée, comme il était de coutume dans les terres du Sud ? Mais Guilhem était-il ce genre d'homme ? S'il avait voulu m'éconduire après notre nuit, nous ne serions pas sur le départ pour Wyrd où les Neuf Sages devaient célébrer notre union !

— Ce n'est pas un mariage comme tu l'entends ! s'empressa-t-il de me préciser. L'*arandu* n'a pas la même valeur que notre union. C'est surtout pour s'assurer de la capacité de procréation du jeune homme et l'empêcher de collectionner les maîtresses et les bâtards.

Je pris le temps de cerner cette étrange coutume. L'Ariatide était un pays si... différent ! Pourquoi les femmes y étaient-elles traitées avec autant de mépris ? Je n'éprouvai que compassion pour cette... *arandu* dont la vie allait changer avec mon arrivée.

— Quel est son nom ?

— Larissa, laissa-t-il échapper dans un souffle.

Il me fixait, inquiet.

— Tu as donc des enfants ? m'enquis-je, la voix tremblante.

— Oui. Trois garçons.

Il serrait mes doigts comme pour me retenir de m'enfuir. Intérieurement, je soupirai de soulagement. Ayant déjà une descendance, il ne serait en rien surpris de ma soudaine grossesse.

— Je te promets de chérir Larissa comme ma propre sœur, lui annonçai-je après quelques secondes de silence, et de te donner des enfants sains et vigoureux.

Il se méprit sur ma remarque et tenta de me rassurer :

— Mais ne t'inquiète pas, soleil de mon cœur. Larissa et nos fils ne seront pas au palais à notre arrivée. Les *arandu* se vouent au Père Très Saint lorsque l'homme prend sa véritable épouse.

Même si cela était dangereux, je tenais à rencontrer cette Larissa. Il fallait que j'en apprenne le plus possible sur Guilhem et l'homme qu'il était. Avec un peu de chance, je saurais m'en faire une amie, ou à défaut, une alliée. Au pire, je pourrais toujours asseoir mon autorité en la congédiant. Mais je montrerais ainsi l'image d'une reine magnanime et réfléchie.

— Oh, Guilhem, je t'en prie, je voudrais tellement la rencontrer !

Il m'accorda ce privilège sous l'assaut de mes lèvres, avant de répondre à mes baisers avec empressement. Ses bras avaient quelque chose de réconfortant autour de moi. Guilhem était démonstratif, tendre. Nous avions deux cultures différentes, certes, et il semblait tenir les femmes en très basse estime. Mais il paraissait également prêt à changer !

Il m'était impossible de partir de Daeg sans me rendre aux cuisines. Livianne m'avait préparé un coffret rempli de pâtes d'abricot. J'avais des provisions pour m'empiffrer tout l'hiver ! Elle comptait m'en envoyer dès l'été suivant. Ses bras potelés me manqueraient plus que tout.

J'arpentai une dernière fois les couloirs du château avec un certain détachement, insensible aux souvenirs qu'ils renfermaient. Par contre, les adieux avec Mona et Lalie avaient été déchirants, même si je m'étais jurée de les faire venir en Ariatide dès que j'y serais installée.

Guilhem avait fait apprêter un char branlant pour mon voyage, et c'est avec un accablement maquillé en joie que je pris place dans cette boîte cahotante, Grittia installée à mes côtés. En qualité de femme fiancée, je me devais de me déplacer le visage recouvert d'un voile. J'étouffais. J'étouffais sous ce voile, j'étouffais dans ce char, j'étouffais dans cette vie. Je relevai les rideaux qui occultaient les seules ouvertures de la voiture de bois et m'accoudai à la fenêtre. Le paysage des terres qui m'avaient vue naître défilait avec mélancolie. Nostalgique, je fredonnai un chant en l'honneur de ces paysages.

Entouré de ses hommes, Kalian chevauchait en tête du convoi. J'avais croisé son regard au moment où j'étais montée dans le chariot. Je m'étais reproché l'éclat de malice que nous avions alors échangé. Moi ? Dans un char ? Avais-je tant changé ? Même l'œil de son masque de métal avait semblé sourire. Comme j'aurais aimé rire avec lui ! Je m'étais aussitôt détestée de lui pardonner aussi vite. Je ne voulais plus ni le voir, ni lui parler. S'il m'avait jamais aimée, comment pouvait-il supporter de me voir offerte à un autre ? Pour mon bien et celui de notre enfant ? Balivernes ! J'étais seule à même de décider de ce qui était bon pour moi ou non. Son attitude n'avait rien d'un sacrifice. C'était de la lâcheté. Et je le haïssais pour ça. Tout le temps que dura notre voyage, je m'amusai à provoquer sa jalousie. Je gonflais de bonheur à chaque fois que je surprenais son œil noir scruter l'étreinte que nous échangions, Guilhem et moi. Jamais il ne m'adressa le moindre mot. Pourtant, la nuit, je sentais sa présence protectrice devant le char où je dormais avec Grittia. J'aurais voulu aller le rejoindre et, enlacée dans ses bras, le convaincre de nous enfuir. Mais n'avait-il pas été assez clair ?

La veille de notre arrivée à Wyrd, je cédai à mon envie d'aller lui parler. J'avais fait mine de m'assoupir dans les bras de Guilhem. Toute la soirée, camouflée par mon voile, j'observai Kalian de l'autre côté du feu. Je maudis sa lâcheté, son inconstance, avant de m'extasier sur la finesse de ses traits et la robustesse de sa carrure. Alors que la lune était haute, Guilhem me porta dans le char avec une extrême délicatesse, non sans se prendre les pieds dans sa cape. Je dus user de contrôle pour ne pas me retenir à son cou. Mais toutes ces années à feindre le sommeil sous la surveillance de Grittia m'avaient bien formée. Cette vieille bique ronflait déjà comme un Balaste lorsque Guilhem me déposa sur ma couche. Avant de partir, il releva mon voile et effleura mes lèvres d'un doux baiser. C'était agréable d'être ainsi choyée. Même par lui. Mais alors pourquoi m'évertuai-je à retourner encore et toujours vers Kalian ?

Je patientai un long moment avant de ne plus percevoir le moindre bruit dans la nuit. Je passai ma cape pourpre sur mes épaules et délaissai le voile qui me faisait ressembler à un spectre. Grittia dormait à poing fermé. Sa surveillance était d'une efficacité redoutable ! L'idée de me séparer pour toujours de cette face de cul de chèvre était l'un des rares points positifs à mon mariage prochain. Je me glissai à l'extérieur du char et, le cœur battant, découvris le feu désert. Par Sa barbe ! J'avais trop attendu. Kalian était sans doute parti assurer son tour de garde. J'aurais pu hurler de dépit. J'inspirai et expirai profondément pour évacuer ma contrariété dans l'air paisible. Peut-être était-ce mieux ainsi. Quel réconfort aurais-je trouvé à remuer encore une fois le couteau dans la plaie de notre séparation ? Je sursautai au hululement d'une chouette dans l'un des bosquets. Comme aucun autre bruit ne venait troubler le silence nocturne, je me détendis et, amusée par le chant de l'oiseau, cherchai dans le noir où il se cachait. Un mouvement dans les feuillages attira mon attention et, au mépris de la plus élémentaire vigilance, me poussa à avancer dans les bosquets. Pour éviter de trébucher, je progressai d'un pas incertain, lorsque soudain, des bras m'attirèrent derrière un arbre. Une main se plaqua sur mes lèvres pour m'empêcher de crier. Prise de panique, je commençai à me débattre quand l'odeur si familière de Kalian m'engloba tout entière. Je tentai de contrôler les battements emballés de mon cœur. Je soulevai la main qui recouvrait ma bouche et pivotai sur mes talons pour me retrouver face à mon ancien amant. Mue par une envie irrésistible de le toucher, j'avançai une main vers son visage à moitié recouvert par le masque. Kalian esquissa un mouvement de recul, mais me laissa caresser sa joue rugueuse. Sa barbe me manquait, même si cette absence conférait plus de finesse à son visage. Je relâchai le souffle que je n'avais pas eu conscience de retenir. Kalian rompit son immobilité et se pencha sur moi. Je levai le menton, préparée à ce baiser que j'espérai tant. Mais il contourna mes lèvres pour me murmurer à l'oreille d'un ton sec :

— Tu ne devrais pas te promener ici, seule. Je te raccompagne.

Il me saisit par le bras comme il l'aurait fait avec une enfant fugueuse. La frustration me fouetta les sangs. Je me défis de sa prise avec emportement.

— Je n'ai pas besoin de ta protection ! Je n'ai pas besoin de *toi* ! Pourquoi es-tu là, d'abord ? Pourquoi n'es-tu pas resté à Daeg à te terrer dans ta chambre ?

— Parce que je ne peux pas te laisser partir ! me coupa-t-il, le ton à peine plus haut. Je restai interdite.

— C'est toi qui m'as dit de le faire, lui murmurai-je, le cœur au bord des lèvres

— Je sais.

Il ne cherchait même pas à me retenir. Il me fallait fuir.

— Cette discussion n'a aucun sens.

Je pivotai sur mes talons et retournai à l'abri du char. Furieuse, anéantie, je m'enroulai dans mes couvertures pour cacher mes pleurs. J'aurais cru me réjouir de la peine de Kalian. Mais savoir qu'il souffrait peut-être autant que moi ne faisait qu'augmenter ma propre souffrance. Une main sur mon ventre, je quémandai des miettes de réconfort auprès de cet enfant que je chérissais déjà plus que tout. Lui seul savait ce que je traversais à présent. Mais le saurait-il plus tard ? Lui parlerais-je un jour de Kalian, cet homme que j'avais aimé à en perdre l'esprit et qui m'avait abandonnée ?

Wyrd. La Cité Franche. La gardienne de la paix et de la liberté des peuples du Monde Connu. C'était la première fois qu'il m'était donné de contempler son architecture travaillée. On l'aurait dite façonnée à même la montagne au sein de laquelle elle se développait. La clarté de la pierre se parait en ce crépuscule des teintes orangées du soleil couchant.

Dès que nous nous approchâmes de la ville, Grittia veilla à ce que je garde les rideaux tirés. Il ne serait pas bien vu que la future reine d'Ariatide se pavane à la fenêtre de son char. Je ne découvris donc de la ville que les soubresauts causés par les pavés inégaux et les bruits de foules. Les langues se mêlaient dans une joyeuse cacophonie. On me fit descendre de la voiture au pied d'un immense escalier qui conduisait au Palais Haut de la ville. Grittia se chargea de l'acheminement de mes malles jusque dans l'aile réservée au roi d'Ysoar. J'attaquai donc la longue ascension, bientôt imitée par mon père. Et Kalian. Guilhem grimpait à une allure impressionnante, ragaillardi par la guérison soudaine de sa jambe.

À mi-parcours, je me sentis prise d'un étourdissement. Vif, Kalian me rattrapa et m'aida à poursuivre ma progression, sa main gantée passée autour de ma taille et l'autre maintenant mon coude.

— Je n'ai pas besoin de toi, grognai-je quand son bras ferme se resserra contre mon flanc.

— Alors je ne servirais plus à rien, répondit-il d'un ton indifférent.

Plus rapide que nous, Tillaumet avait atteint la Place Haute. Sitôt arrivée, je me défis rapidement de la présence de Kalian et retrouvai Guilhem, déjà accueilli par deux Sages, à en juger par la qualité du tissu de leurs robes écrues.

Tandis que Guilhem rejoignait l'aile ariate, Kalian, mon père et moi fûmes conduits dans les appartements réservés à l'Ysoar. Les couloirs troglodytes qui se succédaient me donnaient l'impression d'être une taupe évoluant dans un couloir de craie blanche. L'extérieur me manquait. Le ciel, l'air. Et je n'étais là que depuis quelques minutes !

Les pièces réservées à l'Ysoar offraient tout le confort possible. Ma chambre, simple mais confortable, s'ouvrait sur une cour intérieure où s'épanouissait un jardin tel qu'on pouvait le voir à Daeg. En ces jours automnaux, les carrés n'hébergeaient plus que des plantes vivaces : thym, romarin, quelques crocus jaunes. Un pommier de taille modeste protégeait un banc de pierre. La paix des lieux m'imprégna. C'est bien sûr ce moment précis que choisit Grittia pour faire son apparition.

— Votre père vous prie de vous préparer pour le repas de ce soir.

N'avais-je donc pas droit à la moindre minute de tranquillité ?

Une cotte verte à la main, Grittia m'entraîna vers la table où elle avait déposé une cruche d'eau parfumée. Après m'avoir délestée de mes vêtements de voyage, elle me lava à l'aide d'un linge humide et me passa les habits propres.

Peut-être était-ce l'un des effets de ma grossesse, mais il m'arrivait d'observer avec un intense ravissement un nuage balayé par le vent, pour me désintéresser ensuite des repas et banquets et de tout ce qui était susceptible de s'y dérouler. Et ce soir ne faisait pas exception à la règle. Les Neuf Sages semblaient se satisfaire de la plus grande sobriété. Leurs salles étaient dénuées de décoration, tout comme leur nourriture de la moindre saveur. Ils auraient tout aussi bien pu nous servir des galettes de plâtre. D'une oreille distraite, je les entendis disserter sur le fait que Fjörna, la reine d'Heylön, n'avait pas répondu à l'invitation pour le mariage. Je repensai à la conversation que j'avais eue quelques semaines plus tôt avec Györg. Des conflits étaient-ils en préparation ? Je me sentis obligée d'arborer une joie intense lorsqu'il fut annoncé que le Prêtre Premier nous ferait l'honneur de célébrer notre union. Le Père Très Saint aurait bien pu se manifester en personne que je n'aurais pas été moins mélancolique.

Où que j'aille, je percevais la présence de Kalian à quelques pas. Et même entre les murs de ma chambre taillée à même la roche. Étrangère à moi-même, je guettai entre chaque période d'assoupissement le défilement des étoiles à travers les carreaux de verre transparents. Au milieu de la matinée, je laissai Grittia m'affubler d'une robe de laine rêche et me mener au temple. Pas même la rencontre avec le Prêtre Premier ne me sortit de ma torpeur. Comment tout le Monde Connu pouvait-il voir en ce vieillard décrépit l'homme saint choisi par notre Père pour transmettre Sa parole ? Son visage était si ridé qu'on aurait pu y lire la carte de l'Ysoar tout entière. Imitant Guilhem, je m'avançai dans le chœur pour baiser la main calleuse que le vieillard me tendait. Après m'avoir tapoté la tête, il prononça une phrase dans un enchaînement de grognements. Son page, un gamin d'une douzaine d'années aussi pédant qu'un paon, traduisit :

— Le Prêtre Premier vous offre la Bénédiction Suprême pour votre enfant à venir.

Sa remarque me fit l'effet d'une averse glaciale. Ce vieillard avait-il des dons de double vue ? Voyait-il la vérité sur l'ascendance de l'enfant que je portais ? Je me mis à paniquer, ne sachant si je devais répondre quelque chose ou attendre d'être foudroyée sur place.

— Il est vrai que nous avons consommé notre union le soir où elle a été proclamée en Ysoar, intervint Guilhem. J'ai moi-même récolté le fruit de sa pureté. Il se peut donc tout à fait que l'Héritier d'Ariatide assiste à mon couronnement !

Un soupir de soulagement me submergea. Quoi qu'il arrive, mon enfant venait d'être reconnu par Guilhem. Son avenir était maintenant tracé.

De bon matin, je fus déshabillée. Entièrement. Je frémis lorsque les Sages allèrent jusqu'à ôter le collier offert par Kalian. Il me fallait être nue devant notre Père Très Saint. Ainsi Il m'enlevait jusqu'au souvenir de mon amour. Soit. La journée se partagea entre bains purifiants et sermons des Sages sur le rôle d'une épouse, d'une reine. Après ces longues heures de préceptes distillés avec la vigueur la plus inexistante, même l'examen de mon intimité me parut divertissant. Bien que ce ne soit pas le meilleur des moments. D'un ton glacial, le médicastre décréta que je n'étais plus vierge et probablement enceinte. Je bénis Guilhem d'avoir pris la charge de mon état, sans quoi les regards réprobateurs des vieilles femmes qui m'entouraient auraient eu raison de ma patience.

Vêtue d'une robe blanche, je fus menée pieds nus dans une chapelle qui devrait me voir confesser tous mes péchés, afin d'apparaître pure pour mon mariage du lendemain. À défaut d'être confortable, au moins n'aurais-je pas à souffrir des ronflements de Grittia. Le *Terpis*, symbole de la Vraie Foi, ornait chaque mur, décliné en peinture, sculpture et gravure. Bien que croyante, je n'avais jamais été habitée d'une ferveur démesurée, ne comprenant pas comment l'Ancienne Déesse avait pu être détrônée avec une telle facilité par ce nouveau Dieu venu de l'est. Une divinité avait-elle une volonté propre ? Ou sa parole servait-elle le dessein des hommes ?

Quel intérêt à relater tout ce qui suivit ? Mon mariage… de nombreux scribes ont dû faire de son récit l'œuvre maîtresse de leur carrière. Il fut… comment dire… divertissant. Même si j'aurais souhaité que Kalian pénètre dans le temple à cheval et m'enlève loin d'ici, la surprise ne vint pas de son côté. Stoïque, égal à cette dimension d'homme d'honneur qu'il défendait, il me regarda me lier à Guilhem sans mot dire. Par contre, la venue de Györg et de la reine d'Heylön fut nettement plus distrayante. Voir le Prêtre Premier maudire cette servante du démon était presque hilarant. Ma tante Kariana m'avait vanté la grande noblesse de cette souveraine. Et c'est vrai que cette femme était façonnée de grandeur. Mu par un sentiment protecteur, Kalian se précipita vers moi lorsque les troupes d'Heylön firent irruption dans le temple. D'une main ferme, il me poussa dans l'arrière-salle et referma la porte sur moi, me privant du spectacle.

— Retourne à l'aile ysoarienne, m'ordonna-t-il, son œil sombre habité d'une lueur violente.

— Non, je ne veux pas…

— Je t'en supplie, Sylwen. J'ai besoin de te savoir en sécurité.

Je restai interdite devant les stries d'inquiétude qui barraient le côté droit de son front.

— Mais et toi ?

Il ignora ma question. Quelle idiote. C'était un guerrier. Il n'allait pas se mettre à l'abri avec moi ! Kalian héla un jeune serviteur et me confia à l'enfant en lui promettant une pièce s'il me ramenait dans mes appartements. Avant de me laisser partir, mon ancien amant déposa un baiser fugace sur ma main.

— Enferme-toi dans ta chambre et n'ouvre qu'à moi, m'ordonna-t-il. Je te retrouve dès que les choses se seront calmées.

Sa voix se teinta soudain de tendresse.

— Va, mon Perce-neige.

Ce simple surnom fit renaître en moi un élan que je pensais éteint. Pourquoi m'appelait-il ainsi ? Comment osait-il ? Sa haute silhouette disparut derrière la porte du temple. J'avais le souffle court. Suivant de près le jeune domestique, je traversai le palais au pas de course, les pieds nus sous ma robe de mariée, et m'enfermai dans ma chambre. Grittia n'était pas là, sans doute occupée à vider des coupes de tisane en cuisine. Je posai une main maternelle sur mon ventre. Nous ne risquions rien. J'attrapai la fine couronne d'or sertie de pierreries qui me ceignait le front. En cet instant, elle était presque trop lourde à porter. Je déglutis avec peine, la gorge serrée de trouble et d'anxiété. Rien ne s'était passé comme prévu. Ce soir, j'aurais dû coucher dans la chambre nuptiale, spécialement apprêtée pour Guilhem et moi. Et j'étais là à me terrer dans mes appartements de jeune fille. Quoique, si jamais les Heylönsk et donc Györg étaient là pour attenter à ma vie, ce dont je doutais fort, il était certain que j'étais plus en sécurité ici. Mes vêtements de la veille avaient été pliés et rangés en pile sur ma table. Au sommet, le collier de Kalian trônait, comme dans l'attente de mon retour. D'une main tremblante, je déposai la couronne et me saisis du bijou. J'en appréciai le poids réconfortant avant de le repasser à mon cou.

Les heures défilèrent avec une morne lenteur. Chaque bruit me faisait sursauter. Après avoir jugé que le jardin ne présentait aucun danger, je m'assis sur le banc installé sous le pommier, enveloppée dans ma cape de laine pourpre. À un moment, il me parut entendre des bruits de pas, mais ce n'était que Grittia qui fulminait contre les serviteurs qui avaient fermé à clé ma chambre, ce qui la condamnait à rester dans le placard qui lui était attribué. Le temple était bien trop éloigné pour que j'aie une quelconque idée de ce qui s'y déroulait. Alors, résignée, je patientai. Lors d'une sortie d'une audace folle, je me rendis dans la chambre de mon père pour y récupérer une cruche d'eau et une corbeille de galettes. La texture plâtreuse me permit de passer le temps à maudire les cuisiniers wyrds, des commis aux chefs. Comment pouvait-on forcer quelqu'un à manger quelque chose d'aussi répugnant ?

La nuit étala enfin son manteau sur le ciel brumeux. Les étoiles se levèrent, timides. Et toujours pas de nouvelles de Kalian. Un étau me comprimait la poitrine. Était-il sauf ? Et Guilhem ? Et si je les perdais tous deux ? La cape jetée sur mes épaules ne suffit bientôt plus à me protéger du froid mordant et je me glissai dans mon lit, sous les épaisses couvertures. Mais incapable de trouver le sommeil, je m'agitai, me tournai, me retournai, imaginant une vie d'errance où mon enfant et moi serions forcés de nous cacher pour subsister.

La mi-nuit avait tout juste sonné lorsque des grattements provinrent de ma porte. Je me redressai, sans savoir si j'avais rêvé ou non.

— Ouvre, c'est Kalian !

Transportée, je me précipitai à la porte et le fis entrer.

— Que s'est-il passé ? Pourquoi György était-il là ? Et pourquoi n'es-tu pas venu avant ? J'ai bien cru que j'allais...

Il me fit taire en écrasant ses lèvres sur les miennes. Son baiser me surprit autant qu'il me combla. La tiédeur du métal de son masque le rendait presque vivant, partie intégrante de son corps.

— Pardon, chuchota-t-il avant de se reculer.

Sans plus s'étendre sur son élan amoureux, il m'attira vers les fauteuils installés face à la cheminée éteinte. Il s'assit et se pencha en avant pour murmurer à un pouce de mon visage.

— Ton père et les Neuf Sages ont abattu leurs cartes. Et nous allons droit vers une guerre.

Son souffle contre ma peau, l'odeur de son haleine, son genou tout contre le mien… je n'écoutai ses paroles que d'une oreille distraite. L'obscurité avait envahi la pièce, mais les quelques lueurs de la lune se reflétaient dans son masque et lui conféraient un aspect irisé, surnaturel.

— Tillaumet a avoué avoir conspiré avec le Grand Conseil et les Balastes pour pousser le Monde Connu à se soulever contre l'Agalaadywen.

— Mais pourquoi ? m'enquis-je, perdue.

Je peinai à reprendre le fil de la conversation.

— La Grande Purification n'a-t-elle pas permis d'asseoir le pouvoir du Père Très Saint ? Pourquoi recommencer à pourchasser ces pauvres gens ?

— La Prophétie.

Kalian avait dit ça comme si ces simples mots pouvaient tout justifier.

— La Prophétie de l'Unité a été découverte et elle annonce la venue du Père Très Saint, à condition que les terres démoniaques soient purgées.

— Et mon père et ses acolytes prennent ça au pied de la lettre, me lamentai-je. Même si cela signifie une guerre et des milliers de morts.

— Mais Fjörna n'a pas été dupe et s'est levée contre le Conseil des Sages. Elle en a appelé à la Dette de Sang.

Je savais tout à fait de quoi il s'agissait et Kalian ne me fit pas l'outrage de me l'expliquer.

— Ils m'ont demandée, n'est-ce pas ?

Son silence valut toutes les confirmations. Il releva vers moi son œil sombre, inquiet.

— Autant te dire que Guilhem s'y oppose farouchement, concéda-t-il à mon époux. Mais ton père… Il a autre chose en tête. Fjörna ne t'a pas nommée. Elle a exigé « la fille de Tillaumet ».

— Mona ! Il va envoyer Mona.

Je frissonnai en imaginant mon amie, ma sœur, livrée en pâture aux Heylönsk. Kalian émit un petit rire.

— Je n'étais pas sûr qu'elle soit une bâtarde du roi. Mais puisque tu le dis… Ça explique bien des choses.

Je me sentis presque fautive de ne pas l'avoir mis dans la confidence plus tôt. Sa main gantée frottait avec nervosité le dessus de son genou.

— Je dois partir demain pour Daeg avec ton père, ajouta-t-il d'un bloc. Sache que je ferai tout pour…

Un élan me poussa à l'interrompre, d'une voix ferme qui me surprit moi-même.

— Kalian, j'ai quelque chose à te demander.

Il attendit que je poursuive, son masque rivé à mon visage. Je repris, hésitante, intimidée par le faciès argenté de mon ancien amant :

— J'ignore ce qu'il s'est passé à Balastine et qu'importe que tu ne me le dises jamais. Mais je sais que mon père est à l'origine de ce qu'il t'est arrivé. Il a tout fait pour nous nuire. Il est le pantin de ces neuf vieillards machiavéliques. Aucun d'entre eux ne mérite de vivre après les morts et les malheurs qu'ils ont causés. Lorsque György m'a annoncé qu'il partait, je l'ai prié de ne pas épargner mon père, si jamais il l'avait un jour à sa merci. Vous allez faire une longue chevauchée ensemble et je ne doute pas que tes hommes se rallient à tes arguments.

Je marquai un temps d'arrêt, consciente de ce que j'allais demander à cet homme pour qui l'honneur et le serment à son roi étaient plus importants que tout.

— Kalian, par amour pour moi, ne laisse pas cet homme abject vivre un jour de plus. Je ne veux pas savoir quand. Je ne veux pas savoir comment. Mais tue-le. Je t'en supplie.

Il se contenta de hocher la tête et je pris cela pour un accord. Les mots nous désertaient et nous restâmes muets, face à face. Son souffle chaud effleurait mon visage. Sa sueur poivrée emplissait mes narines. Une boule au fond de mon ventre appelait son corps contre le mien. Si je ne rompais pas ce lien qui se renouait entre nous, je ne saurais rester maîtresse de moi.

— Je dois regagner ma chambre nuptiale.

Mon aveu fit éclater la bulle d'intimité qui s'était créée entre nous. Il se redressa.

— Je t'y accompagne.

Sa main gantée frôla ma taille lorsque je me relevai. J'eus envie de me jeter dans ses bras, de me repaître de sa peau. Je tendis le visage vers son cou, respirai son odeur, me délectant de la chaleur de son corps qui palpitait là, à portée de lèvres. Je me hissai sur la pointe des pieds et le suppliai du regard de m'offrir sa bouche.

— Ça n'arrangera rien, chuchota-t-il malgré sa tête qui s'inclinait doucement vers moi.

Non, ça n'arrangerait rien. Ça compliquerait même encore plus les choses. Mais aux démons l'avenir. Rien n'existait en dehors de cette obscurité qui nous englobait. Nous échangeâmes un long baiser, plein de souffrance, d'amour, d'adieux et de promesses. Lorsqu'il délaissa ma bouche, il enfouit son visage au creux de mon cou et y versa des larmes. Cet homme fort, puissant, ce roc s'abandonna sur mon épaule.

— Je suis désolé, Sylwen, avoua-t-il dans mes cheveux. Nous aurions dû partir. Mais j'ai eu peur. Que tu ne veuilles plus de moi. Que tu sois déçue par ce que j'étais devenu. Et je m'en veux. Si tu savais comme je m'en veux.

Consolante, je passai ma main dans ses boucles noires.

— C'est trop tard, à présent.

Ce n'était pas réconfortant, mais c'était la vérité. Je repoussai sa tête et essuyai ses larmes du bout des doigts. Sa main dans ma nuque trouva la chaîne qui retenait son pendentif. Kalian tira jusqu'à libérer le bijou qu'il m'avait offert à notre mariage. Surpris, il releva la tête vers moi. Je pris son visage entre mes mains et, comme il avait l'habitude de me le faire, déposai un baiser sur son menton, sur son nez, sa paupière bordée de ses si longs cils, sa tempe, ses lèvres. Nous restâmes alors immobiles, front contre front. Ivre de souvenirs, je murmurai :

— Je t'aimerai toujours, Kalian. Toujours.

Après un dernier baiser, il m'escorta jusqu'à ma chambre d'épouse.

Guilhem ne me rejoignit qu'au coucher des étoiles. Muet, il se glissa dans le lit et passa ses bras autour de ma taille. Il s'endormit ainsi, la tête posée sur mon ventre. Avait-il à ce point peur de me perdre ? Je me surpris à ressentir un élan envers cet homme qui était mon mari. Éprouvai-je une forme d'amour envers lui ? Est-ce que mon cœur avait assez de place pour Kalian et lui ? L'intensité n'était en rien comparable, mais étais-je capable d'aimer deux hommes ?

Au petit matin, j'eus comme une réponse à mes questionnements. Sans un mot sur ce qu'il s'était passé, Guilhem fit déferler sur moi toute l'ardeur qu'il possédait, élevant nos jouissances à un paroxysme que je pensai réservé à Kalian.

# Chapitre VII

« Si jamais un homme frappe sa femme enceinte, elle aura grand tourment à la délivrance ou même elle en mourra. »

*****

Guilhem garda le silence les jours qui suivirent notre mariage. Si Kalian ne m'avait pas expliqué les événements qui s'étaient déroulés, je serais restée dans l'ignorance la plus totale de la menace qui planait au-dessus de moi. Je tentais parfois, d'un air alangui, de lui soutirer quelques réponses sur la situation, mais aucune information ne passait ses lèvres. Malgré ce qui bouillonnait à l'intérieur de moi, je tâchais d'arborer l'allure de la jeune femme dévouée et confiante en son époux. Guilhem ne tarissait pas d'attentions à mon égard et déversait sur moi un flot de caresses et de baisers d'une ardeur affriolante. Pourquoi ressentais-je ces papillonnements au creux de mon ventre lorsqu'il effleurait ma peau de ses lèvres ? Pourquoi mon corps se cambrait-il sous l'assaut de ses mains ? Comment pouvais-je ressentir ce plaisir avec lui, alors que Kalian occupait encore une telle place dans mon cœur ? Commençais-je à me remettre de cet amour impossible ? Pourrais-je seulement en guérir ? Était-ce d'ailleurs ce que je souhaitais ? L'idée de ne plus goûter à la peau de Kalian, de ne plus sentir son regard sombre me dévorer comme il le faisait avant de m'embrasser, d'être désertée par les effleurements de ses mains puissantes, m'était douloureuse. Mais plus impensable. Et je me détestais pour ça. Pourtant il me fallait continuer à vivre et penser à mon bien-être et à celui de mon enfant !

Chaque jour, Guilhem s'éclipsait une heure ou deux et revenait, les bras chargés de coupes de fromages et de fruits confits. Un soir, enfin, il se résolut à m'informer de la situation. Les larmes qui gonflèrent ses paupières lorsqu'il évoqua la demande de la reine d'Heylön à mon propos m'attendrirent au plus haut point. Soucieuse d'apaiser la détresse qui débordait de ses yeux noisette, je couvris son visage de doux baisers, les doigts enlacés dans ses courts cheveux bruns. J'aimais ses lèvres fines, comme ciselées par un orfèvre. Pour la première fois, j'eus réellement envie de son corps, nu contre le mien. J'avais compris que la coutume ariate suivait à la lettre les préceptes de la Vraie Foi et voulait donc que les époux ne se voient pas nus, même lors de leurs ébats. Mais je n'avais cure de ces réticences. Décidée, je libérai nos nudités et me délectai de la chaleur de sa peau ambrée, des poils bruns de son buste et du frémissement des muscles de son torse contre mes seins.

Nous passâmes quelques jours de plus dans notre chambre, isolés du tumulte extérieur, à savourer la présence de l'autre. Plus je côtoyais Guilhem et plus je me sentais charmée par les lignes de son visage, de son cou élégant, de son menton raffiné. Je le comparais de moins en moins à Kalian, même s'il m'arrivait toujours au réveil d'espérer être étendue contre ce dernier.

Un soir, Claudius, le vieux Conseiller de Guilhem, vint frapper à notre porte pour nous avertir de l'arrivée de cavaliers. Mon cœur bondit dans ma poitrine. Aussi empressée que mon époux, je passai avec rapidité chainse, cotte et mantel, avant de trottiner jusqu'à l'esplanade du Palais Haut. Je vis avec soulagement la silhouette de Kalian gravir les imposants escaliers, accompagné de ses hommes et d'une femme voilée. Mon père n'était pas là. Se pouvait-il que Kalian ait agi selon ma volonté ? Je fus prise de frissons. Mon père disparu, j'étais libre. Du moins, je le crus jusqu'à ce que la main de Guilhem se pose sur mon bras. Non, je n'étais plus libre. J'étais juste passée de la domination d'un homme à celle d'un autre. Le premier soldat déboucha en haut des marches.

— Où est mon père ? m'enquis-je, la voix tremblante.

Son visage sombre piqua vers le sol. Je ne parvins pas à avoir plus de réponses de la part de ses collègues.

Bientôt, Kalian arriva sur la place, le bras passé autour de la taille de la femme qu'il encadrait. La lourde cape noire et le voile qui la recouvraient m'empêchaient de voir son visage. Pourvu que ce ne soit pas Mona ! La longue stature de la nouvelle venue n'avait rien de celle, plus ronde, de mon amie. Qui donc était cette sœur inconnue sortie de nulle part ? Je n'ignorais pas que mon père devait avoir toute une flopée de bâtards répartis aux quatre coins de l'Ysoar, mais qui était-elle, elle ? Elle devait avoir une importance particulière pour pouvoir prétendre prendre ma place en Heylön. Sitôt arrivée, la jeune femme fut emmenée par l'une des Sages qui attendaient avec nous.

Kalian tourna enfin vers moi son visage. Je reconnus dans son œil la flamme que je lui connaissais, cette flamme qui brûlait lors de nos rencontres. Un mélange de fierté, de désir et d'amour. Cette vision m'ébranla plus encore que je ne l'étais déjà. Je bouillais. Comment résister à cette envie de me réfugier dans ses bras ?

— Le roi Tillaumet a péri, annonça mon ancien amant en fixant le bout de ses bottes.

Faisant bonne figure, je chancelai et m'effondrai dans les bras de Guilhem. Les Sages autour de nous ne partageaient pas ma jubilation. Mon père mort d'une chute de cheval ! Voilà qui devait contrecarrer leurs plans jusque-là si bien menés. Le visage plein de larmes, la voix implorante, je me mêlai à l'interrogatoire :

— Et son corps ? Kalian ! Où est son corps ?

Je crus discerner un léger sourire au coin de ses lèvres. En faisais-je trop ?

— Il repose en ces lieux. Nous ne pouvions prendre le temps de le ramener à Daeg. Mais n'aie crainte, il a la sépulture qui lui est due. Des bottes de plomb lui ont été coulées dans le plus grand empressement par un artisan de Toimuras.

Je me défis des bras de Guilhem et me jetai dans un élan théâtral sur Kalian. Sous son œil amusé, je martelai son torse de mes mains frêles.

— Je veux y aller ! sanglotai-je, mi-suppliante, mi-accusatrice. Je veux me recueillir sur sa tombe ! Pourquoi ne l'as-tu pas ramené ici ? Pourquoi le prives-tu de l'honneur de la crypte royale ?

L'odeur de Kalian me donna le tournis, ce mélange poivré de transpiration, de poussière et de cheval. Il se saisit de mes épaules pour retenir mes assauts feints.

— Nous aurions perdu trop de temps, se contenta-t-il de répondre, la tête baissée, son souffle chaud sur ma joue.

Le temps suspendit sa course. Il n'y avait plus que lui et moi. Son pouce caressa avec douceur mon épaule. Son cœur palpitait à une main du mien. Que le monde entier disparaisse ! Comme j'aurais aimé m'enivrer de lui jusqu'à l'évanouissement. Une main étrangère passa autour de ma taille et m'éloigna de Kalian. Non. Je n'étais pas guérie de lui et ne le serais jamais.

Soudain ramenée dans le giron de mon époux, je me fis suppliante.

— Emmène-moi, Guilhem, emmène-moi, vite.

Investie dans mon rôle de fille éplorée, je déversai mes larmes jusqu'à la nuit noire, jouant avec la patience compatissante de Guilhem.

Enfin, la gorge éraillée, je fis mine de m'endormir et ne bougeai plus jusqu'à son départ. Sitôt la porte refermée derrière lui, je laissai un large sourire envahir mon visage. Ainsi mon père avait-il eu ce qu'il méritait. Ravie, je dévorai le contenu de l'assiette qui avait été déposée à mon intention et sombrai dans le plus léger des sommeils.

Au milieu de la nuit, Guilhem me réveilla avec toute l'ardeur dont il pouvait faire preuve. Essoufflé, il m'annonça enfin les décisions du conseil.

— Kalian t'accompagnera sur la tombe de ton père.

Le visage dans l'oreiller, j'explosai de joie. En silence, bien sûr. Mon époux s'écarta de moi et poursuivit :

— Néanmoins, cette entreprise est périlleuse. Et il serait préférable que...

— Je dois y aller, Guilhem, convins-je, la voix chargée de devoir filial.

Ses doigts dessinaient les contours de mes omoplates, enjambaient ma colonne et sautillaient d'une vertèbre à l'autre.

— Je savais que tu répondrais de la sorte.

— Viendras-tu avec nous ? le suppliai-je en priant pour qu'il refuse.

— Je ne puis, ma douce. Je dois escorter ta sœur jusqu'en Heylön.

Je me retournai sur le dos pour lui faire face.

— Ce n'est pas ma sœur, rétorquai-je avec dureté. Je n'ai pas assez d'une vie pour rencontrer tous les bâtards que mon père a offerts à l'Ysoar.

— Vois-y tout de même l'avantage de pouvoir te soustraire à la requête de l'Heylön, me sermonna Guilhem.

Il passa un bras sous mes reins et m'attira contre lui. Il n'avait de toute évidence pas envie de dormir. Entre deux assauts de son corps, je convins éprouver une certaine forme de reconnaissance à l'égard de cette mystérieuse sœur qui me permettait d'échapper aux velléités du

Nord. Et qui m'offrait l'occasion de parcourir l'Ysoar en compagnie de l'homme que j'aimais.

Pour le voyage qui nous ramenait en Ysoar, Kalian avait souhaité n'être entouré que de ses hommes. Mais les Sages et Guilhem s'étaient ligués contre moi pour m'imposer à la fois la présence de cette vieille peau de Grittia et du jeune serviteur ariate de mon époux. Je ne doutais pas que l'un et l'autre s'emploieraient avec soin à faire de ce voyage un véritable calvaire. Comment pourrais-je retrouver Kalian si j'étais épiée à chaque instant ?

Notre convoi s'élança dans une brume matinale glaciale. L'automne avait délaissé les relents estivaux pour se fondre dans un hiver précoce. Grittia voyageait dans le char, assise en face de moi. Sa tête balançait au-dessus de son cou comme l'aurait fait celle d'un poulet. Je fis mine de ne trouver de réconfort à mon chagrin que la tête passée par la fenêtre. Quel bonheur de sentir l'air sur mon visage ! Malgré ses quelques soupirs de reproche, mon ancienne gouvernante se garda de tout commentaire qui lui aurait de toute façon valu en retour une profonde indifférence. Penchée, je scrutai la silhouette de Kalian, enroulé dans son épaisse cape. Ses cheveux noirs bouclés étaient attachés en arrière, mais le vent joueur s'évertuait à en extirper des mèches qui dansaient tout autour de sa tête. Je regrettais les anneaux de guerrier qu'il arborait autrefois. Il y avait perdu, à les ôter, un peu de ce côté extravagant que lui apportait la présence de Györg.

Notre troupe était pour le moins voyante. Une trentaine de gardes en armes, une voiture affublée d'étendards aux armes ysoariennes ( barrées en signe de deuil ) de gueules à l'étoile d'argent à sept rais[1] ... Je

1 L'expression héraldique « de gueules à l'étoile d'argent à sept rais » décrit un blason rouge orné d'une étoile blanche à sept branches.

me sentais l'attraction du moment quand j'aurais voulu chevaucher en équipage restreint avec Kalian, comme nous le faisions avant. Le jeune serviteur de Guilhem voyageait avec les gardes en queue de convoi, tentant d'échanger avec ses compagnons dans un ysoarien malmené.

Jour après jour, cette vieille peau de Grittia ne me quittait pas d'une semelle, et se donnait pour mission de me précéder dans chacun de mes mouvements, de devancer chacun de mes éventuels besoins. Son air contrit me révulsait encore plus que son ronflement tonitruant à faire trembler les parois de notre abri roulant. Une nuit, abandonnée par le sommeil et saoulée par ce tumulte vrombissant, je sortis dans l'obscurité. Nous avions monté notre camp sommaire au cœur d'un des renfoncements rocheux qu'offrait le versant ysoarien de la Grande Chaîne. Quel plaisir de revoir ma terre ! Je ne pensais pas en refouler le sol avant de nombreuses années. Plusieurs gardes assuraient le guet, tandis que les autres dormaient autour d'un des feux, enroulés dans d'épaisses fourrures. Le froid de cette nuit de fin d'automne était mordant, signe que le solstice n'était plus très loin.

— Tu en veux ?

La voix de Kalian me fit sursauter. Assis devant le brasier qui brûlait derrière moi, il me tendait une tasse fumante. Grelottante, je me saisis du récipient et y trempai les lèvres. L'amertume était telle que je recrachai sur le champ.

— Hmm... qu'est-ce que c'est ?

— Je ne sais pas ! rit-il, moqueur.

Il désigna du menton le serviteur de Guilhem endormi non loin de là.

— C'est le gamin qui a sorti ça de sa besace en disant que c'était bon contre le froid. Enfin c'est ce que j'ai compris !

D'un geste, Kalian m'invita à m'asseoir à ses côtés. Épaule contre épaule, nous nous perdîmes dans la contemplation des flammes.

Trop d'oreilles auraient pu surprendre notre conversation, aussi nous contentâmes-nous de la simple présence de l'autre. La tisane n'était pas si mauvaise après tout, une fois l'amertume première passée.

— J'espère que le voyage ne te fatigue pas trop, s'enquit Kalian à voix basse.

— Si cela ne tenait qu'à moi, je chevaucherais à tes côtés !

Il sourit à ma réflexion.

— Mon Perce-neige… Ça fait des jours que je te sens trépigner dans ta boîte. Tout en parlant, il plaqua son genou contre le mien. Je répondis à son contact par une pression plus vive qui le fit soupirer. Les étoiles dansaient dans mon corps en un tourbillon enivrant. Je ne voulais pas le quitter. Aussi restâmes-nous ainsi, des heures durant. Un croissant de lune timide nous tint compagnie jusqu'aux premières lueurs du jour. Kalian déposa un baiser sur le sommet de mon crâne et dégagea son épaule de sous ma tête.

— Le soleil ne tardera pas à se montrer, murmura-t-il. Il faut que je dorme un peu.

D'une main ferme, il m'aida à me relever et m'accompagna jusqu'au char. Émerveillée par cette nuit paisible, je m'effondrai sur ma couche, sourde aux ronflements qui s'échappaient du gosier de ma voisine.

Le lendemain, nous arrivâmes sur le lieu de trépas de mon père. Un soleil éclatant brillait à son zénith. Avec les traits tirés que tous purent mettre sur mon chagrin, je descendis de la voiture, pleine de dignité. Les vallons ysoariens m'accueillirent avec le même amour qu'une foule en liesse. Je me surpris à chérir chaque brin d'herbe desséché par le froid, chaque touffe de bruyère, chaque bosquet, chaque bois, chaque rocher. Même l'Agalaadywen au loin avait perdu de sa menace. Comment mon père et les Sages avaient-ils pu perpétrer autant de crimes dans le seul but d'anéantir un pays qui était autrefois son allié ? Qu'avaient-ils trouvé au creux de cette forêt qui les terrorisât à ce point ?

Kalian sauta de cheval avec sa prestance habituelle et vint à ma rencontre.

— Ma reine, désirez-vous que je vous conduise à la sépulture de votre père ? Elle n'est pas toute proche, mais vous ne pouvez vous y rendre avec votre attelage, tant le chemin est chaotique.

Le visage haut, je luttai comme il se devait contre mon hypothétique chagrin.

— Donnez-moi une monture ! clamai-je haut et fort.

Grittia sortit enfin du char et s'avança.

— Je vous accompagne, ma dame.

Le regard que je lui jetai la stoppa sur place.

— Je désire me recueillir *seule* sur la tombe de mon père.

— Mais il ne sied pas à une reine de...

— Reine je suis, en effet, Grittia, et n'ai plus besoin ni de vos avis ni de vos services.

L'effroi figea ses traits fripés. L'œil paniqué de la volaille menée au boucher, elle tenta un ultime assaut.

— Le roi Tillaumet avait demandé à ce que je sois...

— Et mon père est mort. Aussi, dès que nous serons à Daeg, vous pourrez vous retirer en votre foyer pour y jouir d'un repos bien mérité.

Bouche bée, la vieille gouvernante me regarda monter en selle et m'éloigner avec Kalian.

Quand le pas chaloupé de nos montures nous eut menés assez loin, Kalian se pencha vers moi avec un sourire en coin.

— En voilà une qui ne s'attendait pas à être remerciée de la sorte !

— Tu as vu ses yeux ! m'exclamai-je plus fort que je ne l'aurais voulu. J'ai cru qu'ils allaient lui sortir de la tête !

Nous rîmes de concert à cette image, tant Grittia avait toujours représenté un ordre à transgresser.

— Te sens-tu de galoper jusqu'à l'arbre, là-bas ?

Ce disant, Kalian m'indiqua un gros chêne en haut d'une petite colline couverte de bruyère. Sans prendre la peine de lui répondre, je lançai mon cheval au galop. Ses cris d'indignation se perdirent derrière moi.

— Perce-neige ! Ce n'est pas loyal !

Je riais, exaltée par cette sensation de liberté. Cavalier plus expérimenté, Kalian ne tarda pas à me rejoindre et à me dépasser. Arrivés au pied de l'arbre, il sauta de selle et m'aida à descendre en m'attrapant sous les épaules, comme il le faisait quand j'étais enfant. Avant même que mes pieds aient touché le sol, il me vola un baiser.

— Pardonnez mon audace, Majesté, mais je me retiens depuis que nous avons quitté Wyrd.

Il ne m'avait pas lâchée, aussi n'eus-je aucune peine à l'embrasser à mon tour. Nos bouches, assoiffées l'une de l'autre, se rencontrèrent dans une explosion de couleurs, un crépitement des sens. Guilhem avait beau être charmant et assez doué dans les choses de l'amour, il ne suscitait pas en moi un tel déferlement de sensations. Je chérissais chaque partie du corps de Kalian, de ses bras forts enroulés autour de ma taille, à sa barbe rêche qu'il portait dorénavant coupée très court. Même son masque d'argent m'était devenu familier.

Plus notre étreinte durait, plus nos mains se faisaient audacieuses. Si bien que nous nous retrouvâmes au sol, les vêtements défaits, indifférents au froid qui plantait ses crocs dans nos chairs affamées. Faire l'amour avec Kalian était comme me sentir enfin chez moi et entière, comblée de recouvrer cette part qui me faisait défaut. Comment avais-je pu douter des sentiments que je lui portais ? Au-delà de nos sexes, nos corps tout entiers étaient faits pour s'assembler l'un à l'autre, dans une jouissance sans pareil.

Allongés dans les bras l'un de l'autre, recouverts par nos capes, nous profitions de ce moment qui nous était offert. Joueuse, la main de Kalian parcourait ma peau. Elle effleura le médaillon qui ne quittait jamais mon cou, s'attarda sur mon ventre encore plat, avant de remonter à ma poitrine.

— Tes seins sont plus gros. J'aime ça.

— Tu veux dire qu'ils étaient trop petits avant ?

Il rit de mon air faussement outré.

— Non ! Ils étaient déjà parfaits. Mais ils n'existent plus que dans mes rêves. Tandis que ces deux-là sont bien réels, lovés au creux de ma main.

Joignant le geste à la parole, il s'empara de mon sein droit et vint déposer des baisers tout autour du téton. Le contact glacé de son masque me soutira de petits cris de plaisir.

— Kalian, haletai-je, si tu continues, nous ne regagnerons jamais le camp.

— Le devons-nous vraiment ?

Sa remarque refroidit mes ardeurs dans la seconde. Était-il sérieux ?

— Nous pourrions galoper jusqu'à Daeg et de là, partir pour l'Ésiria, ou même plus loin. Le monde au-delà des frontières connues doit être magnifique. Surtout à tes côtés. À *vos* côtés, corrigea-t-il une main sur mon ventre.

Notre plan d'autrefois... Le froid se fit plus mordant. Je me rhabillai en vitesse, tournant et retournant ses paroles dans ma tête.

— Tu ne dis rien, poursuivit-il alors qu'il se rajustait à son tour. N'est-ce plus ce que tu désires ?

— Si, bien sûr que si ! Mais tout abandonner derrière moi, maintenant que...

— Quoi ? Que tu es mariée ?

Une vive incompréhension se répandit sur son visage.

— Tu ressens quelque chose pour cet Ariate ? me demanda-t-il, les dents serrées.

Son expression crispée contrastait d'autant plus avec le calme impassible de son masque. Était-ce de la jalousie ? Il se releva avec agilité et s'éloigna de quelques pas. Je restai muette, ne sachant que lui répondre sans mentir, tant j'ignorais moi-même cette réponse.

— Tu ne m'aimes donc plus ?

Sa remarque me fit sortir de mes gonds.

— Comment oses-tu me dire ça, Kalian Hertem-Daegrul ? Qui a refusé que nous partions de Daeg quand nous l'avions prévu ? Qui m'a rejetée ? Qui est allé jusqu'à renier les vœux que nous avions échangés devant le Père Très Saint ?

La mine sombre, il tapa du bout du pied sur la racine de l'arbre qui nous abritait.

— Je n'ai pas fait annuler notre mariage, avoua-t-il enfin d'une petite voix. Je n'ai pas pu m'y résoudre.

Je restai bouche bée, avant de répandre sur lui toute ma colère contenue depuis de si longues semaines.

— Mais me forcer à être biandre[2], ça ne te gênait pas ? Par Sa barbe ! Kalian ! Tu sais à quel point j'ai souffert ? Comment as-tu osé me laisser croire que tu ne voulais plus de moi ?

— Jamais je ne pourrai ne plus vouloir de toi, mon Perce-neige, jamais !

Comme il l'aurait fait avec un cheval nerveux, il s'approcha de moi les mains levées et, une fois à ma portée, m'attrapa et me serra si fort que je crus éclater. Cela eut pour effet de me faire déverser toutes les larmes que je retenais depuis si longtemps. Je laissai couler toute ma tristesse, ma frustration, ma peur. Kalian me berçait en chuchotant

2 Personne qui a plusieurs époux.

je ne sais quoi. Une fois pressée comme une orange, je me défis de son étreinte et, d'une main rapide, lui assénai une claque virulente en plein visage.

— Ça, c'est pour m'avoir demandé d'épouser l'Ariate. Et celle-là...

Il arrêta ma main en plein vol.

— ... pour te faire passer l'envie de jamais douter de mon amour.

Pour toute réponse, il posa un prompt baiser sur mes lèvres. Malgré mon envie de m'abandonner à ses lèvres, je me sentais préoccupée. Kalian perçut mon trouble.

— Quoi, mon Perce-neige ?

— Je ne suis pas tranquille avec le serviteur de Guilhem qui rôde autour de nous.

— Budec ? Il est pourtant plein de bonne volonté, le défendit Kalian.

— Je ne dis pas qu'il est malintentionné ! C'est juste qu'il est si dévoué à son maître que je me sens épiée où que j'aille. J'ai peur qu'il ne devine quelque chose.

— De là où il est, il ne peut pas nous surprendre !

Kalian embrassa mon cou et mordilla le lobe de mon oreille.

— Nous pourrions l'envoyer à Daeg pour annoncer notre arrivée au château ?

Je trouvai cette idée merveilleuse.

— Et je pourrais lui confier une note à remettre à Mona pour qu'elle prépare des vivres. Lalie et elle pourraient venir avec nous ?

— Où ça ? s'amusa-t-il. Est-ce que ça veut dire que tu es d'accord pour ne plus jamais revoir ton ignoble mari ?

— Tu parles de mon premier ou de mon second ?

Il me punit de ma remarque en me chatouillant les côtes.

— D'accord ! plaidai-je pour qu'il arrête. D'accord, je suis d'accord.

— Alors, dis-le.

Une flamme brillait dans son œil, mélange d'espoir et de désir.

— Quand nous serons à Daeg, nous nous enfuirons.

Le soleil déclinait à l'horizon lorsque nous décidâmes de quitter le pied de notre arbre pour rejoindre notre escorte. Je me hissai en selle et, avant de lancer ma monture, profitai de la vision paisible que nous offraient les collines baignées de rayons orangés. D'un claquement de langue, Kalian donna le signal de départ. Bercée par le pas de mon palefroi, je demandai :

— J'imagine que mon père n'est pas du tout enterré ici.

Kalian parut hésiter.

— J'ai cru que tu préférerais que je jette son corps dans un marais.

— J'apprécie ton attention, répliquai-je, souriante, en exagérant un salut de tête.

Kalian souffla de soulagement avant de reprendre :

— Alors tu devrais être comblée en apprenant qu'il n'a point fait de chute de cheval.

— Je n'en attendais pas moins de ta part !

Nous échangions ces horreurs avec une telle légèreté ! Nous ne faisions décidément rien dans la norme. Nous poussâmes nos montures au galop pour profiter d'une brève illusion de liberté.

— A-t-il souffert ? m'enquis-je une fois au pas, grisée par l'exaltation de notre courte chevauchée endiablée.

— Cela t'aurait-il plu ?

Sa question sincère m'obligea à répondre avec la même authenticité.

— Il méritait de mourir. Mais c'était tout de même mon père. Non. J'imagine que je lui aurais préféré une mort rapide.

Le visage de Kalian s'illumina d'un grand sourire de soulagement.

— Sache alors, ma très tendre amie, que ton illustre père a été poignardé dans son sommeil. Je ne lui voulais pas une mort digne d'un soldat, mais je ne pouvais me résoudre à l'honorer d'une mort ignominieuse. Il en a donc été fait selon vos souhaits, noble dame.

Un silence s'installa entre nous. Kalian avait tué mon père pour moi, mais ne l'avait-il pas aussi un peu fait pour lui ? Tillaumet n'avait-il pas ordonné aux Balastes de le tuer ? Et Kalian ne devait-il pas son salut à l'estime que lui portait Raghôl, le géant roux ?

Je ramenai les pans de ma cape pourpre autour de moi et pris une profonde inspiration.

— Je t'avais dit que je ne te questionnerais pas sur ce qu'il t'avait été fait à Balastine, mais je crois que j'ai besoin de savoir ce qu'il t'est arrivé. Mona m'a laissée entendre que tu avais été torturé. D'après Györg, tu as été passé à tabac. Mon père était donc le commanditaire de ton sort ?

Les deux mains posées sur le pommeau de sa selle, il mâcha sa réponse longuement avant de desserrer les lèvres.

— Au début, c'était un combat ordinaire. Enfin si je puis dire. Toutes les batailles sont différentes. Mais là, je ne soupçonnais pas une telle traîtrise. J'ai entraîné mes hommes dans le village. Je pensais y trouver des adversaires. Nous y avons trouvé la mort. Elle a fondu sur nous avec une rapidité et une efficacité déconcertante. C'était un massacre. Mes hommes ont été abattus les uns après les autres.

Le regard droit sur l'horizon, il laissait sa parole se déverser avec la régularité du pas de nos chevaux. Et moi, la gorge serrée, je l'écoutai, ne sachant si j'avais bien fait d'entrouvrir cette porte.

— Quand il n'y a plus eu que moi, j'ai été attaqué de toutes parts, jusqu'à être désarçonné. La seule chose qui me soit venue à l'esprit est que je ne pourrais pas être au rendez-vous que je t'avais donné. Et je me détestai pour ça. Je t'imaginai me guetter en vain à la fenêtre.

Je me retins de lui avouer que c'était exactement ce que j'avais fait, tant cela était inutile. Il poursuivit, plongé dans ses souvenirs.

— Pendant que j'étais à terre, mes agresseurs ont sauté de selle et ont commencé à me rouer de coups. Je ne comprenais pas pourquoi ils ne me tuaient pas. Leurs bottes martelaient mes côtes, mon dos, ma tête, ne me laissant aucun répit. Et c'est là qu'ils se sont mis à parler. En ysoarien : « Tu as voulu baiser la fille du roi, hein ! », « Tu aurais mieux fait d'obéir aux ordres ! », « Tu t'es cru plus malin que ton souverain ? ». Ça ne pouvait être mes propres hommes. Jamais ils ne m'auraient fait ça. J'ai pensé à des mercenaires. Du moins jusqu'à ce que j'entende le rire si particulier de Raghôl s'élever depuis l'autre bout de la cour. Je me suis dit que c'était une illusion, mais je remarquai aussi la peau noire de la main qui m'enserra le bras. Se pouvait-il que ces hommes soient des Balastes ? Mais pourquoi massacraient-ils en se parant d'armures démoniaques ? Ils étaient deux à me maintenir, plus pour me faire tenir debout que pour m'empêcher de m'enfuir. L'un d'eux a fait rougir son poignard dans le brasier et me l'a passé sur le visage. J'aurais voulu être brave, mais j'ai hurlé aussi fort que je le pouvais. Ça les a fait rire. « Tu gueules, hein ? Fallait y penser avant. T'aurais jamais dû poser les yeux sur elle ». Après avoir une fois de plus fait chauffer son poignard, mon tortionnaire l'a approché si près de mon œil que... enfin la douleur a été telle que j'ai perdu connaissance. Et je me suis réveillé à Daeg, Györg et Mona à mes côtés.

— Je suis venue te voir tout de suite !

Il ne m'avait porté nul reproche, mais je m'étais sentie forcée d'apporter cette précision, tant j'aurais voulu garder son chevet tout le temps de sa convalescence. Au lieu de ça, j'avais choisi de m'occuper de Guilhem.

— Ne t'inquiète pas, mon Perce-neige ! Je sais tout ça !

Son visage s'illumina de nouveau.

— Mona et Györg n'ont pas cessé de me répéter avec quel empressement tu t'étais enquise de mon état. Je n'ai jamais douté de toi. Mais j'ai eu peur de ne jamais me remettre.

— Tes blessures ont vite guéri grâce aux baumes de Mona ! me dépêchai-je de le réconforter, sensible à l'amertume qui l'envahissait.

Une bourrasque de vent vint faire danser les boucles de ses cheveux noirs.

— Je ne parle pas de mes blessures. Mais de mon honneur, nuança-t-il. De ma propre estime. Györg avait laissé du *kerköt* pour moi. Ce sont des serpents qui sont recouverts d'une sorte de drogue qu'il faut lécher. Ça supprime toute douleur. Mais ça trouble aussi les sens. Au début, je ne voulais pas y toucher. J'avais vu Györg se perdre dans le soulagement feint que ça procure. Mais malgré tout, je m'y suis perdu à mon tour. Et je t'ai perdue aussi. Comprends-moi, Sylwen, j'avais l'impression d'être moins qu'un homme. Moins qu'un enfant. Comment aurais-je pu prendre soin de toi ? Et d'un nourrisson ?

Je ne pouvais laisser le fiel s'insinuer à nouveau en lui.

— Mais aujourd'hui, tout va bien, car dès notre arrivée à Daeg, nous nous enfuirons ensemble.

— Oui, dès notre arrivée à Daeg.

Nos sourires furent bénis par les derniers rayons du soleil couchant. En cet instant, plus rien ne s'opposait à nos desseins. En cet instant seulement.

La destinée se montre parfois aussi lunatique qu'une vieille femme sadique, vous flattant un jour pour vous poignarder le lendemain. Malgré tout ce que j'ai pu traverser, ces jours font sans doute partie des plus éprouvants de ma vie, tant l'angoisse a accompagné chacun de mes pas.

Comme prévu, sitôt revenus, nous envoyâmes Budec et un garde à Daeg pour avertir de notre venue imminente. Je demandai discrètement au soldat de remettre une lettre à la cuisinière. Je savais que ma chère Livianne ne manquerait pas de la transmettre à Mona. J'avais déchiré un morceau d'un des nombreux parchemins officiels que nous rapportions de Wyrd et y avais tracé au charbon les grandes lignes du projet que Kalian et moi avions de nous enfuir. J'y priai ma sœur de se charger des préparatifs aussi vite que possible. Il aurait été étonnant que le soldat sût lire, mais quand bien même, il aurait été incapable de déchiffrer les symboles que Mona et moi étions seules à comprendre. Pleine d'espoir, je regardai les deux cavaliers s'élancer au galop vers la capitale ysoarienne.

Alors que nous passions au large de Toimuras au rythme lent du char branlant, un groupe armé vint à notre rencontre. N'ayant aucune raison de suspecter une charge belliqueuse, nous poursuivîmes notre progression. Et tout alla si vite. La troupe dévoila des archers qui abattirent dix de nos gardes. Kalian tenta d'organiser une défense, mais ses hommes n'étaient pas armés pour une telle charge. Dans le char branlant, Grittia hurlait en tous sens en battant des bras comme une pintade. Je lui intimai de se taire et la giflai avec panache. Si elle continuait à vociférer de la sorte, il me serait impossible d'entendre ce que Kalian ordonnait à l'extérieur. Consciente que nous n'étions pas attaqués par des bandits, je décidai de sortir de la voiture. De toute façon, nos agresseurs m'en extrairaient bien assez tôt. Assis au sol, nos gardes subissaient la menace d'une vingtaine de lanciers. Kalian, lui, était en plein pourparlers avec un homme brun aussi large qu'un ours. Son visage, couvert de cicatrices de petite vérole, ne m'était pas inconnu. Sans doute l'avais-je déjà vu à la table de mon père.

— Voilà que la lune paraît ! s'exclama notre agresseur, grandiloquent, avant de singer une révérence. Les années n'ont fait qu'accroître ta beauté, Sylwen !

La face vorace qu'il tourna vers moi me donna des frissons. Devant mon mutisme sceptique, il arbora un air étonné.

— Comment, tu ne me reconnais pas ? Je suis Garam, seigneur de Toimuras. Et j'ai eu l'honneur d'être le premier à te demander en mariage. Mais ton père a préféré t'envoyer dans un couvent plutôt que de t'offrir à moi. Dire que nous allons devoir rattraper toutes ces années perdues ! C'est le Père Très Saint qui te ramène aujourd'hui à moi ! Voilà la preuve que nous étions prédestinés l'un à l'autre.

Cet homme était soit niais, soit dérangé.

— Je suis déjà mariée (et deux fois, de surcroît ! me retins-je d'ajouter) ! Je vous saurais gré de relâcher mes hommes. Nous continuerons alors notre voyage vers Daeg et ne vous demanderons pas réparation pour les pertes que vous avez causées parmi nos troupes.

L'ours partit d'un rire aussi machiavélique qu'exagéré.

— Pourquoi te laisserais-je repartir alors que je t'attends depuis si longtemps ? Toi, là ! ordonna-t-il en désignant un des hommes de Kalian. Prends ton cheval et va à Wyrd prévenir les Sages que Garam, seigneur de Toimuras, revendique Sylwen comme épouse, de même que le trône de l'Ysoar.

Kalian s'avança pour protester, mais deux hommes se saisirent de lui. Je n'osai bouger de peur d'aggraver la situation. Garam ignora les protestations de mon amant et s'approcha de moi, prédateur.

— Ne me regarde pas comme ça, ma douce caille, les nouvelles vont vite. Tout le monde sait que ton père est mort. Alors nous allons faire célébrer nos fiançailles dès ce soir !

Je le toisai malgré sa haute stature et le contrai avec dédain :

— C'est impossible. Mon mariage prévaut sur cette ridicule union.

— Je me fous de cette cérémonie wyrd ! s'emporta-t-il.

Son rugissement me fit sursauter et me laissa tremblante. Il leva son bras énorme et pointa son doigt vers moi, menaçant.

— Les Sages n'ont pas leur mot à dire sur ce qui se passe en mes terres. J'en suis le seigneur. Le maître absolu. Alors ce soir, tu me seras promise et cette nuit, je mordrai à pleines dents dans tes mamelles.

Le sourire sadique qui accompagna ces dernières paroles m'emplit de dégoût. Kalian se débattit avec fureur, ce qui lui valut un coup de poing dans le ventre. La violence du choc lui coupa le souffle. Je me retins de voler vers lui et me tournai vers Garam, le menton levé en signe de défiance.

— Et si je refuse ?

— C'est simple, ma perdrix. Chaque jour que tu passeras en dehors de ma couche, un de tes compagnons mourra.

Je tressaillis à cette idée. De rage, autant que d'inquiétude. Quel sort attendait Kalian si je repoussai les avances de ce fou ? Du temps. Je devais gagner du temps. Une fois averti, le Conseil de Wyrd ne manquerait pas d'envoyer ses troupes à ma rescousse. De même, Budec et le garde donneraient l'alerte s'ils ne nous voyaient pas arriver à Daeg dans les deux jours. Je jetai un coup d'œil aux hommes de Kalian tombés dans l'embuscade. Garam voulait poser les règles ? J'allais les suivre.

— Vous m'avez donc déjà offert dix jours de répit à en croire les cadavres qui nous entourent.

— Ne joue pas avec moi, petite gar…

Garam dut réaliser qu'il ne remporterait rien à me traiter de la sorte et retint son emportement. Il inspira profondément et reprit d'une voix suave :

— Bien. Fort bien, ma petite chatte sauvage. Mais dix jours me semblent trop. Disons deux jours. Et ce n'est pas négociable. Gardes, emmenez ces gars dans leurs quartiers. J'ai une future épouse à séduire.

Le rire gras des soldats me fut aussi écœurant que le bras que l'ours me présenta.

L'expression affolée de Kalian me brisa le cœur. Je lui envoyai un sourire désespéré et montai en croupe sur le cheval de Garam, avant de m'élancer vers une nouvelle prison.

Jamais les préceptes de Kariana ne m'apparurent plus concrets. J'étais seule maîtresse de mon corps et de ma vie. Quitte à en subir les conséquences. Chaque jour, Garam venait quémander ma main. Chaque jour, je lui répondais avec le même dédain. Il m'avait fait installer dans une chambre spacieuse au luxe déroutant. Soieries pourpres et or aux murs, matelas de plumes, cheminée ornée de boiseries sculptées, meubles décorés avec raffinement. Un coffret rempli de parures précieuses accompagna le plateau débordant de mets délicats qui me fut servi pour le dîner. Je jetai le tout contre le mur, non sans compatir avec la servante qui devrait nettoyer. Mais je ne comptais pas rester ici. Si Budec et le soldat avaient pu atteindre Daeg sans encombre, des secours ne tarderaient pas à venir. Il me fallait tenir, résister, coûte que coûte.

Après deux jours d'insouciance, j'eus à pâtir de mon refus constant. De ma fenêtre, j'assistai à la liesse qui entoura la première d'une longue liste d'exécutions. Mon tortionnaire n'avait pas jeté ses mots en l'air. Un premier garde de ma suite fut emmené. Je faillis vomir au son du choc de la lame du bourreau sur le billot. Puis, peu à peu, ce son devint une sorte de routine matinale. Je passai chaque nuit à prier dieux et démons pour ne pas voir Kalian monter à l'échafaud. Et me morfondais le reste de la journée en prévision du lendemain matin. Chaque nouvelle mort entachait mon âme d'une culpabilité éreintante. Grittia, exaspérante, me suivait comme un chiot, à sursauter aux moindres pas dans le couloir.

— Il va tous nous tuer ! ne cessait-elle de répéter avec les yeux exorbités dignes d'une truite faisandée. Garam est dérangé ! Vous êtes perdue mon enfant. Alors au moins, ayez la décence de faire le nécessaire pour sauver vos gens !

Je ne doutais pas qu'en cet instant, elle pensait plus à sa propre existence qu'à celle des hommes qui croupissaient dans les geôles.

À la nouvelle visite de Garam, je l'accueillis, avenante et le gratifiai même d'un sourire. Figé à un pas de la porte, l'ours me toisa de son regard sombre, dubitatif, cherchant l'origine de ce revirement soudain. Ma requête le surprit d'autant plus.

— Comprenez-moi. Je ne saurais m'unir à un homme qui m'est un parfait inconnu. Je ne puis dès à présent vous offrir ma main, mais vous propose ma compagnie pour ce soir.

Debout derrière moi, Grittia faillit s'en étouffer avec sa salive.

— Grand plaisir tu me fais, ma belle ! s'écria mon tourmenteur. Mais je n'ai qu'une parole. Tout refus de partager ma couche verra un de tes compagnons décapité.

Il avait dit ça en esquissant quelques pas de danse.

— Soit, je partagerai donc votre couche, répondis-je avec un hochement de tête calme et docile. Mais tentez seulement de me toucher et je vous saignerai comme un porc.

Il éclata de rire.

— Voilà bien une femme comme je les aime ! Viens, mon oiselle, je t'accompagne moi-même jusqu'à notre chambre. Nous y dînerons.

L'homme brun me mena dans une pièce plus somptueuse encore que ma chambre. Pas même la plus luxueuse des pièces du château de Daeg ne pouvait rivaliser avec elle. Des pierreries étaient incrustées dans les moulures qui encadraient portes et fenêtres. Des tentures de soie et fils d'or tapissaient les murs. Un lit gigantesque trônait au milieu de l'espace, recouvert de fourrures d'hermine. Si j'avais été de ces femmes à se laisser séduire par les marques de richesses, j'aurais pu succomber sur-le-champ.

— Voici mon antre, ma tendre grive, s'exclama-t-il avec fierté.

— Vous avez un goût exquis.

Sous son regard avide, je pris place dans un fauteuil en face de la cheminée.

— Un tel château doit bien avoir une foule de chambres à disposition des invités.

Il acquiesça et s'assit à mes côtés, curieux de découvrir ce que j'avais en tête.

— Alors je vous prierai de faire installer ma suivante dans l'une d'elles.

— Je pensais que sa présence te réconforterait, s'étonna-t-il, sans se priver de lorgner sur ma poitrine.

— Eh bien vous vous trompez. Elle m'exaspère. Encore une journée en sa présence et je me défenestre !

À son rire gras, je sus qu'il ne comprenait pas que j'étais presque sérieuse.

— Parfait, je l'installerai comme une reine.

— Peu me chaut.

Je balayais la question du revers de la main.

— Et mon cousin ?

Le détachement que je mis dans ma question fit mouche. La dernière chose que je voulais était que Garam découvre mon attachement pour Kalian.

— Eh bien ? Veux-tu également une chambre pour lui ?

— Par Sa miséricorde, non ! Je me demandais juste pourquoi vous ne l'aviez pas encore renvoyé auprès du Père Très Saint.

Garam ne perçut pas l'inquiétude qui perçait sous ma question et me répondit sans ombrage.

— Tout comme toi, Kalian est un otage de haut rang. Je ne puis vous exécuter, l'un ou l'autre, sans me retrouver avec une armée à mes portes. Et puis, je ne doute pas que mes charmes sauront trouver le chemin de ton cœur avant que de n'avoir épuisé l'effectif de votre escorte.

— Combien en reste-t-il d'ailleurs ? Sept ? Huit ?

— Avec ta servante, six.

Ses yeux noirs perçants fixaient mon visage, cherchant à y déceler je ne sais quelle marque de faiblesse. Son front trop petit lui donnait un air buté.

— Plus que six ? Que le temps passe vite ! le provoquai-je.

Je me levai et me dirigeai vers la fenêtre.

— Alors qu'attends-tu ?

Je lus comme de la supplication dans sa voix.

— Tu as refusé de célébrer le solstice en ma présence, continua-t-il. Et cette fête a perdu toute sa saveur sans toi. Chaque jour, tu me rejettes avec le même dédain.

— Et chaque jour, vous exécutez froidement un innocent.

— S'il est innocent alors c'est toi qui ne l'es pas.

Il se leva et se rapprocha de moi avec une vitesse déconcertante. D'une main d'une incroyable puissance, il me saisit par les cheveux. Je me retins de crier sous la douleur. Il enroula son bras trapu autour de ma taille et me propulsa sur le lit avant de m'y rejoindre. Je cédai à l'affolement et tentai de le repousser des pieds et des poings.

— Petit moineau, s'amusa-t-il avant de plaquer ses gros doigts sur mon menton pour m'immobiliser la tête.

Son visage couvert de cratères était collé au mien. Impossible de me dégager de sa prise. Ses lèvres épaisses se plaquèrent sur ma bouche dans un baiser gluant aux effluves nauséabonds de repas et de fumée. Je me mis à paniquer. Je n'étais pas assez forte pour le repousser et il n'y avait aucun doute sur l'issue de notre étreinte. Il n'avait qu'à retrousser mes jupes pour me saillir comme une jument. Ils étaient bien beaux les enseignements de ma tante ! Pour parler, d'accord, mais comment prendre le dessus dans une telle situation ? Je cessai de me débattre et affichai la plus plate indifférence. Garam en profita pour me voler un second baiser, mais devant mon détachement, il perdit toute ardeur.

— Je te préférais remuante, ma colombe.

— Et pour ma part, je n'y vois aucun intérêt.

Son air surpris m'encouragea à poursuivre, d'une voix que je tentai d'affermir à chaque mot un peu plus.

— Si vous souhaitez me trousser comme la dernière des putains, alors ne vous gênez pas. Vous n'avez qu'à relever ma robe. Je croyais que c'était une reine que vous vouliez. Sans doute me suis-je méprise sur vos intentions.

Mon raisonnement le prit de court et, refroidi, il s'assit sur le bord du lit.

— Jamais femme n'a osé me parler de la sorte.

— Et jamais homme n'a osé me manquer autant de respect.

Nous nous toisâmes, chacun d'un côté du lit. C'était à qui détournerait le regard en premier. Et contre toute attente, je remportai cette manche. Pourtant, je serrais mes mains l'une contre l'autre pour les empêcher de trembler.

— Je vais te faire raccompagner dans ta chambre, murmura-t-il avant d'agiter une cloche à l'entrée de la pièce.

Fière de moi, je me relevai et attendis patiemment que la servante vienne me chercher.

— Bien sûr, ajouta Garam avec un sourire pervers aux lèvres, je suis homme de parole. Aussi, ton refus de ce soir causera une nouvelle exécution demain.

Mon sang ne fit qu'un tour. Cet être était le plus abject qu'il m'avait été donné de rencontrer. Il m'avait laissée croire jusqu'ici que je contrôlais la situation, quand il en restait maître. La porte s'ouvrit derrière moi et une jeune fille m'invita à la suivre après une timide révérence.

— Bonne nuit, ma tourterelle ! Et n'aie crainte, je vais ordonner sur-le-champ que ta suivante soit installée dans une autre chambre.

Sans plus m'accorder la moindre attention, il s'installa sur son fauteuil et me congédia d'un mouvement de la main.

Les jours suivants furent de véritables calvaires durant lesquels je tournais et retournais les événements dans ma tête. Garam ne se donnait même plus la peine de me rendre visite. La suite ne dépendait que de moi. Ce matin-là, Grittia avait été menée devant le bourreau. Elle a hurlé tant et plus, supplié, imploré, qu'il me fût impossible de l'ignorer, fenêtres closes et enfouie sous les couvertures. Même le rire gras de Garam était parvenu jusqu'à moi, ce rire immonde qu'il avait eu avant de déclarer : « Quel spectacle ! Tout autre ferait pâle figure à côté de ça ! Ceci vaut bien cinq jours sans réjouissances ! » *Réjouissances.* Ainsi nommait-il l'exécution d'une vieille femme terrifiée par la mort ? Cet homme était un monstre manipulateur et doté d'une grande intelligence. Il ne fallait pas que je le sous-estime. Sa perversion était tout aussi développée. Ainsi, même si je me jetais dans ses bras, qu'est-ce qui me prouvait qu'il ne continuerait pas à perpétrer ces exécutions ? Et comment me sortir ensuite de cette situation ? Il n'était bien sûr pas question que je l'épouse ! Guilhem viendrait sans doute me chercher, mais quand ? Pourquoi n'était-il pas déjà là ? Et le jeune serviteur Budec et son escorte ? Avaient-ils pu atteindre Daeg ? Le Conseiller Giltot aurait dû envoyer des émissaires depuis bien longtemps ! Pourquoi n'y avait-il pas la moindre parlementation en cours ? Couchée sur mon lit, recroquevillée sur moi-même, je pleurai toutes les larmes de mon corps. Une main serrant le médaillon offert par Kalian, l'autre sur mon ventre plat, je tentai de nous rassurer, mon enfant et moi, sur l'avenir qui nous attendait. Il fallait que je reprenne du nerf ! Je n'étais plus seule et je me devais, pour elle ou lui, de me montrer forte. Dès que j'avais appris ma grossesse, j'avais ressenti un besoin irrépressible de protéger ce petit être. Et le destin ne faisait rien pour me faciliter la tâche. Étais-tu là, mon trésor ? Bien blotti au plus profond de moi ?

À la nuit tombée, je crus discerner une sorte d'explosion, et même de l'agitation dans la cour. Mais rien ne suivit. Cinq jours. J'avais cinq jours pour trouver le moyen de sauver Kalian. Car même si cet immonde Garam m'avait annoncé ne pas vouloir exécuter mon amant, je ne doutais pas que sa soif de sang pouvait le faire changer d'avis. Tournant et retournant toutes les possibilités dans ma tête, je vis le soleil succéder à la lune avec une rapidité déconcertante. Et si Garam se décidait tout de même à livrer Kalian au bourreau ? Cet homme était assez fou pour se risquer à une guerre civile ! Pourquoi le Père Très Saint se plaisait-Il à me torturer encore et toujours ? Pourquoi me retirer Kalian à chaque fois qu'un avenir pour nous poignait à l'horizon ? J'en vins à me persuader que notre cher Sauveur devait avoir un appétit sadique pour les déconvenues de ses ouailles.

Au soir du dernier jour de sursis, je décidai de me plier à la requête du rustre de ces lieux. Il me fallait gagner du temps. Sans doute Guilhem arriverait-il promptement avec des troupes pour nous secourir. J'en étais rendue à un tel désespoir, que je finis par prier pour que mon époux nous porte assistance, à mon amant et moi. Certes, Kalian était aussi mon mari, mais je choisis d'occulter cet élément pour l'instant. Je me préférais davantage femme adultère que biandre. Quoique le sort réservé à l'une n'était guère plus enviable que celui de l'autre. Dur de choisir entre la lapidation et la pendaison ! Il ne faisait pas bon enfreindre les lois de la Vraie Foi en ces dures années. Il était rageant de voir qu'un homme adultère ne risquait guère plus qu'une amende et une bonne pénitence publique ! Encore une de ces innovations législatives entrées en vigueur depuis la Guerre de Purification. Ma tante m'avait parlé à plusieurs reprises des retours en arrière qui avaient été opérés depuis vingt ans en ce qui concernait le droit des femmes. Et que pouvions-nous bien y faire ? Nous n'étions que des reproductrices en jupons à la merci de ces hommes instruits et plus avertis de notre bien que nous-même. Le Grand Prêtre de Daeg ne répétait-il pas à chacun de ses sermons que la donzelle se devait de rester ignorante, car une femme avec des connaissances finissait toujours par se montrer indocile ? *Indocile*. Pour sûr, je l'étais. Du moins sous couvert de cette apparente soumission placide. Mais que personne n'en doute. Mon feu intérieur attendait son heure, grossissait à chaque assaut, à chaque affront. Si reine je devenais, et reine déjà étais-je, je mettrais tout en œuvre pour faire évoluer la situation de mes comparses à travers notre monde. À défaut de pouvoir jouir de ma vie avec Kalian, libre, autant vouer mon existence à cette noble cause.

Mais pour l'heure, c'est d'une main incertaine que je tirai sur la corde reliée à la cloche de service afin de faire mander Garam. Le son clair retentit comme un glas. « C'est moi qui m'offre à lui, et non lui qui me prend », ne cessais-je de me répéter pour me convaincre de mon pouvoir en cette heure misérable.

— Mène-moi à ton maître, ordonnai-je d'une voix blanche à la jeune servante qui déverrouilla ma porte.

— Pardonnez, Majesté, l'seigneur l'est pas là.

Je me fissurai en mille morceaux.

— Mais si, il est là, m'entendis-je insister. Il ne peut pas ne pas être là. Il m'attend depuis presque une lune !

La servante me fixait avec la vivacité d'esprit d'une truite bouillie.

— Pardonnez, Majesté, répéta-t-elle, atone. L'seigneur l'est pas là que j'vous dis. On l'a vu partir ce matin et l'est pas rentré. Y dort pas trop au château d'puis qu'y a l'siège.

— Le siège ? Quel siège ?

Un espoir soudain remonta le long de mon dos.

— Bah l'siège de la ville ! D'puis qu'on a l'roi boiteux dans nos geôles, tout l'monde y craint une attaque de ses troupes. Mais sont pas ben nombreuses, vu toute la tripotée d'soldats qu'on a ici.

Ma joie de savoir la ville en état d'alerte retomba aussi sec lorsque j'appris que Guilhem (car « le roi boiteux » ne pouvait être que lui) était retenu captif. C'en était fini de Kalian, de moi, de nous, de nos rêves. Tout était fichu. Je congédiai la jeune femme du revers de la main et me jetai sur mon lit, le visage innondé de larmes amères.

Le lendemain matin, livide, je maudis ce soleil hivernal qui avait l'audace de briller en cette journée de malheur. Sur la place, en bas du château, une foule avide de sang s'était réunie, comme presque chaque matin depuis mon arrivée. L'allure décharnée du bourreau se dessina au milieu de l'attroupement et gravit les quelques marches de l'échafaud. Vu que Garam était maintenant en possession de Guilhem, pourquoi se retiendrait-il de tuer Kalian ? Il avait assez d'hôtes de marque ! Incapable de détourner mes yeux de la scène qui se jouait en contrebas de ma fenêtre, je fixai avec abattement le condamné remonter l'allée qui s'était formée dans la foule animée d'une excitation bestiale. Ça huait, ça sifflait, ça riait. Comment pouvaient-ils se donner le titre d'humains ? C'était un Ysoarien devant eux, pas un de ces barbares sans éducation !

Le sac de toile sur la tête de Kalian me privait de la faveur de pouvoir contempler une dernière fois ses traits. Comme il avait maigri ! Son corps me semblait décharné et sa chemise couverte de sang séché ne me faisait qu'entrapercevoir le sort qui avait dû être sien dans les geôles. Kalian fut encadré par deux gardes pour gravir les quelques marches de l'échafaud et un coup lui fut porté pour lui faire ployer les genoux devant le billot. Là, face à la foule en liesse, le bourreau souleva le sac. Je manquai m'effondrer sur le sol à la découverte de la chevelure rousse du condamné. Ce n'était pas Kalian ! Mais alors, de qui s'agissait-il ? Avant même que la lame de la hache ne se soit élevée dans les airs, le bourreau fut atteint à la gorge par un poignard jeté depuis la foule. En un instant, une cohue se répandit et dispersa les badauds. Des épées étincelèrent et le bruit du combat percuta les murs. Je m'éloignai de l'ouverture. Mon salut était à portée de main. Devais-je tenter de m'échapper par la fenêtre ? Une chute depuis cette hauteur et je me briserais le cou. Enfoncer la porte ? Crocheter la serrure ? Je m'étais déjà exercée à l'une et l'autre de ces activités et n'en avais retiré que des échardes et des ecchymoses. Des pas rapides martelèrent le couloir. Garam revenait pour me soustraire à mes libérateurs. Sans réfléchir, j'attrapai un tabouret et, plaquée contre le mur pour être hors de vue de mon assaillant, j'attendis qu'il fût à mon niveau. La clé tourna dans la serrure, l'ours pénétra en hâte, l'épée à la main. De toutes mes forces, j'abattis le tabouret sur sa tête. Un ultime instinct le poussa à sauter sur le côté, aussi n'atteignis-je que son épaule. Le cri et le juron ariate qui s'ensuivirent me firent reconsidérer l'identité de l'homme que je venais d'attaquer.

— Tout doux, ma reine ! essaya de me calmer l'intrus en langue commune. Tout doux !

D'une main il tentait de m'apaiser, et rengainait son épée de l'autre.

— Je suis Tandolyr, j'étais à votre mariage. Je suis au service de votre époux.

En effet, à bien y regarder, cet homme n'avait pas du tout la même carrure que Garam !

— Pardonnez-moi ! Je vous ai pris pour…

— Qu'est'qu'vous baragouinez ! s'alarma la voix féminine derrière la porte. C'est don' pas l'moment ! Faut déguerpir !

Ni une ni deux, j'accrochai le bas de ma robe dans ma ceinture afin de libérer mes mouvements et suivis la servante et Tandolyr dans un dédale de couloirs et escaliers de service. Un passage souterrain nous mena directement des communs à l'extérieur des remparts. Les combats faisaient rage au-dessus de nos têtes et je priai pour que Kalian parvienne à sortir indemne.

Sitôt hors de la ville, Tandolyr m'escorta jusqu'à son camp où il m'installa dans sa tente. Ce décor sommaire valait tous les palais. Debout à mes côtés, la servante se rongeait les sangs.

— C'est mon gosse qu'a ouvert à ces gars-là. L'est malin l'p'tiot. Y va ben s'tirer d'ce bourbier ! Tarderez pas à savoir c'que c'est, ma bonne reine ! Un marmot, c'est-y ben que du souci !

Je passai une main attendrie sur mon ventre toujours si plat. Je m'inquiétais déjà, et ce, avant sa naissance ! Mon enfant se portait-il bien ?

Les affrontements me parurent durer une éternité alors que tout était terminé avant la mi-journée. Je fus conduite dans la tente de Guilhem où je m'alarmai de le trouver allongé sous une couverture. Il était pâle et amaigri. Une barbe désordonnée et grouillante de vermine lui dévorait le visage. Bien que cernés de noir, ses yeux noisette brillaient de soulagement et de joie. Il m'invita à m'asseoir sur son lit de fortune et serra ma cuisse avec une force insoupçonnée. D'une main tremblante, je tâtai son surcot noir de crasse pour déceler toute trace de blessure.

— N'aie crainte, soleil de mon cœur, ce n'étaient que quelques étourdissements. Nous ne tarderons pas à prendre la route. Je ne resterai pas en ces terres plus que nécessaire.

Il attira mon visage avec soif. Ses fines lèvres gercées happèrent les miennes dans un baiser aux effluves d'excréments, de cachot et de paille en décomposition. J'étais ravie de le retrouver, mais mon cœur battait pour Kalian. Et il en serait toujours ainsi, j'en étais enfin convaincue.

— Mon cousin était-il avec toi ? m'enquis-je le plus innocemment que je le pouvais.

— Kalian ? Il a été mené dans une autre tente. Il est sain et sauf, ne crains rien. Tu peux l'aller visiter si cela te sied.

Je gratifiai son front d'un tendre baiser et sortit. Le sang frappait à mes tempes lorsque je fus conduite auprès de Kalian. Son visage creusé et son œil éteint me donnèrent la teneur du calvaire qu'il avait enduré. Je tirai un tabouret de toile vers le lit de camp et m'assis. Mes larmes me piquaient le nez, mais je tentai de les retenir. Le désespoir qui l'habitait brisa mon cœur en mille morceaux.

— Il ne faut pas que ça devienne une habitude d'accourir à mon chevet à la moindre occasion, mon Perce-neige, me reprocha-t-il.

Il attrapa ma main et, du bout de ses lèvres craquelées, déposa un tendre baiser sur ma paume. Et ce simple contact eut raison de ma retenue. Je m'effondrai.

— J'ai eu si peur. Je ne pouvais pas lui céder. Je ne pouvais pas. Et quand il n'y a plus eu que toi... Oh, pardonne-moi ! J'ai décidé de m'offrir à lui. Mais il n'était pas là. Et ce matin, j'ai cru que...

Mes sanglots m'empêchèrent de poursuivre.

— Je n'aurais pas pu le supporter, si tu avais dû subir les outrages de ce monstre pour me sauver.

Les doigts entrelacés, nous nouèrent nos regards. Comment exprimer tout ce que nos bouches rêvaient de confier ? Quels mots pour traduire cette joie de nous savoir saufs, ce désespoir de devoir nous séparer, cette rage devant ce sort qui s'échine à se jouer de nos désirs ?

# Chapitre VIII

« Si une femme veut être bien aimée de son mari, qu'elle lui fasse manger de l'herbe à chat en soupe ou en salade. Il sera alors si amoureux d'elle qu'il ne trouvera son salut qu'entre ses bras. Il faut renouveler cela au moins une fois par lune ».

*****

Je ne peux pas dire que j'étais malheureuse. Mais j'avais laissé la partie vivante de mon être en Ysoar. Alors que Guilhem et moi avions pris la route du sud, Kalian était resté à Toimuras. Peut-être aurions-nous, un jour, une autre occasion de nous enfuir ensemble. Pourtant j'en doutais un peu plus d'heure en heure. Ma nouvelle vie se dessinait malgré moi, une vie de luxe et de prélassement dans cette prison dorée qu'était le palais de Riassine. Ma maison désormais. Je ne savais si je parviendrais un jour à me faire à cette douceur anormale qui faisait ressembler ce début d'hiver à un printemps éclos. Et les étés promettaient d'y être étouffants. Mais le peuple était d'une joie débordante. En témoignait l'accueil qui m'avait été réservé. J'avais remonté les rues de la capitale ariate sous une averse de fleurs séchées et de plantes aromatiques. Et à peine arrivée au palais, chaque corporation d'artisans m'avait offert un présent de marque : soieries, joailleries...

Mon estomac fatigué par le voyage avait fait porter tout mon intérêt sur les brioches fourrées qui m'étaient présentées par deux fillettes aux longues tresses brunes. On m'avait aussi fait don d'un chiot adorable, petite boule de poils roux et noirs qui promettait de n'être, à l'âge adulte, pas plus grande qu'un chat. Ses oreilles tombantes et son museau aplati étaient si mignons ! Il s'appelait *Tapou*, ce qui voulait dire « joueur » en ariate. Et ce nom lui allait à ravir, pour le plus grand plaisir de la jeune servante à qui j'en avais confié le soin. Cet animal me rappelait les chiens de ma tante en Ésiria. Kariana… dire que je ne lui avais pas écrit depuis mon mariage. Mais j'avais été plutôt occupée !

Voilà une dizaine de jours que nous étions arrivés et Guilhem m'avait retenue dans nos appartements tout ce temps. L'immense chambre de pierre beige où pendaient des tentures colorées donnait sur une salle des bains presque aussi somptueuse que celle installée en Ésiria, à Brun-Castel. Ici, une eau naturellement chaude se déversait nuit et jour dans un bassin creusé à même la roche jaune, et la pièce était toujours enveloppée d'une vapeur aux légers effluves soufrés. Guilhem avait à son service toute une troupe de guérisseurs adroits de leurs mains et qui avaient passé de longues heures à masser nos corps meurtris par les privations et les inquiétudes. Avec plaisir, j'avais abandonné mes tensions à leurs doigts agiles. À nos retrouvailles à Toimuras, j'avais remarqué que Guilhem avait retrouvé son boitement. Je m'étais retenue de le questionner à ce sujet, tant je ne souhaitais pas m'attirer ses foudres. Et puis le retour de sa claudication n'avait pas atténué la prestance que je lui avais découverte au moment de notre mariage. Un matin, à la sortie des bains, je contemplai mon ventre légèrement rebondi. Avait-il poussé dans la nuit ? Guilhem semblait n'avoir rien constaté. Il ne m'avait pas reparlé d'une éventuelle grossesse et j'avais, moi-même, parfois des doutes. J'avais perdu un peu de sang à deux reprises ces derniers jours, aussi n'étais-je sûre de rien. Même si j'espérais de tout mon être porter l'enfant de Kalian en mon sein. Quitte à l'élever loin de son père. À y bien regarder, ce palais ariate n'était pas le pire des endroits ! À côté, la forteresse de Daeg paraissait issue des âges anciens et dénuée de tout confort. Et sans nul doute, l'était-elle. Ici, un ingénieux système de conduits en terre cuite acheminait l'air chaud dégagé par la source jusque dans les appartements de Guilhem, où régnait une chaleur estivale. Aussi était-il délicieux de s'y prélasser pour jouir de cette inattendue douceur.

Durant ces quelques jours, nous avions retrouvé le plaisir de la présence de l'autre, tant charnellement qu'au cours de discussions interminables sur des sujets variés. Je prenais de plus en plus de libertés avec Guilhem, allant jusqu'à défendre certains arguments. Rien de très politique, (je savais bien qu'il fallait que je distille mes savoirs avec parcimonie), mais je tendais à soutenir que le Père Très Saint ne pouvait être à l'origine de toute vie, tant les siècles d'Histoire avant Son arrivée dans nos cœurs étaient nombreux. Comment pouvait-Il avoir eu une telle puissance à l'époque de la Grande Déesse ? Ou même avant ? Ma tante m'avait fait lire des manuscrits d'un âge des plus reculés qui avançaient que la Mère Déchue avait succédé à la suprématie d'un couple divin, où concepts féminin et masculin avaient une importance égale. Et toutes nos croyances semblaient dériver de cette antique religion dont il ne subsistait guère de traces. Guilhem avait la grâce de m'écouter, captivé, si ce n'est par mon raisonnement, du moins par les mouvements de mes lèvres qu'il s'empressait d'embrasser.

Un matin, Guilhem déserta notre couche pour s'entretenir avec son Haut Érudit et ancien maître, Claudius. D'un œil endormi, j'avais surpris leur brève entrevue. Il devait s'agir d'une affaire grave pour que mon époux s'éclipse de la sorte. Je passai une chemise de soie, un mantel et rejoignis les deux hommes dans le boudoir voisin. Mon époux était assis sur le rebord de sa table de travail, l'air soucieux. Face à lui, installé sur un banc en pierre recouvert de coussins, Claudius n'avait pas l'air plus enjoué. Feignant l'insouciance de mon sexe, je me glissai à côté de Guilhem et tentai de comprendre la teneur de leur échange. Bien sûr, ils se turent à mon arrivée.

— Vous voilà bien sérieux, mes amis ! lançai-je avant de tremper mes lèvres dans la coupe de vin que Guilhem avait à la main.

— La guerre...

La gorge de mon mari se serra et l'empêcha de continuer. Sans en connaître les détails, je savais que Guilhem avait un glorieux passé de combattant. Il était étonnant de le voir si ému à l'idée d'une guerre. Je pensais qu'il était ce genre d'hommes à se réjouir d'une occasion de briller face à la postérité.

— Le conflit avec l'Heylön est inévitable, m'expliqua Claudius. Guilhem est maintenant roi d'Ariatide et d'Ysoar. Aussi sa présence à Wyrd est-elle requise au plus vite.

Ainsi mon mari avait-il reçu la couronne des terres centrales. Ma couronne. « Ma couronne ? Comment ça, *ma* couronne ? » Cette pensée me surprit. C'était le trône de mon père. Non le mien. Pourtant... En un autre temps, aurais-je été amenée à gouverner en mon propre nom ? « La Reine Sylwen d'Ysoar ». Ça m'aurait plu.

Le Haut Érudit finit le contenu de sa coupe et se leva. J'aimais bien ce grand homme dégingandé aux cheveux blancs bouclés un peu fous et aux yeux bleus rieurs. Lorsqu'il posait son regard sur moi, j'avais la sensation qu'il me percevait au-delà de ma condition de reproductrice royale, comme s'il décelait les réflexions qui s'agitaient dans mon esprit. Debout à côté de Guilhem, je les écoutai d'une oreille distraite régler les derniers détails à propos du départ prochain en campagne. Je savais que mon époux avait maintenu Kalian dans son grade de Commandant des armées d'Ysoar. Mon amant serait donc de toute évidence à Wyrd pour préparer l'offensive. Mon cœur s'emballa à l'idée de le revoir.

— Je viens avec vous.

Mon ton ferme ne laissa pas place au refus, ce qui parut plaire à Claudius.

— Les conflits concernent autant le roi d'Ysoar que sa reine, repris-je le dos droit. Je ne suis pas sotte. Je connais avec précision les forces dont dispose notre royaume.

Les yeux de Claudius s'illuminèrent. Il attrapa ma main et y déposa un baiser.

— Fille de prévenance ! Tu es loin d'être idiote mon enfant, et nous n'en doutions point. Je me retire et vous laisse prendre vos dispositions.

Avant de sortir, le vieil homme nous informa que le serviteur de Guilhem était sain et sauf et l'attendait à Wyrd. Le jeune homme avait, selon lui, remué ciel et terre pour me libérer des murs de Toimuras. Mais avait-il vu Mona ? Je n'avais aucune nouvelle d'elle. Il faudrait que j'interroge Budec à ce sujet.

Sitôt le vieil homme parti, je m'assis sur la table et attirai Guilhem entre mes jambes. Il se laissa faire, le regard perdu dans ses pensées. Je saisis son visage entre mes mains et le couvris de baisers. Las, il s'abandonna à mes attentions, à ronronner comme un chat. Le moment était venu de lui présenter ma requête.

— Notre départ étant imminent, cela me causerait une grande tristesse de quitter ce palais sans avoir pu rencontrer ta première épouse.

Ma demande le crispa mais il ne se dégagea pas de mon étreinte.

— J'ai déjà fait donner mes ordres pour que mon *arandu* soit conduite dans sa nouvelle demeure.

Je fus piquée par ce manque d'égards. Guilhem savait que je souhaitais faire la connaissance de cette femme. Je le lui avais répété maintes fois. J'étais convaincue qu'elle pourrait m'en apprendre beaucoup sur le type d'homme qu'était mon époux et sur les attentions qui pouvaient ou non m'attirer ses grâces. J'avais conscience qu'elle pouvait tout aussi bien devenir une amie proche, comme la plus dangereuse des ennemies. Depuis mon arrivée, j'avais eu plusieurs occasions d'échanger avec un esclave édenté répondant au nom de Nunios. Aussi maigre que courbé, cet homme aux cheveux rares avait l'œil malicieux de celui qui connaît le palais comme la paume de sa main pour y avoir passé sa vie entière. Les attentions que je lui portais avaient de toute évidence gagné son affection, aussi s'était-il confié à moi lorsque je l'avais questionné sur Larissa, la première épouse. Et il n'y avait rien de très encourageant. L'esclave la décrivait comme froide, voire même perverse. D'après lui, elle était très peu aimée parmi les serviteurs. Elle avait fait fouetter nombre d'esclaves pour un bracelet égaré et avait la gifle facile pour peu que son repas ait été servi un peu trop froid. Bien sûr, je m'étais abstenue de questionner Guilhem à son sujet, ne souhaitant pas encourir son courroux pour une affaire de si petite importance.

— Mais si tu veux, reprit mon époux pour guérir ma mine chagrine, je vais faire mander Nunios pour savoir si elle est encore là.

Par chance, le vieil esclave revint avec empressement m'avertir que dame Larissa était honorée de me rencontrer.

Tandis qu'une servante achevait de lacer l'une des somptueuses toilettes que m'avait fait tailler Guilhem dans la plus pure tradition ariate, ce dernier précisa :

— J'ai demandé à ce que mon *arandu* parte aujourd'hui même pour ma résidence de Pertiguano où elle servira le Père Très Saint. Je m'en vais l'en avertir.

Mon air contrarié le poussa à ajouter :

— À moins que tu ne désires la conserver comme dame de compagnie. Vois ce que tu préfères. Tu lui annonceras toi-même soit son départ, soit sa bonne faveur.

— Merci pour ton attention, cher mari.

Je déposai un baiser sur les lèvres tendues de Guilhem et, les cheveux nattés en vitesse, je suivis Nunios. Le serre-taille de cuir noir qui recouvrait la robe pourpre aux multiples jupons vaporeux, typique de la mode ariate, me compressait les côtes. Comment les femmes des terres du Sud pouvaient-elle respirer, engoncées dans ce carcan rigide ? Même s'il devait se loger bien plus bas, j'espérai que mon enfant ne souffrait pas du serrement. D'ailleurs, comment se portait-il ? Pourvu que le sang que j'avais perdu n'ait pas été un signe funeste le concernant… Mon ventre de plus en plus proéminent me soufflait que tout allait bien. Pourtant, il m'arrivait de douter. J'avais bien tenté d'aborder le sujet avec le chirurgien de Guilhem, mais le vieil homme suffisant m'avait argué, à grand renforts de « Majesté » mielleux, qu'il était trop tôt pour prétendre à la moindre grossesse. Le goujat m'avait congédiée sans autre forme de procès. Quel mufle ! Si je devais demeurer dans ce pays rétrograde et misogyne, il faudrait que je veille à dénicher quelqu'un de compétent pour s'assurer de ma santé et de celle de mon enfant. Comme Mona me manquait !

L'esclave me fit parcourir le palais d'une aile à l'autre, ses pas accordés sur les miens. Son corps voûté et dégingandé me faisait peine à voir. Le collier de servitude à son cou ne laissait aucun doute quant à sa fin. Il servirait la famille royale jusqu'à sa mort. Avant mon arrivée à Riassine, je n'avais jamais rencontré d'esclave et leur grand nombre au palais me mettait mal à l'aise. Leur utilisation était très peu répandue en Ysoar, sauf dans les mines, dont celles de Toimuras, le domaine de cet ignoble Garam. L'esclavage était même banni en Ésiria et au Wyrdlyn. Il faudrait que je tâche d'en parler à Guilhem. Peut-être serait-il plus progressiste que ses prédécesseurs.

Je jetai un coup d'œil dans la cour où l'épouse *arandu* devait m'attendre et aperçus la silhouette d'une femme enveloppée dans une explosion de voiles bleu nuit. Dos à moi, elle s'évertuait à dépouiller un rosier de ses fleurs trop mûres.

— Vous méfier, ma reine, me répéta une fois de plus le vieil esclave, dans sa langue commune hachée et torturée. Dame Larissa être perfide. Elle avoir toujours vouloir le trône. Et encore maintenant car Sire Guilhem, roi. Pas une amie pour vous. Pas y aller. Quand elle, loin, elle plus un danger.

Je serrai son épaule en remerciement de sa sollicitude.

— Je veux juste la voir, insistai-je.

Son visage ridé se plissa encore plus, à tel point que son sourire alla de son menton à son front.

— Je rester ici, si vous besoin, me rappela-t-il d'un hochement de tête.

— Le convoi qui doit l'emmener est-il déjà sur le départ ?

— Pas je crois. Je envoyé jeune esclave pour renseigner. Lui revenir me dire quand prêt.

Je pris une profonde inspiration avant de m'engager dans le patio. Une fontaine d'albâtre répandait sa mélodie dans cette cour bordée de plantes grimpantes et odoriférantes malgré l'hiver. La femme se retourna au son de mes pas sur les dalles de pierre. Son visage était d'une beauté saisissante. Ses pommettes hautes couvertes de taches de rousseur soulignaient des yeux verts pétillants d'intelligence. Son teint de pêche contrastait avec ses lèvres charnues d'un rouge sombre. Elle était plus âgée que Guilhem, mais de quelques années à peine. Son corset laissait deviner un corps rendu rond par les nombreuses grossesses, et néanmoins aussi appétissant qu'une pâtisserie. En comparaison, je devais être élancée comme une jeune pousse dans ma robe incrustée de tous ces voiles pourpres vaporeux et pourtant assez chauds pour lutter contre les brises hivernales qui caracolaient dans le patio.

Larissa m'adressa un léger salut de la tête, sans pour autant s'abaisser à une révérence. Le ton était donné. Elle se revendiquait mon égale.

— Ma dame, commença-t-elle dans une langue commune parfaite. Je dois avouer que les chanteurs n'ont pas exagéré votre beauté. Vous êtes le joyau de ces terres.

— Et la vôtre est bien au-dessus de ce qui m'avait été rapporté.

— Vous êtes bien trop bonne !

Nous adoptâmes toutes deux un sourire formel. Il fallait que je sache ce qui se cachait derrière cette splendeur épanouie et si je pouvais m'en faire une alliée. D'un mouvement de main gracieux et travaillé, je l'invitai à s'installer à mes côtés sur la banquette moelleuse qui s'offrait à nous.

— Je suis tellement heureuse que vous ayez accepté de me voir si vite, avouai-je, une main sur le cœur.

— Je vous en prie, Sylwen. C'était le moins que je puisse vous accorder. Et vous êtes là depuis plusieurs jours maintenant. Je m'étais presque attendue à vous voir plus tôt.

Ses moues mielleuses et sa manière de m'appeler par mon prénom sans y avoir été invitée me satisfirent. Elle pensait mener notre entrevue et m'offrir une faveur. C'était ce que je voulais.

Lors de nos discussions, Kariana m'avait enseigné à toujours avancer une faiblesse apparente pour jauger mes adversaires, ce qui les pousserait à se révéler. En disciple assidue, je me félicitai de parvenir à mettre à profit ce que j'avais appris. J'affichai mon air le plus candide, petite oie blanche que j'étais dans ce pays si éloigné de chez moi.

— Je n'ai pas eu une minute à moi depuis mon arrivée ! lui confiai-je avant d'effleurer son bras. Le roi est d'une telle ardeur !

Ses maxillaires se crispèrent à ma provocation. Ainsi était-elle toujours attachée à Guilhem. Je préférai ne pas relever et poursuivis, implorante :

— Je me demandais si vous auriez pu me faire profiter de votre expérience aux côtés de mon époux. Je suis si jeune que j'aurais besoin de vos conseils pour m'aider à satisfaire ses désirs, atténuer ses courroux. Et peut-être aussi pour le rendre plus enclin à m'accorder une faveur.

L'hameçon était lâché. Elle réfléchit un instant puis adopta un air désolé.

— Je ne saurais dire, mon amie... Que sommes-nous, pauvres femmes, face à la volonté de ces hommes si puissants ?

Je notai avec quelle facilité elle balayait ma demande.

Elle posa ses yeux verts sur mon bas-ventre à peine arrondi et ne put dissimuler un rictus. D'envie ? De jalousie ? Cela devait faire de nombreuses lunes que Guilhem avait déserté sa couche.

— Je constate que mon roi et vous n'avez pas mis longtemps à concevoir.

— Notre héritier avait en effet hâte de nous rejoindre, confirmai-je avec politesse. Mais rien n'est officiel et même Guilhem n'y a encore guère prêté attention. Nous attendons d'être sûrs...

Elle releva un sourcil de surprise.

— Ne l'êtes-vous pas ? me provoqua-t-elle. Il est vrai que seul le regard aguerri d'une femme avertie peut discerner la proéminence évidente de votre ventre. Il est si rare qu'un couple royal connaisse cette bénédiction aussi vite. Surtout en sachant que vous n'avez rencontré mon roi que quelques semaines avant votre mariage. De mauvaises gens pourraient se questionner sur l'origine de cet enfant.

Je compris sans peine l'allusion de cette femme aussi venimeuse qu'une vipère. Il ne servait à rien que je rentre dans son jeu. Autant l'ignorer.

— Il est de notoriété publique que Guilhem et moi n'avons pas attendu la cérémonie pour consommer notre union.

Elle inclina la tête avec un sourire hypocrite.

— Les rumeurs, mon amie, vont et viennent au gré du vent. Et parfois ce vent se fait plus mordant pour les oreilles attentives.

La menace n'était plus qu'à peine cachée.

— Et je suppose que cette brise ne souffle qu'en de certaines circonstances ?

— En effet.

Du bout des doigts, elle lissait les multiples couches de tissu bleu nuit qui dépassaient de son corset.

— Veuillez m'enseigner, Larissa. Je ne suis pas familière des habitudes climatiques de ces lieux.

Je feignis de réfréner mon agressivité et cette femme dangereuse s'amusa de ma perte de patience avec un rictus carnassier.

— Je ne suis pas une experte, ma chère Sylwen. Mes appartements actuels donnent sur la tour est. Et l'espace est si étriqué que l'air a du mal à s'y engouffrer. Si, cependant, je me voyais attribuer un nouveau logis dans l'aile ouest, peut-être la ventilation y serait-elle différente.

— Je comprends, sifflai-je entre mes dents, saluant malgré tout le talent de manipulation de mon interlocutrice. Mais, dites-moi, si j'intercédai en votre faveur auprès de mon époux, qu'est-ce qui me garantit que cette brise ne se changerait pas en tempête une fois mon fils venu au monde ? Les courants d'air sont néfastes pour les nouveau-nés.

Elle afficha une fausse mine contrite et posa sa main sur ma cuisse.

— Beaucoup de choses leur sont néfastes, Sylwen. Ces petits êtres sont si fragiles. Il ne faudrait guère plus qu'un souffle pour les terrasser.

Je frémis en saisissant le péril qui planait au-dessus de mon enfant. Guilhem avait raison, il fallait éloigner cette femme du palais. Jamais je ne pourrais m'en faire une alliée. Je poursuivis, histoire d'être convaincue :

— Et je suppose que cet air délétère pourrait aussi se répandre sur les futurs héritiers.

Larissa éclata de rire, d'un rire aussi faux que maîtrisé.

— Ma tendre fleur, ne vous offusquez pas ! Qu'est-ce qu'un héritier, mis à part un petit être fragile à la merci de n'importe quel gâteau un peu sec ou d'un poney bien trop impétueux pour son âge ?

— Et bien sûr, vos enfants à vous sont assez grands pour se prémunir de ces dangers.

— Ils ne sont pas héritiers, rectifia-t-elle.

— Ne pourraient-ils le devenir ?

— Oh, ma chère, qu'allez-vous chercher là ?

La fausse modestie renvoyée par sa moue choquée me donna la nausée.

— Les enfants d'*arandu* ne peuvent accéder au trône, précisa-t-elle du bout des lèvres. Ou bien Guilhem aurait perdu sa couronne au profit de son neveu.

Malgré tout, je ne doutai pas de l'ambition dévorante de cette femme passée si près du pouvoir. Dans l'encadrement de la porte derrière elle, le vieux Nunios vint me faire un signe de tête. Le convoi était prêt. Avec délectation, je lâchai la sentence inattendue.

— Je comprends bien tout ce que vous m'avez expliqué, ma très chère Larissa. Et j'eus espéré que nous puissions poursuivre cette discussion et devenir plus proches que des sœurs.

Je m'approchai d'elle et lui pris les mains comme je l'aurais fait d'une amie que je menais à l'échafaud.

— Malheureusement, le roi en a décidé ainsi.

— Pardonnez-moi ?

L'incompréhension qui se lisait dans ses yeux était jouissive.

— J'ai dû le supplier de me laisser m'entretenir avec vous avant votre départ.

— Je ne saisis pas, Sylwen.

Sa supériorité suffisante se teinta d'inquiétude.

— Le moment est venu, ma très chère, m'excusai-je en me relevant. Vos affaires ont déjà été chargées dans les charriots. Vous et vos chers enfants serez parfaitement à l'abri des bourrasques en ce domaine qui se nomme... Oh, je ne sais pas comment ça se prononce...

— Pertiguano, me rappela le vieil esclave, ravi d'escorter ma rivale.

— Ah oui, Pertiguano, susurrai-je, conquérante.

Les joues enflammées, Larissa me foudroya des yeux.

— Vous le saviez depuis le début !

Son faciès outré se teinta soudain de supplique et de déférence poisseuse.

— Oh, ma reine, ne pourriez-vous faire fléchir Sa Majesté ?

Je levai les mains, désolée.

— Que sommes-nous, pauvres femmes, face à la volonté de ces hommes si puissants ?

Tournant les talons, je regagnai ma chambre où Guilhem attendait mon retour.

Les quelques jours qui précédèrent notre départ pour Wyrd furent amers. Guilhem était tout absorbé dans les préparatifs de la guerre. L'humeur de mon époux était changeante, si ce n'est orageuse. Ce qui n'était pas pour me déplaire. L'idée de revoir prochainement Kalian à Wyrd ne me donnait pas envie de me prélasser dans les bras de Guilhem.

Mes nuits étaient néanmoins épuisantes, assaillies par des apparitions d'une réalité déconcertante. À chaque fois, je me retrouvais en Ysoar, au pied de l'Arbre aux Souhaits du Mont Roux. Là, une femme coiffée d'une longue tresse brune venait à moi.

— Bienvenue, Sylwen, me saluait-elle toujours.

— Qui êtes-vous ?

— Je suis celle à qui tu dois ce bonheur-ci.

Son doigt pointé vers mon ventre me fit dès la première nuit voir en elle la célèbre et mystérieuse Dame des Bois.

— Merci beaucoup pour votre aide, bafouillais-je alors. Ainsi venez-vous chercher votre compensation ?

Son rire cristallin se répandait dans les feuillages de l'arbre, déclenchant l'envol d'une dizaine de corbeaux.

— Tu es vive, Sylwen. J'aime ça. Voici mon prix pour t'avoir offert l'amour de Kalian. Je souhaite en retour…

— Oui ?

— Je souhaite…

Et là, à chaque fois, je me réveillais, haletante, couverte de sueur.

La veille de notre voyage vers la capitale du Wyrdlyn, Nunios, le vieil esclave, vint m'annoncer que deux cavaliers me demandaient une audience. Intriguée, je suivis sans poser de question. Quelle ne fut pas ma surprise de découvrir Mona et Lalie, habillées en hommes ! Au mépris de toute étiquette, je me jetai dans leurs bras.

— Quel bonheur de vous retrouver !

— Tu m'avais dit qu'tu voulais qu'on t'rejoigne. Eh ben nous voilà !

Je serrai les mains de Mona dans les miennes pour me convaincre que je ne rêvais pas.

— Mais comment ? balbutiai-je. Comment êtes-vous arrivées jusqu'ici ?

— Bah sur un « seval » ! me répondit Lalie avec son délicieux cheveu sur la langue.

Mona ébouriffa la tête de sa fille avant de reprendre :

— Quand il s'est raconté à Daeg qu't'avais été libérée des griffes de c'te râclure de rhubarbe de Garam, on a filé à Toimuras en pensant t'y trouver. Mais Kalian a dit qu't'étais déjà partie. Alors on a attendu qu'les tempêtes de neige soient passées et on a pris la route !

*Kalian*. Je brûlais d'envie de demander de ses nouvelles. Mais ce n'était ni le moment ni le lieu.

— Vous avez traversé la moitié du Monde Connu, seules ? m'ébahis-je.

L'exploit était de taille pour une femme et une fillette !

— Non ! me rassura Mona. Pas seules ! Kalian a refusé d'nous laisser voyager sans escorte. Tu l'connais ! Les deux gardes qui nous ont accompagnés sont repartis sur-le-champ.

Je ne pouvais croire que ma sœur était là, avec moi !

— Tu as bien failli me rater de peu ! avouai-je. Nous repartons demain pour Wyrd...

Son visage se décomposa à cette nouvelle.

— Déjà ? Pfiou ! soupira-t-elle. Va pour Wyrd ! J'ai pas fait tout ce chemin pour t'quitter déjà. Mais pardonne-moi, mon miel doré, j'ai tant d'poussière dans chaque recoin d'ma personne qu'j'en viens à rêver d'un baquet d'eau.

Je ris de bon cœur et lui fis préparer aussitôt de quoi se délasser dans mes bains privés. Lalie n'avait pas résisté à l'action combinée de son voyage, d'un repas et d'une eau chaude. Elle dormait profondément, allongée sur la banquette à côté de nous, enveloppée de vapeur. Le vieux Nunios avait accueilli d'un œil étonné que je souhaite m'occuper moi-même de savonner celle qui serait ma dame de compagnie. Encore une des lubies de sa nouvelle maîtresse !

Ravie, je frottai le dos de Mona avec une éponge parfumée. Ses râles de plaisir étaient la meilleure des récompenses.

— Mouma m'a ben fait passer ton message...

Je compris sans peine qu'elle parlait de celui où je lui exposais notre plan de fuite avec Kalian, avant que Garam ne vienne tout contrecarrer.

— J'suis désolée qu'ça se soit pas passé comme ça, ma douceur de miel.

Mon cœur se serra. Mais je gardais espoir. Le destin ne pourrait nous être sans cesse contraire.

— Un jour, peut-être, Mona, murmurai-je avec un sourire mélancolique. Un jour, peut-être.

— Et puis, faut ben qu'ton p'tiot connaisse son père ! reprit-elle en m'éclaboussant du bout des doigts.

Sa remarque m'emplit d'appréhension. Comme je ne sentais toujours pas bouger mon enfant, je me prenais à douter qu'il fût bien en mon sein. Mona chassa mes inquiétudes du revers de la main.

— C'est pas qu'y bouge pas ! me rabroua-t-elle. C'est juste qu'tu sais pas y reconnaître !

Sitôt sortie de l'eau, enroulée dans son drap, les cheveux dégoulinants, elle me fit m'allonger sur mon lit et tâta mon abdomen par des pressions fermes et expertes. Je sentis comme une petite bulle se promener dans mon ventre.

— Là ! Tu vois qu'y bouge ! s'exclama-t-elle. C'est un enfant vigoureux qu't'as là ! Et ça m'étonnerait pas qu'ce soit une p'tite fendue.

Une fille ! J'attendais une fille ? Et en bonne santé ? Mon bonheur était à son comble. Je serrai entre mes doigts le pendentif qui ne quittait jamais mon cou, comme une présence permanente de mon amant contre mon cœur. Il ne me restait plus qu'à trouver un moyen de braver le destin et de m'enfuir avec Kalian.

Le voyage vers Wyrd se fit au son des pas militaires. Notre convoi était accompagné d'environ cinq cents soldats ariates. Guilhem m'avait laissée entendre que dix mille hommes nous rejoindraient à la Cité Franche.

D'après Mona le char branlant n'était pas aussi confortable qu'elle le pensait. Les courbatures de son voyage ne cessaient de la faire souffrir. Et, pire que tout, ses cheveux ne supportaient pas l'air aride de

Riassine. C'était vrai que sa tignasse rousse d'ordinaire indisciplinée s'était parée de frisottis téméraires et indomptables, même sous sa coiffe. Lalie, elle, était ravie de pouvoir voyager dans « une boîte à dames ». Le chiot qui m'avait été offert avait trouvé en elle une compagne de jeu inépuisable. Les rires de l'une et les jappements de l'autre ajoutaient à l'agacement bon enfant de ma sœur et amie. Mais la joie de la fille eut vite raison du ronchonnement de la mère.

Les longues journées de route me permirent d'échanger avec Mona sur mes rêves récurrents avec la Dame des Bois. Lalie endormie sur ses genoux, *Tapou* blotti en boule au creux du ventre de sa jeune amie, ma sœur arborait sa mine la plus soucieuse.

— Et jamais t'as don' de réponse ?

— Jamais.

Son nez se retroussa sur un pincement de lèvres, signe qu'elle était plongée dans une grande réflexion.

— C'est ben la première fois ! s'étonna-t-elle, les sourcils froncés. Sans doute est-ce toi qu'es pas prête à l'entendre !

Son opinion ne m'était que d'une aide légère. Mais au moins me donnait-elle matière à réfléchir durant notre périple.

Guilhem avait tenu à ce que nous séjournions dans les quartiers ariates du Palais Haut de Wyrd. Leur aménagement me rappelait celui du château que nous venions de quitter : même pierre dorée, mêmes alcôves, mêmes patios… C'était un petit morceau d'Ariatide en Wyrdlyn. Même le climat semblait être plus doux qu'ailleurs dans la ville. Budec, le jeune serviteur de Guilhem, nous y attendait. Il baisa les pieds de mon mari, transporté par la joie de le revoir. Une telle dévotion me toucha plus que je ne l'aurais cru. Ce jeune homme aimait profondément Guilhem.

Malgré le froid mordant de l'hiver, la cité franche grouillait d'une agitation peu commune, causée par la présence en sa périphérie des dizaines de milliers de soldats venus des quatre coins du Monde Connu.

Mon époux avait bien tenté de me convaincre de me remettre de notre éprouvant voyage dans notre chambre, mais il était hors de question que je me cloître dans nos appartements quand l'avenir de mon pays – de mes pays, vu que j'étais reine d'Ariatide et d'Ysoar –, se discutait sans moi. Et surtout, je ne pouvais passer une heure de plus sans voir Kalian. La mine résignée, Guilhem m'accompagna jusqu'à la salle troglodyte démunie de porte où se tenait le Grand Conseil, en compagnie de Claudius, et de Galatyr, son commandant en chef. L'ambiance solennelle de la réunion me laissa sans voix. Les Neufs Sages étaient déjà installés et en pleine discussion avec plusieurs hommes dont Gagila, le roi d'Ésiria, et Raghôl. Et Kalian. Le regard qu'il posa sur moi à mon entrée me mit les sens en ébullition. Était-ce de l'avidité que je lisais dans son œil ? Sans doute les miens devaient-ils exprimer la même soif de ses étreintes. Nous échangeâmes un sourire formel avant de nous concentrer sur ce qu'exposait l'un des vieux Sages (n'étaient-ils pas tous vieux ?) :

— Nous apprenons à l'instant, entama le vieillard en passant sa langue entre ses lèvres comme l'aurait fait un serpent, que le mouvement de masse que nous observions depuis plusieurs jours en Agalaadywen, vient de pénétrer en Ysoar, dans les environs de Balastine. Le message stipule qu'ils se dirigent vers le sud-ouest.

— Combien sont-ils ? s'enquit le commandant ariate.

— Pas plus de deux cents, rétorqua Raghôl.

Malgré le visage souriant que m'offrait le géant roux, je ne parvenais plus à le considérer autrement que comme le tortionnaire de Kalian. Je n'avais qu'une envie : le poignarder avec le premier objet qui me tomberait sous la main. Hélas, la coupe de vin qui venait de m'être servie ne m'était d'aucune utilité !

— Deux cents ? s'emporta Guilhem. Vous déclenchez une guerre pour deux cents soldats ?

— Ce n'est que ce qu'ils veulent bien nous laisser voir, expliqua le Balaste. Tu sais comme moi comment sont ces terres démoniaques, pleines de pièges et de mystères !

— Ont-ils attaqué des villages ? renchérit mon époux.

Cette question n'avait aucun sens. Pourquoi des troupes sortiraient-elles des bois maudits et attaqueraient-elles des villages, alors qu'elles n'étaient pas les coupables des massacres qui leur avaient été imputés ? Si les habitants d'Agalaadywen se mettaient ainsi à découvert, c'était pour fuir, de toute évidence. Étais-je la seule à avoir un tant soit peu étudié la stratégie militaire ?

Raghôl haussa les épaules et répondit :

— Aucun. Ils se contentent de marcher en direction des Grandes Eaux.

— Mais à quoi rime leur manœuvre ? s'exclama Gagila, le roi ésirien, en se tortillant sur son siège.

Son visage fin paré d'une longue moustache châtain tombante me faisait penser à une tête de furet. C'était donc lui, ce fameux cousin lointain qui avait hérité de la couronne qui aurait dû revenir à ma tante. Le monde aurait été bien différent avec des femmes d'esprit au pouvoir.

— Je pense, avança Raghôl de sa voix toujours aussi rocailleuse, qu'ils tentent de rallier les forces d'Heylön.

— Si c'est ce qu'ils veulent, pourquoi ne sont-ils pas allés en Heylön Continentale ? corrigea Claudius. Ils n'avaient même pas à sortir d'Agalaadywen pour atteindre le royaume du Nord ! Alors, pourquoi pénétrer en Ysoar ? Et de manière si visible ? Non, vraiment, je ne comprends pas.

— Peut-être fuient-ils ? me hasardai-je.

Mon intervention ne tarda pas à être jugée par le Sage à la langue frénétique.

— Je n'avais pas saisi que tu souhaitais participer à cette réunion en plus d'y assister.

Ses yeux austères voyagèrent de Guilhem à moi en signe de désapprobation. Qu'avait-il à me reprocher ? Des femmes ne faisaient-elles pas partie du Grand Conseil ? En quoi une reine leur était-elle inférieure ?

— Ou alors souhaitent-ils qu'on le croie, intervint Kalian.

Sa remarque me libéra des mines inquisitrices. Malgré l'inimitié ambiante, il développa :

— Qu'est-ce qui nous dit qu'il ne s'agit pas ici d'un piège visant à nous attirer dans leur gueule ?

— Il est probable qu'un débarquement des troupes d'Heylön soit prévu en Ysoar, continua Raghôl. Il n'y a pas d'autre explication possible à cette provocation, car c'est une provocation ! De toute manière, il ne serait pas étonnant que les barbares du Nord se joignent aux sbires démoniaques pour marcher sur nous !

— Mais ce serait ridicule ! intervint mon époux, les yeux écarquillés. Ils seraient tout de suite stoppés par nos armées !

— Tu as raison, Guilhem. Voilà pourquoi nous devons rassembler nos forces, reprit le vieillard misogyne à la langue alerte. Notre effectif va, une fois que les troupes se seront rassemblées, dépasser cinquante mille hommes, dont un quart constitué de cavaliers. Nous allons donc nous séparer en plusieurs groupes. L'un tentera de couper la route des troupes ennemies, un autre ira par la mer pour stopper et surtout prévenir l'éventuelle arrivée des forces d'Heylön et le dernier passera par la forêt.

Un lourd silence accueillit cette annonce. Dire que toute mon enfance, j'avais considéré les Neuf Sages comme les personnes les plus avisées de notre monde... Tout était absurde dans cette proposition. Déjà, comment envisageaient-ils de nourrir tous ces hommes, alors que nous étions en plein hiver ? Comptaient-ils faire porter le poids de cette campagne aux habitants déjà rationnés ? Souhaitaient-ils affamer leurs peuples pour une guerre qu'ils avaient eux-mêmes instaurée ? Sans parler de l'itinéraire qu'ils imposaient aux troupes. Et si la magie des bois maudits d'Agalaadywen était encore bien vivace ? Sous-estimer un adversaire était la pire des erreurs.

Guilhem et Claudius semblaient scandalisés par l'annonce du Sage à la langue serpentine. Kalian, lui restait impassible. Personne ne pipait mot. Ravi de son effet, le vieux conseiller rabougri apporta une correction :

— Je tiens à préciser, devant vos mines déconfites, que ce que j'appelle « passer par la forêt » signifie, en réalité, passer *sur* la forêt. Parmi les hommes qui constituent vos troupes se trouvent nombre de bûcherons et autres paysans sachant manier la hache et la pioche mieux que l'épée. Nous ne pouvons éradiquer les forces de l'Ancienne Déesse sans détruire leurs tanières. Aussi allons-nous raser la Forêt d'Agalaadywen, annexer l'Heylön Continentale et y bâtir le Royaume Terrestre du Père Très Saint. Là où ne règnent que pénombre et occultisme, brillera bientôt la Lumière divine de notre Seigneur et Sauveur. « Que la Terre Païenne soit purifiée par les flammes et apaisée par l'eau. Que la Porte des Démons soit scellée du souffle même qui l'a ouverte. Alors, seulement, apparaîtra Ma lumière. »

— Âhni, prononcèrent-ils tous en chœur à l'issue de cette citation de la Sainte Prophétie.

Je frémis à cette annonce. Ce n'était pas une guerre qui était mise en œuvre, mais un massacre, doublé d'une destruction massive. Comment de simples hommes osaient-ils s'attaquer à une telle immensité naturelle ? N'avaient-ils aucun respect pour la nature qui les entourait ?

Qu'elle ait été créée par la Déesse ou le Père Très Saint n'importait guère ! Et en plus de l'Agalaadywen, leur folie se portait aussi sur l'Heylön ? Où s'arrêteraient-ils ?

Je fulminai dans mon coin lorsque j'entendis Gagila annoncer son intention de brûler les bois. Une telle aberration me saisit d'effroi.

— Un brasier d'une telle ampleur serait impossible à contrôler, s'inquiéta Claudius, ses sourcils blancs froncés. Comment ferons-nous pour qu'il ne s'étende pas à l'Ysoar ?

— Le Barrage de Numiod, se contenta d'indiquer le roi ésirien.

J'avais peur de voir où ils voulaient en venir.

— Vous voulez puiser l'eau ? questionnai-je.

— Non, mon enfant, me rétorqua un gros Sage, la voix mielleuse, comme s'il s'adressait à une fillette. Nous allons y faire une brèche, ce qui apaisera la soif de ce brasier.

Claudius tempêta, scandalisé.

— Mais le déchaînement de la Rivière Mère pourrait engloutir la moitié du Monde Connu !

Je cessai de l'écouter lorsque mes yeux se posèrent sur Kalian. Son masque d'argent lui donnait un côté insensible qui contrastait avec la fureur que je discernais sur l'autre moitié de son visage. Il était impensable de laisser anéantir une partie de l'Ysoar sans réagir. Tout en me fixant, il s'enquit, provocant :

— Et qu'adviendra-t-il des populations qui se trouveront sur le passage des flots ?

Le vieux sage fusilla Kalian du regard pour lui intimer le silence. Mais c'était peu le connaître.

— Nous tâcherons de les faire évacuer. Cependant, des sacrifices sont nécessaires, quels qu'ils soient.

— Surtout quand il ne s'agit pas du vôtre, Sage Syro, répliqua Kalian, un feu rageur dans son œil droit. Vous vous moquez de noyer indifféremment l'Agalaadywen, l'Heylön Continentale et le nord-ouest de l'Ysoar !

— Kalian, intervint une petite Sage avant que la situation ne dégénère, je pense qu'il te serait bénéfique de te retirer. Nous te ferons connaître notre plan en temps voulu.

Piqué au vif, il se leva en manquant renverser son siège et quitta la salle. Il fallait que je lui parle. Il était impossible de laisser se concrétiser ce qui se tramait ici. Et… il m'était insupportable d'imaginer ne pas l'étreindre avant son départ au combat.

— Une partie de notre armée se lancera donc dès demain à la recherche des troupes de l'Ancienne Déesse, précisa le vieux Sage à la langue agile.

Il me fallait trouver le moment opportun pour prendre congé, ni trop tôt ni trop tard…

— Kalian prendra la tête des troupes d'Ysoar pour traquer l'ennemi par la terre, annonça le gros Sage.

J'acquiesçai devant l'évidence de cette annonce. Qui d'autre aurait pu mener mes troupes au combat si ce n'est Kalian ?

— Pourquoi ne pas mêler les troupes ariates et ysoariennes ? s'enquit Claudius. Guilhem est souverain des deux royaumes.

Jamais mon époux n'aurait été suivi avec respect par des hommes qui ne lui devaient allégeance que depuis moins d'une lune !

— Il est normal que Kalian mène ses troupes au combat, intervint Guilhem. Il connaît ses hommes alors que ce sont encore des étrangers pour moi.

Je saluai la sagesse soudaine de mon mari. Alors qu'ils commençaient à sortir des cartes pour déterminer les itinéraires de chacun, je pressai le bras de Guilhem afin de lui faire comprendre que je me retirais. Il m'accorda un sourire crispé avant de rejoindre en claudiquant le centre de l'attention générale. Quelle tristesse de le voir boiter à nouveau. Son aigreur ne faisait qu'amplifier de jour en jour. Peut-être Mona pourrait-elle préparer un baume pour soulager ses élancements ?

Sitôt sortie dans le couloir, j'arrêtai le premier gamin qui passait pour qu'il m'indique les appartements ysoariens. Je n'avais pas séjourné assez longtemps à Wyrd pour me repérer dans ce dédale de couloirs troglodytes. Arrivée devant la porte, je fus prise d'une angoisse étrange. Et si Kalian n'était pas là ? Ou s'il était accompagné ? Je pourrais toujours dire que je m'étais égarée et que j'avais su regagner mes anciens appartements. Je frappai à la porte d'une main tremblante. Des pas rapides résonnèrent dans la pièce jusqu'à ce que le battant s'ouvre avec violence :

— J'avais fait savoir que je ne voulais pas dîner...

La voix de Kalian mourut dans sa gorge lorsqu'il m'aperçut.

— Bonjour.

Pourquoi avais-je dit ça ? C'était la première chose qui m'était venue en tête.

— Bonjour.

De toute évidence, il ne s'attendait pas à ma visite.

— Puis-je entrer ?

— Bien sûr ! Je t'en prie, bafouilla-t-il.

D'un coup de pied, il rassembla les morceaux de céramique brisée qui baignaient dans une mare écarlate au sol. Si j'étais arrivée plus tôt, sans doute aurais-je été témoin du déferlement de sa colère. Il suivit mon regard et ne put s'empêcher de s'expliquer, mal à l'aise.

— J'avais besoin de passer ma colère sur quelque chose. Et une servante a jugé bon de m'apporter un pichet de vin...

— Je ne te savais pas si emporté, le taquinai-je.

— La guerre et les hommes dénués de bon sens ont le don de me faire sortir de mes gonds.

— Ce sont des fous sanguinaires.

Ma remarque lui fit froncer le sourcil.

— Penseras-tu la même chose de moi lorsque je me battrai en obéissant à leurs ordres ?

— Je sais que tu ne feras rien qui ne te semble juste.

— Cette guerre l'est-elle, juste ? rétorqua-t-il, agressif.

Je n'étais pas venue pour me disputer avec lui et son accès d'humeur m'agaçait.

— Non, mais elle est dorénavant inévitable. Pour de mauvaises raisons, certes, mais inévitable.

— Tu ne crois pas en cette magnifique Prophétie que tous brandissent comme la plus honorable des raisons ?

Appuyé au mur de pierre, il le frappait du poing en rythme régulier.

— Je pense comme toi, Kalian. Ce n'est qu'un bout de papier qui ne mérite pas que l'on sacrifie des vies pour lui. Et encore moins la tienne.

Quand avais-je réalisé que je pourrais le perdre dans ce conflit ? Cette simple idée m'emplit d'un chagrin insondable.

— C'est donc pour un adieu que tu es venue ?

Il semblait déçu.

— Pas un adieu. Ni un au revoir, le prévins-je. Fais juste en sorte de me revenir vivant.

Ma remarque le fit ricaner, désabusé. Pourquoi campait-il à l'autre bout de la pièce quand j'avais tant besoin qu'il me serre dans ses bras ?

— Ne te moque pas, Kalian ! m'emportai-je. Je t'interdis de mourir ! Si tu me désobéis, je te poursuivrai dans le Royaume du Père Très Saint pour l'éternité !

Mon trait d'humour ne parvint pas à camoufler les larmes qui traçaient leurs sillons sur mes joues. Il ne réagissait toujours pas. C'était une mauvaise idée. Cette entrevue me faisait plus de mal que de bien. J'essuyai mon visage du revers de la manche, et conclus, prête à partir :

— Nous n'aurons pas l'occasion de nous revoir avant ton départ.

Il releva la tête, troublé.

— C'est ce que je me disais. Et cette pensée était... désagréable.

Nous nous toisâmes à distance. Il avait repris des joues depuis sa sortie des geôles de Toimuras. Ça lui allait bien. De nouvelles rides s'étaient dessinées au coin de son œil droit. J'avais envie de mettre de l'ordre dans ces mèches bouclées qui s'évertuaient à s'échapper de la queue de cheval destinée à leur donner un semblant de discipline. Je brûlais d'apposer ma bouche sur ces lèvres charnues. Nous nous contemplâmes ainsi, incertains de ce que nous pouvions faire ou non. Soudain, nous nous élançâmes dans un même élan pour nous jeter dans les bras l'un de l'autre. Mais en lieu et place du baiser auquel je m'attendais, son masque me cogna le nez.

— Aïe ! couinai-je en portant ma main à mon visage.

Kalian s'affola, comme s'il m'avait coupé un membre.

— Pardonne-moi, mon Perce-neige !

— Tais-toi !

Je plaquai ma bouche sur la sienne. Un baiser était le meilleur des remèdes contre la douleur. Et quel baiser ! J'en perdis pieds. Haletante, je stoppai mes assauts pour contempler mon amant. Ses lèvres étaient entrouvertes, affamées. Une mèche brune bouclée barrait son regard brûlant. Seul son postiche d'argent gardait sa glaciale indifférence.

— Pourrais-tu enlever ton masque ?

Ma demande le refroidit.

— Ce n'est pas un spectacle pour d'aussi beaux yeux.

— Je t'aime, Kalian. Ce qui inclut aussi ton visage, tel qu'il est. Je t'en prie. Laisse-moi te voir.

Il hésita, puis, le maxillaire serré, il dénoua les lanières de cuir qui maintenaient l'objet en place. Durant toute l'opération, je me répétai de ne pas réagir, quelle que soit la vision qui m'apparaitrait. J'avais imaginé les cicatrices de Kalian comme une réplique violée et mutilée de sa partie indemne. Mais il n'en était rien. En réalité, mis à part son œil à la paupière close pour toujours, ses traits n'étaient que peu altérés, traversés çà et là de vagues de peau plus claires. Ses sourcils étaient un peu déformés et son nez aplati. Mais n'était-ce pas le lot de tous les guerriers ? D'une main délicate, je caressai ses cicatrices du bout des doigts. Il tressaillit. Son visage était plein d'anxiété.

— Ça te fait mal ? m'inquiétai-je.

— Ça tire.

— Et moi, je te fais mal ?

— Non. C'est… étrange.

Son regard me rasséréna. Je parcourus les tissus meurtris du bout des lèvres jusqu'à sa bouche. Un doux ronronnement de contentement résonna dans sa gorge. J'aimais ce son félin qu'il produisait lors de nos ébats ! Toute prudence me déserta. Je n'avais plus qu'une envie : sentir son corps contre le mien. Affamée, je défis sa ceinture et m'attaquai à ses braies.

— Tu es sûre ? haleta-t-il entre deux assauts.

— On ira vite !

— Mais je ne veux pas aller vite !

Son sourire mutin m'enflamma les sens. Si Guilhem rentrait avant moi dans notre chambre, je n'aurais qu'à dire que j'étais allée aux bains. Mais sans Mona ? Par Sa barbe ! Pourquoi ne lui avais-je pas dit de m'accompagner et de m'attendre devant la salle du Conseil ? Bon, je n'aurais qu'à avouer m'être perdue ! De toute façon, la réunion allait déboucher sur une collation, qui se changerait en repas et Guilhem ne regagnerait nos appartements qu'à la nuit tombée, aviné et épuisé.

Kalian m'arracha un cri lorsque, abandonnant l'idée de dénouer mon serre-taille de cuir, il retroussa ma robe et me souleva par les fesses. Engoncés dans nos vêtements défaits, nous pénétrâmes dans sa chambre et, trop empressés pour atteindre le lit, nous arrêtâmes sur sa table. Ses mains étaient des charbons ardents sur mes cuisses, sa langue, une caresse dans mon cou, son sexe, encore et toujours cette partie de moi qui me manquait lorsque nous étions éloignés, comme si seuls nos ébats pouvaient me rendre mon « entièreté ». Pourquoi ne ressentais-je jamais cette plénitude avec Guilhem ? Je m'agrippai à ses épaules développées et accordai mon bassin aux assauts du sien. Son odeur épicée m'enivra autant que ses baisers, me fit bouillir les sangs. Trop vite, la jouissance le submergea et le laissa pantelant, essoufflé, avachi sur la table.

— Dire que je ne voulais pas aller vite…

— Chacune de tes étreintes m'emplit de plaisir, le rassurai-je.

Je passai une main dans ses cheveux, m'offrant enfin la satisfaction de recoiffer ses mèches rebelles.

— Je suis content que tu sois venue.

— Comment aurais-je pu résister ?

Il me prit dans ses bras et posa sa tête au creux de mon épaule.

— Je ne savais pas si tu aurais la possibilité de t'éclipser. Ou l'envie.

Sa remarque me glaça. Plus violente que voulu, je le repoussai pour l'avoir face à moi.

— Kalian Hertem-Daegrul ! Comment oses-tu penser une chose pareille ? Il n'y a que toi qui comptes, entends-tu ? Juste toi ! Et notre enfant bien sûr…

Son visage se peignit d'une émotion nouvelle, mélange de joie et de soulagement.

— Je n'osais pas te poser la question. J'avais peur que l'enfant ait…

— Il est bien là ! le rassurai-je. Mona m'en a assuré ! Enfin, « elle » est bien là.

— Elle ?

— Oui, d'après Mona, ce serait une fille.

— Ça me plairait, se mit-il à rêver. Un garçon aussi d'ailleurs. Fille ou garçon, je suis ravi. Tant que vous deux allez bien.

— Je l'ai même sentie bouger, l'autre jour !

— Vraiment ?

Il était extatique.

— Oui ! Et ça commence à se voir, non ? minaudai-je.

Je me cambrai, pour faire ressortir mes formes naissantes. Kalian se recula d'un pas pour contempler mon ventre nu au milieu des jupons retroussés. Un sourire naquit au coin de sa bouche.

— C'est vrai, tu es encore plus belle qu'avant. Même dans cette tenue ariate.

Il s'agenouilla et entreprit d'embrasser mon nombril, mon ventre, mon pubis, ne cessant de descendre. Ma respiration s'accéléra.

— Il ne faut pas que je tarde…

L'assaut de sa langue me fit taire, merveilleuse torture. Après tout, j'avais le temps.

Je ne m'étais pas trompée. Guilhem n'était toujours pas rentré. Je rendis visite à Mona et Lalie dans leur chambre.

— En v'là une qu'a les joues ben rouges ! s'amusa Mona.

Je lui répondis d'un sourire forcé. Lalie était à deux pas, très attentive à notre conversation. *Tapou*, assis à ses pieds, la dévorait des yeux.

— Mon roi avait envoyé Budec pour t'convier à dîner, enchaîna Mona. Mais j'ai dit qu't'étais fatiguée. Alors tu ferais ben mieux de t'coucher pour t'reposer avant le retour d'ton brave époux.

Je l'étreignis et rejoignis ma chambre d'un pas léger.

— J'ai fait déposer une collation au cas où t'aurais faim en t'réveillant !

— Tu es merveilleuse, Mona ! Merveilleuse !

Cette nuit-là, la Dame des Bois revint me rendre visite. Mais cette fois, mon rêve ne s'interrompit pas. Ses yeux sombres aux reflets verts arboraient la même bienveillance.

— Voici mon prix pour t'avoir offert l'amour de Kalian. Je souhaite en retour…

— Oui ?

— Je souhaite que tu te détournes de ton époux. Et alors Kalian te reviendra sain et sauf.

Cette annonce, cette aubaine, me fit un instant songer que ceci n'était qu'un rêve. Je partis d'un rire nerveux.

— Vous voulez que je délaisse Guilhem ?

Elle hocha la tête avec malice.

— Oui. Je sais que tu ne l'aimes pas. Cesse d'essayer de gagner son affection. Laisse-le se détourner de toi.

Sa robe moirée se fondait dans les teintes de la forêt. Derrière elle, le chêne recouvert de rubans semblait vivant, presque palpitant. Autour de mon cou, la sève que Kalian avait extraite de l'Arbre aux Souhaits contenue dans mon pendentif se réchauffa, jusqu'à devenir brûlante.

— Et Kalian reviendra de la guerre ? la questionnai-je, soudain persuadée de la portée prophétique de la réponse qui me serait apportée.

— Oui.

— Et nous pourrons nous enfuir ensemble ?

— Parfaitement.

— Et vivre avec notre enfant ?

— Si c'est ce que tu souhaites, tel sera ton avenir.

Une jubilation incontrôlable me coupa le souffle.

— Oui, je le désire de tout mon être !

— Dis-le ! m'invita-t-elle, la main levée.

Je m'exécutai sans hésiter.

— Je me détourne de Guilhem afin que Kalian me soit rendu et que nous puissions vivre avec notre enfant.

La Dame des Bois accueillit mon serment d'un sourire paisible. Elle était nimbée d'une lumière qui lui conférait un aspect divin.

— Alors, sois fidèle à ton serment, m'intima-t-elle d'une voix mélodieuse. Et moi, Aylim, Dame des Bois, honorerai ma part.

Elle s'évapora alors dans une brume scintillante et me laissa seule avec mon bonheur.

Je m'éveillai dans la nuit aux côtés de Guilhem. Je posai un regard attendri sur lui, non comme mon mari, mais comme le moyen d'accéder à mon désir de toujours : retrouver Kalian. Le temps viendrait où je serais heureuse. Aylim, la Dame des Bois me l'avait promis.

J'aurais voulu retrouver Kalian dès le lendemain pour tout lui raconter, et surtout tant nos étreintes avaient un côté addictif auquel il était difficile de résister. Mais même si Guilhem désertait nos quartiers la plupart de la journée, son jeune serviteur montait la garde comme un cerbère. Et puis, nous avions eu notre moment. Comment pourrions-nous trouver une manière plus merveilleuse de nous dire que nous nous aimions ? Non, nous revoir ne ferait que mettre un peu plus de sel sur la plaie de notre séparation prochaine. Et il me fallait me préparer pour un entretien dont je me serais bien passée : sur ordre de ses homologues, la vénérable Sage Drivia était missionnée pour s'enquérir de mon éventuelle grossesse. En reine soumise aux souhaits de ces chers vieillards, je me laissai conduire dans l'étroite pièce attenante aux bains où la minuscule Sage m'attendait. Après m'avoir baignée, elle palpa mon ventre sans ménagement. Si Mona avait agi de la sorte, son charmant minois aurait rencontré ma main dans un impact vif et brutal.

— Voilà un héritier d'une grande vivacité s'exclama-t-elle alors qu'elle cessait enfin de me malaxer comme une tête de bétail. Je vais prévenir votre époux !

— Je m'en chargerai, l'interrompis-je avec un sourire. Enfin, si vous voulez bien m'en laisser le plaisir.

Elle ne décela pas la moquerie dans ma voix et parut ravie de me céder la place. Aussi, sur le chemin de nos appartements, je cherchai la meilleure manière d'annoncer la nouvelle. Budec avait apprêté un énorme plateau orné d'un faisan et de galettes. Ravie, je m'en saisis et, ainsi parée, entrait dans la chambre. Mona me suivit, un pichet à la main, et ressortit aussitôt. Guilhem avait l'air si ce n'est agacé, du moins, préoccupé. Je nous versai à chacun une coupe de vin et tentai de l'amadouer de ma voix la plus douce.

— Je sais que la guerre n'est pas propice aux réjouissances, mais je refuse que nous soyons séparés avant d'avoir parlé. Tant de choses peuvent arriver et je ne veux pas qu'il y ait de secret entre nous.

Une confusion mêlée d'inquiétude traversa ses traits. La guerre prochaine malmenait ses nerfs.

— Sylwen, commença-t-il avant que je ne l'interrompe en lui mettant une coupe de vin dans la main.

— Je porte ton enfant, déclarai-je de but en blanc.

Je trinquai à notre bonne fortune. Livide, Guilhem vida sa coupe d'un trait. Je le resservis aussitôt. Je n'arrivais pas à déterminer l'expression froide de son visage. Il me rendait nerveuse. Avait-il le moindre soupçon ?

— Je ne voulais rien te dire avant d'être certaine, mais Drivia m'a dit que je ne me trompais pas et que je portais un enfant sain et vigoureux. La guerre va t'emmener si loin ! Et j'aurais tant souhaité que tu puisses sentir ton héritier grandir en moi !

Je ne m'attendais pas à ce qu'il se jette à mes genoux ni qu'il se mette à mouiller ma robe de ses violents sanglots. Était-il si ému à cause de moi ? Un instinct maternel me poussa à le bercer comme je l'aurais fait d'un enfant. Cette attention déchaîna sa passion, et, sans ménagement, il retroussa ma robe et me prit contre le mur. Je sentais bien que ce n'était pas mon corps qu'il désirait. Et ce n'était pas non plus à cause de moi qu'il versait ces larmes. Des larmes de joie ? De rage ? Secouée par les coups de son corps contre le mien, je me surpris à penser qu'il pourrait ne pas survivre aux combats. Je pourrais alors être libre de retrouver Kalian. Car il n'y avait que Kalian qui comptait.

# Interlude

Je suspends là mon récit pour cette fois.

Deux voix s'élèvent. Plusieurs voies se dessinent.

Deux vérités s'entrecroisent.

Les deux autres ? Patience, mes amis. Patience.

Je ne vais pas tout vous révéler maintenant ! Où serait mon plaisir ?

Qui suis-je ? Quel rôle ai-je ou aurai-je à jouer dans tout ceci ?

Que de questions !

Laissez-moi savourer.

Cette histoire est de celles qui renversent les rois. Mais plus puissants sont ces rois, plus magistrale doit être leur chute ! Et magistrale, elle le sera. Croyez-moi.

Ne vous éloignez pas trop.

*À la lisière du bois, le Père et la Mère,*
*À la lisière du bois, la Mère s'en va.*
*À la lisière du bois, le Père et la Mère,*
*À la lisière du bois, l'Arbre se noie.*

*À la lisière du bois, le roi et la reine,*
*À la lisière du bois, la reine s'en va.*

*À la lisière du bois, le roi et la reine,*
*À la lisière du bois, un fils est là.*

***

À suivre : ÂHNI Tome 1 : Genèses – Livre 2

# Principaux personnages et lieux

**Agalaadywen :** Terres de l'Ancienne Déesse, voisines de l'Ysoar et de l'Heylön Continentale.
**Ariatide :** Terres du Sud, Royaume de Guilhem.
**Aylim :** Jeune femme vivant en Agalaadywen.
**Balastes :** Ordre militaire au service du Père Très Saint.
**Balastine :** Forteresse d'Ysoar.
**Barrage de Numiod :** Barrage situé au nord de l'Ysoar, retenant les Eaux Blanches.
**Blivien :** Roi d'Ariatide, père de Guilhem.
**Budec :** Serviteur de Guilhem.
**Ciché :** Membre du Grand Conseil des Sages de Wyrd.
**Claudius :** Précepteur de Guilhem.
**Daeg :** Capitale de l'Ysoar.
**Darwen :** Conseiller de Fjörna, frère de Györg.
**Drivia :** Membre du Grand Conseil des Sages de Wyrd.
**Ésiria :** Terres de l'Est.
**Fjörna :** Reine d'Heylön.
**Gagila :** Roi d'Ésiria.
**Galio :** Membre du Conseil des Sages de Wyrd.
**Galatyr :** Commandant ariate. Maître d'armes de Guilhem. Père de Tandolyr.

**Garam :** Seigneur ysoarien.
**Grittia :** Gouvernante de Sylwen.
**Grädentöt :** Ville portuaire de l'Heylön Continentale.
**Guilhem :** Troubadour, Héritier d'Ariatide.
**Györg :** Guerrier d'Heylön, frère d'armes de Kalian, mari d'Iriade, frère de Darwen.
**Heylön :** Terres du Nord, constituées d'une partie continentale et de nombreuses îles.
**Île de Perftödt :** Principale île d'Heylön.
**Iriade :** Femme de Györg.
**Kalian :** Commandant ysoarien. Frère d'armes de Györg. Neveu de Tillaumet et frère d'Iriade.
**Kariana :** Tante ésirienne de Sylwen.
**Lalie :** Fille de Mona.
**Livianne :** Cuisinière au château de Daeg, aussi appelée « Mouma ».
**Mona :** Suivante de Sylwen.
**Nolem :** Seigneur ariate.
**Perftödt :** Capitale de l'Heylön.
**Port-Retour :** Principale ville portuaire du Wyrdlyn.
**Raghôl :** Dit le Petit. Guerrier de l'Ordre balaste.
**Riassine :** Capitale d'Ariatide.
**Sylwen :** Fille de Tillaumet.
**Syro :** Membre du Grand Conseil des Sages de Wyrd.
**Tandolyr :** Commandant ariate. Fils de Galatyr.
**Tillaumet :** Roi d'Ysoar, père de Sylwen.
**Toimuras :** Ville ysoarienne, domaine de Garam.
**Tyrnavel :** Petit bourg aux alentours de Port-Retour.
**Wyrd :** Cité Franche. Capitale du Wyrdlyn. Lieu où siège le Grand Conseil des Sages.
**Wyrdlyn :** Terres Franches.

**Ysoar :** Terres Centrales.

# Remerciements

Je tiens à remercier :

Mounette, pour son soutien, son œil acéré et son impatience à connaître la suite des aventures de Guilhem, Sylwen, György et Aylim, même si elle n'aime d'ordinaire pas la fantasy ; mon homme, Ben, pour ses remarques toujours pertinentes (même si je ne l'admets pas à chaque fois) ; mon fils, Taliésin, qui, du haut de ses six ans, supporte mes sempiternels « pas maintenant, chéri, j'écris » sans se formaliser ; ma fille, Altaïr, qui a bien voulu attendre que j'aie renvoyé mon manuscrit pour naître ; Juliette, embarquée dans l'aventure à la dernière minute, pour son marathon-lecture et les neurones usés sur les questions de concordance des temps ; Caro, pour ses reformulations pertinentes, et son doigt accusateur qui me poussait à arrêter de travailler ; Tristan, dont la super carte attend son heure de gloire ; Udren, qui, dès la première mouture du manuscrit, m'avait fait une magnifique représentation du Monde Connu (malheureusement, ma géographie a bien trop évolué pour la conserver) ; Niels, pour avoir trouvé ce mot que j'avais sur le bout de la langue depuis plusieurs jours ! (oui, « vulnérabilité » m'échappait !) ; Élodie pour son aide précieuse lors du « supplice » du résumé ; et enfin, l'équipe des éditions Alter Real et en particulier Violaine, ma merveilleuse éditrice, qui, en plus de sa confiance renouvelée, possède une patience en or ainsi que l'art de savoir comment m'amener à améliorer encore et toujours les histoires que je lui apporte.

Myrtille

Âhni - Genèses - Livre 1, écrit entre Avignon, Nouméa et les environs d'Avignonet, 2020.